Heldensabbat

Will Berthold

Heldensabbat

Roman aus Bamberg

Mit einem Nachwort
von Reinhold G. Stecher

Verlag Fränkischer Tag

Die Handlung des Romans lehnt sich an tatsächliche Ereignisse an. Da der Autor aber keinen Schlüsselroman schreiben wollte, ist er bei der Schilderung gewisser Personen, Orte und Vorgänge bewusst von den Tatsachen abgewichen. Diese Ausgabe in neuer deutscher Rechtschreibung folgt der Originalausgabe von 1985 mit Ausnahme der Ortsbezeichnung, d. h. anstelle von Mainbach steht Bamberg.

Die Umschlagabbildung zeigt zwei Hitlerjungen, die vor der Wimpelweihe beim BDM-Reichstreffen in der Alten Hofhaltung Wacht halten. (Vorlage: Stadtarchiv Bamberg)

Produktion: Monika Beer

Gesamtherstellung: creo Druck-& Medienservice, Bamberg
Umschlaggestaltung: Renate Gunnermann / Daniel Palasti

ISBN 3-928648-38-1
Printed in Germany

I

Sie sah umwerfend gut aus, nicht nur für einen Mann, der lange keine Frau gehabt hatte. Was man über die erotischen Qualitäten der Französinnen gehört, geträumt oder kolportiert hatte, zeigte sie im Übermaß. Auf den ersten Blick fiel der Kontrast ihrer kobaltblauen Augen zu ihren blauschwarzen Haaren auf. Sie hatte eine ovale Stirne, ein flächiges, leicht gebräuntes Gesicht mit hübschen Grübchen und auffallend weißen Zähnen.

Vielleicht wirkte ihre Figur ein wenig zu füllig, aber wie der Morgenrock deutlich konturierte, war ihr Körper straff. Ihr Alter konnte man nur schwer schätzen, um die Dreißig herum, vielleicht etwas darunter oder knapp darüber. In jedem Fall war sie gut zwanzig Jahre zu jung für den Lieutenant-Colonel Prenelle, den ich abholen und zur US-Dienststelle am Bois de Boulogne fahren sollte.

Ich hörte meinen eigenen Atem, und es kam nicht daher, dass ich die vier Treppen zu der eleganten Wohnung an der Avenue de Friedland hinaufgestürmt war.

Madame Prenelle betrachtete mich gründlich; sie lächelte mit aufgeworfenen Lippen. »Calme-toi«, sagte sie mit hellem Timbre in der Stimme.

»Reg dich ab«, heißt das, und das war leichter gesagt als getan. Ich bin auch heute noch ganz sicher, dass mich Adrienne gleich bei unserer ersten Begegnung geduzt hat. Es lag nicht daran, dass sie vulgär gewesen wäre oder mir gleich anfänglich eine Offerte gemacht hätte.

»Alain«, rief sie. »Ton chauffeur est arrivé.« Sie erhielt keine Antwort. »En avant«, lud sie mich ein, die Wohnung zu betreten.

»Merci bien, Madame«, erwiderte ich steif.

»Pas de rien«, versetzte sie mit gewohnheitsmäßiger Höflichkeit und wies mir durch eine Handbewegung in der Diele einen Platz an. »Allemand?« fragte sie.

»Oui, Madame«, erwiderte ich.

»Je n'aime pas les boches«, entgegnete sie, und das hatte ich oft genug zu hören bekommen. Der Friede war knapp zwei Jahre alt, und dabei hatte in Paris der Krieg durch die vorzeitige Befreiung neun Monate früher geendet.

»Je ne suis pas un boche«, verteidigte ich mich wieder einmal.

»Qu'est-ce que vous êtes alors?« fragte sie mich. Was ich dann sei?

»Un allemand.«

Die schöne Französin schüttelte den Kopf. Sie spitzte ihre Lippen. »Vive la petite différence!« verspottete sie den kleinen Unterschied.

»Excellent, Madame«, erwiderte ich und setzte hinzu, dass ich die Franzosen mochte.

»Alle?« fragte sie, wie erschrocken.

»Viele«, erwiderte ich.

Sie betrachtete mich aufmerksam. »C'est vrai?« vergewisserte sie sich. Ob sie recht verstanden hätte?

Ich bestätigte es, und Madame Prenelle schüttelte den Kopf und lächelte mit gallischem Charme. Es war für mich einer meiner Gründe, frankophil zu sein, trotz allem.

Sie ging in das Innere der Wohnung. Ich hörte einen raschen Wortwechsel zwischen der Frau im Morgenrock und dem Hausherrn. Ich konnte aus dem Dialog keine Einzelheiten herausdestillieren, aber er hörte sich unfreundlich an. Madame schien für Monsieur Prenelle nicht nur zu jung, sondern auch zu hübsch zu sein, aber das war sein Problem, auch wenn ich mich fragte, wie eine Frau wie sie an ein Ekel wie ihn geraten konnte.

Sie kam zurück, ging an den Wandschrank, um sich aus einem Kästchen eine Zigarette zu holen; sie lief mit dem lautlosen Gang einer Tigerin. Bei aller Gepflegtheit hatte sie etwas Animalisches. Der geschlitzte Rock ihres Morgenmantels machte wohlgeformte lange Beine sichtbar; sie bemerkte, dass ich es sah, und das sollte ich wohl auch.

Ich starrte sie an, ich konnte einfach nicht anders, obwohl es unhöflich und in meiner Lage vielleicht sogar gefährlich war. Auch wenn ich eine Art Räuberzivil trug und eine zweisprachige Legitimation bei mir hatte, unbewacht war und mich verhältnismäßig frei in Paris bewegen durfte, war ich ein PoW, ein deutscher Kriegsgefangener, in amerikanischem Gewahrsam, auf französischem Boden. Ich lebte nicht gerade wie Gott in Frankreich, aber auch nicht wie Boche in Frankreich – und so sollte es auch bleiben.

Ich ging Adrienne entgegen, um ihr Feuer zu geben. Das Streichholz in meiner Hand zitterte; ich benahm mich so tölpelhaft, dass das Flämmchen ausging.

»Nerveux?« fragte die Exzentrische und lächelte wieder. Ihre Lippen platzten wie eine reife Frucht und zeigten wieder ihre Reklamezähne; es machte ihr offensichtlich Spaß, dass sie mich durcheinander brachte.

»Peut-être«, antwortete ich hölzern und versuchte es mit dem nächsten Streichholz. Vermutlich konnte sie sich denken, dass die Unsicherheit bei einem noch nicht ganz Fünfundzwanzigjährigen nicht von der Altersschwäche kam. Ich riskierte einen für meine Verhältnisse ziemlich großen Sprung. »Naturellement«, sagte ich anzüglich, und diesmal klappte es mit dem Feuer. »Vous êtes trop belle, Madame, ça c'est.«

Es sah aus, als würde sie unwillig. In ihren Augen lichterten Kobaltblitze. Sie hob die Hand, um zum Schlag auszuholen. Aber irgendwie hört eine Frau auch noch aus unberufenem Munde gerne, dass sie schön sei, und so bot sie mir eine Zigarette an.

»Alain!« rief sie zum zweiten Mal ungeduldig. »Mon mari est un dégôut«, stellte sie fest, aber ich wusste längst, dass der Oberstleutnant, ein hausgemachter Held der Résistance, ein Widerling war.

Unten im Wagen wartete US Captain Gransmith, und der hochgewachsene Amerikaner war alles andere als frankophil, wenn man von den Besuchen bei seiner Freundin absah. Er leitete eine Dienststelle, die französische Ansprüche an die US Army untersuchte und abwickelte, immer größere Forderungen, als hätten die GIs Marianne nicht befreit, sondern vergewaltigt. Freilich, Besatzungskinder gab es inzwischen genug, und ihre Mütter riefen nach den Vätern, denn diese galten als reich.

»Pardon, Madame«, trat ich den Rückzug an und erklärte, dass ein amerikanischer Offizier unten im Wagen auf uns warte.

»Au revoir!« erwiderte die Frau im Morgenmantel freundlich, und ein Wiedersehen war genau der Wunsch, den ich gehabt hätte, wenn ich verrückt gewesen wäre.

Ich ging nach unten; langsam flaute meine Verwirrung ab. Obwohl die Französin längst verschwunden war, sah ich sie noch immer vor mir, womöglich noch reizvoller. Ihr Duftwasser kannte ich länger als ihren Vornamen. Sie roch angenehm und verführerisch wie die Direktrice einer erstklassigen Parfümerie. Die Vorstellung, die ich mir machte, war seltsam, denn ich gehörte zu einer Generation, bei der es als unmännlich gegolten hatte, wohlriechendes Gesichtswasser zu benutzen. Oder einen Regenschirm zu tragen. Oder Träume zu zeigen.

Wer weinte, galt als Schlappschwanz.

Wenn das stimmte, hatte ich schon große Helden als Schwächlinge erlebt.

Als mich Captain Gransmith allein aus dem Haus kommen sah, flambierte der Zorn sein Gesicht. Der hochdekorierte Offizier war im Zivilberuf Rechtsanwalt und deshalb zu dieser – ihm verhassten – Dienststelle verschlagen worden. Ein geradliniger Typ, der rasch explodieren konnte, aber sich nie als unfair erwies. Die Schranken zwischen ihm und mir waren mit der Zeit unsichtbar geworden.

Ich arbeitete nicht nur als sein Fahrer, sondern auch als sein Dolmetscher und mitunter sogar als sein Postillon d'amour. Wie die meisten Amis behauptete der Texaner, unverheiratet zu sein, aber hier traute ich ihm nicht über den Weg. Dass er in letzter Zeit immer häufiger von der Rückkehr in die Staaten sprach, deutete ich als ein Zeichen dafür, dass Mrs. Gransmith im Anzug war.

»We must wait a few minutes more«, sagte ich. »Lieutenant Colonel Prenelle isn't ready yet«, heizte ich seinen Grimm noch an.

»Son of a bitch!« schimpfte der Captain.

Mit »Hundesohn« hatte er sicher nicht mich gemeint. Der Südstaatler war sonst selten ordinär, und irgendwie hielt er auch auf Distanz, im Guten wie im Schlechten, sogar wenn er nicht ganz nüchtern war. Aber wenn er eine Flasche Bourbon entkorkt hatte, machte er keinen Unterschied mehr zwischen einem Sieger und einem Besiegten. Die Flasche schwor uns auf die gleiche Fahne ein.

Gransmith schielte sehnsüchtig zum Handschuhfach des Wagens, wo immer eine Reiseportion »Jack Daniels« für ihn bereitlag. Unfreiwillig widerstand er der Versuchung: Auf seiner Dienststelle wurde heute ein hohes Tier der US Army erwartet.

»Mr. Prenelle has a very good looking wife«, stellte ich fest.

»She is pretty and sexy.« Um Gransmith das Warten angenehmer zu machen, schilderte ich dem Captain die Vorzüge der schönen Adrienne.

»Screw her down, Steve!« fuhr er mich an. »Mach sie nieder.«

Er musste wirklich außer sich sein.

Misslaunig saß er im Fond des Chevy, vom Verkehrsstrom umflutet. Benzin war knapp und rationiert, aber ganz Frankreich fuhr mit schwarzem Sprit aus gestohlenen oder verschobenen US-Beständen. Die Zeit, da man die GIs noch in Scharen auf den Liebesstraßen sah, unter dem Arm eine Stange Zigaretten, in der Hand einen vollen Benzinkanister, war inzwischen weitgehend vorbei, aber der schwarze Saft floss noch immer von der Insel zum Kontinent und versickerte unterwegs. »Pluto«, die erste Pipeline der Welt, von Großbritannien nach Frankreich – sie hatte entscheidend zum Gelingen der Invasion beigetragen –, pumpte jetzt vorwiegend für den Schwarzmarkt.

Benzin verdirbt den Charakter: Zwischen der Invasion und dem Herbst 44 waren im befreiten Teil Frankreichs 15,5 Millionen Kanister verschwunden und durch weitere Schiebungen der Front rund 30 Millionen Hektoliter Benzin entzogen worden. Mitunter hatten General Pattons Panzer gestanden, weil französische Privatfahrzeuge fuhren.

So sehr Captain Gransmith auch fluchte, der gallische Hahn – oder auch Hahnrei – war noch immer nicht zu sehen. Auch wenn wir längst über der Zeit waren und ein amerikanischer General sich angesagt hatte, leistete sich Prenelle ein Lever wie der Sonnenkönig. Er war arrogant und produzierte sich in beständiger Selbstüberschätzung. Mitunter kam er mir vor wie ein kleiner Dackel, der hochgewachsene Doggen anbellt.

Ich mochte ihn nicht, aber das konnte ihm gleichgültig sein. Ein Lastwagen fuhr an dem Chevy so knapp vorbei, dass kein Daumenbreit mehr zwischen den beiden Wagen lag. »Dirty bastard people«, fluchte der Texaner.

»Na, na, na, Sir«, erwiderte ich. »What about Yvette?« fragte ich den Captain nach seiner Favoritin.

»She's okay«, versetzte er.

»And Denise?« fragte ich nach einem weiteren Flirt.

»She is nice.«

Wir lachten beide, und der Captain brummelte, dass er seine früheren Waffenbrüder dahin wünsche, wo der Pfeffer wachse, ihre Frauen und Töchter aber schon in Ordnung seien; und ich erwiderte geistreich, dass es nun einmal so sei auf Erden und man von einem Rind nicht nur das Filet haben könne.

Es war ungewöhnlich warm an diesem späten Vormittag; die Sonne schien die giftigen Benzindämpfe zu absorbieren, und ganz Paris lächelte mit einem Mund. Man trug wieder Herz. Wenigstens an einem so herrlichen Tag. Schon am frühen Morgen schlenderten die Pärchen Hand in Hand über die verwinkelten Straßen und verträumten Plätze, blieben stehen, liebkosten einander, ohne sich um die Passanten zu scheren. Gewiss, die Menschen waren nach dem Sündenfall aus dem Garten Eden vertrieben worden, aber trotz Dornen und Disteln, mit denen sie bestraft worden waren, musste die Liebe überlebt haben.

April in Paris. Die Bistrotüren standen offen, die Luft war seidig weich; sie prickelte wie Champagner. Die Sonne überzog die Dächer der Seine-Metropole mit Goldglanz, ausgerechnet vom Montmartre her, der sonst das Dunkel bevorzugte. Die Alten und Müden krochen aus ihren Wohnungen ins Freie wie Engerlinge im Frühling aus der Erde. Die Kinder lachten und leisteten sich Ballspiele auf der Straße. Die Autofahrer hupten nicht, sondern warteten geduldig, bis die Kleinen die Fahrbahn räumten. Die Mädchen und Frauen trugen bereits bunte Sommerfähnchen, kesse Halbwüchsige neben eleganten Gesetzteren.

Sie schritten über das harte Pflaster wie über eine Blumenwiese, mit dem Flair und Elan, zu dem Boulevard-Städte ihre Töchter erziehen. Fast alle trugen die Produkte der US-Firma Du Pont über ihren schlanken Fesseln. Es schien auch eine Pipeline für Nylons zu geben. Unschwer im Gewimmel zu erkennen auch die »Demoiselles de la petite vertu«, wie die Franzosen sagen, die »Damen von der kleinen Tugend«, Bordsteinschwalben, stets im Dienst und stets zu Diensten.

Viele von ihnen machten aus der Not eine Mode; sie waren bei der Befreiung Frankreichs – oder noch Monate später – wegen ihrer Beziehungen zu den Feldgrauen kahlgeschoren und nicht selten auch geteert und gefedert worden; deshalb trugen sie jetzt die nur langsam nachwachsenden Haare modisch kurz.

Frankreich war bei Kriegsende durch Résistance und Collaboration wie zwischen zwei Klingen einer Schere geraten. Schuldige wurden gejagt, Unschuldige verfolgt; Rechnungen wurden beglichen und neue erstellt, Denunzianten zur Rechenschaft gezogen und Unbeteiligte denunziert. Es war eine lange Bartholomäusnacht gewesen, bei der mehr Menschen ihr Leben verloren hatten als während der Großen Revolution.

»O Freiheit, wie viele Verbrechen werden in deinem Namen begangen«, hatte damals Madame Roland dem johlenden Pöbel zugerufen, bevor sie – gleich zweitausendachthundert anderen Adeligen, Priestern und Revolutionären – das Schafott bestieg, unweit meines jetzigen Standortes, an einer Stelle, die später »Place de la

Concorde«, »Platz der Eintracht«, genannt wurde. Jedenfalls war der Abschiedssatz der geköpften Dame zum geflügelten Wort geworden, gültig zu jeder Zeit.

Captain Gransmith vergaß, dass er zwei Ränge unter dem französischen Lieutenant-Colonel stand. Er wollte gerade aus dem Wagen springen, hochwuchten und Monsieur Prenelle aus der Wohnung scheuchen wie einen Rekruten aus der Klappe, aber in diesem Moment erschien der späte Louis Quatorze. Keine Entschuldigung. Kein Stäubchen auf der Uniform, der man den Schneider erst noch auszwicken musste. In der Hand hielt der Geschniegelte eine Reitpeitsche, aber an den blankgewichsten Stiefeln sah man keine Sporen, er wäre wohl auch von jedem Pferd gefallen. Prenelle blinzelte gegen die Sonne; er duftete wie ein andalusisches Freudenhaus. Sein Gesicht war von den Jahren plissiert, graumeliert das Haar. Auf der Oberlippe trug er einen Schnurrbart, keine kleine Bürste wie einst der Führer, sondern das schwungvolle Gebilde eines Bonvivants aus dem vorigen Jahrhundert.

Ich stieg aus und riss Prenelle den Wagenschlag auf.

Er wartete, dass auch der Amerikaner aussteigen und vor ihm strammstehen würde, aber da hatte er sich getäuscht. Der Captain blieb mit angewinkelten Beinen und angespitzten Mundecken im Fond sitzen und schob den Kaugummi in seinem Mund von der linken auf die rechte Seite.

»You're late, Sir, very late, indeed«, stellte der Texaner, auf dessen Uniformbluse die Orden Platznot hatten, unfreundlich fest; aber Englisch war für diesen Lieutenant-Colonel Luft, schlechte Luft.

»Nous sommes en retard«, übersetzte ich – aber er schwieg verächtlich: Ein Boche war für ihn noch miesere Luft.

Ich fuhr los, reihte mich in den Verkehrsstrom ein, Richtung Place de l'Etoile. Der Verkehr war so stark, dass ich immer wieder in eine Stockung geriet und Zeit hatte, den 50 Meter hohen Arc de Triomphe über dem Grabmal des unbekannten Soldaten anzusehen, einen der schönsten Plätze der Welt, an dem sternförmig zwölf breite Avenues münden. Der große Napoleon hatte ihn einst in Auftrag gegeben, aber bei seinem Einzug 1810 war es vorwiegend noch ein potemkinscher Triumphbogen aus Sperrholz, Leinwand und Kleister gewesen. Als das prunkvolle Mahnmal endlich fertig geworden war, ruhte der Empereur längst im Invalidendom. Sechzig Jahre hatten sich Gelehrte, Militärs und Politiker gestritten, welche Schlacht und welche Feldherren würdig genug seien, in dieser französischen Walhalla verewigt zu werden. Man einigte sich schließlich auf hundertachtundzwanzig Siege und fünfhundertachtundfünfzig Generäle. Für das Millionenheer der gewöhnlichen Soldaten, Unteroffiziere und niedrigeren Offiziersränge war kein Platz gewesen.

Endlich erreichte ich die Avenue Foch. Der Verkehr wurde jetzt etwas dünnflüssiger, ich kam zügiger voran. Die beiden Waffenbrüder saßen im Fond, so weit wie möglich auseinandergerückt; der eine sah nach links, der andere nach rechts. Erst als vor einem Kinopalast das übergroße Plakat einer vollbusigen Filmschönheit in Sicht kam, Fleisch aus Pappe, hatten sie wieder eine Gemeinsamkeit und dieselbe Blickrichtung.

Die Gehsteige blieben weiterhin ein Laufsteg von Anmut und Chic. Im Gegensatz zu früher waren jetzt im Straßenbild kaum mehr Uniformen zu sehen. »Les loups« nannten die Französinnen ihre Boyfriends aus Übersee, »die Wölfe«. Sie waren nicht zottig und grau, sondern kurzhaarig und olivgrün; Amis, die versucht hatten, auch die soliden Stadtteile der Seine-Metropole in einem Liebesbasar zu verwandeln, in Heerscharen hinter allem herlaufend, was einen Rock trug und sich bewegte. Die GIs waren moralisch nicht zurückhaltender als ihre feldgrauen Vorgänger, aber sie erwiesen sich als reicher. Ihr Schlachtruf: »How much, darling?« hallte durch die Straßen, bis die US Army Paris »Off limits« erklärte, zum Sperrgebiet, für dessen Betreten eine Sondererlaubnis nötig war.

Mit fünfundvierzig Minuten Verspätung erreichte ich die Dienststelle am Bois de Boulogne. Der US-General und sein Gefolge standen vor dem Haus, nicht für ein Sonnenbad, sondern für ein Donnerwetter: Der Drei-Sterne-General putzte Monsieur Prenelle zusammen wie einen Schuljungen. Der Lieutenant-Colonel plusterte sich auf wie ein Truthahn; es nutzte nichts, er war nicht bei Stimme, und als er sie endlich wiederfand und sich verbitten wollte, so rüde behandelt zu werden, brüllte ihn der hohe Gast mit »Shut up!« nieder.

Die Offiziere im Gefolge, einschließlich Captain Gransmith, grinsten befriedigt; ich folgte ihrem Beispiel, wandte aber dabei mein Gesicht beiseite, sicher war sicher.

Bongo hatte hinterlassen, dass er in unserem Bistro, gleich um die Ecke, auf mich warte. Wir hätten auch in der Kantine der US-

Dienststelle zu Mittag essen können, aber was uns Pierre, der fette Patron, an Selbstgekochtem vorsetzte, mundete uns weit besser. Wir waren verwöhnt, vor allem Bongo, der das Kunststück fertigbrachte, Feinschmecker und Vielfraß zu sein.

Niemand wusste, woher sein Spitzname stammte, vielleicht hatte man ihn so benannt, weil er ein wenig aussah wie der Bursche, der die Urwaldtrommeln bedient. Selbst ich hatte bereits Mühe, mich an seinen richtigen Namen Kalle Klett zu erinnern. Gleich mir war er PoW und hatte einst, ein aus dem Mannschaftsstand aufgestiegener Offizier, in meiner Heimatstadt Bamberg, im schönen Frankenland, in Garnison gelegen. Der untersetzte Bongo wirkte wie ein Kerl, der aus den Nähten zu platzen drohte und vor Kraft kaum laufen konnte; er war intelligent, doch bar jeder Phantasie und deshalb in jeder Lage zufrieden.

Die Franzosen sprachen seinen Spitznamen wie »Boungooh« aus, die Amerikaner wie »Bangow«. Sowohl die GIs wie die Poilus, einschließlich der höheren Chargen, sprachen von ihm mit Respekt und gelegentlich sogar mit einem zärtlichen Unterton. Mein ehemaliger Regimentskamerad hatte ein märchenhaftes Organisationstalent; er war ein Beschaffer von Rang, der ehrlichste Dieb unter dem Himmel von Paris.

Dass wir in der Seine-Metropole lebten und es uns weit besser ging als den anderen deutschen Kriegsgefangenen, verdankte ich Bongo. Wir waren im Dezember 44 von den Amerikanern geschnappt, später den Franzosen übergeben und in das berüchtigte Gefangenen-Camp 201 in Pouxeux gebracht worden. Soweit die Franzosen keinen Schwarzhandel trieben, hatten sie selbst nicht viel zu essen, und so schoben wir grausamen Kohldampf. Gleichzeitig wurde uns die Fettlebe in Indochina vorgegaukelt. Wir waren Elitesoldaten, deshalb wollten uns die Franzosen für den Einsatz bei der Fremdenlegion in Südostasien haben.

Ich stellte mich dumm, aber Bongo grinste ihnen ins Gesicht; er war der Kerl, der stets die Blicke auf sich zog, und er wurde von einem sadistischen Caporal drangsaliert. Nach seinem zweiten Ausbruchsversuch unterzog er Bongo einer Prozedur, die ein anderer kaum überlebt hätte: Der Schinder stellte ihn unter die kochendheiße Brause und drehte den Dampf auf. Während man ihm minutenlang die Haut verbrühte, gab er keinen Laut von sich. Nur seine Unterlippe, in der sich die Schneidezähne verbissen hatten, wies später eine zusätzliche Infektion auf. Zur weiteren Abschreckung schlug der Caporal Bongo mit Schläuchen, bis die Haut platzte. Dann streute er ihm Salz in die offenen Wunden. Jetzt brüllte Kalle wie ein Stier, aber Stiere wollen bluten. Deutsche Ärzte brachten Bongo im Krankenhaus wieder halbwegs hin. Er konnte noch nicht richtig auf den Beinen stehen, als er zum dritten Mal türmte – diesmal nicht in Richtung Deutschland, sondern nach Paris, zu einem Vertreter des Internationalen Roten Kreuzes, dessen Adresse er sich verschafft hatte.

Der Entflohene zeigte dem Schweizer Diplomaten die Fingerabdrücke des Caporals und gab zu Protokoll, wie der Mann uns kujoniert hatte. Wütend ging der Eidgenosse zu einem US-Verbindungsoffizier, der seinerseits Alarm auslöste. Es kam zu einem Skandal. In Pouxeux wurden die Bewacher abgelöst und die Missstände abgestellt. Korrekt wie die Yankees sein können, kamen die Misshandelten wieder in US-Gewahrsam, als Entschädigung gewissermaßen in eine Kriegsgefangenschaft de luxe. Schätzungsweise hielt Frankreich noch eine Million deutscher PoWs fest. Auch wenn es den meisten von ihnen weit schlechter ging als Bongo und mir – die wir als Fahrer eigentlich unbezahlte Zivilangestellte der US Army waren –, hatten auch sie die schlimmste Zeit überstanden.

Obwohl wir Offiziere nicht zu arbeiten brauchten, meldeten sich Bongo und ich freiwillig. Bei Kriegsende waren fünf Millionen amerikanische Soldaten in Europa gewesen, doch der größte Teil war bereits wieder nach Übersee zurückverfrachtet worden, und so gab es gewaltige Lücken bei der Logistik, dem militärischen Nachschub. Die Amis versuchten es mit französischen Zivilarbeitern; diese klauten wie die Raben. Da probierten sie es mit deutschen Kriegsgefangenen, die ebenfalls klauten, aber weit weniger. PoWs hatten zudem den Vorteil, dass sie nichts kosteten; sie waren Arbeiter zum Nulltarif, lebende Reparationen.

Bongo und ich machten gleichzeitig Karriere: er, weil er sich niemals erwischen ließ, und ich, weil ich mich mit Mundraub begnügte.

Bongo saß, umgeben von Zivilisten, am Stammtisch und redete in einer Sprache auf sie ein, die ich »Bongorando« nannte und die tatsächlich verstanden wurde. Er hatte längst seinen Frieden mit den Franzosen gemacht und diese mit ihm; sie tranken und lachten miteinander, und »Boungooh« beriet sie, wenn sie ihre Scheine für die Staatslotterie »Les gueules cassées« ausfüllten;

»Die zerschlagenen Fressen« hieß sie, weil ihr Erlös den Kriegsinvaliden zugute kam. Bongo und die Zecher waren Kumpels, wenn nicht sogar schon Freunde. Es ist eben ein Unterschied, ob sich Menschen in einer Kneipe gegenübersitzen oder im Schützengraben gegenüberliegen.

»Da bist du ja endlich«, begrüßte er mich. »Höchste Zeit. Pierre macht uns ein Château, das uns auf der Zunge zerfällt.« Er musste es wissen; er war der Hauslieferant des Bistros. Er beschaffte alles. Er stand in der Gunst seines Chefs, Captain Wannamaker; sie waren ein Herz und eine Seele, wie Herr und Hund. Der Offizier war ein Tierfreund, und sein Vierbeiner apportierte willig; Vierbeiner war für Bongo zu wenig, weit eher organisierte er wie ein Tausendfüßler oder, besser, wie ein Tausendsassa.

Er wies auf die »Stars and Stripes«. »Stell dir vor«, sagte er übergangslos, »da bringt diese Madame Richard im französischen Parlament den idiotischen Gesetzesantrag ein, die Freudenhäuser abzuschaffen, und in Rom verlangt eine italienische Ische dasselbe.«

»Wer ist Madame Richard?« unterbrach ich ihn.

»Eine kommunistische Abgeordnete – natürlich eine Ex-Prostituierte«, erwiderte er.

Ich hörte nicht richtig zu, aber die umsitzenden Franzosen nickten mit den Köpfen, als hätten sie ihn verstanden.

»Komische Zeiten«, fuhr der Bulle fort. »Früher wurden alternde Nutten fromm, heute werden sie rot.« Die Schadenfreude lief ihm wie Sirup über das Gesicht. »Da werden sich die Kameraden auf der anderen Seite künftig die Gießkanne noch öfter verbiegen und dann –«

»Was ereiferst du dich denn so?« unterbrach ich ihn. »Du machst doch einen ganz hübschen Bettenumsatz.«

»Darauf kannst du dich verlassen«, erwiderte Bongo nicht ohne Stolz. »Und keine Käuflichen.«

Er hatte tatsächlich einen Schlag bei Frauen. Es war, als würden sie sich ihm an den Hals werfen, um ihn für seine Ungeschlachtheit zu entschädigen; er hatte Charme und schaffte einfach alles und lebte, stets guter Dinge, in den Tag hinein, was ich für stumpfsinnig hielt. Wir hatten beide die gleiche Zeit, diese tödliche Krankheit, überstanden, aber ich war froh, wenn ich neben vielen Ähnlichkeiten Unterschiede zwischen Bongo und mir feststellen konnte, bis ich darauf kam, dass ich ihn heimlich beneidete.

Kalle, der Mann mit den Beziehungen, auch den dubiosen, vorurteilslos gegenüber jedermann, schaffte einfach alles – bis auf das eine: Sein Elternhaus in Falkensee bei Berlin konnte er nicht 300 Meter weiter in Richtung Spandau verrücken, um Westberliner zu werden. Seine Heimat lag in der Ostzone, und dorthin wurden von den Amerikanern vorläufig keine PoWs entlassen.

»Dieser Tag macht mich ganz kribbelig, Stefan«, behauptete er.

»Das bist du doch immer«, erwiderte ich lachend.

»Aber nicht so«, versetzte Bongo. »Nicht so wie heute. Und dabei hab' ich gestern zwei Französinnen aufgerissen. Eine blond, die andere schwarz. Beide hübsch.« Er lächelte wie die gute Fee persönlich. »Du hast die erste Wahl.«

»Danke«, erwiderte ich.

»Was ist bloß mit dir los?« fauchte er mich an. »Du warst doch früher kein Kostverächter.«

»Vielleicht hab' ich mich überfressen«, wich ich ihm aus.

Er schüttelte sich wie ein Hund, der aus dem Wasser steigt.

»Du kommst also nicht mit?« fragte er fast drohend.

»Nein, Kalle«, versetzte ich.

»Dann pack' ich sie eben beide.«

»Das sieht dir ähnlich«, brummelte ich, und der Beinahe-Berliner wertete es als Schmeichelei.

»Im Übrigen«, ermannte ich mich, »wähle ich mir meine Eroberungen selber aus.«

»Such, such, such«, entgegnete Bongo feixend.

Irgendwie setzte bei mir dieser verdammte maskuline Automatismus ein. »Heute morgen hab' ich eine Frau kennengelernt, die alle anderen in den Schatten stellt«, sabberte ich.

»Gratuliere.«

»Madame Prenelle«, ergänzte ich.

»Was?« fragte Bongo. »Die Frau dieses Widerlings? Toll, Stefan. Mensch, wenn du die schaffst!« schrie er begeistert. »Mann, setz dem Laffen Hörner auf – was meinst du, wie die ihm stehen«, redete er sich in Rage und grinste. »Vermutlich sowieso das Einzige, was ihm noch steht.«

Wir sprachen deutsch und ziemlich laut; um uns herum saßen Müßiggänger des Tages, Rentner, Witwen, Invaliden, es störte sie nicht. Wir luden sie zu einem Apéritif ein, und sie nahmen ihn dankend an. Der Friede machte sich allmählich bemerkbar. Wir waren keine Horrortypen mehr für sie und vielleicht nicht einmal mehr Boches. Es gab wieder engere Bande, ohne dass man dafür Haare lassen musste. Frühere französische Kriegsgefangene reisten nach Deutschland und heirateten die Töchter oder Witwen ihrer Patrons, und in umgekehrter Richtung würde es bald genau so sein.

Aber es hatte sich nicht nur das menschliche Verhältnis geändert, sondern auch die politische Konstellation: US-Präsident Harry S. Truman war dabei, Irrtümer und Fehler seines Vorgängers auszubügeln. Roosevelts »lieber Uncle Joe« hatte die US-Hilfsmilliarden genutzt, um Gewaltpolitik à la Hitler zu betreiben.

Pierre servierte die Châteaux gleich selbst, ein Franzose, stolz wie ein Spanier. Er hatte jeden Grund dazu, sie waren so delikat, wie sie Kalle beschrieben hatte. Mein Blick fiel auf die »Stars and Stripes«. Ich stellte dabei fest, dass das Erscheinungsdatum der US-Soldatenzeitung der 13. April 1946 war.

Heute, genau vor einem Jahr, hatten amerikanische Panzer Bamberg eingenommen.

Bongo fegte die Zeitung vom Tisch. »Banause!« schimpfte er; aber das Datum hatte sich mir auf den Magen geschlagen.

An Bamberg dachte ich wenig. Meine Heimatstadt lag mir ferne, vielleicht weil ich Angst hatte, ihr wieder zu begegnen. Dafür gab es massive Gründe. Gewiss, ich mochte Frankreich, ich steigerte mich fast gewaltsam in diese Zuneigung hinein – es war ein Versuch, der Zukunft auszuweichen.

Es ging mir hier gut in Paris – aber ging es mir wirklich gut? Meine erste Begegnung mit Frankreich hatte vor gut zehn Jahren im Latein-Unterricht mit dem »Gallischen Krieg« des Gaius Julius Caesar stattgefunden; sie war verhältnismäßig reibungslos verlaufen. Die nächste verlief brisanter: Unsere Division wurde als Feuerwehr in die Invasionsschlacht geworfen. Rückzug. Zusammenbruch. Neue Bereitstellung, schon ziemlich nah an der deutschen Grenze.

Als sich Hitlers wahnwitzige Weihnachtsoffensive totgelaufen hatte, brachte mir der Krieg als letzte Weisheit bei, dass ein »Tiger« auch mit leergefahrenem Tank noch lichterloh brennen kann.

Wie ich aus dem brennenden Kampfwagen herausgekommen bin, weiß ich nicht.

Ich hob die Hände und schrie blind: »I surrender – surrender – surrender!«

»Okay, boy«, rief ein schlaksiger US-Sergeant, »go ahead – the war is over for you.«

Erst als sich die Rauchwolken verzogen hatten, war ich sicher, dass ich noch sehen konnte. Ein letztes Mal hatte mich ein Phänomen gerettet, das meine Freunde und Kumpels einst das »typische Stefan-Hartwig-Schwein« genannt hatten.

Meine Mutter hatte ein anderes Wort für diese Glückssträhne in der Not: Sie glaubte, Kunigunde, die Stadtheilige von Bamberg, schütze mich mit ihrem Netz. Sie hatte es so oft gesagt, dass ich jeweils während meines Heimaturlaubs auf die Untere Brücke über Klein-Venedig gegangen war – hier stand ihre Statue –, um das unergründliche Lächeln der Kunigunde auf mich einwirken zu lassen. Sicher hatte meine Mutter der Schutzpatronin schon viele Kerzen geopfert, und ich hoffte für sie wie mich, dass sie nicht vergeblich angezündet worden seien.

Bamberg ist eine großartige Stadt, ein Treffpunkt von Romanik, Gotik, Renaissance und Barock, auf sieben Hügeln gelegen, weshalb man die Stadt das deutsche Rom nennt. Bamberg ist auch ein frommer Ort. Immer gewesen, immer geblieben. Und meine Mutter war eine fromme Frau. Immer gewesen, immer geblieben. Ich war ihr einziger Sohn und dadurch ihre größte Sorge.

Aus Angst versuchte sie, mir Mut zu machen. Dabei hatte sie reichlich naive Vorstellungen vom Geschehen an der Front. »Geh bitte nicht so nah an den Feind heran«, bat sie. »Du musst ja nicht immer und überall der erste sein, Stefan.«

»Schon gut, Mutter –«

»Versprichst du mir das?«

»Ja«, erwiderte ich, im Versuch, ihr die Illusion zu erhalten, an der Front könne der Soldat sein Schicksal bestimmen. Mutter sollte so fest daran glauben wie an die Opferkerze für die heilige Kunigunde. »Ich tu', was ich kann, wirklich. Glaub mir das, Mutter.«

Sie lächelte; sie war sehr tapfer. Sie wusste, dass ich es nicht mochte, wenn sie weinte. Sie hielt durch. Als der Zug abgefahren war und ich ein Buch aufschlug, schwammen die Buchstaben und drohten zu ertrinken. Ich merkte, dass ich nasse Augen hatte. Und jetzt weinte auch Mutter ganz bestimmt auf dem Nachhauseweg, und Vater hatte tröstend den Arm um ihre Schultern gelegt.

Ein paar Mal nahmen wir so Abschied voneinander und sahen uns immer wieder, für Tage, Wochen. Zwischendurch hatte ich längst erfasst, wie stark die Frau war, die ich mitunter für verzagt und etwas hausbacken gehalten hatte. Mein Onkel, der Bruder meines Vaters, seit Jahren politisch exponiert, war in eine Treibjagd der Partei und Justiz geraten. Vater stand das nervlich nicht mehr durch; er drohte daran zu zerbrechen, aber Mutter richtete ihn immer wieder auf, obwohl Rechtsanwalt Dr. Wolfgang Hartwig, der Onkel, von niemandem mehr gerettet werden konnte.

Als ich dem brennenden »Tiger« entkommen war und die Hände gehoben hatte, hätte ich sie am liebsten gefaltet zu einem Dankgebet für meine Mutter, für ihren unerschütterlichen Glauben und ihren Mut. Es war mein erster Gedanke gewesen, wie glücklich meine Eltern sein mussten, wenn sie erfuhren, dass ihr Einziger den Krieg überlebt hatte, wo doch in dem Fünfundfünfzigtausend-Seelen-Städtchen schon weit über zweitausend Söhne und Männer gefallen oder als vermisst gemeldet worden waren.

Ich füllte als PoW die Karte des Internationalen Roten Kreuzes aus. Die Post ging via Schweiz, und Umwege kosten Zeit. Ungeduldig wartete ich auf Antwort, auch wenn es nur zehn Worte sein durften, der Zensur wegen in Blockschrift zu schreiben. Ich zwang mich zur Ruhe.

Ich ging Tag für Tag bei der Postverteilung leer aus.

Und dann, längst nach Kriegsende, wurde endlich der Name Stefan Hartwig ausgerufen.

Ich preschte nach vorne.

Das erste Lebenszeichen meiner Eltern war ihre Todesnachricht.

Letzter Kriegstag für Bamberg: Trotz einiger Bombenschäden war die Stadt bis jetzt fast unzerstört geblieben, eine Rarität im Deutschland des Jahres 1945. In der Region mit dem milden Klima hatte der Frühling bereits seinen Einzug gehalten; ihm folgten andere Eroberer: US-Panzer, Jeeps, Artillerie, Infantrieeinheiten rollten auf die alte Kaiserstadt zu.

Sie hatten es weniger auf das deutsche Rom abgesehen als auf die Nachbarstädte Schweinfurt und Nürnberg, aber Bamberg sollte als Festung verteidigt werden bis zum letzten Stein. Die »Shermans« waren schneller als die militärische Unvernunft.

Die Angreifer tasteten die Stadt nur ab, vernichteten dabei ein paar Häuserzeilen, davon auch eine in der Innenstadt, und darunter das Haus meiner Eltern. Totalschaden. Erst viel später hatte man Vater und Mutter gefunden. So war ihnen wenigstens das Massengrab erspart geblieben und die Beisetzung in Schränken, weil es keine Särge mehr gab.

13. April 1945 – genau heute vor einem Jahr.

Die Erinnerung war brutal, blutig und grausam. Sie wühlte in meinem Magen. Die Übelkeit kroch langsam die Speiseröhre hoch. Ich sprang auf und zwängte mich durch zur Toilette.

Ich lehnte an der Wand und übergab mich, wusch mir meine Hände und versuchte, mein Gesicht wieder zu ordnen, als ich in das Bistro zurückging. Am Tisch stand noch mein Teller mit dem köstlichen Château.

Pierre räumte ab, beleidigt.

»Il n'est pas fou«, versuchte Kalle dem Patron zu erklären, dass ich nicht verrückt, sondern krank sei. »Mon ami est malade.«

Der Wirt blieb gekränkt.

»Mensch, Stefan, du bist völlig mit den Nerven runter. Möchte nur wissen warum«, sagte Bongo und stauchte mich zusammen.

»Mit dir ist ja gar nichts mehr anzufangen.«

Aber diesmal trickste er mich nicht aus.

Ich sah, dass er die Zeitung inzwischen aufgehoben und begriffen hatte, was das Datum bei mir ausgelöst hatte.

Vielleicht spielte Kalle seit langem nur den seligen Narren, den Schieber und den Schürzenjäger, um mich mit seiner immergrünen Laune von dem Finale in Bamberg abzulenken.

Vielleicht war ihm gelegentlich genauso hundeelend wie mir zumute, und er war nur stärker – und ohnedies war er immer, wie selbstverständlich, für die anderen aufgekommen.

»Schon gut, Stefan«, sagte er und legte seine Hand auf meinen Arm.

Ich hatte keine Eltern mehr, doch einen Freund.

Die Abreibung, die der amerikanische Drei-Sterne-General dem französischen Lieutenant-Colonel in aller Öffentlichkeit verpasst hatte, hielt eine Weile an, jedenfalls schlug Alain Prenelle in der nächsten Zeit das Pfauenrad nicht mehr so häufig wie bisher, aber er wartete – hühnerbrüstig, händelsüchtig und hinterhältig – nur auf die Gelegenheit, den Amis die Demütigung heimzuzahlen, und dazu bot sich ihm beim Claim Service, der US-Dienststelle am Bois de Boulogne, mancherlei Gelegenheit. Zur Zeit lagen an die dreißigtausend Erstattungsanträge mit einer geforderten Summe von mehr als 10 Millionen Dollars vor, und die durchwühlte der kleine »Roi-Soleil« wie ein Mistbeet nach Regenwürmern. Im Gegensatz zu den anderen französischen Verbindungsoffizieren, die zu ihren früheren Waffenbrüdern ein kameradschaftlich-freundschaftliches Verhältnis pflegten, wirkte Prenelle feindselig, offensichtlich mit persönlichen Ressentiments befrachtet.

Paris war die oberste Instanz des Claim Service, eine Beschwerdestelle gab es in jeder größeren französischen Stadt – zu überprüfen waren Schäden, die durch GIs in und außer Dienst verschuldet worden waren, vom einfachen Flurschaden über Unfälle bis zu Verbrechen.

Soldaten sind keine Tugendbolde, und so fuhren Bongo und ich die US-Offiziere, Sachverständige und Juristen, kreuz und quer durch das Land. Wegen Arbeitsüberlastung wurden wir mitunter sogar als Ermittler eingesetzt, und nicht nur bei dieser Einrichtung der US-Armee wirkten deutsche PoWs zunehmend als eine Art Hilfs-Sheriffs der Amerikaner.

Natürlich entwickelte sich ein gegenseitiger Schacher, weil die verarmten Franzosen die Entschädigung möglichst hoch ansetzten und die reichen Amerikaner sie möglichst niedrig zu halten versuchten; aber es gab auch viel guten Willen und großzügige Gesten auf beiden Seiten. Ich erinnere mich an einen Bauern in der Normandie, dem 7 500 Francs – der Dollar wurde mit 50 Francs bewertet – zugesprochen worden waren. Nach zwei Tagen schickte er den Scheck an den Claim Service mit der Bemerkung zurück, dass er verzichte, da ihm die Befreiung seines Landes diesen Betrag wert sei.

Die Untersuchung war häufig sehr schwierig, weil die Missetäter, demobilisiert, längst in die Staaten zurückgekehrt waren. Jeder Zweihundertste von ihnen musste vor ein Kriegsgericht; es waren meistens Bagatellfälle, seltener Vergehen, doch mitunter auch Verbrechen.

Die ersten Monate und Jahre nach dem Zweiten Weltkrieg brachten eine Blütezeit der Bigamie. Viele GIs waren von ihren Gespielinnen so begeistert, dass sie diese ehelichten, dabei aber vergessen hatten, dass sie drüben schon verheiratet waren. Die Frühehe ist in Amerika so etwas wie ein Schutz gegen das Lotterleben, aber nach ihrem Kreuzzug gegen Hitler hatten Millionen junger kräftiger Männer aus einem puritanischen Land, in dem mitunter selbst das Erlaubte noch verboten war, zunächst auf der britischen Insel, dann in Italien, in Frankreich und zuletzt in Deutschland eine donnernde Entdeckung gemacht: die europäische Frau. Auf einmal waren US-Männer mehr als gehorsame Söhne und kreuzbrave Ehemänner, mehr als Kofferträger, Ernährer und auch mehr als Petting-Partner; es blieb in der Zweisamkeit nicht mehr bei einem Liebesspiel, das alles erlaubte bis auf das Eigentliche.

»Listen, Bangow«, erklärte Captain Wannamaker seinem Haus- und Hofhund den Run auf die French Girls, »bei ihnen darfst du das Licht im Schlafzimmer anknipsen, und du kommst dir nicht vor wie ein Schweinehund, den sie über sich ergehen lassen müssen. Well, zumindest im Bett kann hier eine Hure netter zu dir sein als drüben eine Ehefrau.«

Er war mit Kalle unterwegs in der Gegend von Lyon. Sie blieben über die Zeit. Entweder hatte sich die Untersuchung dort als ungewöhnlich schwierig herausgestellt, oder die privaten Gelegenheiten erwiesen sich als außerordentlich günstig, und Bongo war ja der Typ, der überall gleich Wurzeln schlug.

Am Abend wurde ich zu Captain Gransmith gerufen; er kauerte am Tisch seines Quartiers, und sein Gesicht wirkte zerknittert. Die »Jack Daniels«-Flasche, die vor ihm stand, war bereits zu zwei Dritteln geleert. Sicher verfügte er noch über weitere Vorräte.

»Sit down, Steve«, lud er mich mit schwerer Zunge ein. »Let's have a drink. Mir fehlen nur noch zwei Punkte zur Rückkehr in die Staaten«, lallte er. »Besser, ich gehe nach Texas zurück und kümmere mich wieder um meinen Zivilberuf und mache Dollars, als dass ich mich mit diesem Prenelle, diesem damned dope, herumärgere. Do you understand?«

»Yes, Sir«, erwiderte ich.

Dann kam er zur Sache und erklärte mir, dass er als Abschiedsgeschenk meine Entlassung aus der Gefangenschaft der US Army durchboxen wolle. »Go home, Steve«, riet er mir. »Go back to Bamberg.«

Ich muss im ersten Moment mehr erschrocken als beglückt gewirkt haben, jedenfalls setzte er hinzu: »Don't be such a fool, Steve.«

»And what about Bongo?« fragte ich, was mit meinem Gefährten geschehen würde.

Gransmith versprach, sich auch für Kalles Entlassung stark zu machen, unter der Bedingung, dass ich meine Heimatadresse als seinen Entlassungsort angeben würde.

Heimatadresse?

Ein Grab und ein Trümmerhaufen. Und eine Erinnerungsstätte. Hier war ich als kleiner Junge Ministrant gewesen, dann Gymnasiast, Jungzugführer, Erntehelfer, Fußballtrainer der Schulmannschaft, Fähnleinführer, Abiturient, um dann mit achtzehn Arbeitsdienstmann zu werden, Offiziersanwärter, Panzerfahrer, Fähnrich. Für einen vom Jahrgang 1921 waren es vorgezeichnete Stationen gewesen, der Werdegang eines »Idealisten«, den ich mit der Beförderung zum Oberleutnant und Kompaniechef abgeschlossen hatte; aber das war kein Beruf und die Erinnerung kein Ruhekissen. Jedenfalls standen mir in dieser Stunde der Wahrheit Abwehr und Verzweiflung näher als die Domtürme zu Bamberg.

Der Captain lud mich zum Trinken ein und öffnete eine zweite Flasche. Ich schüttete den Bourbon in mich hinein, bis die Konturen meines anmutigen Geburtsortes verwackelten und schließlich rund wurden, die Altenburg, die alte Hofhaltung, das Böttingerhaus.

Der nächste Tag, und das hatte mir Captain Gransmith eigentlich sagen wollen, sollte die Beziehungen zwischen Amerikanern und Französinnen propagandistisch aufbessern und die schlechte Presse der GIs korrigieren. Langsam wichen meine Kopfschmerzen, während ich den Cadillac, die Staatskarosse der Dienststelle, wusch und dann Gransmith und drei weitere US-Offiziere in das Zentrum von Paris, zu »La Madeleine«, fuhr. Auch die französischen Verbindungsoffiziere stellten sich, Prenelle ausgenommen, in den Dienst der Demonstration; der Lieutenant-Colonel hatte die Einladung ausgeschlagen, obwohl die einem griechischen Tempel ähnelnde Madeleine-Kirche von Napoleon ursprünglich zum Ruhm der Großen Armee bestimmt gewesen war.

Die glücklichen Bräute, frisch onduliert, fröhlich plaudernd, standen unter der Kolonnade mit den korinthischen Säulen und posierten vor dem Gottesdienst für die Fotografen: siebzig, achtzig und noch mehr GI-Fiancées in selbstgeschneiderten Sonntagskleidern.

Sie würden anschließend in Le Havre an Bord gehen; pausenlos verkehrten zur Zeit Family Ships zwischen der Alten und der Neuen Welt und schafften Tausende von Bräuten aus ganz Europa über den

Atlantik. In den Zeitungen folgten den Schauer-Stories über das Treiben der GIs nunmehr Rührgeschichten. Der Ruf der US Army sollte aufpoliert und in den Staaten das von Korrespondenten kolportierte Bild von »Sodom und Gomeuropa« verwischt werden.

Nach dem feierlichen Gottesdienst explodierte im Claim Service am Bois de Boulogne eine Horrornachricht: In Marseille war ein US-Tankwagen mit einem Lastwagen zusammengestoßen. Das Feuer hatte auf ein Munitionsdepot übergegriffen. Die Explosion zerstörte zwei Straßenzüge; es gab viele Tote und Schwerverletzte. Unverzüglich musste vor Ort geklärt werden, wen die Schuld an der Katastrophe traf. Eine Militärmaschine der US Air Force sollte sofort mit einer amerikanisch-französischen Kommission starten.

Gransmith bestand darauf, dass Prenelle ihn begleitete. Der französische Offizier rief in seiner Wohnung an und bat seine schöne Frau, ihm einen Koffer mit den nötigen Utensilien zu packen. Gleichzeitig wurde ich losgeschickt, um sein Gepäck in der Avenue de Friedland abzuholen und zum Flughafen Le Bourget zu schaffen. Ich hatte nur etwas über vierzig Minuten Zeit. Es war kaum zu schaffen, und das wusste mein Captain so gut wie ich. Vielleicht wollte Gransmith heute einmal Prenelle einiges heimzahlen.

Ich fuhr wie der Henker. Die Straßen waren noch verhältnismäßig leer, aber ich brauchte doch vierzehn Minuten.

Ich klingelte an der Wohnungstüre. Niemand öffnete.

Ich läutete Sturm.

Dann hörte ich Schritte.

Nicht das Mädchen öffnete: Es war Madame. Sie musste auf dem Balkon ein Sonnenbad genommen haben; sie trug einen Strandanzug, der viel Haut zeigte, viel Frische, viel Frau.

»Bonjour, Madame«, sagte ich hastig. »Peux-je prendre la malle de Monsieur?« bat ich um Prenelles Koffer.

Sie sah mich an, als hätte sie mich nicht verstanden; womöglich hatte sie auch gar nicht die Sonne genossen und wollte sich durch diese Aufmachung nur in meiner Verwirrung sonnen.

»À bout de souffle?« spielte sie wieder auf meinen kurzen Atem an und lächelte aggressiv. »Viens«, sagte sie dann und ging voraus.

Ich stellte fest, dass sie wunderbar gewachsen war, etwa 1 Meter 70, herrliche Schultern, schmale Hüften. Keine Spur zu füllig. Sie öffnete die Tür und das erste, was ich sah, war der Hausherr in Öl als Kolossalschinken über dem breiten Bett: Alain Prenelle mit seinem bizarr geformten Schnurrbart, dessen Enden durchhingen wie die Zweige einer Trauerweide.

Ich stand da und wartete auf den Koffer. »La malle, Madame, s'il vous plaît«, wiederholte ich.

»Qu'est-ce que tu désires?« schüttete sie Öl ins Feuer. »La malle ou moi? Den Koffer oder mich? Tu trembles comme une feuille«, stellte sie fest.

Falls ich tatsächlich wie Espenlaub zitterte, dann jedenfalls nicht aus Angst. »Au grand jamais«, behauptete ich. »Nie und nimmer.«

»Au grand jamais?« spöttelte sie und sah mich fest an. »Alors, fais quelque chose!«

Ich ließ mich nicht ein zweites Mal auffordern, etwas zu unternehmen.

Ich stürzte mich auf Adrienne wie sie sich auf mich.

Ineinandergekeilt fielen wir auf das breite Bett unter Alain Prenelles kitschig-buntem Konterfei. Bevor der Sturm sich entlud, dachte ich noch verschwommen daran, dass der Gehörnte sich in Marseille wohl eine neue Zahnbürste kaufen müsste.

Adrienne war ein Vulkan mit wilden Eruptionen. Sie übertraf tatsächlich alles, was man in Männerkreisen über die erotischen Qualitäten der Französin gehört, erträumt und kolportiert hatte. Den Koffer des Hausherrn packte ich schließlich selbst und lieferte ihn am nächsten Morgen mit US-Kurierpost und der Entschuldigung nach, in einem Verkehrschaos hängen geblieben zu sein.

Das war durchaus glaubhaft, aber man musste schon eine Binde über den Augen tragen, um nicht zu erkennen, was sich in den nächsten Wochen zwischen Adrienne und mir abspielte.

Sie war eine Leihgabe, eine Geliebte auf Zeit, kapriziös, exzentrisch, zärtlich und bestimmend. Vor allem bestimmend. Ich hatte wenig zu entscheiden und lebte nach der Devise: Ein Kavalier gehorcht und genießt. Wir unterhielten uns in einem drolligen Gemisch von Französisch-Englisch-Deutsch. Seltsamerweise konnten wir uns in dieser selbstgemachten Bastardsprache am besten verständigen. Auch wenn der Mann, den wir hintergingen und nur noch »le cocu« nannten, den Hahnrei, in Paris war, trafen wir uns.

Adrienne hatte keinerlei Hemmungen, sich mit mir in der Öffentlichkeit zu zeigen. Mitunter kam mir der Verdacht, sie lege es geradezu darauf an, ihren ungeliebten Ehemann zu demütigen.

Natürlich fragte ich sie, warum sie Prenelle eigentlich vor drei Jahren geheiratet habe. Ich erhielt nur umschreibende oder ausweichende Antworten, aber schließlich setzten sich die Steinchen doch zu einem Mosaik zusammen.

Wir gingen Arm in Arm durch den Jardin du Luxembourg, durchstreiften die Quartiere der Maler und Poeten und die lichtlosen, verwinkelten Gassen am Montmartre mit ihren Durchbrüchen, Treppen und Sackgassen. Bongo gab mir so viel Geld, wie ich brauchte, und griff zusätzlich in die Tasche, um meine Garderobe zu verbessern. Eine US-Windbluse und eine Drillichhose waren wohl nicht die richtige Aufmachung für einen Galan, auch wenn es in Paris bekanntlich als chic gilt, der möglichst salopp gekleidete Begleiter einer eleganten Dame zu sein.

»Du machst dich, Stefan«, lobte Kalle. »Du warst ja schon ein richtiger Trauerkloß geworden.« Er grinste. »Adrienne kam gerade noch rechtzeitig. Sie tut dir gut. Ich glaube, die würde jedem gut tun.« Er senkte die Stimme: »'ne echte Leistung, als Boche-PoW die Frau eines Lieutenant-Colonel zu pimpern.«

»Drück dich gewählter aus«, erwiderte ich.

»Das«, räumte er ein, »hätte nicht einmal ich geschafft.«

»Ich hab' Adrienne ja auch nicht geschafft«, schränkte ich ein. »Sie hat mich geschafft.«

»Das ist doch egal«, erklärte Bongo. »Der Endeffekt ist der gleiche. Aber ein bisschen vorsichtiger solltest du vielleicht doch sein.«

Wir saßen wieder in unserem Bistro. Leider gab es kein prächtiges Château; heute hätte es mir gemundet.

»Dieser lächerliche Wicht müsste doch längst gemerkt haben, dass du seit Monaten eine Affäre mit seiner Frau hast«, wühlte Kalle weiter in meinem Intimleben herum.

»Ich wundere mich ja auch schon die ganze Zeit«, entgegnete ich.

»Vielleicht will sie auf diese Tour die Scheidung erzwingen.«

»Das könnte sie vermutlich einfacher haben«, erwiderte ich.

»Jedenfalls: Treib's nicht auf die Spitze«, mahnte Kalle.

»Sag's nicht mir«, versetzte ich gereizt, »sag's lieber ihr.«

»Sie macht sich doch nicht das Geringste aus diesem Prenelle.«

»So ist es.«

»Warum hat sie ihn denn dann eigentlich geheiratet?« kam er zur Gretchenfrage.

»Krieg«, erklärte ich. »Ihr Vater war bei der Résistance und wurde von SD-Leuten geschnappt. Prenelle hat ihn durch einen Überfall herausgeholt, unter der Bedingung, dass Adrienne seine Frau wird.«

»Das ist vielleicht eine Räuberpistole«, erwiderte Bongo. »Und die glaubst du?«

Ich zuckte die Schultern.

»Ein solcher Held lässt sich dann so behandeln? Mach dir nichts vor, Stefan: Diesem parfümierten Weichling ist doch wirklich nichts zuzutrauen.«

»Vielleicht hat er andere beauftragt, die Dreckarbeit für ihn zu erledigen und Adriennes Vater herauszupauken.«

»Wo soll sich denn das abgespielt haben?« fragte Bongo.

»In Saint Etienne – in der Nähe von Lyon«, erwiderte ich.

»Lyon?« Bongo wurde nachdenklich. »Da war ich ja gerade« sagte er. »Das ist vielleicht 'n Ding. Weißt du, wie Adrienne mit ihrem Mädchennamen hieß?«

»Pantoullier«, antwortete ich und stand auf. Adrienne wartete auf mich. Es würde heute ohnedies Verdruss mit ihr geben: Der morgen in die USA zurückfliegende Captain Gransmith – er war Junggeselle – hatte mich zu seiner Abschiedsparty eingeladen.

Wir trafen uns in einem kleinen Café in der Nähe der Champs-Elysées, und als ich ihr sagte, dass ich gleich gehen müsste, war sie verärgert.

»Sois donc prudente, Adrienne«, redete ich auf sie ein. »Captain Gransmith is my boss and a kind of friend, too – und es wäre doch verdammt unhöflich –«

In diesem Moment betraten drei Mann der französischen Militärpolizei das Café, sahen sich um.

Als sie auf uns zugingen, wusste ich, dass sie mich schnappen wollten.

Ich sprang hoch, um zu flüchten.

Sie holten mich ein.

Ich schlug den vorderen nieder, stieß den zweiten mit dem Fuß beiseite, aber der dritte griff nach mir. Wir kamen zu Fall. Da waren die anderen beiden wieder auf den Beinen. Das Letzte, was ich sah, als sie mich zusammendroschen, war Adrienne, die mit einem Gesicht, als hätte sie mit der Peinlichkeit nichts zu tun, blasiert rauchte.

Als ich wieder zu mir kam, lag ich in einem Krankenrevier.

Ich hatte mir gewissermaßen meine vierte Verwundung geholt.

Die Ärzte sagten mir, dass ich sie überstehen würde. Sowie es mir besser ging, kam ich im Dezember in die Arrestzelle einer französischen Kaserne. Ich wurde nicht vernommen. Die Wärter brachten mir das Essen. Wenn ich Fragen stellte, schüttelten sie den Kopf; sie sollten offensichtlich nicht mit mir reden.

Ich verlangte, dem Ermittlungsrichter vorgeführt zu werden. Keine Antwort. Ich tobte.

Sie sperrten mich in eine Dunkelzelle.

Als sie mich wieder herausließen, wurde ich verlegt, in ein Strafcamp der französischen Armee, nordöstlich von Paris.

Die Amerikaner mussten mich vermissen. Ich war ihr PoW, und die Franzosen konnten mich erst zur Rechenschaft ziehen, wenn ich formell aus der US-Kriegsgefangenschaft entlassen war. Wer war überhaupt für meine Bestrafung zuständig? Welchen Vergehens sollte ich beschuldigt werden? Ehebruch war schließlich kein Strafdelikt.

Sicher hielten mich die Franzosen unter Verschluss, um den Deckel über dem Skandal zu schließen. Auch die Amerikaner konnten nicht daran interessiert sein, dass die Liebesaffäre zwischen einem PoW und der Frau eines hohen alliierten Offiziers in die Schlagzeilen geriet. Mir war auch längst klar geworden, dass Adrienne, meine schöne Geliebte, das Fiasko, zumindest indirekt, bewusst gezündet hatte. Weshalb? Und was war aus ihr geworden?

Hatte Captain Gransmith, mein Gönner, noch von meiner Verhaftung erfahren?

Viele Fragen, keine Antworten; aber etwas war sicher: Bongo würde nicht aufhören, US-Offiziere, die mir wohlwollten, zu mobilisieren – solange man ihn nicht auch verschwinden ließ, musste auch ich eines Tages wieder vorzeigbar sein. Und schließlich war der Krieg längst vorbei.

Ich wurde ein drittes Mal verlegt: in das Santé-Gefängnis von Paris. Santé heißt Gesundheit, und das war schierer Hohn. In diesem Gebäude gab es Todkranke, Verurteilte, die man morgen oder irgendwann holen und hinrichten würde: Mörder oder Kollaborateure.

Manchmal schreckte ich nachts auf, wenn ich am Gang Schritte hörte. Dann fürchtete ich, sie würden zu mir kommen. Eine Zeit lang schaltete ich ab, ließ mich gehen, merkte nicht mehr, ob es Tag oder Nacht war. Noch immer sprach keiner mit mir, und das war die größte Tortur. Manchmal führte ich laute Selbstgespräche, um festzustellen, ob ich noch eine Stimme hatte.

Ich konnte nicht sagen, ob ich Wochen oder Monate verhaftet war. Drei Schritte vor, drei zurück. Die Zelle war winzig, rechteckig, ein kleiner Tisch, ein hölzerner Schemel, eine eiserne Pritsche mit einer Matratze, ein Kübel mit Patentverschluss und an den Wänden in der Keilschrift der Messerspitze kleine Zoten und verwitterte Namen. An der Stirnseite, viel zu hoch, ein vergittertes Fenster, durch das Licht in das Halbdunkel fiel.

So gut es ging, war ich immer der Erinnerung ausgewichen, aber in Santé-Gefängnis misslang es gründlich: Ich dachte an Claudia, meine Jugendliebe, an Sibylle und an ihren Bruder Rolf, meinen Mitschüler. An den großartigen Dr. Faber, an die liebeshungrige Lydia und an den dicken Benno. Plötzlich fiel mir auch Peter Steinbeil wieder ein, den ich schon vergessen hatte, der Junge mit der schweizerischen Mutter, den wir Tarzan genannt und dem ich in einem beispiellosen Tauschhandel einen Reisepass verschafft hatte. Dann rauschten wieder Bomben vom Himmel. Volltreffer. Totalschaden. Amen.

Essensausgabe. Ein Kalfaktor blinzelte mir zu, als er mir die Hundeschüssel zuschob; auf ihrem Boden fand ich ein Kassiber: »Halte durch, Stefan, bald ist alles überstanden.«

Kalles Nachricht riss mich wieder ins Leben zurück. Der Mann mit den Beziehungen war kein Schwätzer. Er machte Nägel mit Köpfen, das bewies er allein schon durch die eingeschmuggelte Nachricht.

Ich nahm mich zusammen. Ich achtete wieder darauf, ob es Tag oder Nacht war. Kurze Zeit später erhielt ich auf gleichem Weg eine französische Zeitung: Unübersehbar der Mann auf der Frontseite.

Darunter die Schlagzeile: »Lieutenant-Colonel Prenelle verhaftet.«

Es war offensichtlich eine erste, heiße Nachricht.

Den Bericht fand ich im Innern des Blattes:

»Wie wir kurz vor Redaktionsschluss erfahren, wurde Lieutenant-Colonel Alain Prenelle, der wegen seiner Tätigkeit für die Résistance bei Kriegsende ausgezeichnet und befördert worden war, überraschend verhaftet. Durch die Aussage eines deutschen Prisonier de guerre in amerikanischen Diensten ergaben sich Hinweise, dass Prenelle als Spitzel für die Gestapo in Lyon tätig gewesen war.

1943 hatte der Verdächtige in der Nähe von Saint Etienne einen Gefangenentransport überfallen und seinen späteren Schwiegervater, Georges Pantoullier, aus der SD-Haft befreit. Nunmehr besteht der dringende Verdacht, dass dieser Coup gestellt war, um Alain Prenelle das Vertrauen der Widerstandsbewegung zu verschaffen. Er soll hier Informationen gesammelt haben, die später zur Verhaftung einiger Patrioten führten.

Ermittlungen sind im Gange.«

Deutscher PoW in US-Diensten?

Es hörte sich nach Bongo an, dem Mann, der Beziehungen zu allen und jedem hatte, »lange Arme«, wie es die Franzosen nennen. Jetzt erinnerte ich mich auch, wie sich Kalle einmal entsetzt darüber geäußert hatte, dass der US-Geheimdienst einige der übelsten Kreaturen der Gestapo von Lyon als Handlanger beschäftigte.

Vielleicht hatte Madame Prenelle seit langem einen Verdacht gegen »le cocu« gehegt, war aber damit nicht durchgedrungen, deshalb musste vermutlich ich zur Zündschnur des Skandals werden.

Eine schöne, aufregende Zeit mit ihr lag hinter mir, aber ich war nur Adriennes »nützlicher Idiot« gewesen.

Die Bestätigung kam rasch.

Am nächsten Tag wurde ich aus der Zelle geholt, über den langen Gang geführt, vorbei am Exekutionsraum, in das Dienstzimmer des Directeur; er brachte die Diensthandlung so schnell hinter sich, dass ihm keine Zeit blieb, mir einen Stuhl anzubieten.

Neben ihm stand ein Dolmetscher.

»Monsieur Hartwig«, sagte er, »ich eröffne Ihnen, dass das Verfahren gegen Sie ausgesetzt wurde. Sie werden unverzüglich der US Army als Kriegsgefangener zurückgegeben. Gleichzeitig teile ich Ihnen mit, dass Sie die US Army entlässt. Sie werden ausgewiesen und heute noch in Ihr Heimatland verschubt.« Er machte eine kurze Pause. »Sie haben in den nächsten zwei Jahren nicht das Recht, Frankreich zu betreten. Avez-Vous entendu, Monsieur Hartwig?«

»Oui, Monsieur le Directeur«, erwiderte ich. »Merci bien.«

Vor dem Gefängnis stand ein Jeep der französischen Armee. Er schaffte mich nach Le Bourget. Der Fahrer jagte so schnell durch die Straßen von Paris, dass ich die hübschen Frauen und Mädchen auf den Boulevards nur als Farbkleckse wahrnehmen konnte. Offensichtlich war die französische Armee bestrebt, mich den Journalisten vorzuenthalten. Aus dem politischen Fall Prenelle mussten die pikanten Details, also die hübsch-frivole Adrienne, ausgeklammert werden.

Der Jeep hielt vor der Einfahrt des Flughafens. Die Franzosen übergaben mich formlos amerikanischen Militärpolizisten mit weißen Helmen und weißen Koppeln. Ich stieg von einem Jeep in den anderen um. Der Wagen rollte über den Flugplatz und hielt vor einer Maschine der US Air Force. Die Verwirrung endete, als ich, unübersehbar auf der Landetreppe, Bongo erkannte. Er wirkte prall wie ein Sack, der gleich platzen musste, und heraus kamen fraglos lauter Goldstücke.

Er kam mir entgegen, boxte mich in die Seite. »Bleich, aber gefasst wie Maria Stuart auf dem Schafott«, begrüßte er mich.

»Junge, Junge, du hast uns ganz schön auf Trab gehalten. Was meinst du, was wir für eine Arbeit mit dir hatten, Ladykiller.«

»Ich hab' gewusst, dass ich mit dir rechnen kann, Bongo«, erwiderte ich. »Herzlichen Dank.«

»Schnauze«, knurrte Kalle. »Bedank dich lieber beim Captain.«

»Ist Gransmith doch noch in Paris?« fragte ich.

»Der ist schon lange in Amerika. Ich meine, bei Captain Stone.«

Wie auf ein Stichwort erschien ein vierschrötiger, hochgewachsener US-Offizier im Luk, jede Menge Lametta auf der Brust. Sein »Silverstar« glänzte in der Mittagssonne, aber mit Heldenblech konnte man mir nicht mehr imponieren, nicht einmal mit alliiertem.

»Mittelstürmer Steinbeil meldet sich zur Stelle, Fähnleinführer«, sagte der Captain in Deutsch.

Die Begrüßung warf mich fast von den Beinen: Captain Stone war mein früherer Mitschüler Peter Steinbeil, alias Tarzan.

»Hallo, Stefan«, fuhr er fort. »Ich mache heute Tabula rasa: Du hast mir damals ins Ausland weitergeholfen, und ich schaff' dich heute ins Vaterland zurück. Starr mich nicht so an. Ich bin kein Hochstapler. Es gibt für alles eine natürliche Erklärung: Meine Mutter hat einen Amerikaner geheiratet – und so wird man Alliierter.«

»Ich verdank' dir die Befreiung aus dem Santé-Gefängnis?«

»Ja, Bongo und mir – die Franzosen waren ganz schön hartnäckig. Wirklich schade, dass ich ihnen absolute Diskretion garantieren musste. Dein Fall wäre ein Fressen für die Presse.«

»Was ist eigentlich aus Adrienne geworden?« wandte ich mich an Kalle Klett, alias Bongo.

»Ich fürchte, dass du künftig auf die Dame verzichten musst«, erwiderte er. »Sie hat einen mächtigen Gönner gewonnen, der sie aus allem heraushält.« Er grinste. »Einen US-General.«

Wir kletterten über die Landetreppe. Der Pilot fuhr die Maschine langsam über die Betonpiste und erhielt Starterlaubnis.

»Wohin fliegen wir eigentlich?« fragte ich.

»Zunächst nach Wiesbaden-Erbenheim«, erwiderte Captain Stone.

»Und dann?«

»Dann fahren wir weiter nach Bamberg«, erklärte Ex-Tarzan.

»Hast du denn damals meinen Brief nicht bekommen?« fragte der Jugendfreund und lächelte. »Hab' ich dir nicht geschrieben: ›Vielleicht gibt es ein Wiedersehen, irgendwann, irgendwo –‹ ?«

»Das hast du«, bestätigte ich. »Vielen Dank übrigens, Peter. Du hast mir damals sehr imponiert, obwohl ich ja noch in brauner Vollnarkose lag.«

»Wir waren von jeher freundliche Gegner«, entgegnete der Captain.

Ich hätte mir zu der Situation gratulieren müssen, aber ich kam mir nicht vor wie ein Kriegsgefangener auf dem Weg in die Freiheit, eher wie ein Verbrecher, der in ein anderes Land ausgeliefert wird. Auf einmal wurde die Erinnerung frei und erschien an der Oberfläche wie ein Frostaufbruch. Was ich in einer Steinzeit von fast neun Jahren erlebt hatte, holte mein Bewusstsein aus der Versenkung, und ich erlebte alles noch einmal, als hätte es sich gestern ereignet.

II

Die schmalen Gassen und historischen Straßen haben die Hitze des Tages wie ein Backofen gespeichert. Viele Bamberger schwingen sich aufs Fahrrad und flüchten, durchaus unpolitisch, vor Temperatur, Trommelwirbel, Staub und Fackelaufmarsch in die Landgaststätten der Umgebung. Aber manche – sonst Bierselige – bleiben heute auch zu Hause, um das spätabendliche Spektakel zu genießen: Hübsche Mädchen – und die meisten von ihnen sind es – sieht jeder gerne, selbst wenn sie Uniform tragen.

Mit Beginn der Dunkelheit quellen die Maiden aus Privatquartieren und Massenunterkünften in den Schulen zu den Sammelplätzen wie die Rundungen aus ihren BDM-Blusen: Sie sind weiß wie die Unschuld, ihre Röcke dunkel wie die Nacht, ihre Schuhe so flach wie der Text ihrer Lieder. Sie formieren sich zu Kolonnen, bewegen die Beine gleichmäßig, mitunter zu schnell oder zu langsam, nicht mit der Präzision einer Marschkolonne und schon gar nicht mit der Disziplin eines Balletts.

Der Singsang ihrer hellen Stimmen klingt dünn. Der Fackelschein huscht über die unbeschriebenen Gesichter der BDM-Führerinnen, der Elite des »Bundes deutscher Mädel«, den gleichaltrige Hitlerjungen häufig ungalant als »Bund dummer Motten« verspotten.

Jeweils im Spätsommer kommen sie aus allen Teilen Deutschlands in die ehrwürdige Kaiser- und Bischofsstadt Bamberg, die selbst fünf Jahre nach der Machtergreifung noch keine braune Hochburg geworden ist. Die Parade von »Glaube und Schönheit«, von flatternden Wimpeln, von klappernden Absätzen, von wippenden Busen, von wehenden Haaren, von glänzenden Augen ist eine Nebenveranstaltung der Reichsparteitage, denn das von NS-Heerscharen überfüllte Nürnberg hat für die vierzehn- bis achtzehnjährigen »Mütter von morgen« keinen Platz. Die Wimpel, die an diesem Sommerabend des Jahres 1938 in Bamberg geweiht werden sollen, schaukeln an dünnen, über den Schultern getragenen Speeren wie Dreiecksbadehosen.

Die Innenstadt überzieht sich mit dem Rot der lodernden Fackeln – sie riecht nach Pech und Schwefel. Die Fassaden der alten Fachwerkhäuser in den winkeligen Gassen scheinen zu glühen. Nur die hohen Giebel stehen dunkel und unbewegt über der nächtlichen Schau. Der Aufmarsch wird auf dem Domplatz enden, der so alt ist, wie das Tausendjährige Reich seine Lebensdauer vorausprahlt.

Die Kolonnen der singenden Mädchen werden von Hitlerjungen eskortiert. Rechts und links der dreireihigen Ordnung gehen ausgesuchte Jungvolkführer in gemessenen Abständen als Schützer und Ritter. Auf ihren Fahrtenmessern steht: »Blut und Ehre«, ein Wahlspruch, der für ihre Generation bald zu Blut und Blei werden wird. Auf ihren Gesichtern spiegelt sich nicht nur der Feuerschein der Fackeln. Je nach ihrer körperlichen Reife leuchtet aus ihren Augen die Wichtigkeit des Auftrags oder die Lust, die Mädchen von der Seite anzustarren. Die einen spüren die Größe der Zeit, die anderen spüren etwas ganz anderes und überlegen, wie sie an die Mädchen herankommen können, die sie vor männlichen Belästigungen schützen sollen.

»Unsere Fahne flattert uns voran, unsere Fahne ist die neue Zeit«, singen die Mädchen. »Unsere Fahne führt uns in die Ewigkeit, ja die Fahne ist mehr als der Tod.«

Der Fähnleinführer Stefan Hartwig, siebzehn Jahre alt, in einem Jahr Abiturient des Gymnasiums, sieht eisern geradeaus. Er hat die sonst vollen Lippen schmal zusammengepresst, die Schultern leicht hochgezogen, als schritte er durch Regen. Er ärgert sich.

Für ihn ist das Herlaufen neben dem BDM eine Tortur. Er hört die witzelnden Bemerkungen der Zuschauer auf den Gehsteigen oder aus den Fenstern, die halb gutmütigen, halb bissigen Zurufe an die Mädchen. Und die Leute wollen vor Lachen platzen. Dass er dagegen nichts unternehmen kann, macht Stefan Hartwig zornig.

Die Straßen wirken fast leer. Der Bedarf an Umzügen ist im Jahre 1938 bei der deutschen Bevölkerung ziemlich gedeckt. Und viele der Menschen, die den Mädchen begegnen, verschwinden schnell in einem Hauseingang, bevor eine der Fahnen vorbeigetragen wird. Die Embleme des Dritten Reiches sind mit entblößtem Kopf und erhobener rechter Hand zu grüßen. Vor dieser Pflicht laufen sie davon. Auch darüber ärgert sich Stefan. Denn er nimmt den nächtlichen Pomp mit dem gläubigen Ernst seiner siebzehn Jahre.

Er hasst Schleicherei. Er verachtet alles, was er nicht fassen, nicht greifen kann. Die gutmütige oder böswillige Opposition gegen die BDM-Wimpel ist für ihn Verrat, Dummheit und Rückfall in den Sumpf, aus dem der Nationalsozialismus das deutsche Volk gezogen hat.

Der Spielmannszug verfällt wieder in einen Trommelwirbel. Der Schall bricht sich an den Fassaden der Häuser, von denen fünfzehnhundert älter als zwei Jahrzehnte sind. Lydia, die dunkelhaarige Mädelschaftsführerin aus Stettin, kommt neben dem Fähnleinführer ins Stolpern, droht zu fallen. Zwangsläufig fängt sie Stefan auf, mit klammen Armen. Die Hand mit der Fackel streckt er so weit wie möglich von sich, aber der Feuerschein ist hell genug, um die Blamage auszuleuchten. Einen Moment lang spürt er das Mädchen sanft und weich an seiner Uniformbrust, sieht das Lächeln ihrer aufgeworfenen Lippen, die weißen, leicht auseinanderstehenden Zähne.

»Danke«, flüstert Lydia, und Stefan schiebt die Frühreife von sich weg wie unnötigen Ballast: Er wird überflutet von Gefühlen, die ihn aus dem Takt bringen und das Marschieren schwer machen.

Er geht in allem auf, was er tut, in der Schule wie in der Hitlerjugend. Stefan und sein Rivale Peter Steinbeil, ein vierschrötiger, kräftiger Typ, den sie »Tarzan« nennen, stellen abwechselnd den Primus der Klasse, und beide sind auch die weitaus Besten im Sport, aber Stefan fährt in den Ferien in das HJ-Sommerlager, um sich auch hier zu bewähren. Tarzan besucht seine Großeltern in der Schweiz, statt der Staatsjugend zu dienen. Als einziger Schüler gehört Peter nicht der Hitlerjugend an, und trotz seines Unmuts ist Stefan darüber nicht ganz unglücklich: Wenn er im Braunhemd vor der Front seines sauber ausgerichteten Fähnleins steht, braucht er den Konkurrenten nicht zu fürchten. Freilich ist er schon ein paarmal an Peter Steinbeil geraten; die Auseinandersetzungen endeten mit Schrammen und Beulen unentschieden, und ganz kann es der Fähnleinführer mit seinem Rivalen nicht verderben, denn Tarzan ist ein hervorragender Mittelstürmer, und als Spielführer braucht er ihn, wenn er die Schulmeisterschaft im Fußball für die 7 c gewinnen will.

Die Kolonne, an deren Seite er geht, hat den Absatz des großen Aufmarschplatzes erreicht. Im Rücken wird er von der Neuen Residenz begrenzt. Ihr gegenüber liegt die alte Hofhaltung, die mit steinernem Fuß mitten in der Geschichte steht. Und links daneben zeigt der Dom der Fahnenweihe die steinerne Schulter.

In diesem Moment sieht Stefan den alten Mann. Er ist klein und schmächtig, trägt einen Spazierstock unter dem Arm und staunt mit offener Neugierde die BDM-Mädchen an. Er lächelt dabei wehmütig, fast als dächte er: Schade, zu meiner Zeit trugen die jungen Mädchen noch lange Röcke. Aber dafür brauchten sie auch nicht zu marschieren. Da kommst du nicht mehr mit, da bist du eben schon zu alt.

Er steht auf gleicher Höhe mit den Fahnen, und er wechselt nicht den Spazierstock von der Rechten in die Linke.

Er lächelt noch immer.

Da springt Stefan aus der Reihe, hastet auf den Alten zu und schreit: »Haben Sie die Fahne nicht gesehen? Können Sie nicht grüßen?«

Der Mann schüttelt den Kopf. Ein paar Zuschauer im Hintergrund murmeln. Eine Frau ruft: »Haut doch dem Bengel ein paar hinter die Ohren!«

Die Kolonne hält. Die Ordnung löst sich auf. Alle starren die Szene an. Da packt Stefan den Alten am Arm, zieht ihn ein paar Meter auf die Fahne zu, lässt ihn los und sagt: »Los, grüßen Sie!«

Der Mann begreift nicht.

»Sie sollen grüßen!«

Der Spazierstock zittert. Der Alte sieht verlegen nach der Seite, als hoffe er auf Hilfe. Er schüttelt den Kopf. Dann hebt er die Hand. Sein Gesicht wird über und über rot.

Er dreht sich um und geht mit müden, schleppenden Schritten.

Stefan hastet wieder an seinen Platz zurück. »Gleichschritt Marsch!« befiehlt er.

Mit blassem Gesicht marschiert er wieder an der Seite der Mädchen. Er sieht weder ihre bewundernden Blicke noch die bösen Augen der Umstehenden. Er bemerkt auch nicht den Mann, der die Szene beobachtet und wie ein Fremder mit hochgeschlagenem Trenchcoat-Kragen langsam weitergeht: Dr. Faber, Klassenleiter der 7 c.

Der Sternmarsch der BDM-Formationen verlangsamt sich in der Altstadt wie in einem Flaschenhals, staut sich vom Fuß des Dombergs zurück bis zum Alten Rathaus. Die Trommler und Pfeifer der Spielmannszüge nutzen die Verzögerung zu einem militanten Platzkonzert. Das alte Gemäuer verstärkt es zu einem Höllenlärm, der gedämpft auch noch im südlichen Bamberg zu hören ist, wo in der Dientzenhoferstraße, nahe dem Priesterseminar, die von gepflegten Gärten umgebenen Einfamilienhäuser des Rechtsanwalts Dr. Wolf Hartwig und des früheren Bankdirektors Gernot Steinbeil nebeneinanderliegen. Der katholisch-konservative Jurist und der liberale Finanzfachmann, Freimaurer und frühere Reichstagsabgeordnete hatten als politische Gegner bis zum Machtantritt der Braunen mitunter heftig die Klingen gekreuzt und waren nach 1933 – beide als Gegner des NS-Regimes abgestempelt und bei der kleinsten Unvorsichtigkeit von Verhaftung bedroht – zu persönlichen Freunden geworden, bis Gernot Steinbeil vor zwei Jahren an einem zu spät erkannten Blinddarmdurchbruch gestorben war – noch keine fünfzig Jahre alt.

Der gefragte Rechtsanwalt ist zur Zeit Strohwitwer. Seine Frau und seine achtjährige Tochter verbringen einen Ferienurlaub in der Fränkischen Schweiz. Sein Bruder Friedrich, der das vom Großvater gegründete Haushaltwarengeschäft weiterbetreibt, brachte heute abend einen neuen Gartenschlauch; gemeinsam sprengten sie den Rasen und genießen jetzt bei einer Flasche Wein die leichte Abkühlung.

Wolf Hartwig stellt fest, dass auch seine Nachbarin mit dem Gießen fertig geworden ist. Er tritt an den Zaun, um ihr einen guten Abend zu wünschen: »Hätten Sie Lust auf ein Glas Wein, Frau Steinbeil?«

»Aber Sie haben doch Besuch, Doktor.«

»Mein Bruder ist schon im Aufbruch.«

»Ich wasch' mir nur noch die Hände«, erwidert die schöne Nachbarin burschikos. »Danke für die Einladung.« Die jugendlich wirkende Witwe, der keiner etwas nachsagen kann, und das in Bamberg, wo man den Nächsten nicht selten besser kennt als sich selbst, ist eine attraktive Frau, elegant sogar noch im Gartenkleid, das selbst mit tiefem Ausschnitt und nur von Trägern gehalten dezent wirkt.

»Mein Bruder«, stellt Wolf Hartwig vor und setzt erläuternd hinzu: »Stefans Vater.«

»Ich bleib' nur noch eine Anstandsminute, gnä' Frau«, sagt Friedrich Hartwig, offensichtlich überrumpelt von ihrem jugendlichen Charme.

Es werden zehn Minuten, bis er sich verabschiedet.

»Merkwürdig«, sagt die gebürtige Schweizerin – seit achtzehn Jahren naturalisierte Deutsche –, »Stefan sieht Ihnen weit mehr ähnlich als seinem Vater.«

»Das stellten schon viele Leute fest«, bestätigt der Jurist. »Leider gleicht mir mein Neffe sonst nicht so sehr.«

»Ein netter Junge«, erwidert die schöne Nachbarin. »Intelligent, doch naiv und trotz dieser schrecklichen Einflüsse offen und anständig.«

»Ein anständiger Fanatiker«, erwidert der große schlanke Mann mit feinem Spott. »Falls es so etwas gibt. Und Ihr Junge ist Stefans großer Rivale.«

»Das stimmt schon, aber irgendwie respektieren sich die beiden, trotz aller Gegensätze.« Abrupt wechselt die Besucherin das Thema: »Kann ich Sie morgen in Ihrer Kanzlei aufsuchen, Doktor?«

»Nicht nötig«, entgegnet Hartwig. »Meine Sprechstunde ist hier – ich bin morgen mit Terminen bis in den Abend ausgebucht.« Er schenkt seinem Gast nach. »Probleme?«

»Ein Problem«, erwidert die neue Klientin. »Allerdings ein dringendes.« Sie berichtet, dass ihr und ihres Sohnes Pässe von der Polizeibehörde eingezogen wurden, weil sie abgelaufen sind. Mit der Neuausstellung wurde sie bislang unter ziemlich fadenscheinigen Vorwänden vertröstet. »Ende vorletzter Woche wollten wir abreisen«, erklärt Maria Steinbeil. »Die Fahrkarten hatten wir längst gekauft, und jetzt liegen wir fest.«

»Und jetzt möchten Sie –«

»– dass Sie die sofortige Neuausstellung unserer Pässe auf rechtlichem Weg erzwingen«, unterbricht ihn Tarzans Mutter, »und uns dabei vor dem Verwaltungsgericht vertreten. Sie haben sich doch öfter an solche Dinge herangewagt, Doktor.«

»Richtig«, antwortet der Anwalt. »Deswegen bin ich für Sie nicht der richtige Mann – und das Verwaltungsgericht ist ebenfalls die falsche Instanz. Die Verwaltung«, erklärt er, »ist die Partei. Oder die Gestapo. Allein diese beiden Organisationen bestimmen, was geschieht – und zwar unter Ausschluss des Rechtsweges. Was sind Ihr Mann und ich doch für politische Narren gewesen! Statt gegen diese braune Bande zusammenzustehen, haben wir –«

»Sie sollten etwas vorsichtiger sein, Doktor«, unterbricht ihn seine Nachbarin und sieht sich nach unsichtbaren Zuhörern um.

»Richtig, Frau Steinbeil«, versetzt der Anwalt. »Aber nicht bei Ihnen, und nicht im eigenen Haus. Und manchmal muss ich mir Luft machen, sonst erstick' ich.«

»Was schlagen Sie vor?«

»Ihre Eltern leben in der Schweiz; Sie sind gebürtige Schweizerin. Wenn Sie damit drohen, die Passverweigerung dort in der Presse publik zu machen, fallen die um. Noch gerieren sich diese Rabauken im Ausland als brave Unschuldslämmchen. Mit Peter – Stefan nennt ihn ja Tarzan – ist es schwieriger. Vermutlich steht er bereits unter Wehrüberwachung.«

»Er wird erst im nächsten Jahr für die Wehrmacht gemustert.«

»Gehen Sie zu Rechtsanwalt Flodt«, empfiehlt Hartwig.

»Zu einem Blutordensträger?« erwidert die Besucherin entsetzt.

»Dann zu meinem Kollegen Vollhals.«

»Aber der ist doch ein schrecklicher Opportunist.«

»Richtig. Genau einen solchen brauchen Sie jetzt und in diesem Fall. Entschuldigen Sie«, sagt er, steht auf und geht ein paar Schritte hin und her. »Einen, der mit diesen Parteibonzen herumsäuft, der ihnen in den Hintern kriecht und ihre faulen Geschichten ausbügelt, falls sie ruchbar werden.« Er lächelt maliziös. »Eine Hand wäscht die andere, und so bleiben sie alle dreckig.«

»Mein Gott«, erwidert Maria Steinbeil. »Mir wird jetzt schon übel.«

»Das gibt sich wieder, wenn Sie erst die gesunde Luft der Alpenrepublik atmen«, erwidert der Anwalt trocken. »Am besten«, setzt er sarkastisch hinzu, »bieten Sie freiwillig eine größere Spende für das Winterhilfswerk oder so etwas Ähnliches an.« Er bleibt stehen und beugt sich zu seiner Nachbarin herab. »Letzte Möglichkeit, vor Torschluss noch ins Ausland zu kommen. Und das ist keine Frage des Geschmacks, sondern des Überlebens. Der Kriegsausbruch ist nur eine Frage der Zeit.«

»So schwarz sehen Sie, Doktor?«

»Noch schwärzer«, entgegnet Wolf Hartwig. »Beherzigen Sie meinen Rat: Wenden Sie jedes Mittel an, um so rasch wie möglich neue Pässe zu bekommen. Fahren Sie mit Gott – und mit Ihrem Sohn – und kommen Sie um Gottes willen nicht zurück, bis dieser braune Spuk hier vorbei ist. Lassen Sie Peter das Abitur in der Schweiz machen.«

Sie prosten einander stumm zu.

Vom Domberg her wehen verzerrte Silben über die alten Dächer der Stadt.

Der Reichsjugendführer hat das Wort ergriffen.

Domplatz: Vor der überwältigenden Kulisse der Geschichte steht ein Wall aus Menschenleibern - junge, straffe BDM-Mädchen und biegsame Hitlerjungen als lebende Bausteine sauber ausgerichteter Formationen. Architektur aus Menschenmauern, das Individuum als Masse. Fanfaren schmettern. Flackriger Fackelschein taucht gläubige Gesichter mit leuchtenden Augen in Hell und Dunkel.

Das Rednerpult des Mannes, der die Wimpelweihe vornehmen wird, steht unweit der Säule aus dem 11. Jahrhundert, auf der angezeigt war, dass der deutsche Kaiser Heinrich Bamberg zum Mittelpunkt des Weltalls - caput orbis - erhoben hatte. Bamberg, die Stadt der sieben Hügel, das deutsche Rom, verträumt und anmutig, uralt und jung wie nie zuvor, ist ein Schauplatz der Geschichte, der ihre Irrungen und Wirrungen, Niederlagen und Siege gelassen überlebt hat.

Stefan Hartwig steht vor der Front der Mädchen, zuerst ergriffen, dann wie berauscht. Er saugt die Worte des Reichsjugendführers in sich auf wie eine Sonnenblume den Morgentau. Voll kostet er das Glück, einer so großen Zeit anzugehören, die stückweise den Schandvertrag von Versailles liquidiert. Der Führer hat soeben Österreich heimgeholt ins Reich. Statt vor den Schaltern Schlange zu stehen um das Stempelgeld, fährt der deutsche Arbeiter heute nach Italien und ins Mittelmeer. Demnächst stehen 3000 Kilometer Autobahn, über die bald die Volkswagen rollen werden. Durch Bamberg rasseln die Kampfwagen der neuen Panzertruppe. Deutschland ist nicht mehr schwach, sondern stark wie nie zuvor. Lernte er nicht in der Lateinstunde: Si vis pacem, para bellum - Wenn du Frieden willst, rüste zum Krieg?

Als Stefan an die Schule denkt, sieht er im letzten Glied der Ehrentribüne seinen Oberstudiendirektor Dr. Schütz, heute nicht im altmodischen Zivilanzug mit den Vatermördern und Hochwasserhosen, sondern in der Uniform eines SA-Obertruppführers. Die Jungen nennen den Anstaltsleiter »Rex«. Schütz gebärdet sich wie ein flammender Patriot, aber so ganz trauen sie ihm nicht, sie wissen, dass der Rex ein Märzveilchen ist, wie man Parteimitglieder nennt, die sich der NSDAP erst 1933 anschlossen, als diese bereits ohne sie gesiegt hatte. Aber immerhin hat der Oberstudiendirektor - damals rangmäßig weit tiefer stehend - früher den Weg zur NSDAP gefunden als der eigene Vater, dieser alte Zögerer. Vielleicht wird man so, wenn man sein Leben lang Haushaltswaren einkauft und verkauft, kalkuliert und sich dabei doch verrechnet, anstatt Führer, Volk und Reich als Idealist zu dienen. Dabei muss der Fähnleinführer noch froh sein, dass Vater nicht so borniert ist wie der von ihm gehasste und doch auch bewunderte Onkel Wolf, Bambergs führender Rechtsanwalt. Immerhin spricht für Vaters Bruder, dass er im Ersten Weltkrieg das EK I erworben hat, genauso wie der Führer; umso weniger kann der Fähnleinführer begreifen, dass sich der Jurist mit Vorliebe gegen die Bewegung stellt, wo der Führer doch alle seine Versprechungen gehalten hat. Die völkische Erneuerung ist eben in erster Linie eine Sache der Jugend. Stefan spürt, dass noch viel Erziehungsarbeit bei der alten Generation zu bewältigen ist, vor allem in einer Stadt wie Bamberg, deren Grundfarbe trotz aller braunen Flecken noch immer schwarz ist. Wir werden es schaffen, sagt sich der heißgelaufene Idealist. Vor allem und persönlich werde ich Dr. Wolf Hartwig schaffen, meinen Onkel, den bekannten Rechtsanwalt.

»Ihr seid die Garanten unserer Zukunft!« ruft der Reichsjugendführer in das Mikrophon. »Mit euch bauen wir das neue Deutschland. Das ewige!«

Die Fanfaren schmettern ein Fortissimo. Die Scheinwerfer verfolgen den Reichsjugendführer, als er jetzt die Front der Mädchen abschreitet und die Wimpel anfasst, um ihnen die Weihe zu geben. Hinter ihm der Gauleiter, der Gebietsführer, der Kreisleiter und andere Hoheitsträger. Aus der ersten NS-Garnitur ist nur Baldur von Schirach anwesend, und selbst der hat es eilig, wieder zum Reichsparteitag nach Nürnberg zurückzukehren. Kunststück, wo sich der Führer aufhält, scheint die Sonne.

In Bamberg scheint sie zwar auch, aber hierher kam Adolf Hitler noch nie seit der Machtergreifung und – so befürchtet Stefan – wird er auch niemals kommen. Er mag Bamberg nicht, und der Volksmund behauptet, er habe vor 1933 bei einer Veranstaltung einmal ein Abortfenster als Notausgang benutzen müssen. Es kann stimmen oder auch nicht, verbürgt ist, dass Dr. Josef Goebbels in der frühen Kampfzeit, bevor er des Führers treuester Gefolgsmann wurde, hier auf einer Parteitagung den Ausschluss »des Bourgeois Adolf Hitler aus der NSDAP« gefordert hatte.

Unter stürmischen Heilrufen steigt der Reichsjugendführer in seinen Wagen und fährt ab. Singend setzen sich die BDM-Einheiten in Marsch. Die Fackeln sind zu kleinen Stummeln niedergebrannt und verlöschen ganz. Stefans Jungzugführer und Mitschüler Benno Metzger – dick, faul und gefräßig – nutzt die Gelegenheit, mit den Mädchen herumzuschäkern. Stefan bemerkt es und handelt sofort: Mit einem Satz macht er sich an Benno heran und tritt ihm den Fuß in den Hintern, dass der Junge vor den Mädchen zu Boden geht. Unter ihrem Gelächter rappelt er sich wieder hoch, blamiert bis auf die Knochen. Wütend stellt er sich gegen seinen Fähnleinführer.

»Führ meine Befehle aus, oder ich mach' dich fertig!« droht Stefan.

Langsam nimmt der Gescholtene Haltung an. Die Mädchen bewundern den Einheitsführer mit der Führerschnur, die sie »Affenschaukel« nennen.

Er spürt es und wächst nach oben. Einer wie er wird sich an jedem Ort bewähren, an den man ihn stellt: in der Schule, beim HJ-Dienst, zu Hause und beim Sport. In spätestens zehn Monaten Abitur, und dann in weiteren zwei Jahren Leutnant, aber das würde er auch in achtzehn Monaten schaffen, wenn nicht dieser verdammte Reichsarbeitsdienst dazwischen läge – so wird er sich eben auch beim RAD bewähren.

»Du bist hier wohl der Leitwolf?« fragt Lydia, das Mädchen mit den Glutaugen und den schwarzen Haaren. Sie ist überhaupt nicht Stefans Typ, doch nicht ohne Reize für ihn.

»Ich bin Fähnleinführer und Leiter des Einsatzes Wunderburg-Schule«, weist er sie zurecht, »und aus der Marschkolonne wird nicht geplaudert.«

Trotz betonten Diensteifers muss Stefan grinsen, weil er sieht, wie sich der Dicke vor ihm den Hintern reibt. Die BDM-Einheit passiert den Justizpalast und marschiert über die Marienbrücke in den Südosten der Stadt zur zweckentfremdeten Volksschule. Die Bänke wurden aus den Klassenzimmern geräumt und durch Strohmatten ersetzt; je zehn Mädchen nächtigen in einem Raum. Die Quartiere bieten reichlich Platz. Nur vor den Waschräumen und Toiletten kommt es zu Engpässen. Das Lehrerzimmer hat Stefan in eine Wachstube umgemodelt: Zwölf Mann stehen ihm zur Verfügung, ausgesuchte Unterführer seines Fähnleins.

Stefan Hartwig ist verantwortlich für die Sicherheit nach innen und nach außen. Ein Doppelposten vor dem Eingang hat zu verhindern, dass Unbefugte das Gebäude betreten, weniger, weil man fürchtet, dass Eindringlinge die Mädchen belästigen könnten, sondern weil es ihren Ruf zu schützen gilt. Ein Ordnungsstaat muss nicht nur sauber sein, sondern auch noch so scheinen. Bambergs Spießer munkeln, maulen und witzeln ohnedies schon über die Maidenschwemme. Natürlich hätte die Partei auch ausgewachsene Männer als Beschützer einsetzen können, aber sie griff sicherheitshalber auf die Jungvolkführer zurück, weil sich auch unter waschechten Nationalsozialisten das Problem stellt: Wer kontrolliert die Kontrolleure?

Für Stefan ist das sehr einfach: Hitlerjungen bewachen die Mädchen, und er bewacht die Hitlerjungen. Und über ihm wacht der Führer; nie würde er einen Befehl übertreten, der in seinem Namen ausgegeben worden ist. Allmählich fällt die Feierlichkeit des Domberges von ihm ab. Das Leben im Quartier ist jetzt legerer, es wird gelacht, gegessen und gesungen, und Privatgespräche dürfen jetzt geführt werden, aber der Einsatzleiter wird eisern darüber wachen, dass in dem ihm anvertrauten Gebäude der Wunderburg-Schule nicht geraucht, kein Alkohol konsumiert und auf keinen Fall poussiert wird.

Er teilt seine Posten ein: zwei vor dem Haus, zwei im Schulhof, zwei am Hintereingang, Wachablösung alle zwei Stunden. Für die Mädchen Bettruhe ab Mitternacht, angeordnet von einer uniformierten Lehrerin, die längst aus dem BDM-Alter heraus ist. Aber das schafft sie nicht. Vor dem Waschraum ergeben sich lange Schlangen: sportliche Mädchen in Turnhosen und Trikot, braungebrannte, gutgewachsene Geschöpfe, leicht bekleidet und trotzdem völlig unbefangen zeigend, was sich unter der Bluse bereits konturiert. Auf dem Gang vor dem Waschraum stößt Stefan auf Metzger, der mit dicklich-dümmlichem Gesicht in Rundungen schwelgt.

»Was hast du hier zu suchen?« fährt ihn der Fähnleinführer an.

»Ich hab' wachfrei«, antwortet Benno.

»– gehabt«, sagt Stefan. »Du verstärkst ab sofort die Posten vor dem Haus.«

»Ich bin erst in einer Stunde dran«, nörgelt der Jungzugführer.

»Dann machst du eben eine Überstunde«, erwidert Stefan, geht auf ihn zu und hebt die Stimme: »Entweder du befolgst meinen Befehl, oder ich lass' dich auf der Stelle ablösen.«

Der Gemaßregelte verschwindet befehlsgemäß, stapft an der lachenden Lydia vorbei.

»Na, Fähnleinführer«, spricht sie Stefan an, »immer im Dienst?«

»Jederzeit«, erwidert er hölzern.

»Du gefällst mir.«

Er nickt geschmeichelt wie verärgert.

»Deshalb brauchst du doch nicht verlegen zu werden«, fährt Lydia fort, ohne zu merken, dass ihr Trikot Einblick in ihre Oberweite erlaubt.

Stefan will seine Augen verstecken, aber sie fallen in Lydias Ausschnitt wie in einen Brunnenschacht.

»Hat zu dir noch kein Mädchen gesagt, dass du ihm gefällst?« fragt sie.

»Hab' keine Zeit für so was.« Seine Stimme klingt blechern, trocken.

»Du wirst sie dir schon noch nehmen«, erwidert sie.

»Später vielleicht«, erwidert Stefan. »Wenn ich mich bewährt habe.«

»Dann wirst du dich auch bei den Mädchen bewähren«, versetzt Lydia lachend. »Besuchst du mich mal, wenn du zufällig nach Stettin kommst?« Mit sanftem Spott setzt sie hinzu: »Und wenn du deine Bewährung vielleicht schon hinter dir hast.«

»Warum nicht?« weicht er ihr aus. »Möglich ist alles.«

»Du brauchst doch vor mir keine Angst zu haben, Stefan«, sagt sie und lächelt ihn voll an. »Ich weiß, du bist hier der Hahn im Korb, aber du wirst dich an keiner Henne vergreifen.«

»Und auch an keinem Küken«, erwidert er gereizt.

Lydia stellt sich auf die Zehenspitzen, küsst ihn flüchtig am Kinn. Dann verschwindet sie trällernd im Waschraum, während der Junge reglos auf der Stelle steht.

Eine halbe Stunde nach Mitternacht kommt das Schulgebäude allmählich zur Ruhe. Stefan kontrolliert seine Posten noch zweimal, überwacht um zwei Uhr die Wachablösung und sorgt dafür, dass sich seine Jungen sofort auf den Strohsack hauen, um zwei Stunden später wieder frisch zu sein.

Der Fähnleinführer geht durch das Haus, fast ein wenig enttäuscht, dass sich nicht das Geringste ereignet und er so keinerlei Gelegenheit hat zu beweisen, wie sehr er auf dem Damm ist.

Aber ist er es? Stefan läuft durchs Haus wie der keusche Josef auf der Flucht vor Frau Potiphar. Immer wieder begegnet er Lydias aufreizendem Lachen. Er wittert ihre Nähe; sie ist verwirrend und unheimlich. Die kesse, dunkelhaarige Stettinerin ist ihm irgendwie überlegen, und das wurmt Stefan, denn er ist immer der Erste, ein

Primus in jeder Lage. Er versucht, Lydia aus seinem Bewusstsein zu verdrängen, aber es nutzt nichts, immer wieder macht sie sich an ihn heran und versucht sich an seinem Auftrag zu vergehen.

Schließlich haut sich der Fähnleinführer auf seine Matte, wälzt sich unruhig hin und her, als schüttle er so die Belästigung ab. Endlich schläft er ein. Diese Gelegenheit nutzt Lydia, um sich in seine Wachstube zu schleichen. Stefan hört ihren Atem; er sieht ihre Augen. Er will sie wegschieben, aber er hat flüssiges Blei in den Armen. Noch versucht er zu denken, doch etwas ist in ihm, das jeden Gedanken erdrückt, jeden Vorsatz aufhebt, den Damm bricht.

Jetzt vergisst der Junge alles: Er hat nur noch den Wunsch, es Lydia heimzuzahlen, sie zu nehmen, zu unterwerfen, in sie einzudringen. Das Blut rauscht in seinen Ohren. Er greift brutal nach ihr. Sie wehrt sich ein wenig, nicht um ihn abzuschütteln, sondern um ihn anzufeuern. Völlig unnötig. Stefan stürmt vorwärts, schießt durch das Ziel.

Als er sich entlädt, fährt er benommen von seinem Strohsack hoch, sieht, dass er allein ist und dass sein Körper seinen Verstand hintergangen hat. Lächerlich, sagt sich der Fähnleinführer, ganz natürlich, eine Pollution während des Schlafes. Das Wort kommt aus dem Lateinischen. Mit der Präzision eines Lexikons rekapituliert Stefan: häufig von sexuellen Träumen begleiteter, unwillkürlicher nächtlicher Samenerguss, eine physiologische Erscheinung ohne Krankheitsbild.

Er springt auf, hetzt in den Waschraum, duscht und schrubbt sich, eiskalt, so lange, bis er friert und bis er sich auch die letzte Wallung ausgetrieben hat. Er bleibt gleich auf den Beinen, kontrolliert wieder seine Postenkette, ohne sich einzugestehen, dass es nur Beschäftigungstherapie ist, weil er trotz aller Lexikonweisheit vermeint, sein Körper habe vegetativ das NS-Reinheitsgebot besudelt.

Im Haus werden die Mädchen geweckt. Es kommt wieder zum Stau vor den Waschräumen. Stefan passiert sie blicklos, keine merkt ihm an, dass er Spießruten läuft. In seiner improvisierten Wachstube erreicht den Fähnleinführer die Meldung, dass sich ein verdächtiger Radfahrer in der Nähe des Gebäudes herumtreibt.

»Personalien feststellen«, ruft er in das Telefon. Dann flitzt er nach unten und findet Rolf Bertram im Gespräch mit Peter Steinbeil. »Der Verdächtige ist identifiziert«, sagt der Jungzugführer und deutet auf Tarzan.

»Deswegen hast du auf Wache nichts zu quasseln«, fährt ihn Stefan an und wendet sich an den unerwünschten Besuch. »Was hast du hier zu suchen?« fährt er ihn an.

»Das Fähnlein der sieben Aufrechten«, spottet der Mitschüler, »Eunuchen«, setzt er hinzu.

»Soll ich dir eine Abreibung verpassen?« versetzt der Fähnleinführer.

»Das hast du doch oft genug probiert, um zu wissen, dass ich ein ebenbürtiger Gegner bin.«

»Ich könnte ein Rollkommando auf dich hetzen.«

»Das wirst du nicht tun«, entgegnet der Con-Primus. »Das ist nicht deine Art, dazu bist du zu fair.«

»Willst du dich bei mir einschmeicheln, Tarzan?« fragt Stefan verblüfft und auch ein wenig stolz. »Warum bist du eigentlich nicht bei deinen vollgefressenen Neidgenossen?«

»Das hat Gründe«, brummelt die Sportskanone. »Wir fahren in diesem Jahr erst in den Weihnachtsferien.«

Sie gehen um das Gebäude herum. Im Schulhof tauchen die ersten Maiden auf, und Tarzan bleibt stehen, macht runde Augen.

»Die könntest du dir ganz aus der Nähe ansehen«, lockt Stefan. »Wenn du zu uns gehören würdest.«

»Führ mich nicht in Versuchung«, spottet der Junge aus der Dientzenhoferstraße.

»Prächtige Maiden«, fährt Stefan fort, als dürfe er sie offerieren.

Sein Begleiter bleibt stehen und lacht. »Weißt du, was Maiden auf englisch heißt?« Er gibt gleich selbst die Antwort: »Jungfräuliche Pferde, Vierbeiner, die noch in keinem Rennen gelaufen sind.«

»Von mir aus, Shakespeare –«

»Wahlfach«, erklärt Tarzan. »Englisch würde ich dir auch empfehlen.«

»Tritt in mein Fähnlein ein, und ich garantiere dir, dass du ruckzuck Jungzugführer wirst – und wenn ich den Dicken feuern muss – und sehr bald auch schon mein Stellvertreter. Überleg dir's. Ich mach' dir ein Angebot: Du kannst den Mannschaftsstand gleich überspringen und wirst Offizier unter mir.«

»Kann ich nicht gleich in den BDM eintreten?« fragt Tarzan.

Der Fähnleinführer wird vom Zorn überwältigt, kommt aber nicht dazu, ihn in seine Fäuste umzusetzen, weil in diesem Moment ein offener DKW-Meisterklasse mit HJ-Stander auf die Schule zufährt. Stefan hetzt dem Wagen entgegen, baut Männchen, meldet stramm: »Fähnlein zwo beim Wunderburg-Einsatz. Keine besonderen Vorkommnisse, Bannführer.«

»Hab' ich bei dir auch nicht anders erwartet, Stefan«, erwidert Martin Greifer und reicht dem Fähnleinführer die Hand. »Dufte Bienen im Quartier, was?«

»Jawohl, Bannführer.«

»Aber nur zum Anschauen«, droht der Bannführer grinsend. »Ich weiß, dass ich mich auf dich verlassen kann, Stefan.« Der hauptamtliche HJ-Führer entblößt seine Raucherzähne. »Hab' heut nacht mit dem Gebietsführer einen gezwitschert. Reiß dich am Riemen, Junge, und du wirst der jüngste Stammführer Deutschlands sein.« Der Dreißigjährige, dessen linkes Auge verdickt ist, so dass er immer etwas schläfrig wirkt, sieht zu Tarzan hin, der die Szene interessiert verfolgt.

»Wer ist denn der?« fragt Greifer.

»Peter Steinbeil, ein Mitschüler.«

»Rassisch guter Typ«, lobt der Bannführer. »Nordisch-fälischer Gesichtsschnitt.«

»Er gehört leider nicht zu uns«, erklärt Stefan. »Sein Vater war vor 1933 –«

»Ach, dieser Scheißliberale«, unterbricht ihn der Bannführer. »Der ist doch längst tot –«

Stefan nickt.

»Na ja«, stellt Martin Greifer fest, »wenigstens war er kein Kommunist und kein Sozi. Und von dir erwarte ich, dass du diesen Burschen schleunigst für die HJ keilst«, setzt er so laut hinzu, dass es der Zaungast hören muss.

Der hauptamtliche HJ-Führer winkt Stefan zu und startet zur nächsten Schule.

»Hast du's gehört, Tarzan?« ruft Stefan dem Mitschüler zu. »Du bist begehrt wie die Jungfrau, die der Drache bewacht.«

»Waidmannsheil, Drachentöter«, blödelt Tarzan, nickt dem Fähnleinführer zu und schwingt sich in seinen Fahrradsattel.

Das Hitlerbild auf der Stirnseite des Klassenzimmers ist dreimal so groß wie das Kreuz dahinter. Der Führer hat den Mantelkragen hochgeschlagen. Seine Augen starren in eine unbekannte Ferne. Das Kruzifix hängt an einem rostigen Nagel, hängt locker. Dr. Schütz gab Anweisung, das Symbol des Christentums aus den deutschen Schulräumen zu entfernen.

Die Pause ist zu Ende. Eben hat es geklingelt. Dr. Faber betritt die 7 c, aus der nach den Sommerferien die 8 c geworden ist. Der Ordinarius ist groß und blond und hat helle Augen. Noch auf dem Weg zum Katheder sagt er: »Heil Hitler!«

Diesen Gruß bringt er jeweils auf dem Weg von der Türe zum Pult hinter sich. Er macht nie eine Szene daraus, postiert sich nicht im Mittelgang zwischen den Bänken. Er sagt die beiden Worte immer so, als ob er in Eile wäre, nebensächlich und fast tonlos. Und während er dabei den Arm ausstreckt, ohne einen Blick auf die Klasse zu werfen, sieht es aus, als griffe Dr. Faber nur nach dem Pult, um sich daran den letzten Schritt hinaufzuziehen. Eigentlich hätte der junge Erzieher die Klasse an Dr. Fleißner abtreten müssen, aber der kränkelnde Altphilologe muss wahrscheinlich vorzeitig pensioniert werden, und so blieb der Assessor vorläufig der Ordinarius der Oberstufenklasse.

Dr. Faber ist ein knappes halbes Jahr am Gymnasium. Er unterrichtet die gemischte Oberklasse in Deutsch, Geschichte und Erdkunde. Die wenigen Monate haben genügt, dass er zu einer Art Idol seiner Schüler wurde, ohne etwas dazuzutun. Er sieht aus wie das Titelbild eines SS-Leitheftes; aber niemand hat ihn je in Uniform gesehen. Er hat eine hohe Stirne, die fast ständig von kleinen, nachdenklichen Falten durchfurcht wird.

Dr. Faber ist ein außergewöhnlicher Lehrer. Er zieht Lächeln dem Gelächter vor, spricht lieber ein kühles Wort, als eine Schimpfkanonade abzulassen. Sein Lob klingt zurückhaltend. Und trotzdem haben die Schüler dabei die Empfindung, es werde ihnen ein Orden verliehen. Er droht nicht mit Verweisen, nicht mit Arreststrafen. Er bestellt die Eltern nicht. Er schreibt keine Beschwerdebriefe, die von den »Erziehungsberechtigten« mit Nachporto auszulösen sind. Er führt kein Klassenbuch. Er zieht keine Schüler aus den Bänken und stellt sie bloß. Alle die Gewohnheiten und Gewöhnlichkeiten einer überalterten Schulordnung interessieren ihn nicht.

Und trotzdem steckt hinter einer Handbewegung von ihm mehr Autorität als hinter den endlosen Quengeleien mancher anderen Lehrkräfte.

Schüler suchen immer etwas an ihrem Lehrer, beobachten scharf und unbarmherzig, geben treffsichere Spitznamen. Dr. Faber hat es noch nicht soweit gebracht. Sie konnten ihm lediglich nachreden, er sei ein Bücherwurm – bis zu dem Tag, da er zufällig während einer Turnstunde an der Sandgrube auf dem Hof vorbeiging. Die Klasse hatte gerade Leichtathletik, und der vorlaute Müller II rief Dr. Faber zu: »Hallo, Herr Assessor, können Sie das auch?« Er deutete auf die Hochsprunglatte.

»Schriftlicher Verweis!« sagte der Turnlehrer zu Müller II.

Dr. Faber grinste nur. Dann stellte er die Schnur von 1 Meter 25 auf 1 Meter 50, nahm einen knappen Anlauf und setzte in voller Kleidung hinüber. Er schüttelte den Sand aus den Halbschuhen und sagte freundlich-gleichmütig zur verblüfften Klasse einschließlich Turnlehrer: »Es geht noch einigermaßen.«

Auf dem Stundenplan steht Deutsch. Die Klasse wirkt erleichtert, die Klingel hat gerade die unbeliebte Griechischstunde beendet, und Mathematik gibt es erst wieder morgen. Das leichte Summen erstirbt unter der Hand von Dr. Faber. »Tell«, sagt er ruhig. »Geßler-Szene.«

Der Primaner Stefan Hartwig ist unkonzentriert. Wie nie sonst. Er betrachtet flüchtig den Assessor. Dann starrt er wieder auf den Punkt, den er seit zehn Minuten nicht aus den Augen lässt. Ohne zu wissen, warum.

Ohne die Möglichkeit, den Blick abzuwenden.

Er sieht in den Nacken eines Mädchens. Das Mädchen heißt Claudia. Sie ist siebzehn Jahre alt, ein halbes Jahr jünger als Stefan. Und sie sitzt in der Bank vor ihm. Seit beinahe acht Jahren gehen sie nun schon in eine Klasse. Und so lange sitzt Claudia vor Stefan. Sie teilten gelegentlich ihr Frühstücksbrot, ab und zu schrieb sie von ihm ab. Sie waren burschikos zueinander, unbefangen.

Diesen Nacken kennt Stefan genauso lange wie das Mädchen. Er sah weiße und rote Schleifen in den Haaren wippen. Er sah sie mit Zöpfen, mit einem Knoten. Ungefähr alle zwei Jahre wechselte die Frisur. Zuletzt zu einem blonden Bubikopf, der in einer weichen Rolle endet. Und unter dieser Rolle, ganz tief, fast am Ansatz des Kleides, schimmert blonder Flaum. Dieser Flaum ist es, der ihn in den Bann zwingt, der seine Augen plötzlich darüber streichen lässt, der ihm auf einmal den Mund austrocknet, seine Backen erhitzt und ihn Dr. Faber vergessen lässt.

Verdammt, denkt er, was ist denn los? Er sah Claudia vor wenigen Tagen während des Fackelzuges zum Domplatz. Sie unterhielten sich sogar miteinander. Er sagte: »Servus, Claudia«, und sie erwiderte: »Tag, Stefan.«

Sie nickten sich lächelnd zu. Das war alles.

Aber jetzt spürt er ihre Nähe wie nie zuvor, und er hat die Augen eines in eine Grube gefallenen jungen Tieres.

Ihm wird heiß. Ihm wird kalt. Und auch in seinem Genick rührt sich etwas, ein Kribbeln, das das ganze Rückgrat entlangläuft, bis in die Zehenspitzen, bis in die Finger. Und diese Finger werden unruhig, spielen jetzt mit dem Füllfederhalter. Dann mit einem Heft. Und zuletzt reißt Stefan ein leeres Blatt aus diesem Heft, kritzelt etwas darauf, faltet es zusammen, schiebt es vorsichtig nach vorne, als Dr. Faber gerade wegsieht.

Er hört es knistern, als sie es entfaltet. Und in ihm knistert die Spannung. Dann wendet sie sich langsam nach ihm um. Ihre Augen sind blau, in der Iris des einen schimmert ein grünlicher Fleck. Um ihre Lippen spielt ein Lächeln, halb fragend, halb belustigt.

Was fällt dir auf einmal ein? scheint es auszudrücken. Aber Stefan Hartwig kümmert sich nicht um die Frage, sondern um die Lippen, die er auch zum ersten Mal richtig sieht. Und es beunruhigt ihn noch mehr, dass sie so sind, wie sie sind.

Claudia hat den Zettel gelesen.

»Wollen wir uns heute abend treffen?« steht darauf. »Ich hole dich ab. Um acht Uhr.«

In diesem Moment wird Stefan von Dr. Faber aufgerufen. Sein Name wuchtet wie ein Gongschlag in sein Bewusstsein.

»Hartwig!«

Er schrickt zusammen, fährt hoch, sieht nach vorne zu Dr. Faber. Krampfhaft versucht er, seine Gedanken zu sammeln, sich an den Inhalt des Unterrichts, der bisher nur als Geräuschkulisse an seine Ohren drang, zu erinnern.

Es geht um das Schillersche Drama »Wilhelm Tell«, um seine sittlich-moralische Auslegung.

Dr. Faber übergeht die Verwirrung seines Primus.

»Wäre es nicht viel klüger von Tell und seinen Eidgenossen gewesen, den Geßlerschen Hut auf der Stange einfach zu grüßen? Was meinen Sie, Hartwig?« fragt Dr. Faber mit harmlosem Gesicht.

»Ja, natürlich«, stottert Stefan. Dann begreift er, verbessert sich. »Nein«, antwortet er mit langsam fester werdender Stimme. »Nein«, setzt er noch einmal hinzu. »Das wäre nicht klüger gewesen.«

»Warum?« fragt Dr. Faber mit einem seltsamen Ausdruck in den Augen. Er lächelt. »Sie meinen wohl, von Schillers Standpunkt aus? Weil er sonst das Drama nicht hätte schreiben können? Deshalb brauchte er wohl einen Hut und eine Handvoll Toren, oder?«

Warum fragt er mich so merkwürdig? überlegt Stefan Hartwig. Und dann versucht er endgültig, mit dem verschwommenen Eindruck seiner Sinne fertig zu werden, konzentriert sich, ein kühles, überlegenes Lächeln im Gesicht.

»Nein«, sagt er knapp. »Der Hut ist ein Symbol. Und es ist zu verstehen, dass die freien Schweizer nicht das Knie vor einem Symbol der Knechtschaft beugen wollten.« Er holt Luft, setzt dann neu an: »Wilhelm Tell ist die Verkörperung eines großen Charakters, der keine Konzessionen macht. Schon gar nicht, wenn er einen Hut, ein Stück Stoff grüßen soll. Er wird dadurch zum Vorbild für –«

»Stück Stoff haben Sie gesagt, Hartwig?« fragt Dr. Faber leise.

»Ja«, antwortet Stefan verwirrt.

Der Assessor sieht ihn lange an. »Und wie wollten Sie eben enden, Hartwig? Wollten Sie sagen, dass Tell das Vorbild sei für die Sehnsucht der Menschen nach Freiheit?«

»Ja«, bestätigt Stefan. Als er das Wort Sehnsucht hört, streift er Claudia mit einem Blick. Aber in dieser Sekunde weiß er, was Dr. Faber meint.

Die Klasse merkt nicht, dass er auf die Szene anspielt, die sich beim BDM-Aufmarsch zum Domberg ereignet hatte, als ein alter Mann wegen Missachtung der Fahne von Hartwig zusammengestaucht worden war. Alle sehen sie zu Stefan hin, der noch immer bis in die Ohrläppchen glüht. Auch Claudia. Was ist das für eine Geheimsprache, denken sie, in der sich nur Dr. Faber und Hartwig verstehen?

So ist das also, überlegt Stefan verbissen, daher der flüchtige Gruß. Du bist ein Gegner der Bewegung! Du spielst hier nur den feinen Mann. Du bist ein Feind Deutschlands. Und diese Feinde gilt es auszurotten, zu schlagen, wo man sie trifft, auf allen Straßen, in allen Häusern, mit allen Mitteln, mit aller Härte!

Stefan Hartwig, der Fähnleinführer, ballt die Fäuste auf seinem Pult, bis die Knöchel weiß schimmern. So sitzt er, verkrampft, verzerrt. Und zuerst hört er gar nicht, als ihm Claudia zuflüstert: »Ist gut, Stefan, ich komme.«

Er nickt und sagt nichts, denn Tarzan treibt sich verdächtig oft in der Nähe Claudias herum, und er muss aufpassen, dass sein Rivale nicht auch noch zu seinem Nebenbuhler wird, bevor er überhaupt mit dem Mädchen geht.

»Dr. Faber hat dich ja bildschön hereingelegt«, spottet Peter. »Und die vollgefressenen Neidgenossen waren doch politisch gar nicht so schlecht.«

»Wer nichts weiß, hält besser die Klappe«, erwidert Stefan. »Schiller, der das Drama geschrieben hat, hat nachweisbar die Schweiz nie betreten. Und jetzt bessere ich dein Wissen noch einmal auf, Tarzan«, fährt er fort. »Der schwäbische Dichterfürst hatte die ganze Tell-Sage aus dem Finnischen geklaut.«

»Entlehnt«, korrigiert ihn der Rivale.

Am Nachmittag hat Dr. Faber keinen Unterricht. Er macht es sich zu Hause bequem. Er wohnt in einem Block am Rande der Stadt, mit Gartenanteil. Sein Vater gehörte zu denen, die bei Langemarck nicht gesungen hatten, sondern gefallen waren. Seine Mutter brachte ihn mit ihrer schmalen Rente durch das Gymnasium. Als er an der Universität studierte, ist sie gestorben.

Dr. Hans Faber ist allein. Aber deswegen beileibe kein Einzelgänger. Seine unbekümmerte, geradlinige Art schafft ihm leicht Freunde. Und er hat das Talent, Freunde wie Feinde auf Distanz zu halten. Sein ganzes Gehalt steckt er in Bücher. Nur eine einzige Marotte bewahrt ihn davor, sich noch mehr anzuschaffen: Er geht immer sorgfältig gekleidet. Den Schnitt seiner Anzüge liefert ein erstklassiger Schneider. Die Muster sucht er selbst aus. Schnitt und Muster passen zueinander.

Dr. Faber liegt auf seiner Couch, pfeift, liest, raucht und hört Radiomusik zugleich, als es klingelt. Er geht ohne Eile an die Tür. Der Egerländer Marsch dröhnt in den Raum.

Oberinspektor Breuer steht vor ihm. Ein freundlicher, unaufdringlicher Mann von fünfzig, der nur zwei Häuser weiter wohnt. Faber trifft ihn oft mehrmals am Tag. Sie grüßen sich jeweils respektvoll, wechseln ein paar belanglose Worte und gehen dann wieder auseinander.

»Ich bitte vielmals um Entschuldigung«, beginnt Breuer, »ich –«

»Aber treten Sie doch bitte ein.«

Der Mann kommt mit steifen Schritten näher.

»Junggeselle«, erklärt Dr. Faber und deutet lächelnd auf seine Bücher, die in wildem Durcheinander auf den Möbelstücken herumliegen.

Breuer nickt zerstreut, sieht an dem Studienassessor vorbei, als er hastig beginnt: »Tut mir leid, dass ich Sie belästigen muss. Die Sache ist mir sehr - sehr unangenehm.«

» Was gibt's denn?«

»Wissen Sie, Herr Doktor«, fährt der Oberinspektor fort, »ich - ich komme von der Partei.« Er wirkt verlegen. Seine Hände fingern am Schlips. Seine Augen kleben am Boden. Seine Stimme schwankt unsicher. Seine Lippen sind trocken. Es hilft nichts, dass er mit der Zunge darüberfährt.

»Von der Partei?« fragt Dr. Faber. Er lächelt dabei, steht auf, macht ein paar Schritte, dreht sich langsam um. »Und was habe ich mit der Partei zu tun?«

»Aber verstehen Sie mich doch, Herr Doktor«, fährt der Besucher schleppend fort. Auf einmal ändert sich sein Tonfall. Er spricht hastig, grimmig. »Ich muss hier den Blockleiter spielen«, platzt er heraus. »Einen anderen haben sie nicht gefunden. Beiträge kassieren und so -«

Dr. Faber nickt. »Tasse Kaffee?« fragt er dann. »Oder lieber ein Glas Bier?«

»Nein danke. Ich - ich möchte nichts.« Breuer gerät wieder ins Schwimmen. Er tut Dr. Faber leid in diesem Moment. Der Assessor weiß, dass der Oberinspektor ein Mann ist, der ganz in seiner Familie und in seinem Garten aufgeht, am Sonntag im Kirchenchor singt und am Mittwoch zum Kegeln geht. »Also, was ist?« hilft er ihm weiter. »Schließlich sind wir Nachbarn. Wir können doch offen miteinander reden, nicht, Herr Breuer?«

»Gut«, erwidert der Blockleiter. »Sie sollen zum Studienrat befördert werden, Herr Doktor. Sie wissen ja, dass Sie längst an der Reihe sind.«

Der Assessor nickt. »Was hat die Partei damit zu tun?«

»Bei mir liegt ein Fragebogen der Partei.« Er zuckt die Schultern. »Ich kann daran nichts ändern, ich nicht. Die Ortsgruppe will klipp und klar wissen, warum Sie nicht bei der NSDAP sind. Und warum Sie keiner anderen Gliederung der Partei angehören. Verstehen Sie?«

»Ja«, versetzt Dr. Faber.

»Ich weiß nicht, ob Sie Studienrat werden, wenn Sie nicht eintreten. Sie wissen doch, wie das heutzutage ist. Ich – ich kann da auch nichts machen. Ich würde Ihnen sonst gerne helfen, glauben Sie mir.«

Der Assessor nimmt ein Buch und legt es auf ein anderes. Dann greift er nach dem ganzen Haufen und stellt ihn auf einen anderen Stapel. Er lächelt. Ohne Spott, ein bisschen wehmütig. Seine Augen bleiben offen und unbefangen dabei.

»Ja«, wiederholt er. »Zeit wäre es.«

Oberinspektor Breuer schüttelt unmerklich den Kopf. »Begreifen Sie mich doch«, bittet er hastig, »ich – ich bin doch auch nur ein kleiner Pg. Meinen Sie denn, dass ich freiwillig in der Partei bin?«

Dr. Faber lacht.

»Sie sind mir ein schöner Blockleiter«, entgegnet er.

»Jetzt hätte ich doch gerne ein Glas Bier«, versetzt der Oberinspektor.

Faber stellt es auf den Tisch.

»Na ja«, fährt der Blockleiter fort. Sein Gesicht wirkt jetzt nicht mehr so gutmütig und beflissen. »Ich habe Familie. Zwei Kinder. Verstehen Sie – bei meiner Dienststelle – fast nur Pgs.«

»Das verstehe ich alles«, sagt Dr. Faber. »Wie geht es Ihrer Familie?«

»Rita, meine Älteste – na ja, man hat ja immer so seine Sorgen ... Im Aufsatz ist sie schwach.«

»Schicken Sie sie zu mir. Vielleicht kann ich ihr etwas helfen.«

Fahrig steht Breuer auf. »Mich geht's letzten Endes nichts an. Nur Sie! Ich will Ihnen auch nicht zureden. Sie sind einer von denen, die von einer Sache überzeugt sein müssen. Aber trotzdem: Treten Sie doch ein in die Partei! Dann haben Sie Ihre Ruhe ein für allemal.«

»Nein, danke.« Diesmal klingt Dr. Fabers Stimme kalt und ungefällig.

Der Blockleiter macht eine hilflose Geste, reicht Dr. Faber die Hand. Sie ist heiß. »Vielen Dank für das Bier«, sagt er. Auf dem Gang dreht er sich noch einmal um. Sein Gesicht ist gerötet, gequält. Er flüstert fast: »Sie verachten mich, Herr Doktor, nicht?«

»Aber nein, Herr Breuer«, erwidert Faber. »Keine Spur. Ich mag Sie, und die Sache mit Ihrer Tochter kriegen wir schon hin, nicht?«

Der Blockleiter sagt nicht ja und nicht nein. Er ist verwirrt.

Schämt er sich? Schämt er sich, weil er Parteigenosse ist, weil er seinen Kompromiss mit der Zeit gemacht hat? Er weiß es nicht. Die Tür fällt hinter ihm ins Schloss.

Sie trägt ein Kleid, das er nie an ihr gesehen hat. Plötzlich fällt ihm ein, dass sie es nie in der Schule anhatte. Für uns dumme Jungens ist es ihr wahrscheinlich zu schade, denkt er.

Claudia kommt ihm lässig entgegen. Stefans Herz pocht am Hals, an den Schläfen. Keine Mutübung bei der Hitlerjugend hat ihn jemals so belastet wie das lächelnde Mädchen. Er wird rot wie ihr Kleid. Er kann nicht hindern, dass sich das Schlagen seines Herzens ihrem Schritt anpasst. Und sie geht aufregend. So hat er sie noch nie gesehen. Sie gibt ihm lächelnd, ein wenig zögernd, immer noch verwundert wie heute vormittag, die Hand. Sie ist schmal und kühl.

Er geht neben ihr her. Der Abstand beträgt einen halben Meter. Hätte ich doch ein Fahrrad mitgenommen, wünscht er sich jetzt, dann hätte ich wenigstens etwas zum Schieben.

Nach 50 Metern weiß er nicht mehr, was er sagen soll. Seine Lippen sind ledern. Acht Jahre lang hat er Tag für Tag mit ihr gesprochen und sich nie darüber Gedanken gemacht. Aber jetzt ist auf einmal der Faden wie abgeschnitten.

Sie ist es, die die Stille unterbricht. »Das finde ich aber nett, dass du dich mal abends sehen lässt«, lächelt sie.

»Ja«, antwortet er verlegen. Nein, möchte er hinterher sagen. Er beißt sich auf die Lippe. Und wieder gehen sie stumm nebeneinander.

Stefan wird immer unzufriedener mit sich. Auf der engen Gasse, die sich zum Domplatz hinaufwindet, liegen noch abgebrannte Fackelgriffe. Stefan stößt einen mit dem Fuß auf die Seite. Dann bleibt er stehen, geht weiter auf einen Hügelkamm zu, wo man von Biergärten aus die ganze Stadt übersieht, wo im Frühling die Linden duften und Bänke unter schmiedeeisernen Laternen stehen, um die sich die Nachtfalter drehen, wenn die Sonne gesunken ist.

Claudia stockt. »Wohin gehen wir eigentlich?«

»Ach, nur so«, stottert Stefan und sieht an ihr vorbei.

»Wir könnten doch ins Kino«, schlägt sie vor. Ganz eifrig plötzlich. »Du – ich hab' Geld.«

Diesmal übertrifft seine Gesichtsfarbe die Röte ihres Kleides. »Ich auch«, erwidert er rauh.

Sie lacht. Er ärgert sich darüber, hasst sie in diesem Moment, verwünscht seine Idee, sie heute Abend zu treffen.

»Wie du willst«, meint sie. »Es war nur ein Vorschlag.« Sie geht einfach neben ihm her, und Stefan lernt etwas Neues kennen: das leise Rascheln ihres Kleides.

Die Hitze überflutet ihn wieder. Er hat sich das alles ganz anders vorgestellt. Nein, er hat sich gar nichts vorgestellt. Er könnte sich mit der Faust gegen die Stirne schlagen. Er ist gewohnt, erst nachzudenken und dann zu handeln.

»Ich habe Durst«, sagt Claudia, »ich möchte eine Limonade trinken.«

Das ist wenigstens ein Ziel, für das sich Stefan einsetzen kann.

So sitzen sie sich auf Stühlen in einem Biergarten gegenüber. Unter ihnen flammen die Lichter der abendlichen Stadt, Ketten und Perlen, darüber Dunst.

Auf den gelben Tischen stehen Bierlachen. Es riecht nach Wurst und Senf. An den Nebentischen zieht träger Rauch aus Pfeifen, Zigaretten und Zigarren nach oben.

Claudia bestellt sich ihre Limonade.

»Und Sie, junger Mann?« fragt die Kellnerin.

»Ich auch«, antwortet er.

Die Brause wirkt wie Sekt. Sie werden albern wie in der Schule. Und wenn Claudia den Kopf wendet, um in die Hand zu kichern, sieht er den blonden Flaum an ihrem Nacken.

Im Sitzen ist alles halb so schlimm, stellt Stefan fest. Aber als ihr Taschentuch auf den Boden fällt und sie sich beim gleichzeitigen Bücken mit den Wangen streifen, sieht er den Ausschnitt ihres roten Kleides, und er starrt die straffe, bräunliche Haut an, die dort, wohin er noch nie sah, weiß ist.

Da überfällt ihn ein Zittern, als wäre er im Physiksaal seiner Schule an die Pole des Induktionsapparates gekommen.

Dann passiert es. Eine Horde junger Burschen taucht auf einmal lärmend aus dem Dunkel auf. Leute seines Fähnleins. Er sieht, wie sie grinsen, wie sie sich mit dem Ellbogen anstoßen und sich dann wie auf ein Kommando an den Nebentisch setzen.

Stefan will sofort zahlen.

»Warum denn schon?« fragt das Mädchen.

»Ach, weißt du, das sind welche aus meinem Fähnlein – die – da ist es besser –«

Die Kellnerin kommt an den Tisch.

»Sechzig Pfennig«, sagt sie.

Stefan fummelt an seiner Geldbörse. Aber da hat Claudia schon bezahlt.

»Das geht nicht«, sagt er heftig.

»Du kannst es mir ja wiedergeben«, lacht sie.

Er greift sofort wieder in den Geldbeutel.

»Jetzt doch nicht.« Sie legt ihre Finger auf seine Hand. Sein Portemonnaie fällt zu Boden. Er bückt sich, haut sich den Kopf gegen eine Tischkante, wirft beim Aufstehen einen Stuhl um.

Claudia ist schon ein paar Schritte vorausgegangen.

Wie ein Hund läuft er ihr nach. Hinter seinem Rücken spürt er das Feixen der Kameraden. Erst nach hundert Metern hat er den Mut, ihr vorzuschlagen: »Wir können ja noch etwas spazierengehen.«

»Ich muss nach Hause.«

Stefan sieht sie an. Die weiche, frische Luft verwirrt ihn. Und ihre Nähe. Und ihr Profil. Und gleich ist das Ende der Anlagen erreicht, sind sie wieder in der Stadt, Mitschüler zueinander, sonst nichts.

»Du, Claudia«, keucht er und bleibt stehen.

»Was ist?« fragt sie weich. Sie sieht ihn offen an.

Jetzt, denkt er, jetzt! Aber er kann es nicht. Er kann weder sagen, was ist, noch tun, was er möchte. »Es ist – sehr schön heute Abend.«

Sie betrachtet ihn lächelnd. Lange sieht sie ihn an. Aber er steht reglos vor ihr.

»O ja«, antwortet sie.

Dann stehen sie an Claudias Haustüre. Sie verabschiedet sich schnell.

»Du«, sagt er leise.

Sie dreht sich noch einmal in der Türe um. Behend verschwindet sie im Hausgang.

So ist das, denkt Stefan. Dann fallen ihm die Jungen aus seinem Fähnlein ein. Er sieht ihre grinsenden Gesichter vor sich. »Euch werde ich morgen schleifen!« murmelt er vor sich hin.

Der Altweibersommer weicht in diesem Jahr nur zögernd dem Herbst. Die Ernte ist eingebracht. Und als das Getreide gedroschen ist, beginnt die Propagandaleier auf Übertouren leeres Stroh zu dreschen. Goebbels präpariert die Bevölkerung mit Tschechenhass. Die

Nachrichtensendungen des deutschen Reichsrundfunks werden zur Greuelsammlung. Nur wenige begreifen, dass diese Horrorszenen des Sadismus weitgehend erfunden sind, dass Zwischenfälle aufgebauscht oder provoziert werden. Militärkolonnen rasseln durch die Stadt; der Führer ist entschlossen, die Sudetendeutschen heimzuholen ins Reich, und wenn es deswegen Krieg gibt. Die Bevölkerung zeigt wenig Begeisterung über die militärischen Schaustellungen.

Dr. Faber flüchtet wie manchen Abend vor den lärmenden, hetzenden Lautsprechern in den Hain, schlendert am trägen Fluss entlang. Pfeilschnelle Achter, von Kommandos vorwärtsgepeitscht, trainieren für die Herbstregatta. Im vorderen Boot sitzt einer seiner Schüler, Müller I, der Kleinste der Klasse, als Steuermann. Er unterbricht den Rhythmus seiner Kommandos und schreit in das Megaphon quer über die Regnitz: »Guten Abend, Herr Doktor!«

Dr. Faber winkt ihm lächelnd zu. Dann geht er weiter, passiert den Botanischen Garten, kommt an den Schwanenteich. Die letzten Tage seines Unterrichts sind ohne Zwischenfall abgegangen. Dr. Faber ist nicht der Mann, der blindlings in die Fallen der Zeit stürzt. Er balanciert ebenso geschickt wie vorsichtig am Abgrund entlang. Trotzdem kann es jeden Tag zu einem Absturz kommen.

Die Dämmerung liegt wie ein durchsichtiger Schleier über dem Park. Die Pärchen drängen sich enger aneinander. Im kühlen Hauch des Abends wird ihnen noch wärmer. Die Bäume entschließen sich in diesem Jahr nur zögernd, ihre Blätter fallen zu lassen. Die Sandwege sind blitzsauber, wie aufgewischt. Der Herbst liegt in der Luft. Schwer, feucht und ein wenig traurig wie immer.

Der Ordinarius erreicht den Heinrichsdamm, kommt auf die Straße, passiert das Priesterseminar, das der Kreisleiter »Pfaffenfabrik« zu nennen pflegt. Vor und hinter ihm gehen die Menschen paarweise, Verliebte voller Hoffnungen und Zerlebte voller Enttäuschungen. Es ist fast finster, als er vor seiner Wohnung steht.

Von der Wand löst sich ein Schatten, geht mit leichten Schritten auf ihn zu. »Herr Dr. Faber!«

»Ja«, antwortet er überrascht.

Jetzt erst erkennt er das Mädchen. Es ist Sibylle Bertram, die Schwester eines Schülers.

»Ich habe heute schon ein paar Mal bei Ihnen angerufen«, sagt sie hastig. »Ich muss Sie sprechen.«

Er schließt die Tür auf, macht Licht an, sieht in Sibylles erregtes

Gesicht. Er hat sie auf einer Geburtstagsfeier kennen gelernt. Und dann wieder aus den Augen verloren. Ab und zu treffen sie sich auf der Straße und wechseln ein paar belanglose Sätze miteinander. Ihr Bruder Rolf ist ein Schüler seiner Klasse. Sicher handelt es sich um ihn, denkt Faber.

»Es ist wichtig«, beginnt Sibylle. »Ich muss Sie warnen. Eine dumme Sache. Ich konnte sie nicht verhindern.«

»Bitte, nehmen Sie doch Platz«, erwidert der Assessor. Er betrachtet Sibylle lächelnd. Ihr Gesicht ist regelmäßig und doch nicht langweilig, jung und doch ausdrucksvoll. Ihre brünetten Haare zeichnen den Umriss ihres Kopfes nach. Er ist schmal, die Gesichtshaut gebräunt, so dass sie sportlich und frisch wirkt. Sie trägt einen weißen Pullover zu einem knapp sitzenden, dunkelgrauen Flanellrock. Alles an ihr stimmt, passt. Das stellt Dr. Faber fest, und erst jetzt hört er ihr richtig zu.

»Rolf«, fährt sie fort, »hat heute Mittag beim Essen –« Sie stockt. »– hat ein paar Sätze aus Ihrem Geschichtsunterricht zitiert und sicher dabei übertrieben. Außerdem ist er ja Jungzugführer und sehr stolz darauf.« Sie lächelt flüchtig. »Ich versteh' ja nicht allzu viel von Politik«, sagt sie mit feinem Spott und setzt hinzu: »Aber mein Vater kennt in diesen Dingen keinen Spaß.« Sie zuckt die Schultern, sieht auf die im Zimmer verstreuten Bücher. Dann gleiten ihre Augen wieder zu Faber zurück. »Vater faselte etwas von liberal, Verrat und so. Er polterte darauf los und war außer sich.«

»Tut mir leid«, erwidert der Assessor, mäßig beunruhigt.

»Ich konnte nichts dagegen tun. Er ist heute Nachmittag zu Dr. Schütz, dem Direktor des Gymnasiums, gegangen und hat sich über Sie beschwert.«

Fabers Augen lösen sich von den Mädchen. Etwas greift nach ihm, läuft an der Wirbelsäule entlang zum Nacken. Jetzt ist es also soweit, denkt er. Jetzt hast du deinen Hals in der Schlinge. Die Treibjagd beginnt. Der Kugellagerfabrikant ist nicht zu unterschätzen: Er stiftet Sportgeräte, Preise, Stipendien, benimmt sich immer ein wenig so, als würde ihm die Schule gehören. Er ist ihr ständiger Ehrengast bei allen Gelegenheiten.

Dr. Faber nimmt sich zusammen, versucht, seine Unruhe zu verbergen, lächelt unsicher. »Danke für die Warnung«, sagt er.

»Das Schlimmste kommt noch«, entgegnet Sibylle. »Ich habe Ihnen noch nicht alles gesagt.«

Dr. Faber hebt den Kopf, ordnet seine Gedanken, ruft seine Augen zurück.

»Mein Vater ist ein Querkopf. Es wird immer schlimmer mit ihm. Mit den Dividenden wachsen seine Gallensteine. Mit der Wirtschaft geht es steil aufwärts. Das ist ihm in den Kopf gestiegen.«

Der Assessor nickt.

»Der Schulleiter, Dr. Schütz, mag Sie wohl nicht besonders?« fragt das Mädchen unvermittelt.

»Ich weiß nicht«, entgegnet er. »Warum fragen Sie?«

Sibylle zögert, sieht unschlüssig auf ihre Hände. »Ich kann es Ihnen nicht verschweigen«, erwidert sie mit unsicherer Stimme. »Dr. Schütz hat meinem Vater versprochen, Sie so rasch wie möglich vom Gymnasium zu entfernen.«

»Das kann er doch gar nicht«, entgegnet der Assessor. »Nicht er. Vermutlich hat er es auch nur gesagt, um Ihren Vater wieder loszuwerden.«

»Hoffentlich«, antwortet Sibylle. »Es ist ziemlich ernst. Leider.« Sie greift nach ihrer Handtasche, kramt sinnlos ihren Inhalt durcheinander. »Mein Bruder Rolf meinte es gar nicht so. Er war am meisten erschrocken, als Vater so cholerisch reagierte.«

»Ich werde die Geschichte schon hinkriegen«, erwidert Faber ohne Überzeugung, steht auf, tritt an das Fenster, dreht sich schließlich um. »Und warum sind Sie zu mir gekommen?« fragt er plötzlich. »Warum eigentlich? Ich finde es verdammt mutig und fair, aber –«

Sibylle betrachtet den Boden, neigt den Kopf nach vorne, sieht an Dr. Faber vorbei. Sie versucht sorglos, unbeschwert zu antworten. »Erstens kann ich es nicht ausstehen, wenn man einen verpetzt«, sagt sie. »Selbst dann nicht, wenn die Petze mein Vater ist.«

Der Assessor nickt. »Und zweitens?« fragt er.

Sibylle zögert, bevor sie ins kalte Wasser springt. »Ich möchte nicht, dass Sie Schwierigkeiten haben, Dr. Faber.«

»Warum?«

»Ich mag Sie«, sagt sie.

Dr. Faber richtet sich auf. In seinem Kopf dreht sich alles. Er spürt die Zukunft, ihren eisigen Atem. Und vor ihm steht Sibylle, das reizvolle Mädchen, das ihn vor ihrem eigenen Vater warnt.

Mach's doch wie in deiner Studentenzeit, geh auf sie zu, sag ihr etwas ins Ohr, zieh sie an dich, verschieb das andere auf morgen.

Aber er weiß genau, dass ihm die Würde des Berufs die Bürde des Wohlanstandes auferlegt.

Sibylle steht auf, bläst sich eine Strähne aus dem Gesicht. »Wir bleiben in Verbindung«, sagt sie, »nicht?«

»Ja«, erwidert der Assessor. Er ärgert sich, dass ihm nichts anderes einfällt.

Vor ihrer Wohnung reicht Sibylle Faber die Hand. Sie ist schmal, ihr Druck fest. »Auf Wiedersehen«, sagt sie. Ihre Stimme klingt voll und warm.

Auf Wiedersehen, hallt es in ihm nach. Vor seine Zukunft, die ihm in dieser Nacht trübe erscheint, schiebt sich allmählich das Bild eines Mädchens mit einem schmalen Gesicht, mit dichten, natürlichen Brauen über klaren, selbstsicheren Augen.

Und jetzt weiß er auf einmal, dass diese Augen braun sind, wie frisch aufgeworfene Erde im Frühling.

Nach einem vereitelten Aufstand war den Bambergern im Mittelalter von ihrem Fürstbischof verboten worden, ihr Rathaus auf seinem Grund und Boden zu errichten. Das Verdikt des zürnenden Landesherrn umgehend, setzten sie das Gebäude zwischen zwei Brücken als Insel-Rathaus ins Wasser der Regnitz und erbauten so Deutschlands originellstes Bürgermeisteramt. Anno Domini 1744 begann ein Schüler des großen Balthasar Neumann das Alte Rathaus umzubauen, er erhielt die gotischen Gewölbe im Erdgeschoss, den bereits 1321 urkundlich erwähnten Brückenturm als Zentrum des mit ausladenden Rokokobalkonen geschmückten Gebäudes, das als Monument barocker Profanbaukunst Kunstgeschichte machte.

Nach Norden hat der Besucher einen Ausblick in das pittoreske Fischerviertel, genannt Klein-Venedig. Die Südseite wurde später durch einen schönen Fachwerkbau ergänzt, den Amtssitz des Rottmeisters, der für die Schicklichkeit einer lebensfrohen Stadt verantwortlich war. Der Hort des amtlichen Tugendwächters wurde an den Rathausturm angeklebt wie ein riesiger Adlerhorst, doch nunmehr schwebt er in der Niederung, denn ausgerechnet das stilvolle Rottmeister-Häuschen hat die Politische Polizei für ihre Zwecke in Beschlag genommen.

Die Karriere des Leiters dieser Behörde im Adlersnest – sie wird bald ganz in der Gestapo aufgehen – hat noch keinen Höhenflug genommen. Kriminaloberkommissar Bruckmann, ein untersetzter

Mann mit einem schlagflüssigen Gesicht, ist seit dem braunen Machtantritt erst einmal befördert worden. Seine Untergebenen nennen Bruckmann hinter seinem Rücken »Duckmann«, und dieser Spitzname hat eine aktive wie passive Bedeutung; einerseits macht er bei den Vernehmungen Verdächtige auf die joviale Tour erbarmungslos nieder, andererseits aber kuscht er vor der SD-Außenstelle des SS-Hauptsturmführers Panofsky, als fürchte er, einen Tages zu den Leuten zu gehören, die sich Himmlers Mann in Bamberg persönlich vornimmt. Diese Befürchtung ist so abwegig nicht. Bruckmann hatte, freilich an subalterner Stelle, vor 1933 die Braunhemden genauso konsequent verfolgt, wie er jetzt die Feinde der Bewegung jagt. Er tut immer seine Pflicht, und diese erfordert, der jeweiligen Obrigkeit bedingungslos zu gehorchen. Außerdem setzt er sich immer voll ein, weil er vorankommen will. Die Politische Polizei ist selbst unter den Beamten seit jeher wenig beliebt, und so versuchen die meisten schleunigst in eine andere Abteilung versetzt zu werden. Daran hat sich auch nach der totalen Gleichschaltung nicht viel geändert, obwohl der Politischen Polizei nunmehr außergewöhnliche Mittel zur Verfügung stehen: Sie kann Verdächtige, vorbei an den »ordentlichen« Gerichten, ohne weiteres Federlesen gleich nach Dachau schicken.

Aus dem Radio dröhnen überwältigende Nachrichten: Der greise britische Premierminister Chamberlain hat sich zum ersten Mal in seinem Leben in ein Flugzeug gesetzt, um wegen der Tschechen-Krise mit dem Führer zu verhandeln. Sichtbar nervös schaltet der Kripo-Oberkommissar den Kasten ab. Zuerst hat ihn an diesem Morgen Rechtsanwalt Vollhals, ein Günstling des Kreisleiters, traktiert, und nunmehr lässt ihn die Hainstraße wissen, dass er sich für eine Besprechung mit dem Hauptsturmführer Panofsky bereithalten solle.

Die Hainstraße ist die Prachtallee Bambergs, bis vor kurzem noch vorwiegend Sitz der reichen Hopfen-Juden, nunmehr Domizil der Parteizentrale, des Blutordenträgers, des Kreisleiters und anderer NS-Hoheitsträger. Vor ihrer Emigration waren die eigentlichen Hausbesitzer mit den Bambergern recht gut ausgekommen, sogar mit pfiffigen Wechselbeziehungen zwischen Arm und Reich: In der Zeit, in der die Adolf-Hitler-Straße noch Lange Straße hieß, hatten die Minderbemittelten die Leber ihrer Weihnachtsgans im Delikatessengeschäft Thomas abgeliefert und für den von jüdischen Mitbürgern geschätzten Leckerbissen fast so viel Geld erhalten, wie sie zur Anschaffung einer neuen Gans benötigten. Alle waren mit dem Delikatessentransfer zufrieden gewesen, bis dann die braunen Radikalinskis den Tauschhandel abrupt beendeten.

Bruckmann sieht den Eintretenden als erster; er springt von seinem Schreibtisch hoch, wie immer, wenn er seinem Auftraggeber gegenübersteht, wirkt er ein wenig atemlos. Betont freundlich fordert ihn der SS-Hauptsturmführer auf, wieder Platz zu nehmen. Der hagere Mann mit dem knochigen Gesicht stammt aus Mecklenburg und trägt meistens Zivil; er schätzt es, im Hintergrund zu bleiben.

Für die Dreckarbeit sind Bruckmann und seine Männer zuständig, zum Beispiel für die Ausforschung der Gottesdienste. Zwar war es 1933 zwischen den braunen Machthabern und hohen Kirchenfürsten zu einigen verbalen Anbiederungen gekommen – der Vatikan hatte als erste Auslandsmacht ein Konkordat mit Hitler geschlossen –, aber längst hatten sich die Fronten verhärtet. Das Regime propagierte und erzwang Kirchenaustritte und setzte – zumindest inoffiziell – praktizierendes Christentum mit Widerstand gegen den Nationalsozialismus gleich. In Bamberg müssen dabei die Verfolger behutsamer vorgehen als anderswo. Das auf den auslaufenden Hängen des Steigerwalds gelegene Domkapitel gleicht optisch wie symbolisch einer uneinnehmbaren Festung.

»Nachrichten gehört?« fragte der örtliche SD-Chef. Er lässt sein Silberetui aufschnappen und bietet seinem Helfer eine Zigarette an.

»Ja, glänzend«, erwidert Bruckmann. »Danke, Hauptsturmführer«, setzt er beflissen hinzu. Er reicht ihm Feuer.

»Was Neues?« fragt Panofsky.

»Rechtsanwalt Vollhals hat mich eine halbe Stunde lang genervt«, berichtet der untersetzte Beamte.

»Dieser Schleicher«, erwidert Panofsky. »Was wollte er?«

»Es handelt sich um die Passgeschichte Steinbeil. Sie wissen doch, Hauptsturmführer.«

»Ja, ich weiß«, unterbricht ihn der Knochige ungeduldig. »Will der Kerl sich mit uns anlegen?«

»Der Parteigenosse Vollhals war soweit ganz vernünftig.«

»Parteigenosse«, versetzt Panofsky und tippt sich an die Stirn. »Zechgenosse.«

»Auch das«, bestätigt der Beamte. »Aber Vollhals hat seine Mandantin überredet, in dieser Passgeschichte keinerlei gerichtliche Schritte zu unternehmen.«

»Wie klug«, spottet der Besucher.

»Außerdem ist die Bittstellerin bereit, eine Spende von tausend Mark zu bezahlen, für das Winterhilfswerk oder die NS-Volkswohlfahrt.«

»Wie selbstlos«, erwidert der SD-Chef. »Hat diese Witwe denn so viel Geld?«

»Frau Steinbeil besitzt ein Einfamilienhaus, erhält eine stattliche Pension, und ihren Eltern gehört ein Hotel am Vierwaldstätter See. Sie wissen ja, sie ist eine gebürtige Schweizerin.«

»Was schlagen Sie vor, Bruckmann?«

»Das – ich meine, diese Entscheidung möchte ich Ihnen überlassen, Hauptsturmführer«, stottert der Polizeibeamte.

»Denkste«, erwidert der Besucher. »Da werden Sie schon Ihren eigenen Grips bemühen müssen.«

»Dann würde ich – vorläufig – die Sache weiter aufschieben«, versetzt der Verschlagene.

»Gar nicht so unklug«, lobt Panofsky. Ein Lächeln verwandelt sein Gesicht in ein Vexierspiel von Falten und Runzeln. Er ist ein blasser, pigmentarmer Typ. Die Iris seiner Augen zeigt ein verwaschenes Wasserblau, sieht mitunter aus wie zerlaufene Tempera. Himmlers Mann in Bamberg sieht einen Moment zum Fenster hinaus. Sein Blick umfasst das idyllische Mühlenviertel im Sonnenglast. »Kommen Sie Bruckmann«, sagt er. »Wir vertreten uns die Beine bei diesem prächtigen Wetter.«

Die Spazierrunden legt Panofsky ein, wenn er besonders heikle Aufträge erteilt und in den engen Amtsstuben keine Zuhörer haben will. »Ich habe Ihre Kirchenberichte gelesen«, sagt er. »Immer wieder das Gleiche: ein Skandal. Diese Pfaffen hetzen versteckt gegen den Führer.«

Der Oberkommissar nickt.

»Ich weiß, dass wir in dieser schwarzen Hochburg nicht – noch nicht – schalten und walten können, wie wir wollen«, fährt der SD-Mann fort. »Es ist aber wirklich an der Zeit, Fraktur zu reden. Es nützt nichts, wenn der Kreisleiter seine Witze über das Domkapitel reißt. Dieser Eisenfuß ist mir ohnedies zu weich, zu nachgiebig.«

»Aber er ist Bamberger und kennt die örtlichen Verhältnisse aus dem Effeff.«

»Sie meinen, im Gegensatz zu mir?«

»Hab' ich nicht gesagt«, erwidert der Kriminalbeamte hastig.

»Aber gedacht«, erwidert Panofsky lächelnd; doch damit legt er den verschlagenen Oberkommissar nicht herein: Es ist die Leutseligkeit des Wolfes, der die sieben Geißlein im Leib hat.

»Dieses Gespräch, das wir jetzt miteinander führen werden, fand nie statt.«

»Jawohl, Hauptsturmführer.«

»Keine schriftliche Fixierung. Kein Gedächtnisprotokoll. Keine schriftlichen Anweisungen an Ihre Leute, überhaupt nichts Schriftliches, Bruckmann. Kapiert?«

»Jawohl, Hauptsturmführer.«

Sie erreichen das Mühlwörth, gehen an dem durch ein Wehr gestauten linken Regnitzarm entlang, in Richtung Hain. Bruckmann, alias Duckmann, stapft stumm hinter seinem Einpeitscher her, ein ungleiches Paar: Es sieht aus, als hätte ein kleiner Mops Mühe, einem hochbeinigen Windhund zu folgen.

»Die Sache ist die«, holt Himmlers Statthalter weit aus, »wir haben die Kommunisten in Schutzhaft gesperrt, ihnen die Sozis hinterhergeschickt, die Deutschnationalen umgedreht und die meisten Juden aus Deutschland hinausgejagt. Nur dieser schwarze Block steht noch. Vor allem in Bamberg. Ich darf nicht an unser letztes Wahlergebnis denken, nicht einmal an das veröffentlichte. Diese Dunkelmänner und Brunnenvergifter stehen geschlossen gegen uns und fühlen sich so stark, fast unangreifbar. In diese Phalanx müssen wir eine Bresche sprengen. Wir müssen diese schwarze Front, wie auch immer, zerschlagen.«

»Das ist mir seit langem klar«, erwidert der Oberkommissar, die letzten Worte verschluckend. »Ich hab' ja auch schon eine Sammlung angelegt, aber –«

»Viel Weihrauch, wenig Wolle«, klassifiziert Panofsky. »Wir haben der Bande zu beweisen, dass sie zerbrechlich ist. Wir schnappen uns einen ihrer Anführer und zerlegen ihn in seine Bestandteile. Vor Gericht. In aller Öffentlichkeit. Mit hieb- und stichfesten Beweisen. Und damit schüchtern wir alle ein, denn keiner möchte in eine ähnliche Lage kommen.« Er betrachtet seinen Befehlsempfänger. »Mit hieb- und stichfestem Material natürlich, das Sie mir beschaffen müssen, Bruckmann. Keine internen Informationen: beweisbare Zeugenaussagen für eine öffentliche Gerichtsverhandlung.«

»Schwierig«, entgegnet der Beamte. »Die Leute sind vorsichtig.«

»Dann müssen wir sie eben aus ihrer Reserve herauskitzeln. Mensch, Bruckmann, Sie wissen doch, wie man so etwas macht.«

»Natürlich, Hauptsturmführer. Denken Sie bei dem Präzedenzfall an einen Geistlichen?« fragt Bruckmann.

»Das ist mir im Grunde egal. Aber wenn Sie es genau wissen wollen: Ich denke in erster Linie an den Rechtsanwalt Dr. Wolfgang Hartwig, den früheren Leiter der Katholischen Aktion.«

»Auch über diesen Mann stelle ich längst Ermittlungen an«, behauptet Bruckmann beflissen.

»Sehr weit sind Sie damit ja nicht gekommen«, konstatiert Panofsky. »Wir müssen diesen Widerling richtig drankriegen. Vor einem Sondergericht. Für was haben wir denn das Heimtückegesetz und solche Scherze? Nun hören Sie gut zu, Bruckmann. Ich will keine Bagatellstrafe. Ich möchte nicht, dass der Mann womöglich mit ein paar Jahren Haft und Berufsverbot davonkommt. Ich will ihn vernichten.«

»Verstehe«, erwidert der Kriminaloberkommissar. Aber es läuft ihm kalt über den Rücken. »Wie kommen wir an die Beweismittel?« fragt er, um Zeit zum Überlegen zu gewinnen.

»Durch Sie natürlich«, versetzt der Hauptsturmführer und lächelt frostig. »Durch wen denn sonst? Natürlich könnten wir uns so einen schwarzen Hetzer schnappen, ihn nach Dachau schicken und seiner Witwe später die Asche im Schuhkarton frei Haus liefern. Aber dadurch hätten die einen Märtyrer, und wir würden als heimliche Mörder verleumdet.«

Bruckmann nickt. Ein paar Arbeiter kommen ihnen entgegen, unterbrechen das Gespräch. Panofsky bleibt stehen und sieht zu der im Jahre 1020 gestifteten Stefanskirche hinauf, dem einzigen evangelischen Gotteshaus auf der ganzen Welt, das von einem katholischen Papst geweiht worden ist, wenn auch ein paar Jahrhunderte vor der Reformation. Sein Blick streift die barocke Concordia, das Haus der Eintracht, in einer Stadt, in die der Mann aus Mecklenburg Zwietracht bringen will.

Sie gehen weiter. »Ich habe heute morgen mit dem Ersten Staatsanwalt Rindsfell gesprochen. Sie wissen, das ist ein tüchtiger, nationalbewusster Mann. Er beschwerte sich, dass dieser Rechtsanwalt Dr. Wolf Hartwig – schon vor der Machtergreifung ein stadtbekannter Gegner des Führers – sich geradezu einen Sport daraus macht, die Feinde der Bewegung vor Gericht zu vertreten. Er ist der

Kristallisationspunkt des Widerstands, und das Schlimmste, er hilft nicht nur Leuten von der eigenen Farbe, sondern allen, die uns in die Quere kommen, und zwar in einer Weise, die unserem Ansehen und unserem Ruf enorm schadet. Ich finde es skandalös, dass so ein Winkeladvokat aus seiner Feindschaft zum neuen Deutschland auch noch ein Geschäft macht.«

Bruckmann nickt servil; er weiß es besser, aber er hütet sich, es auszusprechen. Es ist ihm bekannt, dass der angefeindete Rechtsanwalt mindestens jeden zweiten Mandanten umsonst vor Gericht vertritt und viele Zivilprozesse gegen mächtige NS-Größen nur übernimmt, weil die Kläger keinen anderen Rechtsbeistand finden.

»Wir müssen ihn ausmerzen«, fordert Panofsky.

»Schwierig«, entgegnet der Beamte. »Der Mann ist vorsichtig und beruft sich natürlich auf sein Berufsethos.«

»Ich weiß, ich weiß«, erwidert der Mecklenburger belustigt. »Auch Mördern, Räubern und Hühnerdieben werden ja Verteidiger gestellt. Ich will ihn auch nicht deswegen belangen, im Gegenteil, ich möchte beweisen, wie tolerant wir sind, beziehungsweise lange genug waren. Sie müssen sich da schon etwas Besonderes einfallen lassen, Bruckmann. Beobachten Sie den Mann auf Schritt und Tritt. Der Aufwand spielt dabei keine Rolle. Folgen Sie ihm in den Konzertsaal und zu seinen Exerzitien in Vierzehnheiligen, schleusen Sie ein brauchbares Hausmädchen bei ihm ein, oder noch besser eine politisch einwandfreie Sekretärin in seine Kanzlei. Lassen Sie sein Tun und Treiben keinen Moment aus den Augen.«

»Das kann sich natürlich lang hinziehen.«

»Das ist mir klar«, erwidert der SD-Mann. »Ich lasse Ihnen Zeit. Soll sich dieser Bursche ruhig noch mehr in Sicherheit wiegen, um so unvorsichtiger wird er auftreten.«

»Das ist unsere Chance«, erwidert Bruckmann. »Aber ich werde Ihnen viel Geduld zumuten müssen, Hauptsturmführer.«

»Hab' ich, hab' ich«, versetzt der Hagere ungeduldig. »Steinchen für Steinchen, ein richtiges Mosaik. Es beginnt schon vor 33 – und dann so weiter: suspekte Mandanten, Zitate aus dem Gerichtssaal, private Entgleisungen. Kleinvieh macht auch Mist. Und dann den großen Knaller. Dieser Hartwig stänkert. Sie schnappen seine Heimtücke auf, ich reiche sie weiter, und Staatsanwalt Rindsfell handelt entschlossen. Alles klar?«

»Bis auf den großen Knaller«, antwortet der Oberkommissar.

»Wie wär's, wenn wir auch seinen Neffen einschalten würden, diesen prächtigen Fähnleinführer?« überlegt Panofsky.

»Als Spitzel, gegen den Onkel?«

»Was für ein Wort«, weist ihn der Hauptsturmführer zurecht. »Als Vorposten unserer Bewegung. Lassen Sie mal, ich werde das über den Bannführer fingern, das fällt weniger auf. Wie gesagt, Bruckmann, ich lasse Ihnen schon Zeit.« Panofsky bleibt stehen und wartet, bis ihn der Kriminaloberkommissar ansieht. »Sie sind heute Behördenchef. Sie haben Ihren Aufstieg vom mittleren in den gehobenen Dienst geschafft. Wenn Sie mir Dr. Hartwig ans Messer liefern, überspringen Sie gleich zwei Ränge und stehen in einer Spitzenstellung im Höheren Polizei- und SS-Dienst.« Der SD-Mann stellt fest, dass er einem Zögernden Beine gemacht hat. »Darauf mein Wort«, verspricht er. »Und nun – frisch ans Werk!« Er reicht ihm die Hand.

Sie trennen sich, der Hauptsturmführer geht in die Hainstraße zurück, Bruckmann ins Alte Rathaus. Die Sache Hartwig ist für Bruckmann alias Duckmann fatal, nicht zuletzt deswegen, weil der Anwalt zu den Spitzenmännern der Partei gehört hatte, die vor 1933 in Bayern an der Macht gewesen war und ihn herumgeschickt hatte. Damit muss man einfach fertig werden, sagt sich der Kriminalbeamte auf dem Weg nach oben. Arschbacken zusammen: Führer, befiehl, wir folgen dir – als Polizeirat, wenn nicht gar als Kriminaldirektor. Schließlich ist er jetzt auf den Führer vereidigt, wie damals auf die Weimarer Republik. Niemand kann von einem Staatsdiener verlangen, dass er den Schwur von heute nicht genauso befolgt wie den von gestern und vielleicht einen anderen von morgen.

Aufregende Stunden zwischen Krieg und Frieden. Die Propaganda überschlägt sich. Ununterbrochen dröhnt der »Egerländer Marsch« und droht zum Marsch-Marsch nach Prag zu werden. Dann eine Blitzmeldung: Die Regierungschefs Großbritanniens, Frankreichs, Italiens und Deutschlands kommen in München zu letzten Verhandlungen zusammen. Die Engländer und Franzosen, die den Weimarer Politikern auch das kleinste Entgegenkommen verweigert und die Deutschen nicht zuletzt dadurch in die Arme der braunen Bewegung getrieben hatten, lassen Prag im Stich. Hitler kann auch den Sudetengau heimholen ins Reich.

Der Diktator stellt in einer Massenversammlung fest: »Ich habe keine territorialen Ansprüche mehr.« Hinter den Kulissen bemerkt er, verärgert auf Chamberlain anspielend, der ihm den billigen Triumph ermöglichte: »Der Kerl hat mir meinen Einmarsch in Prag verdorben.« Bei der deutschen Bevölkerung geht die Erleichterung in Begeisterung über; wieder einmal hat der Führer unblutig gesiegt, aber viele fürchten auch schon die nächste Runde.

Friedenskundgebungen in Berlin und Frankfurt, in München und in Bamberg.

Hier steht eine strahlende Sonne über dem Kessel der Sieben-Hügel-Stadt; Panzer rasseln durch die Straßen, und jetzt, da sie keinen Schaden anrichten werden, winken ihnen die Passanten zu.

Dr. Faber kann den Lautsprecher abschalten, nicht seine Gedanken. Er packt zerstreut seine Bücher zusammen und geht zur Schule. Auf der Straße stehen die Menschen in Gruppen beieinander, besprechen erregt Hitlers neuesten Schritt. Die einen faseln vom Weitblick des Führers, und die anderen hamstern wahllos Lebensmittel. Von der Altenburg her dröhnen Transportgeschwader, keilförmig geordnet, in der Luft und verschwinden als winzige, silbrige Punkte am östlichen Horizont.

Dr. Faber geht durch die Türe des schmucklosen Backsteinbaus. Dass die Schulen immer so den Kasernen ähneln müssen, denkt er. Dann stockt der Assessor vor dem Marmormosaik am Gang: Nunquam retrorsum. Niemals zurück!

Gilt es mir? fragt er sich. Gehe ich heute zum letzten Mal durch diese Türe? Und was kommt dann? Stehe ich heute ein letztes Mal vor meiner Klasse? Ist morgen schon ein anderer an meiner Stelle und hämmert diesen prächtigen Siebzehnjährigen bedenkenlos die Phrasen der Zeit ein?

Die Schulzimmer sind leer. Der Direktor hat eine Feierstunde angesetzt, wie meistens der ministeriellen Anweisung um eine halbe Stunde voraus.

Die Aula, der Festsaal der Schule, liegt über der Turnhalle. An den verschnörkelten Wänden prangen in Goldschrift die Namen berühmter Deutscher. Dr. Schütz ließ einige auswechseln, weil jetzt zum Verbleib auf den Ehrenplätzen der Aula neben dem arischen Nachweis noch die politische Unbedenklichkeit gefordert wird. Heinrich Heine wich Theodor Körner, und Mendelssohn kapitulierte vor Strauß. Goethe an der Stirnseite hält sich noch tapfer, rechts flankiert vom renovierten Schiller und zur Linken vom gefährdeten Lessing.

Auf dem Podium steht ein Pult, das mit einer Flagge hastig ausgelegt wurde. Schlampig hängt das zu weite, grellrote Tuch an den Reißstiften. Die Krallen des Hakenkreuzes verlieren sich an den Kanten wie riesige, plumpe Spinnenfinger.

Gemessen betritt der Anstaltsleiter das Podium. Auf dem Rockaufschlag von Oberstudiendirektor Dr. Schütz leuchtet das Parteiabzeichen wie das Auge Polyphems – das Einauge des Riesen auf dem Revers eines Zwerges. Denn Dr. Schütz gehört mit 1 Meter 64 Körpergröße zu der von der Bewegung verachteten Kategorie der Schrumpfgermanen.

»Verehrte Kollegen, liebe Schüler«, beginnt Direktor Dr. Schütz seine Rede, »heute ist ein stolzer Tag in der deutschen Geschichte. Unsere siegreichen Truppen holen das verlorene Ostland zurück. Der Führer hat auf das Großdeutsche Reich wieder einen neuen Baustein gelegt –«

Er sieht von seinem Blatt auf. Seine Gesichtshaut ist schlaff. Die gelben Pupillen werden von einer Vielzahl roter Äderchen durchzogen. Seine Augen sind halb grün, halb braun, als sollte schon äußerlich ausgedrückt werden, dass der Anstaltsleiter ein politisches Chamäleon ist.

Die siebenhundert Schüler drängen sich in der Aula. Die unteren Klassen müssen neben den Stuhlreihen stehen. In den Gesichtern der Schüler spiegelt sich je nachdem morgendliche Unlust, schlechtes Gewissen wegen unerledigter Hausaufgaben, hektische Begeisterung oder Freude über die ausgefallene Lateinstunde. Sie sehen auf die Uhr und hoffen, dass der Rex noch lange salbadern wird. Im Hintergrund notiert der Zeichenlehrer eilfertig tuschelnde Gymnasiasten.

Dir traue ich auch nicht, denkt der Primaner Stefan Hartwig und starrt Dr. Schütz an, du bist nur so laut und so pathetisch, weil du im Grunde ein falscher Hund bist. Wer weiß, was du früher warst – und was du wärst, wenn die Bewegung nicht gesiegt hätte.

In den ersten beiden Stuhlreihen hat das Lehrerkollegium Platz genommen. Dr. Faber sitzt neben Studienrat Färber, der nur Chemie kennt und sonst nichts auf der Welt. Daneben die dunkelhaarige Assessorin Dr. Mühren, eine junge, hübsche Frau mit großen Augen, die mit übereinandergeschlagenen Beinen zurückgelehnt, fein lächelnd, die Rede des Direktors über sich ergehen lässt. Die quicklebendige Philologin geistert wie ein Irrwisch durch das ehrwürdige Gymnasium, umgeben von hölzerner Verehrung der Kollegen oder ihrem stillen Vorwurf, dass so etwas wie sie unter ihnen ist. Wie immer kauert mit glattem, kahlem Kopf Studienprofessor Pfeiffer neben ihr, der einzige Altparteigenosse der Schule. Er spielt sich wie ihr heimlicher Direktor auf. Ich müsste jetzt die Rede halten, nicht der da, überlegt er und lächelt verbissen. Benthin, der Zeichenlehrer, denkt an sein Frühstück. Dr. Rixner, ein älterer Herr mit silbergrauen Haaren, wiederholt in Gedanken die unregelmäßigen Verben. Seit er die Zeit nicht mehr begreift, flüchtete er auf eine Insel: das Reich Homers. Stocker, der Musiklehrer, folgt dem »Rex« aufmerksam. SA-Standartenführer im Nebenberuf, stattet er HJ-Führer mit guten Musiknoten aus und lässt die anderen als »Brummer« nachsingen.

Hinter ihm steht Dr. Zapf, seines Wasserkopfes wegen von den Schülern der »Hydro« genannt. Sein Gesicht ist vor Begeisterung angeschwollen wie ein Hahnenkamm. Er ist an der Anstalt der lautstärkste Anhänger des Führers und nur zu gerne bereit, anstelle des Unterrichts seine Stammtischweisheiten zu verzapfen. Seine Zöglinge nutzen das reichlich. »Herr Professor«, fragen sie zu Beginn der Lateinstunde, »was hat der Führer eigentlich gemeint, als er –«

Der »Hydro« fängt sofort das Stichwort auf und schwelgt in Phrasen bis zum Pausenzeichen, das er in seinem Enthusiasmus zum Leidwesen seiner Schüler oft auch noch überhört.

Und weiter spricht der Direktor, kommt von Leonidas zu den letzten Goten, macht von da einen gewaltigen Satz zu Barbarossas Römerzügen, rettet sich in die Befreiungskriege, attackiert den Schandfrieden von Versailles, und das alles zusammen mündet in abgerissenen Sätzen in den heutigen Tag deutscher Geschichtsgröße.

Dr. Faber zählt mit: In achtundzwanzig Superlativen wiederholt sich neunzehnmal das Wort deutsch und wächst neunmal der Führer über sich und den Sprachschatz des Anstaltsleiters hinaus.

Dr. Schütz spricht weiter. Sein Pathos umbrandet den wuchtigen Marmorkopf Goethes im Hintergrund. Und der Dichter, der den Götz von Berlichingen geschrieben hat, scheint mit kalten Lippen zu lächeln, als ihm siebenhundertfach entgegendröhnt: »Sieg Heil! Sieg Heil! Sieg Heil!«

Das Lehrerkollegium umdrängt Doktor Schütz. »Blendend«, sagt Studienprofessor Pfeiffer, der Alt-Pg.

»Meinen Sie?« entgegnet Dr. Schütz geschmeichelt.

»Und so frei und flüssig«, setzt Fräulein Dr. Mühren hinzu. Sie wölbt die volle Unterlippe nach vorne.

Dr. Rixner nickt und schüttelt den Kopf gleichzeitig. Die anderen Lehrkräfte stehen im Hintergrund, murmeln etwas. Unter ihnen Dr. Faber, der einen schnellen Blick des Schulleiters auf seiner Haut wie einen Nadelstich spürt.

Die Jahreszeit ist günstig für die Observierung des Rechtsanwalts Dr. Wolf Hartwig. Jeweils im Spätsommer begehen die Dörfer des Bamberger Umlands ihre Kirchweihfeste, und die »Kerwa« ist dem Franken heilig. Junge und Alte, Begüterte und Mittellose ziehen in Karawanen zu den Festivals der Fresslust wie der Frömmigkeit: Hallstadt, Kemmern, Zückshut, Pödeldorf. Jedes Wochenende ein anderes Kirchweihfest; Schammelsdorf, Friesen, Höfen, Pettstadt, jede Kerwa dauert drei Tage. Lisberg, Trabelsdorf, Mühlendorf, Dankenfeld, nicht selten feiert man in zwei verschiedenen Orten, und die Festbesucher müssen dann auf zwei Kirchweihen tanzen: Hochamt, Festumzug, Tanzmusik. Dann kreist für die Kinder der Himmel der Rummelplätze, und ihre Eltern vergleichen gewissenhaft die ellenlange Speisenkarte: Bocksbraten, Gänse, Enten, Schwein in jeder Form, gefüllte Täubchen, Hausmacherwurst. Große Portionen zu kleinen Preisen stellen sich zur Wahl. Dazu der Gerstensaft, vielfach ungespundet oder als Rauchbier, ausgeschenkt in Maßkrügen. Jedes Dorf hat eine Kirche und eine Brauerei, und manche verfügen sogar über zwei, sowohl Gotteshäuser wie Sudstätten.

Die barocke Lebensart der Bürger hatte in dem gesegneten Land schon seit Jahrhunderten zu einer selbstverständlichen Volksgemeinschaft geführt, längst bevor der NS-Staat sie verordnete: An den langen Holztischen sitzen Arm und Reich in bunter Reihe, Handwerksmeister und ihre Gesellen, der Oberlandesgerichtspräsident neben dem Justizschreiber und mitunter in Zivil sogar der Kreisleiter, dem man nachsagt, er sei in erster Linie Bamberger und in zweiter erst Hitlers Statthalter. Jedenfalls soll der frühere Eisendreher in Bierlaune vor Dutzenden von Zuhörern ausgerufen haben: »Wer die fränkische Bratwurst nicht schätzt und das Bamberger Bier nicht liebt, kann auch kein echter Nationalsozialist sein.«

Rechtsanwalt Hartwig teilt die Kerwa-Vorliebe seiner Mitbürger und lässt kaum eine aus. Einmal saß er sogar dem Kreisleiter schräg gegenüber, und die beiden winkten einander flüchtig zu. Hier sieht Kriminaloberkommissar Bruckmann seinen Giftweizen blühen. Wochenende für Wochenende sendet er dem Juristen seine Beobachter hinterher, keine abgestempelten Parteileute, V-Männer, ehrenamtliche, wenn auch nicht ehrenwerte Spitzel. Problemlos kommen sie an den Observierten heran. Es ist nicht schwierig, mit dem Anwalt ins Gespräch zu kommen. Hier spricht jeder mit jedem über Gott und die Welt, am wenigsten freilich über Politik, höchstens mehr zum Gaudium. Nicht selten erlaubt sich hier ein linientreuer Nazi einen saftigen Witz gegen seine eigene Partei. Alle lachen, keiner nimmt es ihm übel, im Bierkeller herrscht der »Schaum der freien Rede«, wie auf dem Münchener Oktoberfest oder im Hofbräuhaus. Probleme stören nur das: »Ein Prosit der Gemütlichkeit!«

»Wie geht's Ihnen, Herr Reblein?« fragt Dr. Hartwig den links neben ihm sitzenden Postinspektor.

»Recht gut, Herr Doktor«, erwidert der Mann. »Na ja, meine Frau hat mitunter wieder diese Rheumaanfälle, aber sonst –«

Sie heben beide die Maßkrüge, stoßen an, trinken aus, und der Jurist winkt die Kellnerin herbei, um eine Maß für seinen Tischgenossen auszugeben. Reblein ist ein unauffälliger, subalterner Typ, manchmal ein bisschen wichtigtuerisch, aber was einem an ihm nicht gefällt, kann man sich ja an einem so herrlichen Sonnentag unter schattigen Kastanien mit Ungespundetem wegtrinken. Der Mann leistet sich zur Feier des Tages Gänsebraten.

Die Gegenübersitzenden sehen sich nach ihren Kinder um. In diesem Moment serviert die Kellnerin das leckere, reichliche Viertel eines Martinsvogels und verfolgt, wie der Duft den Rechtsanwalt in Versuchung führt.

»Eine echte deutsche Gans«, sagt Reblein halblaut, »fett wie Göring, braun wie Goebbels und gerupft wie das ganze deutsche Volk.«

Der Anwalt verzieht leicht das Gesicht, es sieht aus, als lächle er nur mit den Augen.

»Na ja«, setzt der Inspektor hinzu, »wir sind doch unter uns. Und Sie haben die Partei doch auch dick, nicht? Sie und ich, wir wissen doch, was wir von dieser Bande zu halten haben.«

»Sie haben zu viel getrunken, Reblein«, rügt ihn der Anwalt. »Und auf einem Bierkeller gibt es keine Politik.«

»Die lassen jetzt sogar die Kruzifixe aus den Schulen entfernen«, behauptet Reblein mit kleinen Augen. »Frevler sind das, Gotteslästerer, Lumpen.«

»Das möchte ich nicht gehört haben«, erwidert der Jurist.

»Na, tun Sie doch nicht so, Herr Doktor, weiß doch, was mit Ihnen los ist. Bei mir brauchen Sie sich doch keine Hemmungen aufzuerlegen wegen dieser - dieser Verbrecher -«

»Zahlen«, ruft der Anwalt, wirft ein Geldstück auf den Tisch. Er nickt dem Agent provocateur zu. Bei ihm kann sich der Spitzel künftig weitere Versuche ersparen.

Die 8 c ist heute unruhig. Sonst wird es immer sofort still, wenn der Ordinarius eintritt und den Arm ausstreckt, als griffe er nach dem Pult, um sich daran den letzten Schritt hinaufzuziehen. Heute gleitet seine Hand ohne Übergang vom Hitlergruß in eine Abwehrbewegung.

»Die kommen heute noch bis Prag«, sagt Stefan Hartwig laut in die plötzliche Stille hinein.

Dr. Faber hört es, lächelt in den Mundwinkeln. »Ja«, beginnt er, wartet, bis es still ist, und fragt: »Und wie weit kam Napoleon in unserer letzten Geschichtsstunde?«

»Bis Moskau«, antwortet der Chor.

»Gut«, entgegnet Dr. Faber. »Also Winterfeldzug. Moskau brennt. Die Flammen stehen über der Holzstadt wie ein Himmelszeichen. Es ist die gespenstische Beleuchtung des Untergangs einer Diktatur.«

Dr. Faber blickt an den Reihen seiner Schüler entlang, sieht in lächelnde, gleichgültige, zerstreute, aufmerksame, streberische, zerfahrene Gesichter. Ein leises, ständiges Murmeln liegt über der Klasse. Die Schüler sind mit den Köpfen in Prag, nicht in Moskau.

»Untergang der Diktatur«, hallt es in Stefans Ohren nach. Das sieht dir ähnlich, denkt er verbissen. Diktatur, damit meinst du den Nationalsozialismus. Und Hitler ist für dich ein Diktator. Und du lässt im Osten ein Reich zugrunde gehen, wo unser Volk heute sein Reich aufbaut.

Dann sieht er Claudia. Seine Gedanken brechen ab. Heute Abend, überlegt er, nach dem HJ-Dienst, du und ich, eng, nahe, heiß, zusammen.

Der Klassenleiter muss sich gewaltsam konzentrieren. Gleich werde ich gerufen, denkt er, und muss mich verantworten wegen eines Unterrichts, wie ich ihn gerade erteile.

Es ist heiß. Weisungsgemäß heizt der Hausmeister. Dazu brennt die Sonne durch die Scheiben.

»Stellen Sie die Heizung ab, Bertram«, sagt Faber zum Nebenmann Hartwigs. »Und dann Fenster und Türe auf!«

Seine Gedanken machen sich heute selbstständig.

»Weiter. Napoleon: Rückzug, Konvention von Tauroggen.«

Die Gymnasiastinnen starren ihn an. In ihren Augen liegt nicht nur das Interesse am Unterricht, es glänzt noch etwas anderes mit: schwärmerische, jungmädchenhafte Verehrung für den jungen Lehrer, für den Mann.

Links von Claudia sitzt Susanne, siebzehn Jahre alt, pechschwarz, schreibt täglich Briefe an ihn, Zeilen voller Scheu, voller Kitsch, voller Hoffnung, voller Bangen. Und zerreißt sie dann. Hinter ihr Ingrid, blond, schmal, reif; wen küssen seine Lippen? fragt sie. Ein Mann wie er ist doch nicht allein. Warum bin ich nicht älter, größer, erfahrener? Warum betrachtet er immer nur meine Hefte und nicht meine Augen?

Neben ihr sitzt Erika, deren Haare sich wie ein Fragezeichen des Lebens um das blasse Gesicht winden. Sie macht sich keine Gedanken um den Lehrer. Sie sitzt nur da, und ihre großen, weichen Augen lassen Dr. Faber nicht los. Sie wird rot, wenn er sie aufruft, obwohl sie nichts zu fürchten hat, denn Erika ist eine der Besten in der Klasse. Aber so oft der Lehrer sie ansieht, bekommt sie feuchte Hände.

In diesem Moment übernimmt Studienprofessor Pfeiffer von der benachbarten 6 b den Unterricht. Auch er hat die Türe öffnen lassen. Auch auf seinem Stundenplan steht Geschichte. Seine Stimme klingt knarrig und hell über den Gang.

»Das ist Geschichte!« Der Lehrer schlägt mit der Hand gegen eine Zeitung. »Adolf Hitler macht Geschichte! Klappt eure Bücher zu! Lasst die armselige Schulweisheit fahren! Lest die Zeitung!«

Stefan Hartwig lächelt schadenfroh. Sein Freund Bertram feixt. Die anderen heben die Köpfe zur offenen Türe. Die Mädchen betrachten erschrocken den Ordinarius.

»Wir brauchen diesen Kram nicht!« fährt der Studienprofessor vom Nebenzimmer fort. »Wir machen die Geschichte selbst! Werft eure Erdkundebücher weg! Es gibt keine Erdkunde mehr. Wir treiben Geopolitik!«

Auch Dr. Faber sieht jetzt zur Türe. Sein Gesicht wirkt müde. Eine Sekunde hebt er beide Arme halb hoch, so könnten sie die Worte Pfeiffers fernhalten. »Müller«, sagt er dann leise und bestimmt, »schließen Sie bitte die Türe.«

Der Schüler reagiert beflissen.

Stefan betrachtet den Assessor mit zugekniffenen Augen. Dr. Faber bemerkt es, lächelt verloren. Dann wird sein Gesicht wieder fest, ruhig.

Er interpretiert Geschichte und nicht den »Völkischen Beobachter«. Er schildert die Ländergier Napoleons, den Machtwahn des Korsen, die endliche Allianz uneiniger Völker, die ihn schließlich zu Fall bringen.

»Was wurde aus Napoleons Siegen?« fragt Dr. Faber. »Was aus seinen Eroberungen? Und wie verzinste sich das Blut, das der kaiserliche Diktator bedenkenlos forderte?« Jeden einzelnen seiner Schüler scheint der Klassenleiter anzusehen, als er eindringlich, suggestiv fast, feststellt: »Die Geschichte geht über die Schlagzeilen der Tagespresse hinweg. Sie verwandelt Siege in Niederlagen und Niederlagen in Siege.«

Das Pausenzeichen fällt mit seinen Worten zusammen.

Stefan begleitet Claudia nach Hause. Sie tragen ihre Schulmappen unter dem Arm, gehen gemächlich nebeneinander her, betrachten sich von der Seite, lächeln. In den letzten Wochen hat sich für sie viel geändert. Sie wissen, dass sie ineinander verliebt sind. Es ist ein heißes, beiderseitiges Gefühl voller Glück, Verlangen und Entsagen.

In der ersten Tanzstunde begann es. Vor ein paar Tagen. Auf einmal drehte sich der ganze Saal um Claudia. Im Walzer. Im Foxtrott. Im Slowfox. Sie lag in Stefans Armen. Sie fühlte ihr Herz schlagen und seine Hände zittern. Ihr war leicht, unendlich wirbelig, federleicht.

Dann erklärte Tanzlehrer Grenzlein eine neue Figur. Er griff sich eine der knapp siebzehnjährigen Damen heraus. Mit ironischgalanter Verbeugung entführte er sie ihrem Partner und benutzte sie in der Mitte des Saales auf dem hellgelben, spiegelglatten Parkett als Demonstrationsobjekt.

Stefan gefiel Claudia wie nie zuvor. Zum erstenmal sah sie ihn anders. Er trug weder die verbeulten grauen Schulhosen, noch die senffarbene HJ-Uniform nebst umgegürtetem Dolch und obligater Führermiene. Er war jetzt bloß ein hübscher Junge, dem Dunkelblau prächtig stand, auch als Pennäleranzug mit zu engen Nähten und ein wenig glänzenden Ellbogen.

Vor Claudias Augen verwandelte sich der blaue Anzug in einen schwingenden Frack und der Boden der Tanzschule in eine Schlossterrasse, hoch über dem Mittelmeer.

»Paris, du bist die schönste Stadt der Welt«, tönte es aus dem Lautsprecher. Der Schlagerproduktion des Jahres 1938 gelang es, selbst den Charme der Seinestadt in kleine, eckige Marschtritte zu zerlegen.

»Nein, nicht so«, sagte der Tanzlehrer. Mit einer mechanischen Bewegung, als ob er aus einem Fischbottich eine Flunder zöge, griff er sich Stefan und tanzte mit ihm los.

Die anderen fünfzig jungen Menschen kicherten. Es sah so komisch aus, wie Herr Grenzlein mit der breiten Hand Stefan das Kreuz eindrückte, so dass dem Jungen gar nichts anderes übrig blieb, als hingegossen wie eine stocksteife Jungfrau nach dem Wollen des Mannes zu schweben. Und so brach der Tanzlehrer dem Fähnleinführer das hölzerne Rückgrat und verwandelte ihn wieder in das, was er von Natur aus war: ein hochgeschossener, biegsamer Junge, der schön gewachsen war, Flöte spielen sollte und Hirtenknabe sein konnte.

Dann nahm Herr Grenzlein Claudia.

Sie träumte davon, dass Stefan so tanzen konnte. Und so flossen die Bewegungen ineinander über. Das junge, hübsche Mädchen gab sich den Schritten des Tanzlehrers ganz hin.

»Au«, sagte sie später zu Stefan. »Warum drückst du denn so?« Sie sah, dass seine Augen dunkler wurden.

»Ich mag das nicht«, stieß er hervor.

»Was?«

»Dass du so tanzt.«

»Wie?«

»So, wie mit Herrn Grenzlein.«

Claudia lachte auf. Silbern, lockend, zufrieden.

»Das tut man nicht«, fauchte Stefan.

Claudia lachte weiter.

»Das ist unanständig.«

»Aber Stefan.« Sie berührte sein Knie.

Da war er auf einmal still. Claudias Lippen blieben halb geöffnet. Ihre Zähne schimmerten. So leicht ist das? dachte sie. So schnell kann man einen Jungen willenlos machen? Und sie versuchte es, spielerisch, immer wieder, und sie war selig über ihre Entdeckung.

Dann brachte Stefan sie nach Hause. Das war für ihn der Hauptzweck der Tanzstunde, die er sonst hasste. Es war dunkel. Unter den Straßenlaternen sah er an ihren zarten Füßen die Seidenstrümpfe glänzen, bei jedem Schritt, den sie machte.

Seine Worte von vorhin, sein Zorn über die Art, wie sie mit Grenzlein getanzt hatte, standen jetzt wie Prellböcke auf den Geleisen, über die er sich ihr nähern wollte.

Und Claudia wunderte sich, weil ihr trotz der frischen Luft immer noch so leicht und so schwindelig war wie vorher. Sie ging langsam, sah zu Stefan auf.

Ihre Arme berührten sich beim leichten Pendeln des gleichen Schritts. Ihre Hüften trafen sich manchmal. Und dann fühlte Claudia jeweils einen elektrischen Strahl. Angenehm und doch bedrohlich. Je näher sie ihrer Wohnung kam, desto größer wurde die Spannung.

»Du«, sagte Stefan.

»Ja«, flüsterte Claudia. Sie blieb stehen. Sie sah wieder zu ihm auf. Wie nie zuvor.

Ein Autoscheinwerfer blendete sie. Claudia wandte den Kopf. Der Wagen brummte an ihnen vorbei. Es war wieder still bis auf weitentfernte Schritte, die irgendwo auf das Pflaster hackten.

Sie hörte Stefan atmen. Sein Gesicht konnte sie nicht erkennen. Sie fühlte seine Arme auf ihrem Körper. Sie zitterte.

»Du«, sagte er noch einmal. Sein Kopf stieß hart an ihre Nase. In seinem hilflosen Ungestüm merkte er es nicht.

»Au«, sagte Claudia, spürte die Tränen in den Augen.

Und dann brannten seine Lippen auf ihrem Gesicht, auf ihren Wangen, auf ihrem Hals.

Claudia öffnete ihren Mund, wollte ihn Stefan entgegenheben.

Aber es war schon vorbei.

»Gute Nacht«, keuchte er. Dann riss er sich los, lief ein paar Schritte weg, fuhr noch einmal herum. »Du ... ich hab' dich lieb«, sagte er und verschwand, als ob er eine Bombe gezündet hätte.

Claudia rief ihm nach. Aber in seinem Glückstaumel stolperte er blindlings in die Nacht. Das Mädchen schluckte. Die Leichtigkeit war auf einmal weg.

So ist das also, dachte sie. Ihre Stirne runzelte sich vor angestrengtem Nachdenken. Habe ich etwas falsch gemacht? Etwas Unrechtes? Ist das erlaubt oder verboten? Geht es den anderen auch so? Sprechen sie nur nicht darüber?

Damals wusste Claudia eine Antwort auf ihre Fragen so wenig wie heute.

Wieder steht sie vor ihrer Haustüre, wechselt mit Stefan ein paar belanglose Sätze, um noch ein paar Minuten des Zusammenseins herauszuschinden.

»Heute Abend, nach dem HJ-Dienst«, sagt Stefan hastig.

Claudia nickt.

»Servus.« Er gibt ihr die Hand und läuft schnell davon. Sicher ist seine Suppe kalt.

Jeden Tag isst er sie jetzt kalt.

Dr. Faber wartet den ganzen Nachmittag. Es drängt ihn hinaus in die frische Luft. Aber er geht nicht vom Telefon weg. Noch immer hat sich Oberstudiendirektor Dr. Schütz nicht gemeldet. Er lässt mich zappeln, denkt Dr. Faber. Oder hat er sich schon mit dem Ministerium in Verbindung gesetzt? Oder mit der Partei? Oder mit irgendeiner dieser braunen Organisationen, die so zahlreich und so tödlich sind wie Polypenarme?

Um 18 Uhr hält er es nicht mehr aus, läuft er aus der Wohnung weg in die Stadt, planlos. Aus den Fenstern hängen Fahnen. Einige Schaufenster zeigen zwischen Trikotagen oder Süßwaren Hitlers lorbeerumkränzten Kopf, und etwa in Bauchhöhe des Führers ist, in schwarz-weiß-roter Umfassung, zu lesen: »Deutsches Geschäft.«

Die Radiohändler haben Lautsprecher aufgestellt. Der Äther spuckt Militärmusik, gewürzt mit Meldungen aus.

Der Einmarsch klappt reibungslos. Braun beherrscht das Straßenbild. Die NS-Organisationen bieten ihre Leute zu einer Demonstration auf. Der Marschtritt hallt verschwommen in den kleinen, winkeligen Straßen. SA marschiert im falschen Tritt. Voraus die Standarte wie ein Schellenbaum, von einem SA-Truppführer getragen, dahinter, in zehn Meter Abstand, Studienrat Stocker, ein geballtes Nichts im Gesicht. Seine Männer singen laut, falsch und schrill. Der Musiklehrer hört es nicht. Er ist der Repräsentant der Zeit, auch wenn sie falsch tönt.

Passanten bleiben stehen. Ein paar Jahrhunderte Geschichte belächeln schräg von der Seite mit Fachwerkfassaden spöttisch die Kolonnen.

Wieder einmal tritt die SA zum Sturm an, der jeweils in einer Gastwirtschaft endet. Die Männer schwenken den rechten Arm. Die linke Hand liegt flach am Koppelschloss, wo bei vielen die Leibesrundung am größten ist. Auf den Blechverschlüssen über dem Nabel steht: »Deutschland erwache!«

Trotzdem sind viele Gesichter der Marschierenden schläfrig. Sie kommen in Dreierreihe, schlecht ausgerichtet. Unbedarfte Idealisten neben hilflosen Schwächlingen, fanatische Spießer neben schlauen Nutznießern. Ein paar Linkshänder schwenken den falschen Arm. Bei anderen ist die Hand vom Koppelschloss zu weit nach rechts gerutscht. Es sieht aus, als ob sie ihren Blinddarm abtasten würden.

Dr. Faber macht sich klar, dass eine Pauschalverurteilung unfair wäre. Vielen Männern im Braunhemd sieht man an, wie unangenehm ihnen die Uniform ist und wie schwer ihnen das Marschieren fällt. Es gibt so viele Druckmittel, Menschen zu Mitläufern zu machen, und nicht jeder ist so ein harter Brocken wie er selbst – und wer weiß noch, wie lange. Kann man es einem Arbeitslosen verübeln, der jahrelang gestempelt hatte und der für seine fünf oder sechs Kinder keine Zukunft sah, dass er sich von den Arbeitsscheuen einfangen ließ? Gewiss, in Bamberg war das Erwerbslosenproblem nie so brisant gewesen; hier gibt es auch heute noch mehr Kirchtürme als Fabrikschornsteine, aber ganz anders ist die Optik in den Industrierevieren des Ruhrgebiets und Oberschlesiens. Und die Braunen hatten Wort gehalten. Die Unterprivilegierten fanden sofort Arbeit, wurden besser bezahlt als je zuvor, und ihre blassen, hungrigen Kinder konnten sogar auf Staatskosten in die Ferien nach Pommern fahren. Und immer weiter geht es aufwärts, in Deutschland ist keiner mehr arbeitslos. Woher sollte ein Mann, der endlich wieder schaffen darf, wissen, dass er für Rüstung, Krieg und Inflation schuftet und eines Tages ärmer dastehen muss als je zuvor?

In diesem Moment biegt die SA um die Ecke. Sturm III, geführt von Drexler, dem Milchmann. Er wirkt stramm und zufrieden. Tagsüber verkauft er von seinem Handwagen aus ambulant Käse und Butter. Ein serviler Groschengeschäftsmann, der bis vor kurzem verbittert und auf nachdrücklichen Wunsch seiner resoluten Frau auch noch Juden beliefern musste.

Nachts aber wächst er über sich und seinen klapprigen Handkarren hinaus. Als SA-Sturmführer schleift er Studienprofessoren, Stadtsekretäre und Regierungsräte, hetzt sie über Stoppelfelder, lässt sie an Barrieren zappeln oder Handgranaten werfen. Und dann folgt unweigerlich der abendlichen Wehrertüchtigung der morgendliche Milchverkauf.

Dr. Faber hat gerade noch Zeit, vor der Standarte nach links einzubiegen. Er ist nicht allein. Er sieht sich die Leute an, die der Fahne den Rücken gekehrt haben: drei Hausfrauen, ein Pensionist, ein Geistlicher, eine Bäuerin, zwei Arbeiter.

»Bis alles in Scherben fällt«, gröhlt die Kolonne.

Die schwarzuniformierten Männer der SS folgen der SA-Formation, so unmittelbar, als säßen sie – wie bei der Röhm-Affäre – den Braunhemden noch immer im Genick.

Dr. Fabers Hände greifen nach den Ohren.

Der Rentner bemerkt es. »Mir geht's genauso«, sagt er leise.

Dann gehen sie hastig auseinander, der eine nach links, der andere nach rechts. Einen Moment lang bleibt der Germanist auf der Unteren Brücke vor der Statue der Kunigunde, der Stadtheiligen, stehen. Sie lächelt ihm zu wie eine Verschwörerin. So hat sie wohl schon gelächelt, als sie sich der Sage nach einem Gottesurteil unterwerfen musste, um ihre Unschuld zu beweisen.

Dr. Faber erreicht seine Wohnung, er will Schulaufsätze korrigieren, aber er geht in seinem Arbeitszimmer unruhig auf und ab. Vermutlich ist dem Oberstudiendirektor heute der deutsche Einmarsch in die CSSR wichtiger als die Auseinandersetzung mit einem unbotmäßigen Studienassessor. Aber aufgeschoben ist nicht aufgehoben. Und dass er Assessor bleiben wird, weil nach dem Zwischenfall mit dem alten Bertram seine überfällige Beförderung wiederum ausfallen wird, ist noch das Mindeste, was ihm droht.

Im Grunde ist es Hans Faber gleichgültig. Auch wenn er es sich nicht eingesteht, weiß er, dass er eines Tages an seinem Unterricht scheitern wird. Aber er ist unabhängig, braucht für niemanden aufzukommen, und so sorgt er sich mehr um seine Schüler als um seine umwölkte Zukunft; er möchte diese prächtigen Jungen weder dem »Hydro« noch Dr. Pfeiffer überlassen.

Er zögert noch, dann entschließt er sich, seinen Freund Robert Klimm anzurufen, den Narkosearzt im Städtischen Krankenhaus.

»Gedankenübertragung, Hans«, begrüßt ihn der Anästhesist. »Ich wollte dich gerade anläuten. Claus ist für ein paar Stunden von Nürnberg herübergekommen. Ich bring' ihn gleich mit.« Nach einer kurzen Pause fragt der Mediziner: »Alles in Ordnung bei dir?«

»Gar nichts ist in Ordnung«, erwidert der Erzieher. »Deswegen will ich ja mit euch sprechen.«

Offensichtlich haben die beiden Freunde die Bedrängnis ihres Freundes und früheren Studienkollegen missverstanden. Sie bringen eine Flasche Schnaps mit, und Robert stellt sie mit den Worten auf den Tisch: »Wer Sorgen hat, hat auch Likör. Was ist los, Hans?«

»Ärger«, antwortet der Assessor. »Politischer.« Er berichtet, was vorgefallen ist.

Robert und Claus, Hansens unzertrennliche Gefährten – man hatte sie zu Universitätszeiten nur »Die drei Musketiere« genannt –, begreifen sofort den gefährlichen Fallstrick, an dem Hans hängengeblieben ist. Sie haben es leichter: Wenn Robert seine Patienten zur Operation vorbereitet, stellt er keine politischen Fragen noch Fallen. Claus Benz, Jurist und Syndikus bei einem Versicherungsunternehmen in Nürnberg – seit seinem Wehrmachtsunfall zieht er links das verkürzte Bein nach –, sitzt auch in keiner politischen Frontlinie wie ein Erzieher. Die »Drei Musketiere« waren für die HJ zu alt gewesen und für die SA zu gewitzt. Dann hatten sie ohnedies zu Preußens einrücken müssen, Wehrpflichtige des Jahres 1936. Außerdem hatten sie zu jeder Zeit schöne Frauen mehr interessiert als lautstarke Politik.

»Unterschätz diese Halunken nicht«, warnt Robert.

»Was kann ich tun? Soll ich versuchen, bei einer Privatschule unterzukommen?«

»Erst mal einen Schluck trinken«, erwidert Claus und zupft an seinen schütteren Haaren herum. Offensichtlich führt er einen aussichtslosen Kampf gegen eine vorzeitige Kahlheit. »Nur dieser Barras ist schuld«, schweift er vom Thema ab. »Der Stahlhelm.« Aber Vater Benz, der nie einen solchen getragen hatte, litt auch schon unter einer vorzeitigen Glatze. »Ich fürchte, du wirst zu Kreuze kriechen müssen, ob du willst oder nicht«, stellt der Jurist fest.

»Auch zu Hakenkreuz?« fragt Faber gereizt.

»Schrei mich doch nicht gleich so an«, versetzt der Schüttere. »Ich hab' doch diese Bande nicht erfunden. Vergiss nicht, Hans, deine Staatsjugendschüler sind Hitlerjungen.«

»Und bald Kanonenfutter«, erklärt Robert. »Wir haben's da leichter.«

»Soll ich vielleicht jetzt noch meinen Beruf wechseln?«

»Hör mal zu, Hans«, sagt Claus und geht ans Fenster, schließt es sicherheitshalber. »Du kannst diese Marschierer nur mit ihren eigenen Waffen schlagen: mit ihrer Heuchelei, mit ihren Phrasen. Sag ihnen ein paar unverbindliche Worte und denk dabei an den Kernsatz, den unser Dichterfürst in seinem ›Götz von Berlichingen‹ einem Bamberger Marktweib gestohlen hat.«

»Und tritt um Gottes willen kürzer im Unterricht«, rät der Anästhesist. »Diese Jungen sind gefährlich, ohne es zu wollen oder zu wissen.«

»Also faule Kompromisse soll ich machen.«

»Was sonst«, entgegnet Claus. »Oder willst du aufrecht fallen?«

»Besser als katzbuckeln –«

»Quatsch«, erwidert der Versicherungssyndikus. Er greift in die Tasche, holt ein Parteiabzeichen hervor. »Kennst du das?« fährt er den betroffenen Faber an. »Halt jetzt von mir, was du willst. Ich bin vor vier Wochen eingetreten. Ich war der einzige bei meiner geschätzten Firma, der keiner Parteigliederung angehört hatte. Unser neuer Chef stellte mich vor die Wahl, NSDAP-Mitglied zu werden oder zu gehen. Und das ein paar Monate, bevor ich ordentliches Vorstandsmitglied wurde. Aber das war nicht der Ausschlag, das nimmst du mir wohl ab«, setzt Claus eindringlich hinzu und sucht wenigstens bei Robert Verständnis für seine Haltung, »obwohl ich eine Frau und zwei Kinder habe und für meine alte Mutter sorgen muss. Bei jeder neuen Bewerbung wäre meine politische Abstinenz aufgefallen. Was sollte ich tun? Hältst du mich jetzt für einen Nazi, Hans? Vielleicht verachtest du mich nunmehr. Glaub mir, ich hatte keine andere Wahl, als nachzugeben – oder meine Existenz zu zerstören. Schön, ich zahl' jetzt ein paar Mark Beitrag monatlich, halte rechtzeitig die Klappe – wenigstens da, wo man sie halten sollte –, und wenn's ganz schlimm kommt, dann stecke ich mir eben diesen lächerlichen Bonbon ins Knopfloch und denk' an das Bamberger Marktweib.«

»Dich kenn' ich«, erwidert Faber. »Dir nehm' ich das ab, und bei dir finde ich es auch nicht sehr bedenklich, aber«, setzt er hinzu, »wenn dieser faule Zauber erst einmal vorbei ist, werden alle das Gleiche behaupten, auch die Fanatiker, die Ariseure, die Denunzianten, die Schläger, die Mörder.«

»Deine Sorgen möcht' ich haben«, gibt Robert zurück. »Lass den faulen Zauber erst mal vorbei sein, dann werden wir die Schafe von den Böcken trennen.«

»Hoffentlich behältst du Recht«, erwidert Studien- und Lebensfreund Faber.

»Ich muss dir leider noch einen Tiefschlag verpassen«, fährt der Versicherungsjurist fort. »Nicht alle, die der Hakenkreuzfahne folgen, kannst du in einen Topf werfen. Nicht alle sind grüne Jungen, Opportunisten, Ariseure, Denunzianten und Rabauken. Es gibt sicher auch NS-Anhänger - und nur die meine ich jetzt –, die fraglos phantasielos und unpolitisch sind. Aber etwas kannst selbst du ihnen nicht absprechen: Sie sind anständige Idealisten, die einfach an diesen schrecklichen Führer glauben.«

»– bis sie eines Tages daran glauben müssen«, wirft Robert ein.

»Du triffst den Nagel auf den Kopf«, versetzt der Besucher aus Nürnberg. »Wie sieht's eigentlich bei dir aus? Hast du in deinem Krankenhaus keine Schwierigkeiten?«

»Bis jetzt nicht«, antwortet der Arzt mit der hohen Stirn und der schmalen Nase. »Mein Chef, der Professor, verlangt von mir nur eine perfekte Narkoseüberwachung und keinen politischen Schmonzes.«

»Und wenn dein Chef abgelöst und durch einen Alten Kämpfer ersetzt wird?« fragt Claus.

»Um Gottes willen«, erwidert der Freund. »Mal den Teufel bloß nicht an die Wand.«

In diesem Moment klingelt das Telefon: Oberstudiendirektor Dr. Schütz verlangt, dass sein Assessor unverzüglich zu ihm in die Wohnung kommt.

»Ich bin in einer Viertelstunde da«, erwidert Faber und legt auf.

»Mönchlein, du gehst einen schweren Gang«, albert Robert.

»trink erst noch einen.« Claus schiebt dem Freund das Glas zu, aber der Pädagoge fest es mit einer unwirschen Geste vom Tisch.

Beim Abgang hört er noch, wie Claus zu Robert sagt: »Für den können wir nur noch eine Opferkerze bei der heiligen Kunigunde anzünden.«

Dr. Faber schlägt die Tür hinter sich zu, hastet in Sätzen die Treppe hinunter, aber seine Schritte hören sich eher wie eine Flucht an denn wie eine Attacke.

Über seinem Schreibtisch hängt das Bild des Generalfeldmarschalls, der die Russen besiegt und vor den Nazis kapituliert hat. Paul von Hindenburg mustert mit greisem Grimm den Oberstudiendirektor, der seinen Anstand an die Bewegung, seinen Charakter an die Karriere und seine Vernunft an die Zeit verkauft hat.

»Herr Kollege«, beginnt Dr. Schütz. Es klingt wie eine Kampfansage. Seine Augenlider zucken. Die Vorhänge sind halb zugezogen. Der Arbeitsraum des Anstaltsleiters liegt im Halbdunkel. »Unsere Schule steht auf dem Boden des Nationalsozialismus. Wer gegen diesen Geist verstößt, hat zu gehen!« Dr. Schütz wandert im Zimmer auf und ab. Er spricht schneidend. »Ich stehe ihrem Unterricht schon die ganze Zeit mit Skepsis gegenüber. Ich war großzügig und ließ Ihnen freie Hand. Sie haben mein Vertrauen schamlos missbraucht, Dr. Faber. Wenn es schon soweit ist, dass von außen Beschwerden an mich herangetragen werden –« Er redet sich in Zorn hinein, fuchtelt mit den Armen, keucht. Blaue, bizarr geformte Adern treten an seinen Schläfen hervor. »Sie haben an unserer Schule nichts mehr zu suchen!« brüllt er.

Aber Dr. Faber geht nicht in die Kniekehlen; zwei Köpfe größer als Dr. Schütz steht er dem Anstaltsleiter gegenüber. Sein Benehmen zeigt mehr Lässigkeit als Respekt. So schäbig bist du also, denkt er und betrachtet den Mann gelassen, der in seiner politischen Vergangenheit bald schwärzlich und bald rosarot war; Diener dreier Herren, wenn man es von ihm verlangte. Als er die vorläufig letzte Wendung genommen hatte, wurde er Pg, Baujahr 1933. Und aus dem Märzveilchen war mittlerweile ein Schlingergewächs geworden.

»Da stehen Sie hier wie das schlechte Gewissen selbst«, zetert Dr. Schütz weiter, »rechnen Sie nicht mit meinem Verständnis. Bei mir nicht. Nicht!« wiederholt er und schlägt mit den Knöcheln auf die Tischplatte.

»Ich gebe meinen Unterricht auf der Grundlage des Humanismus«, versetzt der Gerügte ruhig. »Wir sind ja auch ein humanistisches Gymnasium.«

»Und ein deutsches«, erwidert Dr. Schütz. »Und ein nationalsozialistisches. Und wir unterrichten die deutsche, nationalsozialistische Staatsjugend. Verstanden?«

Dr. Faber verfolgt schweigend, wie sich der Rex auf den Polsterstuhl an seinem Schreibtisch fallen lässt; ein Stehzwerg wird zum Sitzriesen, offensichtlich besorgte der Tapezierer, was die Natur versäumt hat.

»Der Tatbestand ist klar«, fährt Schütz fort. Seine Finger schnappen regelmäßig auf und zu. »Ausgerechnet Bertram, der Mäzen unserer Schule. Das verzeihe ich Ihnen nie, Faber!«

»Ich habe die beanstandeten Äußerungen bisher nicht gehört, Herr Oberstudiendirektor«, wendet Faber ein.

»Nicht gehört«, äfft ihn Dr. Schütz nach. »Sie sind mir zu ekelhaft, als dass ich sie wiedergeben könnte.«

»Dann ist diese Unterredung wohl zwecklos.« Faber deutet eine Verbeugung an, er will gehen.

»Bleiben Sie!« bellt Dr. Schütz. Er betrachtet seine Fingernägel, sucht einen Übergang, einen anderen Ton. »Für mich sind Sie erledigt«, sagt er dann ruhiger. »Aber ich will das nicht auf meiner Schule sitzen lassen. Ich verlange von Ihnen, dass Sie zu Herrn Bertram gehen und die Sache klarstellen. Ich fordere, dass Sie den Vorfall als eine Entgleisung oder ein Missverständnis darstellen. Das sind Sie meiner Anstalt schuldig, verstanden?«

»Nein«, erwidert der Assessor knapp.

»Dann reden wir Fraktur.« Die Stimme des Oberstudiendirektors zischt. »Ich habe bisher eine Anzeige«, er hebt den Kopf, »höherenorts unterlassen. Ich gebe Ihnen Zeit bis morgen Abend. Bereinigen Sie diesen Zwischenfall mit Herrn Bertram.« Widerwillig setzt er hinzu: »Vielleicht – dann möglicherweise ein Aufschub an der Schule, vielleicht ...« und endet drohend: »Oder ...«

»Oder?« wiederholt Dr. Faber leise.

Der Anstaltsleiter erhebt sich. Seine Augen werden klein, tückisch. Die Lider zucken. Mit einer plötzlichen Handbewegung bezeichnet er das Ende der Unterredung. »Heil Hitler, Herr Dr. Faber«, verabschiedet er den Jüngeren.

Benommen betritt der Assessor die Straße, trotzdem erleichtert. Nicht so sehr wegen der Chance, die ihm Dr. Schütz in Aussicht stellte. Der Mann hat ja Angst, denkt er. Natürlich, das ist es: Nicht Angst vor mir, sondern davor, unangenehm aufzufallen.

Denn Tag und Nacht fürchtet er, dass Pfeiffer oder ein anderer

»echter« Schulnazi an seine Stelle gesetzt werden könnte, dass das Regime mit Dr. Faber auch gleich Dr. Schütz abservieren würde.

Mit beschwingten Schritten geht der Assessor in seine Wohnung zurück. Die Freunde haben auf ihn gewartet.

»Schlimm?« fragt Robert vorsichtig.

»Wie man's nimmt«, erwidert der Erzieher. »Ich sitze mit einem Schwächling und Opportunisten, der den Schweinehund spielt, in einem Boot.«

»Na daraus lässt sich doch wohl was machen, Käpt'n« wirft Claus ein und schiebt dem Freund diesmal das Schnapsglas nicht vergeblich zu.

Das Sudetenland ist besetzt und dem Großdeutschen Reich eingegliedert. Die Erregung flaut allmählich ab. Der Alltag beginnt wieder, in Bamberg wie auch anderswo, ein Alltag im Frieden, über dem bereits der schwere Schatten des Krieges lastet. Vorübergehend politisiert die 8 c nicht mehr; sie bereitet sich unter Leitung Stefan Hartwigs auf das Fußballschlussspiel gegen die 8 a vor. Es geht um die Meisterschaft des Gymnasiums – eine Sportveranstaltung und doch auch ein Politikum.

Um 15 Uhr pfeift der Turnlehrer das Spiel an. Zuschauer sind nicht nur geschlossen die annähernd siebenhundert Gymnasiasten und der Lehrkörper, sondern viele Eltern und Kiebitze von anderen höheren Lehranstalten. Vom Anstoß an bemerken sie, dass beide Teams voll auf Sieg setzen, vielleicht zu angestrengt und verbissen, denn es kommt laufend auf beiden Seiten zu Fehlpässen und versiebten Chancen. Stefans Team spielt mit großem Einsatz, kämpferisch, aber als technisch reifere Mannschaft zeigt sich ohne Frage die 8 a, und das ist kein Zufall.

Die Oberstufe des Gymnasiums verfügt über drei Parallelklassen; die 8 b war bereits in der Vorrunde ausgeschieden. Man hatte von vornherein erwartet, dass sich beim Finale die 8 c und die 8 a gegenüberstehen würden. Stefans Mannschaft setzt sich – wie seine Klasse – aus Stadtschülern zusammen, die gegnerische Elf fast ausschließlich aus Ottonianern, wie sich die Zöglinge des Priesterseminars nennen. Es handelt sich dabei vorwiegend um kräftige und fleißige Bauernsöhne aus Bambergs fruchtbarem Umland. Wenn der Lehrer oder vor allem der Pfarrer ihre Begabung entdeckt hatten, überredeten sie die Eltern, ihre Sprösslinge in die Mittelschule der alten Kunststadt zu schicken, wo sie, von Präfekten betreut, in Latein und Griechisch, aber auch in Fragen des Glaubens unterrichtet wurden. Manche scheiterten, die meisten wurden Priester, aber Ottonianer waren auch als Ärzte und Juristen in viele Spitzenstellungen aufgerückt.

Die Zöglinge aus Bambergs herrlicher Umgebung büffeln nicht nur gemeinsam, sie treiben auch Sport, und das heißt vorwiegend Fußball. Sie stellen ein eingespieltes, hervorragend gedrilltes Kickerteam und sind dadurch zwangsläufig besser auf das Finale vorbereitet als ihre Stadtrivalen, die sich mancherlei Ablenkungen – Kino, Mädchen, Bummel – leisten, von den HJ-Geländespielen und Übungsmärschen ganz abgesehen. Noch immer gehört kein Zögling der kirchlich geleiteten Anstalten der Staatsjugend an; deshalb hatte gestern Bannführer Greifer zum Fähnleinführer Hartwig, der heute als Spielführer der 8 c auftritt, bemerkt: »Das ist doch wohl klar, Stefan, dass Hitlerjungen diese Pfaffenschwänze schlagen.« Auch Pfeiffer ließ wissen, dass er einen Kantersieg erwarte. Singlehrer Stocker hatte schon im voraus gratuliert, und der »Hydro«, der mit dem Match überhaupt nichts zu tun hatte, weil keiner seiner Schüler beteiligt war, erwartete lautstark, dass Hartwigs Mannen die Ottonianer vom Platz fegten.

Davon kann nach fünfunddreißig Spielminuten keine Rede sein. Die 8 a führt durch zwei Prachttore des sommersprossigen Heinrichsbauer. Kurz vor der Halbzeit kann Rolf Bertram durch einen umstrittenen Strafstoß auf zwei zu eins verkürzen, und dabei bleibt es nach den ersten fünfundvierzig Minuten. Stefan spürt, dass er heute unter seiner Form spielt. Erwartungen und Vorschusslorbeeren machen ihn nervös. Tarzan ist zuverlässig und gefährlich wie immer, aber er hat Schusspech; zwei Lattenschüsse, die sichere Goals gewesen wären.

»Mensch, Mensch«, sagt Rolf Bertram in der Pause. »Ich hab' so ein blödes Gefühl, dass uns diese Sandalinskis heute das Fell über die Ohren ziehen.«

»Quatsch nicht so dämlich«, fährt ihn Stefan an. »Wir stürmen jetzt, bis wir umfallen.«

Nach dem Anpfiff läuft zwanzig Minuten lang gar nichts. Auch die Ottonianer ermüden sichtlich, obwohl beide Teams von den Zuschauern ständig angefeuert werden. Dann bricht Tremmler durch, überlistet Benno, den dicken Torwart. Aber der Schiedsrichter annulliert den Treffer als Abseitstor, eine vermutlich richtige Entscheidung.

Dann fällt das Match noch mehr ab. Es sieht aus, als wollten beide Mannschaften für die Verlängerung Kräfte sparen. In dieser langweiligen Phase gelingt Stefan ein Sonntagsschuss: aus 25 Metern Entfernung ein tückischer Aufsetzer. Großmann, der Keeper, fängt ihn nicht präzise. Der Ball rutscht ihm aus den Händen ins Tor. Zwei zu zwei.

Es sieht so aus, als würde es dabei bleiben, auch noch, als der Turnlehrer den rechten Daumen ausstreckt, um anzuzeigen, dass er das Spiel in einer Minute abpfeifen wird. Mit zehn Mann greift die 8 a an. Vielleicht hat man auch den Ottonianern vor dem Kampf gesagt, dass sie gegen Hitlerjungen nicht verlieren dürften. Benno rettet auf der Linie. Dann verfängt sich das Spiel wieder im Mittelfeld. Immer wieder wird Tarzan angespielt, er ist vielleicht der einzige auf dem Platz, für den das Match ein ganz gewöhnliches Fußballspiel ist, um des Sportes willen, denn er ist weder HJ-Angehöriger noch Ottonianer.

Und er ist zornig, weil ihm heute nichts gelingen will. Er umspielt Heinrichsbauer, ist noch 40 Meter vom Tor entfernt, kommt an dem Stopper vorbei, könnte abgeben, behält aber den Ball, weil die anderen Stürmer heute schon so viel verpfuscht haben. Er schafft den linken Verteidiger, trickst auch noch den rechten aus und nimmt aus vollem Lauf in 10 Meter Entfernung Maß, täuscht Großmann durch eine Körperbewegung und setzt das Leder unhaltbar in das linke Eck, zwanzig Sekunden vor dem Schlusspfiff.

»Du hast uns gerettet, Tarzan«, sagt Stefan beim Duschen. »Ich möchte mich ganz besonders bei dir bedanken.«

»Gern geschehen«, erwidert Peter Steinbeil grinsend. »Verzichte auf die Blumen. Du hast ja auch zum Sieg beigetragen.«

»Mein Tor hab' ich nur durch Glück geschossen«, entgegnet der Fähnleinführer. »Hab' schon bessere Tage gehabt als heute.« Er reicht Tarzan ein Handtuch. »Wirklich ein Jammer, Tarzan«, versucht er es wieder einmal, »dass du nicht in meinem Fähnlein bist.«

Ohne es zu wissen, gibt er dem Mitschüler und Rivalen ein Stichwort.

»Vielleicht sollten wir einmal in Ruhe darüber reden«, versetzt Tarzan zur Verblüffung des HJ-Führers. »Aber unter uns.« Er dreht sich um. »Unter vier Augen.«

»Der Rex will mit der Siegesfeier anfangen«, ruft Benno. »Er wartet nur noch auf euch.«

»Gleich«, erwidert Stefan, um das glühende Eisen zu schmieden.

»Wie groß ist dein Einfluss bei HJ, Partei und so weiter?« fragt Tarzan, als sie allein sind.

»Unterschätz ihn nicht.«

»Ich war heuer zum ersten Mal in den Sommerferien nicht in der Schweiz«, beginnt Peter. »Weil mein Pass abgelaufen ist und die Polizei mir keinen neuen ausgestellt hat.«

Stefan pfeift durch die Zunge. »Sieh mal einer an, die Polizei ist gar nicht so dumm, was?«

»Findest du das richtig, dass der Enkel nicht zu seinen Großeltern fahren darf?«

»In gewisser Hinsicht schon, Tarzan«, erwidert der Fähnleinführer. »Du giltst eben als politisch unzuverlässig. Kapselst dich überall ab, bist der einzige Stadtschüler, der nicht bei der HJ mitmacht, und dabei bist du ein so blendender Mittelstürmer.«

»Übernimm dich nicht«, entgegnet Tarzan. »Ich schlag' dir einen Handel vor: Du gibst mir dein Wort, dass du dich mit allen Mitteln dafür einsetzt, dass die Polizei mir einen neuen Pass ausstellt«, der Massive grinst schräg, »und ich verstärke dein Fähnlein.«

»Mensch, Tarzan, freu' ich mich«, sagt Stefan überrumpelt. »Ich weiß, du hast Hemmungen, weil dein Vater vor 1933 sich gegen den Führer gestellt hat, aber das hat doch nichts mit dir zu tun. Und dein Vater ist ja gestorben; und ehrlich gesagt, meiner ist auch nicht gerade ein überzeugter Nationalsozialist –«

»Und mein Pass?« unterbricht ihn Tarzan.

»Ich schaff' das«, verspricht der Fähnleinführer. »Ich werde Himmel und Hölle in Bewegung setzen. Darauf mein Wort.« Er reicht seinem neuesten Gefolgsmann die Hand.

» Wo bleibt ihr denn, ihr Leimsieder?« schreit Benno von weitem. »Der Rex wird immer ungeduldiger.«

Aber Dr. Schütz nimmt die Verspätung milde und produziert mit überschwappender Stimme geschwollene Worte; Stefan hört nicht richtig zu, kaum einer tut das, obwohl sie am Ende alle kräftig klatschen. Arm in Arm dreht Stefan dann mit Tarzan unter stürmischem Applaus im Stadion eine Ehrenrunde.

Die Rivalen sind dabei, Freunde zu werden oder zumindest Kameraden der Hitlerjugend.

Dr. Fabers Gang in das Canossa der Kugellagerfabrik Bertram findet am nächsten Tag statt. Die Aussprache ist für 16 Uhr angesetzt.

Bertrams Villa liegt an erhöhter Stelle des Fabrikgeländes. Der Assessor spürt seinen Magen, als er den Hoheitsadler am Pförtnerhäuschen sieht. Der Pleitegeier hält einen Lorbeerkranz in den Gipskrallen, der sich um die Inschrift rankt: »Dem Führer zur Ehr', dem Volke zur Wehr!«

Ein Diener führt Dr. Faber in den Arbeitsraum des Fabrikanten. Auf einmal steht Sibylle vor ihm. Sie begrüßt ihn hastig, ein kraftloses Lächeln im Gesicht.

»Nicht wahr«, sagt sie drängend, »Sie sind doch vernünftig?«

»Sicher«, erwidert er. Vernünftig, denkt Dr. Faber, was heißt das?

Auf dem Weg in die Fabrik ist es ihm fast gelungen, seine Gedanken auszuschalten. Jetzt nimmt er sich vor, Bertram entgegenzukommen, und spürt dabei doch irgendwie, dass er das nicht fertigbringen wird.

»Ich bleibe in der Nähe«, sagt Sibylle. »Lassen Sie ihn ruhig zuerst etwas toben. Wenn sein Zorn verraucht ist, wird er umgänglicher.«

In diesem Moment öffnet sich die Glastüre. Ein mittelgroßer, untersetzter Mann mit einem geröteten Gesicht kommt mit schweren Schritten näher. Er weist Sibylle mit einer Handbewegung aus dem Raum, geht ganz nahe an Dr. Faber heran, mustert ihn kalt und beginnt dann, ohne Gruß, ohne Vorstellung.

»So also sieht ein Mann aus, der dem eigenen Volke in den Rücken fällt.« Seine Augen sind grau, eisgrau; seine buschigen Augenbrauen stehen ab, als sträubten sie sich ob des Besuchers Ungeheuerlichkeit. Hinter dem Kugellagerfabrikanten an der Wand reitet auf einem antiken Kupferstich Friedrich der Große eine Attacke auf der Stelle.

»Was fällt Ihnen ein, Herr –«, hebt Bertram seine Kommandostimme. »Für diese Jugend haben wir gekämpft, geblutet, und Sie nehmen ihr den nationalen Glauben! Sie wollen die Jungen zu knieweichen Liberalen erziehen, zu vaterlandslosen –« Bertram sucht das Hauptwort, findet es nicht, fuchtelt stumm mit den Händen, ballt sie zu Fäusten. »Weg mit solchen Leuten!« schmettert der Fabrikant weiter. »Hinaus aus Deutschland mit ihnen! Kein Platz für Verräter in unserem Vaterland! Ich war in Flandern, bei Verdun. Und Sie, Herr?«

Ich war im Kindergarten, denkt Dr. Faber. Seine Mundwinkel zucken. Er steht da, leicht angewidert, doch sehr beherrscht. Das ist Sibylles Vater, denkt er.

Bertram tritt zwei Schritte zurück, auf die Wand zu, deutet mit dem arm auf Fridericus Rex.

»Das ist Deutschland«, sagt er stolz, als hätte der alte Fritz die Kugellager erfunden.

Dr. Faber lässt noch ein paar zähe Sekunden verstreichen, dann fragt er leise: »Sind Sie Pädagoge, Herr Bertram?«

Der Fabrikant fährt herum. »Pädagoge?« zischt er. »Herr, ich stehe in der Arbeitsschlacht unseres Volkes. Ich bin Betriebsführer. Ich marschiere an der Spitze meiner Belegschaft. Verstanden?«

Ja, denkt Faber. Und er sieht ihn vor sich, beim Maiaufmarsch, im dunkelblauen Schifferanzug des Betriebsführers, das Rädchen, das Symbol der Arbeitsfront, auf der Mütze, die Mütze auf der Stirne, an der Stelle, wo, wenigstens anatomisch, das Gehirn sitzt, Vorkämpfer und Nutznießer eines Drei-Groschen-Sozialismus, der natürliche Gegensätze nivelliert. Die Gewerkschaften aufgelöst, ihre Funktionäre im KZ, Betriebsrat nicht vorhanden. Es gibt nur noch Arbeiter der Stirn und Arbeiter der Faust, geführt von dem Gewohnheitstrinker Robert Ley, der einmal bei einem Maiaufmarsch promilleselig in das Mikrophon gröhlte: »In Deutschland ist es schöner als im Himmel.«

»Herr Bertram, welche Äußerung meines Unterrichts beanstanden Sie eigentlich?« fragt Dr. Faber ruhig.

»Das werde ich Ihnen gleich sagen«, versetzt der Fabrikant. »Ihr Opfer wird es Ihnen sagen.« Er geht auf die Glastüre zu, reißt sie auf, ruft nach Rolf, seinem Sohn, poltert im Nebenraum herum, kommt mit dem Siebzehnjährigen zurück, einem netten Jungen, Wachs noch in der Hand des Lebens. Rolf Bertram weiß in diesem Moment nichts mit seinen Augen anzufangen. Er sieht verlegen auf den Boden. Sein Gesicht zuckt. Er würgt an den Worten, aber der Vater lässt ihm keine Zeit.

»Was hat er im Unterricht gesagt?« brüllt der Unternehmer und deutet auf den Assessor.

»Ich – ich –«, stottert Rolf.

»Los«, belfert Bertram weiter, »mach den Mund auf! Wie war das mit dem Waffenstillstand 1918? Hat dein Lehrer nicht behauptet, dass die Vernunft endlich stärker war als die Kanonen? Dass wir den Krieg auch verloren hätten, wenn diese – diese Lumpen der Front nicht in den Rücken gefallen wären?«

Der Schüler macht eine vage Bewegung mit der Hand. Ja, heißt das. Nein, heißt das. Seine Stirn glänzt schweißnass.

Dr. Faber sieht, wie der Junge mit den Worten kämpft.

Dann gibt sich Rolf einen Ruck. Seine Lippen sind schmal und weiß. »So – nicht, nicht so, Vater.«

»Wie dann?«

Rolfs Augen lösen sich vom Boden. Sein Gesicht ist über und über rot. »Vater«, sagt er fest, »ich muss dir etwas sagen: Ich habe das alles etwas übertrieben. Das war nicht so.«

»Was? Übertrieben? Du Feigling!« Der Fabrikant hebt die Hand, als ob er seinen Sohn schlagen wollte.

Ein plötzliches heißes Gefühl kommt auf den Assessor zu. Sibylle, denkt er, sie hat Rolf überredet. Aber nein, das allein kann es nicht sein! Es ist etwas anderes, er spürt es jedes Mal, wenn er vor seiner Klasse steht, dass ihn die Jungen mögen, schätzen, achten, dass sie nur zu spröde sind, um es zu sagen, um es zu zeigen. Auch Rolf Bertram? Er sieht den Siebzehnjährigen, seine Verlegenheit, seinen Anstand, seinen zögernden Versuch, dem Lehrer zu helfen.

Dr. Faber handelt schnell. Ohne die Folgen zu bedenken, stellt er sich vor seinen Schüler, ohne zu überlegen, dass er damit seine Existenz, seine Zukunft riskiert – vielleicht nur um einem Primaner eine Ohrfeige zu ersparen.

»Herr Bertram«, sagt Faber ruhig, »Rolf hatte Recht. Diese Äußerungen sind gefallen.«

Ein paar Sekunden betrachtet ihn der Fabrikant außer Fassung. Seine Augen pendeln zwischen Rolf und dem Assessor hin und her. Seine Lippen verziehen sich. Er ist zugleich verärgert und betroffen, beeindruckt und verlegen über den Zwischenfall. Er ist wütend auf Rolf, der sich vor den Lehrer stellt, erregt über den Lehrer, der den Schüler deckt.

»Ich lasse mir die Sache durch den Kopf gehen«, knurrt er kalt. »Glauben Sie ja nicht, dass Sie so weitermachen können! Ich lege Ihnen das Handwerk. Verlassen Sie sich darauf!« Bertram wendet sich abrupt ab. In der Glastüre dreht er sich noch einmal um. »Werden Sie doch endlich vernünftig, Herr Dr. Faber. Machen Sie einen Kompromiss, begreifen Sie endlich die Zeichen der Zeit!« Der Fabrikant verschwindet, noch ehe ihm der junge Assessor antworten kann.

Rolf will etwas sagen, erläutern, klarstellen. Dr. Faber fährt ihm mit einer flüchtigen Bewegung über die Haare.

Der Druck ist gewichen, nicht die Unruhe. Dr. Faber sieht Sibylle nach der Auseinandersetzung mit ihrem Vater nicht mehr. Er geht nach Hause und steht unschlüssig vor seinem Telefon. Er wagt nicht, sie anzurufen, um sie nicht vor dem Fabrikanten zu kompromittieren.

Als das Telefon klingelt, weiß der Assessor, dass ihm Sibylle zuvorgekommen ist.

»Ich glaube, es ist noch einmal gut gegangen«, sagt sie ohne Einleitung.

Faber freut sich mehr über ihre Stimme als über ihre Worte. »Das verdanke ich Ihnen – allein Ihnen«, erwidert er herzlich.

»I wo!« Sie lacht leise und verlegen.

»Wann kann ich Sie sehen?« fragt er.

Eine Sekunde bleibt es stumm im Hörer.

»Wenn Sie sich bedanken wollen – nie! Sonst – jederzeit!«

Und so sehen sie sich am anderen Tag. Und in der nächsten Woche wieder. In der dritten Woche treffen sie sich zweimal. In der vierten dreimal, jeweils nur für kurze Zeit. Sie sagen »Sie« zueinander und sehen sich an. Und dabei wissen sie beide, wie gerne sie das tun.

Noch nicht, sagt sich Faber jeden Tag. Aber je mehr er merkt, wie sehr er wünscht, sie wieder zu sehen, desto stärker wird seine Unruhe. Er ahnt, was unweigerlich kommen muss: ein Kampf, bei dem der alte Bertram die Liebe mit dem Faschismus niederknüppeln wird.

Am 8. November hat Sibylle zum ersten Mal einen ganzen Abend Zeit für ihn.

»Vater ist zur Feier der Partei nach München gefahren.«

»Ist er – Alter Kämpfer?«

»Keine Spur«, erwidert sie. »Er heult nur mit den Wölfen. Wenn Sie's nicht weitersagen, Dr. Faber, er ist nicht einmal Parteimitglied.«

Der Erzieher lächelt wissend. Typisch, denkt er, der Mäzen unter den Proleten. Da feiern sie im Bürgerbräukeller, dass 1923 ein Maschinengewehr der bayerischen Landespolizei schlecht geschossen hat. Und sie trinken und gröhlen wechselweise: »Ein Volk! Ein Reich! Ein Führer!«

Ein Schluck. Ein Ruck. Ein Rülpser.

Es ist dunstig und kalt. Trotzdem durchrieselt Dr. Faber die Wärme, als Sibylles schlanke Gestalt aus dem Herbstnebel wächst.

Sie hat die Hände tief in den Taschen ihres losen, weiten Kamelhaarmantels. Die Kapuze ist über den Kopf gezogen. Das weiche, dichte Haar kräuselt sich zu beiden Seiten hervor. Verhüllt wie sie ist, sieht Sibylle aus wie die Tochter eines bösen Burggrafen aus dem Mittelalter, die riskiert, kahlen Kopfes an den Pranger gestellt zu werden, wenn der Vater sie mit einem Fremden fasst.

»Das Burgfräulein und der Raubritter«, sagt der Assessor lächelnd, als sie vor ihm steht.

»Lieben Sie Fabeln?« fragt Sibylle.

»Ja«, antwortet er zögernd, »besonders wenn sie Wirklichkeit werden.«

Auf ihrem Gesicht liegt ein versonnener Glanz. Die Nachtluft lässt ihre Züge noch weicher erscheinen.

Ich muss mich zusammennehmen, sagt sich Faber.

Sie gehen in den Hain am Stadtrand. Dort sprießen im Frühjahr und im Sommer nicht nur die exotischen Pflanzen des Botanischen Gartens, dort treibt auch die Liebe in diesen Monaten üppige Blüten. Der Hain ist der Pärchen-Park der Stadt. Jetzt, im November, ist die Jahreszeit der Zweisamkeit vorbei, aber die Liebe hat immer Saison. Unter den Schritten des Mannes und des Mädchens knirscht der harte Boden. Sie gehen nebeneinander her, als gehörten sie schon zusammen und wagten es nur noch nicht, es sich einzugestehen.

Als sie die scheelen Augen der Menschen, ihren Neid und ihre Klatschsucht hinter sich gelassen haben, hängt sie sich bei ihm ein. Er spürt den leichten Druck ihres Armes. Und er denkt: Mein Gott, wie soll das mit uns werden? Denn er weiß, dass Sibylle und ihm nicht nur ein Spaziergang bevorsteht.

»Es wird bald schneien«, sagt Sibylle.

»Mögen Sie Schnee?«

»Nein, nicht besonders«, erwidert sie entschieden.

»Warum nicht?« fragt er verblüfft.

»Ich mag nichts, was einem in der Hand zerrinnt«, versetzt sie leise.

Instinktiv fühlt Dr. Faber, dass sich hinter dem Satz eine Furcht verbirgt, die ihn und sie betrifft. Aber er lenkt schnell ab. Er erzählt ihr, dass er ein begeisterter Skiläufer sei. Sie hört nur mit halbem Ohr hin, bis er sagt: »Ich werde es Ihnen beibringen.«

»Was?«

»Skilaufen.«

Sie sieht lächelnd zu ihm auf. »Vielleicht mag ich dann Schnee. Und wo werden wir fahren?«

»Oh«, meint er. »In den Alpen.«

»Auf der Zugspitze«, entgegnet sie.

»Oder auf dem Montblanc«, antwortet der Assessor.

Sie lachen beide.

»Hoffentlich nicht in Wolkenkuckucksheim«, sagt Sibylle burschikos.

Sie bleiben stehen. Der Mann schweigt.

Das Mädchen zieht die Hand aus seinem Arm, hält den Kopf gesenkt. »Können Sie wirklich keinen Kompromiss machen?« fragt sie. »Entschuldigen Sie, Dr. Faber, es geht mich gar nichts an, aber –« Sie bricht ab, hält immer noch den Blick am Boden.

»Aber?« fragt er.

Ihre Augen sind groß, braun und feucht, wie die eines jungen Tieres.

»Aber – mein Vater hat so etwas gesagt.« Sie schluckt. »Vor ein paar Tagen erzählte er beim Essen, er habe es von Ihnen verlangt und werde Sie im Auge behalten.«

»Ach«, erwidert Faber leer.

»Ja«, flüstert das Mädchen. Es klingt schuldbewusst.

Faber legt einfach den Arm um Sibylles Schulter. Sie gehen langsam weiter. Ihre Schritte passen sich einander an, ihre Schatten verweben sich zu einem Umriss.

»Wollen Sie mir sagen«, beginnt sie wieder zögernd, »ob Sie es können? Es geht doch vielleicht auch um uns!«

Er atmet tief. »Ich will Ihnen alles erklären.« Er lächelt, weil er sich auf einmal vorkommt wie in der Geschichtsstunde. Er spricht von der Freiheit und vom Recht, von Demokratie und Tyrannei, von Hitler und von Deutschland. Er malt ihr aus, dass alles in eine Katastrophe treibe, an der er nicht schuld sein wolle.

Als er geendet hat, lächelt Sibylle hilflos. »Ich verstehe nichts von diesen Dingen«, versetzt sie, es klingt wie: Du willst mich also nicht.

»Sibylle«, sagt er gepresst, »hören Sie gut zu. Wenn ein Mensch etwas als Verbrechen erkannt hat, soll er es dann trotzdem begehen oder nicht?«

»Ist es denn so schlimm?« fragt sie erschrocken.

In der Ferne stößt eine Lokomotive einen langgezogenen Pfiff aus. Dann schlägt eine Uhr. Sie schlägt die entscheidende Stunde zwischen Sibylle und Dr. Faber.

»Schon einem einzigen Menschen zuliebe dürfte ich es nie tun.«

»Oh«, entgegnet Sibylle traurig, »warum haben Sie mir nie von diesem Menschen erzählt?«

»Sie sind es, Sibylle.«

»Ich?«

»Sie können mich nur so mögen, wie ich bin. Und wenn ich mir selbst untreu werde, dann wäre ich nicht mehr ich selbst.«

»Und? Ihnen liegt etwas daran, dass ich Sie mag?« fragt sie ruhig.

Faber gibt keine Antwort. Er zieht ihr Gesicht zu sich, schlägt ihre Kapuze nach hinten. Ihr Haar entrollt sich lang über seinen Arm, er fühlt ihren Mund, dem er lange, tapfer und aussichtslos widerstanden hat.

Ihre Lippen sind feucht und halb geöffnet.

»Dein Vater wird dich aus dem Haus werfen«, sagt Faber.

»Ja«, erwiedert sie wie im Traum.

»Ich werde die Stellung verlieren, aber es ist mir egal.«

»Ja«, antwortet das Mädchen.

Er schleudert die Sätze heraus, als könne er eine Liebe, die vom ersten Tag so klar wie diese war, noch durch ein Trommelfeuer vernichten. »Und wenn du mich heiratest, haben wir kein Geld.«

»Ja.«

»Und deine Freunde werden dich schneiden – und ich werde sowieso nicht mehr viele haben.«

»Ja.«

»Und vielleicht sperren sie mich auch ein, eines Tages.«

»Vielleicht«, flüstert Sibylle, sie hält die Augen geschlossen.

Faber nimmt sie bei den Schultern und rüttelt sie sanft. »Weißt du denn überhaupt, was das heißt, mich zu –«

Sie legt ihm die Hand auf den Mund. »Ich stelle es mir wunderbar vor«, sagt sie.

Faber nimmt die Hand weg, die ihm den Mund verschließt. Er küsst Sibylle auf die Lippen, auf die Augen, auf den Hals.

»Genauso stelle ich es mir vor«, wiederholt das Mädchen glücklich. Sie hat wenig Erfahrung mit dem anderen Geschlecht, aber sie spürt auf Anhieb, dass sie dem richtigen Mann begegnet sein muss. Und Faber, der weiß, wie man Mädchen nimmt und Frauen verführt, empfindet das genauso. Er möchte die Schwester seines Schülers an sich reißen, überrennen, überzeugen, aber er stemmt sich gewaltsam dagegen, denn er will Sibylle ersparen, in den Strudel seiner Situation hineingezogen zu werden. Wenn er sich etwas aus ihr macht, muss er sie heraushalten, gewaltsam. Verbittert fragt er sich, ob er auf dem Götzenaltar dieser verdammten Zeit auch noch seine Gefühle opfern muss.

Sie sitzen auf der Bank nebeneinander, lassen sich von der Beglückung verwöhnen und von der Bangnis malträtieren.

»Ich hab' dich sofort gemocht«, gesteht Sibylle.

Faber streichelt stumm ihre Hand.

»Ich glaub', ich war vom ersten Moment an richtig in dich verliebt.« Sie spürt sein Lächeln mehr, als sie es sieht. »So was dürfte man wohl nicht sagen«, fährt sie fort. »Nicht zu einem Mann wie dir.«

»Jeder Mann hört das gerne.«

»Aber du bist doch wohl nicht Jedermann«, kontert sie schelmisch.

»Ich hoffe nicht«, versetzt er. »Ich möchte für dich etwas Besonderes sein, Sibylle, so wie du es für mich bist.«

»Aber ich ergebe mich meinen Gefühlen«, antwortet sie, »und du disziplinierst sie durch deinen Verstand.«

»Nicht durch den Verstand«, entgegnet Faber.

»Sondern?«

»Durch die Vernunft.«

»Und was ist da für ein Unterschied zwischen Verstand und Vernunft, Herr Professor?« fragt Sibylle.

Der Assessor wundert sich, wie grazil, natürlich und warmherzig die Tochter eines so grobschlächtigen Vaters sein kann. Dann weist er sich zurecht: Du bist ja auch schon angesteckt von diesen braunen Banausen und verfällst in Sippenhaftung.

»Der Verstand ist abstrakt«, erwidert der Pädagoge. »Die Vernunft unterliegt – vielleicht – der Versuchung.«

»Herrlich«, versetzt Sibylle. »Mit meiner Vernunft ist es nicht mehr weit her, und jetzt wollen wir uns an deiner vergehen.«

Sie verlieren den Begriff für die Stunde. Sie frieren nicht, obwohl die Herbstnacht kühl und feucht ist. Sie lehnen sich aneinander, an diesem ersten langen Abend, der ihnen gemeinsam gehört. Sie spüren, dass sie von nun an zusammengehören werden.

Dem Abend folgt eine furchtbare Nacht. Fast gleichzeitig sehen Sibylle und ihr Begleiter den Blutschein am Himmel. Es brennt, ganz in der Nähe.

Sie verlassen mit hastigen Schritten den Hain. Das Feuer zeigt ihnen den Weg. Und mit jeder Sekunde werden die Flammen größer, greller, tödlicher.

Dr. Faber und Sibylle passieren die Ottostraße, die die beiden Regnitzarme verbindet, biegen in die Herzog-Max-Straße ein.

»Die Synagoge«, sagt Sibylle erschrocken.

Sie kommen näher, sehen vierzig, fünfzig Gestalten um die Brandstelle.

Das Mädchen bleibt plötzlich stehen und lacht. »Da, hast du schon mal so was gesehen – die SA löscht die Synagoge.«

»Löscht?« fragt Dr. Faber hart.

Jetzt erst begreift Sibylle, was vorgefallen sein muss. »Mein Gott«, murmelt sie.

Sie erreichen die Amalienstraße, sind jetzt unmittelbar vor dem brennenden Gotteshaus.

»Weitergehen!« fordert sie Kriminaloberkommissar Bruckmann auf. »Nicht stehen bleiben. Hier gibt's nichts zu sehen.«

»Das ist falsch«, sagt Dr. Faber im Weitergehen halblaut zu Sibylle. »Hier kann man zum Beispiel sehen, wie die Polizei Brandstifter beschützt, statt sie zu verhaften.«

Die Täter haben sich Windjacken über die Braunhemden gezogen. Im Hintergrund glaubt der Assessor auch den Singlehrer Stocker zu erkennen und den Fanatiker Pfeiffer, aber sicher ist er nicht.

Das Feuer strahlt hell in die Nacht, spiegelt sich noch am benachbarten Justizpalast, züngelt über das steinerne Gesicht der »Justitia«, deren Tuch über die Augen in diesen Jahren von einer Hakenkreuzbinde abgelöst wurde. Kalt liegt sie da, die Residenz der Gerechtigkeit, das Domizil würdiger Richter, deren Herzen unter dem braunen Hoheitszeichen schlagen.

Das Recht hat in dieser Stadt einen imponierenden Sitz. Aber es sitzt falsch. Denn für das Verbrechen, das in dieser Nacht vor Sibylle und Dr. Faber abrollt, fordert kein Richter Sühne.

Ein Mann steht vor der Synagoge: Kommerzienrat Lenz, der Wohltäter und Ehrenbürger dieser Stadt. Er geht auf die Brandstifter zu, bereit, den braunen Schatten zu überspringen, das Gewicht einer geachteten Persönlichkeit gegen den Terror einzusetzen. Er kommt näher, hebt die Hand, ein weißhaariger, gebeugter Moses, der das Rote Meer teilen will und in der braunen Flut untergehen muss.

Ein junger Bursche in mostrichfarbener Breeches-Hose, der in dem von Lenz großzügig unterstützten Waisenhaus aufwuchs, greift sich den Kommerzienrat, schlägt ihn mit dem Kopf gegen die ausgebrannte Kirchenmauer. Wieder und wieder. So lange bis Lenz, der der Wohlfahrt dieser Stadt ein Vermögen geschenkt hat, sterbend liegen bleibt.

»Der frisst keine Gänseleber mehr«, triumphiert sein Mörder.

Die Feuerwehr steht Schlauch bei Fuß, die Polizei verbietet ihr das Löschen. »Mehr Benzin«, brüllt ein Parteiführer, »ihr Dummköpfe, könnt nicht mal eine Judenburg anzünden.« Im gleichen Moment werden neue Kanister angeschleppt und durch ein Seitenfenster geworfen. Ein junger Bursche im Senfhemd hält die hohle Hand vor den Mund und gröhlt: »Jehova schwitzt.«

Sibylles Augen tränen. Der Rauch beizt ihre Augen. Sie lehnt leicht an Dr. Faber und zittert. Der Assessor nimmt den Blick nicht von dem brennenden Gotteshaus; seine Augen wollen sich alle Einzelheiten dieses Frevels für alle Zeiten einprägen.

Die Brandstifter sind betrunken. Das Bier stützt ihre Weltanschauung. Vor dem Attentat waren sie von Kneipe zu Kneipe gezogen. Je unsicherer sie auf den Beinen standen, desto blutrünstiger wurden ihre Drohungen. Der Führer hielt sie heute zechfrei. Die Mordbrenner wussten, dass sich die Instinkte, die sie einst zur Bewegung geführt hatten, heute ausleben durften: die Lust, in Massen zu heulen; die Wonne, in Horden zu prügeln; die Gier, in Haufen zu plündern. So zogen sie vor die Synagoge. Vor dem Eingang hatten sie ein paar Minuten unschlüssig gestanden, nicht von der Würde des Ortes gebannt, sondern von einem massiven Eisengitter aufgehalten. Dann schlug einer von ihnen das Eisenfenster ein und schwang sich in das Innere. Die anderen folgten, soweit sie ihre rundlichen Körper durch den schmalen Einstieg zwängen konnten. Die SA-Leute spielten mit silbernen Leuchtern Fußball, fanden Zylinderhüte, stülpten sie über die Köpfe und lachten schallend. Andere räumten wertvolle Gebetsteppiche auf die Seite, nicht um sie zu retten, sondern um sie zu stehlen. Dreimal ging das Feuer wieder aus. Dann loderte Benzin wider Gott.

Inzwischen stehen die anderen Mordbrenner vor dem Gebäude Schmiere. Sie vertreiben sich dabei die Zeit auf ihre Weise, verprügeln Passanten, trinken aus der Flasche, übergeben sich oder singen das Horst-Wessel-Lied. Ein jüdisches Ehepaar wird in den Lichtkreis gezerrt. Der Mann, ein alter Herr schon, muss auf einen Haufen Ziegelsteine steigen und dreimal sagen: »Ich bin ein Saujud!« Dann wollen ihn die Rabauken ziehen lassen, aber ein Truppführer reißt den Dolch heraus, stürzt sich auf den Mann, die Frau tritt dazwischen und fängt den Stoß mit ihrem Arm ab.

Das Blut rinnt, die Synagoge brennt, die Schnapsflasche kreist.

Und in dieser Sekunde schlagen die Glocken von den Domtürmen, die wie vier ausgestreckte Zeigefinger der Geschichte das Grab des deutschen Kaisers Heinrich bewachen, die zweite Stunde des grauenden, des grauenhaften Tages.

Dr. Faber zieht Sibylle weiter. Das Mädchen zittert, will etwas sagen, kann es nicht. Auch ihr Begleiter schweigt. Es ist ihm klar geworden, dass er die Braunhemden – trotz allem – noch unterschätzt hat.

Sibylles Lippen sind kalt beim Abschied. »Mein Gott«, murmelt sie noch einmal verstört.

Dr. Hans Faber geht in seine Wohnung; schlafen kann er nicht in dieser Nacht, und als wüsste es sein Freund Dr. Robert Klimm, ruft er ihn gegen 4 Uhr morgens an.

»Will dir nur sagen, Hans, dass du Recht hast. Mit jedem Wort.«

»Mit was?«

»Ich soll's dir auch von Claus bestellen. Er hat mich vor einer halben Stunde angerufen. Aus Nürnberg.«

»Nürnberg auch?« fragt Dr. Faber, längst gewohnt, nur noch verschlüsselt zu telefonieren.

»Gibt es etwas Neues?« fragt der Anästhesist.

»Das schon«, erwidert der Freund gedehnt, »aber das ist mehr persönlich.«

Er hört, wie der Arzt lautlos lacht. »Amors Pfeil?« fragt er. »So plötzlich?«

»Nicht so plötzlich«, entgegnet der Germanist. »Was soll's«, springt er ins kalte Wasser. »Ich bin verliebt, Robert, wie ein Primaner.«

»Na endlich mal eine gute Nachricht. Kenn' ich die Glückliche?«

»Sie heißt Sibylle«, antwortet Faber und spricht wie mit Sand zwischen den Zähnen. »Halt dich fest, die Tochter dieses Kugellagerindustriellen.«

Der Freund merkt, wie dem Mann, der unter anderem bei Operationen die Sauerstoffzufuhr zu regeln hat, die Luft wegbleibt.

»Bei dir überrascht mich nichts mehr, Hans«, entgegnet Robert dann. »Du hast dir ja schon immer das Schwerste aussuchen müssen.« Er lacht halblaut, unterschleifig. »Meinen herzlichen Glückwunsch!«

»Ist noch zu früh«, erwidert Dr. Faber und legt den Hörer auf. Durch das Fenster sieht er, dass sich am nächtlichen Himmel noch immer der Feuerschein spiegelt.

Vorübergehend ist am Tag nach der Reichskristallnacht die Politische Polizei mehr mit gejagten Juden befasst als mit bekennenden Christen. Der Kriminaloberkommissar Bruckmann hatte kurz vor Mitternacht ein Fernschreiben aus Berlin erhalten, dass er bei den »berechtigten Äußerungen des deutschen Volkszorns« nicht einzugreifen habe. Befehle sind ihm heilig, noch dazu, wenn sie so bequem sind.

»Das war eine Nacht«, begrüßt ihn Hauptsturmführer Panofsky. »Möchte Ihnen und Ihren Männern noch mein besonderes Lob für Ihr geschicktes Auftreten in der Herzog-Max-Straße aussprechen.« Er nickt dem Gelobten zu. »Ihr Verhalten war genau, wie ich es schätze: lautlos und unauffällig.«

»Danke, Hauptsturmführer.«

Bruckmann verfolgt, wie der SD-Chef den grünen Akt aus dem Schrank holt, das Dossier des Rechtsanwalts Dr. Wolf Hartwig. »Ganz schön umfangreich«, stellt er fest.

»Das schon«, erwidert der Helfershelfer. »Auf den großen Knaller müssen wir immer noch warten.«

»Sachte, Freund«, entgegnet der SD-Mann, heute die gute Laune selbst. »Einen Fuß vor den anderen. Jetzt machen wir erst mal die Juden fertig, dann kommt das nächste Schlachtfest.« Entgegen seinem Wort verharrt Panofsky doch bei seinem Lieblingsthema. »Wie ist es denn mit diesem Hausmädchen gelaufen, das wir Hartwig untergejubelt haben?« fragt er.

»Leider eine Pleite, Hauptsturmführer. Die war zu dumm, um überhaupt zu begreifen, was sie sollte. Und dann hat sie auch noch geklaut und wurde prompt von Frau Hartwig gefeuert. Vorgestern.«

»Und sein Kanzleipersonal?«

»Ausgeschlossen, hier einen V-Mann unterzubringen. Hartwig hat vier Angestellte, und die sind alle schon seit Jahren bei ihm beschäftigt.« Der Polizeibeamte hört aus dem Schweigen seines Dompteurs jetzt doch einen Tadel heraus. »Wir versäumen wirklich nichts – von mir abgesehen arbeiten jetzt zwei Beamte an diesem Fall.«

»Ich weiß, ich weiß«, entgegnet Panofsky. »Und ich hab' Geduld. Ich bin ja auch sicher, dass Sie wissen, um was es geht.« Er dressiert den Erfüllungsgehilfen mit seinem schieflippigen Lächeln. »Für die Bewegung«, er tippt Bruckmann mit dem Zeigefinger an die Brust. »Und für Sie persönlich.« Er klappt das Dossier zusammen. »Ich will noch einmal mit Martin Greifer sprechen, damit er diesen Fähnleinführer richtig einsetzt. Weitermachen!« setzt er hinzu und stapft hinaus.

Der Hauptsturmführer lässt nicht locker, denkt Bruckmann, und dieser Hartwig bringt mich noch ins Grab. Monatelange Observation: Außer Spesen nichts gewesen. Der Anwalt lebt wie im Schaufenster. Keine krummen Wege. Keine privaten Affären. Aus zweihundert Dossierseiten ergibt sich nicht mehr, als dass es sich bei dem Juristen um einen Mann handelt, der sich von der Partei fernhält. Einen solchen Akt könnte der gewiefte Kriminalist fast über jeden zweiten Bamberger anlegen. Mit dieser Spreu kann nicht einmal ein so scharfer Hund wie der Erste Staatsanwalt Rindsfell etwas ausrichten.

Einer seiner Leute übergibt ihm den neuesten Wochenbericht der Kirchenüberwachung. In erster Linie sollen seine Spitzel die Predigten der Geistlichen verfolgen und bei dieser Gelegenheit gleich so die Kirchgänger notieren wie früher die Käufer in jüdischen Geschäften. Gotteshäuser aufzusuchen ist im Dritten Reich zwar nicht verboten, aber auch nicht erwünscht. Wer das Gras wachsen hört, weiß längst, dass sich christliche Überlieferung und braune Weltanschauung nicht miteinander vertragen, und ein Beamter wie er hat das Ohr auf der Erde.

Bruckmann zündet sich eine Zigarette an, blättert weiter. Immer die gleichen Namen, dieselben Gesichter. Die Präsenz der Frömmler zeigt deutlich, wie recht SD-Chef Panofsky mit seiner Theorie hat, den Domberg als feindliches Bollwerk zu bezeichnen. Manche Bamberger machen aus dem Kirchenbesuch geradezu eine Demonstration, aber die Politische Polizei interessiert sich mehr für Leute, die ihn verstohlen unternehmen.

Der Kriminaloberkommissar überfliegt die Namen und stutzt. Einer ist neu. Er fährt sich mit dem Handrücken über die Stirn, hört auf einmal seinen eigenen Atem: Er stieß auf den Namen Bruckmann.

Frieda Bruckmann, geborene Fehr, seine Ehefrau. Dreimal hintereinander bei der Morgenmesse in der Karmeliterkirche beobachtet. In einer einzigen Woche.

Diese Routinemeldung, eine von vielen, wird auch auf dem Schreibtisch des SD-Hauptsturmführers landen, da der Kriminaloberkommissar es nicht wagen kann, sie zu unterschlagen. Er versperrt den Wochenbericht in seinem Schreibtisch und geht vorzeitig nach Hause.

»Noch nicht fertig, das Essen«, sagt die rundliche Hausfrau zu dem Mann mit dem schlagflüssigen Gesicht. »Du bist heute früher dran als sonst.«

»Mir ist der Appetit längst vergangen«, antwortet Bruckmann, schließt die Oberlichter, zieht die Gardinen zu, als könnten sie auch noch den Schall dämpfen. »Wie kommst du dazu, hinter meinem Rücken in die Kirche zu gehen?«

Zuerst will Frieda Bruckmann ausweichen, dann stellt sie sich. »Ich muss doch hinter deinem Rücken gehen«, greift sie den Fehdehandschuh auf. »Weil du es mir verboten hast.«

»Im Grunde wäre es mir wirklich egal«, erwidert ihr Mann. »Jeder nach seiner Fasson – aber denk doch an meine Karriere. Wenn das der Hauptsturmführer erfährt, und er wird es erfahren, dann bring' ich bei ihm kein Bein mehr auf die Erde.«

»Ich lass' mir in dieser Sache nicht dreinreden«, entgegnet die Vierzigjährige trotzig.

»Denk doch an meine Laufbahn, Frieda«, sagt Bruckmann zum zweiten Mal. »Sei vernünftig.«

»Ich will dir mal was sagen«, erwidert die Kirchgängerin und beugt sich zu ihrem Mann hinab. »Mir steht der Herrgott näher als deine Karriere.«

Sie essen schweigend. Ohne Genuss. Sie sprechen auch weiter kein Wort mehr miteinander. Grußlos verlässt er das Haus. Bruckmann – auch Duckmann genannt – geht ins Büro zurück. Auf einmal ist ihm eine Lösung eingefallen.

Er entnimmt seiner Schreibtischschublade den eingesperrten Kirchenbericht und fügt mit einem starren Lächeln bei dem Namen »Frieda Bruckmann« handschriftlich den Vermerk hinzu: »In ihrer Eigenschaft als V-Mann.«

Die ausgebrannte Kuppel der Synagoge starrt wie die dunkle Höhle eines ausgestochenen Riesenauges zum Himmel. Die Menschen gehen scheu vorbei. Die meisten haben betroffene Gesichter. Ein paar lachen. Die verängstigten jüdischen Bürger der Stadt wurden verhaftet oder flüchtet in ihr Lokal, die »Weiße Taube«. Aber auch das Gefieder dieses Friedenssymbols färbte sich über Nacht rot.

Hunderteinundneunzig jüdische Gotteshäuser brannten in Deutschland nieder. Sechsundvierzig wurden demoliert. Zwanzigtausend Juden kamen in der Kristallnacht in Haft. Achthundertfünfzehn Geschäfte wurden geplündert, neunundzwanzig Warenhäuser in Brand gesteckt.

Das Gymnasium ist nur ein paar hundert Meter von der Brandstätte entfernt. Die Lehrer sprechen wenig miteinander an diesem Morgen.

»Musste wohl sein«, meint Oberstudiendirektor Dr. Schütz.

Fräulein Dr. Mühren wirkt an diesem Tag blass und unausgeschlafen.

Studienrat Färber denkt: Feuer - Element - Sauerstoff - Affinität zweier Stoffe.

Stocker lässt singen: »Der Gott, der Eisen wachsen ließ...«

Professor Pfeiffer, der es hört, lacht schallend darüber.

Dr. Hans Faber steht vor seiner Klasse, müde, erschöpft. »Wir müssen uns allmählich auf das Abitur vorbereiten«, sagt er. »Wie Sie wissen, legt das Ministerium besonderen Wert auf Geschichte. Und da wiederum auf die Geschichte der Neuzeit. Und hiermit sind wir beim Thema. Hartwig, zählen Sie doch bitte die historischen Erscheinungen auf, die die Neuzeit einleiten.«

»Absolutismus, Renaissance, Reformation«, erwidert Stefan beinahe geringschätzig.

»Gut«, antwortet der Assessor. »Setzen Sie sich, Hartwig. Bauernkrieg«, fährt er dann nachdenklich fort. »Eine echte Erregung, die sich Luft macht. Die in ihren Anfängen berechtigt ist und dann in einem Meer von Blut und Greueln erstickt. Und dadurch das Recht verwirkt.« Er hebt die Stimme. Seine Worte kommen klar und unmissverständlich. »Wo immer Kirchen angezündet werden, schändet sich eine Idee selbst. Brandstiftung ist ein Verbrechen, kein Argument!«

Die Schüler sehen ihn gebannt an. Jeder der 8 c versteht die Anspielung auf die Kristallnacht, jeder begreift sie. Einige der Siebzehnjährigen nicken. Andere sehen verstört aus. Rolf Bertram starrt mit seltsam leerem Gesicht auf sein Pult. Ein paar zeigen offen den Hass im Gesicht.

Unter ihnen Stefan Hartwig, der Fähnleinführer. Er schnellt von seinem Sitz hoch, bellt in das Klassenzimmer: »Meinen Sie damit auch Judensynagogen, Herr Dr. Faber?«

Der Lehrer weicht dem gehässigen Blick seines Schülers nicht aus, er nickt. »Was denken Sie?« fragt er.

Stefan schweigt.

»Ja«, bestätigt Dr. Faber, »wo immer Menschen zusammenkommen und zu ihrem Gott beten, zu welchem Gott auch immer, da ist eine Kirche. Ein Andachtsraum. Ein Gotteshaus. Setzen Sie sich, Hartwig.«

Stefans Gesicht glüht. Jetzt hab' ich dich, denkt er verbissen. Jetzt sitzt du in der Falle. Heute noch gebe ich das weiter. Schluss mit Ihrem Unterricht, Herr Doktor Faber!

Im Vorraum des HJ-Gebäudes hängen gekreuzte Fahnenstangen wie Jagdspieße. Bannführer Greifer hat eine Führerbesprechung angesetzt. Er war vor Jahren Schüler des Gymnasiums gewesen. Dann bewegte die Stadt eine Sache, die nichts mit der Bewegung zu tun hatte. Und Greifer musste gehen. Der Hinauswurf aus der Schule ließ in ihm den Entschluss reifen, Politiker zu werden.

Die Besprechung dauert zwei Stunden. Die HJ-Führer machen sich Notizen.

»Noch eine Frage?« schließt Greifer.

»Ich muss dich sprechen, Bannführer«, erwidert Stefan Hartwig. »Allein.«

Greifer wartet, bis die anderen hinausgegangen sind. »Wo brennt's?«

»Mein Klassenleiter heißt Dr. Faber. Er ist ein Schwein, er hetzt gegen den Führer.«

»Gegen den Führer?« fragt der Bannführer mit schmalen Augenschlitzen. »Ein Arschpauker?«

»Das ist er nicht gerade«, erwidert Stefan.

»Ein schwarzer Hund?«

»Das ist er vermutlich auch nicht«, entgegnet der Fähnleinführer.

»Was dann?« fragt Greifer gereizt.

»Er ist gegen den Krieg. Gegen die Aufrüstung. Gegen Bauernaufstände. Gegen brennende Klöster –«

»Ha«, kommentiert Greifer. »Der stinkt noch gegen den Wind. Ein knieweicher Liberaler –«

»Knieweich ist er auch nicht«, versetzt der HJ-Führer. »Eher schon knochenhart.«

»Mach mich nicht verrückt«, versetzt der Bannführer grinsend. »Schwarz oder liberal, da dreh' ich die Hand nicht um. Das ist für mich geschissen wie gespien.«

Die vulgären Worte stoßen Stefan ab. Die hehre Idee des Nationalsozialismus muss sauber bleiben, auch verbal. »Dr. Faber nannte heute den Synagogenbrand eine Gotteslästerung.«

»Den schnappen wir uns.« Greifer lächelt mit gelben Raucherzähnen. »Du kannst doch stenographieren? Schreib mal mit, wenn er wieder hetzt.«

»Mach' ich, Bannführer.«

»Danke, Stefan. Dein Einsatz ist bewundernswert. Ich werde es an die richtige Adresse weitermelden. In ein paar Monaten bist du Stammführer. Also, Augen auf.« Greifer nickt ihm gönnerhaft zu, streckt den Arm aus. »Heil Hitler, Stefan.«

»Heil Hitler, Bannführer«, erwidert der Junge zackig. Dann zögert er.

»Ist noch was?« fragt Greifer.

»Ja, Bannführer. Du weißt, ich bin Tarzan, ich meine Peter Steinbeil, meinem Mitschüler, im Wort, dass sein Pass ausgestellt wird.«

»Seine Mutter hat ihn doch längst wieder.«

»Tarzan habe ich es versprochen, nicht seiner Mutter.«

Der Bannführer nickt. »Wie macht er sich denn?« fragt er.

»Bestens, Bannführer. Beim Sport sowieso, aber auch im Geländedienst.«

»Und weltanschaulich?«

»Peter ist einfach gut, auf jedem Parkett.«

»Die Entscheidung trifft der Hauptsturmführer Panofsky. Kennst du ihn?«

»Vom Sehen.«

»Prima Kerl«, lobt der Bannführer. »Ich werde ihn noch einmal kräftig in die Rippen stoßen.« Greifer macht ein Gesicht, als versuche er, sich an etwas zu erinnern. »Ach ja«, sagt er dann. »Du kennst doch den Rechtsanwalt Dr. Wolf Hartwig.«

»Das ist mein Onkel«, antwortet der Junge abwartend.

»Ist er auch ein guter Nationalsozialist wie Tarzan?« spottet der Mann mit dem verdickten Augenlid.

»Bannführer«, entgegnet Stefan, »du weißt doch genau wie ich, dass er schwarz ist wie die Nacht.«

»Hauptsturmführer Panofsky hat ihn auf dem Kieker«, erklärt

Greifer. »Er ist dir sicher gefällig in Sachen Tarzan, aber vielleicht kannst auch du ihm behilflich sein, verstehst du?«

»Nein«, antwortet Stefan gepresst; er ahnt, was kommen wird.

»Tut mir leid«, beginnt der Bannführer. »Hätt's dir gern erspart, aber wir können uns keine Schludrigkeiten leisten, auch nicht einem leiblichen Onkel gegenüber.« Er sieht Stefan in die Augen. »Du musst auf ihn aufpassen und, wenn er gegen den Führer schimpft, es genauso melden, wie du dich über deinen Ordinarius beschwert hast.«

»Ich soll den Bruder meines Vaters ausspionieren?« fragt Stefan ungläubig.

»Würdest du für den Führer spionieren?«

»Jawohl, Bannführer.«

»Auch für seine Bewegung?« »Selbstverständlich, Bannführer.«

»Und was heißt denn schon ausspionieren?« erklärt Greifer. »Ein Nationalsozialist ist immer im Dienst. Und immer an der Front. Keine Sentimentalität, ich hoffe, wir haben uns verstanden, Stefan. Keine Humanitätsduselei aus missverstandener Rücksicht.«

Stefan Hartwig wird an diesem Tag gleich zweimal zur Denunziation verpflichtet. Dr. Hans Faber soll sich hüten, aber Wolf Hartwig ist immerhin ein verdienter Frontoffizier des Ersten Weltkriegs, ausgezeichnet mit dem EK I. Der Fähnleinführer brennt darauf, sich zu bewähren, bei Dr. Faber gewiss, aber seinen eigenen Onkel ausbaldowern, das geht ihm gegen den Strich, auch wenn der Jurist leider immer noch nicht zum Führer gefunden hat.

Am nächsten Tag stenographiert der Primaner vorsichtig mit.

Zunächst übersieht es Dr. Faber. Dann geht er auf Hartwig zu. »Was schreiben Sie denn da?« fragt er leise. »Sie haben doch ein blendendes Gedächtnis.« Der Ordinarius nimmt das Blatt und reißt es durch.

Und ist einmal mehr gewarnt.

Der Waffenstillstand mit Dr. Schütz taugt nicht viel. Seit der Unterredung mit dem Fabrikanten Bertram hat der Direktor kein Wort mit seinem Assessor gesprochen. Er sieht ihn nur mitunter von der Seite an, verkniffen, tückisch, brütend.

Der Ordinarius nimmt sich in den nächsten Wochen gewaltsam zusammen, jedes Wort wägend, jeden Satz zweimal kontrollierend. Er weiß, dass einige seiner Schüler jede politische Anspielung sofort weitergeben würden, weil man sie dazu angestiftet hat. Er steht auf verlorenem Posten, aber er ist entschlossen, ihn zu halten, solange es nur möglich ist. Vielleicht gibt es für ihn später eine Ausweichposition in einem Verlag oder einer Privatschule. Ohnedies werden laufend Reservisten zur Wehrmacht eingezogen. Längst ist eine schleichende Mobilmachung im Gange, und es ist wohl auch für ihn nur eine Frage der Zeit, bis man ihn wieder holen wird.

Mit Sibylle geht er Arm in Arm durch die Höhen und Tiefen einer Liebe auf Sparflamme, himmelhochjauchzend, zu Tode betrübt. Romantiker behaupten, die unerfüllte Liebe sei die schönste, aber Hans Faber ist Realist und ein Mann, und das Mädchen will ihn haben, ganz und für immer.

Die Dunkelheit ist ihre Zeit. Tagsüber dürfen sich die Studentin der Volkswirtschaft, die in Erlangen Vorlesungen hört, nebenbei aber auch noch Sekretariatsarbeiten für ihren Vater erledigt, und der Mann ihrer Wahl nur zufällig begegnen. Wenn sie spätabends zusammenfinden, müssen sie sich sichernd nach Beobachtern umsehen. Das permanente Hindernisrennen hatte in der ersten Zeit seinen sportlichen Reiz, inzwischen ist er ihnen aber längst vergangen. Wenn sie in einer Großstadt leben würden und einfach in ein anderes Quartier umziehen könnten, wo sie keiner kennt – aber Bamberg hat mehr Augen als Pflastersteine, und die Liebenden wissen, dass Verfolger auch mit den Augen die Gejagten steinigen können.

Einmal nimmt Faber Sibylle in seine Wohnung mit. Nach einer halben Stunde muss sie gehen, aber sie kann es nicht, weil sich zwei Frauen, die das Mädchen kennen, im Hausflur nicht voneinander trennen können. Die Besucherin muss warten, bis die beiden ausgetratscht haben, und das kann lange dauern in einer Mittelstadt, die sich so viel zu erzählen hat, obwohl doch hier so wenig geschieht.

Ein anderes Mal wollen sie zusammen ins Kino gehen. Faber kauft an der hellerleuchteten Kasse die Karten.

Sibylle wartet im dunkleren Hintergrund auf ihn. Als der Freund zurückkommt, schüttelt sie den Kopf. »Sieh zu, dass du die Karten wieder los wirst«, bittet sie ihn, »und lass uns ganz schnell verschwinden.«

Ein Subdirektor der väterlichen Firma, auch ein Kinogänger, ist ihr begegnet. Trotzdem klagt Sibylle nicht, und Hans Faber ist ihr dafür dankbar. Oft liegen Tage zwischen ihren flüchtigen Rendezvous. Die Studentin sieht nicht mehr so frisch und unbeschwert aus wie sonst; sie wirkt jetzt eher blass und strapaziert.

»Warum isst du so wenig?« fragt die Mutter wiederholt bei Tisch.

Der vielbeschäftigte Vater achtet nicht darauf. Er kümmert sich überhaupt wenig um die Familie und ist jetzt häufiger bei seinem Zweigwerk in München als in Bamberg, wo man bereits munkelt, dass ihn nicht nur fette Rüstungsgeschäfte, sondern auch eine üppige Berlinerin mit roten Haaren dort festhalten.

Am wenigsten scheint sich Frau Bertram selbst für solcherlei Gerede zu interessieren. Sie ist das stille, bescheidene Beiboot im Schlepp eines aufgetakelten Dreimastschoners, mit dem ihr Mann erfolgreich durchs Leben segelt. Trotz stürmischen Winds, trotz Flauten und Halsen ist es noch nicht zum Kentern gekommen. Der Fabrikant scheffelt Hunderttausende, wenn nicht schon Millionen, Mathilde Bertram aber trägt ihre alten Kleider auf und nutzt immer noch die zehn Jahre alte, schäbige Geldbörse.

Wenn sie einkauft, überlegt sie gründlich, ob sie den Erwerb auch nötig hat. Wenn aber die Caritas oder das Rote Kreuz bei ihr vorsprechen, ist sie in einer selbstverständlichen Weise großzügig. An der Stelle, an der bei ihrem Mann Brieftasche und Notizbuch sitzen, trägt Mathilde Herz, und es schlägt sanfter und regelmäßiger für kleine Dinge des Lebens, die sich nicht mehrstellig ausdrücken lassen.

Wenn sie in dem riesigen Wintergarten der Villa Bertram eigenhändig die Blumen gießt, sieht sie aus, als wäre sie selbst eine der Pflanzen, aber eine der bescheidenen, einfachen, nicht so kostspieligen.

Im übrigen ist Mathilde Bertram weder hübsch noch hässlich, weder alt noch jung. Sie hat ein glattes, faltenloses Gesicht. Sie benutzt kaum Schönheitsmittel und hat sie ihrer Meinung nach auch gar nicht nötig.

Im Wintergarten geschieht es, dass sie ihre Tochter neben sich auf einen der Korbstühle zieht. Frau Bertram strickt an einem Pullover. Auf einmal lässt sie die Nadeln sinken. »Möchtest du mir nicht sagen, was eigentlich los ist?« fragt sie mit sanftem Nachdruck.

»Was soll denn los sein, Mama?« antwortet Sibylle.

Die Mutter schüttelt den Kopf. »Aber mit mir solltest du dich wirklich darüber aussprechen. Ich habe Augen im Kopf, liebes Kind. Ich sehe doch, dass mit dir in letzter Zeit etwas nicht stimmt.«

Sibylle schweigt hörbar.

»Verliebt?« fragt Frau Bertram mit einem flüchtigen Lächeln. Sie kann es nicht verhindern, dass ihr dabei eine leichte Röte ins Gesicht steigt, wie stets, wenn Fragen an Quellen rühren, die in ihrer Ehe mit dem Fabrikanten seit langem verschüttet sind.

Sibylle sieht ihre Mutter nicht an. Sie starrt angestrengt auf einen Kaktus zwischen den Gewächsen. »Ja«, antwortet sie schließlich spröde. »Das schon.«

Die Mutter nickt. Sie hat das Stricken wieder aufgenommen. Die Maschen fliegen jetzt schnell und geschickt. Sie räuspert sich. »Aber sicher unglücklich verliebt?« forscht sie weiter.

Sibylle lächelt gequält. »Ja und nein.«

»So, so«, stellt Frau Bertram fest. »Du sprichst wie die Pythia zu Delphi.«

Sibylle steht langsam auf. Der Korbstuhl kracht.

Die Mama zwinkert hinter funkelnden Brillengläsern. »Möchtest du mir nicht sagen, wer es ist?« fragt sie scheinbar ohne Neugierde.

»Ach Mama, bitte«, versetzt das hübsche Mädchen gepresst.

Frau Bertram hebt das Gestrickte vom Schoß, hält es von sich entfernt, betrachtet es aufmerksam, wie um zu prüfen, ob die Maschen auch alle richtig sitzen. Dann sagt sie: »Dr. Faber ist es, der Klassenleiter deines Bruders! Rolf sagt, er sei ein prächtiger Mensch, bis auf seine – politische Einstellung.«

»Er kann keine Kompromisse machen«, erwidert Sibylle. »Das spricht doch eigentlich für ihn.«

Die Mutter nickt zögernd. »Aber wie stellst du dir das mit Vater vor?« fragt sie behutsam.

»Schlimm«, entgegnet das Mädchen mit den brünetten Haaren und den sicheren Augen. »Ich – ich meine wir – Hans und ich – wollen uns ihm stellen.«

»Wann?«

»So bald wie möglich«, antwortet Sibylle. »Spätestens nach meinem Examen. Ich möchte nur zuvor noch wissen, was du von ihm hältst, Mutter.«

»Warum hast du dann nicht längst mit mir über ihn gesprochen? Kein Vertrauen?«

»Doch«, erwidert die Zweiundzwanzigjährige. »Aber du bist mir jetzt zuvorgekommen, ich hab's von Tag zu Tag verschoben. Ich war nicht sehr mutig, Mutter.«

»Gut«, sagt die Frau des Fabrikanten und legt ihr Strickzeug zusammen. »Ich will ihn kennenlernen, und zwar so bald wie möglich. Lad ihn doch zum Kaffee zu uns ein.«

»Das würdest du tun?« fragt Sibylle aufgeregt.

»Ich will dir mal was sagen: Das Glück meines Kindes ist mir wichtiger als der Frieden im Haus.« Sibylle umarmt stürmisch die stille Frau mit dem großen Herzen. Nur die drei Wellensittiche in ihrem goldenen Käfig schwatzen aufgeregt weiter.

Seit Monaten versucht Rechtsanwalt Vollhals, dessen Gewissen dehnbar und faltig ist wie ein Känguruhbeutel, in der Passaffäre Steinbeil weiterzukommen. So lange hat er antichambriert, souffliert und intrigiert, hat halbe Zusagen gesammelt und sie doch nicht zu einem Ganzen zusammenfügen können.

Solcherlei Pattsituationen sind ihm nicht neu. Der wendige Jurist bleibt weiter am Ball. Er ist kein forscher Mittelstürmer, aber einer, der häufig Abstaubertore schießt. Jedes Zechgelage mit den Goldfasanen der Kreisleitung nutzt er, und jede Gefälligkeit, die er ihnen gratis erweist, lässt er sich doch vergüten. Irgendwann hat er dabei Glück, wie jetzt, da der Leiter der SD-Außenstelle mit seinem Privatwagen einen vermutlich schuldhaften Unfall gebaut hat und der Schadensersatz eine Ermessensfrage ist. Dr. Vollhals aber vertritt zufällig auch die Versicherungsfirma, die für den Schaden aufzukommen hat. Er spricht in dieser Sache selbst bei Panofsky vor und nutzt die Gelegenheit, am Rande des Gesprächs auf den Antrag Steinbeil zu sprechen zu kommen. »Ich habe veranlasst, Herr Hauptsturmführer, dass Ihr Schaden schnellstens, und zwar auf das großzügigste, reguliert wird. Ich bin sicher, dass ich Ihnen noch in dieser Woche einen wirklich angemessenen Betrag überweisen lassen kann. Es freut mich, dass ich Ihnen behilflich sein konnte, Herr Panofsky.« Nach einer berechneten Kunstpause setzt er übergangslos hinzu: »Ich will jetzt wirklich die Gelegenheit nicht nutzen, Sie in dieser leidigen Steinbeil-Geschichte zu drängen, aber irgendwo möchte ich die Sache nun doch abschließen. Darf ich Sie fragen, wann Sie sich entscheiden werden?«

Der fahlblonde Mecklenburger betrachtet Vollhals, als hätte er ihn nicht verstanden. Er sieht das Parteiabzeichen auf seinem Revers; einer dieser Knopfloch-Deutschen, sagt er sich, die das Blechding vermutlich gleich zwanzigmal gekauft und an jede Jacke gesteckt haben, um ja nie nackt einem echten Nationalsozialisten gegenüberzustehen. Der färbt auch noch den Schnaps braun, den er seinen Freunden von der Kreisleitung anbietet.

»Steinbeil«, wiederholt der Anwalt, als müsste er Panofkys Erinnerung auffrischen. »Sie wissen doch, der Primaner mit den Großeltern in der Schweiz.«

Der SD-Mann nickt mit krummen Lippen. »Die Mutter hat doch längst ihren Pass wieder.«

»Es handelt sich um ihren Sohn Peter. Sie kann ihn nicht allein hier lassen.«

»Na, wir passen schon auf ihn auf«, versetzt der Gefürchtete mit dubioser Menschenfreundlichkeit.

»Peter Steinbeil ist jetzt in die Staatsjugend eingetreten und gibt einen prächtigen Hitlerjungen ab.«

»Eben«, erwidert der Hauptsturmführer trocken. »Und ein solcher hat doch seinen Platz in Großdeutschland und nicht am Vierwaldstätter See.«

»Frau Steinbeil hat, um ihren guten Willen zu zeigen und –« Vollhals muss doch ein paarmal schlucken, bevor er hinzusetzt: »und um auszudrücken, wie positiv sie unserem Staat gegenübersteht, die Spende für das Winterhilfswerk entrichtet und den Betrag sogar auf fünfzehnhundert Mark erhöht.« Er holt eine Spendenquittung aus der Tasche und weist sie vor.

»Vielleicht ist das Winterhilfswerk käuflich«, erwidert Bambergs SD-Statthalter. »Ich bin es nicht.«

»Der Kreisleiter ist für die Neuausstellung des Reisepasses. Die schweizerische Botschaft hat bereits interveniert, und –«

»Wer garantiert mir denn, dass der Bursche aus der Schweiz zurückkommt?«

»Aber nicht so kurz vor seiner Musterung.«

»Die Familie hat Vermögen«, fährt Vollhals fort. »Frau Steinbeil bezieht eine beachtliche Pension. Sie besitzt ein unbelastetes Einfamilienhaus und ein Paket Aktien. Alles zusammen von ansehnlichem Wert. Meinen Sie, sie würde ihr Vermögen so einfach im Stich lassen?«

»Parteigenosse Vollhals«, erwidert der Hauptsturmführer, »wollen Sie damit unterstellen, dass wir das Privatvermögen gewissermaßen als Repressalie verwenden würden?«

»Nichts liegt mir ferner«, entgegnet der Anwalt. »Aber Sie wissen vielleicht, dass man seinen Privatbesitz nicht gefährdet, vor allem nicht in Bamberg, wo er oft über Generationen hinweg zusammengetragen wurde.«

»Gut«, erwidert Panofsky. »Die Geschichte fällt mir schon lange auf den Wecker. Und Sie haben ja Ihre Freunde bei der Kreisleitung ganz hübsch eingespannt.« Sein Lächeln entblößt die Schneidezähne. »Vielleicht hätte ich längst die Sache positiv entschieden, wenn Sie hier nicht gar so übertüchtig gewesen wären, Parteigenosse Vollhals. Der Bannführer hat sich übrigens auch schon eingemischt. Stecken Sie auch hinter ihm?«

»Nein, Herr Hauptsturmführer, wirklich nicht. Den Pg Greifer kenn' ich kaum. Aber ich setze mich eben für meine Mandanten ein«, erklärt der Jurist. »Mit allen Mitteln, und es ist mir dabei gleichgültig, ob es sich um einen Pass oder um einen – einen Blechschaden handelt. Ich will Sie nicht drängen«, behauptet Vollhals zum zweiten Mal, »und Ihre Entscheidung auch nicht beeinflussen, ich möchte Sie nur bitten, sie umgehend zu treffen. Mutter und Sohn konnten in diesem Jahr in den Sommerferien nicht ihre übliche Reise antreten. Sie haben sie auf Weihnachten verschoben. Sie brauchen ja noch ein Einreisevisum, und das bekommen sie erst, wenn sie einen gültigen Reisepass vorweisen können.«

»Parteigenosse Vollhals als Weihnachtsmann«, versetzt Panofsky grinsend.

»So selbstlos bin ich auch wieder nicht«, räumt der Anwalt ein. »Sie können sich darauf verlassen, dass ich für meine Bemühungen ein anständiges Honorar liquidieren werden.«

»Das nehme ich Ihnen sofort ab«, entgegnet der SD-Gewaltige und lacht schallend. Diesmal hat der Besucher den richtigen Ton getroffen. Panofsky reicht ihm die Hand. »Mal sehen, was ich tun kann«, sagt er gönnerhaft, und der Jurist ist sich sicher, jetzt ans Ziel zu kommen, denn so einflussreich ist ein SD-Hauptsturmführer auch wieder nicht, dass er sich mit der örtlichen Parteiprominenz auf die Dauer anlegen könnte.

Ein vorzeitiger Wintereinbruch ermöglicht es dem Ordinarius Dr. Hans Faber, die Oberklässler in Verzückung zu versetzen. Im benachbarten Fichtelgebirge liegt bereits in der Vorsaison eine bescheidene Schneedecke, und der Pädagoge hat für die Skifahrer der drei Parallelklassen anstelle eines Wandertags einen dreitägigen Wochenendausflug nach Fleckl durchgesetzt.

Die Dependance eines Wintersporthotels ist wie eine zünftige Almhütte eingerichtet. Auch das Wetter spielt mit; tagsüber toben sich die vierzehn Jungen und die drei Mädchen auf den Skihängen aus, und Dr. Faber überrascht sie einmal mehr, weil er so sicher auf den Brettern ist, als hätte er seine Wehrpflicht bei den Gebirgsjägern abgedient.

Auch Stefan fährt gut, und Tarzan ohnedies. Die meisten Ausflügler haben schon ein oder mehrere HJ-Winterlager in den oberbayerischen Bergen hinter sich, die weit steilere und längere Pisten bieten.

Hüttenzauber am Abend. Man sitzt in bunter Reihe, trinkt Grog. Es darf auch geraucht werden. Stefan und Tarzan sitzen beieinander wie meistens in den letzten Wochen, seitdem Peter in das Jungvolkfähnlein eingetreten ist. Die Geländespiele und die Sportübungen machen ihm Spaß, und das weltanschauliche Geseire lässt er über sich ergehen wie einen Regenguss; ein rechter Junge fürchtet die Nässe nicht. Peter war schon fünfzehn Jahre als, als er seinen Vater verloren hat, und dessen Einfluss auf sein Weltbild ist noch immer nachhaltiger als die braunen Sprüche. Um den Novizen in seiner Einheit halten zu können – eigentlich gehörte Peter wie alle über Vierzehnjährigen in eine HJ-Gefolgschaft –, hat ihn Stefan zum stellvertretenden Hordenführer z. b. V. ernannt und setzt ihn als eine Art persönlichen Adjutanten ein. Das macht Tarzan so viel Spaß, dass ihn die anderen bereits als Stefans Gorilla verspotten.

»Eine Pfundsgaudi, was?« sagt der Fähnleinführer. »Was meinst du, wie schön es erst in Lenggries im Winterlager sein wird! Schade, dass du nicht dabei sein kannst«, lässt er die Katze aus dem Sack.

»Wieso kann ich nicht dabei sein?« fragt Tarzan.

»Du willst doch in den Weihnachtsferien in die Schweiz reisen.«

»Aber das kann ich doch nicht«, erklärt Tarzan. »Ich hab' noch immer keinen Pass.«

»Du wirst ihn bekommen«, antwortet Stefan stolz wie ein Spanier. »Ich hab's dir versprochen. Ein Mann, ein Wort. Der Bannführer hat mir vor der Abfahrt noch mitgeteilt, dass die Sache jetzt in Ordnung geht.«

»Toll, Stefan«, erwidert der neue Freund, weit weniger begeistert, als er es noch vor Wochen gewesen wäre. »Vielen Dank.«

Das Gebräu macht ihnen heiße Köpfe. Stefan ist unkonzentriert, obwohl er schuldbewusst daran denkt, dass der Führer weder raucht noch trinkt. Seine Zigarette drückt der Fähnleinführer aus, aber in seiner Tasche kramt er, um festzustellen, wie weit sein Kleingeld noch für weitere Grogs reicht.

Ausflugsleiter Faber führt die Jungen am langen Zügel. Sie haben sich seit Wochen auf die Ferienfahrt gefreut; er will ihnen nicht mit typischen Paukereinschränkungen kommen und behandelt seine jungen Sportsfreunde wie Erwachsene. Sollen sie ruhig mehr trinken, als sie vertragen können, schließlich will das richtige Maß ebenfalls erlernt sein. Dafür gibt es nun einmal keine Norm, sie ist wohl bei jedem Menschen ein wenig anders.

Die Siebzehnjährigen tragen Pullover mit Rollkragen. Ihr Lehrer auch. Die Mädchen haben erhitzte Gesichter. Der Kachelofen bullert. Oben an dem Holzgestell hängen die nassen Sachen zum Trocknen, draußen vor der Hütte lehnen die Skier.

Nie mochten die Schüler ihren Ordinarius lieber als in diesen Tagen. Er sagt »Meine Damen und Herren« zu ihnen. Der Wirt schleppt geschäftig Skiwasser für die Mädchen und heißen Grog für die Jungen an. Die Schülerinnen rücken näher zu Dr. Faber und denken: Das ist doch besser als eine Bastelstunde beim BDM. Die Jungen denken an die Mädchen. Im übrigen finden sie es hier schöner, als bei der HJ geschliffen zu werden.

Stefan Hartwig belauert auch hier seinen Klassenleiter. Er ist nicht viel weitergekommen bei seinen Spitzeldiensten. Aber er lässt auch nicht von ihnen ab. Er sieht sein Ziel vor sich.

Aber heute, an diesem Abend, ist Claudia das Ziel. Sie sitzt rechts neben Faber. Er hätte sie gerne jetzt neben sich an der Theke des Hüttenwirts gehabt.

Aber Claudia erwidert auf seine Aufforderungen: »Wir können uns nicht so absondern, das fällt doch auf.«

Darauf hat sich Stefan den ersten Grog bestellt, dann noch einen und noch einen.

Der Führer hat nie ein Mädchen, denkt Stefan; seine Augen sind schon leicht glasig. Der Führer denkt immer an Großdeutschland. Die Gedanken des Jungen purzeln durcheinander, aber es ist ihm doch klar, dass er beständig nur an Claudia denkt.

Um 22 Uhr sagt Dr. Faber: »So, meine Damen.«

Die Mädchen gehen zuerst. Sie haben Einzelzimmer, unter dem Dach.

»Gute Nacht, Stefan«, sagt Claudia im Vorbeigehen.

Er nickt. Er sieht sie leicht verschwommen. Sie hat die Skihose mit einem Faltenrock vertauscht. Stefan muss immer den Rock ansehen, so kurz ist die Mode in Deutschland geworden. Er trinkt hastig weiter und verschluckt sich dabei. Als er den Kopf wieder hebt, ist Claudia gegangen. Verdammt, denkt er, und heute ist der letzte Abend.

Nach dem nächsten Grog will er sich vorsichtig hinausschleichen. Er hat nunmehr den Mut, den er freilich mehr dem Alkohol als seiner Führerqualität verdankt.

»Auch müde?« fragt Dr. Faber aus dem Hintergrund des Raums.

Die Jungen dürfen eine Stunde länger aufbleiben als die Mädchen.

»Ziemlich«, lügt er. »Schließlich möchte ich Sie morgen am Skihang stehen lassen.«

»Versuchen Sie's.« Dr. Faber sieht ihm einen Moment nach.

Peter Steinbeil, Rolf Bertram und Benno Metzger haben sich an die Theke zurückgezogen. Sie haben leere Börsen und leere Gläser, kommen sich aber vor wie Feuerwassertrinker auf den Spuren Winnetous, des Apachenhäuptlings.

»Schau dir diesen Stefan an«, sagt Rolf. »Ich glaube, der marschiert wieder mal an die Spitze: hart wie Kruppstahl, zäh wie Leder, flink wie ein Windhund –«

»Und spitz wie Nachbars Lumpi«, sagt Benno.

»Halt die Fresse, sonst muss ich sie dir polieren«, versetzt Tarzan grinsend. »So spricht man nicht über seinen Fähnleinführer.«

»Wir sind doch nicht im Dienst«, entgegnet Benno mit schwerer Zunge, »und Stefan bestimmt auch nicht.«

In den Klamotten wirft sich der Primus auf die Pritsche des Gemeinschaftssaals. Die Balken über ihm knarren leicht. Dort oben sind die Mädchen! Claudia im Zimmer über ihm.

Dann versucht er sich überhaupt nichts mehr vorzustellen. Aber selbst die Kernsprüche Baldur von Schirachs können seine Phantasie nicht dämpfen. Im Gegenteil.

Dann knarren die Balken über ihm nicht mehr. Er hört nur noch seinen Atem. Er ist allein im Schlafraum, fährt von der Pritsche hoch, geht den Korridor entlang, hört von unten her das Lachen seiner Mitschüler, schleicht in Socken die Stiege hinauf, Schritt für Schritt. Er zittert, als er leise an die Tür klopft. »Claudia«, flüstert er heiser.

Nun ist es nicht mehr rückgängig zu machen. Die Tür öffnet sich, und er steht in der Dunkelheit vor ihr.

»Was ist?« fragt das Mädchen halblaut.

»Ich bin's«, antwortet er leise, verwirrt. Seine Finger tasten an der Wand entlang nach dem Lichtschalter.

Sie müssen sich beide erst an die Helligkeit gewöhnen. Claudia wickelt sich fester in ihre Decke.

Stefan versucht zu lächeln, aber das verunglückt gründlich.

»Ich wollte dich nochmal besuchen.« Er sieht nur ihre Augen, die unruhig hin und her gleiten. »Es ist doch unser letzter Abend«, keucht er.

»Mach die Tür zu«, erwidert Claudia gepresst.

Dann steht er wieder vor ihr.

»Wenn einer kommt«, flüstert Claudia.

»Bestimmt nicht«, entgegnet er hastig. »Ich geh' ja auch gleich wieder.« Dann setzt er sich zu ihr. Sein Herz macht ein paar schnelle Schläge. Sein Brustkorb bläht sich, fühlt sich an wie ein Luftballon, der gleich platzen muss. Er hält die Hände verlegen auf den Knien, spürt die Trockenheit in der Kehle. Dann geht sein Blick aufwärts. Er hat noch nicht gesehen, wie es ist, wenn Mädchenhaare auf einem Kissen ausgebreitet liegen.

Er will sie streicheln, aber Claudia bäumt sich auf, krallt sich an ihrer Decke fest, stößt einen kleinen spitzen Schrei aus.

Stefan wird so schwindlig, als hätte er den Grog nicht getrunken, sondern injiziert bekommen.

Dann ermattet Claudias Widerstand. Echt war er nie, nicht wirklich echt, nur anerzogen.

»Gib mir einen Kuss, Stefan«, sagt sie schlüssig und lockend zugleich.

Er beugt sich über sie. Ihre bloßen Arme schälen sich wieder aus der Decke.

Ein Mühlstein hätte ihn nicht mächtiger in die Tiefe ziehen können. Er sinkt und sinkt, und der Untergang ist herrlich.

Zum ersten Mal küsst er Claudia so. Das Mädchen lehrt es ihn, obwohl sie es selbst nicht kann. Stefan fühlt, wie sie zittert. Er hat noch nie gewusst, wie lebendig Claudia ist. Er weiß überhaupt nichts.

Eine wilde Lohe schlägt hoch.

Auch Claudia erlebt die Stichflamme des Verlangens. »Du«, sagt sie mit heiserer Stimme. Sie ist bereit, bereit zu allem.

Seine Hand tastet sich an ihrem Nacken entlang, findet den

Ausschnitt, streichelt die Rundung. Stefan spürt, wie sich die Knospe aufrichtet, hört seinen Atem. Sein ganzer Körper wächst ihr entgegen.

Claudia hält stand, reckt sich ihm entgegen.

Plötzlich ist es aus. Vorbei.

Sie sind nicht mehr allein.

Absturz, denkt der Junge.

»Einen Moment, Stefan Hartwig«, sagt eine ruhige Stimme von der Tür her.

Es ist Dr. Faber.

Aufprall, spürt der Junge. Er ist dem Mann, den er dem Bannführer ans Messer liefern wollte, in die Falle gegangen. Einen Moment lang hadert Stefan mit sich, weil er die Tür nicht versperrt hat, als ob das an der Situation etwas geändert hätte.

Der Kaiserdom rief zu spätabendlicher Adventsandacht. Rechtsanwalt Dr. Wolf Hartwig betrat ihn durch die Adamspforte, wurde wie immer vom feierlichen Halbdunkel einer zu Stein gewordenen Geschichte überwältigt. Im ersten Moment erkennt er seine schöne Nachbarin nicht. Sie steht unter den Andächtigen im Lichtbogen neben Riemenschneiders Grabmonument der heiligen Kunigunde, die einer frommen Legende nach ihr Netz über Bamberg gespannt haben soll, um die Stadt zu schützen. Dann fängt der Rechtsanwalt Maria Steinbeils Blick auf und erkennt, dass sie ihn sprechen will. Nach dem Gottesdienst wartet er in seinem auf dem Domberg abgestellten Opel Olympia, öffnet seiner Nachbarin den Wagenschlag, um sie – wie schon öfter – mit nach Hause zu nehmen.

»Ich weiß gar nicht, wie ich Ihnen für Ihren Rat danken kann, Doktor«, sagt sie. »Rechtsanwalt Vollhals hat mir heute Nachmittag mitgeteilt, dass für Peter ab Montag der neue Pass bei der Stadtverwaltung bereitliegt. Und ich habe mich so gegen diesen Opportunisten Vollhals gewehrt und –«

»Er wird Ihnen mit einer saftigen Honorarrechnung kommen«, erwidert Hartwig mit hintergründigem Lächeln. »Ich hätte Sie umsonst betreut – aber leider auch vergeblich. Peter weiß nicht, dass Sie nicht zurückkehren werden?« fragt er.

»Nein.«

»Wird er Schwierigkeiten machen?«

»Ich hoffe nicht«, erwidert die inoffizielle Mandantin. »Aber er ist von diesem Staatsjugend-Brimborium mehr beeinflusst worden, als ihm gut tut.«

»Das wird sich im Ausland rasch wieder geben. Hören Sie zu, Frau Steinbeil: Packen Sie so rasch wie möglich. Nehmen Sie nur das Nötigste mit. Sie müssen damit rechnen, dass diese Bande Ihr Vermögen, Ihre Pensionsbezüge zumindest einfriert, wenn nicht überhaupt beschlagnahmt. Kommen Sie durch in der Schweiz? Können Ihnen Ihre Eltern unter die Arme greifen?«

»Es wird schon gehen.«

»Und lassen Sie Peter um Gottes willen das Abitur in Luzern oder sonstwo machen, selbst wenn er ein oder zwei Jahre verlieren sollte.«

Maria Steinbeil nickt.

»Lassen Sie auch Ihre Wertpapiere im Banksafe. Man wird Sie sicher an der Grenze kontrollieren.«

»Sie meinen –«

»Ja«, bestätigt der Anwalt. »Es muss aussehen wie ein Vierzehn-Tage-Ausflug. Sofern Ihr Eigentum«, er lächelt melancholisch, »und ich den drohenden Krieg überleben werden, verschaffe ich es Ihnen eines Tages wieder, das garantiere ich Ihnen.«

Sie haben die Dientzenhoferstraße erreicht.

Dr. Hartwig stellt den Motor ab, bleibt noch einen Moment im Wagen sitzen. »Noch etwas, Frau Steinbeil: Keine große Abschiedsrunde von Freunden und Bekannten. Gehen Sie so unauffällig wie möglich.« Er streckt seiner Nachbarin die Hand hin: »Das gilt auch für uns. Alles, alles Gute«, sagt er. »Und passen Sie gut auf den Jungen auf.«

Er sieht Maria Steinbeil betont beiläufig nach, bis ihre schlanke Silhouette von der Dunkelheit verschluckt wird. Der Anwalt spürt, dass er sie nie wiedersehen wird – dazu hat er sie ja selbst überredet –, und auf einmal fällt ihm der Abschied schwer, den er so leicht vollzogen hat.

Stefan begreift, dass er den Absturz überlebt hat, auch wenn seine Hoffnungen zerschellt sind. Sein Blick ist leer, aber er zwingt sich, die Augen Dr. Fabers zu suchen. Claudia zieht die Bettdecke noch höher, als wollte sie darunterkriechen. Der junge Erzieher schüttelt den Kopf, er kämpft mit einem Lächeln, als er näherkommt. Der Raum ist so niedrig, dass er sich dabei bücken muss.

Ohne ein weiteres Wort setzt sich der Leiter des Skiausflugs auf das Fußende von Claudias Bett. Er bemerkt, dass Stefan nicht weiß, wo er seine fahrigen heißen Hände verstecken soll. Das Ende, denkt der Fähnleinführer. Der Hinauswurf, erst aus der Schule und dann wahrscheinlich auch noch aus der Hitlerjugend. Vor seinen Augen kreiseln die Gesichter des Bannführers, des Schuldirektors und seiner Eltern, und er hört sie im Chor sprechen: »Und wir haben immer so große Stücke von dir gehalten.«

Stefan hasst den Mann, der ihn überrumpelt hat wie nie zuvor, und eine wahnwitzige Sekunde lang möchten sich seine Hände selbstständig machen und dem Ordinarius an den Hals fahren. Er beherrscht sich. Leicht vornübergebeugt steht er auf, geht mit schwankenden Schritten rückwärts, ohne sich noch einmal umzusehen.

»Bleiben Sie da, Stefan«, fordert ihn Dr. Faber ohne Schärfe in der Stimme auf. »Wir rauchen noch eine Zigarette miteinander.«

Du Sadist, denkt der Junge gereizt, du willst auch noch sehen, wie ich in der Falle zapple und winsle. Es genügt dir nicht, dass du mich erledigt hast, ausgerechnet du – ausgerechnet mich!

Der Pädagoge klappt sein Zigarettenetui auf, lacht halblaut. »Aber Claudia«, sagt er dann, »wollen Sie sich eigentlich durch die Bettdecke hindurch mit mir unterhalten?«

Ihr Gesicht kommt langsam zum Vorschein, rot erglüht wie Klatschmohn. Mit den Zähnen nagt das Mädchen an der Unterlippe. Dr. Faber wendet seinen Blick wieder seinem Primus zu, der mit zitternden Fingern hastig raucht.

»Also« beginnt der Assessor im Plauderton. »Es tut mir leid, dass ich euch stören musste. Aber ich wollte euch vor einer Torheit bewahren. Ihr seid keine Kinder mehr, und deshalb möchte ich mit euch ein Gespräch unter Erwachsenen führen.« Er macht eine Pause, stellt dabei fest, dass er die beiden Siebzehnjährigen um den Atem gebracht hat. »Es ist euch doch klar, dass ihr dabei wart, eine Unbesonnenheit zu begehen. Oder?«

»Möglich«, antwortet Stefan trotzig.

»Was meinen Sie, Claudia?«

»Ich habe es nicht gewollt«, entgegnet sie. »Es ist einfach so – so über uns gekommen.«

Dr. Faber nickt, schnippt die Asche von seiner Zigarette. Auch eingefressene Erziehungsgrundsätze fallen zu Boden, Grundsätze, die in dieser Zeit zu einem deutschen Gymnasium gehören wie der Grünspan auf den Kupferdächern wilhelminischer Turmfassaden.

Eine antiquierte Pädagogik drückt sich notorisch um die Nöte, Träume und Wünsche der Heranwachsenden herum und degradiert dabei die Natur zum Problem. Alles ist tabu, ist Verbot, ist Sünde. Das System stammt noch von den Urururvätern, und die Rauschebärte, die es handhaben, sind dabei, ganze Generationen zu Duckmäusern, Leisetretern und Heuchlern zu erziehen.

»Wissen Sie, Stefan«, sagt Dr. Faber ernst, »es geht nicht so sehr um Claudia, um Sie oder um mich. Nicht einmal darum, dass Ferienfahrten dieser Art mit Sicherheit verboten würden, wenn es einen Skandal gäbe – nun ja, ihr wisst schon –«

Die beiden Siebzehnjährigen starren ihren Klassenleiter verwirrt an. Stefan empfindet durch das Braunhemd hindurch, das man ihm über die Jungenseele gezogen hat, einen Hauch der menschlichen Qualität Dr. Fabers.

»Es wäre schade«, fährt der Ordinarius fort. »Nichts wie schade. Ich weiß seit langem, dass ihr euch mögt, und ich finde das auch wunderbar und ganz in Ordnung. Ihr seid reife Menschen. Es ist nichts Unrechtes dabei, wenn ihr Sehnsucht aufeinander habt und dieses Verlangen nach Erfüllung drängt. Aber bewusst, Claudia, und nicht nach so und so vielen Grogs, Stefan, nicht bei der erstbesten Gelegenheit, sondern erst dann, wenn ihr auch vom Verstand her der Meinung sein könnt, dass es richtig ist.«

Claudias Augen tasten sich unter halbgeschlossenen Lidern zu dem Mann, der sie überrumpelt hat, durch.

Faber gibt den Blick unbefangen zurück. »Sie, Stefan, hätten heute Claudia aus einem Paradies von Träumen gerissen, in dem sie noch leben kann und leben soll. Und morgen wäre alles anders geworden zwischen euch. Etwas, das schön und offen und frei sein sollte, hättet ihr nun heimlich in euren Schulranzen packen und vor aller Welt verstecken müssen.« Er drückt seine Zigarette aus. »Und darum wäre es doch schade, nicht?«

Der Pädagoge gibt Stefan und Claudia die Hand. Die Finger des Mädchens sind trocken und kühl, die des Jungen schwitzig und heiß.

»Und jetzt endgültig: gute Nacht«, sagt Dr. Faber leichthin. »So lange wollte ich gar nicht stören.«

Als er an der Türe ist, räuspert sich Stefan. »Herr Doktor«, fragt er hastig, »machen Sie nun der Schule Meldung darüber?«

Der Assessor verhält, wendet sich langsam um. »Wie gut Sie mich kennen, Stefan Hartwig«, antwortet er. Er kommt noch einmal zurück. »Wir drei versprechen uns etwas in diesem Moment«, sagt er. »Wir wollen nie mehr darüber reden. Nie mehr und zu niemandem.«

»Ja«, erwidert Stefan ungläubig.

»Ja«, versetzt Claudia mit glänzenden Augen.

Dr. Faber nickt. »Übrigens noch etwas, Stefan, man macht keine Meldung – das ist die miserable Sprache unserer Zeit. Man meldet höchstens.« Er unterbricht sich lächelnd. »Ich meine, wenn man meldet.«

Er will Stefan die Demütigung ersparen, ihn jetzt aus Claudias Zimmer mitzunehmen. Er weiß, dass seine Methode hundertmal mehr verpflichtet als Drohung, Bloßstellung und Schulausschluss. Dr. Faber braucht nicht erst im Gang zu warten. Stefan wird ihm gleich folgen.

»Weißt du«, sagt Claudia zu Stefan mit verträumtem Gesicht. »Das ist ein ganz feiner Kerl.«

»Es sieht so aus«, entgegnet der Primus benommen. Er steht auf. »Gute Nacht«, sagt er leise. Er gibt Claudia nicht einmal die Hand, er sieht sie nicht mehr an. Er verspürt ein heißes Gefühl für sie. Aber etwas an dieser Empfindung ist anders geworden.

Unten singen die Klassenkameraden.

»Gute Nacht«, wiederholt Stefan noch einmal an der Türe.

Sibylle wollte ihren Freund mit der Kaffee-Einladung überraschen, aber vorläufig fällt sie aus. In der Weihnachtszeit zeigt sich der Fabrikant Bertram ungewöhnlich familiär, als wolle er Gerüchten über seine marode Ehe gewaltsam entgegentreten; er bleibt auch nach den Feiertagen noch in Bamberg. Danach muss ihn die Tochter als Sekretärin nach München begleiten, anschließend ist sie voll mit den Vorbereitungen zu ihrem Abschlussexamen beschäftigt. Zwangsläufig ist sie mehr in Erlangen als in Bamberg, und so leben die Gefühle der Liebenden in dieser Zeit vorwiegend von Briefen und Telefonanrufen.

Bei Schulbeginn nach dem Ferienende fehlt Peter Steinbeil. Dem Ordinarius der 8 c liegt ein ärztliches Attest aus der Schweiz vor, dass eine Diphtheriewelle in Luzern wegen der hohen Ansteckungsgefahr die Isolierung des selbst nicht erkrankten Bazillenträgers Peter Steinbeil erforderlich mache. Dr. Faber reicht die ärztliche

Bescheinigung an das Direktorat weiter, und der Primaner wird als krank geführt. Einige Mitschüler nehmen an, dass es Tarzan durch einen pfiffigen Trick gelungen ist, seine Weihnachtsferien zu verlängern und sich für den ausgefallenen Sommerurlaub schadlos zu halten, aber keiner vermutet, dass der Mitschüler überhaupt nicht mehr zurückkehren könnte.

Anfang Februar unterzieht sich Claus Benz in Bambergs Städtischem Krankenhaus einer harmlosen Nachoperation. Er laboriert noch immer an einem als Folge eines Wehrdienstunfalls verkürzten Bein. Roberts Chef, Professor Lobershoff, nimmt den Eingriff vor. Der Chirurg hat wie sein Haus – die zweitmodernste Klinik, die nach Hamburg in Deutschland eingerichtet wurde – einen hervorragenden Ruf.

Bei ihrem Besuch berichtet der Patient seinen Studienfreunden, dass sein neuer Chef, der braune Fanatiker, den formalen Beitritt des Versicherungsjuristen als nicht ausreichendes Treuebekenntnis zu Adolf Hitler bewertet hat. Es ist zu Differenzen gekommen, in deren Folge der lustlose Mitläufer eine Chance wahrnehmen wird, bei Bambergs Wehrbezirkskommando als »Sachbearbeiter Heer« – im Hinblick auf den immer näher rückenden Krieg – einen garantiert krisenfesten Arbeitsplatz zu besetzen. Das bietet Claus auch noch die Möglichkeit, mit seiner Familie in das Haus seiner kränkelnden Mutter einzuziehen und sich ihrer dabei besser anzunehmen.

Anfang Februar gewinnt Dr. Wolf Hartwig einen Strafprozess mit einem sensationellen Freispruch mangels an Beweisen: Er hat vier der Devisenschiebung angeklagte Patres eines benachbarten Benediktinerklosters herausgepaukt und ist dabei ein paarmal in öffentlicher Verhandlung heftig an den Ersten Staatsanwalt Rindsfell geraten, der das Verfahren als Schauprozess aufziehen wollte. Der Ankläger geht in die Berufung, zwei der drei Richter, die an dem Urteil beteiligt waren, werden unmittelbar danach in andere Ressorts versetzt, der dritte vorzeitig in Pension geschickt.

Rindsfell wendet sich mit einer neuerlichen Intervention an den SD-Chef Panofsky, aber weder der Hauptsturmführer noch sein Satellit Bruckmann können den »großen Knaller« herbeizaubern. Für eine Einweisung in ein Konzentrationslager würde die Tätigkeit des verhassten Rechtsanwalts ausreichen, nicht jedoch für einen formaljuristisch abgedeckten Frontalangriff im Gerichtssaal, wie nicht zuletzt die Pleite mit den Benediktinern noch einmal deutlich aufzeigte.

Seit dem Skiausflug lebt Fähnleinführer Stefan Hartwig in der Bredouille: Er bewundert die natürliche Menschlichkeit seines Ordinarius und erfasst seine politischen Anspielungen im Unterricht. Der Junge, der sich bewähren will, möchte immer konsequent, immer hundertprozentig sein und stellt auf einmal fest, dass er einen Mann gleichzeitig hasst und bewundert, schätzt und verachtet. Vielleicht ist es noch kein Verrat am Führer, sicher aber an dem Auftrag des Bannführers. Stefan liefert ihm zwar von Fall zu Fall Meldungen, aber sie sind nichtssagend und dem Wortlaut nach abgeschwächt. Eine Geschichtsinterpretation, die keineswegs mit dem Inhalt der Lehrbücher übereinstimmt, aber auch nicht widerlegbar ist.

Der Auftraggeber drückte bereits wiederholt seinen Unmut darüber aus und bemängelte zudem, dass sein Fähnleinführer bei der Ausforschung seines Onkels Dr. Wolf Hartwig, der der NS-Rechtsprechung soeben diese schlimme Blamage zugefügt hat, nicht weiterkommt.

»Tut mir leid, da ist einfach nichts zu machen, Bannführer«, erwidert Stefan. »Wenn ich auftauche, hält mein Onkel den Mund. Er weiß ja schließlich, wie ich zur Bewegung stehe.«

»Dein feiner Onkel schon«, entgegnet Greifer. »Aber mir kommen allmählich Zweifel, wenn du dich weiterhin so zimperlich benimmst.«

Anfang März ist Tarzan noch immer nicht zurück und in Bamberg kursieren erste Gerüchte, er und seine Mutter beabsichtigten, für immer in der Schweiz zu bleiben. Dr. Faber schwebt in der Schule in der Schusslinie und privat im toten Winkel. Sibylle ist zur Zeit mit ihrem Vater auf Dienstreise, und seine Begegnungen mit ihr sind noch immer heimlich. Zumindest ihr Bruder Rolf müsste längst Verdacht geschöpft haben. Vielleicht wird auch schon getuschelt. An einem Ort wie Bamberg wissen die anderen zu Recht oder zu Unrecht, meistens mehr als die Betroffenen. Es gleicht einem kleinen Wunder, dass der alte Bertram noch nichts von der Liebesbeziehung seiner Tochter erfahren hat.

Am 15. März 1939 bricht Hitler wieder einmal sein Ehrenwort, das er nach dem Münchner Abkommen feierlich der Welt gegeben hatte: »Ich habe jetzt keine territorialen Ansprüche mehr.« Der böhmische Gefreite lässt seine Truppen in Böhmen einmarschieren. Das vorläufige Ende der »Rest-Tschechei« ist gekommen. Die westlichen Alliierten, die ihre Bundesgenossen schon durch das Abkommen von München verraten hatten, ließen Hitler auch diesen Vertragsbruch durchgehen, sind aber mit ihrer selbstmörderischen Langmut am Ende.

Wieder rasseln Panzer und brummen Flugzeuge, wieder ist die Stadt in ein Meer kraftlos wehender, blutigroter Hakenkreuzfahnen getaucht. Und wieder kapituliert der Sprachschatz des Anstaltsleiters Dr. Schütz vor der Größe des Führers.

Die Stadt fasst Volksgasmasken an diesem Tag. Bei der NSV. Die braune Volkswohlfahrt riecht nach Gummi und Chemie. Frauen, Kinder und Männer stehen in langer Reihe und stülpen sich die lächerlichen Gummiapparate über die Gesichter. Dr. Faber kräuselt seine Lippen. Der Karneval der Herrenrasse, denkt er, ein Volk mit Astralköpfen und Blechfiltern.

Der Assessor probiert seine Gasmaske flüchtig, lässt dann rasch das Volkswohl hinter sich. Auf der Straße tummeln sich die Gliederungen der Partei wie die Würmer nach einem Frühlingsregen. Die Kolonnen marschieren im Kreis. Ganz vorne das Jungvolk.

»Nach Ostland geht unser Ritt!« singen die Pimpfe mit hellen Stimmen.

Dicht hinter ihnen folgt der SA-Reitersturm. Klapprige Pferde, auf ihnen Veteranen der Kavallerie, die die Größe der Zeit noch einmal mit lahmem Schwung in den Sattel hob. Es sieht aus, als ob der Ostritt spätestens am Stadtrand zusammenbrechen würde. Braune Hosen auf gelben Sätteln, runde Mützen auf klobigen Köpfen. Und die Pferde nicken bei jedem Schritt den Passanten kraftlos und stumm zu wie die Mitläufer ihrem Führer.

Dr. Hans Faber ist in seiner Wohnung und korrigiert Stefan Hartwigs Aufsatz: in der Form brillant wie immer, im Inhalt so, wie das braune Regime es wünscht. Es bringt ihn in die Klemme. Wie soll er bei der Benotung entscheiden? Soll er die Form über den Inhalt oder den Inhalt über die Form stellen? Soll er selbst zum Duckmäuser werden oder aus der Deckung heraustreten?

Das Telefon unterbricht seine Überlegungen.

»Hans?« fragt Sibylle leise.

»Du?« antwortet er verdutzt. »Du bist in Bamberg, Sibylle?«

»Ja«, erwidert das Mädchen, lacht hell. »Soeben angekommen.

Magst du zum Kaffee kommen?«

»Wohin?« fragt Faber.

»Du weißt doch wohl, wo ich wohne.«

»Zu dir?« Seine Stimme kippt vor Überraschung.

»Natürlich«, erläutert Sibylle das ganz und gar Unerwartete. Sie lässt den Assessor ein paar Sekunden zappeln. »Vater ist zu einer DAF-Tagung gefahren. Rolf hat HJ-Dienst.«

»Und deine Mutter?«

Diesmal kommt Sibylles Lachen ganz aus der Nähe. »Meine Mutter«, wiederholt sie, »freut sich, dich kennenzulernen. Margeriten sind ihre Lieblingsblumen.«

Bevor Hans Faber noch etwas erwidern kann, hat das Mädchen eingehängt.

Der Assessor steht benommen da, hält den Hörer in der Hand, begreift nichts und versteht dann. Leicht besorgt verlässt er die Wohnung, geht in langen Schritten durch die Stadt, kauft Blumen, klingelt, ruft seine Erregung zur Ordnung.

Sibylle lächelt befreit, gelöst, wie selten in letzter Zeit. Sie trägt ein marineblaues, eng auf den Körper geschneidertes Sommerkleid ohne Ärmel. Die Haare glänzen hell, jung und blond auf dem schneeweißen Kragen. Ihr Gesicht weist die Freude aus. Ihre Hände strecken sich ihm entgegen. Eine Sekunde lehnt sie sich in der Diele an ihn, küsst ihn warm und zärtlich. Dann gleitet ihre Hand in seinen Arm. Sie zieht ihn mit sich, in das Wohnzimmer, zur Blumenecke, zur Mutter.

Mathilde Bertram bekämpft die kurze Verlegenheit mit Kaffee. »Milch?« fragt sie, »Zucker?«, während ihr besorgter Blick Fabers Gesicht abtastet. Natürliches Misstrauen und spontanes Wohlwollen ringen miteinander. Im Grunde ist es ein von vornherein entschiedener Kampf. Denn die Frau des Industriellen kennt Sibylle, und Sibylle kennt Dr. Faber.

Sie sitzen beieinander. Im Grunde wird es ein Kaffeeklatsch, wie ihn Faber nicht ausstehen könnte, wenn es nicht um das Mädchen ginge. Die drei sagen nicht, was sie bewegt, und es bewegt sie nicht, was sie sagen.

»Wie macht sich Rolf in der Schule?« fragt Frau Bertram.

»Ich bin zufrieden mit ihm, gnädige Frau.«

»Glauben Sie, dass er das Abitur schafft?«

»Bestimmt – und sogar ziemlich mühelos.«

Zwischendurch verfängt sich Fabers Blick immer wieder in Sibylles Gesicht. Eine heiße, jähe Welle pulst durch seinen Körper. Er möchte aufspringen, Sibylle in die Arme reißen, mit der Mutter im Zimmer herumwirbeln. Seine Worte bleiben ruhig, sein Augen trunken.

Er weiß, dass Mutter Bertram eine Erklärung von ihm erwartet, und findet den Einstieg nicht. Zwei Minuten gibt er sich noch, verlängert noch einmal.

»Erlauben Sie eine persönliche Frage, Herr Dr. Faber«, kommt ihm die Gastgeberin zuvor. »Wie stehen Sie zu meiner Tochter?«

»Ich liebe sie«, antwortet er. »Sibylle und ich – wir stehen uns sehr nahe.«

»Und warum kommen Sie dann nicht zu uns und halten um ihre Hand an, Herr Dr. Faber?«

»Weil ich fürchte, bei Ihrem Mann nach einem Zusammenstoß, den ich mit ihm hatte, keine Chance zu haben.«

»Da liegen Sie leider richtig«, entgegnet Mathilde Bertram. »Ich aber«, setzt sie mit einer Energie, die man ihr nicht zutrauen würde, hinzu, »ich bin die eine Hälfte der Eltern, und ich hab' nichts gegen Sie einzuwenden. Allerdings kann ich Ihnen nicht sagen, wie Sie die Zustimmung der anderen fünfzig Prozent erreichen können.« Die schlichte Frau sieht ihm in die Augen, wohlwollend, doch auch bekümmert. »Ich weiß aber, dass diese Versteckspielerei nicht mehr lange gut gehen kann.«

»Sibylle und ich«, erklärt der Besucher mit belegter Stimme, spricht sich aber rasch frei, »wir haben uns sozusagen unter der Hand einen Termin gesetzt: Wir wollten, dass sie erst noch ihr Abschlussexamen macht.« Er lächelt ein wenig hilflos. »Dann wollte ich unverzüglich das Versäumte nachholen und, im Falle einer Abfuhr, mich mit Sibylle auch gegen den Willen ihres Vaters offiziell verloben.«

»Tun Sie das, Herr Dr. Faber«, entgegnet Mathilde Bertram. »Unterschätzen Sie aber die Dickköpfigkeit meines Mannes nicht.« Sie lächelt, als sie fortfährt: »Setzen Sie jedoch meine Möglichkeiten nicht als zu gering an.« Sie reicht ihm die Hand.

Faber küsst sie, nicht nur andeutungsweise, wie es die Etikette vorschreibt.

Er geht beschwingt. Er geht nicht, er schwebt auf einem Hochseil, und er braucht kein Netz. Er läuft blicklos durch die Stadt, hört die

Trommelwirbel nicht und hastet fast in eine Marschkolonne hinein. Sie bringt ihn wieder zu sich, zwingt ihn zur Gegenwart zurück. Selbst die Hausfrauen tragen heute eine Art Uniform: große Handtaschen. Damit gehen sie von Geschäft zu Geschäft, um hilflos, hastig und sinnlos des Führers Weitblick zu ergänzen, um ein paar Pfund Fett, etwas Wurst und Schokolade zu hamstern, soweit das Geld reicht.

Jetzt biegt das NSKK in die Adolf-Hitler-Straße ein, ist auf Höhe des Cafés »Reichskanzler«. Der Einheitsführer im arisierten Mercedes, den er jahrelang als Chauffeur einer jüdischen Hopfenfirma polierte. Und dahinter seine Korpsgenossen im Braunhemd. Ein Motor setzt aus, springt nicht mehr an. Der NSKK-Mann beugt sich mit krebsrotem Kopf über die Haube, zuckt die Schultern. Die Motoren lassen sich nicht gleichschalten.

Nun staut sich alles in der engen Gasse. Das NS-Fliegerkorps, das einmal im Jahr, am Volksflugtag, Flugzeuge aus der Nähe sieht, kommt aus dem Marschrhythmus.

»Ganze Abteilung halt!« brüllt dahinter der Chef der NS-Kriegsopferversorgung. Alle Marschierer haben zwei Beine und zwei Arme. Die Krüppel passen nicht in das Stadtbild. Die Stauung lockert sich. Die lebenden Kriegsopfer des Ersten Weltkrieges nehmen den Tritt wieder auf.

Trommeln hinten, Trompeten vorne. Stockung am Maxplatz, wo der Aufmarsch endet. Eine Rednertribüne. Lautsprecher gellen über den Platz: »Das Wort hat der Kreisleiter.«

Und dann gröhlt, von mehreren Lautsprechern übertragen, bis in den letzten Winkel der Stadt die heisere Stimme des Mannes, dem das Eisendrehen zu beschwerlich wurde.

Die Volksgasmaske fällt Dr. Faber aus der Hand. Er bückt sich lustlos, um sie aufzuheben. Ein Schüler kommt an ihm vorbei, grüßt. Der Assessor erwidert den Gruß zerstreut.

Es ist Stefan Hartwig, der sich verspätet hat. Auf gleicher Höhe mit Dr. Faber bleibt er unschlüssig stehen, kommt langsam auf ihn zu. Sein Gesicht ist blass. Sein Mund zuckt. »Herr Doktor«, fragt er leise, darf ich Sie einen Moment sprechen?«

»Müssen Sie denn nicht –«, Dr. Faber deutet mit der Hand auf den Marktplatz, »dorthin?«

»Ja, gleich.« Stefan stockt.

»Was gibt's?« ermuntert ihn Dr. Faber.

Der Junge senkt den Kopf. Sein Kinn sinkt fast auf die Führerschnur an seiner Uniform. »Herr Doktor«, nimmt Stefan ein zweites Mal Anlauf. »Ich muss Ihnen etwas gestehen.«

Der Ordinarius nickt.

»Ich war vom Bannführer beauftragt, Sie ans Messer zu liefern. Verstehen Sie? Unterricht mitstenografieren und so.«

»Und?«

»Ich hab's auch eine Zeit lang getan«, erwidert Stefan verdrossen über sich selbst. »Und dann habe ich bei der HJ erklärt, dass sich Ihre Ansichten gebessert hätten.«

»So«, erwidert Faber mit offenem Spott. »Haben Sie das?«

»Es war eine Lüge. Das weiß ich genau«, versetzt Stefan barsch. »Ihnen zuliebe«, setzt er dann gepresst hinzu, »weil Sie in Fleckl so anständig waren.«

»Also ein glattes Geschäft«, antwortet Faber ruhig, »Anstand gegen Anstand.«

Stefan hat jetzt den Blick offen auf dem Gesicht seines Klassenleiters. »Ich muss Sie warnen, Herr Doktor«, versetzt er fahrig. »Ich weiß nicht, ob mir der Bannführer das glaubt. Er hat sicher jetzt auch noch andere beauftragt, Ihnen auf die Finger zu sehen.«

»Andere?« unterbricht ihn Dr. Faber. »Auf die Finger?«

Stefan zögert wieder. Und dann, ein paar Sekunden später, wird er die letzten Hemmungen los. »Ich habe eine Frage«, sagt er. »Was haben Sie gegen die Bewegung, Herr Dr. Faber?«

Der Ordinarius zuckt die Schultern. »Das kann ich Ihnen nicht erklären, Stefan«, entgegnet er, »nicht so schnell, nicht an diesem Ort, nicht an diesem Tag.« Der Assessor bedenkt nicht, dass er sich mit diesem Satz seinem Primus in die Hand gibt. Er betrachtet den Siebzehnjährigen überrascht, nachdenklich, wehmütig. »Stefan«, sagt er dann leise, »Sie sind ein kluger Junge. Ich habe nur einen Rat für Sie: Augen auf, Ohren auf, den Verstand benutzen – das wäre alles.«

In dieser Sekunde steigert sich das Gebrüll aus dem Lautsprecher und ist jetzt deutlich zu hören.

»Ausradieren!« belfert der Kreisleiter. »Vernichten! Die ganze Bande: die Juden, die Freimaurer und dann diese Dunkelmänner in der schwarzen Kutte. Ja, die auch!«

»Ich muss gehen«, sagt Stefan gepresst.

Dr. Faber nickt. Das Netz, das ihn umgibt, schnürt ihm die Brust zusammen. Wie lange noch? denkt er. Und dann fällt ihm ein, dass dieses Netz schon ein paar Löcher hat: Sibylle, ihren Bruder Rolf, selbst Stefan Hartwig.

Die Lehrersitzung am nächsten Tag dauert stundenlang. Der Anstaltsleiter Dr. Schütz findet kein Ende.

Benthin, der Zeichenlehrer, reibt einen Apfel am Ärmel seines Pullovers. Er stößt seinen Nachbarn Dr. Faber an. »Deutsches Obst«, flüstert er. »Ich kaufe nur beim deutschen Bauern.«

Bei der deutschen Obstfrau, verbessert ihn der Assessor in Gedanken.

»So«, sagt Dr. Schütz in diesem Moment, »die Damen und Herren können gehen. Nur einige bitte ich, hier zu bleiben.« Er nimmt einen Zettel und verliest die Namen: Studienrat Färber, Dr. Rixner, Dr. Faber, Fräulein Dr. Mühren, Studienprofessor Heinke, Dr. Ring und Assessor Mehlert.

Dr. Faber wiederholt die Namen in Gedanken und weiß in der nächsten Sekunde, was ihm und den anderen bevorsteht. Das Fähnlein der sieben Standhaften – es werden bald wieder ein paar weniger sein. Die sieben Lehrer gehören alle nicht der Partei an. Dr. Schütz weiß es aus den Personalakten, die er verwaltet.

Der Rex bleibt sitzen, wartet, bis sich die Zurückgebliebenen im Lehrerzimmer umgruppiert haben, hebt den Kopf, tastet mit seinen fluoreszierenden Augen die Versammlung ab. »Meine Damen und Herren«, beginnt er, zuckt die Schultern, starrt auf den Zettel, hebt wieder den Kopf. »Demnächst hat unser Führer Geburtstag. Ich darf annehmen, dass Sie alle wissen, was Sie ihm schuldig sind.« Dr. Schütz sieht in ängstliche, erschrockene und gleichgültige Gesichter. »Ich habe mir als Leiter dieser Schule ein besonderes Geschenk für Adolf Hitler ausgedacht.« Er steht auf, geht im Zimmer auf und ab. Jetzt hat er sich freigesprochen. Seine Stimme donnert, als ob er in der Aula stünde. »Ich möchte zum 20. April dem Ministerium melden, dass der gesamte Lehrkörper dieser Schule ausnahmslos –«, er hebt den Kopf, um Widerstand zu bannen, sieht wieder auf den Boden, »ausnahmslos, sage ich – der Partei angehört. Ich möchte Sie auffordern, die Konsequenz aus diesem äh – äh – Wunsch zu ziehen und Ihre Aufnahmeanträge zu stellen.«

Dr. Rixner schüttelt fast unmerklich den Kopf. Studienrat Färber unterbricht in Gedanken die Addition chemischer Formeln, Fräulein Dr. Mühren verzieht den Mund resigniert, Studienprofessor Heinke sieht an seinem Priestergewand hinunter.

»Ich frage Sie also«, fährt Dr. Schütz mit geballter Stimme fort, »ob Sie dazu bereit sind.« Er erhält keine Antwort. »Ich denke, dass ich Ihr Schweigen richtig deute«, ergänzt der unkönigliche Rex. »Einstimmig, ja?«

Studienprofessor Heinke erhebt sich ruhig. Ein hagerer, großer Mann mit jungen Augen und silbrigen Haaren an den Schläfen. »Für meine Person«, sagt er, »muss ich es verneinen.«

»Warum?«

Das silberne Kreuz auf der Brust des Geistlichen schimmert matt, als ob es für Heinke antworten wolle: Das ist mein Zeichen, das Silberkreuz, nicht das Hakenkreuz.

»Mit Ihnen spreche ich später gesondert, Herr Kollege«, wehrt Dr. Schütz, unsicher geworden, ab. »Fräulein Dr. Mühren, wie ist das mit Ihnen?«

»Ich bin schon bei der Frauenschaft«, erwidert die Philologin.

»Na, um so leichter sollte es Ihnen fallen, liebe Kollegin.«

In den dunklen Augen von Fräulein Dr. Mühren glitzert etwas. Sie denkt voll Spott und Grauen an den heutigen Nachmittag bei der Frauenschaft. An das Kränzchen würdiger, üppiger Damen, die zu viel Kuchen mit Sahne essen, Kaffee trinken und dabei die Stadt durchhecheln. Das haben sie schon seit Jahren getan, nunmehr tun sie es für Führer, Volk und Vaterland.

»Also – ich will Sie nicht drängen«, sagt Dr. Schütz mit falschem Ton in der Stimme. »Sie haben noch acht Tage Zeit.«

»Von mir aus«, erwidert der weibliche Assessor.

»Und Sie, Dr. Ring?«

»Ja, Herr Oberstudiendirektor.«

»Herr Mehlert?«

»Auch ich«, entgegnet der Assessor. Er wird rot dabei, sieht auf den Boden.

»Und Sie, Herr Kollege?« wendet sich der Anstaltsleiter an Dr. Rixner, den Senior.

»Ich bin ein alter Mann«, versetzt er ruhig, »ich werde in einem Jahr pensioniert. Nein, mich lassen Sie bitte aus dem Spiel.« Ganz gegen seine Art sind die Gedanken des Lateinprofessors, heftig funkeln seine Augen. Ich bin Studienprofessor, denkt er, und kein Geschenkartikel für den Braunauer.

»Wollen Sie früher pensioniert werden?« fährt Dr. Schütz den alten Studienprofessor an, erschrickt einen Moment über seine eigenen Worte, macht eine vage Geste mit den unsicheren Händen. »Meine Herren, ich kann keinen von Ihnen zwingen, aber«, sagt er und streckt dabei den Zeigefinger aus wie eine Pistole, »ich kann Sie – äh – nachdrücklich vor den Folgen warnen, die ein Zögern haben könnte.« Er geht auf und ab, winzig und wichtig, geschäftig und gefährlich. »Die Größe der Zeit«, stößt er hervor. »Unser Führer, Vorbild für alle – nur Nationalsozialisten an der Schule, das selbstverständliche Gebot der Stunde. Die Erziehung der Jugend ist das Hauptproblem unseres Volkes – nur Pädagogen, die der Bewegung angehören, können Schüler im Geiste des Führers erziehen.«

Vor Dr. Faber bleibt der Anstaltsleiter abrupt stehen, als hätte er ihn erst jetzt bemerkt. Seine zweifarbigen Augen fixieren ihn starr und kalt. »Und Sie, Herr Dr. Faber«, fragt er scharf, »auch Sie werden den Antrag stellen!« Er schnippt mit dem Finger.

Dr. Faber betrachtet ihn kühl, gelassen. Er sieht vor sich die brennende Synagoge, den Kommerzienrat Lenz, den ein SA-Rabauke an der Kirchenmauer erschlägt, und er denkt an den Schwur, den er in dieser Nacht leistete, als sich Sibylle gegen seine Schulter lehnte. Sibylle – ja, wie weit ist sie auf einmal von ihm weg.

Dann strafft sich Dr. Fabers Oberkörper. Seine Hände sind flach und trocken. »Nein«, sagt er dann so fest und ruhig, dass ein paar andere Lehrer erschrocken zusammenfahren. »Ich treffe meine eigenen Entscheidungen.«

»So«, erwidert Dr. Schütz. Die Silbe zischt durch die Luft wie ein Peitschenhieb. »Sie sind mir in weltanschaulicher Hinsicht schon einmal mehr als unangenehm aufgefallen. Ich habe Gnade vor Recht ergehen lassen, trotz eines massiven Elternprotestes, aber«, sagt er, während das Pausenzeichen das Ende des Schultags anzeigt, »diesmal werde ich mit allen Mitteln dafür sorgen, dass Sie nicht wieder aus der Reihe tanzen. Wie gesagt«, beendet der Rex die Nötigung, »Sie haben eine Woche Zeit.«

Die Angesprochenen verlassen benommen den Raum. Zunächst sagt keiner ein Wort zum anderen.

Die Erfolgsmeldung scheint dem Chef der Politischen Polizei so wichtig, dass er als sein eigener Bote in die Hainstraße aufbricht, um sie dem Leiter der SD-Außenstelle persönlich zu überbringen, um sein langentbehrtes Lob einzuheimsen.

»Der Hauptsturmführer telefoniert gerade«, sagt eine Sekretärin.

Mein Gott, ist der Mann aufgeregt, überlegt sie, während Bruckmann von einem Fuß auf den anderen tritt.

Die Tür öffnet sich, Panofsky streckt den Kopf heraus.

»Ich glaube, wir sind ein ordentliches Stück weitergekommen«, ruft ihm der Kriminaloberkommissar zu.

»Wird ja wohl auch Zeit«, versetzt der Fahlblonde. »Kommen Sie rein, Mann.«

»Dr. Hartwig fährt nach Ostern zu Exerzitien nach Vierzehnheiligen.«

Die Neuigkeit reißt den SD-Mann nicht vom Stuhl.

»Ich habe einen V-Mann gewonnen«, fährt Bruckmann fort, »der uns über die Geschehnisse im engsten Kreis berichten wird.«

»Sie sind vielleicht ein Optimist«, erwidert Panofsky. »Die beten und fasten und schweigen doch bloß bei ihren komischen Exerzitien.«

»Aber am Ende, bevor sie auseinandergehen, nehmen sie sich kein Blatt mehr vor den Mund und bekennen sich offen zur Regimefeindlichkeit.«

»Sicher, aber wir sind ja nicht dabei«, räumt der SD-Chef ein.

»Doch, diesmal sind wir dabei. Kennen Sie Dr. Fibig, den Arzt?«

»Das ist doch ein ganz schwarzer Hund.«

»Eben«, bestätigt Bruckmann. »Glück gehabt. Einer meiner Leute hatte nachts Jourdienst. Fibig kam mit dem Wagen von einer Tagung seiner Verbindung, ziemlich voll –«

»Verträgt er das Saufen nicht mehr?«

»Genau, in diesem Zustand hat er einen Radfahrer umgefahren. Er gab ihm Geld und haute ab, bevor die Polizei am Unfallort erschienen ist.«

»Fahrerflucht?«

»Könnte man sagen«, bestätigt Bruckmann. »Peinlich für ihn. Reputation im Eimer. Und vor allem der Führerschein weg, den er für seine Krankenbesuche braucht. Außerdem ist er ein richtiger Schlappschwanz.«

»Sie haben ihn also umgedreht?«

»So ist es. Ich hab' den Fall sofort an mich gezogen und den Mann bearbeitet.«

»Gut«, erwidert Panofsky. Er sitzt mit zusammengekniffenen Augen an seinem Schreibtisch und spielt mit einem Lineal. »Das ist Ihnen doch klar, Bruckmann, dass diese Steinbeils, Mutter und Sohn, nicht mehr aus der Schweiz zurückkommen werden?«

»Das fürchte ich auch, Hauptsturmführer«, erwidert der Schlagflüssige, »aber ich – es ist nicht meine –«

Der SD-Chef unterbricht ihn mit einer Handbewegung. »War mein Fehler, nicht Ihrer. Ich hab' mich weichmachen lassen, von ein paar Leuten aus der Kreisleitung.« Eher befriedigt als verärgert setzt er hinzu: »Und das ist mir die Sache wert –«

»Wert?« fragt der Kriminalbeamte.

»Ja. Wenn ich mal«, sein Mund platzt vor Spott wie eine faule Schote, »was ich nicht hoffe, Streit mit diesen durstigen Hoheitsträgern bekommen sollte, dann bring' ich das aufs Tapet. Das häng' ich ihnen an. Die haben mich gegen meinen Willen gezwungen, den Pass ausstellen zu lassen.« Panofsky steht auf, lächelt. »Ich hatte sie gewarnt, aber dieser Vollhals hat sie ja richtiggehend dressiert.«

»Das kann ich bezeugen«, erwidert Bruckmann eilfertig.

»Gut«, beendet der Hauptsturmführer das Gespräch. »Dann beten Sie einstweilen mal zum fünfzehnten Heiligen, dass das klappt und der Zeuge wirklich nicht umfällt.«

»Der wird stehen wie eine Eins«, versichert der Polizeibeamte. »Schon aus Feigheit.«

»Auch im Gerichtssaal?«

»Ja.«

»Auch wenn es um Hartwigs Kopf geht?«

»Der eigene Kopf ist Fibig in jedem Fall wichtiger«, erklärt Bruckmann und sonnt sich noch eine Zigarette lang in der Gunst seines Auftraggebers.

Nach der Sitzung des Direktors mit den sieben vormals Aufrechten kam es am Portal des Gymnasiums zu einer Stockung. Dann waren die Schüler eilfertig zurückgewichen und hatten ihren Lehrkräften den Vortritt gelassen.

Dr. Heinke, der Religionslehrer, und Assessor Faber stehen auf einmal nebeneinander auf der Straße.

»Ja«, sagt der Studienprofessor mit dem traurigen Lächeln, »so ist das, alle Achtung, Herr Faber, aber –«

»Aber?« unterbricht ihn der Assessor.

Die Schultern des Religionslehrers hängen nach vorne. Seine Schritte schlürfen über das Pflaster. Er bleibt stehen, wartet, bis die Schüler grüßend weitergegangen sind. »Sie handeln sicher richtig.« Er sieht Fabers verschlossenes Gesicht, bricht ab.

»Sie auch«, entgegnet der Assessor leise.

»Ich bin ein Diener Gottes«, versetzt der Geistliche ruhig. »Niemand kann zwei Herren dienen.«

»Niemand«, erwidert Faber.

»Ich habe die größte Achtung vor Ihnen«, fährt Heinke fort. »Wir bräuchten mehr solche Lehrer wie Sie – und doch frage ich mich, was soll werden, wenn Sie vielleicht, na, Sie wissen schon – von der Schule gehen müssen.« Er hebt den Kopf, betrachtet Dr. Faber mit seinen wachen Augen. »Ihren Schülern wäre damit bestimmt nicht geholfen.«

»Es gibt keine Wahl«, sagt der Assessor. Es klingt endgültig.

Dann aber, nach der Verabschiedung von dem Mann im Priestergewand, treffen sich in Hans Faber Entschluss und Versuchung auf halbem Wege. Er hat ja recht, denkt der junge Lehrer einen Augenblick, wie viele innerliche Gegner des Nationalsozialismus tragen das Parteiabzeichen! Wie viele machen nur mit und sind im Grunde dagegen! Aber im gleichen Moment schüttelt er die Gedanken wieder ab. Gerade diese Leute, überlegt er, sind letztlich schlimmer als die geborenen Schlägertypen der SA, denn sie erst, die Ruhigen, die Anständigen, die Besonnenen, geben dem System Kredit.

Überraschung am Nachmittag: Kurze Vorwarnung, dann huscht Sibylle wie ein flüchtiger Sonnenstrahl ins Haus, küsst Faber rasch, lässt sich in den Stuhl fallen, wischt sich die langen brünetten Haare aus dem Gesicht, schlägt die Beine übereinander, lehnt sich zurück, wirbelig wie nie zuvor, aufgezogen wie eine Uhr.

»Ist das nicht leichtsinnig, so am hellen Tag?« fragt der Pädagoge.

»Das ist mir egal«, erwidert die Studentin. »Ich werde Gerüchten nicht mehr ausweichen.« Sie lächelt mit einer Spur Aggression. »Ich habe keine Angst mehr vor Gerüchten. Notfalls werde ich sie selbst provozieren.« Jetzt erst fällt ihr auf, wie deprimiert der Mann ist, den ihr Vater nicht haben will. »Sorgen, Hans?«

Er nickt, gibt dann stockend die Pression des Dr. Schütz wieder. »Eine Woche Zeit«, stellt er am Ende fest. »Ich kann mir nicht vorstellen, dass ich am siebten Tag anders darüber denke als heute.«

»Du willst dich nicht unterwerfen?«

»Hältst du das für falsch?«

»Ich habe keine andere Entscheidung von dir erwartet«, entgegnet Sibylle.

»Es ist schlimm«, antwortet er. »So weit sind wir: Eine Entscheidung gegen den braunen Massenwahn ist eigentlich auch eine Entscheidung gegen dich. Sibylle.«

»Gegen mich?«

»Gegen uns«, versetzt Faber. »Je unsicherer meine Position wird, desto weiter entfernen wir uns doch von der erträumten Gemeinsamkeit.«

»Das meinst du«, kontert sie. »Erstens einmal, ob du das Parteiabzeichen im Revers hast oder nicht, ist mir eigentlich gleichgültig. Ich halte dich manchmal für zu konsequent in diesen Dingen, aber vielleicht liebe ich dich gerade deswegen, weil du den Mut hast und den Verstand, so gegen den Strom zu schwimmen.«

Faber sieht Sibylle in die Augen. Ungestüm empfindet er das Glück, dass eine Frau wie sie zu ihm steht.

»Punkt Nummer zwei«, fährt sie fort, »und deswegen bin ich hier und bereit, die Herausforderung dieser Welt anzunehmen und zu erwidern: Die Bertram-Werke haben zwei Plätze für eine österliche KdF-Reise nach Italien zugeteilt bekommen. Mein Vater hat sie meinem Bruder Rolf und mir zu Ostern geschenkt. Wir reisen auf Sammelvisum, keinerlei Vorbereitungen notwendig. Gültiger Personalausweis genügt. KdF heißt übrigens Kraft durch Freude.«

»Aber das weiß ich doch, Sibylle«, versetzt er und wundert sich über ihre Umständlichkeit.

»Und jetzt kommt der Clou, mein Lieber, auch wenn ich sehe, wie sich deine Denkerstirne runzelt: Mein Bruder Rolf weiß alles über uns. Seit Wochen.«

»Und schweigt?«

»Er hält sich raus«, präzisiert Sibylle. »Wir stehen bestens zueinander. Er sieht zu mir auf wie zu einem Götzenbild.«

»Wie ich, Sibylle –«

»Schön«, sagt sie, »aber ich bin kein Götzenbild. Und auch nicht unberührbar, kapiert?«

Faber hat sie noch nie so angriffslustig erlebt. Er muss dagegen ankämpfen, von seinem Entzücken nicht mitgerissen zu werden.

»Rolf«, erklärt Sibylle, »fährt nach Bad Tölz zur Schwester meiner Mutter, seiner Lieblingstante; sie hat dort ein kleines Gut. Und in München startet der Omnibus für Italien mit mir – und mit dir.«

Faber begreift es nicht im ersten Moment.

»Und dann – sole, vino, amore. Vierzehn Tage lang. Genau während deiner Osterferien. Kein Blick auf die Uhr. Keine Angst, die Nachbarn könnten lauschen. Keine scheuen Zärtlichkeiten, sondern wilde. Ich weiß nicht, ob ich es schaffe, dass man uns ein Doppelzimmer gibt«, sagt sie unbefangen. »Sonst müssen wir uns halt von Nacht zu Nacht einigen, ob du zu mir kommst oder ich zu dir.«

»Sibylle –«, erwidert Faber.

»Keinen Verweis, Herr Professor«, entgegnet sie. »Ich bin überdreht, vielleicht sogar frivol. Aber ich weiß, was ich will.« Sie steht auf, geht auf den Pädagogen zu. »Und was ich will – das bist du.«

»Aber das kommt doch heraus – und die Folgen –«

»– tragen wir beide«, antwortet Sibylle. »Du stellst deinen Mann, und ich werde die Frau dieses Mannes.«

»Es ist herrlich – aber du bist viel zu spontan, um zu bedenken –«

»Und jetzt stell' ich dir ein Ultimatum à la Schütz«, unterbricht sie ihn. »Entweder Zustimmung zu unserer Italienreise binnen einer Woche –«

»Oder?«

»Trennung«, erwidert Sibylle. »Obwohl ich nicht weiß, wie ich das schaffen soll.«

»Also Nötigung«, entgegnet Faber überrumpelt und doch schon halb verführt.

»Du hast recht«, antwortet sie. »Aber ausschließlich zu unseren Gunsten.«

Faber sieht Sibylle nach und starrt noch minutenlang auf die Tür, durch die sie längst gegangen ist.

Der 20. April rückt immer näher. Direktor Dr. Schütz hat sich in den letzten drei Tagen nicht sehen lassen. Seine Drohung hängt über Dr. Faber wie eine Frühjahrslawine am Südhang. Der Zweifrontenkrieg, den der Assessor mit sich führen muss, macht ihn langsam mürbe. Zwischen die Berge der Verzweiflung schlängelt sich ein schmaler Hohlweg der Hoffnung: Wegen der Weigerung, in die Partei einzutreten, redet sich der junge Lehrer ein, können sie mich nicht von der Schule verweisen.

Aber mit jedem Tag verkürzt sich die Galgenfrist um vierundzwanzig Stunden, wird die Lage für den Klassenleiter der 8 c düsterer. Er fühlt sich in der Situation eines Todeskandidaten, der die letzten Tage vor der Hinrichtung auf dem Kalender abhakt und doch auf eine Begnadigung setzt.

Die Stadt rüstet sich zum fünfzigsten Geburtstag des mühselig eingebürgerten Papierdeutschen. Der VDA zieht blaue Kerzen. Der Reichskolonialbund hört Vorträge über die Bekämpfung der Malaria. Der NS-Rechtswahrerbund lässt sich mit »gesundem Volksempfinden« impfen. Der BDM strickt Wollstümpfe in Feldgrau. Die Goldfasanen setzen ihre holprigen Festtagsreden auf. Die Redakteure in den Zeitungen versuchen, die Superlative des Vorjahrs noch zu steigern. Sie alle vegetieren in dem geistigen Ghetto ihrer braunen Lizenz.

Die Reichskulturkammer brütet entarteten Kitsch aus. Was Kunst ist, bestimmt der Klumpfuß. Hitlers Maler malen willig. Die Schwätzer dichten, und die Dichter schwätzen. Die Blinden klatschen, und die Lahmen marschieren. Die NS-Gipsgiganten modellieren Riesendamen, deren Brüste zehnmal so groß sind wie der Kopf des Führers.

Die Schulen steuern Aufsätze bei. »Was schenke ich meinem Führer zum Geburtstag?« hat man von der vierten bis zur achten Klasse zu beantworten.

Auch Dr. Fabers 8 c stöhnt über diesem Thema. Während der Klassenleiter sonst bei Schulaufgaben immer Hilfestellung leistet, erspart er sich diesmal jeden Kommentar, zuckt die Schultern und sagt lächelnd: »Ihr müsst selbst wissen, was ihr ihm zu bieten habt.«

Ein leichtes Tuscheln, ein stetes Geflüster schweben über der Klasse. Der Assessor lässt die Schüler gewähren. Er kann sich die Antworten im voraus vorstellen: Altpapier aus den Kellern. Groschen für die Sammelbüchsen. Lumpen für die NSDAP. Buntmetall für die Kanonen. Oder, was mit Geld nicht bezahlt zu werden braucht und durch Geld nicht bezahlt werden kann: jugendheißer Glaube.

Der Ordinarius sieht in leere und wichtige Gesichter, beobachtet Stefan Hartwig, dessen Füllfederhalter sicher und schnell über das Papier gleitet, sieht die zögernde Claudia, verfolgt, wie Rolf Bertram, an dessen Stelle er nach Italien fahren soll, auf sein Pult starrt. Natürlich ist Faber – was er sich noch nicht eingesteht – längst entschlossen, mit Sibylle in den Süden zu reisen, aber vorderhand steht ihm des Führers Geburtstag weit näher als la bella Italia, gerade und weil er sich von Hitler fernhält.

Dr. Faber geht unruhig im Mittelgang hin und her. Fünf Schritte vor, fünf Schritte zurück, aber es gibt keinen Ausbruch aus der Zelle der Zeit. Vor seinem Primus bleibt er kurz stehen, sieht ihm über die Schulter. »Darf ich?« fragt er und nimmt den engbeschriebenen Bogen an sich. Er liest: »– so kann es nur ein Geschenk für den Führer geben: die Schwachen stärken, die Schwankenden stützen, die Lauen ausspucken. Die Bewegung hat Kraft genug, das zu schaffen. Immer versuchen unwürdige Elemente, eine große Idee zu schänden. Immer ranken sich um eine politische Revolution Auswüchse. Sie zu treffen, zu beschneiden, zu vernichten, das sei die Forderung der Stunde. Die Stunde heißt Deutschland! Sein Führer heißt Hitler!«

Der Assessor legt den Bogen wieder weg.

Stefan Hartwig sieht fragend zu ihm auf.

»Stilistisch ganz gut«, sagt Faber halblaut.

»Und inhaltlich?« fragt der Primus zurück.

»Unsicher?« antwortet Dr. Faber mit einer Gegenfrage. Er zuckt die Schultern und geht weiter zur Fensterreihe, stoppt vor Rolf Bertram, liest flüchtig: »Der Nationalsozialismus steht auf dem Standpunkt eines positiven Christentums –« Er lächelt Rolf zu. »Was ist positiv?« fragt er.

Rolf betrachtet ihn verwundert. »Na«, stottert er dann, »das Gegenteil von negativ.« Er sucht nach Worten, findet sie nicht.

»Sehen Sie«, erwidert Dr. Faber, »verwenden Sie doch, bitte, künftig beim deutschen Aufsatz deutsche Worte und verständliche Begriffe.«

Er geht weiter, dreht am Ende des Schulzimmers um, nähert sich Rolf wieder und denkt dabei: Er hat die gleiche Nase, die gleichen Ohren, fast die gleiche Haarfarbe wie Sibylle. Und dann sieht er, wie der Primaner kurzerhand mit einem Federstrich das Wort »positiv« streicht, um aus der Klemme zu kommen.

In diesem Moment wird vor der 8 c praktiziert, was der Schüler nicht mit klaren Worten ausdrücken konnte.

Es klopft. Der Hausmeister Kunzog tritt ein. Zwei Frauen tragen einen Wäschekorb, in dem sieben, acht Kruzifixe liegen.

»Verzeihung«, sagt Kunzog, »Anordnung vom Herrn Oberstudiendirektor, ich soll die Kreuze einsammeln.«

»Jetzt?« fragt Dr. Faber ruhig.

»Gerade jetzt«, erwidert der Hausmeister. Brummig setzt er hinzu: »Sollen ruhig alle zusehen.«

Der Assessor begreift ihn sofort. Er weiß, dass der Befehl zur

Entfernung der Kruzifixe schon vier Wochen alt ist, dass Kunzog so lange auf verstärkten Druck mit offenem Trotz reagiert hatte und dass er jetzt, da er nicht mehr anders kann, bewusst aus der Situation eine Szene machen will.

Die Frauen mit dem Korb kommen näher. Sie haben blasse, seltsam spitze Gesichter. Der Hausmeister steigt auf das Podium. Er streckt den Arm aus wie zum deutschen Gruß, hält ihn ein paar Sekunden kraftlos in der Luft, als ob er erst einen Anlauf nehmen müsste. Er zögert absichtlich. Vielleicht benutzt er die Pause zu einem schnellen Gebet. Oder er wartet nur, bis auch der letzte der Klasse zusieht. Oder er wagt es nicht, das Symbol des Christentums gleich anzufassen.

Jetzt ist es soweit. Der Nagel bricht bei der ersten Berührung aus dem lockeren Gips. Kunzog legt den Gekreuzigten so sanft in den Korb, als fürchte er, dass er ihm weh tun könnte. Das Gesicht des Hausmeisters ist fahl. Die Augen in den tiefen Höhlen glänzen fiebrig. Die erschrockenen Frauen fassen den Korb links und rechts an den Henkeln.

»Bitte die Störung zu entschuldigen«, haspelt Kunzog herunter.

Die Schüler starren ihm nach. Dann fahren die Köpfe herum. Der kleine Sterzbach in der dritten Bankreihe weint plötzlich, will das Schluchzen unterdrücken, aber er verschlimmert es dadurch nur.

Dr. Faber geht auf ihn zu. Sein Gesicht wirkt gelassen und unbewegt, als er ihn fragt: »Was haben Sie, Sterzbach?«

»Das Kreuz«, stöhnt der Schüler, »das ist doch –«

»Was ist es?«

Sterzbach schweigt erschrocken. Er fühlt die Blicke seiner Mitschüler auf seinem Gesicht. Dann gleiten seine Augen zur Wand, unter das Hitlerbild, wo der Umriss des entfernten Kreuzes noch deutlich zu sehen ist.

»Es ist ja noch da«, sagt Faber leise.

Der Junge starrt ihn mit großen Augen an.

»Es ist nur ein Symbol«, setzt der Klassenleiter hinzu. »Symbole hängen an der Wand.« Er erhebt die Stimme: »Aber der Glaube sitzt im Herzen.« Er geht zu seinem Katheder zurück, setzt sich auf den Stuhl, sieht seine Schüler der Reihe nach an, blickt auf seine Uhr und sagt in die plötzliche Stille, in die nervöse Spannung hinein: »Ihr habt noch vierzig Minuten Zeit, um niederzuschreiben, was ihr Adolf Hitler zum Geburtstag schenkt.«

Als das Klingelzeichen das Ende der Klassenarbeit anzeigt, dämmert es wieder einigen Schülern der 8 c mehr, was die Stunde geschlagen hat.

Dr. Schütz wurde vormittags um 9 Uhr in das Städtische Krankenhaus eingeliefert. Der Hausarzt hatte die Schmerzen, an denen der Patient seit zwei Tagen laborierte, richtig als Blinddarmreizung diagnostiziert. Es geht alles so schnell, dass der Kranke nicht einmal mehr seine Schule verständigen kann.

Dann tastet der Professor die Leistengegend ab und nickt. »Appendix«, bestätigt er die Erstdiagnose. Er wendet sich an den Patienten. »Vielleicht ließe sich eine Operation vermeiden«, bemerkt er ohne Überzeugung, »aber ich bin dafür, dass wir Ihnen den Blinddarm herausnehmen.«

Der Kranke starrt den Chefarzt mit erschrockenen Augen an.

»Stellen Sie sich vor«, fährt der Professor fort, »sooft Sie künftig Leibschmerzen haben, bei jeder Magenverstimmung, müssten Sie sich vor Ihrem Blinddarm fürchten. Ihr Herz ist soweit in Ordnung und die Operation eine Routinesache.«

»Sie meinen, dass sie gefahrlos –«

»Ich bin Chirurg«, erwidert Professor Lobersdorff, »kein Hellseher. Komplikationen können sich immer ergeben, sind aber in Ihrem Fall nicht zu erwarten.«

Der Patient schweigt, und der Arzt bewertet es als Zustimmung. »Bereiten Sie die Operation für zehn Uhr vor«, sagt er zu Schwester Alexandra, »und verständigen Sie bitte Dr. Klimm.« Er dreht sich noch einmal nach dem Patienten um. »Wenn Sie geistlichen Zuspruch wünschen –«, bemerkt er zögernd.

»So – so schlimm?« fragt Dr. Schütz ängstlich.

»Nicht jeder spricht mit dem Pfarrer erst, wenn es schlimm um ihn steht«, weist ihn Lobersdorff zurecht.

»Bitte rufen Sie den Pastor, Herr Professor«, bittet der Patient. Sein blasses Gesicht ist auf einmal gerötet. Er fürchtet sich. Der Karbolgeruch legt sich auf seinen Brustkasten. Die lautlos hin und her huschenden Krankenschwestern mit den leise zitternden Flügelhauben werden für ihn zu Schreckgespenstern, die sterile Atmosphäre der weißen Sauberkeit zu einer gefährlichen, endlosen Schneewüste. Er hat Angst, sich operieren zu lassen, und er hat noch größere Angst, sich nicht operieren zu lassen.

Dann kommt der Geistliche. Der Patient wird in einen Nebenraum gebracht und mit ihm allein gelassen, während geschickte Hände die Operation vorbereiten.

Schwester Alexandra sucht inzwischen den Assistenzarzt Robert Klimm, den Freund Dr. Fabers, einen der »Drei Musketiere«. Der junge Mediziner steht im Garten, raucht eine Zigarette und reckt sein Gesicht der kräftigen Frühlingssonne entgegen. Auf den Bänken der gepflegten Anlage rekeln sich die Genesenden. Rechts vom Krankenhaus zieht langsam und selbstbewusst die Regnitz dem Main entgegen, links, auf der Straße nach Schweinfurt, rasseln die Ketten einer Panzerkolonne.

»Ich komme sofort«, erwidert Dr. Klimm. Er geht in den Operationssaal, wäscht sich die Hände und begibt sich in den Narkoseraum.

Der Patient ist auf einem fahrbaren Tisch festgeschnallt.

»Dr. Klimm«, stellt sich der Assistenzarzt vor und lächelt flüchtig.

Der Kranke nennt seinen Namen undeutlich. Dr. Klimm versteht ihn nicht gleich. Er ist ihm auch gleichgültig. Täglich wechseln die Köpfe, die Fälle. Und der junge Arzt interessiert sich jeweils mehr für den Appendix als für das Gesicht. Vor Gott und dem Chirurgen sind alle Menschen gleich.

»Nicht sprechen«, wendet sich dann Dr. Klimm an den Patienten, »und keine Angst haben.« Er fühlt den Puls. Achtzig Herzschläge in der Minute, ganz normal.

Schwester Alexandra hat die Narkosemaske vorbereitet.

»So«, sagt der Assistenzarzt und fährt mit einer beruhigenden Geste dem Kranken noch einmal über die Haare, »und Sie beginnen zu zählen, wenn ich Ihnen das sage.«

Im Jahr 1939 wird die Narkose noch nicht von einem ärztlich kontrollierten Automaten genau nach Bedarf dosiert. Die Betäubung ist eine noch immer gefährliche und unbeliebte Prozedur, die man in schlechteren Krankenhäusern der ältesten OP-Schwester oder dem jüngsten Assistenzarzt anvertraut. Die Dosierung des Gifts war dann Glückssache: Gab man zu wenig, erwies sich die Narkose als ungenügend; reichte man dem Patienten eine Überdosis, vergiftete man ihn. Aus diesem Grund starben an der Anästhesie mehr Patienten als an der Operation selbst – freilich nicht in einer Klinik, die Professor Lobersdorff leitet. Er setzt – längst vor der allgemeinen Einführung – einen eigenen Anästhesisten ein und hat in

Dr. Robert Klimm seinen besten Studenten für diese wichtige Aufgabe herangebildet. Er kann sich auf ihn verlassen und lässt ihm freie Hand. Der Professor würde nie ohne Zustimmung Klimms mit einem Eingriff beginnen. Wenn er sich in die Länge zieht, vergewissert er, die Kapazität, sich bei seinem Helfer, dass er die Operation nicht abbrechen muss.

Dr. Schütz würgt an einem Satz. Dann verdeckt die schüsselförmige Äthermaske sein Gesicht. Er beginnt röchelnd zu zählen: »Eins, zwei, drei...elf, zwölf...« Bis zwanzig geht es regelmäßig. Dann purzeln die Zahlen durcheinander. Der Puls steigert sich bis hundert.

»Na, der ist hartnäckig«, bemerkt der Anästhesist zu Schwester Alexandra. »Wer ist das eigentlich?«

»Dr. Schütz«, erwidert sie. »Der Oberstudiendirektor des Gymnasiums.«

»Der ist das«, sagt Klimm überrascht. Er beugt sich über den Patienten.

Der Mann zählt nicht mehr, er spricht. Worte kommen hoch wie verdorbene Speise: »Ich - doch selbst unter Druck - war doch nie, nein, kein Nazi -«

Der Anästhesist dreht sich zur Schwester um: »Sagen Sie bitte dem Professor, dass ich noch ein paar Minuten brauche. Schwieriger Fall.«

Sie nickt und geht.

Dr. Schütz ist an der Grenze des Bewusstseins. Wieder kommen Wortbrocken hoch, halb verständlich und doch nur zu begreifbar.

Dr. Klimm hört die Herztöne ab. Keine Gefahr. Er lächelt. Er hat schon oft erlebt, dass Patienten im Ätherrausch sagten, was sie sonst ängstlich verbergen, und in diesem Fall war der Patient vermutlich durch das vorhergehende Gespräch mit dem Pastor emotionalisiert worden. Der Tisch wird in den Operationsraum gefahren.

»Herztätigkeit normal«, meldet der Assistenzarzt dem Professor sachlich. Er muss sich dazu zwingen. Seine Gedanken wirbeln durcheinander.

Die Operation verläuft glatt und schnell. Der Professor ist Spezialist. Er schneidet vielleicht den drei- oder vierhundertsten Blinddarm heraus. Jeder Griff sitzt. Seine Hände arbeiten ruhig, ohne Hast.

Aber sein Assistent ist heute unkonzentriert.

»Gut«, sagt der Professor, als er sich nach der Operation die Hände wäscht. Im Spiegel verfolgt er, wie sich Dr. Klimm mit einer fahrigen Bewegung den Gazestreifen vom Gesicht zieht und übereilig den Operationssaal verlässt.

Der Assistenzarzt stürzt in eine Telefonzelle, wählt eine Nummer, vergreift sich, wählt noch einmal. »Ich möchte sofort Assessor Dr. Faber sprechen.«

»Der Herr Assessor ist im Unterricht«, antwortet eine träge Stimme am anderen Ende der Leitung.

»Es ist wichtig«, sagt der Arzt. »Hier spricht Dr. Klimm.«

»Ich will's versuchen.«

Der Arzt wartet, zündet sich eine Zigarette an. Er lächelt gleichzeitig erleichtert und schadenfroh.

Nach vier Minuten ist Hans Faber am Apparat. »Was ist los, Robert?«

»Übermorgen ist der Zwanzigste.«

»Ja, und?«

»April, April. Hast du deinen Entschluss schon gefasst?«

»Aber das weißt du doch.«

»Sieg Heil!« ruft Robert Klimm übermütig in die Muschel.

»Aber was ist denn?«

»Wir haben eben auf den Geburtstagstisch des Führers einen Blinddarm gelegt. Den Wurmfortsatz von Dr. Schütz.«

»Was soll das alles?«

»Pass auf«, fährt der Freund fort. »Ich habe einen Plan. Du wirst dann deine Ruhe vor ihm haben. Für immer.«

Dr. Faber hört nur ein Lachen am anderen Ende, das in einen Hustenanfall übergeht. Dann wird der Hörer auf die Gabel gelegt. Er schüttelt den Kopf. Wenn er Robert nicht so gut kennen würde, müsste er annehmen, der Freund hätte zu viel getrunken, und das im Dienst.

Im Hain, gleich hinter dem Tennisplatz, ist eine Bank, die ganze Generationen von Pennälern kennen. Im dichten Rund ist sie von einer Hecke so umwachsen, dass man auf ihr nicht gesehen wird, aber schon von weitem die Näherkommenden hören kann. Heute nachmittag beschlagnahmen Stefan Hartwig und Claudia die Anlagenbank.

Der Junge hat seinen Arm um die Schulter seiner hübschen Mitschülerin gelegt. Sie lehnen sich weit zurück und lassen sich mit geschlossenen Augen von der vorwitzigen Sonne kitzeln.

»Ist das schön!« sagt Claudia.

»Ja«, erwidert Stefan.

»So sollte es immer bleiben.« Sie blinzelt gegen die Sonne, schmiegt sich noch näher an den Jungen. »Weißt du«, sagt sie nachdenklich, »wenn ich mir das so überlege, dann verdanken wir doch alles Dr. Faber, nicht?«

»Sicher«, antwortet Stefan lustlos. Dann lächelt er sie an. »Du hast Sommersprossen auf der Nase.«

»Und wenn?«

»Es macht ja nichts.«

Claudia richtet sich auf, rückt etwas von Stefan weg. Auf ihrer schmalen, glatten Stirn stehen zwei winzige Falten. »Sag mal, Stefan«, sagt sie traurig, »einmal wird es mit uns aus sein.«

»Warum?«

»Na, wir sind doch noch so jung – wir werden nicht immer zusammenbleiben.«

»Unsinn«, entgegnet der Junge trotzig.

»Doch«, fährt sie fort. »Schau dir nur die anderen an.«

»Aber bei uns ist es doch ganz anders«, versetzt Stefan.

»Das meint jeder«, erwidert das Mädchen altklug.

»Nein«, antwortet er. »Bei uns ist es viel schöner.«

»Glaubst du?« fragt sie. Während ihre Lippen zweifeln, glänzen ihre Augen.

»Ein paar Jahre müssen wir eben warten«, bemerkt Stefan geringschätzig. »Ich werde Offizier. Vielleicht können wir schon mit einundzwanzig heiraten.«

»So bald?« fragt das Mädchen.

Sie küssen sich.

Stefan sieht verdrossen auf die Uhr. Er trägt Uniform. Um 17 Uhr beginnt sein Dienst. Über sein offenes Gesicht zieht ein Schatten.

Claudia bemerkt es. »Was hast du auf einmal?« fragt sie.

»Ach, nichts Besonderes.« Der Primus nimmt sich vor zu schweigen und beginnt ein paar Sekunden später trotzdem zu reden. »Du kennst doch die Geschichte mit dem Faber – weißt schon, wie vorgestern der Kunzog das Kreuz abgeholt hat.«

Claudia nickt.

»Ich soll darüber einen schriftlichen Bericht für den Bannführer schreiben.«

»Aber woher weiß er –?«

Stefan zuckt die Schultern. »Einer muss es ihm gesagt haben, ich jedenfalls nicht.«

Die Gymnasiastin erschrickt, überlegt, schüttelt den Kopf.

»Was soll ich tun?« stößt Stefan hervor. »Ich muss jetzt den Bericht abliefern.«

»Hältst du das für richtig?« fragt Claudia leise.

Stefans Lippen wölben sich trotzig. Seine Augen werden klein, als fürchteten sie auf einmal die Sonne. »Vielleicht für notwendig«, erwidert er zögernd. »Das riecht man doch: Dr. Faber ist ein Feind der Bewegung.«

»Aber sicher ein anständiger Deutscher.«

»Ein anständiger Deutscher steht zum Führer«, weist sie der Primaner zurecht.

»Mag sein, dass du mehr davon verstehst als ich«, erwidert Claudia bescheiden und setzt mit ein klein wenig Spott hinzu: »Ich bin ja auch kein Fähnleinführer. Aber wenn uns Dr. Faber gemeldet hätte, würden wir nicht in sechs Monaten das Abitur machen, sondern wären sicher von der Schule geflogen.«

»Das schon«, entgegnet Stefan gedehnt.

»Aber das mein' ich noch nicht einmal«, fährt Claudia fort. »Unsere – unsere Versuchung hätte sich doch auch herumsprechen können. In diesem Fall wäre unser Klassenleiter, der ja für die Fahrt verantwortlich war, in erhebliche Schwierigkeiten gekommen, weil er uns nicht angezeigt hat.«

»Du denkst ja um drei Ecken«, versetzt Stefan gereizt.

»Dagegen ist wohl nichts zu sagen«, erwidert Claudia und küsst ihn auf die Nasenspitze. »Ich würde die Sache mit dem Kruzifix dem Bannführer nicht melden.«

»Vielleicht setzt er mich als Fähnleinführer ab und jagt mich davon –«

»Das ist doch auch kein Beinbruch. Dann hast du Zeit, dich auf das Abitur vorzubereiten, und danach wirst du sowieso gleich zum Arbeitsdienst eingezogen.«

»Du musst ja verdammt viel für diesen Faber übrig haben«, versetzt Stefan.

Sechzig Minuten harmloser Heimlichkeit sind abgelaufen. Bis zum Ende des Hains gehen sie schweigend nebeneinander her. Dann müssen sie sich trennen; Stefan wendet sich nach links zum Gebäude der Hitlerjugend und Claudia nach rechts zu den Hausaufgaben.

Oberstudiendirektor Dr. Schütz kann zum fünfzigsten Geburtstag des Führers dem Ministerium nicht melden, dass sein Lehrerkollegium ausnahmslos der Partei angehört, denn neben drei widersetzlichen Lehrern hat sich ihm auch noch der Blinddarm in den Weg gestellt. So verbringt der Anstaltsleiter den 20. April im Krankenhausbett. An diesem Tag denkt er auch viel weniger an Adolf Hitler als an die Fäden, die im schmerzhaften Ruck noch aus der Operationsnarbe entfernt werden müssen.

Er liegt in einem Einzelzimmer, zwischen Blumen, die den Ärzten missfallen, und Süßigkeiten, die er noch nicht essen darf. Die Lehrkräfte, ob sie ihn mögen oder nicht ausstehen können, geben einander die Tür in die Hand, um sich nach seinem Befinden zu erkundigen.

Dr. Klimm wartet geduldig auf die Gelegenheit, seinen Freund Hans Faber ein für allemal bei Anstaltsleiter Schütz zu neutralisieren. Er nimmt Schwester Alexandra auf die Seite, bittet sie um einen Gefallen.

»Auch zwei, Herr Dr. Klimm«, erwidert sie lachend.

»- und ohne mich zu fragen, warum?«

»Aber ja.« Die Schwester bewundert den Anästhesisten; sie ist ihm ergeben und braucht es nicht erst zu beweisen.

»Sie werden auch mit niemandem darüber sprechen?«

»Aber ich bitte Sie«, wiederholt sie fast gekränkt.

»Dann lassen Sie bitte bei dem Patienten Schütz die Bemerkung fallen, dass seine Narkose recht schwierig war.«

»War sie ja auch –«

»Und dass er, statt zu zählen, gesprochen hat, während ich die Dosierung verstärken musste.«

»Auch das stimmt«, bestätigt die Schwester.

»Wenn Sie das erledigt haben, geben Sie mir Bescheid. Und vielen herzlichen Dank.«

Es ist Schwester Alexandra nicht anzusehen, ob sie sich Gedanken über den Sinn des Wunsches macht; bereits am Nachmittag gibt sie Dr. Klimm zu verstehen, dass sie seiner Bitte nachgekommen ist.

Der Anästhesist handelt kurz nach der Visite des Professors. Er nickt Dr. Schütz zu, angelt sich einen Stuhl und setzt sich an sein Krankenbett. »Wie geht's Ihnen heute?« fragt er.

»Danke«, antwortet der Patient. »Ich fühle mich wohl.«

»Schön«, entgegnet der Arzt. »Sie haben sich physisch schon gut erholt, und ich kann jetzt mit Ihnen etwas besprechen, was eigentlich sehr – sehr unangenehm ist.«

»Unangenehm?« fragt der Oberstudiendirektor.

»Nicht im gesundheitlichen Sinn«, beruhigt ihn Dr. Klimm. »Es handelt sich um etwas eigentlich Schlimmeres.« Er steht auf, geht auf und ab, als suche er Worte. »Ich muss vorausschicken«, beginnt er, stehen bleibend, »dass ich voll und ganz hinter dem Führer stehe.«

»Meinen Sie, ich nicht?« fragt Dr. Schütz verwundert. »Das tun wir doch alle.«

»Nicht alle«, erwidert der Mediziner. »Sie zum Beispiel nicht, Herr Dr. Schütz. Sie tun nur so, in Wahrheit denken Sie, was Sie wiedergeben, wenn Sie bei der eingeleiteten Anästhesie zum Beispiel, statt zu zählen, sprechen.«

»Das – das ist doch unmöglich«, erwidert der Patient entsetzt.

»Der eine dämmert schneller hinüber, der andere schwebt länger zwischen Bewusstsein und Unterbewusstsein, zu diesen Leuten gehören Sie, Herr Dr. Schütz.«

»Mein Gott«, erwidert der Oberstudiendirektor. »Das ist doch Unsinn! Das ist wie ein Alptraum.«

»Für mich nicht«, versetzt Dr. Klimm. »Für mich ist das Ihre wahre politische Einstellung, und ich muss Sie wirklich ernsthaft auffordern, sie künftig zu korrigieren.«

»Ich –«, stottert der Patient, »was hab' ich denn gesagt?«

»Ich möchte nicht wiederholen, wie Sie sich gegen den Führer und seine Bewegung gestellt haben.« Der Anästhesist setzt sich wieder und stellt fest, dass die Stirn des Patienten schweißnass ist und seine Augen seltsam glänzen, als hingen kleine Wassertropfen an der Iris. »Ich will Ihnen das nur gesagt haben«, fährt er fort, macht ein strenges Gesicht und wundert sich über sein schauspielerisches Talent. »Es liegt mir nicht, es weiterzuleiten, und in gewisser Hinsicht fällt es vielleicht sogar unter die ärztliche Schweigepflicht.«

»Aber ich kann doch so etwas nicht gesagt haben –«

»Darüber brauchen wir uns nicht zu unterhalten, Herr Dr. Schütz«, erwidert der Mediziner unnachgiebig. »Wenn Sie wollen, ich hätte sogar eine Zeugin: Schwester Alexandra.« Dr. Klimm erhebt sich, bleibt an der Tür noch einmal stehen. »Gehen Sie in sich, Herr Dr. Schütz«, sagt er. »Überdenken Sie Ihr Verhältnis zum

Führer.« Fast übertrieben knallt er die Hacken zusammen. »Heil Hitler, Herr Dr. Schütz!«

Er ist froh, dass er ihm den Rücken zuwendet; er wäre nicht mehr länger in der Lage gewesen, seine Schadenfreude zu verbergen.

Vor dem Gebäude der Bannführer stockt Stefan Hartwig wie unter einem plötzlichen Zwang. Er kommt nicht über die Treppen des Eingangs hinweg. Auf einmal spürt er Claudias erschrockenen Blick, sieht ihr zaghaftes Lächeln. Ihre Worte klingen in seinem Ohr: »Ich würde es nicht tun . . . «

Stefan dreht sich auf dem Absatz um, läuft langsam weg, planlos, unsicher, unschlüssig, einmal um den Block herum, sieht auf die Uhr. Es ist schon fünf Minuten über der Zeit. Der Bannführer wartet auf ihn. Er muss gehen. In seiner Tasche knistert der Bericht. Er kramt ihn heraus, bleibt stehen, liest: »Dr. Faber sagte, als der Hausverwalter das Kruzifix aus dem Klassenzimmer entfernte: Symbole hängen an der Wand. Der Glaube aber sitzt im Herzen!«

Die Lippen des Primaners verziehen sich. Er dreht sich um. Niemand steht auf der Straße. Er nimmt den Bogen, reißt ihn in kleine Fetzen und verstreut sie.

Dann geht er wieder lustlos auf das HJ-Gebäude zu. Diesmal hat er keine Platzangst, als er den Eingang passiert. Er grüßt den Bannführer in dessen Zimmer mit erhobenem Arm, bleibt stramm stehen.

»Rührt euch!« sagt Greifer zu ihm. »Hast du den Wisch?«

»Nein.«

Das verdickte, linke Auge des HJ-Führers zuckt. »Und warum nicht?« fragt er drohend.

»Ich hab' nicht aufgepasst, ich hab' geschlafen«, entgegnet Stefan.

»Geschlafen?« wiederholt Greifer gedehnt.

»Ja. Hast du noch nie in der Schule gepennt?« antwortet sein Fähnleinführer heftig.

Beim Wort Schule verzieht der Bannführer das Gesicht. »Ich weiß nicht, was mit dir los ist«, erwidert er dann drohend. »Du gefällst mir nicht mehr. Du wirst sentimental. Früher, ja, da warst du einer meiner besten Unterführer. Was bist du für ein lahmer Hund geworden!« Er beobachtet träge die Wirkung seiner Worte in Stefans Gesicht. »Ja«, sagt er, »so weit sind wir also – du brauchst nicht zu denken, dass ich auf dich angewiesen bin.«

Der Primaner nickt betroffen.

Der Bannführer steht auf: »Poussieren kannst du von mir aus, so viel du willst. Das ist mir wurscht. Aber der Kerl, dieser Faber –«

Poussieren, klingt es in Stefan nach; er ballt die Fäuste. Claudia – poussieren nennt er das. So ein Schwein! Und wer hat es ihm hinterbracht? Wer hinterbringt ihm Denunziationen über den Klassenleiter?

»Staunste, was?« fährt Greifer fort. »Wir wissen hier alles.«

»Und wer sagt es euch?« fragt Stefan leise.

»Geht dich nichts an. Jedenfalls ist das kein solcher Schlappschwanz wie du.«

»Schlappschwanz«, versetzt Stefan wütend. »Wen lässt du eigentlich bespitzeln. Dr. Faber oder mich?«

»Wenn's sein muss, beide«, entgegnet der Bannführer. »Ein guter Nationalsozialist bleibt immer wachsam.«

»So ist das also«, erwidert der Fähnleinführer zwischen den Zähnen.

»Es ist noch ganz anders«, entgegnet der Mann mit dem verdickten Augenlid. »Du bist ab sofort für vier Wochen als Fähnleinführer beurlaubt, vom Dienst zwecks Abiturvorbereitung suspendiert. So lange hast du Zeit, meine Befehle auszuführen und mit deiner Humanitätsduselei fertig zu werden. Wenn ich von dir in einem Monat keine zufriedenstellenden Berichte über die beiden unzuverlässigen Elemente, über diesen Dr. Faber und deinen famosen Onkel, bekommen habe, bist du als Fähnleinführer endgültig abgesetzt und künftig Schütze Arsch im letzten Glied. Verstanden?« Greifer hebt lässig abgewinkelt den rechten Arm, wie es nur Alten Kämpfern und hohen Funktionären erlaubt ist. »Heil Hitler!« ruft er, ohne Stefan anzusehen.

Der Primaner ist verstört. Er will befehlen und nicht gehorchen. Er liebt den Führer und ist zornig auf den Bannführer. Er will sich bewähren und kann Dr. Faber nicht denunzieren. Er will Claudias Zuneigung nicht verlieren und möchte doch ganz zur Bewegung stehen. Und dabei verachtet er alles, was er nicht fassen, nicht greifen kann; er mag Halbheiten nicht, und jetzt löst sich sein klares, simples Weltbild in Kompromissen auf.

»Wo bleibst du denn, Stefan?« empfängt ihn die Mutter zu Hause. »Du weißt doch, dass wir heute abend zur Geburtstagsfeier bei Onkel Wolf eingeladen sind.«

»Onkel Wolf?« erwidert der Gemaßregelte zerstreut. »Heute – und da muss ich mit?«

»Das ist ja wohl selbstverständlich. Und ich bitte mir aus, dass du heute nicht mit ihm politisierst. Versprichst du mir das, Stefan?«

»Nein«, entgegnet er. »Wenn er anfängt, dann muss ich mich stellen.«

»Er wird nicht anfangen«, mischt sich Vater Hartwig, der Haushaltswarenhändler, ein. »Er will nur eine Flasche Wein mit uns trinken.«

»Dann ist ja alles in Ordnung«, erklärt der Junge lustlos.

Es wird ein stiller Familienabend. Tante Marie-Luise ist eine ausgezeichnete Gastgeberin, und mit seiner kleinen Kusine Adele, die nunmehr auch schon neun Jahre alt ist, kann sich Stefan schon ziemlich vernünftig unterhalten. Und der Rechtsanwalt vermeidet an diesem Abend selbst die kleinste politische Anspielung. Onkel und Neffe sind friedlich wie zwei Boxer in der neutralen Ecke während der Pause – aber das Match wird weitergehen.

Stefan genehmigt sich ein paar Glas Sekt. Vielleicht liegt es daran, dass er den Burgfrieden bricht und auf seine Kontroversen mit dem Bannführer zu sprechen kommt, wenigstens auf den Teil, der seinen Ordinarius Dr. Faber betrifft. »Mir droht die endgültige Absetzung«, stellt er zerknirscht fest.

»Schlimm«, erwidert der Anwalt. »Vielleicht ist das für dich ein politisches Debakel, aber es spricht eigentlich für deinen menschlichen Anstand.«

»Bitte keine Politik«, sagt Stefans Mutter.

»Ich hab's ja versprochen«, antwortet Stefan gereizt. »Onkel Wolf«, fährt er trotzdem fort, »du warst doch im Ersten Weltkrieg Offizier. Du hast dich mutig für Deutschland geschlagen und hast sogar das EK I für deine Tapferkeit bekommen. Ich verstehe einfach nicht, wie du dich unserem Führer, einem anderen Frontkämpfer des Ersten Weltkrieges, der die gleiche Auszeichnung trägt, nicht anschließen willst. Dem Mann, der Deutschland wieder groß gemacht hat und –«

»Weil ich noch andere Männer aus dem Krieg kenne, die das EK I tragen«, antwortet der Jurist, »die sich auch mutig für Deutschland geschlagen haben.«

»Zum Beispiel?« unterbricht ihn Stefan.

»Felix Wassermann«, erwidert der Anwalt ohne Nachdruck.

»Wer ist das?«

»Er war der Chef des jüdischen Bankhauses, bei dem Tarzans Vater im Vorstand gesessen hat. Man jagte ihn über die Grenze und brachte ihn fast um sein ganzes Vermögen. Ist das der Dank des Vaterlandes, wie du dir ihn vorstellst?«

»Nein, natürlich nicht. Aber du kannst die Größe einer Bewegung nicht nach gelegentlichen Entgleisungen beurteilen. Schau dir doch die Französische Revolution an mit ihren Greueln, und doch war sie ein Fortschritt für die Menschheit.«

»Schluss jetzt«, entscheidet die Gastgeberin; alle stimmen ihr zu, und so nimmt der Abend doch einen mehr familiären als politischen Ausklang.

Sie treffen sich in der Wohnung Dr. Klimms. Die »Drei Musketiere« sind komplett. Es gibt einen fruchtigen Bocksbeutel und feine Häppchen. Claus Benz, der nicht mehr dazugekommen ist, die Uniform eines Oberleutnants mit dem Zivilanzug zu vertauschen, erleidet einen Lachkrampf nach dem anderen über den gelungenen Streich des Narkosearztes. Nur bei Hans Faber, dem Begünstigten, will sich nicht der rechte Humor einstellen, aber er wird überstimmt und muss schließlich zugeben, dass Roberts Geniestreich nicht nur bedenklich, sondern auch pfiffig ist und ihm vor allem aus der Klemme hilft.

Der Anästhesist öffnet die nächste Flasche. »Prost«, sagt er. »Und nun spülst du deine letzten Bedenken hinunter, Hans. Morgen um fünfzehn Uhr erwarte ich dich im Garten des Krankenhauses, dann machen wir eine kurze Stippvisite bei deinem Rex – und ich erwähne nur so nebenbei, dass du mein bester Freund bist. Capito, amigo?«

»Mir wird ganz blümerant«, entgegnet der Pädagoge.

»Stell dich bloß nicht so an«, poltert der Versicherungsjurist, jetzt Oberleutnant bei Bambergs Wehrbezirkskommando. »Du hast nicht den geringsten Grund, diesen Miesepeter zu schonen. In meinem neuen Tätigkeitskreis habe ich einen weit besseren Blick hinter die Kulissen als ihr beide. Jeder Schritt deutet auf Krieg hin, Krieg in spätestens ein paar Monaten. Was im vorigen Jahr die Tschechoslowakei war, ist in diesem Polen. Die Hetze läuft ja schon auf Hochtouren – dieser Amokläufer wird nicht ruhen, bis – bis alles in Scherben fällt.«

»Und was hat das mit Dr. Schütz zu tun?« fragt Faber.

»Das Wehrbezirkskommando erkundigt sich bereits vorsorglich bei Behörden und Betrieben über die Abkömmlichkeit Wehrfähiger. Ich muss dir sagen, Hans, vor einer guten Woche kam eine Antwort von deinem Gymnasium: Unabkömmlich, uk-gestellt also, sind, soweit ich das beurteilen kann, nur die Nazis, Du jedenfalls«, sagt er und lächelt schräg, »bist nach Mitteilung von Dr. Schütz der Abkömmlichste.«

»Das wäre doch gar keine so schlechte Lösung«, erwidert der Assessor. »Das brächte mich wenigstens am Gymnasium aus der Schusslinie.«

»Aber vom ersten Kriegstag an in die Frontlinie«, erwidert der Sachbearbeiter Heer beim Wehrbezirkskommando. »Du wirst es erwarten können. Man wird dich noch früh genug zum Kommiss einziehen.« Claus betrachtet sein verkürztes Bein. »Ich hab' mich nie so recht damit abfinden können, dass mir beim Barras ein Lastwagen über den Fuß gefahren ist und ich seitdem als Krüppel durchs Leben humple – aber vielleicht war dieser Unfall gar nicht so schlecht.« Sein verkrampftes Lächeln lockert sich, wirkt jetzt pfiffig. »Übrigens hab' ich den Wisch des Oberstudiendirektors Schütz so ablegen lassen, dass ihn so schnell keiner findet. Und Roberts Prachteinfall wird sicher Folgen zeitigen, wenn der Mann wirklich ein solcher Opportunist ist.«

»Das ist er«, bestätigt Faber. »Der hat schon an jedem Strick gezogen.«

»Versteh' ja nicht, warum die Nazis nicht einen Hundertprozentigen zum Schulleiter gemacht haben, einen Alten Kämpfer oder so was –«, sagt der Jurist.

»Die Bande ist schlauer, als du annimmst, vor allem in Bamberg«, erwidert Hans Faber. »Der Vorgänger des Dr. Schütz, den sie unter einem fadenscheinigen Vorwand in die Wüste geschickt haben, war ein profilierter Katholik. Sie sind einfach den Weg des geringsten Widerstands gegangen, um den Kontrast nicht gar so deutlich werden zu lassen, und ein Mann wie Dr. Schütz, dem sie aufgrund seiner Vergangenheit jederzeit die Daumenschrauben anlegen können, ist ein fügsameres Werkzeug als ein echter Parteimann. Vermutlich ist Schütz nur eine Lösung auf Zeit.«

»Den wirst du vermutlich überleben, Hans«, erwidert Claus grimmig und hebt wieder das Glas. »Prost!«

»Darauf trink' ich mit«, antwortet der Anästhesist und setzt mit einem gewissen Blinzeln hinzu: »Und dann noch einen Schluck auf die Liebe, bitte.«

»Hans?« fragt Claus. »Verliebt? Ich fürchtete schon, er hätt's verlernt.«

»Ich bin diskret«, erwidert der Freund. »Aber frag ihn doch mal –«

Dr. Faber lässt sich nicht lange bitten; der KdF-Ausflug nach Italien, bei dem er sich nach dem Willen Sibylles einschleichen soll, ist sein zweites Problem. Natürlich möchte er mit Sibylle nach Italien reisen – aber doch nicht so.

»Was bist du nur für ein Trauerkloß geworden«, kontert Robert. »An der Uni warst du unser erfolgreichster Aufreißer, kaum zu bremsen, immer auf Achse, der schiere Casanova. Und jetzt?«

»Sibylles Bruder ist mein Schüler, vergesst das nicht. Ich bin sein Lehrer, ich bereite ihn auf das Abitur vor. Ich bin seinen Eltern irgendwie verantwortlich –«

»Mensch, Hans«, beendet Claus die Diskussion, »in erster Linie bist du dir verantwortlich. Es geht um dein Leben, um dein Mädchen, um dein Glück.«

»Und darauf heben wir noch einen«, sagt Robert und öffnet die nächste Flasche. »Oder hast du das Trinken auch verlernt?«

»Nichts hab' ich verlernt«, protestiert Faber.

»Also kein hoffnungsloser Fall«, konstatiert der Freund, und die »Drei Musketiere« lachen und zechen noch bis Mitternacht.

Dem Patienten Dr. Schütz geht es schlecht; er wird im Sud der Angst gar gekocht. Da er ein schlechtes Gewissen hat, kommt er gar nicht dazu, darüber nachzudenken, wie schwach die Position des Mediziners ist, der ihn drillt wie einen Fisch an der Angel. Es gibt da einige Punkte in seiner Vergangenheit, die Dr. Klimms Beschuldigungen – oder Verleumdungen? – im Falle eines Falles unterstützen würden. In jedem Falle wäre dem Schulleiter die Erörterung mehr als peinlich und seiner Karriere mehr als schädlich.

Seine Gedanken wieseln zurück. Was können sie mir vorwerfen? Welche Beweise haben sie? überlegt er fiebrig. 1926 pathetische Geburtstagsrede für den Reichspräsidenten Ebert, den Sozialdemokraten. In einer Festschrift gedruckt, von Dr. Schütz später aus dem Akt entfernt. Gastspiel beim Zentrum. Stellungswechsel 1930.

Bekenntnis zu Hindenburg. Eintritt in den »Stahlhelm«, den Dr. Schütz aber nur im Frieden trägt. 1931 Direktorratssitzung. Studienrat Dr. Schütz schlug mit Erfolg vor, zwei HJ-Führer von der Schule zu verweisen. Und dann, 1933, als die Nullen erkannten, dass sie ganz rechts stehen müssen, um etwas zu bedeuten, sprang er blitzschnell und bedenkenlos in den braunen Sattel und ritt ohne Bravour seine Karriere auf dem Rücken der Zeit.

Werden sie es wissen? Werden sie es benutzen? fragt sich Dr. Schütz immer wieder. Und dann jeweils geht er über eine messerdünne Eisschicht der Zuversicht: Die sind ja gar nicht so, überlegt er, die machen das nicht.

Am nächsten Tag steht Dr. Klimm außerhalb der täglichen Visite, die er im Gefolge des Professors mitmacht, allein vor dem Patienten.

»Sie machen mir Sorge«, behauptet der Anästhesist.

»Herr Doktor«, erwidert Schütz hastig, »das alles muss – es muss – glauben Sie mir doch – äh – ein Missverständnis. Nichts weiter.«

»Lassen wir das«, antwortet Dr. Klimm abweisend. Er hebt die Schultern, senkt sie gleich wieder. »Ich habe Ihnen doch gesagt, dass wir nie mehr darüber sprechen wollen. In Ihrem Interesse, Herr Dr. Schütz.« Er setzt sich auf den Stuhl neben dem Bett, fasst nach der Hand des Patienten, fühlt mechanisch den Puls. Sein Gesicht lockert sich. »Nein«, sagt er dann. »Diesmal mache ich mir als Arzt um Sie Gedanken. Sie stehen nicht auf, obwohl Sie es sollten. Sie lassen fast Ihr ganzes Essen zurückgehen. Und dabei sind Sie organisch gesund.« Er erhebt sich, geht im Zimmer auf und ab. »Kein organischer Befund«, fährt er in dozierendem Ton fort, »eher ein seelischer. Ich glaube, es ist nicht gut, dass Sie zu viel allein sind.« Er zuckt die Schultern. »Bedrückt Sie etwas?«

»Nein«, entgegnet Dr. Schütz.

»Verstehe ich nicht. Also«, verordnet der Arzt Dr. Schütz, »ab heute stehen Sie auf und gehen in die Sonne. Ich weiß schon, die Krankenhausluft ist mitunter schwer zu ertragen.« An der Tür dreht er sich noch einmal um. »Wenn Sie sich zusammennehmen, können wir Sie in einer Woche schon entlassen.«

Der Patient nickt. Seine Augen hängen starr an der Türe.

Er ist in der Hand dieses Arztes, medizinisch wie politisch. Da er so doppelt auf das Wohlwollen dieses Weißkittels angewiesen ist, wird Dr. Schütz zum beflissenen Musterpatienten. Bereitwillig legt er sich am Nachmittag im Garten in den Liegestuhl unter den Bäumen, den Schwester Alexandra – auch eine Zeugin, die er fürchten muss – für ihn bereitgestellt hat.

Hier treffen sich Punkt 15 Uhr die beiden Freunde, wechseln ein paar Worte. Bevor der Patient im Liegestuhl die Stimme des Verhassten erkennt, steht der Ordinarius der 8 c schon vor ihm.

»Entschuldigen Sie die Störung, Herr Dr. Schütz«, sagt Dr. Klimm. »Einer meiner Freunde, Dr. Faber, besucht mich gerade und möchte die Gelegenheit nutzen, um Ihnen gute Besserung zu wünschen.« Er lässt seinem Patienten nicht lange Zeit, sein Gesicht wieder zu ordnen.

»Wie fühlen Sie sich, Herr Oberstudiendirektor?« fragt Dr. Faber mit einer knappen Verbeugung. »Leider komme ich ohne Blumen – ich wollte nicht aufdringlich sein, aber Dr. Klimm meint, Gesellschaft täte Ihnen gut.«

»Vielen – äh – besten Dank«, stottert der Genötigte. »Sie wissen doch, dass Sie mir immer willkommen sind, mit und ohne Blumen«, setzt er hinzu; es klingt wie eine Verheißung, dass er seinen Assessor künftig unbehelligt lassen wird.

Längst bevor der Omnibus den Brenner erreicht, sind Fabers Befürchtungen und Hemmnisse über dem Berg. Das Wetter spielt mit, die Erde liegt unter einem wolkenlos blauen Himmel. Der KdF-Reiseleiter erweist sich als ein umgänglicher Mann. Sibylle hat der »Kraft durch Freude«-Organisation – sozusagen amtlich – unter dem Briefkopf der väterlichen Firma mitgeteilt, dass anstelle von Rolf Bertram nunmehr Dr. Hans Faber an der Italienreise teilnehmen werde. Sie traf sich mit dem Assessor am Münchener Hauptbahnhof, von wo auch der Italienbus abfuhr. Sie gaben ihr Gepäck ab und stiegen ein; der Name auf der Liste der Reiseteilnehmer war bereits geändert und somit alle Formalitäten erledigt, und genauso formlos und zügig erledigte sich der Grenzübergang.

Sie sitzen nebeneinander. Ihre Schultern berühren sich. Sie sehen sich in die Augen, und der Germanist spürt ihren Puls in seiner Hand. Überwältigt von einer Zweisamkeit, die sich erstmals nicht mehr nach Lauschern und Zwischenträgern umdrehen muss, genießen sie ein Wunder. Es ist, als summiere sich die Bescheidenheit zu Größenwahn.

»Ist das schön«, sagt Sibylle.

»Vierzehn Tage«, schränkt ihr Begleiter ein.

»Aber jeder Tag hat vierundzwanzig Stunden«, erwidert das Mädchen. »Und jede werden wir voll ausschöpfen.«

»Und jede stiehlt uns doch die Zeit –«, antwortet Faber.

Es ist nicht zu glauben: Vor drei Tagen hatte ihn Oberstudiendirektor Schütz nach der Entlassung aus dem Krankenhaus im Geschichtsunterricht aufgesucht. Der Anstaltsleiter saß reglos auf dem Katheder. Sein Gesicht war wie aus Wachs. Er unterbrach seinen jungen Lehrer kein einziges Mal, fragte nicht und wurde nicht gefragt. Er hing leicht vornüber, das Kinn in die Hand gestützt, die Augen am Boden; er benahm sich wie ein Schüler, der das Pausenzeichen nicht erwarten kann.

Dann stand er hastig auf, nickte Dr. Faber zu, hob den Arm zum deutschen Gruß. Der Assessor geleitete ihn zur Türe. Halb schon im Gang drehte sich Dr. Schütz zu ihm um. »Ich bin sehr mit Ihrem Unterricht zufrieden, Herr Kollege«, sagte er hastig. Er sah an Dr. Faber vorbei. Sein Blick hing an der Wand, wo ein Unterklässler ein verkehrtes Hakenkreuz aufgemalt hatte. Roberts Narkoseintrige war offensichtlich genauso glücklich zu Fabers Gunsten ausgegangen wie Sibylles Feriencoup.

Die Reiseroute geht über Mailand nach Venedig, nach Florenz und Rom. KdF: gewissermaßen NS durch PS. Die Quartiere sind vorgebucht, die Gesellschaft ist gemischt: verdiente Arbeitsfunktionäre mit ihren Frauen, eine sich rasch zusammenfindende Skatrunde, die an Pro und Contra mehr interessiert ist als an den kunstgeschichtlichen Erläuterungen des Reiseleiters, Chefs mit ihren Sekretärinnen, ältere Mitreisende, die Verwandte besuchen wollen, und junge Kunststudenten – die deutsche Sehnsucht auf Römerzug.

»Du siehst«, sagt Sibylle, »man kann einen Mann auch zu seinem Glück zwingen. Böse, dass ich dich genötigt habe?«

»Nicht böse«, erwidert er. »Dankbar.« Nach einer kurzen Pause fragt er doch: »Und Rolf? War das nicht ein zu großer Verzicht für ihn?«

»Überhaupt keiner«, versichert Sibylle. »Er ist wirklich lieber auf dem Tölzer Bauernhof.«

»Aber wir haben einen Mitwisser –«

»Einen verschwiegenen«, erklärt Sibylle. »Weißt du eigentlich, wie sehr er dich mag?«

»Als Jungzugführer?« entgegnet der Erzieher mit feinem Spott.

»Die Begeisterung hat sich abgekühlt, seitdem sein Freund Stefan als Fähnleinführer zwangsbeurlaubt wurde«, sagt sie. »Aber davon abgesehen, Rolf schätzt dich von allen Lehrern am meisten. Du hast«, setzt Sibylle hinzu und strahlt ihn an, »die Mehrheit meiner Familie bereits auf deiner Seite.« Sie lacht hell. »Du starrst mich an wie ein Wolf.«

»Kein Wunder«, räumt Faber ein. Ich hab' auch einen Wolfshunger auf dich.«

»Die Wolfsbeute steht zur Verfügung«, erwidert Sibylle, die Versuchung in Person.

Faber sieht sie an wie nie zuvor. »Du hast die schönsten Beine, die ich je –«

»Der Pferdefuß kommt schon noch«, schränkt sie übermütig ein. »Ich muss dir etwas gestehen: Ich habe Mutter unseren Italien-Ausflug gebeichtet.«

Faber erschrickt sichtbar.

»Keine Sorge«, erklärt Sibylle und lächelt maliziös. »Der Krieg findet in der Familie statt.«

»Und deine Mutter hat das nicht verhindert?« fragt der Assessor und stößt leicht mit den Zähnen an.

»Sie meinte unter anderem«, erwidert das Mädchen, »dass ich ja schon seit einem Jahr volljährig sei. Und wie sieht's bei dir mit den Jahren aus?«

»Alberne Frage«, versetzt er. »Ich bin dir mindestens um sechs, wenn nicht um sieben Jahre voraus.«

»Wenn das so ist«, entgegnet Sibylle, »dann möchte ich um dich anhalten.«

Seine Hand, die ihre streichelt, stockt.

»Angenommen?« fragt sie.

»Angenommen«, erwidert er, aber auf seiner Stirn zeigen sich schnelle Falten. »Ich möchte dich heiraten, Sibylle.«

»Wann?«

»So bald wie möglich.«

»Wann?«

»Wenn Rolf das Abitur und wenn du dein Staatsexamen gemacht hast. Einverstanden?«

»Das dauert mir ein bisschen zu lange«, entgegnet sie. »Ich bin ungeduldig.«

»Nur ein paar Monate noch – bis zum Sommer.«

»Schafft Rolf das Abitur?« fragt Sibylle.

»Spielend.«

»Gut. Um meinen Abschluss brauchst du dir auch keine Sorgen zu machen.«

»Aber um deinen Vater«, entgegnet er.

»Vater wird im Sommer genau so gegen uns sein, wie er es jetzt ist. Du kommst nicht darum herum, Hans Faber, du musst deinen Mann stellen, damit ich die Frau dieses Mannes werden kann. Aber wir wollen uns nicht streiten, nicht jetzt, überhaupt nicht auf dieser Reise.«

»Das ist ein Programm«, erwidert der Germanist erleichtert.

Es ist keine Lösung, nur ein Aufschub, der ihm eigentlich nicht liegt, denn als Opfer seiner eigenen Konsequenz eckt er ja oft genug an.

Die Skatbrüder werden laut. Bier wäre ihnen lieber, aber Rotwein tut's auch, und ein gewonnener Grand ohne Vier ist ein Fiasco wert, auch wenn der Chianti später vielleicht zum Fiasko werden wird. Der Omnibusfahrer ist ein gelernter Witzbold, dessen Pointen immer dann zünden, wenn die Stimmung abflaut, und ein Mann aus Sachsen, der in SA-Uniform reist, erweist sich als unfreiwilliger Witzbold. Er wirkt mehr lächerlich als beeindruckend, und bald stellt sich heraus, dass dieser Exote längst nicht so übel ist wie seine Uniform.

»Sie sprechen doch Italienisch, Herr Dr. Faber?«

»Einigermaßen«, schränkt der Pädagoge ein.

»Die Italiener rufen mir immer ›Pantalone‹ nach. Wissen Sie, was das bedeutet?«

Faber nickt lächelnd. »Wollen Sie es wirklich hören?« vergewissert er sich.

»Deswegen störe ich Sie ja«, antwortet der Sachse. »Tut mir übrigens leid.«

»Hanswurst«, antwortet der Erzieher. »Tut mir auch leid.«

Zuerst ist der muntere Sachse fassungslos, dann wirkt sein Mund verkniffen.

»Nicht böse sein«, fordert ihn Faber in seiner Sonntagslaune auf. »Das bezieht sich nicht auf Sie, sondern auf Ihre Uniform.«

Er erringt einen schnellen, billigen Sieg, denn von nun an trägt der Mann wie alle anderen ein buntes Hemd und lebt in Frieden mit den Italienern.

Sie erreichen Mailand, die erste Übernachtungsstation. Getrennte Quartiere. »Dann spielen wir also wieder Königskinder«, tröstet Sibylle. Die Liebenden sind die letzten, die schlafen gehen, verabschieden sich unwillig, als die letzte Pinte schließt, und sie sind die ersten an der gemeinsamen Frühstückstafel.

»Du warst schon einmal in Italien?« fragt Sibylle.

»Als Student«, antwortet er. »Zweimal sogar.«

»Kennst du Spotorno?«

»An der italienischen Riviera, in der Nähe von Finale Ligure?« fragt Faber.

»Du weißt wirklich alles«, konstatiert das Mädchen. »Magst du die Blumen-Riviera?«

»Sie ist schöner als die Adria-Seite – aber mit dir ist es ja überall wunderschön.«

»Mit dir auch«, zündet Sibylle ihre Überraschung. »Wir verlassen jetzt gleich die Gruppe.« Sie lacht schelmisch. »Ich hab' den Reiseleiter bestochen, und den Fahrer auch.«

»Bestochen?« fragt Faber erschrocken.

»Na ja – mit etwas Geld nachgeholfen«, verbessert sich das Mädchen. »Schließlich bin ich eine reiche Tochter.«

»Vielleicht wirst du bald arm sein«, erwidert der Mann.

»Vielleicht bin ich dann noch reicher – wäre doch möglich.«

»Ich bin wirklich der Hans im Glück«, stellt er fest. »Ging das so einfach?«

»Ziemlich einfach«, antwortet sie. »Es kommt öfter vor, dass sich Reiseteilnehmer selbstständig machen, weil sie ihren Onkel oder die Tochter besuchen. Ich musste nur garantieren, dass wir uns pünktlich in Brixen, der letzten Rückreisestation, einfinden werden.«

»Du bist tüchtig«, lobt Faber. »Weißt du, dass du mir in dieser Hinsicht weit überlegen bist?«

»Ich möchte mit dir allein sein, Hans. Oder versetzt dich das in Angst und Schrecken?«

»Und wie«, entgegnet er. »Wenn bei mir schon das Feuer unter der Haut ausgebrochen ist, brauchst du nicht noch als Brandstifterin aufzutreten.«

Als sich die beiden in Mailand separieren, ist die KdF-Runde schon wieder beim Skat und sind die anderen Reisegefährten mit sich selbst beschäftigt. Sibylle und Faber, der sich am Bahnhof noch mit

Zeitungen eindeckt, steigen in den Zug um. Er rollt zunächst durch eine Industriegegend. Dann wird die Landschaft schön und grün.

Die Schlagzeilen freilich verbessern sich nicht.

»Schlimm?« fragt Sibylle.

»Der Krieg rückt immer näher«, sagt er.

»Meinst du das wirklich?«

»Ja. Er wird diese braune Bewegung vernichten, zuvor aber womöglich ganz Deutschland.«

Sibylle nimmt die Zeitung aus seiner Hand, knüllt sie zusammen und wirft sie aus dem Abteilfenster. »Wir sind im Urlaub«, sagt sie. »Lass dich bitte von mir nicht mehr beim Zeitungkaufen erwischen.«

Am Nachmittag sind sie am Ziel, fahren mit dem Taxi zur »Villa Teresina« hoch. Eine Wirtin, die wie eine Hexe aussieht und sich wie eine Fee benimmt, weist ihnen zwei nebeneinanderliegende Zimmer mit einer Verbindungstüre an.

»Woher hast du diese Adresse?« fragt Faber.

»Meine Cousine war hier auf ihrer Hochzeitsreise«, entgegnet Sibylle lächelnd. »Sie ist uns mit gutem Beispiel vorangegangen.«

Hand in Hand gehen sie an den Strand und zum Entsetzen der Italiener auch noch ins Meer.

»Neunzehn Grad«, behauptet Sibylle.

»Höchstens sechzehn«, erwidert ihr Begleiter, »aber eine Abkühlung kann nicht schaden.«

Sie spritzen sich an, dann schwimmen sie weit hinaus, Seite an Seite, bis zur kleinen Felseninsel Bergeggi. Das Salz brennt auf ihrer Haut, aber noch stärker brennt das Glück. Sie kommen zurück. Sie sind die letzten am Strand, trinken Kaffee und Aperitif durcheinander. Sie wollen alles auf einmal haben, als müssten sie sich beeilen, denn nunmehr bleiben ihnen nur noch zwölf Tage.

Zum Abendessen fahren sie in das benachbarte Fischernest Noli und trainieren in der kleinen Trattoria Spaghettiessen. Hans Faber wickelt sie geschickt wie ein Neapolitaner um die Gabel, und Sibylle ist seine gelehrige Schülerin. Dann kommt der Mann mit der Gitarre und zupft ihnen Schlummerschmalz ins Ohr: Amore – desiderio – sole – baci – morire – vivere – immer wieder amore. In seinem Weltbeglückungstrieb lädt Faber die umsitzenden Italiener zum Mittrinken ein.

Sie lassen sich nichts schenken und kommen mit Käsewürfeln im Papier und einer Pizza an. Ihre Augen glänzen noch dunkler als der

Barbera im Glas. Sie verbrüdern sich miteinander. Es ist nicht die Achse Berlin – Rom; es ist die Schiene Mensch zu Mensch.

»Accarezzami«, intoniert die Gitarre, und alle singen mit.

»Was heißt das?« fragt Sibylle.

»Streichle mich«, erwidert Faber.

»Da tust du ja auch.«

»Das werde ich immer tun«, verspricht der Mann.

»Und wie lange ist bei dir immer?«

»Solang ich lebe –«

»So kurz nur«, erwidert Sibylle wie enttäuscht.

Einer der Zecher stößt an das Mussolinibild; es fällt zu Boden. Der Wirt flucht, aber die Zuschauer lachen.

»Weißt du«, ein Pädagoge kann das Dozieren auch in den Ferien nicht ganz lassen, »der Duce ist zehn Jahre länger an der Macht als der Führer, aber die Schwarzhemden haben im Süden nie den Einfluss der Braunhemden im Norden erreicht. Ich will den Faschismus nicht verharmlosen, aber er ist weniger Weltanschauung als militante Folklore, ein Gemisch aus Politrausch und Heldengebärde.«

»Sie sagen es, Herr Professor«, weist ihn Sibylle lachend zurecht.

Erst nach Mitternacht nimmt der Wirt dem Lautenspieler das Instrument aus der Hand und schiebt die protestierenden Gäste höflich, doch energisch aus dem Raum. Vom Meer her weht eine frische Brise. Sibylle fröstelt. Faber legt den Arm um sie. Vom Zentrum Spotornos aus haben sie noch fünf Minuten zur kleinen Pension am Fuße des Kastells zu gehen. Sie geraten dabei außer Atem, doch es liegt weniger an der Steigung als an der Erregung, die sie aufeinander zutreibt.

Sie stehen vor Sibylles Zimmer, als fiele ihnen der Abschied, der keiner ist, schwer. Dann geht jeder in seinen Raum, stellt sich rasch unter die Dusche. Die Verbindungstür steht offen, doch Hans Faber fragt sich, ob er den Rubikon unaufgefordert überschreiten dürfe.

Auf einmal steht Sibylle in der Tür. »Julia lässt bitten, Romeo«, sagt sie.

Als Faber sie sieht, ihre zärtliche Figur, von einem durchsichtigen kurzen Nachthemd kaum verhüllt, ihr hinreißendes Lächeln, ihre aggressive Jugendlichkeit, hört er die Nachtigall und auch die Lerche.

»Komm«, sagt er, hebt sie auf die Arme und trägt sie über die Schwelle.

Unter den frommen Bambergern herrscht der Brauch, die Osterbeichte in der Karmeliterkirche abzulegen. Großväter und Enkel, Mütter und Töchter, Väter und Söhne tragen ihre Sünden den steilen Kaulberg hoch, vorbei an der Oberen Pfarrkirche, Bambergs schönstem gotischen Sakralmonument. Bevor sie weiterziehen, werfen sie noch einen Blick auf die Brautpforte mit den Figuren der klugen und törichten Jungfrauen. Hundert ansteigende Meter noch, dann empfängt sie das frühere Kloster St. Theodor mit der barocken Dientzenhofer-Fassade und dem einmalig schönen Kreuzgang.

In Bamberg ist auch die Frömmigkeit barock und rustikal. Wenn ein Sohn in der Schule nicht weiterkommt, eine Tochter den falschen Umgang hat oder eine Krankheit nicht heilen will, dann kniet man bei den Karmelitern und opfert eine Kerze. Das Heiligtum mit dem Hauptportal aus dem frühen 13. Jahrhundert ist exterritorial. Gläubige aller Pfarreien kommen hier zusammen. Beim Frühgottesdienst begegnen sich die Frau des Rechtsanwalts Hartwig, die neben ihrer Tochter Adele kniet, und die Frau des Polizeioberkommissars Bruckmann.

Sie nicken sich kurz zu und knien dann nebeneinander im Gebet.

Der zelebrierende Pater, ein dünner, großer Mann mit einem ausgezehrten Gesicht, flammenden Augen und auffallend schönen Händen, dreht sich vor Beginn des Gottesdienstes am Altar um. »Liebe Christen«, sagt er, »ich möchte ab heute jeder Messe ein Gebet für den Frieden voraussstellen.«

Rhythmisch grollt das Vaterunser durch das halbhelle Kirchenschiff. Im Raum herrscht Würde und Weihe. Kerzen flackern, ihr Schein huscht über inbrünstige Gesichter. Es sind fast immer die gleichen, jeden Morgen schon um sieben Uhr.

Mit ihrer kleinen Tochter an der Hand verlässt Marie-Luise Hartwig, eine stille Frau in mittleren Jahren, die ungewöhnlich fromm ist, ohne bigott zu wirken, das Gotteshaus. An der Ecke steht Frieda Bruckmann, als hätte sie auf die Frau des Rechtsanwalts gewartet. Tatsächlich nickt die Frau des Chefs von Bambergs Politischer Polizei ihr zu.

»Geh schon mal voraus, Adele«, sagt Frau Hartwig und verabschiedet die Tochter mit einem kleinen Klaps. »Ich komme gleich nach.«

»Entschuldigen Sie bitte, dass ich Ihnen hier auflauere«, sagt die Wartende hastig. »Haben Sie eine Minute Zeit?«

»Aber ja«, erwidert Marie-Luise Hartwig.

»Sie wissen, dass mein Mann – er leitet die Politische Polizei.«

Frau Hartwig nickt.

»Ich dürfte es Ihnen natürlich nicht sagen«, sagt Frieda Bruckmann, verhaspelt sich, nach Worten suchend. »Ich habe gestern in unserer Wohnung ein Gespräch mitgehört. Mein Mann dachte, ich sei beim Einkaufen.« Sie sieht sich nach allen Seiten um. Aber die Gläubigen sind schon auseinandergelaufen, und zu dieser Stunde, vor 8 Uhr, wirken die Straßen leer. »Der Besucher war Dr. Fibig.«

»Bei Ihnen? In der Wohnung?« fragt die Angesprochene überrascht.

»Ihr Mann fährt übermorgen nach Vierzehnheiligen zu Exerzitien, Frau Hartwig?«

»Ja«, antwortet sie.

»Dr. Fibig auch«, erwidert die Warnende.

»Aber das ist doch nichts Neues. Sie meinen den praktischen Arzt? Wir sprechen doch von dem Gleichen?«

Frieda Bruckmann nickt. »Dr. Fibig hatte einen Unfall. Offensichtlich war er nicht ganz nüchtern. Die Polizei hat ihn unter Druck gesetzt. Ich nehme an, dass er künftig als Vertrauensmann für sie arbeiten wird – für die Politische Polizei.«

»Dr. Fibig – aber das ist doch ausgeschlossen.«

»In dieser Zeit ist nichts mehr ausgeschlossen«, entgegnet die rundliche Frau mit der Brille. Ihr Gesicht ist gerötet, als schäme sie sich. »Bitte glauben Sie mir«, sagt sie, »und sagen Sie Ihrem Mann, dass er mehr als vorsichtig sein soll.« Sie nickt der Frau des Rechtsanwalts zu. »Soweit sind wir schon – auch in Vierzehnheiligen.«

Die beiden Frauen verabschieden sich rasch.

»Was war denn, Mutti?« fragt Adele.

»Ach, gar nichts –«, erwidert die Mutter. Achtes Gebot, denkt sie bitter, du sollst nicht lügen, aber auch die frömmsten Eltern müssen in dieser Zeit vor ihren noch so gut geratenen Kindern auf der Hut sein: Kindermund zerstört politischen Leumund. »Nein, wirklich nichts Besonderes«, behauptet sie.

»Wer war denn die Frau?«

»Eine Bekannte. Und sei nicht so schrecklich neugierig, Kind.«

Rechtsanwalt Wolf Hartwig isst mittags zu Hause. Eine knappe Stunde, mehr Zeit hat er nicht. »Hast du meinen Koffer packen lassen, Marie-Luise?« fragt er zwischen Suppe und Hauptgang. »Das habe ich. Aber ich möchte dich bitten, nicht nach Vierzehnheiligen zu fahren, sondern vielleicht in ein Sanatorium.«

»Warum denn das?« fragt er verwundert.

»Erkläre ich dir später, Wolf«, erwidert sie mit einem Seitenblick auf die kleine Adele.

Am gleichen Tag teilt Rechtsanwalt Wolf Hartwig den Veranstaltern mit, dass ihm bedauerlicherweise sein Gesundheitszustand nicht erlaube, an den Exerzitien teilzunehmen, da er auf dringenden ärztlichen Rat in dieser Zeit ein Sanatorium aufsuchen müsse.

Sie hatten lange aufeinander warten müssen, der erfahrene Mann und das unberührte Mädchen. Ihre Sehnsucht war zu einem übermächtigen Strom angewachsen, der, in einen Stausee der Vernunft mündend, nunmehr alle Dämme brechen musste; aber die Katastrophe bleibt aus, weil Hans Faber weiß, wie man die Naturgewalten steuert. Er tritt die erste Spur in das Neuland. Die Spur wird haften bleiben, und es soll unverkennbar seine bleiben.

Sie liegen nebeneinander, Sibylle mit dem Kopf an seiner Schulter. Faber spürt, dass ihm ihr Körper so entgegenwächst, wie der seine zu ihr hindrängt. Eigentlich ist die Premiere der Intimität ein Nachvollzug, denn in ihren Gedanken und Träumen haben sie sich längst gehabt, nicht einmal, hundertmal.

Ein Verführer ist Hans Faber, ein Eroberer will er nicht sein.

Sibylle spürt seine Hände auf ihrer Haut, Hände, die sensibel und doch kräftig sind. Und von jeder Stelle, die sie berühren, wird die Gänsehaut zu einem Lauffeuer, das den ganzen Körper versengt. Längst bevor sie sich ihm hingegeben hat, spürt ihn Sibylle in jeder Pore, hört Worte, die der Freund nicht ausspricht, und findet solche, die ihr noch nie über die Lippen gekommen sind.

Seine Hände streicheln ihren Nacken, gleiten abwärts, verharren auf Wölbungen, die schon längst süchtig nach der Berührung sind.

»Ich hab' dich lieb«, raunt Sibylle ihm zu, »aber du quälst mich.«

»Ich quäl' dich nicht«, erwidert er, »weil ich dich liebe.«

Wellen schrubben leise gegen das Ufer. Grillen zirpen im Garten. Der Wind säuselt. Gedämpftes Mondlicht fällt durch das Fenster in die Folterkammer der Zärtlichkeit mit den beiden Opfern, die nicht glücklicher sein könnten.

Fabers Hände rotieren wieder, gleiten tiefer. Sibylle merkt, dass der Freund am Ende seiner Selbstbeherrschung ist. Ihr Lächeln kommt von innen; es ist selbstvergessen und eine Spur kokett, mädchenhaft und doch urweiblich. Sie hört seinen Atem an ihrem Ohr, spürt, wie heiß er ist. Sie drängt sich noch fester an ihn.

»Du«, keucht er, »du weißt, was du tust –«

»Ich weiß es nicht«, entgegnet sie, »aber ich tu's.«

Ihre Worte machen Faber, der die Naturgewalten steuern will, zum Spielball der Elemente. Sein Bewusstsein ertrinkt im Verlangen. Die Sehnsucht reißt seinen Körper in kleine Stücke und setzt sie wieder zusammen. Die Erfüllung wird zur Explosion, doch gleich folgt neues Begehren. Der Sturm flaut ab und ballt sich wieder zusammen.

»So schön ist das?« sagt Sibylle außer Atem. »So wunderschön –«

»Hab' ich dir weh getan?« fragt er behutsam.

»Bist du verrückt?« erwidert sie. »Du hast mich glücklich gemacht, wie ich es nie zuvor im Leben war.«

Der Sturm beginnt von neuem, endet nicht, nicht in dieser Nacht, und er soll es nie, das gelobt sich jeder der Liebenden zunächst selbst, und dann sagen – und erleben – sie es gemeinsam.

Sie wehren sich gegen die Beglückung der Erschöpfung, stemmen sich gegen den Schlaf, geizen mit jeder Minute. Und verlieren fast zwei Stunden, jedoch Arm in Arm und Wange an Wange.

Am Morgen erwacht Sibylle als erste, merkt, dass der Mann an ihrer Seite noch schläft. Sie möchte ihn streicheln, will den Freund aber nicht um den Schlaf bringen. Aber dann sieht Sibylle, dass auch er längst wach ist, sich nur schlafend stellt, um sie nicht zu stören. Sie springt behende aus dem Bett.

»Langsam, Mädchen, sachte«, sagt er. »Du kannst mich doch nicht jetzt schon verlassen.«

»Das werde ich nie«, erwidert sie. »Wie möchtest du die Frühstückseier?«

»Ich mag dich und sonst nichts auf der Welt.«

»Drei Minuten?« fragt Sibylle übermütig. »Vier Minuten?«

»Ewig«, entgegnet Faber.

»Da werden sie doch steinhart, du Dummkopf.«

Während sich Faber rasiert, streicht Sibylle Panini mit Butter und Honig, gießt Kaffee ein.

»Nur heute«, protestiert er, »ausnahmsweise. Selbst ist der Mann!«

»Und was für ein Mann«, entgegnet sie.

»Zufrieden?«

»Für mich bist du der Größte.« Sibylle lächelt schelmisch mit ihren braunen, glänzenden Augen. »Freilich auch der erste, aber«, sagt sie und stupst ihn mit dem Zeigefinger, »sicher auch der letzte.«

»Hört sich toll an«, versetzt Hans Faber.

»Und du?« fragt sie. »Bist du zufrieden mit mir?«

»Wie kannst du nur fragen.«

»Ich meine«, fährt sie mit einer ganz kleinen Spur Verlegenheit fort, »Hab' ich mich ungeschickt angestellt?«

»Du«, lacht er, und seine Arme greifen nach Sibylle, ziehen sie auf seinen Schoß; er küsst sie, »du bist ein Naturtalent.«

»Und du verstehst etwas von der Intimität?«

»Ich denke«, bestätigt Faber.

»Ich meine, du hast Vergleichsmöglichkeiten?«

»Gehabt«, entgegnet er. »Du kannst deine Rivalinnen vergessen, Sibylle. Ich hab' sie längst aus meinem Gedächtnis gestrichen«, stellt er fest. »Außerdem waren es keine Rivalinnen.«

»Du Schwindler«, erwidert sie. »Aber ein Mann braucht wohl seine Erfahrungen«, setzt sie ein wenig altklug hinzu. »Du hast mich verführt, und du musst nun die Folgen tragen.«

»Pronto, Signora«, albert Faber. »Ich konnte ja nicht wissen, dass du mit zweiundzwanzig noch so ein – so ein unbeschriebenes Blatt bist.«

»Ich habe auch schon befürchtet, dass ich als alte Jungfer enden könnte«, lacht Sibylle heraus. »Ich könnte ja nun behaupten, dass ich mich für dich aufgespart habe, Hans«, wird sie wieder ernsthaft. »Aber ich will dich nicht belügen. Mit siebzehn hatte ich die ersten Küsse im Mondschein mit einem Tanzstundenpartner und mit neunzehn die erste Enttäuschung. Wenn ich es mir so recht überlege, eine harmlose Geschichte, aber sie machte mich wählerisch. Und dann – ich muss dir gestehen, dass mein Vater einiges dazu getan hat, das starke Geschlecht in meinen Augen anzuschwärzen.«

Faber nimmt ihre Hand, dreht sie um, küsst die Innenfläche. »Wie ich deinen Geschmack schätze, Sibylle«, stellt er fest.

Ihre Apartments gehen auf den Garten, über dem die erste Morgensonne steht. Hans Faber schaltet das Radio ein. Die Canzoni d'amore werden wohl eigens für sie aufgelegt. Dann endet die Musik.

Nachrichten, der Unrat der Zeit: Greuel an der polnischen Grenze. Italienisch klingt die Hetze weniger grausam, unwirklicher, ändert aber nichts an ihrer Brisanz.

Faber steht auf und schaltet das Radio aus.

»Bravo«, ruft Sibylle. »Du machst dich, Hans, du machst dich phantastisch.«

Die Luft durftet wieder nach Meer, nach Erde, nach Frühling. Die Vögel zwitschern, die Schmetterlinge vertändeln ihr kurzes Leben – und Polen liegt wieder weit im Osten. Die Wirtin winkt ihnen schon von weitem zu. Sie schneidet Blumen, kommt langsam näher, ein fraulich wissendes Lächeln spielt um ihren Mund. »Un giorno meraviglioso«, lobt sie den großartigen Tag.

»Davvero«, bestätigt Faber.

»Sag ihr bitte, dass wir verlobt sind«, fordert ihn Sibylle auf.

»Che dice la signora?«

»Siamo fidanzati adesso«, erklärt Faber.

Und die Hexenfee geht auf die Kindfrau zu und umarmt sie stürmisch. »Auguri, auguri!« ruft sie, bis sie beide außer Atem sind. Die Italienerin lässt Sibylle langsam los, fährt mit der Hand über die langen braunen Haare. »Che bella«, wendet sie sich wieder an Faber. »Una bellissima signorina.«

Dann fragt die Wirtin, was sie zur Feier des Tages kochen soll.

Eigentlich sei es gleich, entgegnet Hans Faber, weil jeder Tag eine Feier sein werde. Er spricht weiter mit der Wirtin italienisch. Sie nickt, lacht und eilt diensteifrig davon.

»Was hast du ihr gesagt?« fragt Sibylle.

»Gleich«, versetzt er, »sie kommt gleich zurück, dann wirst du ja sehen.«

Die Italienerin bringt ein Telegrammformular.

Hans Faber schiebt die Frühstücksbrötchen beiseite und schreibt in Blockbuchstaben: »Signor und Signora Gustav Bertram, Bamberg. – Wir haben uns soeben verlobt. Stop. Herzliche Grüsse von Sibylle und Hans Faber.«

»Richtig?« fragt er.

»Ja«, bestätigt sie. »Seit wann denn so couragiert?«

»Seit heute nacht«, erwidert er. »Dafür aber für immer.«

Sie liest den Text noch einmal durch und streicht den Nachnamen. »Erstens einmal«, erklärt sie, »brauchst du deinen Nachnamen nicht zu nennen, Mutter weiß in jedem Fall, wer du bist –«

»Und zweitens?«

»Ein Eilbrief tut es auch, ein Telegramm würde Mama nur erschrecken. Außerdem«, Sibylle lächelt leicht perfide, »gibt ein ausführliches Schreiben mehr Gelegenheit, dich etwas weniger unverbindlich zu äußern. Wir werden einen Gemeinschaftsbrief schreiben, du die Vorderseite, ich die hintere – und jede Seite ist streng geheim. Einverstanden?«

Faber nickt.

»Und dann auch nicht an meine Eltern, sondern nur an meine Mutter.«

»Ich werde mich deinem Vater stellen, und zwar sofort.«

»Tu das nach unserer Rückkehr«, erwidert Sibylle. »Du weißt ja sicher schon, dass die Ehe meiner Eltern nicht sehr gut ist, aber unterschätze Mama nicht. Wenn es darauf ankommt, werden hinter ihr starke Bataillone stehen.«

»Dann gib mir Briefpapier«, bittet der Pädagoge.

Er hat es wohl leichter. Er wiederholt schriftlich, was er Frau Bertram schon mündlich erklärte, dass er Sibylle liebe und sie heiraten möchte und hiermit formell um ihre Hand anhalte, zunächst bei ihr und dann selbstverständlich auch »bei Herrn Gustav Bertram«.

Sibylle hat den längeren Text, aber ihre Feder gleitet über das Papier wie eine Eiskunstläuferin über die glitzernde Fläche. »Willst du es lesen?« fragt sie dann.

»Abgemacht ist abgemacht«, entgegnet der Freund.

»Du könntest es aber trotzdem –«

»Willst du meinen Teil lesen?«

»Ich schon«, erwidert Sibylle, überfliegt Fabers Text und umarmt ihn dann stürmisch.

Die beiden lassen sich vom Füllhorn eines jeden Tages überschütten, schwimmen, küssen und lachen, haben sich, so oft sie wollen und können doch das Verlangen aufeinander nicht dämpfen. Jeden Abend sitzen sie unter ihren neuen italienischen Freunden in der Trattoria, haben Rotwein im Blut, Gefühle im Herzen und Amore in den Ohren, bis ihnen die Augen tränen vor Glück und Trunkenheit.

Jeden Tag, doch jeder Tag kostet vierundzwanzig Stunden.

Gemunkelt wird seit langem. Gerüchte über persönliche Beziehungen innerhalb der Belegschaft sind meistens übertrieben, doch selten auch ganz aus der Luft gegriffen. Vom Portier bis zu den Vorstandsmitgliedern weiß jeder bei der »Bertrag« (Bertram AG), dass der Firmenchef in letzter Zeit weit häufiger in seinem Zweigwerk im Münchener Osten anzutreffen ist als am Stammsitz seines Unternehmens; dabei wünschen seine Münchner Arbeitnehmer den alten Polterer sehnlichst nach Bamberg oder besser noch gleich auf den Mond.

Seit sich herumgesprochen hat, dass ihn die flammendrote Direktionsassistentin Cora Nimmwegh auf seiner Reise nach Prag begleitet hat – Bertram ventilierte dort Möglichkeiten, weitere Fertigungsstätten im neuen Protektorat Böhmen und Mähren zu übernehmen –, zweifelt keiner mehr daran, dass dieser erotische Irrwisch über kurz oder lang die Rolle einer Betriebs-Pompadour spielen wird.

Cora ist wieder beim Chef; sie weiß, wo Gott wohnt und dass es in der Direktionsetage hoch oben heller ist als im Parterre. Die Berlinerin ist der Typ, der immer um den Chef herum ist, wobei dieser durchaus austauschbar bleibt. Von seiner letzten Dienstreise an die Spree brachte ein Prokurist die Information mit, dass man bei Siemens die hochbeinige Rothaarige mit den meergrünen Augen nach einer Affäre mit einem der leitenden Männer gefeuert habe, als dessen Frau hinter die Geschichte gekommen sei. Richtig oder Falsch: Tatsache ist, dass die junge Frau im Fadenkreuz der Gerüchte mehr als attraktiv ist und dazu noch sinnlich wie eine Katze, eine, deren Aussehen ihr Kapital ist, mit dem sie wuchert.

Nicht erfolglos, denn der dreiundfünfzigjährige Gustav Bertram hechelt hinter ihr her wie der Windhund hinter dem falschen Hasen auf der Rennbahn. Nicht nur er, auch andere. Cora hält sich diese Zusatzverehrer warm, doch sie hält sich nicht weiter mit ihnen auf. Sie ist Spitze, und Männer in mittleren Positionen tragen für sie den Hintern zu tief unten. Sie beherrscht ihre Bewerber wie eine Klaviervirtuosin ihre Tasten, die weißen wie die schwarzen, von vornherein die Männer in zwei Kategorien einteilend: die nützlichen und die unnützen. Da sich Cora Nimmwegh an die Nützlichen hält, kann sie sich zur Erholung gelegentlich auch einen Nutzlosen leisten, und dafür bietet sich eine risikofreie Gelegenheit, wenn sich der Amtierende an hohen Fest- und Feiertagen im Kreise seiner Familie aufhält.

Cora hat dazugelernt; sie steht im Zenit, sie wird weder schöner noch jünger werden, und der alternde Narr von Betriebsführer ist ihr hörig wie keiner zuvor.

Neunzehn Jahre Altersunterschied verlangen einen hohen Tribut, und Cora ist es leid, mit wechselnden Chefs immer höhere Spesenetats durchzubringen, in Vorzimmern zu kauern und sich die Nägel zu lackieren, teuer zu duften und schnell zu verduften, wenn die Gattin des Firmengewaltigen im Anrücken ist.

Cora sitzt auf Bertrams Schreibtisch, die überlangen Beine übereinandergeschlagen, Beine, die sich sehen lassen können und sich deshalb auch bereitwillig zeigen. Sie hält Block und Bleistift in der Hand, aber das ist nur Staffage, denn mit so langen Fingernägeln kann man nicht stenographieren. Ihre prächtige Mähne ist asymmetrisch geschnitten, schulterlang. Der Ausschnitt ihres Kleides ist für die Stunde zu großzügig, ein tiefer Schacht, in den die Blicke vieler Männer fallen.

»Hast du heute abend etwas vor, Cora?« fragt der Betriebschef.

»Ja, Gustav«, erwidert sie. »Eine Verabredung.«

»Kannst du sie absagen?«

»Vielleicht, ich will's versuchen«, entgegnet Cora. »Warum eigentlich?«

»Ich möchte bei diesem schönen Wetter mit dir hinausfahren, nach Starnberg, oder vielleicht noch ein Stück weiter.«

»Und wenn uns jemand sieht?«

»Dann ist dieses dumme Versteckspiel endlich vorbei«, erwidert der Industrielle. »Und ist der Ruf erst ruiniert«, albert er, »dann lebt sich's völlig ungeniert.«

»Am Morgen bist du immer sehr stark, Gustav«, antwortet Cora.

»Nachts doch auch –«, versetzt er. »Oder bist du unzufrieden mit mir?«

»Nachts stellst du schon deinen Mann«, erwidert die Flammendrote anzüglich. »Aber das habe ich nicht gemeint«, korrigiert sie sich. »Du weißt doch ganz genau, dass der Teufel los ist, wenn deine Frau etwas von unserer Beziehung erfährt.«

»Mathilde«, entgegnet Bertram mit angewidertem Gesicht. »Eine graue Maus. Eine stillgelegte Ehefrau.«

»Und deine Tochter?«

»Lass meine Kinder aus dem Spiel«, wird er heftig. »Über meine Frau kannst du meckern, so viel du willst, aber Rolf und Sibylle sind nun einmal mein Sohn und meine Tochter und werden es auch immer bleiben.«

»Deshalb hast du ihnen ja auch die KdF-Reise nach Italien

geschenkt«, erwidert Cora. »Wie familiär. Ich hab' wirklich nichts dagegen, nur kränkt es mich schon ein wenig, dass ich mich immer verstecken muss, wenn deine Tochter im Anzug ist.«

»Sibylle würde es sofort ihrer Mutter erzählen, wenn sie merkt, dass zwischen uns etwas ist.«

»Na und?« entgegnet die Direktionsassistentin zur besonderen Verwendung. »Das nimmst du doch heute abend auch in Kauf.«

»Es ist doch wohl meine Sache, es meiner Frau mitzuteilen, wann ich mich von ihr trennen will.«

»Und wann wird das sein?« fragt die kesse Assistentin.

»Bald.«

»Einen verbindlicheren Termin kannst du mir nicht nennen?«

»Bei der nächsten Gelegenheit –«

»Die hattest du zum Beispiel an Ostern, du wolltest dich doch mit deiner Frau aussprechen –«

»Keine Gelegenheit«, brummelt Bertram.

»Und eigentlich ja auch schon vorher, an Weihnachten.«

»Sei nicht kindisch, Cora«, erwidert er. »Fünfundzwanzig Ehejahre lassen sich nicht so einfach unter den Teppich kehren. Außerdem sind da noch einige vermögensrechtliche Gesichtspunkte zu berücksichtigen. Aber ich stehe es durch, das garantiere ich dir.«

Cora nickt lustlos. Wie eine Grammophonplatte, denkt sie. Alle sagen sie das Gleiche, als würden sie voneinander abschreiben: vermögensrechtliche Schwierigkeiten, unverbindliche Termine, Peinlichkeiten mit den Kindern, Selbstmitleid. Ungreifbare Versprechungen: immer dasselbe. Seit ihrer Scheidung, die auch ein Fiasko war, ist Cora schon zweimal ausgerutscht, ein drittes Mal soll es nicht geschehen. Diesmal führt sie ihren Kandidaten so sicher wie einen Tanzbären am Nasenring – er dreht sich willig nach ihrer Pfeife.

»In vierzehn Tagen wird deine neue Wohnung fertig«, verspricht Bertram. »Sie wird richtig schnuckelig, verlass dich darauf. Ich hab' die Arbeiter ordentlich angetrieben.«

»Das kann ich mir vorstellen.« Cora ist nur mäßig interessiert. Sie hat schlechte Erfahrungen mit Werkswohnungen, aus denen man unter Umständen schneller hinausfliegt, als man eingezogen ist. Eine Villa ist ihr Wohnziel, ob sie nun schnuckelig ist oder nicht.

Cora lächelt dem Industriellen zu.

Sein Blick klebt an ihren Fesseln, gleitet langsam hoch, höher, wo ihre Beine ins Endlose wachsen. Der Mann in den besten Jahren kann nicht anders, er muss sie anstarren, und er muss sich gewaltsam beherrschen, um Cora nicht an sich zu reißen.

Die Berlinerin beobachtet seinen Kampf mit weit geöffneten Lippen. »Damit wir uns nicht missverstehen«, sagt sie und greift nach einer Zigarette, abwartend, dass ihr Bertram Feuer gibt, »deine Kinder werden selbstverständlich immer deine Kinder bleiben. Sie sind ja auch schon erwachsen. Gegen deinen Sohn und deine Tochter hab' ich überhaupt nichts einzuwenden.« Sie bläst affektiert den Rauch aus. »Deine Frau ist meine Gegnerin.«

»Lächerlich«, erwidert Bertram. »Meine Frau ist eine alte Frau«, setzt er grob hinzu. »Und du bist eine junge Frau. Und eine wunderschöne. Und eine, die ich liebe«, ergänzt er, »viel zu sehr.« Er riskiert eine verunglückte Annäherung. »Musst du dich eigentlich immer so aufreizend anziehen?« fragt er dann.

»Reize ich dich?« fragt sie tändelnd.

»Leider nicht nur mich.«

»Eifersüchtig?«

»Wenn ich das nicht wäre, würde ich mir wohl nicht so viel aus dir machen«, antwortet der Betriebsführer.

»Hübsch gesagt«, versetzt Cora. »Aber traktiere mich bitte nicht damit.« Mit einem Ruck stößt sie sich vom Schreibtisch ab, drückt ihre Zigarette aus. Mit ihren hohen Absätzen ist sie Bertram jetzt über den Kopf gewachsen. Sie nickt ihm lächelnd zu. Ihr ganzer Körper schwingt melodisch, als sie auf die Türe zugeht.

»Heute abend?« ruft ihr der Fabrikant nach.

»Ich tu', was ich kann«, entgegnet Cora.

»Mit wem bist du eigentlich verabredet?«

»Das sag' ich nicht«, erwidert sie. »Eine Frau muss ihre kleinen Geheimnisse haben.« Sie wirft ihm eine Kusshand zu. »Ich geb' dir noch Bescheid, Gustav.«

Cora schlendert über den Gang. Die Arbeitskollegen, denen sie begegnet, grüßen sie betont freundlich, weit respektvoller als vor ihrer Reise nach Prag. Dafür geben sich die gehobenen Chargen, die sie bis vor kurzem noch mit Einladungen zum Abendessen und ins Kino verfolgt haben, nunmehr weit distanzierter. Ihre Lippen kräuseln sich zu Spott, wenn sie es bemerkt. Männer, denkt sie, Männer sind wie Kinder. Aus Kindern macht sie sich wenig, aber sie ist von Kopf bis Fuß auf Männer eingestellt.

Schon von weitem zieht Heinemann, der Chauffeur, seine Mütze. Wenn sein Chef in München ist, versieht er über die neue Autobahn München – Berlin den Kurierdienst nach Bamberg. Mindestens zweimal wöchentlich pendelt er jetzt zwischen Oberfranken und Oberbayern hin und her, um wichtige Unterlagen und die Post herbeizuschaffen.

»Soll ich die Post ins Vorzimmer bringen, Frau Nimmwegh?«

fragt er.

»Ins Direktionskabinett. Ich sichte sie gleich zur Vorlage bei Herrn Bertram.« Cora hat wenig zu tun, aber gleich zwei Schreibtische okkupiert; einer steht im Vorzimmer des Firmenchefs, neben dem der eigentlichen Sekretärin, Paula Schuster. Zusätzlich hat man der Berlinerin am Ende der Direktionsetage einen Raum eingerichtet, eine Spielwiese ihrer Langeweile.

»Würden Sie bitte Herrn Ingenieur Häberlein mitteilen, dass er dringend in Bamberg erwartet wird, Frau Nimmwegh?« sagt Heinemann. »Die kommen dort nicht ohne ihn zurecht. Ich fahre spätestens in zwei Stunden zurück, vielleicht kann Herr Häberlein gleich mitkommen.«

»Wird erledigt«, sagt Cora und sieht auf die Uhr. »Abfahrt so gegen vierzehn Uhr?«

»Ja, wenn ich nichts anderes höre.«

»Warten Sie bitte in der Kantine auf ihn.« Cora schenkt dem Chauffeur ein Lächeln, das sofort erlischt, sowie Heinemann den Raum verlassen hat.

Sie zündet sich eine Zigarette an, dann beginnt sie im Direktionskabinett mit der Sortierung der Post. Angebote. Bewerbungen. Rechnungen. Werbeunterlagen. Wirtschaftsauskünfte. Die Geschäftskorrespondenz interessiert sie weniger; die private erscheint ihr wichtig. Aber das Familienleben des Betriebsführers wird zur Zeit vorwiegend wohl über das Telefon abgewickelt.

Die Berlinerin nimmt den Hörer ab, verlangt den Ingenieur. »Bamberg ruft nach Ihnen, Herr Häberlein«, sagt sie. »Eine Panne. Sie könnten um vierzehn Uhr mit Herrn Heinemann losfahren.«

»Ausgerechnet heute, wo ich Theaterkarten habe«, entgegnet der Ingenieur.

»Pech gehabt«, erwidert Cora arrogant. »Vielleicht werden Sie sie wieder los. Vierzehn Uhr in der Kantine. Alsdann, gute Fahrt!«

Die Direktionsassistentin wühlt wieder in dem Postberg. Ganz zuletzt entdeckt sie einen Brief. »An die Bertrag, Bamberg, z. Hd. Fräulein Sibylle Bertram oder Vertretung.«

Das gibt Cora das Recht, ihn zu öffnen. Sie dreht das Schreiben um. Absender: NS-Gemeinschaft Kraft durch Freude. Sie öffnet den Umschlag. »Sehr geehrtes Fräulein Bertram«, liest sie dann, »der guten Ordnung halber teilen wir Ihnen mit, dass die von ihnen gewünschte Umbuchung in Ordnung geht; anstelle von Herrn Rolf Bertram wird also Dr. Hans Faber an der KdF-Reise nach Italien teilnehmen. Wir hoffen, Ihnen mit dieser Auskunft gedient zu haben. Heil Hitler!« Unterschrift.

Cora liest den Text noch einmal durch, ganz langsam, Wort für Wort. Sie erfasst sofort, dass diese Umänderung hinter dem Rücken des alten Bertram erfolgt sein muss. Dr. Hans Faber? Nie gehört! Vermutlich ein Liebhaber oder so etwas. Und wo treibt sich dann Rolf herum, der hoffnungsvolle Sprössling? Die Rothaarige, die weiß, was sie will, begreift, dass ihr erstmals gegen die Familienphalanx eine Waffe in die Hände gespielt wurde.

Sie ist viel zu gerissen, sie gleich auszuspielen.

Zunächst einmal drillt Cora ihren Chef wie einen Fisch an der Angel, lässt nach seiner Anfrage am Nachmittag das abendliche Rendezvous noch immer offen. Gegen 18 Uhr erlöst sie ihn von den Wallungen der Eifersucht.

»Fein«, sagt der Industrielle erleichtert. »Fahr schon voraus und zieh dich um. In einer Stunde hol' ich dich ab.«

Er kommt pünktlich, starrt sie an, reißt sie an sich.

»Nicht jetzt«, versetzt Cora. »Ich bin hungrig.«

Sie fahren an den südlichen Stadtrand, erreichen die Olympiastraße nach Garmisch, Bertrams Hand tastet sich im Fahren nach ihr durch. »Schwierig, die Absage?« fragt er.

»Das kann man wohl sagen«, erwidert sie lachend. »Welcher Mann lässt sich schon gern im letzten Moment verschaukeln?« Sie sieht ihn an und lacht. »Nun mach nicht schon wieder dein Nussknackergesicht«, bittet sie. »Ein Jugendfreund, ganz harmlos.«

»Der Teufel soll deine Jugendfreunde holen, auch die harmlosen«, entgegnet der Begleiter, und sie lachen beide.

»Seehotel oder Undosa?«

»Im Seehotel war ich noch nie«, erwidert Cora.

»Gut«, entscheidet er. »Dann sind wir auch schon gleich da.«

Sie erhalten sofort den besten Platz. Die Ober scharwenzeln um den Industriellen herum und mustern seine Begleiterin mit ergebenen Hundeaugen. Die Speisenkarte ist ellenlang, enthält aber auch den vom Regime propagierten Eintopf, der eine Spende von 50 Pfennig für die Bewegung einbringen soll. Für eine halbe Mark ist hier nichts zu haben, aber was man in diesem Hause bekommt, ist hervorragend, ob es aus der Küche oder aus dem Keller kommt.

Sie dinieren exzellent, gehen vom schweren Rheinwein auf einen trockenen Sekt über, der ihre Stimmung anheizt. »Darf ich bitten?« fragt der Chef höflich und entführt seine Direktionsassistentin auf das Parkett in der kleinen Bar nebenan.

Cora schmiegt sich an ihn, dreht sich wie hingegossen. Er tanzt schlecht und recht, aber der Tanz ist nur eine Ausdrucksform der Erotik, und dieser Bamberger bevorzugt andere Spielarten. Unmerklich schiebt sie ihren Unterleib dichter an den Partner und merkt sofort, wie sehr sie ihn erregt. Sein Kopf schwillt an, wird rot, sieht aus wie ein Dampfkessel, der gleich platzen muss.

»Du machst mich verrückt«, raunt er ihr zu und reißt sie in die Drehung.

»Genau das will ich«, erwidert Cora. »Ich bring' dich auf Trab. Weißt du eigentlich, wie jung du bist?«

»An deiner Seite –«, keucht er.

Die Flammendrote schürzt die Lippen. Je mehr sie die Glut steigert, desto weniger Arbeit wird sie später mit ihm haben. Die Musik endet. Die Paare trennen sich. Bertram geleitet seine Direktionsassistentin an den Tisch zurück, vorbei an ein paar Geschäftsfreunden, die ihm zunicken und sicher auch nicht ihre Legitimen dabeihaben. Der erste Mann der »Bertrag« reckt sich stolz wie ein Großwildjäger, der die Trophäe vorweist. Welch eine Frau! Was für ein Glück! Und dann diese Zukunftsperspektive.

Der Kellner öffnet die nächste Flasche.

»Ist doch hübsch hier«, lobt Bertram. »Wirklich ein schöner Abend! Ich hab' eine Stimmung zum Bäumeausreißen.«

»Dann möchte ich dir deine gute Laune nicht verderben«, entgegnet Cora behutsam.

»Wieso?« fragt er. »Etwas Unangenehmes? Hat es mit uns zu tun?«

»Mit uns nicht«, erwidert sie gedehnt. »Aber vielleicht mit deiner Familie.« Sie entnimmt ihrer Handtasche das KdF-Schreiben und stellt fest, dass die Adern an seiner Stirne anschwellen, während er liest. Er wird rot wie ein zorniger Puter, schlägt mit der Faust auf den Tisch.

»Das gibt's doch nicht«, sagt er. »Eine Verschwörung in der Familie – und das mit diesem Dr. Faber, diesem Miesling, diesem –«

»Ich hätte dir den Brief wirklich nicht zeigen sollen«, wirft sich die Berlinerin vor. »Aber kann ich ihn unterschlagen?« fragt sie.

»Das hätte ich mir verdammt verbeten«, erwidert Bertram. »Ich werd's ihnen zeigen!« sagt er wütend und springt vom Tisch hoch.

»Aber doch nicht jetzt, Gustav«, ruft ihm Cora nach. Sie nimmt die Puderdose aus ihrer Tasche, schlägt sie auf, lächelt ihrem Spiegelbild zu.

Der Kugellagerfabrikant verlangt Bamberg, dringend. Er erhält sofort eine Verbindung. Ohne Begrüßung sagt er zu seiner Frau: »Hast du gewusst, dass Sibylle mit diesem Faber in Italien ist?«

»Ja«, erwidert Mathilde Bertram gelassen. »Guten Abend, Gustav.«

»Wo ist Rolf?«

»Er bereitet sich in Klausur auf das Abitur vor.«

»Und unser Flittchen hurt in Italien mit diesem Schweinehund herum.«

»Drück dich anständig aus«, erwidert Mathilde, »sonst lege ich auf.«

»Anständig«, brüllt er in die Muschel. »Das sagst du, eine Intrigantin, die die eigene Tochter mit so einem Kerl verkuppelt und –« Der Unternehmer schreit und tobt, ohne zu merken, dass er ins Leere brüllt, weil seine Frau längst eingehängt hat.

Einen Moment sieht sie ins Leere, strafft sich, wählt, wartet, bis sich der Teilnehmer meldet. »Guten Abend, Herr Dr. Fendrich«, sagt sie. »Entschuldigen Sie bitte, dass ich so spät noch störe, aber ich denke, es ist jetzt soweit.«

»Gut«, erwidert der Jurist. »Ich stehe zur Verfügung.«

»Wir starten morgen früh um acht Uhr nach München, Herr Fendrich«, sagt Mathilde Bertram und legt auf.

Der Kampf hat begonnen – sie ist gerüstet.

Ohne jedes Zutun wird Fähnleinführer Stefan Hartwig zum Funken im Pulverfass, das an diesem Abend hochgeht. Seit langem schwelen Querelen zwischen dem Kreisleiter und der SD-Außenstelle. Eisenfuß, Hitlers Satrap in Bamberg, zugleich Oberbürgermeister und Kreisleiter, weiß seit langem, dass Hauptsturmführer Panofsky auch ihn und seine Kumpane ausspioniert. Zwar sind die SD-Monatsberichte, die er an Berlins Prinz-Albrecht-Straße schickt, streng geheim, doch für den Ortsgewaltigen, der die Partei durch die Saalschlachten an die Macht mitgeprügelt hatte, nicht so vertraulich, dass er nichts über ihren Inhalt erführe. Ein Alter Kämpfer hat auch in der SS-Zentrale seine Freunde sitzen, und vor allem in Bamberg, dessen Goldfasane ziemlich geschlossen hinter der Nummer eins stehen. Ein paar Abweichler gibt es überall, und die SS-Einheiten sind ohnedies ein Staat im Staate. Auch Martin Greifer, der Bannführer, hat einen SS-Rang und wird häufig mit Panofsky zusammen gesehen.

Überraschend taucht Eisenfuß am Montagabend im Gebäude des Ruderclubs auf. Sport ist zu fördern; der Oberbürgermeister erscheint gelegentlich unangemeldet an den Trainingsplätzen. Als er im Vorbeigehen Stefan Hartwig sieht, stutzt er.

Der Junge springt sofort auf und grüßt zackig.

»Wieso bist du nicht im HJ-Osterlager, Stefan?« fragt der Parteimann.

»Ich wurde beurlaubt, Herr Kreisleiter.«

»Von wem?«

»Von Bannführer Greifer.«

»Strafweise?«

»Ja.«

»Warum?«

Der Junge zögert.

»Setz dich«, sagt Eisenfuß, nimmt selber am Tisch Platz und winkt seinen Begleitern weiterzugehen. »Was war los?« fordert er den Zögernden noch einmal auf.

Dann entlädt sich Stefans Grimm offen und voll, und er berichtet die Vorgänge, die man ihm anlastet.

»Warum bist du nicht zu mir gekommen?« fragt der Kreisleiter.

»Wenn ich nicht in der Lage bin, meinen Onkel zu denunzieren, kann ich auch den Bannführer nicht verpfeifen, Herr Kreisleiter.«

»Du bist ein prima Junge, Stefan«, lobt der Hoheitsträger. »Ich bring' das in Ordnung«, verspricht er und geht zu seinem Gefolge. »Ich möchte Greifer sprechen«, sagt er. »Heute abend noch. Seht zu, dass ihr ihn auftreibt.«

Sie holen ihn aus dem Kino und schaffen ihn in das Büro von Eisenfuß, der an seinem Schreibtisch sitzen bleibt und den Eintretenden zornig mustert, ohne ihm einen Stuhl anzubieten. »Sie haben Stefan Hartwig beurlaubt?« beginnt er.

»Ja. Wegen Befehlsverweigerung«, entgegnet Greifer.

»Und der Befehl war, seinen eigenen Onkel auszubaldowern.«

»Unter anderem«, versetzt Greifer kleinlaut.

Eisenfuß tippt sich an die Stirn, schüttelt den Kopf. »Schließlich ist Stefan selbst zu mir gekommen und hat sich über den Geschichtsunterricht seines Klassenleiters Dr. Faber beschwert. Wenn Sie Verstand hätten, würden Sie daraus schließen, dass es gar nicht nötig ist, diesen Jungen zu einem unwürdigen Verhalten anzustiften. Außerdem sehe ich nicht die geringste Veranlassung, ihn zu beurlauben. Diese Fehlentscheidung werden Sie rückgängig machen, Greifer.«

»Aber dabei verlier' ich doch mein Gesicht«, versetzt der Bannführer zwischen Trotz und Unterwerfung.

»Das ist mir scheißegal«, brüllt ihn der Parteipräsentant zusammen. »Denken Sie sich gefälligst aus, wie Sie die Sache am besten deichseln, und zwar mit Beeilung. Mit und ohne Gesichtsverlust. Verstanden?«

»Jawohl, Herr Kreisleiter«, erwidert Martin Greifer. »Ich darf aber bemerken, dass ich mich an den Fähnleinführer auf ausdrücklichen Wunsch des SS-Hauptsturmführers Panofsky –«

»Dacht' ich mir's doch«, unterbricht ihn Eisenfuß. Er geht an die Tür, reißt sie auf, ruft Wimmer, seine rechte Hand. »Sie können gehen«, sagt er dann zu Greifer. »Halten Sie sich aber hier im Haus zur Verfügung, vielleicht brauche ich Sie noch.« Er wartet, bis der Bannführer aus dem Raum ist. »Schaffen Sie mir den Hauptsturmführer Panofsky zur Stelle«, wendet er sich an seinen Adjutanten, »und zwar jetzt. Sofort. Heute nacht noch. Holen Sie ihn aus dem Bett, wenn's sein muss, und sorgen Sie dafür, dass er nicht mit Greifer zusammenkommt. Wenn Panofsky im Haus ist, schicken Sie den Bannführer weg.«

»Jawohl, Kreisleiter«, erwidert Wimmer. Einen Moment sieht der braune Statthalter aus dem Fenster des Gebäudes der Kreisleitung, des früheren jüdischen Vereinshauses, auf die nachtdunkle Hainstraße. Die SD-Dienststelle liegt genau gegenüber. Der mittelgroße Mann mit dem gefälligen Aussehen lächelt mit krummen Lippen. Er wittert sofort eine zweifache Chance: zunächst kann er einen unangenehmen Widersacher an die Kandare nehmen, und zum zweiten kann er sich, einmal mehr, in der Rolle des Verfechters einer klaren, sauberen Parteilinie zeigen. Diese Vorliebe entspricht mehr seiner Schläue als der Moralität, und sie hat längst Früchte gezeitigt: Sein gelegentliches Einschreiten gegen rüde Methoden hat sich sofort in Parteikreisen herumgesprochen und ist auch bald gerüchtweise zur Zivilbevölkerung durchgesickert. Selbst in oppositionellen Kreisen ist man der Meinung, dass der Kreisleiter weit umgänglicher sei als andere NS-Würdenträger. Zwar gilt er als hundertprozentiger Nationalsozialist, doch auch als leidenschaftlicher Bamberger, und darauf baut sich seine Selbstdarstellung auf. Er ist nicht harmloser, doch intelligenter als die anderen Goldfasane. Die Synagogen-Brandstiftung stand unter seinem Patronat, und seine Frau trägt einen wertvollen Pelzmantel aus jüdischem Besitz, die Familie Eisenfuß bewohnt eine der arisierten Hainstraßenvillen, aber sonst versagt sich Eisenfuß – im Gegensatz zu anderen Parteigrößen – jede Neureichenattitüde, und das fördert die Vergesslichkeit Außenstehender.

»Hauptsturmführer Panofsky«, meldet Wimmer ein paar Minuten später.

»Heil Hitler, Herr Kreisleiter!« sagt der Chef der SD-Außenstelle in der Tür und haut die Hacken zusammen. Er war noch in seiner Dienststelle gewesen und hat die Straße ohne Eile, und ohne eine Frage zu stellen, überquert, kalt wie ein Eiszapfen.

»Treten Sie näher«, fordert Eisenfuß seinen heimlichen Aufpasser auf und betrachtet ihn ausgiebig: einen langen, dünnen Mann, der aussieht, als würde er nie satt, und der sich tatsächlich von den ortsüblichen Parteigelagen fernhält. »War es Ihre Idee, Panofsky, den Fähnleinführer Hartwig zum Spitzeldienst gegen seinen eigenen Onkel anzustiften?«

»Spitzeldienst ist ein sehr hartes Wort, Parteigenosse Eisenfuß«, erwidert der Mann mit sicherer Stimme. »Ich habe ihn auffordern lassen, jederzeit wachsam zu sein, auch gegenüber seinen eigenen Verwandten.«

»Sie haben wohl nicht alle Tassen im Schrank«, fährt ihn der Parteigewaltige an. »Nehmen Sie Platz.« Während der SD-Chef steif auf dem Stuhl sitzt, geht Eisenfuß auf und ab. »Lasst eure Drecksarbeit gefälligst von euren Schleimern erledigen und bringt mir nicht diese prächtigen Jungen mit solchen Aufträgen durcheinander! Das sind Idealisten! Soldaten von morgen. Garanten unserer Zukunft. Und keine Gruftspione!«

»Rechtsanwalt Hartwig ist in Bamberg die Seele des Widerstandes«, stellt der SD-Chef fest.

»Das weiß ich selbst. Viel besser als Sie. Und auch schon viel länger. Bringt diesen Scheißkerl in Schutzhaft oder macht sonst was mit ihm. Mensch, Panofsky, benutzen Sie doch gefälligst Ihren Verstand.«

»Ich arbeite in dieser Sache engstens mit Oberstaatsanwalt Rindsfell zusammen«, erwidert der Fahlblonde. »Wir sind beide der Meinung, dass die Domberg-Front nur auseinanderfällt, wenn wir diesen Hartwig vor ein Sondergericht stellen und seinen Kopf fordern.«

»Aber nicht mit dem Neffen als Kronzeugen gegen den eigenen Onkel«, entgegnet der Kreisleiter. »Damit stempeln Sie ihn zum Judas. Kein Mensch in Bamberg hätte Verständnis dafür, am wenigsten die Jungen. Siegfried ist ihr Ideal«, donnert der frühere Eisendreher, der im harten Selbststudium heimlich fehlende Bildung nachbüffelt, »nicht Hagen.« Der kräftige Mann mit der ausgeprägten Nase zwingt sich zur Selbstbeherrschung. »Hätten Sie mit mir zusammengearbeitet, statt hinter meinem Rücken überall herumzustänkern, Panofsky, dann wäre Ihnen diese Schnapsidee nicht gekommen. Hier in Bamberg ist alles geschichtlich gewachsen. Zeit spielt hier keine Rolle. Änderungen vollziehen sich nur langsam.« Er zündet sich eine Zigarette an. »Dieser Rechtsverdreher läuft uns eines Tages bestimmt noch ins Messer, ganz gleich, ob in diesem Jahr oder im nächsten. Begreifen Sie doch endlich, Panofsky: Wir sind dabei, Bamberg endgültig zu erobern. Die Jungen stehen doch weitgehend auf unserer Seite. Die Kirchenaustritte mehren sich – und da kommen Sie daher und drohen alles durcheinanderzubringen.«

»Wir hätten den Fähnleinführer vermutlich nie als Zeugen vor Gericht benannt«, erklärt der SD-Chef.

»Aber in den Akten. Ein Armutszeugnis, wenn ihr mit dieser Kanaille nicht ohne den Jungen fertig werdet. Der Oberstaatsanwalt Rindsfell soll sich gefälligst im Gerichtssaal austoben und seine Schlappen nicht über Sie auswetzen. Diese Versetzungsgeschichte der Richter in der Devisenangelegenheit – ein schwerer Fehler. Die Leute reden doch darüber. Mensch, Panofsky, begreifen Sie doch endlich! Klar, wir dienen der gleichen Bewegung. Sie machen Ihre Arbeit und ich die meine. Über die Ziele sind wir uns einig – aber von den Methoden, die man in Bamberg anwenden muss, haben Sie keine Ahnung, weil Sie ein Hereingeschneiter sind.« Eisenfuß erhebt sich. »Deshalb stelle ich Sie vor die Wahl, künftig mit mir und meinen Männern zusammenzuarbeiten oder schleunigst Ihren Koffer zu packen.«

»Ich hab' nie gegen Sie gearbeitet, Parteigenosse Eisenfuß«, behauptet Panofsky.

»Quatsch«, entgegnet der NS-Satrap. »Meinen Sie, ich kenne die SD-Berichte nicht, die Sie nach Berlin durchgeben?«

»Wenn Sie den letzten meinen, spielen Sie sicher auf den Fall Steinbeil an.« Panofsky baut im raschen Gegenangriff eine Verteidigungslinie auf. »Es tut mir leid, feststellen zu müssen, dass sich schließlich die Kreisleitung stark dafür gemacht hat, dass wir den Steinbeils Pässe ausstellen ließen.«

»Es lag nicht in unserer Absicht, dass sie türmen. Gewiss: eine Panne.« Eisenfuß bleibt stehen und fixiert den SD-Mann. »Kommen in Ihrem Leben keine Pannen vor?«

»Natürlich auch – aber es macht mich einfach krank, dass Mutter und Sohn Steinbeil, die Hinterbliebenen eines notorischen NS-Feindes, nunmehr in der Schweiz hocken und sich über unsere Dusseligkeit halb totlachen.«

»Das nehme ich Ihnen nicht ab«, entgegnet Bambergs ranghöchster Goldfasan. »Wir haben das Haus und den Grundbesitz der Staatsflüchtigen. Aus devisenrechtlichen Gründen wird Frau Steinbeils Pensionszahlung storniert und eines Tages bestimmt kassiert – finanziell können wir uns schadlos halten. Aber die Sache hat noch einen höheren Wert für uns: Wir haben den Bambergern vorgeführt, wie menschlich und großzügig wir sind.« Eisenfuß sucht die farblosen Augen des Hauptsturmführers. »Und diesen Beweis haben wir auch verdammt nötig, nachdem Ihr Verein immer wieder Unruhe in die Bevölkerung trägt.«

»Das bedauere ich selbst«, behauptet Panofsky. »Aber ich habe meine Aufgaben. Und dieser Rechtsanwalt Hartwig muss unschädlich gemacht werden.«

»Da sind wir durchaus einer Meinung.«

»Ich kann die Ermittlungen also weiterführen?«

»Und ob«, entgegnet Eisenfuß. »Aber in der richtigen Weise«, fordert er. »Und mit den richtigen V-Leuten.«

»Gut«, erwidert der SD-Mann. »Bitte glauben Sie mir, Parteigenosse Eisenfuß, ich tue nur meine Pflicht.«

»Dann sorgen Sie gefälligst dafür, dass unsere Pflichten künftig nicht mehr zusammenstoßen. Mensch, Panofsky, in dieser Hinsicht begrüße ich sogar diese reinigende Aussprache«, mildert der Kreisleiter ein wenig seine Standpauke. »Kommen Sie zu mir, wenn Sie im Zweifel sind. Ich bin immer für Sie da. Für Sie und den Laden, den Sie führen. Wir ziehen doch am gleichen Strang.«

»Einverstanden«, erwidert der Chef der SD-Außenstelle. »Ich werde mich daran halten.«

»Darum möchte ich auch bitten«, beendet Eisenfuß die Kontroverse. »Sonst sind Sie weg vom Fenster, Panofsky«, droht er ein letztes Mal.

Dem Hauptsturmführer ist nicht anzusehen, ob er angeschlagen ist. Sicher: Er hat Eisenfuß unterschätzt. Die Hintermänner in der SS-Zentrale, die den Kreisleiter über geheime SD-Berichte informieren, sind auch mächtig genug, einen Hauptsturmführer abzuberufen, mit oder ohne Grund. Die SS ist ein Staat im Staat, gefürchtet selbst von vielen Parteigrößen, nicht aber von diesem Eisenfuß, der die richtigen Querverbindungen hat.

Es empfiehlt sich wohl, künftig kürzer zu treten.

Mathilde Bertram ist sehr früh aufgestanden und hat sich mit ungewöhnlicher Sorgfalt zurechtgemacht. Sie wirft einen letzten Blick in den Spiegel und sieht dabei in das Gesicht einer noch immer erstaunten Frau. Seit Jahren hat sie sich, zunächst unbewusst, dann immer zielstrebiger, auf diesen Tag der Auseinandersetzung vorbereitet; dazu gehörte auch, den Wünschen ihrer Tochter – sie hatte sich ihnen immer wieder verschlossen – endlich nachzukommen.

Die Frau über vierzig war nach Sibylles Abreise nach Italien zu Bambergs erstem Coiffeur gegangen und hatte sich die Haare modisch schneiden und tönen lassen. Anschließend verschönte eine Kosmetikerin ihr Gesicht. Korrigierte Augenbrauen, gefärbte Wimpern und ein dezentes Make-up wurden zum Blickfang.

Nürnberg war die nächste Station. In einem Modesalon deckte sich Mathilde Bertram mit neuer Garderobe ein. Das elegant geschnittene Kostüm ließ sie schlanker und größer erscheinen. Hochhackige Pumps lösten flache Absätze ab. Der alte Trachtenmantel ging mit dem anderen Abgelegten in die nächste Spinnstoffsammlung. Auch die zehn Jahre alte Geldbörse verschwand. Die Frau, die stets als hochherzige Stifterin für das Rote Kreuz und andere karitative Organisationen aufgetreten war, wurde auf einmal zur Wohltäterin an sich selbst, überrascht feststellend, dass in ihr trotz langer Vernachlässigung noch eine heimliche Eva steckte. Es war auch Teil ihres Plans gewesen, ihren Mann, mit dem sie sich auseinandergelebt hatte, durch ihr Äußeres zu überrumpeln.

Die Dreiundvierzigjährige wirkt nicht mehr hausbacken und unterwürfig. Mathilde Bertram hat die Resignation, in der ihre Ehe versickert war, abgeschüttelt und ein wenig erschrocken und doch nicht unglücklich festgestellt, dass sie jetzt mehr einer Frau als einer Mutter gleicht, was nichts daran ändert, dass sie zur Tigerin würde, wenn es um ihre Kinder ginge.

Ein Viertel nach acht erscheint Heinemann, der Chauffeur, den bereits ihr Vater zu einer Zeit eingestellt hatte, als die »Bertrag« noch die Einzelhandelsfirma Schündler gewesen war; er bleibt mit offenem Mund stehen, als er seine Chefin sieht. Mathilde Bertram lächelt: Der erste Test ist ein offensichtlicher Erfolg. Dr. Fendrich, der Wirtschaftsjurist, den ihr Vater als Alleininhaber der Schündler-Werke noch vor seinem Tod als Testamentsvollstrecker eingesetzt hat, liefert prompt die zweite Bestätigung, wie verblüffend Mathilde die Verwandlung geglückt ist.

»Gott, sehen Sie gut aus, gnä' Frau«, sagt der Mann mit dem Silberhaar, ein altgewordener Schwerenöter, der sich den Blick für das schöne Geschlecht bewahrt hat. »Es war ein Verbrechen wider sich selbst, jahrelang als altbackenes, nachgiebiges Heimchen am Herd aufzutreten, wenn man so aussehen kann.« Er betrachtet seine Klientin von oben bis unten, schüttelt den Kopf. »Einfach unglaublich«, setzt er hinzu. »Gratuliere!« Sie rollen über Erlangen nach Süden, erreichen die Autobahn nach München. Heinemann könnte den schweren Mercedes schneller fahren, aber es ginge gegen seine Prinzipien; er ist das Faktotum der Firma, zuverlässig und verschwiegen. Er sieht und hört viel, aber nie würde es ihm einfallen, darüber zu tratschen.

Dr. Fendrich sieht auf die Uhr. »Schätzungsweise gegen zehn Uhr fünfzehn werden wir schon in München sein«, sagt er.

Frau Bertram nickt. »Sie verhalten sich, wie wir es abgesprochen haben, Doktor«, bittet sie den vertrauten Juristen. »Sie weichen nicht von meiner Seite. Es gibt kein Gespräch mit meinem Mann unter vier Augen. Und Sie treten Ihren Part erst an, wenn ich Sie ausdrücklich dazu auffordere.«

»Es wird mir ein Vergnügen sein«, erwidert er. »Seit langem hab' ich auf diesen Tag gewartet. Sie hätten ihn mindestens fünf Jahre früher haben können, Gnädigste.«

»Hauptsache, es ist noch nicht zu spät«, entgegnet die Angreiferin. »Sie haben ja mein Pulver trocken gehalten. Und nennen Sie mich bitte nicht mehr Gnädigste.«

Der Wagen erreicht den Ostbahnhof. Der Pförtner der »Bertrag« erkennt Heinemann und öffnet die Schranke. Dr. Fendrich hatte schon öfter in der Münchener Zweigniederlassung zu tun. Seine Mandantin betritt sie zum ersten Mal, nur wenige Minuten nach dem Eintreffen ihres übernächtigten Mannes, der gestern in Starnberg so zügig auf künftige Wonnen getrunken hatte, dass er während der Nacht auf gegenwärtige hatte verzichten müssen.

Während Dr. Fendrich und seine Begleiterin auf den Lift warten, der sie in die Direktionsetage hochbringt, serviert Cora Nimmwegh ihrem Chef und Hochzeitskanididaten eine Prärieoyster. »Wie geht's dir?« fragt sie.

»Gestern ging's noch«, erwidert Bertram.

»Da täuschst du dich aber gewaltig«, entgegnet Cora. »Gestern ging's nicht mehr. Ich hatte mit dir noch mehr Arbeit als mit deinem Wagen.«

»Mach' ich alles wieder gut.« Er schluckt seinen Wiederbelebungscocktail. »Heute abend.« Er grinst. »Deutsche Eiche«, prahlt er. »Sie schwankt, aber sie fällt nicht.«

»Heute abend.« Sie nickt und lächelt. Wenn der Vorstandsvorsitzende der »Bertrag« nach einer durchbummelten Nacht mit ihr am Morgen gemeinsam im Werksgelände ankommt, kann es Cora auch wagen, aufs Ganze zu gehen.

Dr. Fendrich hat das Vorzimmer Bertrams betreten. Er nickt der ältlichen Sekretärin zu. »Geht's Ihnen gut, Frau Schuster?« fragt er.

»Danke, Herr Doktor«, erwidert sie. »Kann nicht klagen. Soll ich Sie bei Herrn Bertram anmelden?«

»Lassen Sie mal«, entgegnet der Jurist und lächelt maliziös. »Frau Bertram«, stellt er vor. »Es soll eine Überraschung für ihren Mann werden.«

Gustav Bertram schaut gereizt zur Tür, in der nach kurzem Anklopfen zuerst Dr. Fendrich auftaucht. Seine Kinnlade fällt nach unten. Erst auf den zweiten Blick erkennt er seine Frau und starrt sie an wie eine Erscheinung. »Du?« sagt er. »Du –«

»Ich«, erwidert Mathilde Bertram.

In diesem Moment erfasst Cora Nimmwegh, dass die Unbekannte die Frau sein muss, die ihr Mann als graue Maus bezeichnet hat. Sie steht wie angewurzelt und visiert die Rivalin. Ihr Gesicht ist starr vor Verblüffung, dann zeigen sich rasch hintereinander Zorn, Verlegenheit, Aggression und Unterwerfung. Cora schiebt sich aus dem Zimmer wie ein verjagtes Tier. Die Situation ist für sie viel schwerer als für die Frau, die sie verdrängen will, denn Mathilde Bertram hat nichts gesehen und erfasst, was sie nicht schon gewusst hätte.

Langsam erhebt sich der Fabrikant, steht gleich einem Boxchampion, bei dem der Außenseiter einen Sonntagsschlag gelandet hat; aber ein alter Ringfuchs geht nicht gleich zu Boden, sondern in den Gegenangriff. »Du wagst es, hier unangemeldet aufzutauchen? In dieser – dieser Aufmachung? Und das«, seine Stimme schwillt an, »nachdem du – hinter meinem Rücken – die eigene Tochter mit einem Staatsfeind und einem Mitgiftjäger verkuppelt hast –«

»Zuerst möchte ich dir raten, und zwar in deinem eigenen Interesse, deine Kebse aus dem Vorzimmer wegzuschicken. Es ist sicher besser, sie hört nicht mit, was wir zu besprechen haben.«

Der Außenseiter hat den zweiten Zufallstreffer gelandet, und diesmal kommt der Champion zu keinem Gegenangriff. Er klappt in seinen Stuhl, fährt sich mit dem Handrücken über die Stirn, zündet sich mit fahriger Hand eine Zigarette an. »Was machen Sie eigentlich hier, Herr Dr. Fendrich?« fragt er dann, um Zeit zu gewinnen.

»Ihre Frau ist meine Mandantin, und ich nehme auf ihren Wunsch an diesem Gespräch teil«, erklärt der Jurist. »Wenn es allein nach mir gegangen wäre, hätte es weit früher stattgefunden.«

»Ich möchte wissen, was es Sie angeht, wenn meine Frau und meine Tochter und mein Sohn einen Aufstand gegen mich inszenieren, den ich«, sagt er und seine Stimme fängt sich wieder, »erbarmungslos niederschlagen werde, und zwar sofort.«

»Stellen wir das Persönliche zunächst einmal zurück«, sagt die Frau mit dem veränderten Aussehen. »Bitte, Herr Dr. Fendrich –«

»Herr Bertram«, beginnt der Jurist, »Sie haben vor gut dreiundzwanzig Jahren Ihre Frau geheiratet und sind damals ziemlich mittellos in die damaligen Schündler-Werke eingetreten –«

»- und habe sie hochgebracht«, unterbricht ihn Bertram schnaubend, »und zwar in kürzester Zeit.«

»Sie haben tatsächlich Umsatz und Gewinn erheblich verbessert«, räumt der Jurist ein. »Trotzdem muss ich Sie jetzt um einige Geduld und Aufmerksamkeit bitten.« Er wartet, bis der Industrielle ihn ansieht. »Ihr Schwiegervater ist 1932 gestorben; er hat noch zu Lebzeiten veranlasst, dass die bisherige Einzelhandelsfirma als Schündler GmbH weiter besteht; Gesellschafter zu gleichen Teilen: Ihre Frau, Sie selbst und gemeinsam alle Kinder aus dieser Ehe. Die Verfügung des Erblassers sieht vor, dass Mathilde Bertram die Anteile ihrer Kinder bis zu deren fünfundzwanzigsten Geburtstag verwaltet. Sie hält damit über zwei Drittel der Firmenanteile. Nach dem Tod Ihres Schwiegervaters haben Sie mit Zustimmung der anderen Gesellschafter die GmbH in eine private Aktiengesellschaft umgewandelt. Die Besitzverhältnisse blieben die gleichen. Die Umwandlung haben Sie damit begründet, dass Sie durch Hinterlegung, Beleihung oder Verkauf der Aktien während des wirtschaftlichen Aufschwungs beweglich bleiben müssten und –«

»Das war doch wohl auch der Fall«, unterbricht ihn Bertram gereizt.

»Es war die Grundlage zu einem großangelegten Defraudantenmanöver«, erwidert Fendrich kalt.

»Was fällt Ihnen ein!« brüllt der Beleidigte. »Verlassen Sie sofort den Raum!«

»Das ist wohl nicht Ihr Ernst, Herr Bertram. Ich darf Sie daran erinnern, dass ich auch Vorsitzender des Aufsichtsrates bin.«

»Gut«, versetzt der Geschäftsführer, »dann haben Sie ja auch die Verantwortung für alle Tätigkeiten dieses Hauses mitzutragen.«

»Nach der Umwandlung in eine AG begann ein beispielloses Geschäft: Die Wiederaufrüstung brachte Sie ganz groß ins Fach«, fährt der Jurist fort. »Sie vergrößerten die Firma in einem unglaublichen Tempo. Für diese Expansion brauchten Sie Geld. Sie bekamen es von den Banken und hinterlegten als Sicherheit für die Kredite Aktien.«

»Mit Wissen und Zustimmung der anderen Eigentümer«, stellt Bertram erregt fest. »Jeder, auch ich, hat dafür dreizehneindrittel an die Banken abgetreten.«

»Richtig. Aber Sie waren in der Lage, dank des Geschäftsgangs, die Kredite ungewöhnlich früh zurückzuzahlen. Im Gegenzug haben Sie Aktien, die Ihnen nicht gehörten, also sechsundzwanzigzweidrittel, in Ihr Portfeuille genommen und jahrelang die Gewinnanteile in Ihre eigene Tasche gewirtschaftet, statt sie Ihrer

Frau und Ihren Kindern gutschreiben zu lassen. Diese Manipulation brachte Ihnen – neben anderen illegalen Tricks – so viel ein, dass Sie mit dem Erlös eine Tochterfirma, die Bertrag-München gründen konnten, die Ihnen allein gehört. Über Jahre hinweg haben Sie einen großen Teil der Unkosten über die Hauptfirma in Bamberg abgewickelt und Gewinne über die Tochterfirma vereinnahmt.«

Bertram sitzt am Schreibtisch, schüttelt den Kopf, fuchtelt mit den Fäusten, will etwas sagen, findet keine Worte.

»Ich bin Wirtschaftsspezialist«, fährt Fendrich mit frostiger Stimme fort, »kein Strafrechtler. Aber ein Staatsanwalt nennt solcherlei Vorgänge vermutlich Untreue, Unterschlagung, arglistige Täuschung, Betrug und was weiß ich –«

»Sie sind ja verrückt«, versetzt der Betriebsführer. »Als Aufsichtsratsvorsitzendem waren Ihnen meine Transaktionen doch bekannt. Warum kommen Sie mir jetzt damit?«

»Ich hätte sie längst verhindert, Herr Bertram«, entgegnet der Mann mit dem Silberhaar, »wenn Ihre Frau mich nicht gezwungen hätte, es zu unterlassen.«

»Um mich in eine Falle zu locken.«

»Nehmen Sie an, was Sie wollen«, versetzt der Jurist verächtlich. »Jedenfalls sitzen Sie in der Falle.«

Auch wenn Bertram nicht verkatert wäre, könnte er dem unerwarteten Angriff nicht wirkungsvoll begegnen. Sein Gesicht verfällt, wirkt auf einmal alt und grau. Er sucht den Blick seiner Frau. »Kann ich dich allein sprechen, Mathilde?«

»Nein, Gustav. Die Zeit der Privatgespräche ist vorbei«, antwortet sie. Das stille, bescheidene Beiboot hat sich abgehängt und die Führung des aufgetakelten Dreimastschoners übernommen; künftig wird ihr Mann in ihrem Windschatten durch das Leben segeln.

»Du willst mich also vernichten.«

»Meine Mandantin ist an einem Skandal nicht interessiert«, fährt Dr. Fendrich anstelle von Mathilde Bertram fort. »Unter Umständen könnten wir uns ohne Strafanzeige einigen. Das sähe dann so aus: Sie übertragen unverzüglich alle unrechtmäßig erworbenen Anteile und den Gewinn aus ihnen auf Frau Bertram und Ihre Kinder –«

»Und wo soll ich die Mittel hernehmen?« unterbricht ihn der Unternehmer. »Jetzt, wo die letzte Mark in der Firma steckt?«

»Ihr Problem«, erwidert der Jurist hart, doch noch immer höflich. »Aber wir sind Ihnen bei der Lösung behilflich, wir sind bereit, das Geld in Form von Aktien zu akzeptieren.« Nach einer Kunstpause fährt er fort: »Ich habe das überschlagen: Neunzig Prozent gehen an Ihre Frau und die Kinder, zehn Prozent, vielleicht etwas weniger, würden Ihnen verbleiben.«

»Und Sie meinen, dass ich mich auf eine solche Erpressung einlassen werde?«

»Es ist keine Erpressung, Herr Bertram«, erwidert Dr. Fendrich, »es ist eine Alternative. Sie stellt zur Wahl: Verzicht auf unlauteren Gewinn oder schätzungsweise vier bis fünf Jahre Zuchthaus.«

»Eine beispiellose Gemeinheit«, kontert der Mann in der Falle. »Und du machst bei einem so schmutzigen Spiel mit, Mathilde? Habe ich nicht jahrelang wie ein Wahnwitziger gearbeitet? Habe ich die Firma nicht saniert, den Umsatz verzehnfacht und den Gewinn verdreifacht?«

»Dafür sehen wir ja auch – unter Umständen – von einer Strafanzeige ab«, antwortet Mathilde Bertram. »Vielleicht lasse ich dich sogar als angestellten Geschäftsführer weiterhin an der Spitze des Unternehmens, vorausgesetzt, dass wir uns auch im persönlichen Bereich einigen.«

»Scheidung?« fragt er.

»In Bamberg lässt man sich nicht scheiden«, erwidert Mathilde Bertram. »Deshalb beabsichtige ich es, zumindest vorläufig, nicht. Du wirst Hans Faber als Schwiegersohn akzeptieren. Du wirst ihn künftig weder als Staatsfeind noch als Mitgiftjäger beschimpfen. Du wirst auch deine Parteibeziehungen nicht ausnutzen, um Faber hintenherum zu erledigen, im Gegenteil, du wirst zu ihm stehen.«

Bertram erhebt sich, geht erregt auf und ab, drei Schritte vor, drei Schritte zurück, wie in einer Zelle; bläuliche Adern treten an seinen Schläfen hervor wie bizarr geformte Schnüre.

»Falls wir uns auf dieser Basis einigen, und zwar sofort«, fährt die unerwartete Angreiferin fort, »kannst du von mir aus deine Mätresse behalten, vorausgesetzt, dass sie sich in Bamberg nicht blicken lässt.« Sie steht auf, um anzudeuten, dass sie die Unterredung für beendet hält und es nichts mehr zu diskutieren gebe.

Vier Tage vor Schulbeginn sitzt Stefan Hartwig am Schreibtisch seines Zimmers im elterlichen Haus am Obstmarkt und repetiert unregelmäßige Verben. Zwar ist er seit Tarzans Verschwinden unumstrittener Primus der 8 c und wird das Reifezeugnis bestimmt mit einer Eins vor dem Komma im Notendurchschnitt ablegen, aber selbst das kann man noch verbessern, und so betrachtet ist es vielleicht gar nicht schlecht, dass er seit seiner Beurlaubung als Fähnleinführer mehr Zeit zur Vorbereitung seines Schulabgangs findet.

»Entschuldige, Stefan«, sagt seine Mutter und wedelt mit einem Brief, »aber ich denke, er ist wichtig für dich.«

Der Junge erkennt an der Briefmarke sofort, dass das Schreiben aus der Schweiz kommt. Absender: Peter Steinbeil. Im ersten Moment verspürt Stefan nur Erleichterung darüber, dass sich der problematische Schulfreund doch noch gemeldet hat. Von Tarzan nichts mehr zu hören hätte ihn gekränkt.

»Lieber Stefan«, liest er, »es tut mir leid, dass ich Dir diesen Brief schreiben muss; ich hätte ihn Dir gerne erspart. Ich möchte Dich nicht gern in der Meinung lassen, dass ich Dich hintergangen hätte.

Als wir mit kleinem Gepäck in Bamberg abreisten, deutete nichts darauf hin, dass meine Mutter entschlossen war, in ihrem Geburtsland zu bleiben und auch mich hier festzuhalten. Ich war überzeugt, dass wir nach Ablauf der Weihnachtsferien zurückkehren würden.

Dann kam diese Diphtheriewelle, und ich war tatsächlich Bazillenträger und musste wochenlang isoliert werden. Selbst in dieser Zeit nahm ich noch immer an, nach Bamberg zurückzukommen.

Nunmehr weiß ich und muss es Dir leider mitteilen, dass meine Mutter nicht mehr nach Deutschland zurückkehren wird und, da ich nicht volljährig bin, auch mich in der Schweiz festhalten wird. Neuerdings spricht sie sogar davon, zu Verwandten in die USA zu übersiedeln.

Ich muss Dir sagen, lieber Stefan, dass ich niemals Deine Hilfe in dieser Passgeschichte in Anspruch genommen hätte, wenn mir Mutters Verhalten bekannt gewesen wäre. Ich kann nur hoffen, dass Du keine Schwierigkeiten bekommst. Ich hätte nichts dagegen, wenn Du in einem solchen Fall diesen Brief, den ich ohne Wissen meiner Mutter absende, vorzeigst. Du bist ein feiner Kerl, Stefan, und selbst in Deiner Eigenschaft als Fähnleinführer hast Du mir imponiert. Vielleicht gibt es ein Wiedersehen. Irgendwann – irgendwo.

Herzlich grüßt Dich
Dein Tarzan.«

Stefan liest den Brief ein zweites Mal durch und spürt eine gewisse Befriedigung; so traurig der Inhalt auch für ihn ist, er bestätigt nur, was er längst angenommen hat. Er war nicht von Tarzan, sondern dieser von der eigenen Mutter reingelegt worden. Das ändert zwar nichts an den Tatsachen, aber er steht wenigstens nicht wie ein Bauer da, der übertölpelt wurde.

»Telefon, Stefan«, stört ihn seine Mutter ein zweites Mal. »Der Bannführer«, erklärt sie, als sie sieht, dass er unwirsch reagieren will.

»Wie geht's dir?« fragt Martin Greifer.

»Ausgezeichnet, Bannführer. Da ich beurlaubt bin, habe ich ja Zeit, mich auf das Examen vorzubereiten.«

»Und du hast eine Riesenwut auf mich?«

»Das gerade nicht«, antwortet der beurlaubte Fähnleinführer, »aber ich bin stocksauer.«

»Dann kommst du am besten gleich bei mir auf der Dienststelle vorbei, damit wir das aus der Welt schaffen.«

»Jawohl, Bannführer«, entgegnet Stefan. Er schwingt sich aufs Fahrrad, passiert den Schönleinsplatz, radelt durch die Hainstraße.

Greifer geht vor dem HJ-Gebäude auf und ab: Er hat auf Stefan gewartet. »Vertret' mir gerade die Beine«, begrüßt er seinen gemaßregelten Fähnleinführer. »Also, du bist stocksauer auf mich?«

»Ja, und ich hab' eine andere Auffassung von den Zielen unserer Bewegung.«

»Mit Recht«, hakt Greifer ein. »Ich weiß, dass du von selbst zu mir kommst, wenn Feinde unserer Idee gegen den Führer hetzen. Das ist selbstverständlich etwas anderes, als Leute zu bespitzeln und sie hinten herum zu verpfeifen.«

»Aber das sollte ich doch tun.«

»Das war gewissermaßen eine charakterliche Prüfung«, behauptet der Bannführer. »Bravo, Junge, du hast sie glänzend bestanden. Du hast reagiert, wie wir es erwartet haben.«

»Eine Prüfung?« versetzt Stefan mit spöttischem Lächeln, denn der Kreisleiter muss Greifer ganz schön in den Hintern getreten haben, wenn er nunmehr mit so einem dummen Geschwafel kommt.

»Hör mal gut zu, Stefan«, fährt der vorzeitige Schulabgänger fort. »Du weißt, dass die alten Spartaner ein Vorbild unserer Jugenderziehung sind?«

Der aufgeschlossene Junge nickt.

»Du weißt auch, dass man den jungen Spartanern so wenig zu essen gab, dass sie sich Nahrung organisieren mussten?«

»Aber ja«, erwidert Stefan. »Wenn sie geschnappt wurden, hat man sie halb totgeschlagen, wenn sie sich nicht erwischen ließen, belobigt.« Er bleibt einen Moment stehen. »Was hat das eigentlich mit mir zu tun?« fragt er dann.

»Wir mussten dich einer Spartanerprobe unterziehen. Betrachte das Ganze als ein Charakterexperiment, das du blendend bestanden hast.«

»Aber ich hab' doch gar nicht geklaut.«

»Wir haben die Sache ja auch zeitgemäß abgewandelt«, erklärt Greifer, und sein verdicktes Augenlid zuckt ein paarmal. »Deiner Beförderung zum Stammführer steht also nichts im Wege; es war die letzte Hürde.«

Stefan misstraut Greifers Wissen über das alte Sparta gründlich, zumal der Vergleich hinkt. Aber letztlich ist es gleichgültig, Hauptsache, er ist rehabilitiert.

»Am nächsten Samstag«, erklärt der Bannführer, »am Vorabend des großen Bannsportfestes wirst du besonders ausgezeichnet werden. ich wollte dich nur schonend darauf vorbereiten. Wenn Stemmle zurücktritt, wirst du sein Nachfolger als Stammführer. Willst du einstweilen dein Fähnlein wieder übernehmen oder gleich darauf warten, bis Stemmle eingezogen wird und du an seine Stelle rückst?«

»Das wäre mir am liebsten«, antwortet Stefan. »Das ließe mir Zeit für meine Abiturvorbereitung.«

»Eben«, erwidert Greifer. »Wir legen Wert darauf, dass unsere Führer auch noch in der Schule dastehen wie eine Eins.« Er schluckt, wohl in Erinnerung an seine eigene Schulmisere. Er streckt Stefan die Hand hin. »Sind wir wieder Freunde?«

»Jawohl, Bannführer.«

Stefan fährt zurück, erleichtert und belastet zugleich. Der noch nicht ganz Achtzehnjährige hat Karriere gemacht, aber er spürt auch, dass etwas faul ist an der Geschichte. Logisch ist wohl nur die Annahme, dass der Kreisleiter ordentlich zugeschlagen hat und Greifer weiche Knie bekam.

Er tritt in die Pedale, fährt einen Umweg, denn mit der Abi-Ochserei ist es heute vorbei, es fehlt ihm die Konzentration. Er radelt durch die Amalienstraße und wundert sich, wie wenig ihn

Rehabilitierung und Aussicht auf vorzeitige Beförderung bewegen. Vor ein paar Wochen noch hätte er Bäume dafür ausgerissen. Jetzt aber ist sein Misstrauen größer als seine Begeisterung. Schließlich wird ihm klar, dass trotz des Händedrucks Greifer bei ihm unten durch ist. Das ist nicht so schlimm; es steht mancher in der Bewegung vielleicht am falschen Platz, doch nur auf die Idee kommt es an, nicht auf die Person.

In diese Vorstellung steigert sich Stefan so hinein, dass er den kleinen, unauffälligen Braubach fast überfährt. Dieser Mitschüler ist der Klassenschlechteste; er hat wenig Chancen, die Reifeprüfung zu bestehen. Sicher kommt er deshalb gerade aus dem Haus des Studienprofessors Pfeiffer, der vor zwei Jahren sein Ordinarius gewesen war. Der Alt-Pg wird in der Prüfungskommission sitzen, die das Abitur abnimmt. Kein Wunder, dass Braubach jetzt um den Einflussreichen herumscharwenzelt.

»Servus, Richard«, begrüßt ihn der Primus. »Du kommst wohl vom Pfeiffer?«

»Ja«, erwidert der Schmächtige. »Nachhilfeunterricht – kann ja nicht schaden.« Er lächelt bekümmert.

»Na, ich halt' dir die Daumen«, sagt Stefan. »Glück brauchst du schon mit deinen drei Fünfen.«

»Können ja nicht alle so gut sein wie du«, versetzt Braubach schnippisch. Es ist ein Maximum an Meinungsäußerung, denn dieser Mitschüler gilt als besonders farblos, in der Schule, privat und sogar beim HJ-Dienst.

Stefan fährt weiter, mit den Gedanken jetzt bei den Kandidaten der 8 c. Braubach ist der gefährdetste, doch auch Rainer Ramm und Ferdinand Grubbe haben ihre Sorgen. Auch Benno Metzger ist nicht gerade ein glänzender Kandidat. Claudia wird das Abi spielend schaffen. Stefan hat sie in letzter Zeit kaum gesehen, auch sie büffelt, aber für die gemeinsame Siegesfeier hinterher hat er ganz konkrete Vorstellungen. In drei Monaten kommt für sie alle die Stunde der Wahrheit, und zur Zeit steht die Reifeprüfung im Brennpunkt ihres Lebens, mehr als diese Meldungen über ständige Ausschreitungen der Polen an den Volksdeutschen.

Mindestens fünf Minuten nehmen sie in jeder Nachrichtensendung ein, und in den Zeitungen füllen ihre Verbrechen an den Wehrlosen Spalten. Adolf Hitlers Geduld scheint endlos zu sein, aber er scheut auch nicht den Krieg. Doch die Kandidaten sorgen sich im

Moment mehr um die Fünf in Mathe oder Latein und darum, wie sie ihren Notendurchschnitt verbessern können, als um den gefährdeten Frieden. Großdeutschland ist ein autoritärer Führungsstaat, und wer an der Spitze stehen will, wo auch immer, muss etwas leisten, muss eine anständige Platzziffer vorweisen können.

Und dann kommt Stefans größter Tag. Zum ersten Mal seit drei Wochen schlüpft er wieder in seine eingemottete Uniform; am Vorabend des Bannsportfestes wird er an die Front gerufen.

Unter einem Trommelwirbel verleiht ihm Martin Greifer mit erhobener Stimme die Ehrenkordel der HJ. »Du hast sie verdient, Stefan«, sagt er. »Du bist der beste Führer meines Banns, und ich sage dir hier, vor versammelter Mannschaft, eine große Zukunft voraus.« Er reicht Stefan die Hand.

Die Trommeln wirbeln wieder, als der Ausgezeichnete zurückgeht und sich an der Spitze seines Fähnleins einreiht.

Im letzten Moment war Jungzugführer Rolf Bertram zu der Einheit gestoßen. »Gratuliere«, sagt er zu Stefan. »War ganz sicher, dass du die Treppe hinauffallen wirst – aber so bald schon?«

»Danke«, erwidert Stefan. »Wie geht's dir?«

»Gut.«

»Gib's was Neues?«

»Allerdings«, entgegnet der Junge. »Aber das erfährst du noch früh genug.«

»Stillgestanden!« kommt das Kommando aus dem Lautsprecher. »Ich melde den Gebietsführer.«

1200 Jungen hauen die Hacken zusammen, Statisten des zackigen NS-Rituals, dem sie sich willig unterwerfen, bevor sie sich in die Startlöcher ducken.

Die Abreise von der Blumenriviera erschien Sibylle und Hans Faber wie die Vertreibung aus dem Paradies. Die Wirtin der »Villa Teresina« begleitete sie von Spotorno bis nach Savona und überreichte dort den Verlobten noch ein dickes Proviantpaket, bevor die beiden mit dem Zug nach Brixen, dem vereinbarten Treffpunkt mit der KdF-Reisegruppe, weiterfahren. In Südtirol, dem einzigen Land, das der Führer nicht heimholen will ins Reich, ist die letzte Übernachtung der Italienfahrer eingeplant.

Der Bus hat zwei Stunden Verspätung. Arm in Arm bummeln die Liebenden durch das von sanften Hängen und steilen Bergen umgebene Städtchen mit den großartigen Barockfassaden und den herrlichen Laubengängen. Sie besuchen den Dom aus dem 15. Jahrhundert, und dann fragt sich Sibylle zielstrebig nach dem Postamt durch. Sie zeigt ihren Ausweis am Schalter vor und verlangt »posta restante«.

Tatsächlich ist für sie postlagernd ein Telegramm eingegangen: »Herzlichen Glückwunsch, Erwarte Dich und Deinen Verlobten in München, Hotel Bayerischer Hof. Gruß Mutter.«

»Was sagst du jetzt, Hans?« fragt Sibylle.

»Deine Mutter ist eine großartige Frau«, entgegnet er. »Aber unser Gegner war von Anfang an dein Vater.«

»Etwas verstehe ich ja nicht ganz. Warum ist meine sparsame Mutter auf einmal in dieser Luxusherberge abgestiegen?«

»Vielleicht tagt dort das Scherbengericht«, entgegnet Faber.

»Das glaube ich nicht. Mutter war ja in unser Italien-Unternehmen eingeweiht und mit ihm einverstanden.«

»Vielleicht ist sie dann mitangeklagt«, erwidert der Pädagoge.

Sibylle stößt ihn scherzhaft mit der Faust in die Seite. »Du bist wirklich ein unverbesserlicher Pessimist. Küss mich und halt den Mund!«

Der Bus startet am nächsten Morgen um 8 Uhr. Der SA-Mann trägt immer noch Zivil. Ein paar ältere Mitreisende schwärmen von Rom und der Anführer der Skatrunde von einem Grand ohne vier, den er mit Contra und Re gewonnen hat. Langsam rollt der Wagen zum Brenner hoch; am Abend wird er in München sein.

»Wie fühlst du dich, Hans?« fragt Sibylle.

»Glänzend«, erwidert er. »Avanti, signorina, avanti!«

Als sie in München vor dem Hotel aus dem Taxi steigen, ist ihr Übermut ein wenig gedämpfter. Sibylle fragt nach ihrer Mutter.

»Frau Bertram ist in der Halle«, erklärt der Rezeptionist. »Hier, gleich nebenan.«

»Komm«, sagt Sibylle zu ihrem Begleiter und geht voraus.

Nur wenige Tische sind besetzt. Die Studentin sieht von einem zum anderen. Mutter ist jedenfalls nicht unter den Menschen, die hier die Zeit absitzen. Sie will schon gehen, als ihr eine Dame, offensichtlich eine elegante Bekannte, vom linken Ecktisch her zuwinkt.

Wenig begeistert geht Sibylle auf sie zu.

Ein paar Meter vor ihr bleibt sie ein paar Sekunden wie angewachsen stehen, hastet dann mit einem Satz in die Arme ihrer

Mutter. »Mein Gott, siehst du gut aus!« sagt sie. »So eine Überraschung. Ich kann's nicht glauben. Ich traue meinen Augen nicht!« Sie dreht sich nach ihrem Begleiter um. »Hans, erkennst du meine Mutter wieder?«

»Ich versuche es«, erklärt er und küsst seiner künftigen Schwiegermutter die Hand.

»Setzt euch, Kinder«, fordert Mathilde Bertram auf. »Ihr seht prächtig aus. Ihr bekommt einander gut. Die offizielle Verlobung habe ich auf den übernächsten Sonntag angesetzt. Recht so?«

Die beiden starren sie sprachlos an.

»Und Vater?« fragt Sibylle vorsichtig.

»– ist nicht begeistert, aber er stimmt der Verbindung zu.«

»Das hast du alles für uns getan, Mutti?«

»Ich will ja, dass es dir einmal besser geht als mir, Kind«, sagt sie.

»Und wie hast du das geschafft?« fragt Sibylle.

»Mein Geheimnis«, erwidert Mathilde Bertram mit einem rasch wieder weggewischten Lächeln. »Gar nicht so kompliziert, Kind. Du studierst doch Volkswirtschaft. Hast du vergessen, dass zwei Drittel unserer Firma dir, deinem Bruder und mir gehören?«

»Das mein' ich doch nicht –«

»Wissen Sie«, überhört die Siegerin von gestern die ungestellte Frage und wendet sich an Faber, »dass Sie kein armes Mädchen heiraten werden?«

»Das interessiert mich nicht«, entgegnet der Erzieher leicht bekümmert.

»Sibylle wird bald eine Über-ein-Drittel-Mitbesitzerin der ›Bertrag‹ sein –«

»Um Gottes willen«, erwidert Faber erschrocken.

»Stört Sie das?« fragt die künftige Schwiegermutter. »Sie brauchen sich nicht zu verteidigen, Hans. Sie sind kein Mitgiftjäger. Damit kenne ich mich aus«, versetzt sie, und ein paar schnelle Falten vergehen sich an ihrem tadellosen Make-up. »Außerdem verstreichen noch drei Jahre Zeit bis dahin«, setzt sie hinzu.

»Bis dahin«, entgegnet Faber, ohne es zu wollen, »sind wir vielleicht alle ärmer, als wir es uns heute vorstellen können –«

»Darüber wollen wir jetzt nicht sprechen«, entscheidet Mathilde Bertram, »obwohl Sie vielleicht Recht haben.«

Die Fahrt von München nach Bamberg am nächsten Tag im firmeneigenen Mercedes, gelenkt von dem bewährten Heinemann, verläuft zunächst schweigend. Kurz vor der Abreise hatte Mathilde Bertram noch eine Besprechung mit Dr. Fendrich, der in München bleiben wird, bis er die peinlich genaue Prüfung der Geschäftsbücher abgeschlossen hat.

»Die Manipulationen zu Ihren Ungunsten, Falschbuchungen und Entnahmen sind weit schlimmer, als ich bisher angenommen habe, Frau Bertram«, hatte der Wirtschaftsjurist festgestellt. »Sie würden es Ihnen ohne weiteres erlauben, Ihren Mann ganz aus der Firma hinauszudrängen.«

»Das will ich nicht.«

»Überlegen Sie es sich genau«, hatte Dr. Fendrich geraten. »Nehmen Sie Herrn Bertram die Anteile ab und machen Sie ihn zum bezahlten Geschäftsführer, ohne jeglichen Mitbesitz, dann könnte er keinen unkontrollierten Schritt mehr tun.«

»Das wird er künftig sowieso nicht mehr können, auch wenn ich ihm zehn Prozent vom Firmenvermögen belasse«, hatte die Frau mit der Aktienmajorität erwidert. »Ich will fair sein. Das hat Gustav – trotz allem – verdient, er hat hart gearbeitet, wenn auch in die eigene Tasche. Ich will meinen Mann nicht vernichten. Ich möchte ihm nur den unlauteren Gewinn abnehmen, nicht den verdienten. Wir werden getrennt leben, vielleicht lasse ich mich eines Tages auch scheiden – aber ich kann doch nicht so ohne weiteres aus meinem Bewusstsein streichen, dass Gustav der Vater meiner Kinder ist.«

Kurz nach Ingolstadt bricht Sibylle das Schweigen. »Ich weiß gar nicht, wie ich dir danken soll, Mutter«, beginnt sie wieder, wo sie gestern spätabends aufgehört hat.

Hans Faber schließt sich ihren Worten an. Mathilde Bertram muss sich bis Bamberg der Dankesbeteuerungen der beiden erwehren; sie duzt bereits ohne Zögern Hans Faber, der sich noch ein paarmal verhaspelt und dann froh ist, dass Sibylle ihrer Mutter typisch weibliche Fragen nach der Herkunft der Frisur, des Makeups, des Reisekostüms stellt und natürlich wissen will, wodurch diese plötzliche Wandlung, auf die sie seit Jahren vergeblich hingearbeitet hatte, eingetreten sei.

»Ganz einfach«, versetzt die vormals graue Maus. »Ich habe euren Brief erhalten und dachte, ich könnte euch keine hausbackene Mutter und Schwiegermutter zumuten – schließlich stehen uns ja jetzt Familienfeste bevor.«

Der alte Bertram tritt weder telefonisch noch persönlich in Erscheinung, aber seine Frau versäumt keine Zeit: In Bambergs Tageszeitung erscheint, reichlich groß, die Verlobungsanzeige, zweiteilig. Auf der linken Seite grüßen die beiden jungen Menschen als Verlobte, rechts heißt es: »Gustav Bertram und Frau Mathilde, geb. Schündler, beehren sich, die Verlobung ihrer Tochter Sibylle mit Herrn Studienassessor Dr. Hans Faber mitzuteilen.«

So steht es in der Wochenendausgabe, schwarz auf weiß, und der Pädagoge wird mit Gratulationen überhäuft. Er kann das plötzliche Glück noch immer nicht fassen und sucht, so beständig wie vergeblich, den Pferdefuß.

Am Sonntagmorgen hat sich die Wohnhalle der Bertram-Villa in ein Blumenmeer verwandelt. Hans Faber steht etwas verlegen herum, wie der Mann, der das große Los gezogen hat und sich noch keine Vorstellung von der Höhe des Gewinns machen kann. Seine Freunde Robert und Claus bringen ihn wieder auf die Erde zurück. Die »Drei Musketiere« sind komplett; sie scherzen und trinken unbefangen. Für ein paar Stunden kehren die alten Zeiten zurück.

»Gefallen dir meine Kumpane?« fragt Faber Sibylle.

»Warum hast du sie mir so lange unterschlagen?« erwidert die glückliche Braut.

»Sie sind ziemlich rauhe Burschen«, versetzt er. »Man muss sich erst an sie gewöhnen. Eines Tages werde ich dir auch erzählen, was Robert für mich getan hat.«

»Und auf diesen Tag«, sagt der Anästhesist, »da leeren wir jetzt das Glas.« Es ist eine Anspielung und eine Warnung zugleich, aber der Freund ist ohnedies auf der Hut.

Als Hans Faber mit Claus einen Moment allein ist, fragt ihn der Oberleutnant des Wehrbezirkskommandos: »Hast du deinen Schwiegervater eigentlich umgebracht?«

»Ich weiß nicht, was sie mit ihm gemacht haben«, geht der Freund auf den Ton ein, »irgendein Kniff in der Firma oder so was muss es wohl sein.«

»Du hast es geschafft«, versetzt Claus Benz. »Sibylle ist entzückend. Es lohnt sich wirklich, für sie den Kopf hinzuhalten – aber halt ihn trotz allem besser, solange es geht, aus der Schusslinie«, rät er.

Einer der ersten Gratulanten ist Stefan Hartwig, nicht in seiner Eigenschaft als Fähnleinführer, sondern als Klassensprecher der 8 c. Die Prozedur ist ihm zuwider, aber er findet ein paar offene, menschliche Worte, und sein Ordinarius gibt sie ihm zurück, bevor Stefan und Rolf Bertram in einer Ecke miteinander zechen, als trainierten sie schon für die Abitursiegesfeier.

Der nächste Glückwunsch kommt von Oberstudiendirektor Dr. Hans Schütz. Der Rex überreicht ein riesiges Rosengebinde mit blumigen Worten. Er hält dabei – wie alle anderen Teilnehmer der Gratulationscour – vergeblich Ausschau nach Gustav Bertram. Fragen werden nicht gestellt, Erklärungen nicht gegeben.

»Herr Oberstudiendirektor«, sagt Hans Faber, »ich würde Ihnen vorschlagen, Rolf Bertram, meinen künftigen Schwager, in eine Parallelklasse zu versetzen.«

»Aber nein, das machen wir nicht mehr. Das wäre doch ganz falsch, jetzt vor dem Abitur den Klassenleiter zu wechseln. Und ich weiß doch, Herr Kollege, wie korrekt Sie sind und wie sehr ich mich auf Sie verlassen kann. Nein«, wiederholt er, »das machen wir in dieser kurzen Zeitspanne nicht mehr. Und bei der Reifeprüfung wird der Schüler ja ohnedies von anderen Lehrkräften examiniert.«

Der Höhepunkt des Tages ist kurz und förmlich. Im dunklen Anzug fährt der Hausherr vor, begrüßt die Gäste, stößt, ohne seinem Schwiegersohn in die Augen zu sehen, mit einem Glas Sekt auf die Verbindung an, wünscht alles Gute und umarmt dann seine Tochter steif; es sieht fast aus, als schöbe er dabei Sibylle von sich weg. Der Industrielle wirkt gealtert. Sein Gesicht scheint von einer Krankheit gezeichnet. Seine grauen Augen sind ohne Glanz, seine buschigen Augenbrauen gesträubt. Er sieht weder wie ein glücklicher Vater noch wie ein erfolgreicher Unternehmer noch wie der Liebhaber einer kessen Dreiunddreißigjährigen aus.

Eine halbe Stunde später nickt er seiner Frau zu und verlässt die Wohnhalle, ohne sich von den Gästen zu verabschieden, wie ein Einsteigedieb. Er verschwindet in seinem Wagen, fährt in Richtung München. Was Gustav Bertram vorführte, glich eher einer Unterwerfungsgeste als einer Gratulation. Er hat sich mit dringenden Geschäften entschuldigt, und in Bamberg verbreitet sich rasch eine doppelte Sensation: dass der Unternehmer Dr. Hans Faber als Schwiegersohn akzeptiert, zum anderen, dass er sich bei der Verlobungsfeier kaum eine halbe Stunde im eigenen Haus aufgehalten hat.

Das Barometer scheint auf Sturm zu stehen, aber Sibylle und Hans im Glück sind wetterfest.

Böllerschüsse dröhnen von der Altenburg; sie starten den Tag, den die Partei fürchtet. Der Kreisleiter hat sich auf Fronleichnam vorbereitet wie auf eine Saalschlacht. Er treibt seine Gliederungen aus der Stadt. Es ist ein Rückzug. Die HJ muss ins Zeltlager, die SA auf den Schießstand, die Parteigenossen fahren zu einer Tagung, die SS lauert in Zivil, die Technische Nothilfe reißt eine Straße auf, um das tausendfache Gebet zu sabotieren.

Aber die braunen Organisationen sind nicht vollzählig. Es gibt Mitglieder, die Gott mehr fürchten als den Kreisleiter. Denn dieser Tag gehört der Kirche. Die Prozession wird zur Demonstration. Der freiwillige Zug des Glaubens bewegt kaum weniger Menschen als die befohlene Bewegung des Unglaubens.

Die Glocken läuten von den sieben Hügeln des fränkischen Rom. Von den Domtürmen hallen ihre Klänge wuchtig wie die Geschichte, vom Michaelsberg hell wie die Hoffnung, von der Oberen Pfarre mächtig wie der Glaube, vom Jakobsberg gelassen wie die Zuversicht. Über dem Tal verschmilzt das Glockengeläute zu einem Ton. Es dringt noch in die äußersten Winkel, in die entferntesten Häuser, in die letzten Herzen.

Die Sonne steht hell und warm am Himmel wie ein Wegweiser. Auf den Straßen sind Blumen gestreut. Aus den Fenstern wehen Fahnen ohne Hakenkreuz, in den Farben des Vatikans: weiß-gelb. Aber an diesem Tag geht es nicht um eine Konfession. Es geht um die Religion schlechthin. Die Bekenntnisse kennen keine Gegensätze mehr. Die evangelische Minderheit der Stadt unterstützt die katholische Prozession in brüderlicher Herzlichkeit. Protestanten säumen ergriffen die Straßen. Die Glocken der evangelischen Kirche stimmen in den Einklang der Feierlichkeit.

Der Glaube erfüllt die Luft. Sie duftet nach Blumen und Kerzen, nach Erde und Frühsommer. Zuerst kommen die Mädchen. Sie tragen weiße, rührende Kleider. In ihren Haaren spiegelt sich die Sonne, in ihren Augen die Andacht. Sie beten hell und rhythmisch. Sie haben kleine, ovale Körbe umgebunden, aus denen sie Blütenblätter streuen. Knapp hinter ihnen folgen die Buben in dunklen Anzügen, mit sorgfältig gescheitelten Haaren, die ihnen die Mütter nass an den Kopf gestriegelt haben. Ihre Gesichter sind wichtig, ihre Augen noch unberührt von den Niederungen dieser Welt. Ihr »Te Deum« klingt klar und einstimmig, geht in ein Vaterunser über und endet in einem Marienlied.

Und dann wachsen die Jungen der langsam schreitenden Prozession nach oben wie die Orgelpfeifen. Ihre Stimmen werden tiefer, ihre Köpfe höher.

Dr. Faber, der in der vorderen Reihe des Spaliers am Grünen Markt steht, erkennt Schüler seiner Klasse. Überraschend viele. Ein paar nicken ihm grüßend zu. Das Gesicht des Assessors ist weich und bewegt. Für zwei Stunden kann er in eine andere Welt flüchten, in der es keine Trommeln, keine Fanfaren, keine Blutfahne und nicht die heisere Stimme des Kreisleiters gibt. Und mit ihm eine ganze Stadt, die bereits die Furie Krieg wittert und fürchtet. Im Gegensatz zu 1914 fehlt den meisten Deutschen jede Kriegsbegeisterung. Nach knapp fünfundzwanzig Jahren ist der Erste Weltkrieg noch eine zu schmerzhafte Erinnerung. Der Führer ist gezwungen, seine Volksgenossen mit langsamen, verhohlenen Schritten an die neue Katastrophe heranzuführen. In der braunen Propaganda werden Kriegsvorbereitungen zu Friedensbeschwörungen. Die Mobilmachung in Wellen tarnt sich als Reservistenschulung und der Aufmarsch an der polnischen Grenze als Sommerübung.

Nacht für Nacht finden dort Schießereien statt, wobei nicht immer klar ist, wer damit beginnt. Aus möglicherweise sechstausend deutschen Toten und Verletzten macht Goebbels sechzigtausend Opfer. Jetzt ruft auch Frankreich Reservisten zu den Waffen. In Großbritannien wird die allgemeine Wehrpflicht eingeführt.

Kriege hat Bamberg viele erlebt und überstanden. Dreizehnmal wurde das fränkische Kleinod während des Dreißigjährigen Krieges erobert und konnte sich doch das schöne Antlitz erhalten. Sechshundert Hexen wurden hier auf Geheiß des Aberglaubens verbrannt, unter ihnen vier Bürgermeister hintereinander. Und doch ist das fränkische Rom mit den Abgründen des Aberglaubens fertig geworden. Immer hat das Netz der Kunigunde gehalten. Aber wird es, kann es auch diesmal halten?

Nie steigen die Gebete inbrünstiger zum Himmel als an diesem Fronleichnamstag 1939, von den Menschen, die die Straßen säumen, von den Gläubigen, die im Zuge schreiten. Zwischen den Frommen stehen die Spitzel, notieren Namen. Einzelne Behörden haben die Schwächlinge abgestellt, um die Mutigen zu belauern, die an der Prozession teilnehmen oder an den Straßenrändern dicht geschart Spalier bilden.

Die Prozession stockt. Der Erzbischof hat einen der im Freien errichteten Altäre erreicht. Die Gebete und Gesänge brechen ab.

Die Ordner heben die Hand. Die jungen Menschen schreiten weiter. Eine schwere Heiligenfigur wird vorbeigetragen.

»Und vergib uns unsere Schuld«, betet in diesem Moment die christliche Jugend, »wie auch wir vergeben unseren Schuldigern.«

Dann werden die Stimmen hart und tief. Die Männer ziehen vorbei: Beamte, Arbeiter, Angestellte, Bauern. Viele tragen Orden aus dem Ersten Weltkrieg auf dem dunklen Anzug. Der Zug nimmt kein Ende. Es werden mehr und mehr. An der Martinskirche schellen silbrig die Klingeln der Ministranten vor dem Traghimmel. In der ersten Reihe der katholischen Männer Rechtsanwalt Dr. Wolf Hartwig; hinter ihm, im nächsten Glied, der Arzt Dr. Fibig. Am Straßenrand Postinspektor Reblein, der sich beider Namen einprägt. Dann kommt der Erzbischof in Sicht, gemessen, würdig nähert er sich dem Altar.

Drexler, der Milchmann, ließ sich bei den Schießübungen seines SA-Sturms vertreten, um unter Bambergs frommer Bevölkerung Zielübungen zu veranstalten. So viele Namen kann er sich nicht merken; ab und zu holt er verstohlen einen Zettel aus der Tasche und notiert Teilnehmer des frommen Zuges. Mit steigendem Zorn registriert Drexler, dass die Kirche fast so viele Menschen auf die Beine bringt wie die Partei. Während die Gläubigen jetzt das Knie beugen, wird sein Gesicht so weiß wie das Produkt, das er unter der Woche, mit seinem Handwagen von Haus zu Haus ziehend, verkauft. Jugenderinnerungen überfallen ihn. Er hat das Gefühl, plötzlich allein zu stehen, als er auf die goldene, edelsteinbesetzte Monstranz, auf der sich das Licht bricht, starrt. Das allgegenwärtige Auge Gottes, hat Drexler vor langer Zeit gelernt, und auf einmal kommt er sich wie ein Aussätziger vor.

Seine Erinnerung rast zurück, überspringt vierzig Jahre. Er sieht sich als Zehnjährigen am Altar, hat eine Kerze in der Hand, hebt den Blick zum goldenen Kreuz, zu den Blumen. Sein Herz schlägt heftig, er singt. Und er ist im Strom der Geborgenheit, die er viel später an die Bewegung verkauft.

Der Baldachin kommt näher. Die Hände Drexlers flattern, die Kniekehlen zittern, die Augen bleiben starr. Der Hass schlägt in Entsetzen um. Der Zettel fällt zu Boden, der Bleistift hinterher. Der SA-Sturmführer merkt nicht einmal, wie er mit der rechten Hand das verkümmerte Zeichen des Kreuzes an seine Brust schlägt, gerade, als der Priester an ihm vorbeigeht, die Hand hoch erhoben wie zu einer sichtbaren Anklage gegen die Zeit.

Die Gläubigen erheben sich wieder. Dem Traghimmel folgt der evangelische Standortälteste der Wehrmacht, General von Bergfall, trotz ausdrücklichen Verbots in Uniform. Er geht hochaufgerichtet, erschreckend hager, mit trotzig abstehenden Haaren, das funkelnde Monokel im linken Auge, mit nach vorne gerichtetem, nicht nach links und rechts abweichendem Blick – ein echter Protestant.

Der SA-Sturmführer Drexler beugt sich nicht mehr nach seinem Zettel. Er schert aus dem Spalier aus und geht langsam, mit zerstreutem, seltsam hohlem Blick, weg.

Die drei Beobachter hinter der üppigen Blumenpracht der Rokokobalkone am Alten Rathaus, Hauptsturmführer Panofsky, Kriminaloberkommissar Bruckmann und Oberstaatsanwalt Rindsfell, schweben schon räumlich über der Prozession. Der SD-Chef hat es aufgegeben, die Teilnehmer zu zählen. Die Summe ist ihm über den Kopf gewachsen.

Bruckmann, der Leiter der Politischen Polizei, weiß, dass morgen die Namen der Teilnehmer ohnedies auf seinem Schreibtisch liegen werden. Und Rindsfell ist eigentlich nur hier, weil er Panofsky wieder einmal auf den verhassten Dr. Hartwig scharf machen will, als wäre das noch nötig.

Der Hauptsturmführer hat die Treibjagd auf den Oppositionellen nicht aufgegeben, er ist nur vorsichtiger geworden und bespricht jetzt alle Schritte mit dem Kreisleiter. Auch seine Berichte nach Berlin fasst der Leiter der SD-Außenstelle nunmehr weit zurückhaltender ab, wie Eisenfuß längst mit Genugtuung feststellte.

»Sehen Sie sich das an, Bruckmann: Ihr angeblicher V-Mann und Hartwig fast in einer Reihe. Hätten Sie den Arzt lieber wegen Trunkenheit am Steuer und Fahrerflucht eingebuchtet, dann wäre wenigstens einer von diesen Schweinehunden hier erledigt.«

»Ich weiß nicht, was da vorgeht«, verteidigt sich der Polizeibeamte. »Ich bin nach wie vor überzeugt, dass Dr. Fibig sich noch als ein brauchbarer V-Mann bewähren wird, aber wenn er mit diesem Hartwig zusammenkommen soll, entschuldigt sich der Rechtsanwalt im letzten Moment. Vierzehnheiligen, zum Beispiel, das war doch für uns schon eine gemähte Wiese, da ging er ins Sanatorium.«

»Haben Sie das überprüft?« fragt der lange Hagere.

»Natürlich, Hauptsturmführer. Hartwig war wirklich dort. Er leidet auch tatsächlich an einer Art nervösem Erschöpfungszustand.«

»Und die Absagen haben sich seitdem wiederholt?«

»Zweimal bis jetzt«, antwortete der Kriminaloberkommissar.

»Dann denken Sie einmal gründlich nach, Bruckmann. Es ist doch wohl klar, dass diesen schwarzen Bruder –«, Panofsky verzieht die Lippen, »nicht der Heilige Geist warnt, sondern einer, der unter uns sitzt. Eine Laus im Pelz, ein Verräter unter unseren eigenen Leuten.«

»Das – das kann ich einfach nicht glauben, Hauptsturmführer.«

»Es gibt keine andere Erklärung«, versetzt der SD-Chef unbeirrt. »Ich gebe Ihnen einen guten Rat: Überprüfen Sie Ihre Leute noch einmal ganz penibel, vor allem die völlig Unverdächtigen.«

»Jawohl, Hauptsturmführer.«

Die Prozession dauert fast noch eine Stunde. Die Frauen sind nicht weniger mutig als die Männer. Nicht nur in dieser Stadt, in ganz Deutschland demonstrieren heute Millionen beider Konfessionen für Gott und gegen Hitler.

Langsam verstummt der Klang der Glocken.

Am Stadtrand kann man jetzt wieder die Schießübungen der SA hören.

Die Zeit, in der Bambergs Primaner ihr Abitur schreiben, ist zum Zerreißen gespannt, ein ständiges Wechselbad von kriegerischen Drohgebärden und verbalen Friedensbeteuerungen. Am Himmel über Frankreich defilieren britische Bombergeschwader; für die Waffenbrüderschaft demonstrierend führen sie vor, wie rasch sie, falls nötig, zur Stelle wären. Paris ruft immer mehr Zivilisten zu den Waffen. Heißgelaufene polnische Generäle faseln von einer Entscheidungsschlacht bei Berlin, die sie führen wollen. England beginnt mit der Anlieferung von 2,5 Millionen splittersicheren Stahlkästen, die in Gärten und auf Hinterhöfen fehlende Luftschutzkeller ersetzen sollen. Die Regierung ordnet vorsorglich die Massenfertigung von Pappmachésärgen für potentielle Luftkriegstote an; eine herzlose Bürokratie lässt in Erwartung der Bevölkerungsverluste eine Million Sterbeurkunden auf Vorrat drucken. In Deutschland werden durch die heimliche Mobilmachung männliche Arbeitskräfte rar; durch Staatsverordnung schafft man deshalb Hotelpagen, Türsteher, Bauchladenverkäufer und Eintänzer ab.

Marika Rökk tanzt, steppt und singt in dem UFA-Streifen »Hallo Janine«: »Auf dem Dach der Welt, da steht ein Storchennest –« Tingeltangel soll ablenken. Aber wer sein Gehirn nicht an die braune Propaganda abgetreten hat, weiß, dass nach der Einbringung der Ernte die von zehn auf hundertzwei Divisionen aufgerüstete Wehrmacht von Hitler den Befehl zum Losschlagen erhalten und der Sensenmann die Nachlese übernehmen wird.

Für die achtundzwanzig Jungen und vier Mädchen der 8 c gab es keine Ablenkung mehr; sie waren auf die Reifeprüfung konzentriert. Nur die Musterung zur Wehrmacht unterbrach ihre Anspannung. Die Gymnasiasten standen nackt in einer Reihe vor der Kommission. Tauglich waren sie alle, und die meisten von ihnen wollten Offizier werden. Stefan meldet sich zu den Panzern, Rolf Bertram zu den Fliegern, der sensible Parvus, der eigentlich Musik studieren will, äußert keinen Wunsch und wird ebenso zur Infanterie gesteckt wie Sterzbach. Der bullige Metzger meldet sich zur Waffen-SS, die unsicheren Kandidaten Rainer Ramm und Ferdinand Grubbe sind für die Pionierwaffe vorgesehen, die bekanntlich Sperren beseitigt, aber einstweilen liegt den beiden ein anderes Hindernis im Weg.

Auch die vier Mädchen begreifen, dass sie nur auf Umwegen Zugang zur Universität finden werden. Alle deutschen Mädchen unter fünfundzwanzig müssen ein Pflichtjahr beim Arbeitsdienst abdienen, in einer der zweitausend Baracken, die dafür bereitgestellt werden. Claudia wird nicht so rasch mit dem Medizinstudium beginnen können, auch die blonde Ingrid kommt nicht gleich an die Sporthochschule. Die langhaarige Erika und die dunkle Susanne wissen noch nicht, was sie werden wollen, und warten erst einmal ihren Notendurchschnitt ab.

Es ist so weit: In den ersten beiden Tagen schreiben die Primaner ihre Arbeiten in Klausur. Von Ordinarius Dr. Hans Faber trefflich vorbereitet, schneiden die meisten dabei so gut ab, dass ihnen das mündliche Examen erspart bleibt. Die Gestrauchelten erhalten noch eine Chance. Mit Hängen und Würgen kommen sie durch. Nur der zappelige Braubach weiß nicht mehr ein noch aus: Gleich viermal wird er vor seine Examinatoren gerufen, und viermal versagt er.

»Der Bursch hat einfach Prüfungsangst«, erklärt Studienprofessor Pfeiffer. »Er ist sonst nicht so schlecht. Ich kenne ihn, ich war ja mal sein Klassenleiter.«

»Dreimal eine Fünf«, erwidert Oberstudiendirektor Dr. Schütz skeptisch, »das ist einfach zu schlecht.«

»In Deutsch könnten wir ihm eine Vier geben«, behauptet der Fürsprecher. »Was man künftig von ihm verlangen wird, dürfte wichtiger sein als Latein, Griechisch und Deutsch zusammen.«

»Wenn Sie meinen«, entscheidet der Rex und sieht sich fragend um, obwohl er weiß, dass sich kein Einwand mehr erheben wird.

»Dann lassen wir eben Gnade vor Recht ergehen.« Er weiß, dass er eine Fehlentscheidung trifft; aus schlechtem Gewissen setzt er hastig hinzu: »Wir wollen einem jungen Menschen ja nicht die Zukunft verbauen.«

Die 8 c besteht geschlossen das Examen, während in der 8 a ein Kandidat hängen bleibt und in der 8 b sogar zwei, die beide besser sind als Braubach, aber keinen Schutzpatron haben. Die 8 c geht wieder einmal als Sieger durch das Ziel, wenn auch in unreiner Gangart.

Das ist gleichgültig: Jetzt wird gefeiert.

Die Fete findet im Hain-Café statt. Ordinarius Dr. Hans Faber ist der einzige Lehrer, der von seinen glücklichen Ex-Schülern dazu gebeten wird; sie haben auch Sibylle, seine Verlobte, eingeladen.

»Geh nur allein hin, Hans«, winkt sie ab. »Ich will deine Schülerinnen nicht durch meine Gegenwart enttäuschen.«

»Was soll denn das heißen?«

»Sie schwärmen doch alle für dich«, erwidert die brünette Studentin schelmisch.

»Woher willst du das wissen?«

»Ich hab' doch einen Spion in der Klasse«, entgegnet sie lachend.

»Darum war ich doch dafür, dass man Rolf versetzt«, geht Faber auf Sibylles Ton ein.

Es ist sicher richtig, Lehrer und Schüler untereinander zu lassen, aber am nächsten Tag wird der Pädagoge gründlich bedauern, dass ihn Rolfs Schwester nicht zu der ausgelassenen Feier begleitete – sicher wäre er in ihrer Gegenwart zurückhaltender geblieben.

Der Germanist wird mit großem Hallo begrüßt und in die Mitte genommen. Seine Schüler sitzen in bunter Reihe, tanzen und trinken. Die Drei-Meilen-Zone der Autorität ist durchbrochen. Lehrer wie Schüler freuen sich darüber. Der Hitze und des Bieres Wellen – und des Weines Geister – ziehen dunstig nach oben, bis zum übergroßen Führerbild, das auf der Stirnseite schwitzt.

Der Plattenteller kreist. Die Absolventen hopsen mit den streng rationierten Mitschülerinnen auf dem stumpfen Parkett herum. Tanzlehrer Grenzlein dürfte es nicht sehen. Der Dunst macht durstig und der Durst dunstig.

Das ausgeleierte Gramola hat es schwer, sich gegen den Lärm durchzusetzen. Der musikalische Parvus setzt sich ans Klavier und hämmert in die Tasten. Klassische Musik ist seine Stärke, aber zur Überraschung seiner Mitschüler spielt er auch die gängigen Gassenhauer fast perfekt: »Eins, zwei, drei, vier, fünf, sechs, sieben«, intoniert Parvus, »wo ist meine Braut geblieben?« Er dreht sich um und ruft: »Mitsingen«!

Jetzt hämmern seine Hände forte. »Achte, neune, zehne«, brüllt der gemischte Chor, »wie ich mich nach dir sehne.« Sie betrachten ihren Klassenleiter schadenfroh. »Niemand weiß, wie es geschah – plötzlich war sie nicht mehr da.« Alle lachen, aber Faber nimmt die Anspielung gelassen.

»Damenwahl!« schreit der dicke Metzger mit Stentorstimme. Die vier Mädchen starten fast gleichzeitig. Claudia ist die schnellste und angelt sich den Ordinarius. »Darf ich bitten?« fragt sie den Pädagogen.

Foxtrott. Einen Moment legt die Primanerin wie zufällig die heiße Wange gegen das Gesicht Fabers. Dann sieht sie die verkniffenen Augen Stefans; ihr blonder Kopf zuckt nicht zurück. Sie genießt seine Eifersucht und heizt sie noch an. Die vier Abiturientinnen tragen heute nicht ihre züchtigen Schulkleider, sondern ausgeschnittene, ärmellose Tanzroben, die viel Haut zeigen. Primanerinnen haben sich in junge Damen verwandelt, die ihre Mitschüler auf einmal zu grünen Jungen machen.

Hans Faber gerät außer Atem, doch nicht außer Obligo.

»Damenwahl!« ruft der dicke Metzger wieder im offensichtlichen Vorsatz, den Pauker in einen Amoklauf zu hetzen.

Diesmal ist Susanne an der Reihe. Erika klatscht ab. Als der Pädagoge zu seinem Bocksbeutel zurückkehren will, greift sich ihn auch noch Ingrid.

»Ich bin richtig froh«, sagt er lachend, »dass ich von euch nur vier in der Klasse hatte.«

»Aber damit ist es ja noch nicht gelaufen«, droht Ingrid. »Mit einem einzigen Pflichttanz finden wir uns nicht ab.«

Sie lachen und trinken. Hans Faber spendiert eine Runde. Es wäre gar nicht nötig, denn glückliche Eltern haben ihren erfolgreichen Sprösslingen für den heutigen Abend ein Extrataschengeld bewilligt.

Die Mädchen haben glänzende Augen. Einer ihrer bescheidenen Mädchenträume geht heute in Erfüllung. Sie sind dem umschwärmten Lehrer näher als je zuvor. Die pechschwarze Susanne zittert beim Tanz mit ihm unmerklich. Die blasse Ingrid hat rote Flecken im Gesicht.

Die Primanerinnen schweben hingegossen über den Boden, der den Jungen allmählich unter den Füßen verloren geht. Rolf, der sich seit heute Mittag mit seinem künftigen Schwager duzt, tanzt ausgelassen mit der lachenden Erika. »Darf ich dich küssen?« fragt er.

»Wenn du immer erst fragst, kommst du nie zu was«, erwidert das Mädchen kess.

Er reißt die Ex-Schülerin an sich. Beim Wechselschritt erwischt er ihre Nase, dann noch ihren Mund, wenn auch nur zur Hälfte.

»Seit wann so vorwitzig, Rolf?« fragt Erika. »Hast du dich freigeschwommen?«

»So könnte man es nennen.«

»Oder zapfst du den Mut aus der Flasche?«

»Na ja –« schränkt der junge Bertram ein. »Ein bisschen gepichelt hab' ich schon.«

»Trink ruhig weiter«, entgegnet Erika belustigt. »Mich stört's nicht.«

»Eine Runde?« ruft Rolf mit schwerer Zunge. »Eine Runde für alle! Wein. Vom besten! Und keiner mauert!«

Er fängt einen mehr pädagogischen als verwandtschaftlichen Blick Fabers auf, aber Sibylles Auserwählter ist kein Spielverderber, und im übrigen sind die Achtzehnjährigen seit heute aus seiner Obhut entlassen.

Stefan Hartwig tanzt mit Claudia. Er steht mehr, als er sich bewegt. »Das Abs haben wir ja geschafft«, sagt er und grinst ein wenig schräg. »Und das andere werden wir jetzt ja wohl auch noch vollbringen.«

»Was meinst du damit?«

»Genug getändelt, Claudia«, raunt er ihr zu. »Jetzt will ich dich. Ganz. Mit Haut und Haar.«

Sie spürt seine Nägel auf ihrer Haut. »Du tust mir weh«, sagt sie.

»Was hältst du davon?«

»Nicht wenig –«

»Aber?«

»So nicht, Stefan«, erklärt sie.

»Wie denn?«

»Wenn du das nicht weißt«, antwortet Claudia, »dann ist es noch zu früh für uns.« Sein Mund ist verkniffen. Auf seiner Stirn stehen Dackelfalten. Claudia lacht, lehnt sich an ihn. »Nicht böse sein, Stefan.«

Der Ordinarius, der seine Eltern früh verloren hat, will unter Ausnutzung des freien Tages morgen in aller Frühe zur einzigen Schwester seiner Mutter nach Unterfranken starten. Aber er will es seiner Klasse, von der ihm der Abschied schwer fällt, nicht antun, jetzt schon zu gehen, und hält weiter aus.

Um Mitternacht bittet die Polizei höflich um Minderung der Lautstärke. Kurz danach kommt dem untersetzten, vorlauten Müller II der Einfall mit der Funksendung. Er wickelt ein Taschentuch um eine Gabel, springt mit dem imitierten Mikrophon auf den Tisch und brüllt: »Achtung! Meine sehr verehrten Damen und Herren. Sie hören jetzt eine Übertragung aus dem großen Sendesaal der 8 c.« Er beugt sich zu Claudia hinab. »Haben Sie schon mal geküsst, mein Fräulein?«

»Sicher.«

»Darf man fragen, wie oft? Und wen?«

Claudia schüttelt den Kopf, und Müller II geht zu Stefan weiter.

»Können Sie mir vielleicht Auskunft geben, mein Herr?«

Die Klasse lacht schallend. Der Primus liegt mit dem Oberkörper verdrossen auf seinen Ellbogen, dreht sich missmutig um und fährt den Mitschüler an: »Hau bloß ab, Mensch!«

»Heimliche Liebe, von der niemand nichts weiß...«, keucht Müller prustend in sein Taschentuch.

Die Sache macht den Absolventen Spaß. Manchmal klappt's mit dem Witz, und mitunter geht er auch daneben. Die Lehrer werden parodiert, die Streiche der Schüler aufgewärmt. Wer nicht spricht, muss singen. Vor dem Einzelsingen haben sie alle Angst, und so stottert jeder lieber einen Witz herunter.

Rolf Bertram ist an der Reihe. Er weiß kein Scherzwort. Dann fällt ihm eine politische Pointe ein, die er vor zwei Tagen irgendwo auflas. Alles lacht. Selbst Stefan verzieht den Mund.

In ihrem Freiheitstaumel sind sie bereit, sich an ihrer »Weltanschauung« zu vergreifen. Und ihr Übermut kommt auf Dr. Faber zu, der an diesem Abend beschwingt und gelöst ist wie selten zuvor. Vielleicht, weil er zu viel getrunken hat. Vielleicht, weil er der einzige Lehrer ist, der zu diesem Abend eingeladen wurde. Und vielleicht, weil er spürt, dass ihn seine Schüler zwar nicht immer begriffen haben, aber trotzdem mögen, und vielleicht noch mehr als das.

Die Stimmung hat den Höhepunkt erreicht. Um die Mitschülerinnen geht es turbulent zu, auch wenn ein paar Mädchenmuffel in der Ecke sitzen und sich faule Witze erzählen. Braubach, der Farblose, gähnt demonstrativ. Stefan muss sich am Tisch festhalten. Auch die anderen haben eigentlich das Ziel des Abends erreicht. Beschwipst sind sie alle, und keiner macht aus seinem Mund eine Gruft, und so ist das Gespräch mehr laut als klug.

Und da passiert es. Müller II geht plötzlich auf den Assessor zu, baut sich vor ihm auf mit der Miene eines gestrengen Lehrers, der einen unsicheren Schüler examiniert. »Und Sie, Faber«, sagt er und lächelt pfiffig dabei, »Sie definieren mir jetzt den Nationalsozialismus!«

Auf einmal wird es stiller. Ein paar Primaner sehen erschrocken zu Dr. Faber. Rolf Bertram versucht vergeblich, den plumpen Müller wegzuschieben. Andere haben schon so viel getrunken, dass sie den Zwischenfall nicht mehr bemerken. Stefan Hartwig lächelt schadenfroh.

»Nun?« drängt Müller weiter. »Sie haben wohl wieder die Hausaufgabe versäumt!«

Die Frage klingt in Dr. Faber nach. Er zögert. In den letzten Jahren hat er sich an die Vorsicht gewöhnt wie an einen lästigen Regenschirm – aber immer regnet es ja nicht. Er müsste sich jetzt aus der Affäre ziehen. Sicher gelänge ihm das. Aber in diesem Moment ist er einer der Achtzehnjährigen, die einfach über die Stränge schlagen müssen. Das heiße Gefühl enthemmt. Stimmung macht leichtsinnig. Und der Alkohol assistiert ihm dabei ein wenig.

»Der Nationalsozialismus«, antwortet Hans Faber laut und deutlich, »das ist die Erfassung der Arbeitslosen durch die Arbeitsscheuen.«

»Gut gesagt«, erwidert Müller. Vielleicht hat er es gar nicht begriffen. Sicher ist ihm nicht bewusst, dass er den Ordinarius jetzt immer weiter, immer mehr in das Verhängnis hineinreitet. Rede und Gegenrede sind so schnell, dass das Gelächter erst mit der

Schlusspointe kommt, dass keiner eingreifen kann, dass Faber das letzte Signal überfährt und dass der unbekannte Denunziant unter ihnen jedes Wort deutlich versteht.

»Was halten Sie von unserem Führer Adolf Hitler?«

»Der Schöpfer des freiwilligen Zwangs.«

»Von Hermann Göring?«

»Der Meister des schlichten Prunks.«

»Von Dr. Joseph Goebbels?«

»Der Erfinder der relativen Wahrheit.«

»Von Dr. Schacht?«

»Der Vater der stabilen Inflation.«

Sie brauchen ein paar Sekunden. Dann begreifen sie den Witz ganz. Sie lachen wie ein betrunkener Kriegerverein. Vielstimmig. Auch der unbekannte Spitzel lacht mit. Dann steht er auf, geht auf die Toilette und notiert sich hastig Fabers Worte. Niemand achtet auf ihn. Auch Stefan Hartwig nicht, dessen Gesicht den Widerstreit seiner Gefühle zeigt. Es hat zwei Hälften. Die eine muss über den gelungenen Witz lachen, die andere wird steif vor Trotz. Lass ihn, denkt er. Unsere Wege trennen sich ohnedies. Der Führer hat so viele Gefolgsleute. Auf einen kommt es nicht an.

Und dann reißt er Claudia wild an sich, schüttelt sie beim Tanz, als ob er ihr Fabers Antifaschismus austreiben könnte.

»Was hast du denn?« fragt sie erschrocken.

»Nichts«, erwidert Stefan.

Sie toben noch eine halbe Stunde, dann endet die rauschende Ballnacht.

Nicht für den Denunzianten. Er läutet Studienprofessor Pfeiffer an und zahlt den Preis für das erschlichene Reifezeugnis.

»Mensch, Braubach«, sagt Pfeiffer. »Sie kommen jetzt gleich zu mir.«

Der Alt-Pg versucht Panofsky zu erreichen; aber der Hauptsturmführer ist bei einer Tagung in Berlin. Er muss sich mit dem Leiter der Politischen Polizei begnügen. »Bruckmann«, sagt er zu dem Mann, den er um 2 Uhr morgens aus dem Schlaf reißt, »ich glaube, wir haben ihn jetzt.«

»Wen?« fragt der Oberkommissar abwesend. »Ach ja –«, sagt er dann. »Gut, ich komme... Nicht einmal in der Nacht hat man seine Ruhe«, sagt er missmutig zu seiner neben ihm liegenden Frau. Aber Frieda schläft fest – oder tut wenigstens so.

Den ersten Bus nach Mainfranken versäumt Hans Faber, doch er schafft den zweiten, der kurz nach 8 Uhr abgeht, und erhält einen Sitzplatz am Heck. Sein Brummschädel erinnert ihn an gelegentliche Zechexzesse seiner Studentenzeit, aber der Abschiedsabend mit diesen prächtigen Jungen war es wohl wert, dass ihm sein Magen jetzt jede Kurve einzeln vorrechnet.

Die Sonne zieht den Nebel von der Erde, und fast gleichzeitig wirken jetzt auch die Antineuralgietabletten. Das langsame Gefährt passiert Waldstücke und Wiesen, zwängt sich durch enge Ortsdurchfahrten mit schönen Fachwerkhäusern, durchquert uraltes Kulturland, fast noch so wie zu Karls des Großen Zeiten. Sattgrüne Rebhügel wachsen in den seidigblauen Horizont. Der Bus rollt an Kreuzigungsgruppen und Heiligenbildern vorbei, an Waldkapellen und an Wallfahrtskirchen. Die Landschaft wirkt natürlich fromm, als wandle der Herr noch auf Erden, und da sich der Himmel nichts schenken lassen will, wird sie durch fruchtbare Überfülle belohnt.

Am Westabfall des Steigerwalds kommt Ebrach in Sicht, die Zisterzienserabtei mit der schönsten frühgotischen Kirche Deutschlands. Und dann werden die Hinweisschilder auf die Abzweigungen zu den umliegenden Orten weinig: Abtswind, Iphofen, Escherndorf, Volkach, Rödelsee, Randersacker. Dann sieht man schon die sechsunddreißig Türme der Dettelbacher Stadtmauer am Abhang des rechten Mainufers.

Tante Gunda, nach Bambergs Stadtheiliger genannt, eine grundgütige und streitbare Witwe, betreibt hier mit drei Helfern ein kleines Weingut. Ungeduldig erwartet sie Hans Faber bereits an der Tür. Sie sieht seiner Mutter so ähnlich, dass es schmerzt und beglückt, aber Mutter war zurückhaltender, weit weniger an den Gütern des Lebens interessiert und stiller – vielleicht, weil sie zeitlebens nie so recht gesund war. Tante Gunda hatte dem Neffen die Eltern ersetzen müssen und sich dabei redlich bemüht. Schon als Gymnasiast verbrachte der kleine Hans die Ferien in Dettelbach. Zwischen seinen Unisemestern half er im Weinberg mit, schließlich bezahlte ihm seine Tante das Studium, und schon aus Dankbarkeit ist er wohl ein so konsequenter Erzieher geworden.

»Du kommst allein?« begrüßt ihn Tante Gunda enttäuscht.

»Sibylle steckt mitten im Examen«, erklärt der Besucher. »Aber in vier Wochen wird sie es geschafft haben. Dann bist du an unserer Hochzeitstafel der Ehrengast.«

»Wie ich mich freue«, entgegnet die Sechzigjährige. »Ihr passt prächtig zueinander. Und ihr bekommt von mir auch ein ganz großes Geschenk – und ein Leben lang den Wein frei Haus. Komm herein, Hans«, setzt sie hinzu und legt den Arm um seine Schultern. »Du bist ein Glückspilz. So ein schönes Mädchen – und so gescheit.« Sie lässt ihn los, zwinkert und reibt den Daumen am Zeigefinger. »Und Geld hat sie auch noch.« Sie merkt, dass ihr Neffe unwillig wird, und lacht ihn aus. »Sei nicht dumm, Hans«, setzt sie listig hinzu und zitiert: »Wer nichts erheirat', nichts ererbt, der bleibt ein Depp, bis dass er sterbt.«

Sie lachen beide, und Faber fällt wieder einmal auf, wie sehr die jüngere Schwester sich von seiner Mutter unterscheidet.

Die resolute Frau hat einen Eigenbau-Bocksbeutel besonderer Qualität bereitgestellt, einen, auf den man garantiert keine Kopfschmerzen bekommt. Daneben steht selbstgebackenes Brot, Wurst vom selbstgeschlachteten Schwein, Butter und weißer Käse von selbstgemolkenen Kühen. Um 10 Uhr morgens ist es vielleicht noch ein bisschen früh für die üppige Vesper, noch dazu, wo Faber versprochen hat, den ganzen Tag in Dettelbach zu verbringen – aber eine Brotzeit kommt in diesem gesegneten Landstrich nie zur Unzeit. Die Franken sind, so sagt man, fresslustig und trinkgewaltig, gottesfürchtig und bienenfleißig. Wenn der junge Pädagoge die appetitlich gedeckte Tafel sieht, ist er ein echter Sohn dieses Landes, der harten Nuss im Maul des bayerischen Löwen.

Bienenfleißig ist zur Stunde auch Bruckmann, der Chef der Politischen Polizei in der 59 Kilometer entfernten Stadt Bamberg. Noch in der Nacht hat er die Aussage des Abiturienten Braubach protokollieren lassen. Ein paar Stunden Zeit lässt der Beamte, der nach oben drängt, den Teilnehmern der Fete im Hain-Café noch, dann geht er umsichtig und zielstrebig an die Arbeit – viel zu langsam und umständlich, wie Studienprofessor Pfeiffer, der Fanatiker, meint. Der Alt-Pg würde Dr. Hans Faber am liebsten sofort verhaften lassen, aber der Kriminaloberkommissar ist vom Fach und der Verdächtige immerhin der voraussichtliche Schwiegersohn einer Stadtgröße. Hauptsturmführer Panofsky, der Bruckmann Rückendeckung geben könnte, ist abwesend, aber an seine Stelle tritt bereitwillig Oberstaatsanwalt Rindsfell, voll engagiert.

Der Mann, der gestern Abend beim Zechgelage so offensichtlich gegen das Heimtückegesetz verstoßen hat, ist kein unbeschriebenes

Blatt. Bruckmanns Behörde erschnüffelt und verwaltet die politische Gesinnung einer überschaubaren Stadt.

Den in Ehren verabschiedeten Abiturienten bleibt nicht viel Zeit, ihren Kater auszuschlafen. Schon morgens um 8 Uhr klingelt ein Polizist an der Wohnung der Müllers, holt, zur Bestürzung seiner Mutter, ihren vorlauten Sprössling aus dem Bett und nimmt ihn gleich mit zur Vernehmung in das Alte Rathaus.

»Tut mir leid«, begrüßt ihn Bruckmann auf seine joviale Tour.

»Ich hätte Sie gerne nach dieser rauschenden Ballnacht noch etwas länger schlafen lassen. Sie haben sicher einen ziemlichen Haarwurzelkatarrh.«

»Bin verkatert«, erwidert der unfreiwillige Frühaufsteher. »Aber das ist doch wohl nicht strafbar. Oder haben wir auf dem Nachhauseweg randaliert?«

»Nicht, dass ich wüsste«, versetzt der Kriminalbeamte. »Wer hat denn nun von euch am meisten gepichelt?«

»Alle«, entgegnet Müller II. »Schließlich haben wir alle das Abs geschafft und deshalb jeden Grund zum Feiern gehabt.«

»Zuletzt haben Sie dann den Reporter gespielt, haben Ihre Mitschüler Stefan und Claudia auf die Schippe genommen.«

»Das kann schon sein«, erwidert der Vernommene abwartend.

»Das war so«, korrigiert ihn der Ressortchef mit Nachdruck. »Dann haben Sie sich an Dr. Faber herangemacht und ihn aufgefordert, sich über den Nationalsozialismus auszulassen.«

»So?« entgegnet der Vernommene. »Wie komm' ich denn dazu? Muss ja wirklich voll gewesen sein wie eine Strandhaubitze.«

»Und Ihr Klassenleiter«, konstatiert Bruckmann, nicht mehr ganz so freundlich wie zuvor, »hat erwidert, die Bewegung sei die Vollbeschäftigung der Arbeitslosen durch die Arbeitsscheuen – oder so ähnlich.«

Müller II schüttelt den Kopf und schweigt verbissen. Es ist jetzt so still im Raum, dass man Benno Metzger im Vorzimmer bei seinem Eintreffen schimpfen hört: »So eine Scheiße – da holen die mich bleich und übelriechend aus den Federn –«

»Was heißt dich?« erwidert Stefan. Die halbe 8 c.«

»Das reinste Veteranentreffen«, albert Parvus, der Pianist.

»Sagt dir das etwas, Dicker?« wendet sich der Fähnleinführer an Benno.

»Nicht, wenn ich verkatert bin.«

Bruckmann reißt die Tür zum Vorzimmer auf. »Etwas leiser, wenn's geht, meine Herren«, ruft er den Wartenden zu. »Sie erhalten gleich Gelegenheit, sich bei mir gründlich auszusprechen.« Er schlägt die Tür wieder zu und wendet sich erneut an den vergesslichen Zeugen. »Also«, sagt er, »fällt Ihnen jetzt endlich etwas ein?«

»Warum traktieren Sie mich eigentlich, wenn Sie schon alles wissen, Herr Oberkommissar?« geht der Abiturient aus der Deckung in den Angriff. »Und woher eigentlich?«

»Fragen stelle ich«, versetzt Bruckmann imperativ. »Und werden Sie bloß nicht unverschämt, sonst kann ich auch andere Saiten aufziehen.« Nach dem Peitschenschlag reicht er sofort wieder das Zuckerbrot: »Also, vertragen wir uns wieder, Herr Müller. Fangen wir noch einmal von vorne an.«

»Wie gesagt, wir waren eine geschlossene Gesellschaft. Wir haben getrunken, getanzt, gelacht und Witze gerissen – manchmal gute, manchmal schlechtere –«

»– manchmal über die Mädchen und zuletzt gegen den Führer«, ergänzt der Mann von der Politischen Polizei.

»Ich doch nicht«, erwidert Müller II treuherzig. »Jedenfalls erinnere ich mich an nichts mehr«, schränkt er ein.

»Gut«, entgegnet der Beamte. »Ich werde Ihrem Gedächtnis Gelegenheit geben, sich zu erholen.«

Müller II bleibt stur und stumm. Der Oberkommissar fordert ihn auf, draußen zu warten, und verbietet ihm, mit den anderen über den Anlass der Vernehmung zu sprechen. Bruckmann öffnet wieder die Tür, in der Manier eines Arztes, der sich aus seinem Warteraum den Patienten greift, der an der Reihe ist. Er sieht, dass inzwischen auch Claudia eingetroffen ist. »Bitte, meine Dame«, sagt er gespielt-galant. »Kommen Sie doch gleich mal rein. Ich will es kurz machen.«

Stefan starrt noch auf die Tür, als sie längst geschlossen ist. »Was ist eigentlich da drinnen los?« fragt er dann.

»Dicke Luft«, brummelt Müller II. »Dieses Scheißinterview. Hätt' ich doch bloß die Schnauze gehalten.«

»Späte Erkenntnis, Witzbold«, staucht Stefan ihn zurecht.

»Seid froh, dass ihr so angeschickert wart«, entgegnet der Pseudoreporter. »Wer schlau ist, hält die Klappe. Wer redet, kriegt vermutlich Scherereien mit der Polente.«

»Quatsch keine Opern!« fährt ihn Stefan an. »Sag lieber, um was es geht.«

»Vermutlich um Dr. Faber«, übertritt Müller II Bruckmanns Schweigegebot. »Einer muss ihn verpfiffen haben. Möcht' nur wissen, wer dieses Schwein ist.«

Einen Moment lang ist es still; einer betrachtet den anderen. Mittlerweile haben sich mit Gernbach, dem Generalssohn, und Truchseß, dem Grafenspross, die beiden feinen Pinkel der früheren 8 c eingefunden.

Müller II geht an die Tür, zögert einen Moment. »Schiffen wird man ja wohl noch dürfen«, erklärt er dann – aber er will nicht austreten, er sucht eine öffentliche Telefonzelle auf, denn seine Lebensgeister stehen, trotz des Katers, jetzt in voller Tätigkeit. Er kombiniert: Den jungen Bertram hat man nicht vorgeladen, und Rolf ist der künftige Schwager Dr. Fabers.

Claudia kommt aus dem Vernehmungszimmer; sie hatte nichts zu sagen. Und so geht es den ganzen Vormittag weiter.

Müller I: »Ich habe fast zwei Flaschen Wein getrunken und war total weggetreten.«

Josef Sterzbach: »Ich hab' überhaupt nichts gehört, hab' in der Ecke Karten gespielt.«

Rainer Ramm: »Was, ein Rundfunkinterview? So ein lächerlicher Angeber, dieser Müller II!«

Graf Truchseß: »Hab' mich mit Ferdinand Grubbe über Fußball unterhalten.«

Ferdinand Grubbe: »Stimmt. Wir haben gewettet, dass Schalke 04 Deutscher Meister wird.«

Parvus: »Versteh' ja nicht viel vom Sport, aber ich hab' auf Admira Wien gesetzt.«

Susanne: »Ich hab' mit Rolf Bertram geflirtet. Der Bursche hat es tatsächlich gewagt, mich zu küssen.«

Benno Metzger: »Bin wirklich ein strammer Nationalsozialist, aber an so einem Abend pfeif' ich auf die Politik. Ich hab' mich mit Gernbach über den Wechselschritt beim Foxtrott unterhalten. Wissen Sie, Herr Oberkommissar, der lange tanzt doch so gut, hat er im Offizierscasino abgeguckt.«

Kurz vor Mittag entlässt Bruckmann die Zeugen, fordert sie aber auf, am Nachmittag sich weiter bereitzuhalten. Als letzten hat er sich Stefan Hartwig vorgenommen und ihn an seine Verantwortung als Fähnleinführer erinnert – aber auch dieser Zeuge blieb unergiebig.

Die jovial-hinterhältige Bruckmann-Masche war ins Leere gelaufen. Nach vierzehn Vernehmungen war der Vernehmende so weit wie zuvor – aber eine Trumpfkarte hat er sich aufgespart: die Gegenüberstellung Braubachs mit den Teilnehmern der gestrigen Abs-Fete.

Schon kurz nach 9 Uhr hatte Sibylle die telefonische Warnung von Müller II entgegengenommen, dabei aber die Folgen, die der Zwischenfall haben musste, auch nicht annähernd erkannt. Sie wusste, dass dieser Mitschüler Rolfs als frech und vorlaut galt, und nahm an, dass er jetzt kalte Füße hatte, weil er wieder einmal zu weit gegangen war. Dass ein politischer Witz den Kopf kosten konnte, nahm die Studentin, wie die meisten ihrer Mitbürger, nicht an, noch nicht. Viele würden es erst in den nächsten Jahren begreifen und manche überhaupt nie.

Als sich im Laufe des Vormittags kurz hintereinander zwei weitere Abiturienten bei Sibylle meldeten, wurde sie unruhig. Rolf schlief noch. Sie ging in sein Zimmer und rüttelte ihn wach, keine leichte Arbeit. »Was war gestern Abend los?« fragte sie.

»Wieso gestern Abend?« fragte er schlaftrunken.

»Müller II – dieses Interview?«

»Frag mich was Leichteres, Schwesterherz«, erwiderte er. »Besser noch: Lass mich weiterschlafen.«

Sibylle ging zu rauheren Methoden über; sie schüttete Rolf kaltes Wasser ins Gesicht. Jetzt erinnerte er sich. »Na ja, es war ein guter, aber riskanter Witz«, erklärte er. »Weißt doch, wie Hans ist, er steht halt mal abseits.« Einen Moment lang betrachtete er seine Fußzehen. »Aber es war wirklich ein Bonmot.«

»Dass aber einer das Bonmot der Politischen Polizei hinterbracht hat, war wohl ganz schlecht.«

»Aber die halten doch alle dicht«, versetzte der Bruder. »Die mögen ihn doch.«

»Vielleicht doch nicht alle«, erwiderte Sibylle. »Oder man hat einen von ihnen hereingelegt.«

Sie schob ihre Examensunterlagen beiseite und überlegte: Mutter? Sie würde sie an Dr. Fendrich verweisen, aber der Jurist konnte erst etwas unternehmen, wenn ein Strafverfahren offiziell eingeleitet worden war. Sie versuchte sich zu beruhigen. Sie schaffte es nicht, zumindest ihr Gefühl sagte ihr, in welcher Gefahr Hans war. Sibylle bedauerte, gestern nicht mitgekommen zu sein, aber das ließ sich jetzt nicht mehr ändern. Vorübergehend war sie auch zornig auf den Mann ihrer Wahl, weil er sich hatte gehen lassen.

Sollte sie Hans bei Tante Gunda anrufen und warnen? Was würde die Warnung nützen? Zurückkehren musste er ja, und dann liefe er immer noch den Häschern in die Arme.

Sibylle fuhr ins Städtische Krankenhaus. Der Anästhesist war gerade mit einer Operation fertig geworden und rauchte eine Zigarette.

»Meinst du, dass es schlimm ist, Robert?« fragte sie den Freund besorgt. »Soll ich Hans anrufen?«

»Lass mal«, erwiderte der Arzt.

»Meinst du, die überwachen schon das Telefon?«

»Möglich ist alles.«

»Aber nur ich weiß doch, wo Hans ist.«

»Gott sei Dank«, entgegnete der Freund. »Komm mit«, sagte er dann, »vielleicht ist Claus klüger als wir.«

Sie fuhren in Sibylles Wagen weg.

»Halt mal an«, sagte Robert bald. Er betrat eine Telefonzelle und wählte das Wehrbezirkskommando. Er ließ sich mit der Abteilung Heer verbinden, verlangte Oberleutnant Claus Benz und bat ihn, sofort in seine Wohnung zu kommen.

Die Strafsache Kahlert – einfacher Diebstahl im Rückfall – ist ein ganz gewöhnlicher Feld-, Wald- und Wiesenfall ohne politischen Hintergrund, aber sie wird sofort zeitbezogen, als Rindsfell, der Chef der Staatsanwaltschaft, persönlich als Ankläger in der Sitzung auftritt. Vermutlich ist der Oberstaatsanwalt nur in den Talar geschlüpft, weil ihm als Verteidiger Rechtsanwalt Hartwig gegenüberstehen wird. Seit langem wartet er darauf, seinen Angstgegner zu provozieren, aus der Reserve zu locken und nach einem verbalen Ausrutscher zur Strecke zu bringen. Dabei tut sich Rindsfell in der forensischen Arena schwer, denn Hartwig, ein Einserjurist, ist dem Oberstaatsanwalt rhetorisch wie juristisch weit überlegen.

Sowie sich im Justizpalast, einem protzigen, neoklassizistischen Mammutbau aus der Jahrhundertwende, herumgesprochen hat, dass die alten Streithähne wieder aufeinanderprallen werden, hat der Sitzungssaal sein Auditorium: Anwälte, die sich freimachen können, Richter und Referendare verfolgen als Zaungäste das Duell. Die Platzziffer des Staatsexamens kann ein Jurist auch noch nach Jahren von sich und seinen Kollegen aufsagen wie eine Filmdiva die Liebhaber ihrer Rivalin, und so wissen die Augenzeugen der Verhandlung, dass der Rechtsanwalt dabei ganz vorne steht und der Oberstaatsanwalt weit hinten liegt.

Dr. Hartwig wirkt abgespannt; sein Gesicht, von Falten plissiert, ist ein Index schlafloser Nächte. Strafverteidiger haben es im Dritten Reich schwer. Meistens sind sie nur ein Feigenblatt des Unrechts. Der Staat ist allmächtig. Die in der Strafprozessordnung zum Schutz der Angeklagten vorgesehenen Rechtsbeistände sind zwangsläufig oft nur Advokaten leerer Gesten. Bis zu einem Jahr kann der Oberreichsanwalt ein rechtskräftiges Urteil einfach aufheben, davon abgesehen, dass die meisten der Beschuldigten ohne jede Verhandlung bei Nacht und Nebel in Konzentrationslager gesperrt werden. Die Binde, die Justitia, die Göttin der Gerechtigkeit, über den Augen trägt, ist in den braunen Jahren eine Hakenkreuzbinde.

Da Dr. Hartwig sich nicht damit abfindet, stumm zu bleiben und allenfalls um mildernde Umstände zu bitten, wird sein Beruf zu einer unerträglichen Last. Er ist überarbeitet. Man sieht dem Rechtsanwalt an, dass es ihm nur mit Mühe gelingt, sich zu konzentrieren. Noch gibt sich sein Gegenspieler fast gewaltsam beherrscht; erst wenn er den Kürzeren zieht, wird der mittelgroße militant wirkende Mann mit der schmalen, fast fleischlosen Nase ausfällig und tritt dann so ziemlich in jede Falle seines Gegners.

Der Vorsitzende hat den Angeklagten zur Person und zur Sache vernommen. Kahlert ist voll geständig. Er hat in angetrunkenem Zustand in einem offenen Wagen eine Aktentasche liegen sehen und sie fast ohne Überlegung an sich genommen; er wurde schon an der nächsten Ecke gefasst. Bereits in der Voruntersuchung hatten Zeugen ausgesagt, dass der Angeklagte vor der Tat in einer Gastwirtschaft »mindestens sieben oder acht Bier und einige Schnäpse« getrunken hatte.

»Sie sind schon wegen Diebstahls vorbestraft«, geht Rindsfell zum Angriff über.

»Ja«, erwidert Kahlert mit gesenktem Kopf. »Vor fünf Jahren, da – da hab' ich ein Fahrrad gestohlen.«

»Dafür haben Sie drei Monate Gefängnis erhalten«, erwidert Rindsfell. »Die Strafe war deswegen so niedrig, weil Sie gelobt hatten, künftig als anständiger Mensch zu leben.« Er schiebt sich in Positur: »Haben Sie das getan, Angeklagter?«

»Ja«, entgegnet der Dreiundzwanzigjährige. »Ich habe gearbeitet und –«

»Nein«, brüllt der Oberstaatsanwalt. »Sie sind rückfällig geworden. Sie haben einen Hang zur Kriminalität in sich. Jetzt sperrt man Sie wieder ein, und falls Sie dann herauskommen, lauern Sie nur auf die nächste Gelegenheit.«

»Nein, Herr Oberstaatsanwalt, ganz bestimmt nicht«, beteuert Kahlert mit treuherziger Hilflosigkeit.

»Wie beim letzten Mal«, versetzt Rindsfell abweisend und wendet sich an den Vorsitzenden: »Ich möchte dem Hohen Gericht jetzt schon mitteilen, dass ich bei diesem Täter in meinem Plädoyer Sicherheitsverwahrung beantragen werde.«

Der Richter schweigt, seine Augen suchen den Verteidiger.

»Das ist ja lächerlich«, kontert Dr. Hartwig, von seinem Sitz hochfahrend. »Sie wollen einen Mann wegen einer Jugendsünde und wegen eines Gelegenheitsdiebstahls, begangen im erwiesenen Zustand stark verminderter Zurechnungsfähigkeit, zum Verbrecher stempeln, zu einem Gewohnheitstäter, und –«

»Jawohl, Herr Dr. Hartwig«, prallt der Oberstaatsanwalt jetzt auf seinen eigentlichen Gegner. »Ich vertrete hier das Reich. Und ich beantrage, was ich will, und nicht, was Sie möchten. Die nationalsozialistische Rechtsauffassung verlangt eine exemplarische Bestrafung – ein Gewohnheitsverbrecher ist für immer hinter Schloss und Riegel zu bringen.«

»Bei dieser Kopf-ab-Justiz können Sie ja gleich die Todesstrafe fordern«, erwidert der Verteidiger gereizt.

Die Unruhe im Zuschauerraum löst sich in einem befreienden Lachen, das sofort wieder unter der erhobenen Hand des Vorsitzenden erstickt.

»Das werden wir auch eines Tages tun«, versichert Rindsfell mit überschwappender Stimme. »Volksschädlinge haben keinen Platz in unserer Volksgemeinschaft. Sie gehören ausgemerzt, und wir lassen uns von niemandem dabei aufhalten! Und schon gar nicht von bedenkenlosen Anwälten, die sich noch vor sie stellen.«

»Die juristische Beurteilung einer so wahnwitzigen Äußerung«, erwidert Hartwig mit einer knappen Verbeugung zum Richtertisch, »möchte ich den Herren Richtern anvertrauen.«

»Eine solche Äußerung sieht Ihnen ähnlich, Herr Dr. Hartwig!« brüllt der Oberstaatsanwalt. »Das ist typisch für Sie. Immer wieder fallen Sie durch Bemerkungen auf, die auf Ihre staatsfeindliche Gesinnung schließen lassen.«

»Meine Herren«, wirft der Vorsitzende ein, »ich möchte Sie doch bitten, Differenzen, die in keinem unmittelbaren Zusammenhang mit dem Fall Kahlert stehen, außerhalb des Gerichtssaals auszutragen.«

»Das gehört in den Gerichtssaal«, tobt Rindsfell weiter. »Das gehört vielleicht sogar schon auf die Anklagebank. Ich warne Sie zum letzten Mal, Dr. Hartwig, treiben Sie Ihre Hetze gegen Führer und Reich und gegen die Rechtsauffassung unseres Ordnungsstaates nicht auf die Spitze!«

Der Vorsitzende unterbricht die Sitzung und beraumt die Fortsetzung auf den Nachmittag an. Die Zuhörer schütteln den Kopf. Rindsfell muss sich eingestehen, dass er über das Ziel hinausgeschossen ist. Er packt seine Unterlagen zusammen und verlässt zornig den Gerichtssaal. Alles nur, weil die Politische Polizei sich Schlafmützen über den Kopf gezogen hat. Wenn Panofsky nicht in Bamberg ist, unternimmt dieser Bruckmann auch schon gar nichts mehr gegen Hartwig.

Rindsfell will ihn anrufen, aber dann entschließt er sich, selbst im Alten Rathaus vorzusprechen. Er ist so in Rage, dass er im ersten Moment in seinem Büro den Alt-Parteigenossen Pfeiffer übersieht. »Machen Sie endlich Schluss mit diesem Hartwig!« fährt Rindsfell den Oberkommissar an. »Unerträglich, wie dieser Mann im Gerichtssaal gegen unsere Rechtsauffassung stänkert. Und Sie, Bruckmann, finden keine Beweise – lächerlich.«

»Beweise über Beweise«, versichert ihm der rotgesichtige Chef der Politischen Polizei, »aber keine für Ihre Zwecke ausreichenden.«

Jetzt erst begrüßt der Oberstaatsanwalt den Studienprofessor. »Wir haben auch so eine faule Geschichte am Hals«, erklärt Pfeiffer. »Bleiben Sie am besten gleich hier, Herr Oberstaatsanwalt, die Sache landet mit Sicherheit bei Ihnen.«

Der Oberkommissar, froh über den Themenwechsel, berichtet mit einer für seine Korpulenz überraschenden Beweglichkeit in Stichworten über die schwebende Untersuchung gegen Dr. Faber. »Ich fasse das Resultat der bisherigen Vernehmung zusammen«, sagt er. »Alle Zeugen waren durch Alkoholgenuss vermindert aufnahmefähig und berufen sich auf Gedächtnislücken. Alle Abiturienten stellen sich mehr oder weniger vor den verdächtigen Dr. Faber.«

»Alle?« fragt Rindsfell aufgebracht. »Das versteh' ich überhaupt nicht.«

Bruckmann nickt. »Alle sind auch wütend auf den Informanten aus ihren Reihen. Außerdem wollen sie auch keinen Ärger mit der Polizei bekommen. Ich persönlich zweifle nicht daran, dass die Äußerungen gefallen sind, wie sie uns Braubach wissen ließ, aber damit sind sie noch lange nicht bewiesen.«

»Aber beweisbar«, erwidert der Jurist. »Sie müssen sofort die Gegenüberstellung mit Braubach arrangieren.«

»Klar, Herr Oberstaatsanwalt«, entgegnet der Polizeibeamte. »Ich mache nur darauf aufmerksam, dass es sich bei ihm um einen ausgezeichneten V-Mann handelt, auf den auch jetzt noch keiner – aber auch nicht einer – gekommen ist. Wenn ich ihn präsentiere, entwerte ich ihn natürlich.«

»Das ist doch völlig schnurz«, poltert Pfeiffer los. »Die Kerle kommen jetzt sowieso zum RAD und zum Barras – und ich verschaffe Ihnen so viele neue V-Männer, wie Sie nur wollen!«

»Was meinen Sie, Herr Oberstaatsanwalt?« fragt Bruckmann.

»Es gibt nur zwei Möglichkeiten«, erwidert der ehrgeizige Jurist. »Entweder wir bitten Hauptsturmführer Panofsky, den Fall lautlos zu bereinigen, zum Beispiel durch die Einweisung Fabers in ein Schutzhaftlager. Oder wir spielen unseren Kronzeugen voll aus.«

»Ich will keine lautlose Bereinigung«, versetzt Pfeiffer. »Ich will einen Knall, der das Bamberger Gymnasium bis auf die Grundmauern erschüttert.«

»Dann brauchen wir unbedingt noch weitere Aussagen«, konstatiert der Oberstaatsanwalt, »und da sehe ich keine besonderen Probleme. Im Grunde stehen diese Jungen ja doch alle auf unserer Seite. Wir müssen nur einen Weg finden, die falsche Rücksicht auf ihren früheren Ordinarius zu zerschlagen.«

»Lassen Sie mich erst mal mit Stefan Hartwig reden«, fordert Pfeiffer. »Ich war schließlich einmal sein Ordinarius – ich weiß, wie man ihn behandelt.«

Der Fähnleinführer wird benachrichtigt; zehn Minuten später ist er zur Stelle.

»Heil Hitler!« begrüßt ihn der Alt-Pg, gibt ihm die Hand und fordert ihn auf, Platz zu nehmen. »Nun hör mal zu, Stefan. Lass uns mal wie zwei vernünftige Menschen, aber auch wie zwei Gefolgsleute des Führers miteinander sprechen. Einverstanden?«

»Natürlich, Herr Studienprofessor.«

»Du bist Fähnleinführer, Stefan. Ein Vorbild unserer Staatsjugend. Ein überzeugter junger Nationalsozialist. So kenne ich dich wenigstens – das trifft doch auch heute noch auf dich zu?«

»Jawohl, Herr Studienprofessor.«

»Wir untersuchen Äußerungen eines potentiellen Feindes unserer Bewegung«, erklärt Pfeiffer. »Eines Volksschädlings. Und das ist dummerweise Dr. Faber. Gewiss: Der Mann sieht prima aus. Er ist sportlich. Er ist jung. Er verfügt über Witz, er trifft den richtigen Umgangston mit euch, und ihr mögt ihn deshalb.«

Stefan nickt.

»Aber die Sache sieht wohl anders aus, wenn du dich zwischen dem Führer und Dr. Faber entscheiden musst, und das musst du, Stefan, denn du weißt so gut wie ich, dass er sich gegen Adolf Hitler stellt.«

Der Fähnleinführer schweigt noch immer.

»Gut«, erwidert der Alte Kämpfer und gibt Bruckmann einen Wink.

Richard Braubach, der Mitschüler und Kronzeuge, schiebt sich aus dem Nebenraum zögernd in das Vernehmungszimmer. Er wirkt unsicher. Seine Augen sind auf der Flucht. Im ersten Moment denkt Stefan Hartwig: Dieser Braubach ist doch selbst noch zu dumm, sich aus dieser dämlichen Sache herauszuhalten. Erst als der Mitschüler mit seiner Aussage beginnt, stockend, leise, begreift der Primus, dass Braubach nicht aus Fahrlässigkeit, sondern aus Berechnung Dr. Faber angeschwärzt hat.

Judas, denkt er, Judas 1939, und das erschlichene Reifezeugnis sind die dreißig Silberlinge. Stefan spürt, wie ihm der Magensaft in den Mund schießt, und er muss sich gewaltsam dagegen wehren, ihn nicht auszuspucken. In diesem Moment überlegt er nicht, dass er ja für die Ziele der Bewegung eintritt und diese mit allen Mitteln fördern will. Er kann einfach Versager nicht leiden, die sich durch Verpetzen weiterbringen wollen.

»Weiter!« sagt Studienprofessor Pfeiffer freundlich. »Wie war das mit Hjalmar Schacht?«

Braubach überlegt, kommt nicht weiter, holt einen Zettel aus der Tasche. »Ach ja«, sagt er dann und liest ab: »Schacht, der Erfinder der stabilen Inflation.«

»Eine klare Aussage«, stellt Oberstaatsanwalt Rindsfell fest. »Und ein Delikt im Sinne des Heimtückegesetzes. Eine Gedächtnisstütze für Sie, Herr Hartwig. Erinnern Sie sich jetzt an den Zwischenfall?«

»Nein«, entgegnet Stefan. »Nur verschwommen.« Er sieht, dass drei gegen ihn stehen. »Verdammt nochmal«, setzt er gereizt hinzu. »Ich war blau. Ich trink' doch sonst nie, und –«

»Ein guter Nationalsozialist ist niemals geistig weggetreten. Er ist stets im Dienst«, behauptet Pfeiffer. Er klopft Braubach auf die Schulter. »Gut, dass es in euren Reihen auch Wachsame gibt. – Nun sei ein Mann, Stefan.«

»Ein wenig dämmert mir jetzt die Geschichte«, versetzt dieser. »Aber ich erinnere mich nicht an Einzelheiten.« Er fixiert den unauffälligen, farblosen Braubach. »Außerdem mache ich mir an einem Saufabend keine Notizen.«

Oberstaatsanwalt Rindsfell schüttelt den Kopf, aber der Alt-Pg gibt nicht auf: »Noch eine Frage, Stefan: Hältst du Faber für einen verlässlichen Nationalsozialisten?« Er sieht, dass er den Fähnleinführer in Verlegenheit gebracht hat. »Ja oder nein?«

»Nein«, sagt Stefan. »Das ist er sicher nicht.«

»Ich denke, das genügt«, entscheidet der Oberstaatsanwalt. »Lassen Sie den Mann unverzüglich festnehmen, Bruckmann. Ich werde Ihnen den richterlichen Haftbefehl umgehend beschaffen.«

»Gut«, entgegnet der Chef der Politischen Polizei. »Ihr könnt gehen«, entlässt er die beiden Jungen.

Sie laufen nebeneinander her, in 2 Meter Abstand, ohne ein Wort miteinander zu sprechen. Sie erreichen den Obstmarkt, gehen in die Adolf-Hitler-Straße weiter. Als sie den langen Hausflur, der in die Fahrradhandlung mündet, erreicht haben, tritt Stefan an Braubach heran, drängt ihn in das Halbdunkel ab. »Du bist also der Dreckskerl«, sagt er mit wildem Zorn.

»Was hast du denn, Stefan?« erwidert Braubach mit kippender Stimme.

Der Primus antwortet mit beiden Fäusten; sie schlagen wie Dreschflegel auf den Denunzianten ein, er geht zu Boden und bleibt wimmernd liegen. Stefan gibt ihm noch einen wuchtigen Tritt mit dem Fuß, dann geht er weiter, ohne sich umzudrehen, befriedigt wie enttäuscht.

Sollen sie ihn dafür zur Rechenschaft ziehen, das wird er durchstehen.

Verräter kann Stefan nun einmal nicht leiden, und so fasst er auch seine Erziehung auf – Verräter haben Andreas Hofer, Albert Leo Schlageter und Horst Wessel verpfiffen und ihnen den Tod gebracht.

Die Plädoyers im Fall Kahlert enden am frühen Nachmittag. Sie zeigen noch einmal die verhärteten Rechtsauffassungen der Gegenspieler auf, bringen aber nichts Neues. Das Gericht zieht sich zur Beratung des Urteils zurück. Es braucht nur zwanzig Minuten, dann verkündet es eine Gefängnisstrafe ohne Bewährung, die nur knapp über der gesetzlichen Mindeststrafe liegt.

Dr. Wolfgang Hartwig hat sich wieder einmal gegen den Oberstaatsanwalt durchgesetzt, den man ab heute hinter seinem Rücken in Bamberg, und später erst recht in Berlin, wohin er an den Volksgerichtshof überwechseln wird, den »Kopf-ab-Rindsfell« nennt.

Um 17 Uhr wird der Angeklagte abgeführt und ist die Sitzung geschlossen. Die Zuhörer diskutieren die Verhandlung noch eine Weile erregt auf dem Gang.

Um diese Zeit sitzt Hans Faber nach einem ausgedehnten Rundgang über Felder und Rebhügel in Dettelbach an der Kaffeetafel und freut sich schon auf die abendliche Begegnung mit Sibylle.

»Sag mal, Hans«, leitet Tante Gunda die Gretchenfrage ein, »du bist immer noch Assessor. Müßtest du nicht schon längst zum Studienrat befördert worden sein?«

»Die lassen sich Zeit damit«, weicht ihr der Neffe aus.

»Aber du hast doch so eine ausgezeichnete Qualifikation –«

»Fachlich«, erklärt der Pädagoge, »aber nicht politisch.«

»Und das ist so wichtig?« ereifert sich die streitbare Witwe. »Ich kenn' ja wirklich sehr anständige Leute unter den Nazis, vor allem unter den kleinen, denen traue ich sogar, wenn sie in SA-Uniform herumlaufen, weil sie noch genauso fleißig und bescheiden sind wie zuvor, aber am letzten Sonntag hat unser Pfarrer wieder einmal zwei Kirchenaustritte von der Kanzel herunter verkündet. Stell dir vor, Hans, Söhne braver, frommer Eltern, die man bei der SS soweit gebracht hat. Die wollen unsern Herrgott abschaffen, und das kann nicht gut gehen. Ich möcht' nur wissen, wie das weitergehen soll.«

»Da bin ich überfragt«, antwortet Faber.

»Dabei bist du doch sonst so gebildet und weißt einfach alles.«

»Manches«, korrigiert er lächelnd seine Tante. »Vielleicht ist im Moment in Großdeutschland Dummheit mehr gefragt als Wissen.«

»Sei bloß vorsichtig, Junge«, warnt Tante Gunda. »In der vorigen Woche haben sie mitten in der Nacht den Wirt vom Nachbardorf verhaftet und nach Dachau geschafft, bloß weil er gesagt hat, dass Hitler zum Krieg führen wird. Meinst du, dass es Krieg geben wird, Hans?«

»Davon bin ich überzeugt«, entgegnet er. »Und dann werde ich mit Sicherheit eingezogen. Dann ist es eigentlich ziemlich unerheblich, ob ich befördert werde oder nicht.«

»Ich weiß, dass du ein passionierter Lehrer bist«, sagt Tante Gunda. »Aber ich rate dir: Häng den Staatsdienst an den Nagel. Du kannst es dir leisten. Du bist doch mein Erbe. Du kennst dich hier schon gut aus, und wenn du dich noch weiter einarbeitest, kannst du das Weingut übernehmen. Die Reben fragen nicht danach, ob du bei der Partei bist oder nicht, und –«, setzt sie hinzu und reibt wieder einmal pfiffig in ihrer charakteristischen Art den Daumen am Zeigefinger, »verdienen wirst auch mehr als an deinem Gymnasium. Was meinst du dazu, Hans?«

»Ich hab' auch schon dran gedacht«, erwidert der Neffe. »Aber ich will meine Schüler nicht im Stich lassen.«

»Und die lohnen es dir?«

»Sicher nicht alle«, entgegnet der Pädagoge. »Aber einige – und das ist doch schon sehr viel.«

»Ich will dir mal ganz offen sagen, Hans: Als Beamter bist du fehl am Platz. Du bist kein richtiger Staatsdiener. Sowie der Staat etwas von dir verlangt, was gegen dein Gewissen ist, dienst du ihm nicht mehr, selbst wenn er es fordert.«

So viel gesunder Menschenverstand verblüfft Hans Faber.

»Schau dir doch unsere Staatsdiener an«, fährt Tante Gunda fort. »Die älteren von ihnen haben noch König Ludwig den Eid geleistet und dann, nach dem Weltkrieg, die Republik, haben sie auf die Roten geschworen und auf die Schwarzen. Und jetzt auf die Braunen. Welcher Schwur gilt denn nun eigentlich: der erste oder der letzte? Kann man einen Eid einfach ablegen wie ein getragenes Kleid, wenn es aus der Mode ist?«

»Nein, Tante Gunda«, erwidert der Gast. »Das kann man nicht.«

»Das musst du aber im Staatsdienst immer wieder. Und was willst du machen? Nicht die Beamten sind schlecht, sondern dieses System taugt nichts. Und wenn die Nazis eines Tages zum Teufel gehen, dann kommt bestimmt der nächste Schwur.«

»Zu dem würde ich allerdings voll und ganz stehen. Wenn es nur schon so weit wäre!«

Das Telefon unterbricht theoretische Hoffnungen. Tante Gunda hebt den Hörer ab. »Für dich, Hans«, sagt sie, »dein Freund Claus Benz –«

»Pass auf Hans«, sagt Claus ohne Begrüßung. »Stell keine Fragen, capito?«

»Ja.«

»Du bleibst, wo du bist, und wartest auf mich. Du führst kein Telefongespräch. Ich hole dich ab. Es kann schon drei, vier Stunden dauern, aber ich komme bestimmt. Verstanden?«

»Ja«, antwortet Hans Faber betroffen.

»Also, auf bald.«

»Unangenehm?« fragt die Schwester seiner Mutter, als er aufgelegt hat.

»Ich fürchte«, erwidert er. »Vielleicht komm' ich schon sehr bald auf dein Angebot zurück und übernehm' wirklich das Gut – nicht weil ich will, sondern weil ich muss.«

»Also politisch«, antwortet die Gastgeberin.

»Lass uns von was anderem sprechen«, erwidert Hans Faber. »Und vor allem nicht so schwarz malen, bevor ich nicht wirklich weiß, was lost ist.« Er hat keine ganz klare Erinnerung mehr an den gestrigen Abend, aber irgendwie wirft er sich den ganzen Tag schon vor, dass er sich einen Moment lang hat gehen lassen.

Kurz nach Einbruch der Dämmerung trifft der Oberleutnant des Wehrbezirkskommandos in Dettelbach ein. In Uniform. Faber braucht den Freund seiner Tante nicht vorzustellen; sie haben hier schon manches Weinfest miteinander gefeiert.

Claus gibt sich lässig und gutgelaunt, aber irgendwie zieht er heute sein verkürztes Bein besonders deutlich nach, und das nimmt Hans als sicheres Zeichen, dass etwas faul ist.

»Haben Sie Beschwerden, Herr Benz?« fragt Tante Gunda.

»Ich habe mich daran gewöhnt«, antwortet er. »Nur das Bein hat sich noch immer nicht ganz an mich gewöhnt.«

»Ein Glas Wein trinken Sie doch mit uns?« fragt die Witwe.

»Eines«, versetzt der Besucher und zwingt sich, nicht auf die Uhr zu sehen. »Nur eine Bitte, Tante Gunda«, sagt er dann. »Ganz egal, wer Sie morgen vielleicht danach fragen wird: Ihr Neffe hat Sie besucht und ist dann«, jetzt sieht Claus Benz auf die Uhr, »gegen einundzwanzig Uhr dreißig zum letzten Bus nach Bamberg gegangen. Allein.«

»Ja« erwidert die Gastgeberin betroffen. »Wenn Sie das sagen, Herr Benz –«

»Ich war nicht hier«, erklärt er weiter. »Mich haben Sie also nicht gesehen. Darum ist Hans auch nicht in meinen Wagen gestiegen.«

»Ich verstehe«, entgegnet die Winzerin. »Ist es denn so – so schlimm?«

»Gar nicht schlimm«, beteuert der Oberleutnant, »wenn Sie meiner Bitte folgen.«

Die Frau mit den grauen Haaren betrachtet ihren Neffen verwirrt.

»Tu bitte, Tante Gunda, was dir Claus sagt«, fordert Hans sie auf. »Auf meinen Freund kannst du dich verlassen. Und er ist ein ganz gerissener Jurist.« Er umarmt seine Tante zum Abschied.

Sie sitzen im Wagen, fahren los, aber nicht dem Main entgegen, sondern flussabwärts.

»Falsche Richtung, Claus«, stellt Faber fest.

»Das denkst du«, erwidert der Freund. »Wir müssen nach Würzburg. Und nun hör mir gut zu. Erst einmal herzliche Grüße von Sibylle. Sie lässt dich bitten, keine langen Überlegungen anzustellen, sondern auf unseren Vorschlag einzugehen.«

»Euren Vorschlag?« fragt der Pädagoge verständnislos.

»Ja. Auf eine Entscheidung, die Robert, Sibylle und ich für richtig halten.«

»Und warum ist Sibylle nicht selbst mitgekommen?«

»Weil du gestern Abend auf der Fete deine Zunge nicht im Zaum gehalten hast; sie braucht ein Alibi, denn sie darf in die Sache nicht verwickelt werden.«

»Der Witz von gestern Abend?« fragt Faber. »Ich mach' mir schon den ganzen Tag deswegen Vorwürfe –«

»Beknirsch dich nicht«, entgegnet der Freund. »Einmal muss es sein. Man kann sich nicht unentwegt beherrschen. Wenn du einen Strom staust, ohne Wasser abzulassen, kommt es unweigerlich eines Tages zum Dammbruch. Mir geht's genauso. Nur hab' ich immer Glück gehabt, wenn die Mauer Risse hatte. Studienprofessor Pfeiffer hat auf dich einen Spitzel angesetzt. Du musst davon ausgehen, dass er schon seit Monaten Berichte über dich geliefert hat. Der köstliche Witz von gestern war nur noch das Tüpfelchen auf dem I. Jedenfalls ist jetzt die Politische Polizei hinter dir her.«

»Jetzt schon?« fragt Faber mit gepresster Stimme.

»Es wurde ein Haftbefehl gegen dich erlassen. Übrigens: Komplimente für deine Klasse. Ich hab' nie begreifen können, warum du dich so für die Jungen einsetzt und dabei so viel riskierst – ausgerechnet in diesem Moment darf ich dir sagen: Es hat sich gelohnt. Sie sind phantastisch, alle. Bis auf den Spitzel stehen sie geschlossen hinter dir. Auch die HJ-Führer. Stefan Hartwig zum Beispiel, der Fähnleinführer, hat Braubach –«

»Den Spitzel?«

»– den Spitzel Braubach am hellen Tag in der Adolf-Hitler-Straße für die Denunziation jämmerlich zusammengedroschen. Bereits heute morgen um neun Uhr hat Sibylle die erste Warnung erhalten. Bis Mittag waren es ein halbes Dutzend. Dein künftiger Schwager Rolf hat mit den vernommenen Mitschülern gesprochen, unsere Informationen sind auf dem neuesten Stand.«

»Mein Gott, Sibylle –«, sagt Faber.

»Sie benimmt sich großartig«, erklärt Claus. »Ich soll dir ausdrücklich sagen: Sie versteht dich.«

»Und?«

»Auch das soll ich dir ausdrücklich sagen: Sie hat dich lieb.«

Der Freund scheint wie erschlagen, während sie Rottendorf, den letzten Ort vor Würzburg, durchfahren.

»Und wie geht das jetzt weiter?« fragt Faber mit Sand zwischen den Zähnen. »Wenn ich in Bamberg auftauche, nehmen mich die doch sofort fest.«

»Wenn du nicht in Bamberg auftauchst, auch, denn sie schreiben dich sicher im ganzen Reichsgebiet zur Fahndung aus«, erwidert der Oberleutnant. »Es sei denn, du nimmst den Notausgang.« Er betrachtet den Freund von der Seite. »Ist der Groschen gefallen?«

Der Pädagoge nickt.

»In meinem Wagen ist eine Aktentasche mit Waschzeug, Utensilien, etwas Geld – und einem Einberufungsbefehl zu einem Panzerlehrbataillon, das zur Zeit in Mecklenburg einer Spezialausbildung unterzogen wird. Du meldest dich dort morgen zum Dienstantritt, wo dich garantiert keiner suchen –«

»Aber doch wohl eines Tages finden wird.«

»Sicher, aber bis zu diesem Tag bist du aus dem Schneider.«

»Aber der Trick kommt doch auf.«

»Er wird schon deswegen aufkommen, weil ich, mit beträchtlicher Verspätung natürlich, dem Gymnasium Bamberg melden werde, dass du eingezogen wurdest, und zwar wegen einer Schlamperei bei uns gewissermaßen über Nacht.«

»Ich soll also jetzt wieder Soldat spielen?«

»Du musst es, Hans«, erklärt der Freund. »Das ist der einzige Ort, wo sie dich garantiert nicht suchen werden.«

»Aber wenn du es ihnen mitteilst, bringst du dich doch selbst in die Bredouille.«

»Unterschätz mich nicht. Ich will dir mal was sagen: Wir arbeiten zur Zeit mit Hochdruck. Wir mussten ungelernte Aushilfskräfte anstellen. In der vorigen Woche hat ein Mann den Gestellungsbefehl erhalten, der schon vor neun Jahren gestorben ist, und gestern wurden versehentlich zwei Mädchen zu den Pionieren einberufen, bei denen man das Geschlecht verwechselt hatte. Es geht drunter und drüber bei uns, wenigstens momentan. Deine Einberufung sollte schon vor drei Monaten erfolgen. Dr. Schütz, dein Rex, hat uns dazu ja förmlich aufgefordert. Aber dieser Brief ist falsch abgelegt worden, und um die Scharte auszuwetzen, setzen wir dich jetzt, Hals über Kopf, nach Mecklenburg in Marsch.«

»So einfach ist das«, erwidert Faber.

»Der Gestellungsbefehl ist nicht von mir, sondern von Hauptmann Stumm unterschrieben, meinem Vorgesetzten, einem hundertprozentigen Parteigenossen übrigens. Drei Wochen zurückdatiert. Ich hab' ihm den Wisch einfach unter viele andere geschmuggelt. Wenn Bambergs Politische Polizei erfährt, wo sie dich findet, bist du ihrem Zugriff entzogen. Sie kann dich in kein KZ mehr schaffen und auch nicht wegen Heimtücke belangen. Sie muss das auf dem Dienstweg der Militärverwaltung melden, die dann entscheidet, ob sie Tatbericht bei einem Kriegsgericht einleiten wird. Das hängt in erster Linie von der Einheit ab, bei der du bist, aber Major von Pringsheim, ein alter drahtiger Kavallerieoffizier, macht mir nicht gerade den Eindruck, dass er mit dem Parteibuch unter dem Kopfkissen schläft. Vermutlich ist bis dahin ohnedies Krieg, dann hat er andere Sorgen und braucht jeden Mann.«

»Das ist mir zu spekulativ, Claus«, erwidert der Freund. »Und wenn's schief läuft, dann hängst du – und das will ich nicht: Ich werde mich stellen.«

»Einen Dreck wirst du tun«, fährt ihn der Oberleutnant an. »Du wirst nur deinen Verstand benutzen – und du wirst so gewieft und so tapfer sein wie Sibylle.«

»Sie meint –«

»Sie weiß, dass es der einzige Ausweg ist, und sie ist nicht mitgekommen, um ihn nicht zu gefährden. Ab morgen früh wirst du vermisst. Man wird nachforschen. Man wird feststellen, wo du warst – nur nicht, dass ich dich aus Dettelbach weggebracht habe.«

»Und dein Alibi?«

»Wasserdicht«, versichert Claus. »Ich habe mit einem Kollegen vom Wehrbezirkskommando Würzburg eine schon zweimal verschobene Besprechung angesetzt. Ich treffe den Mann in einer Viertelstunde, nachdem dein Zug abgefahren ist.« Trotz Zeitnot und bedrängter Situation muss er lächeln über seinen Geniestreich. »Noch eine Frage, Hans?«

»Was wird aus unserer – unserer Hochzeit?«

»Aufgeschoben, nicht aufgehoben«, stellt der Jurist fest. »Im KZ könntest du bestimmt nicht heiraten. Ich garantiere dir, bis Weihnachten ist die Sache wieder in Ordnung.«

Der Wagen hat Würzburg erreicht, und der Fahrer kennt sich aus. Sie halten in Bahnhofsnähe, wenige Minuten vor Eintreffen des D-Zuges München-Hamburg.

»Keine direkten Telefon- oder Postkontakte«, mahnt der Retter. »In der Aktentasche findest du eine Deckadresse. Es handelt sich um einen zuverlässigen entfernten Verwandten von mir, über ihn kannst du Sibylle erreichen.« Der Oberleutnant, der offensichtlich an alles gedacht hat, öffnet den Kofferraum, übergibt dem Freund das Fluchtgepäck. »Mach's gut, Hans«, sagt er und klopft ihm in spröder Männerart auf die Schulter. »Wir kriegen das schon hin. Wir haben doch schon ganz andere Dinge gedreht.« Er sieht, dass ihm Faber danken will, und das muss er verhindern, zumal jetzt Passanten in die Nähe kommen. »Also dann, alles Gute, und Heil Hitler, Herr Unteroffizier«, sagt er stramm.

Hans Faber nähert sich dem Bahnhofsgebäude wie geschoben, öffnet die Mappe, entnimmt ihr den Gestellungsbefehl, geht durch die Sperre.

»Zum Barras«, sagt der Kontrolleur, »da lassen Sie sich mal nicht aufhalten, Mann.«

Faber steht wie benommen am Bahnsteig, steigt wie in Trance in den Zug, ohne Gefühl dafür, dass er die braunen Bürokraten an der Nase herumführt und sich in Sicherheit bringt. Er sitzt an einem

Fensterplatz, sieht blicklos hinaus und denkt an Sibylle; er sagt ihr zärtliche Worte, die sie nicht hören kann.

Der Zug rollt an. Voraussichtliche Ankunft in Berlin: 8 Uhr 26, Weiterfahrt eine halbe Stunde später; er prägt es sich ein. Er schließt die Augen, aber er kann nicht schlafen, denn jede Umdrehung der Räder bringt ihn weiter weg von Bamberg, dem deutschen Kleinod – und von Sibylle, der wertvollsten Pretiose der alten Kaiser- und Bischofsstadt.

Die Fahndung nach dem flüchtigen Dr. Hans Faber war zunächst ohne Hektik, beinahe gemächlich angelaufen. Oberkommissar Bruckmann weiß, dass der einzelne keine Chance hat, in einem allmächtigen Polizeistaat unterzutauchen, ohne schnell gefasst zu werden. Aber als am nächsten Morgen der Gesuchte weder in der Schule noch in seiner Wohnung gesehen wird, dehnt der Chef der Politischen Polizei die Fahndung auf die Grenzübergänge aus. Tatsächlich werden einige Verdächtige, die legal in das Ausland reisen, festgehalten, müssen aber schon nach kurzer Überprüfung wieder freigelassen werden. Die jetzt im gesamten Reichsgebiet anlaufende Fahndung zeitigt einen ähnlichen Misserfolg: Keine Spur von Dr. Hans Faber.

Studienprofessor Pfeiffer, der die Anzeige erstattet hat, drängt; Oberstaatsanwalt Rindsfell zeigt sich irritiert, dass der von ihm erwirkte Haftbefehl noch nicht vollstreckt werden konnte. Bruckmann kommt zu der Ansicht, dass der Untergetauchte entweder unbekannte Helfer hat oder, wie Bambergs Bevölkerung bereits munkelt, durch Selbstmord aus dem Leben geschieden ist.

»Das wäre natürlich eine saubere Lösung«, stellt Pfeiffer hämisch fest. »Aber ich will diesen Kerl sehen, tot oder lebendig. Zu einem Selbstmörder gehört schließlich auch eine Leiche.«

»Da irren Sie sich aber gewaltig, Herr Studienprofessor«, erwidert der Chef der Politischen Polizei. »In der Kriminalstatistik gibt es Hunderte von einwandfreien Selbstmordfällen, bei denen die Menschen, die Hand an sich legten, nie wieder zum Vorschein gekommen sind. Viele legen es darauf an und –«

»Behalten Sie doch Ihre Weisheiten gefälligst für sich«, versetzt Pfeiffer verärgert. »Zeigen Sie mir lieber Beweise.«

Der Kriminalbeamte hat längst Fabers Tante ausgegraben und vernommen. Sie ist offensichtlich die letzte Zeugin, die den spurlos

Verschwundenen gesehen hat, auf dem Weg zum Omnibus nach Bamberg. Behutsamer hatte sich der Kriminalbeamte Sibylle Bertram, die Verlobte des Vermissten, vorgenommen. Sie wirkt traurig und verstört und bringt die Ermittlungen keinen Schritt weiter. Auf äußere Eindrücke verlässt sich der erfahrene Bruckmann nicht; er ordnet an, dass sowohl Sibylles als auch Tante Gundas Telefon heimlich überwacht wird. So sehr Pfeiffer auch drängt und so nervös sich Rindsfell aufführt, das permanente Mithören aller Orts- und Ferngespräche gibt so wenig einen Anhaltspunkt für die Fahndung wie die Postüberwachung.

Hauptsturmführer Panofsky ist immer noch auf seinem Schulungskurs in Berlin – erst später wird sich herausstellen, dass es sich dabei um ein für den Kriegsfall bereitgestelltes Einsatzkommando handelte, das im Hinterland unliebsame Personen liquidieren soll –, und sein Vertreter, Obersturmführer Hassler, erweist sich längst nicht als ein so scharfer Hund wie sein Vorgesetzter; er ist mit Bruckmann der Ansicht, dass der Fall Faber in Bamberg schon genug Staub aufgewirbelt hat und man ihn tunlichst ruhen lassen soll. Die Gerüchte vom Selbstmord verdichten sich zu einer spekulativen Gewissheit, die je nach Standort des Verbreiters mit Entsetzen, Erschütterung oder Genugtuung kommentiert wird.

Das Stadtgespräch nimmt den Verlauf aller Sensationen und welkt rasch, zumal sich jetzt weit größere Ereignisse in den Vordergrund drängen: Am 23. August 1939 verbündet sich Adolf Hitler – er hatte vor knapp zwei Jahren bei einer Geheimbesprechung in der Reichskanzlei seinen bestürzten Generälen eröffnet, eine Erweiterung des deutschen Lebensraums sei nur noch durch eine konsequente Eroberungspolitik zu erreichen, weshalb unverzüglich der Krieg im Osten vorbereitet werden müsse – mit seinem Todfeind Josef Stalin. Alptraum der Welt: die braune und die rote Diktatur Arm in Arm auf Raubzug. Der deutsche Gewaltherrscher hat den Rücken frei, und so wird am 1. September 1939 aus dem Nervenkrieg an der polnischen Grenze ein Schießkrieg.

Bevor sich der Herbst blutig einfärbt, hat sich Sibylle, Großdeutschlands einsamste Braut, in ihr Examen verbissen und es als Zweitbeste bestanden. Zweimal hat sie von neutralem Ort aus mit Hans telefoniert und war dabei mit ihm übereingekommen, auf einen Briefverkehr unter Deckadresse zu verzichten. Sie wollte keine

Briefe haben, die sie hinterher gleich vernichten musste, und was sie einander zu sagen hatten, brauchten sie nicht erst niederzuschreiben. Zu einem dritten Telefongespräch, bei dem Sibylle dem Mann ihrer Liebe sagen wollte, dass sein Freund Oberleutnant Claus Benz ihn umgehend wieder ins Leben zurückrufen würde, kam es nicht mehr. Reservist Faber stand, inzwischen zum Feldwebel befördert, im Fronteinsatz in Polen.

Sibylles Bruder Rolf, Stefan Hartwig, Benno Metzger und die anderen Abiturienten der 8 c wurden vorzeitig und ziemlich überstürzt zum Reichsarbeitsdienst eingezogen. Während die Sondermeldungen rasche Siege im Osten hinausposaunten, wurden für die Zivilbevölkerung die Lebensmittel rationiert und die Reichskleiderkarte eingeführt. Soweit der Staat private Kraftfahrzeuge nicht einfach beschlagnahmte und sie keinem kriegswichtigen Einsatz dienten, waren sie unverzüglich stillzulegen.

Ob am Bamberger Gymnasium Latein oder Griechisch auf dem Stundenplan steht, der »Hydro« gibt sich als Amateurstratege und verzapft dilettantische Kriegsweisheiten. Kollege Pfeiffer spricht im Unterricht nur noch über Blitzsiege und die Größe der Zeit. Stocker lässt patriotische Lieder singen, und Oberstudiendirektor Dr. Schütz will hinter so viel Einsatz nicht zurückstehen und stellt sich persönlich hinter eine Werbekommission, die mit einigem Erfolg Oberklässler zur freiwilligen Meldung in die Waffen-SS überredet.

Andere Lehrkräfte des Gymnasiums bleiben auch in den Tagen heißlaufender Propaganda besonnen, ob sie das Parteizeichen tragen oder nicht. Nicht wenige stehen unter Gewissenszwang und versuchen in großer Bedrängnis ihre Schüler davor zu bewahren, der militaristischen Tollwut zu verfallen.

Im Direktorat erwartet den Rex eine persönliche Überraschung: Bambergs Wehrbezirkskommando teilt ihm amtlich mit, dass Studienassessor Dr. Hans Faber zur Wehrmacht eingezogen worden sei und mit seinem Panzerregiment bereits im Fronteinsatz stehe. In holprigem Behördendeutsch entschuldigt sich Hauptmann Stumm, der Verantwortliche, dass wegen dauernder Überforderung seiner Dienststelle die Meldung an die Schule versehentlich erst jetzt erfolge.

Im ersten Moment ist Anstaltsleiter Dr. Schütz zornig, dann begreift er, dass es für ihn im lästigen Fall Faber keine Patentlösung und keinen Notausgang gibt. Wenn ihm jetzt der Prozess wegen eines Verbrechens wider das Heimtückegesetz gemacht wird, muss auch er damit rechnen, als Zeuge in den Strudel der Ereignisse hineingerissen zu werden. Er ruft im Wehrbezirkskommando an und verlangt Hauptmann Stumm. »Ich bin außer mir über eine solche Nachlässigkeit«, tobt er. »Wie kann so etwas nur geschehen? Ich werde mir eine solche Behandlung nicht gefallen lassen.«

»Ich verbitte mir diesen Vorwurf«, kontert der hundertprozentige Offizier. »Wir arbeiten hier Tag und Nacht für Führer, Volk und Vaterland. Wir schuften oft sechzehn, siebzehn Stunden für den Sieg, und da wagen Sie es, von Schlamperei zu sprechen, Herr Dr. Schütz?«

»Schlamperei habe ich nicht gesagt«, tritt der Rex kleinlaut den Rückzug an. »Aber ich fürchte, das – äh – Missverständnis wird polizeiliche Folgen haben. Ich weiß nicht, ob Ihnen bekannt ist, dass der Mann im ganzen Reichsgebiet wie eine Stecknadel gesucht wird.«

»Folgen haben?« brüllt der Hauptmann in die Leitung. »Das ist mir scheißegal.« Er knallt den Hörer auf die Gabel.

Der Oberstudiendirektor lässt Pfeiffer kommen. »Sehen Sie sich das an, Herr Kollege«, sagt er und überreicht ihm den Brief des Wehrbezirkskommandos.

»Unglaublich«, erwidert der Fanatiker. Sein Gesicht schwillt an, droht zu platzen. »Denen werde ich gewaltig auf den faulen Zahn fühlen«, droht er, schiebt das Schreiben ein und hastet zum Alten Rathaus, obwohl er noch zwei Unterrichtsstunden zu halten hat. »So eine Schweinerei«, platzt er bei Oberkommissar Bruckmann in eine Besprechung. »Sie faseln vom Selbstmord Fabers, und dieser Schweinehund führt uns an der Nase herum.«

»Moment mal«, antwortet der Kripobeamte pikiert. »Was ist denn eigentlich los, Herr Studienprofessor?«

»Verhaften Sie unverzüglich diesen Hauptmann Stumm vom Wehrbezirkskommando«, tobt der unerwartete und unliebsame Besucher. »Er muss mit diesem notorischen Feind der Bewegung unter einer Decke stecken.«

»Ich werde mich hüten, Hauptmann Stumm festzunehmen, Herr Studienprofessor«, entgegnet Bruckmann.

»Wer ist das eigentlich?« fragt der Besucher irritiert. »Ist der Kerl Ihnen bekannt?«

»Ich hatte schon öfter mit ihm zu tun«, erwidert der Kripo-

Oberkommissar. »Hauptmann Stumm hat als Offizier im Ersten Weltkrieg das linke Bein verloren. Meines Wissens steht er gerade unmittelbar vor seiner Beförderung zum Major.«

»Na und?« tobt Pfeiffer weiter. »Gibt ihm das ein Recht, staatsfeindliche Elemente zu begünstigen?«

»Hauptmann Stumm ist politisch absolut zuverlässig«, entgegnet Bruckmann. »Übrigens ist er Blutordensträger.«

»Quatsch«, versetzt Pfeiffer brutal. »Da müsste ich ihn doch wohl kennen.«

»Er ist erst vor drei Monaten aus Würzburg nach Bamberg versetzt worden«, antwortet der Kriminalbeamte. Er schafft es nicht, ein Lächeln der Schadenfreude ganz zu unterdrücken. »Ich werde mich der Sache sofort annehmen«, verspricht er und genießt es, diesen Pfeiffer sprachlos gemacht zu haben.

Hauptmann Stumm empfängt Bruckmann sofort in seinem Dienstzimmer und sieht nervös auf die Uhr. »Viel Zeit habe ich nicht. Wie gesagt: eine Panne. Leider nicht die einzige. Aber wir haben zu wenig geschultes Personal und zu viel Arbeit.«

»Wer hat den Gestellungsbefehl unterschrieben?«

»Ich natürlich«, erwidert der Hauptmann. »Einen von Hunderten.«

»Und wer hat Ihnen Fabers Einberufung vorgelegt?« bohrt Bruckmann weiter.

»Vermutlich Oberleutnant Benz«, erwidert Stumm. »Er ist der zuständige Sachbearbeiter.«

Benz? Bruckmanns Argwohn wittert einen Zusammenhang. »Eine Frage, Herr Oberleutnant Benz«, beginnt er im Nebenzimmer die Vernehmung hinten herum, »ist Ihnen Assessor Dr. Hans Faber persönlich bekannt?«

»Aber ja, hier in Bamberg kennt doch fast jeder jeden.«

»Ich meine – näher bekannt?«

»Auch das«, erwidert der Jurist. »Wir haben miteinander studiert, wenn auch an verschiedenen Fakultäten.«

»Sind Sie mit ihm befreundet?«

»Das ist übertrieben«, erwidert der Sachbearbeiter Heer und reckt die Brust, als wollte er das Parteiabzeichen auf seinem Revers deutlich vorweisen.

»Gegen den Mann ist ein politisches Verfahren anhängig«, erklärt Bruckmann.

Claus Benz pfeift durch die Zähne. »So?« sagt er. »Na ja –«

»Was heißt na ja, Herr Oberleutnant?« fragt der Kripobeamte.

»Ich hab' zwar so gut wie nie mit Hans Faber über politische Dinge gesprochen, aber auch nicht den Eindruck gewonnen, dass er ein übertrieben strammer Gefolgsmann des Führers ist.«

»Nein, das ist er wirklich nicht«, erwidert der Chef der Polit-Polizei.

»Dann ist er ja wohl beim Barras bestens aufgehoben«, entgegnet der Oberleutnant. »Die ziehen ihm schon die Hammelbeine lang und bringen ihm die Tugenden des Soldaten bei.«

»Möglich«, versetzt Bruckmann nachdenklich. Er begibt sich in den Justizpalast.

Oberstaatsanwalt Rindsfell weiß, dass der Angeschuldigte seinem Zugriff, zufällig oder bewusst, entzogen ist. »Mist«, sagt er. »Stellen Sie die Aussagen zusammen. Wir übersenden sie seiner Einheit mit der Bitte, das Kriegsgericht einzuschalten. Formulieren Sie Ihren Bericht so scharf wie möglich und legen Sie ihn mir dann zur Unterschrift vor.«

Am 9. September geht das Dossier an das Panzerlehrbataillon des Regiments 35 ab. Am gleichen Tag gerät Feldwebel Faber mit seiner Vorausabteilung in eine feindliche Falle.

Die Abteilung des Arbeitsdienstes steht auf dem verschneiten Lagerhof und übt Griffe. Die Spaten blitzen im trüben Morgenlicht. Sie sind blankgeschmirgelt, weil zweckentfremdet. Mit ihnen ist nicht zu arbeiten, sondern zu exerzieren. Der Feldmeister zeigt sich in seinem Element. Er hat die Schulterstücke eines Offiziers und tobt wie ein Prolet.

Stefan Hartwig presst die Zähne aufeinander. Er schwitzt, denn er gibt sich Mühe. Die Handgelenke schmerzen. Bei einem von ihnen geht der Präsentiergriff daneben.

»Wer nachkleckert, schrubbt morgen die Böden«, tobt der Feldmeister. Arbeit bleibt für ihn die Drohung Nummer eins. Das ist vielleicht ein Rest seiner Laufbahn vom Gelegenheitsarbeiter zum Arbeitsdienstführer.

Ich darf nicht auffallen, sagt sich Stefan. Morgen wenigstens will ich keine Böden schrubben. Den morgen ist kein gewöhnlicher Sonnabend. Morgen kommt Claudia. Endlich! Zwei Monate lang, in denen er die schmutzfarbene Uniform mit dem groben Tuch hassen lernte, seit dem 1. Juli, klammert er sich an diesen Besuch. Jetzt ist es soweit. Und jetzt muss es anders sein als bisher. Ich bin jetzt ein Mann, sagt er sich immer wieder, kein Gymnasiast mehr.

An seinen Spind klebt Claudias Foto; es zeigt sie im Badeanzug als Galionsfigur an Deck eines Ausflugsschiffes.

»Beachtlich«, stellt Feldmeister Weinrich fest und spitzt die Lippen. »Toller Käfer. Wie kommt so ein Schlumpschütze wie Sie an so'n Mädchen?« Er geht näher heran, starrt das Foto an. Seine Empfindungen spiegeln sich auf seinem Gesicht. Er dreht sich um, grinst schiefmundig und kalauert: »Auf jedem Schiff, ob's dampft, ob's segelt, ist einer, der die Waschfrau vögelt.«

Die Umstehenden lachen, Stefan steht stramm. Die Hände an seiner Hosennaht ballen sich zu Fäusten, die danach gieren, in das Gesicht des Mannes mit der drei Finger breiten Stirn zu schlagen. Er beherrscht sich eisern. Wenn er jetzt auf die Provokationen eingeht, ist die erträumte militärische Karriere im Eimer. Er wird die Zähne aufeinanderbeißen und – wie es im Jargon der Zeit heißt – die Arschbacken zusammenkneifen, genarrt von der Vision, so schnell wie möglich Offizier zu werden, um dann RAD-Führer durch die Mangel zu drehen, dass sie nicht mehr wissen, ob sie Männchen oder Weibchen sind.

»Sie sind ja rot wie'ne Jungfrau«, quält ihn Feldmeister Weinrich. »So wie Sie aussehen, haben Sie diese Lustpuppe noch nie vernascht.« Er stupst Stefan mit dem Zeigefinger an die Brust. »Oder doch?« fragt er mit sicherem Instinkt für Peinlichkeiten vor der gesamten Stubenbesatzung.

Der Dienst geht weiter. Zum hundertsten Mal die höhnische Aufforderung: »Seht euch diese Abiturienten an!« Der Feldmeister kann Stefan nicht leiden. Er ärgert sich über das Abitur des Arbeitsmannes, weil er keines hat. Er ärgert sich über die Gegenwart Stefans, weil sie nur sechs Monate dauern wird. Er ärgert sich über die Schlammpfützen, weil sie schließlich die jungen Männer wieder freigeben müssen.

»Hinlegen!« brüllt der Schleifer.

Die ganze Abteilung liegt am Boden, erschöpft und verdrossen.

»Bedankt euch bei den Abiturienten!« gröhlt der RAD-Führer gehässig.

Es ist der Startschuss für die übliche Schinderei.

»Hinlegen! Auf! Hinlegen! Auf!«

Die Jungen keuchen. Die Truppführer fegen als Schergen des Feldmeisters zwischen sie wie Treiber bei der Sauhatz.

So geht es noch eine Stunde weiter. Es gibt keine Schikane, die den Schleifern nicht einfallen würde.

Während Stefan in der knappbemessenen Mittagspause seine Kartoffeln schält, streift sein Blick das Bild des Mannes an der Wand, der diese seltsame Zwangserziehung erfunden hat. Unter dem wuchtigen Kopf des Reichsarbeitsführers Hierl steht in goldenen Lettern: »Der RAD ist eine Schule für das Leben.«

In diesem Moment verkündet der Feldmeister, gewissermaßen als Nachtisch, für die ganze Einheit Ausgangssperre. Er steigt auf einen Stuhl und dröhnt in gezielter Tücke: »Ihr wisst ja, wem ihr das verdankt!« Dann betrachtet er Stefan genüsslich. Er hat ihm jetzt noch eine Kur verpasst, die er zu seinem Ärger nicht offiziell verordnen darf, eine Abreibung, blasphemisch »Heiliger Geist« genannt.

So liegt am Abend der frühere Primus der 8 c auf seinem Strohsack und wartet auf sie. Auf die Kameraden, die ihn zu verprügeln haben. Er zieht die Knie an den Oberkörper und ballt die Fäuste. Die Schule der Härte sieht so aus, dass mindestens fünf über einen herfallen. Der Arbeitsdienst gibt sich militanter als der Barras, vielleicht aus Ärger darüber, dass er doch nicht mehr ist als ein verachteter Blinddarm der Wehrmacht.

Nach dem Zapfenstreich kommen sie. Die ersten sind vorsichtig, denn sie fürchten Stefans Fäuste. Der ehemalige Fähnleinführer springt auf, schlägt wild zu. Zwei boxt er noch zusammen, dann siegt die Übermacht. Auf einmal lassen die ersten von ihm ab: Benno und Rolf, die beiden Leidensgenossen aus der 8 c, haben aufgepasst und kommen Stefan zu Hilfe.

Das Duell der Fäuste und Füße dauert zehn Minuten und endet unentschieden. Einige der Kombattanten müssen vor Dienstantritt ins Krankenrevier, um sich verbinden zu lassen. Stefan hat zwei Streifen Heftpflaster im Gesicht. Es ist unangenehm, denn am Wochenende wird Claudia kommen, und für diesen Besuch hat er sich einiges vorgenommen.

Die Freundin erscheint auf die Minute pünktlich, aber der Spaziergang findet nicht am Waldrand, sondern in der Schreibstube statt. Stefan ist auch nicht mit der Freundin allein, sondern die Truppführer stehen herum und betrachten mit vielen Augen das hübsche Mädchen eindeutig.

»Tag, Stefan«, sagt Claudia spröde.

Er erwidert überhaupt nichts. Er sieht an seinem schmutzigen Drillichzeug herunter. Dann macht er Ehrenbezeigungen, so zackig, dass das Krätzchen vom Kopf fällt.

»Was hast du denn für Haare«, lacht Claudia.

Stefans struppige Bürste steht steil nach oben, wie es RAD-Mode ist.

Ein Truppführer sagt gemütlich: »Na, nu geben Sie mal Pfötchen ihrer Braut.«

»Das tue ich, wenn Zeit dazu ist.« In Stefan zischt der Zorn hoch wie kochendes Wasser.

»Da werden Sie nicht viel Zeit haben«, entgegnet der Mann gehässig. Er lächelt Claudia an. »Er muss nämlich heute noch die Baracke schrubben.«

Die Tür des Nebenzimmers öffnet sich. Feldmeister Weinrich kommt mit salopp übergeworfenem Ledermantel heraus.

»Was ist denn hier für'ne Versammlung?« fragt er. Sein Blick tastet sich an Claudia tief und hoch.

»Besuch«, strahlt der Truppführer.

»Gratuliere«, antwortet der Feldmeister.

»Nicht für mich«, brummt der Ausbilder zurück. Er deutet auf Stefan.

»Wollen Sie mich der jungen Dame nicht vorstellen?« fordert der Allgewaltige den RAD-Mann Hartwig auf.

Stefan tut es mit klammer Stimme.

»Pech gehabt mit dem Strafdienst, was?« meint der Feldmeister im Weggehen. »Das nächste Mal reißen Sie sich gefälligst am Riemen!« Er sieht auf die Uhr. »Ich gebe Ihnen zehn Minuten, Hartwig, dann treten Sie an!«

Zehn Minuten für Claudia! Nach neuen Wochen, nach vielen Briefen. Claudia, die auf einmal so anders aussieht als sonst. Ihre langen, weichen Locken fallen bis auf die Schultern und verdecken den Nacken, der Stefan in der Schule so verwirrt hat. Sie ist größer geworden, weil sie jetzt auf hohen Absätzen geht. Und ihr Gesicht, das er acht Jahre lang jeden Tag gesehen hat, gleichgültig zuerst, dann beunruhigt und schließlich beglückt, ist auf einmal fremd, wirkt älter, reifer, sicherer. Und die Augen glänzen kühler. Und die Worte kommen gesetzter. Und der Pullover sitzt, als ob die Haut Maß genommen habe. Die hübsche, schlichte Primanerin hat sich in eine noch hübschere junge Dame verwandelt, die sich in der RAD-Baracke ausnimmt wie die Prinzessin neben dem Schweinehirten. Stefan kann sich in diesem Moment nicht vorstellen, dass sie in wenigen Monaten genauso bekümmert und verloren im schmutzfarbenen, groben Tuch dastehen soll, das der Führer seiner Jugend verpasst.

Claudia, deren Bild im Spind hängt, um den die anderen herumstehen, und deren Gesicht unter ihren Zoten nicht zuckt wie Stefans Fäuste. Jetzt starrt er sie an. Seine Hände streichen an seiner Arbeitskluft entlang, als ob sie den Schmutz wegwischen wollten.

»Was hast du denn?« fragt Claudia verlegen.

»Nichts«, erwidert Stefan heiser.

Jetzt haben sie noch acht Minuten. Sie spüren den Blick der Truppführer, die sich grinsend in die Schreibstube drängen, in ihrem Rücken.

»Hast du meine Briefe bekommen?« fragt Stefan überflüssigerweise.

»Ja«, erwidert sie.

»Ich kann dir das alles nicht so sagen – jetzt – hier – magst du mich noch?«

Claudia antwortet mit den Augen.

Vom Gang her kommen Pfiffe, Schreie, Kommandos, Schritte.

»Es ist bald ausgestanden«, fährt Stefan fort. Sein Gesicht verzerrt sich.

Das Mädchen nickt lächelnd. »Dann komme ich zum RAD, falls ich bis dahin nicht verheiratet bin«, erwidert die künftige Medizinstudentin.

»Bei Mädchen ist es nicht so schlimm«, tröstet der Freund. »Die können sie nicht so schleifen wie uns.«

»Haben Sie schleifen gesagt, Hartwig?« unterbricht ihn einer der Truppführer. »Ich merke mir das«, droht er. »Ich schieb' mir 'nen Trumpf in den Ärmel.«

»Vielleicht sollten wir gleich heiraten«, übergeht Stefan die Drohung.

»Aber dafür sind wir doch noch zu jung«, erwidert Claudia verkrampft.

»Aber du bräuchtest dann nicht mehr –«

»Sind Sie bald fertig, Hartwig?« ruft in diesem Augenblick der zurückkommende Feldmeister.

»Jawohl«, erwidert Stefan verbissen.

»Bis später!« ruft ihm Claudia nach.

Der Eimer steht bereit. Stefan scheuert wie ein Besessener darauf los. Einmal sieht er auf. Der Feldmeister und Claudia gehen über den Gang zur Kantine. Der Stich der Eifersucht rast durch den Körper des Achtzehnjährigen. Er schlägt mit dem nassen Lappen auf die Holzbohlen ein, als ob er das Gesicht des RAD-Führers vor sich hätte.

»Tut mir leid«, sagt Weinrich zu Claudia, »aber hier herrscht eiserne Disziplin. Ich kann keine Ausnahme machen, auch nicht mit Abiturienten.«

Nach eineinhalb Stunden meldet Stefan, dass der Gang sauber gemacht sei. Der Truppführer holt Weinrich. Der Mann stapft breitbeinig den Flur entlang, und in seinem Gesicht schwimmen Wichtigkeit und Schadenfreude. Claudia steht im Hintergrund.

Der Feldmeister reagiert träge; er fährt mit einem Finger seines Handschuhs über den Boden.

»Dreck«, sagt er lakonisch; er lässt einen neuen Wasserkübel kommen und kippt ihn vor Stefans Füße. »Weitermachen!« befiehlt er. »Wir haben ja Zeit. Sie werden's schon noch lernen, RAD-Mann Hartwig.«

So sieht das Wiedersehen mit Claudia aus. Die Freundin reist einen Tag früher zurück. Alles, bloß nicht zum Arbeitsdienst, sagt sie sich, das ist das Letzte, das Übelste. Sie sieht Stefan vor sich, den Primus, den Fähnleinführer, die Sportskanone – auf Null gebracht, ein Roboter im Drillichzeug, einer, der etwas zu sagen hat und den Mund halten muss.

Zum ersten Mal versteht die Arzttochter ihre Mutter, die Stefan mag, ebenso wie ihr Vater. »Aber Kind«, jammert sie gelegentlich, »er ist doch viel zu jung für dich. Das hat doch keinen Sinn. Es würde doch Jahre dauern, bis ihr daran denken könnt zu heiraten.«

Die Eltern müssen immer gleich an das Heiraten denken, überlegt Claudia. Es ist einfach ortsüblich und alles andere sittenwidrig – aber wie denkt sie eigentlich selbst darüber? Natürlich steht Stefan bei ihr an erster Stelle, dann kommt ihr Studium, und dazwischen stellt sich die Frage, wie sie um den weiblichen Arbeitsdienst herumkommen könnte.

Zur Zeit tragen bereits hunderttausend Maiden das grobe braune Tuch, aber weitere Einberufungen werden unweigerlich folgen, wenn die neuen Barackenlager fertig gestellt sind.

Sie stehen sauber ausgerichtet in Linie zu einem Glied, drei Offiziere, zwei Unteroffiziere und Feldwebel und fünf Mannschaftsdienstgrade – Soldaten der Panzerlehrabteilung, die sich im Polen-Feldzug besonders ausgezeichnet haben.

Der vierte von links ist Feldwebel Faber. Die Zeit hat aus einem überzeugten Humanisten einen mehr zufälligen Kriegshelden gemacht.

Der frühere Studienassessor ist im Gesicht schmaler geworden. Die drei Monate seit seiner Flucht aus Bamberg und der Trennung von Sibylle haben es plissiert. Die Muskeln spannen sich straff über die Backenknochen. Die Lippen wirken knapp und diszipliniert, die Augen klug und noch immer ein wenig verträumt, Augen, die gerne ins Grüne streifen, aber in den letzten neunzehn Tagen überwiegend rot gesehen haben, blutrot.

Der Weg nach Warschau war keine Spazierfahrt gewesen. Die Polen hatten sich energisch, todesmutig gegen Hitlers Überfall zur Wehr gesetzt, aber sie waren schlecht gerüstet, miserabel geführt, und sie wurden von ihren westlichen Bundesgenossen im Stich gelassen. Als sich die Überfallenen mit letzter Kraft gegen die deutschen Truppen aus dem Westen stemmten, waren ihnen am 17. September aus dem Osten sowjetische Divisionen in den Rücken gefallen, um ihnen den Todesstoß zu geben. Stalin auf Hitlerkurs: gleiche Mörder, gleiche Kappen. Der rote Zar wollte sich beim Länderraub nicht von seinem braunen Verbündeten überbieten lassen.

Nach dem Beistandspakt mit Polen hätten nunmehr England und Frankreich der Sowjetunion den Krieg erklären müssen, aber sie verzichteten auf Vertragstreue ebenso wie auf eine militärische Hilfeleistung für Warschau. Krieg war für die Alliierten die Fortsetzung der Politik mit üblichen Mitteln, und die große Hure Politik nimmt nun einmal jeden Freier.

Die Verteidiger verbluteten in der Entscheidungsschlacht an der Bzura. Ihre pferdebespannte Artillerie war bewegungslos, weil die Zugtiere von Tieffliegern abgeknallt wurden. Reiterverbände ritten mit eingelegter Lanze hoffnungslose Attacken gegen gepanzerte Kampfwagen. Man hatte den Kavalleristen eingeredet, dass sie – wie bei früheren Manövern der Reichswehr – nur aus Pappe und Leinwand bestünden.

Der Angriff wurde zu einem einseitigen, furchtbaren Gemetzel an Mensch und Tier. Blieben die Panzerkolonnen stecken, forderten sie Luftunterstützung an. Aus dem Zusammenwirken schneller motorisierter Erdverbände mit den Geschwadern der Luftwaffe entstand die Blitzkriegtechnik: Das Töten hatte eine neue Dimension erreicht.

Inmitten der Horrorszenen, der gestürzten Pferde mit aufgerissenen Leibern, aus denen blutig die Gedärme hervorquollen, der abgeworfenen Reiter, die von Panzerketten zermalmt wurden, hatte sich Feldwebel Hans Faber gefragt, wie wohl einem drahtigen Reiteroffizier mit zahlreichen Turniersiegen, der jetzt eine Panzerabteilung führte, zumute sein musste. Aber bald kam kein Soldat der verstärkten 4. Panzerdivision – zu der auch das Regiment 35 gehörte – dazu, überhaupt noch über etwas nachzudenken, denn die Kampfwagen versuchten nach einem verwegenen Durchbruch – 400 Kilometer in acht Tagen – im Alleingang Warschau handstreichartig zu nehmen. Was Räder und Raupen hatte, schob sich vorwärts; durch trostlose Arbeiterviertel erreichte die Vorhut die Hauptstraße, passierte einen Park in Richtung Bahnhof. Aus Kellerlöchern und Lagerschuppen, Grünanlagen und Ruinen wurden die Angreifer von wütendem Abwehrfeuer empfangen. Die Verteidiger sprengten mit geballten Ladungen die Panzerketten, wehrten sich im Nahkampf mit Handgranaten oder brachten raffiniert getarnte Panzerabwehrgeschütze ins Gefecht.

Der Alleingang der 35er brach blutig zusammen. Ohne Sprit und ohne Munition starrten sie an den westlichen Horizont, aus dem endlich Nachschub kommen musste. In einer Stunde, am nächsten Tag oder überhaupt nicht. Sie hielten aus, so wie die polnischen Verteidiger durchhielten, obwohl sich ihr Oberbefehlshaber mit seinem Stab ohne Waffen, doch mit reichlichem Gepäck bereits ins Ausland abgesetzt hatte.

»Achtung!« schreit der ranghöchste Offizier, als der Kommandeur mit seinem Kübelwagen vorgefahren ist; er macht Meldung, aber Major von Pringsheim kürzt das militärische Brimborium ab. Sein Blick pendelt an der Front der Angetretenen entlang. »Ich möchte es kurz machen«, beginnt er. »Zunächst muss ich feststellen, dass sich die ganze Panzerlehrabteilung, das Regiment 35 und die gesamte 4. Panzerdivision ausgezeichnet haben, auch wenn man vergessen hat, uns zur Siegesfeier nach Warschau einzuladen.« Der Offizier, der bereits die Spange zum EK I trägt, fährt fort: »Ich werde

Ihnen jetzt Ihre Auszeichnungen überreichen, anschließend möchte ich mit Ihnen zwanglos darauf anstoßen.«

Er schreitet die Front der Dekorierten ab, würdigt jeden von ihnen mit ein paar Worten, er benötigt dabei keinen Souffleur. »Sie, Feldwebel Faber, haben bereits am dritten Kriegstag zwei verwundete Kameraden aus einem brennenden Kampfwagen geborgen. Das Regiment hat Sie daraufhin zum EK II vorgeschlagen. Zwei Tage später haben Sie im selbstständigen Entschluss mit Ihrem Panzer III eine überlegene polnische Pakbatterie, die uns hohe Verluste zugefügt hatte, angegriffen und ausgeschaltet. Ich überreiche Ihnen hiermit als erstem Unteroffizier meiner Abteilung das EK II und das EK I.« Pringsheim heftet dem Reservisten die Orden an die Brust, reicht ihm die Hand und geht zum nächsten weiter.

Einen Moment lang schämt sich der Erzieher, dass einer wie er, der den Krieg so hasst, nunmehr Eisenblech trägt, aber er hatte während des Gefechts keine andere Wahl gehabt: Hätte er die Pakstellung nicht niedergewalzt, wäre er von dieser vernichtet worden. Das Gesetz des Krieges: Wer leben will, muss töten.

Faber sieht Sibylle ganz nahe vor sich, und auf einmal, wie von selbst, rückt Bamberg wieder näher: Weihnachten 1939 war von Claus, seinem Freund und Fluchtregisseur, als Hochzeitstermin in Aussicht gestellt worden, und an diese Vorstellung hatte sich der bei der Wehrmacht Untergetauchte geklammert, ohne an sie zu glauben. Einen Moment lang fragt er sich, was wohl schwerer wiegt, ein leichtfertiger Politwitz oder das Eiserne Kreuz beider Klassen.

In einem zweckentfremdeten Unterrichtsraum des Schulhauses ist ein kleiner Imbiss vorbereitet worden, Wurstbrote und Wodka, alles aus Beutebeständen. Der Kommandeur trinkt das scharfe Gesöff aus einem großen Wasserglas. Vielleicht muss er das Bild der zuckenden Pferdeleiber und das durch jede Panzerplatte dringende Todesgebrüll ertränken. Auch die anderen sprechen mehr dem Schnaps zu als den belegten Stullen. Fünfundvierzig Prozent Alkohol setzen sich schließlich durch, heizen die Stimmung an, trotzdem schwappt sie nicht über. Es liegt nicht daran, dass die Männer gehemmt wären, weil der Major unter seinen Soldaten ist, sondern daran, dass das Panzerregiment vierundsechzig Tote und achtundfünfzig Verwundete zählt und zudem noch fünfundvierzig Kampfwagen verloren hat.

Der baumlange Adjutant beugt sich zu Pringsheim hinunter und sagt ihm etwas.

Der Major nickt unwillig, betrachtet dann einen Moment lang Faber, geht auf ihn zu. »Sie haben ja gar nichts mehr im Glas, Feldwebel«, stellt er fest.

»Danke, mir reicht's schon, Herr Major«, erwidert Faber.

»Anfänger«, spottet der Kommandeur, »Sie kommen anschließend zu mir«, befiehlt er, mehr verbindlich als militant. »Wir haben etwas zu erledigen, Papierkram.«

Der Papierkram ist die scharf gefasste Anzeige des Oberstaatsanwalts Rindsfell, die mit dem verspäteten Nachschub durchgekommen ist.

Pringsheim überfliegt sie. »Setzen Sie sich doch, Faber«, sagt er und liest das Schreiben jetzt so gründlich, als müsste er buchstabieren. »Verstoß gegen das Heimtückegesetz«, murmelt der Mann mit dem schmalen Kopf, den auffallend blauen Augen und dem sorgfältig gezogenen Scheitel im bereits gelichteten Haar; er schüttelt sich. »Sie sehen nun nicht gerade aus wie ein Heckenschütze, Herr Dr. Feldwebel.«

»Ich war eine Art Außenseiter an meiner Schule«, erklärt Faber. »Ich gehöre weder der Partei noch einer Gliederung an, und –«

»Ich auch nicht«, unterbricht ihn der Offizier mit den Reiterbeinen und grinst breit. »Aber ich gehöre der Panzerwaffe an und führe einen Eliteverband, der sich hervorragend geschlagen hat.«

»Man hat mich immer wieder bei der Beförderung zurückgestellt«, berichtet Faber. »Wir hatten da so ein paar alte Kämpfer an der Schule, die mich bespitzeln ließen.«

»Das hab' ich gern«, versetzt der Bataillonskommandeur grimmig.

»Sie haben mich vorhin gefragt, warum mein Glas leer sei, Herr Major. Nun – bei der Verabschiedung meiner letzten Abiturienten war es nicht leer. Ich hatte wohl ein bisschen zu viel intus und gab einen dämlichen Witz von mir, der dann von einem Schüler – alle anderen hatten sich hinter mich gestellt – seinem Auftraggeber hinterbracht wurde.«

»Sie Spaßmacher«, erwidert der Major belustigt und streckt sich betont wohlig in seinem Sessel aus. »Diesen Witz möchte ich jetzt hören.«

»Das ist vielleicht nicht angebracht, Herr Major.«

»Zieren Sie sich nicht wie 'ne Jungfrau.« Pringsheim reißt die Türe auf, ruft seinen Adjutanten herein, das Schreibstubenpersonal, jeden, der sich im Vorraum des Bataillonsgefechtsstands aufhält, und sagt fröhlich: »So, nun machen Sie den Mund auf, Feldwebel Faber, dienstlicher Befehl.«

»Jawohl, Herr Major«, entgegnet der Reservist stramm. »Es war die Antwort auf die Frage nach den Errungenschaften des Nationalsozialismus. ›Gut‹, habe ich geantwortet – wie gesagt, ich war nicht nüchtern –, ›das ist der Sieg der Arbeitsscheuen über die Arbeitslosen.‹«

Der Major lacht lauthals, und die Umstehenden überbieten ihn noch. »Weiter«, sagt er, »das ist doch wohl noch nicht alles?«

»Ich zählte dann die Protagonisten der Bewegung auf: ›Adolf Hitler‹, sagte ich, ›der Schöpfer des freiwilligen Zwangs. Hermann Göring, der Meister des schlichten Prunks. Dr. Goebbels, der Erfinder der relativen Wahrheit. Dr. Schacht, der Schöpfer der stabilen Inflation.‹«

Pringsheim lacht, dass ihm die Tränen aus den Augen kullern und man durch seinen offenen Waffenrock sein Zwerchfell hüpfen sieht. »Pfundig«, ruft er. »Mann, Sie sind ja Klasse! Mensch, Faber, Feldwebel, Doktor, Sie gefallen mir! Den Witz muss ich mir aufschreiben.«

»Steht in den Akten, Herr Major«, versetzt Faber trocken.

Major von Pringsheim holt aus seinem Schreibtisch ein Glas, gießt Wodka ein. »Jetzt trinken Sie einen mit mir«, fordert er Faber auf. »Sonst ernenne ich Sie zu meinem Hofnarren.«

Hans Faber mag keinen Schnaps, aber es ist der süffigste Wodka seines Lebens.

»So«, befiehlt der Major. »Jetzt alles raus bis auf den Schreibbullen! Nein, Sie bleiben auch hier, Feldwebel Faber.« Er wirft dem Stabsschreiber die ihm vom Divisionsgericht zwecks Stellungnahme vorgelegte Rindsfell-Anzeige hin. »Betrifft Aktenzeichen usw. Sie kennen das ja –«

»Jawohl, Herr Major.«

Pringsheim betrachtet wohlgefällig Fabers leeres Glas, gießt ihm nach und diktiert: »Feldwebel Dr. Hans Faber, ein Reservist und trotzdem einer der besten Unterführer der Panzerlehrabteilung, räumt ein, dass er den inkriminierten Witz – suchen Sie die Stelle im Akt und geben Sie sie genau an«, wendet er sich an den Stabsschreiber, »zu vorgerückter Stunde bei einer Abiturientenfeier im nicht mehr nüchternen Zustand und im geschlossenen Kreis erzählt haben könnte. Er bedauert es so nachdrücklich, dass er seitdem keinen Tropfen Alkohol mehr anrührt und lieber das Gespött seiner Kameraden auf sich nimmt. Der Feldwebel ist nach der Beurteilung seines Kompaniechefs, Oberleutnant Pfungstadt, ein vorbildlicher Soldat im Frieden wie im Krieg. Deshalb habe ich Feldwebel Faber längst, bevor mir die Anwürfe des Oberstaatsanwalts Rindsfell bekannt wurden, für die Reserveoffizierslaufbahn vorgeschlagen. Heute wurden ihm wegen besonderer Tapferkeit vor dem Feind das EK I und das EK II verliehen. Er hat sich glänzend bewährt. Ich sehe Fabers Platz weiterhin an der Front als Soldat und lehne daher die Eröffnung eines Kriegsgerichtsverfahrens ab.«

Pringsheim sieht den Feldwebel an, genießt seine Verwirrung. »So«, sagt er dann zu dem Stabsschreiber, »noch den üblichen arischen Schmonzes mit deutschem Gruß und so weiter. Legen Sie mir den Wisch gleich zur Unterschrift vor und geben Sie ihn heute noch an das Divisionsgericht weiter.«

»Jawohl, Herr Major«, erwidert der Schreibstubenoberfeldwebel.

»Für mich ist der Fall erledigt«, stellt der Kommandeur fest. »Und wohl auch für Sie, Faber.« Der Sieger vieler Reitturniere erhebt sich. »Haben Sie noch etwas auf dem Herzen, Feldwebel?«

»Zuerst bitte ich, Herrn Major danken zu dürfen.«

»Sie sind doch noch ein halber Zivilist«, erwidert der Offizier. »Dank ist unmilitärisch.«

»Dann bitte ich Herrn Major, Heiratsurlaub beantragen zu dürfen«, wird der Feldwebel, ganz militärisch, tollkühn.

»Wer heiratet, ist selbst dran Schuld«, versetzt der früher fröhliche Reitersmann. »Nun passen Sie mal auf, Faber: Unser Regiment wird in den nächsten Wochen und Monaten in Bamberg wieder aufgefrischt und neu ausgerüstet. Wie ich höre, verlegt anschließend die 4. PD geschlossen in den Raum von Lüdenscheid. Ich werde dafür sorgen, dass man Sie dem Vorauskommando zuteilt.« Er lacht trocken. »Sehen Sie nicht so bekümmert aus der Wäsche – Sie machen nur einen Umweg über Westfalen in Ihre Heimatstadt. Sowie dort die Luft wieder rein ist – und das wird sie umgehend, das garantiere ich Ihnen –, erhalten Sie Ihren Heiratsurlaub. Anschließend bleiben Sie so lange in Bamberg in Garnison, bis man Sie auf Kriegsschule abkommandiert.« Der Major wird zum Gönner, zum Schutzpatron: »Na, sind das nun Flitterwochen oder nicht?«

»Jawohl, Herr Major«, erwidert der Feldwebel. »Ich würde mich bei Herrn Major herzlich bedanken, wenn es nicht unmilitärisch wäre.«

»Schnell kapiert, Akademiker«, erwidert der Kommandeur. »Nun gebe ich Ihnen noch einen letzten Rat mit auf den Weg, Faber«, sagt er und verabschiedet ihn mit Händedruck. »Trinken Sie ruhig wieder, aber saufen Sie künftig witzlos.« Er betrachtet unwillig den eintretenden Ordonnanzoffizier. »Was ist denn nun schon wieder los?«

»Leutnant Landgrabe von der Propagandakompanie«, meldet der Oberleutnant.

Während Faber geht, haut der Kriegsberichterstatter die Hacken zusammen.

»Schnappen Sie sich einen Stuhl und ein Glas und setzen Sie sich auf Ihre vier Buchstaben«, sagt der in PK-Kreisen mit Vorsicht zu behandelnde Haudegen. »Und das nächste Mal kommen Sie rechtzeitig. Die Ordensverleihung ist längst vorbei.«

»Ich wurde aufgehalten, Herr Major.«

»Sie können sich bei mir einschmeicheln, Leutnant Landgrabe«, stellt der Offizier fest. »Dem Feldwebel, den Sie eben gesehen haben, Dr. Hans Faber, Reservist und Studienassessor aus Bamberg, unserer Garnisonsstadt, wurde heute vom Führer das EK I verliehen. Er hat ein tolles Husarenstück geschafft – im Alleingang!«

»Genau die Geschichte, die ich suche, Herr Major.«

»Können Sie dafür sorgen, dass ein Bericht und vielleicht auch noch sein Foto in die Bamberger Zeitung kommen?«

»Selbstverständlich, Herr Major. Die Ortspresse ist auf solche Reportagen besonders erpicht. Natürlich muss das Propagandaministerium den Text vorher genehmigen, aber das ist bei mir nur eine Formsache – ich bin dort gut angeschrieben.«

»Nehmen Sie Ihren Bleistift und spitzen Sie die Ohren, Leutnant«, sagt Pringsheim. »Ich gebe Ihnen den Rohstoff zu 'ner anständigen Heldenschnulze.« Er schildert, nun doch ein wenig unter dem Einfluss der Wodkaprozente, die Taten des Dekorierten so anschaulich und übertrieben, dass sich die Bamberger wundern werden, warum einem solchen Draufgänger nicht gleich das Ritterkreuz verliehen wurde.

In Großdeutschland wehen die Fahnen eine Woche lang für den Sieg in Polen. Aus gleichem Anlass ruft Kreisleiter Eisenfuß zu einer Großkundgebung auf dem Maxplatz. Schon Stunden zuvor wuchten die Trommeln und Pfeifen der Spielmannszüge durch die winkeligen Altstadtgassen, dröhnen die Lautsprecher, wird das Straßenbild uniform. Die Propaganda schaltet jetzt von scheinheiligen Friedensbeteuerungen voll auf Krieg und Sieg um. Gefiltert und gedämpft dringt der Lärm noch durch die dicken Kirchenmauern. Die Andachtsräume sind überfüllt mit Frauen und Müttern, die für ihre Männer und Söhne beten. Polen hat auf deutscher Seite laut offizieller Mitteilung 10 572 Gefallene, 3 409 Vermisste und 30 322 Verwundete gekostet.

Sonst merkt man in Bamberg erst, dass Krieg ist, wenn die Dunkelheit einfällt. Abgeschirmte Notlaternen nieten kleine Lichtlöcher in die Nacht. Die Passanten tragen Leuchtstoffplaketten am Revers und tasten sich wie blind voran. Delikte, die unter Ausnützung der Verdunkelung verübt werden, können den Kopf kosten. Zur Abschreckung wird ein Handtaschendieb in Berlin zum Tode verurteilt und hingerichtet.

Am Maxplatz rauscht Beifall auf, aber es sind immer dieselben, die vor Begeisterung toben, wenn auch viele. Noch immer ist die anfangs müde Kriegsstimmung nicht voll auf Touren gekommen. Die Jüngeren lassen sich mitreißen; die Alten fürchten, dass fünfundzwanzig Jahre und einen Monat nach dem Ersten Weltkrieg der Zweite jetzt Trauer, Not und Entsetzen zurückbringen könnte. Den Blitzschlag im Osten finden sie schon imponierend, aber Polen ist ein schwaches und kleines Land, und Frankreich und Großbritannien, die nächsten Gegner, sind militärisch bis jetzt nur zu Wasser und in der Luft in Erscheinung getreten, und so fragen sie sich: Wie lange wird der Krieg diesmal dauern? Wieviel Blut wird er kosten? Ist der Westwall tatsächlich so unbezwingbar, wie die Propaganda tönt? Werden nach der Niederlage Polens die Westmächte nicht vielleicht doch klein beigeben?

Bereits am ersten Kriegstag war das Abhören feindlicher Sender unter Strafe gestellt worden. In den Zeitungen erschienen kurz darauf Meldungen über Schwarzhörer in Berlin und Düsseldorf, die von Sondergerichten zu Zuchthausstrafen von einem bis zu vier Jahren verurteilt worden waren. Schon wird für die Zukunft die Todesstrafe angedroht. Trotzdem verbreitet sich die Meldung von

BBC London wie ein Lauffeuer, dass die englische Regierung mit einer Kriegsdauer von mindestens drei Jahren rechnet und bereits ein Expeditionskorps von 158 000 Elitesoldaten nach Frankreich entsandt hat.

Eine spätherbstliche Sonne – sie hatte die deutschen Panzer im Osten begünstigt – beschert dem Maintal vorübergehend einen angenehmen Altweibersommer, aber für den Wein kommt die schöne Witterung zu spät. Der Jahrgang 39 wird der bisher schlechteste des Jahrhunderts, doch Tante Gunda, die Winzerin aus Dettelbach, sorgt sich mehr um ihren verschwundenen Neffen Hans als um den sauren Tropfen. Restlos zufrieden mit der Zeit sind die Jungvolkführer – als Luftschutzmelder haben sie schulfrei und bekommen noch Geld dafür; sie beziehen eine Art Biwak im Alten Rathaus, gegenüber dem Rottmannshäuschen, der Wirkungsstätte des Kriminaloberkommissars Bruckmann. Seitdem mit Kriegsbeginn alle Polizei- und Exekutivaufgaben im Reichssicherheitshauptamt in Berlin vereint sind, werden die Kripo- und Schupo-Dienststellen voll von Himmlers SS geschluckt. Es bringt dem Streber die ersehnte Beförderung, auch ohne die Hilfe des Bamberger SD-Chefs Panofsky, der dem Vernehmen nach seinen Fronteinsatz im Osten hinter sich bringt; Obersturmführer Hassler teilt Bruckmann mit, dass er zum Kriminaloberinspektor und gleichzeitig zum SS-Obersturmführer ernannt wurde. »Wenn Sie weiterhin so spuren«, verspricht Panofsky Vertreter, »überspringen Sie die nächsten Stufen und rücken gleich in den höheren SS- und Polizeidienst auf. Bei uns macht man schnell Karriere.« Halb spöttisch und halb anerkennend setzt der SD-Offizier hinzu: »Dann sind Sie SS-Major, und ich muss vor Ihnen noch strammstehen.«

Bruckmann hechelt vor Aufregung wie ein Hund, dem man die Wurst vorhält. Im übrigen ist er unabkömmlich, wie andere stramme Gefolgsleute, zum Beispiel der Bannführer Greifer, der Studienprofessor Pfeiffer, der Goldfasan Wimmer, der Arzt und Spitzel Nummer 9077, Dr. Fibig, oder der V-Mann 7133 alias Postinspektor Reblein, der markige Singlehrer Stocker und der wendige Rechtsanwalt Vollhals. Sie reden ständig davon, dass sie für die Aufhebung ihrer uk-Stellung kämpfen, aber das Einrücken zur Wehrmacht überlassen sie anderen. Es sieht aus, als würden sie die Heimatfront bis zum letzten Blutstropfen – der Frontsoldaten – halten.

Mehr lächerlich als ärgerlich wirken die forschen Mitglieder des NS-Kraftfahrerkorps, die jetzt zu Fuß gehen müssen, weil die Wehrmacht ihre Fahrzeuge requiriert. Das Militär überlagert jetzt alles, das Straßenbild wie die Wirtschaft, auch wenn ihr die schwarze Stiefelwichse ausgegangen ist, weshalb viele Reservisten durch ihre naturfarbenen Knobelbecher auffallen. Militärexperten wissen freilich, dass noch viel mehr fehlt. Die Luftwaffe, zum Beispiel, hatte bei Kriegsbeginn nur einen Bombenvorrat für dreißig Tage. Nahezu sämtliche kampffähigen Verbände hatten am Polenfeldzug teilnehmen müssen, wodurch die Verteidigung im Westen entblößt war. Mitten in den Kämpfen im Osten musste die Hälfte der fliegenden Einheiten und viele Eliteverbände überstürzt vom Kriegsschauplatz abgezogen werden, um ein Debakel an der französischen Grenze zu verhindern.

Der Schlager der Saison heißt »Komm zurück«. In den Kinos zeigt man die Filme »Die Reise nach Tilsit«, »Bel Ami«, »Es war eine rauschende Ballnacht«, »Opernball«, »Rosen in Tirol«. Die meisten Streifen sind unpolitisch: Unterhaltung als Ablenkungsmanöver, ein originales Goebbels-Rezept. Die »Bamberger Zeitung« muss die Todesanzeigen Gefallener vor der Veröffentlichung der Gauleitung in Bayreuth vorlegen, die den Text dann willkürlich verändert. Die Nachricht über den Heldentod an der Front wird von der Post zuerst der Partei zugestellt; ein Hoheitsträger hat dann den Angehörigen die Mitteilung »in würdiger Form« zu machen.

Für Sibylle, Bambergs einsamste Braut, wurde die Schweigeauflage aufgehoben, seitdem das Wehrbezirkskommando amtlich gemeldet hat, dass Dr. Hans Faber zu einem Panzerlehrbataillon eingezogen wurde. Vor einer Woche empfing sie mit einer Sendung gleich fünfmal Feldpost aus Polen, Lebenszeichen von Hans, Briefe voller Sehnsucht, Liebe und Einsamkeit.

Sibylle kennt sie längst auswendig und liest sie doch immer wieder. Seit ihrem Examen arbeitet sie in der Firma »Bertrag« unter den Fittichen des Syndikus Dr. Fendrich. Sie fasst überraschend schnell Fuß, erkennt Zusammenhänge, sogar im persönlichen Bereich. Dass und warum sich ihre Eltern einander entfremdet haben, war ihr seit langem klar, aber als sie den neuen Gesellschaftervertrag der Firma liest, der ihren Vater entmachtet, weiß Sibylle auch, warum ihre bisher unterdrückte Mutter die Oberhand errungen hat. Gustav Bertram lässt sich in Bamberg noch weniger sehen, seit er seinen

Aktienanteil an der Firma freiwillig auf zehn Prozent beschränkt hat.

Natürlich überlegt Sibylle, warum ihr Vater sich auf einmal so bescheiden zeigt, aber Mathilde Bertram weicht allen Fragen aus. Ihre erstaunliche Verwandlung vom Hausmütterchen in eine gepflegte Dame hält an.

Am Mittwoch, dem 8. Oktober, stürmt die Mutter ohne anzuklopfen aufgeregt in das Schlafzimmer Sibylles. »Sieh dir das an«, sagt sie. »Das gibt es doch nicht, das ist doch –«

»Was ist denn los?« fragt Sibylle verschlafen.

»Hier«, ruft Mathilde Bertram und weist auf einen ganzseitigen Artikel in der »Bamberger Zeitung« über die Kriegserlebnisse des Panzerregiments 35 mit einem Foto des Feldwebels Hans Faber. »Er wurde ausgezeichnet – die ganze Stadt ist aus dem Häuschen.«

Sibylle ist keine Germanistin wie der Mann ihrer Wahl, so stellt sie den Inhalt des Artikels über seine Form. Mag dieser PK-Bericht ein widerliches Hurra-Geschreibsel sein, jedenfalls geht daraus hervor, dass sich Hans künftig vor niemandem mehr zu verstecken braucht. Die junge Betriebswirtin mit dem frischen Gesicht und den brünetten Haaren geht ins Bad und ist jetzt genauso durchgedreht wie ihre Mutter. Sie ist noch nicht ganz fertig mit der Morgentoilette, als einer vor der Tür steht, der durch sein bloßes Auftauchen in der Villa der Bertrams beweist, wie recht sie hat.

»Mensch, Claus, bist du nicht unvorsichtig?« Fragt sie erschrocken.

»Entwarnung«, erwidert Hans Fabers Freund und schwenkt übermütig die Zeitung. »Was soll jetzt noch passieren? Hab' ich nicht einen prächtigen Soldaten an die Front geschickt? Wer könnte mir denn daraus einen Vorwurf machen?«

»Niemand«, bestätigt Sibylle und umarmt und küsst Claus. »Aber nun sieh zu, wie du Hans wieder zurückbringst.«

Lokalpatriotismus vergoldet den Rahmen für einen Fronthelden, doch nicht überall nimmt man die Ordensverleihung an den Reservisten Dr. Faber, der Gerüchten nach bis vor kurzem noch von der Polizei gesucht wurde und sogar Selbstmord verübt haben sollte, so erfreut auf wie im Hause der Betroffenen. Bambergs Gymnasium hat an diesem Tag seinen ersten Kriegsheros und zugleich seinen ersten Kriegstoten: Friedrich Krause, Abiturient des Jahrgangs 1935, ist als Flugzeugführer in einem Jagdgeschwader abgeschossen und ausgerechnet Studienassessor Faber, der politisch unsichere Kantonist, dekoriert worden.

»Es fallen doch immer die Falschen«, giftet Studienprofessor Pfeiffer und lässt bei seinem Gesinnungsfreund Dr. Zapf keinen Zweifel daran, dass er Faber lieber tot und Krause dafür mit dem EK I gesehen hätte. »Ob der Faber das geschwindelt hat?« fragt er hämisch.

»Na, na, Parteigenosse Pfeiffer«, bremst ihn der »Hydro«. »Vielleicht waren in Bamberg Heinzelmännchen am Werk, aber Sie glauben doch nicht, dass unser tapferes Panzerregiment 35 geschlossen einen Türken gebaut hat, um einen möglichen Feind der Bewegung zu decken?«

»Möglich ist alles«, entgegnet der Alt-Parteigenosse. »Gut, ich bewerte es als tätige Reue. Aber«, setzt er unmittelbar vor der Lehrerratssitzung hinzu, »ich behalte den Mann nach wie vor im Auge.«

Es geht um den neuen Lehrplan, von dem freilich heute keine Rede mehr sein kann. Fräulein Dr. Mühren bringt das eigentliche Thema aufs Tapet, obwohl es dem Oberstudiendirektor Dr. Schütz peinlich sein muss. Sie legt den aufgeschlagenen PK-Bericht auf den runden Tisch. »Ich glaube, das ist eine Auszeichnung für uns alle. Es ehrt unsere Schule – oder haben die anderen Anstalten auch so etwas vorzuweisen?« stellt sie fest.

Einige Lehrkräfte drücken sofort offene Zustimmung aus. Vorsichtige halten sich abwartend zurück.

»Kollege Faber ist fraglos ein sehr in sich gekehrter Mensch«, erklärt die hübsche Philologin, »aber doch wohl auch ein erstklassiger Pädagoge – und jetzt auch noch ein vorbildlicher Soldat.«

»Dieser Meinung kann ich mich nur anschließen«, sagt Studienprofessor Heinke, der Religionslehrer.

»Ja«, erwidert Dr. Schütz, »das überrascht uns wohl alle.«

»Diese Anstalt sollte Dr. Faber bei seinem nächsten Urlaub in der Aula einen stürmischen Empfang bereiten«, fordert Studienrat Färber, immer auf der Höhe der Situation.

Dr. Schütz zögert. Der lupenreine Opportunist wagt sich nicht zu weit vor, wenigstens nicht offiziell, aber im Anschluss an die Lehrerratssitzung ruft er das Kultusministerium in München an und schlägt in Anbetracht der militärischen Auszeichnung Dr. Fabers vor, seine wiederholt zurückgestellte Beförderung zum Studienrat möglichst sofort auszusprechen.

Mit der Eroberung von Warschau am 27. September ist der Krieg in Polen praktisch beendet, auch wenn an verschiedenen Orten versprengte Verteidiger deutschen Einheiten noch Scharmützel liefern. Die Schüsse aber, die danach fallen, haben mit Kampfhandlungen nichts mehr zu tun: Mehrere RSHA-Exekutionskommandos sind in dem von der Wehrmacht besetzten Gebiet – das man bald Generalgouvernement nennen wird – unterwegs, um nach Weisung des SS-Obergruppenführers Reinhard Heydrich »die Juden, die Popen und den Adel« genauso zu liquidieren, wie auf der sowjetischen Seite bei Katyn Stalins Schergen kriegsgefangene polnische Offiziere erschießen werden.

Eines der erfolgreichsten Kommandos führt ein Mecklenburger aus Bamberg, der fahlblonde, extrem magere Hauptsturmführer Panofsky, an. Er hat rasch begriffen, dass es, trotz aller weltanschaulicher Schulung, für seine Männer doch einen Unterschied macht, ob sie auf Zielscheiben schießen oder Menschen abknallen, die zuvor ihre eigenen Gräber haben ausheben müssen. Die Salven liegen schlecht, die Hand der Schützen zittert. Der Hauptsturmführer, der – um ein Beispiel zu geben – selbst an den Exekutionen teilnimmt, versucht sie mit Schnaps wieder auf Vordermann zu bringen. Das brauchen sie auch, aber sie werden dadurch nicht zielsicherer, und es kommt zu Zwischenfällen und Verzögerungen. Es gibt zudem eine Reihe von Zeugen, feldgrauen Zeugen, die empört die Massaker verfolgen.

»Meinen Sie«, brüllt der General der Artillerie Georg von Küchler den Oberschergen Erich Koch, Gauleiter von Ostpreußen, an, »dass die Wehrmacht ein Lieferant für eine Mörderbande ist?«

Admiral Wilhelm Canaris, der Chef der Abwehr, lässt unter der Hand alle Greuelmeldungen der Augenzeugen sammeln und gibt sie an die Kommandeure im Westen weiter. Fast einhellig ist die Meinung der Entrüsteten, bei den Vernichtungsaktionen handle es sich um Übergriffe untergeordneter Stellen, von denen man im Führerhauptquartier nichts wisse.

Der spätere Generalmajor Helmuth Stief spricht in einem Brief an seine Frau von der »angeblichen« Duldung durch den Führer.

»Ich schäme mich, ein Deutscher zu sein«, stellt er wörtlich fest. »Diese Minderheit, die durch Morden, Plündern und Sengen den deutschen Namen besudelt, wird das Unglück des ganzen deutschen Volkes werden, wenn wir ihr nicht bald das Handwerk legen.«

Dazu ist der Oberbefehlshaber der Besatzungstruppen in Polen, Generaloberst Johannes Blaskowitz, entschlossen. Er lässt in einem Schnellverfahren eine Anzahl Mordschützen, unter ihnen Hauptsturmführer Panofsky und seine Männer, festnehmen und zum Tod verurteilen. Die standrechtliche Erschießung unterbleibt, weil Hitler die Urteile aufhebt, wogegen der General – was sich in den Kasinos und Befehlsständen rasch herumspricht – heftig protestiert. Tatsächlich fordert Heydrich nunmehr seine Einsatzgruppen auf, ihre Opfer künftig geräuschloser und unsichtbarer zu erledigen.

Seit dem Rapport bei seinem Kommandeur ist das Weltbild des Feldwebels Faber in Unordnung geraten, nicht gegenüber den Braunen, die seine schlimmsten Erwartungen bereits in Polen übertreffen, wohl aber gegenüber einem Teil des Offizierkorps. Als notorischer Zivilist machte er sich aus Uniformen wenig, jetzt erfasst er, dass auch in der militärischen Montur Menschen mit Zivilcourage stecken. Noch ist Hitler, auf den sie mit herablassender Verachtung herabsehen, als auf den Klippschüler aus Linz, den Gefreiten des Ersten Weltkriegs, auf sie angewiesen. Sie reißen Kasinowitze über ihn, aber sie gewinnen seine Schlachten. Die Wiederaufrüstung kommt ihnen zupass, nur einen anderen Oberbefehlshaber hätten sie gerne. Sie sind unpolitisch, rechtschaffen bis zur Naivität, dabei seltsam gespalten, aber immerhin macht ihre Haltung dem Pädagogen klar, dass er seine Abneigung zu differenzieren hat, zumindest im Jahr 1939, in dem das Offizierkorps von dem papierdeutschen Führer noch nicht korrumpiert ist und noch über ein gerades Rückgrat verfügt.

Regelmäßig erhält Faber jetzt Heimatpost, Briefe voller Sehnsucht, Liebe und Einsamkeit. Das Aufgebot für die Hochzeit ist bereits bestellt, und es ist beschlossen, dass das Familienfest – um in Bamberg möglichst wenig Aufsehen zu erregen – auf Tante Gundas Weingut gefeiert wird. Der Ring schließt sich: Die Absprungstation seiner Flucht wird auch die Ehrenpforte seiner Rückkehr sein.

Mitte Oktober – das Gros des Regiments ist bereits per Schiene nach Bamberg unterwegs – erhält Feldwebel Faber den Marschbefehl nach Lüdenscheid. Er ist ungeduldig, aber er braucht nicht lange zu warten. Nach zwei Tagen werden ihm Urlaubsschein und Marschpapiere ausgehändigt, und das heißt im Klartext, dass er zu Hause voll rehabilitiert ist.

Der Zug rollt für Dr. Hans Faber so langsam, dass er am liebsten aussteigen und ihn anschieben möchte. Und noch nie hat er den unansehnlichen Bahnhof von Bamberg so schön empfunden wie bei seiner Ankunft. Der Urlauber hat sich nicht angesagt; er will Sibylle überraschen, aber das geht ihm gründlich daneben. Durch einen Anruf in Lüdenscheid hat seine Verlobte erfahren, dass er bereits in einen Einundzwanzig-Tage-Urlaub abgereist ist; sie wälzt den Fahrplan.

Zweimal wartet sie vergeblich am Bahnsteig, aber nun klappt es, und das verblüffte Gesicht von Hans entschädigt sie mehrfach für die vergeblichen Anläufe. Sie nimmt den Urlauber gleich mit zu ihrer Mutter. »Du wohnst bei uns, Hans«, sagt sie. »Und wenn du willst, können wir am nächsten Wochenende schon heiraten.«

»Warum so lange warten?« fragt er, und sie lachen beide.

Bei der Begrüßung geht Sibylles sonst eher zurückhaltende Mutter aus sich heraus, und der Einfluss der Firma »Bertrag« ist groß genug, um Bruder Rolf Sonderurlaub von seiner RAD-Einheit zu verschaffen.

»Ich hab' dir etwas mitgebracht«, sagt der Urlauber und löst sich in Raten aus der zärtlichen Umarmung. »Briefe, die ich nicht abschicken durfte.«

Es ist ein ganzes Bündel.

»Ich hab' dir auch etwas aufgehoben, Hans«, entgegnet Sibylle und geht an ihren Schrank. Auch sie entnimmt ihm einen Stoß Briefe. »Ich habe dir aber viel öfter geschrieben als du mir – jeden Tag«, stellt sie fest.

»Jeden Tag konnte ich nicht schreiben«, erwidert der Feldwebel und wirkt auf einmal sehr ernst. »Ab und zu war ich in Polen ziemlich beschäftigt.«

Er schlüpft aus der Uniform und steigt mit Wonne in einen Zivilanzug. Auf der Straße kommen sie nicht weit. Alle, die ihnen begegnen, wollen mit Faber noch einmal die polnische Pakstellung überrennen. Sie wundern sich, dass er Zivil trägt und nicht sein EK I und EK II auf der Heldenbrust herumzeigt.

»Weißt du, Sibylle, vor genau fünfundzwanzig Jahren ereignete sich der Sturm auf Langemarck«, erwidert der Studienassessor, »dabei ist mein Vater gefallen.«

»Mein Gott, Hans«, entgegnet sie erschrocken.

»Man hat ihm posthum das EK I verliehen. Verstehst du nun meine Zurückhaltung?«

Sie kuschelt sich an ihn. Sie haben einundzwanzig Tage vor sich, eine kleine Ewigkeit in dieser Zeit.

Am nächsten Tag fahren sie zu Tante Gunda nach Dettelbach. Die sonst so resolute Witwe ist so aufgeregt, als würde sie heiraten. Hans und Sibylle wollen den Kreis der Gäste und den Aufwand klein halten, aber dagegen protestiert sie. »Ich hab' die Schatztruhe ausgeräumt«, erklärt sie. »Da sind noch Flaschen vom prächtigen Weinjahr 24 dabei, Spätlesen, Beerenauslesen –«

»Was für eine Verschwendung«, erwidert Hans.

»Weil du nur wieder da bist«, entgegnet sie. »Dafür hätt' ich noch viel mehr gegeben.«

Am Morgen des Polterabends geht ein Schreiben des Bamberger Gymnasiums ein: Dr. Schütz – der herzlich zur Hochzeit gratuliert – lässt wissen, dass das Kultusministerium seinem Wunsch nach Beförderung des Assessors Dr. Faber zum Studienrat entsprochen hat und auch die Bezüge mit Wirkung vom 1. Dezember 1939 entsprechend erhöht werden.

Hans Faber lacht so laut und derb, wie es Sibylle von ihm nicht gewohnt ist. »Da bemühst du dich im Unterricht, junge Leute zu denkenden Menschen zu erziehen, und das kreidet man dir an. Dann überrollst du – ehrlich gesagt, aus Angst mutig – eine Pakstellung, nur, damit du am Leben bleibst, und wirst im Blitztempo befördert.« Sein Lachausbruch erstarrt zu Grimm. »Vielleicht komm' ich nach dem Krieg auf Tante Gundas Vorschlag zurück und übernehme ihr Weingut.«

»Notfalls könntest du auch in unserer Firma avancieren«, versetzt Sibylle und lacht über sein bestürztes Gesicht. »Mach, was du willst, Hans, aber überleb den Krieg!«

»Und bis dahin werden wir jede Minute, jede Sekunde Gemeinsamkeit auskosten«, erwidert Faber ernst.

»Vielleicht lenken die Engländer und Franzosen doch noch ein«, entgegnet Sibylle.

»Nie«, erwidert Hans Faber. Obwohl er immer angenehm leise spricht, dreht er sich nach Zuhörern um, und die hübsche Volkswirtin stellt zum ersten Mal fest, dass auch er an der »politischen Halskrankheit« laboriert. »Dieser Krieg wird erst zu Ende sein, wenn Hitler zum Teufel gejagt oder Deutschland vernichtet ist.«

Sibylle versteht ihn nicht ganz, aber Hans ist nun einmal ein sehr skeptischer Mensch, stets vom Verstand gesteuert, charakterlich immer konsequent.

Am Nachmittag kommt Gustav Bertram, der sonst abwesende Hausherr, aus München an. Er sieht ungut aus, ist gealtert, wirkt wie ein Trinker, der seine Sucht verheimlichen möchte. Nur seine Frau weiß, dass Cora Nimmwegh, ihre Rivalin, einen Direktor der Münchener Niederlassung geheiratet hat und als Vorstandsassistentin aus der Firma ausgeschieden ist. Die rassig-rothaarige Berlinerin war offensichtlich auf Nummer sicher gegangen und hatte eine zweite Wahl getroffen. Der Geschäftsführer der »Bertrag« ist nicht mehr auf Expansionskurs, weder privat noch geschäftlich; er gibt sich stiller, beherrschter, und beim Familienfest heißt es für ihn: Flucht nach vorn.

»Herr Dr. Faber«, sagt er zu seinem Schwiegersohn. »Wir hatten eine unangenehme Auseinandersetzung – es tut mir leid. Die Vorwürfe, die ich damals gegen Sie erhob«, er kann das Bramarbasieren doch nicht ganz lassen, »habe ich auf sich beruhen lassen. Und Sie haben ja inzwischen auch als Soldat Ihre Pflicht erfüllt.«

»Schon gut«, erwidert der Urlauber und zwingt sich, Bertram die Hand zu geben, aber er bleibt beim »Sie«.

Noch rechtzeitig zum Polterabend trifft Rolf ein. Er schlüpft sofort aus seiner grobtuchigen RAD-Uniform wie ein abtrünniger Mönche aus der Kutte. »Die letzte Scheiße«, erklärt er. »Ich stehe wirklich voll und ganz hinter dem Führer, aber diese scheißdrecksfarbene Knochenmühle hätte er sich sparen können. Bin ich froh, wenn ich endlich zum Barras komme!«

»Da werden sie dich in der Rekrutenzeit auch ganz schön schleifen«, unkt Schwager Hans.

»Das ist mir piepegal«, versetzt Rolf. »Das hat wenigstens einen Sinn. Und ich reinige lieber ein Gewehr als einen Spaten.« Sein Zorn fällt zusammen wie eine Stichflamme. »Ich soll dich übrigens herzlich von Stefan Hartwig grüßen«, erinnert er sich.

»Wie geht's Stefan?«

»Beschissen«, entgegnet Rolf. »Mit Claudia stimmt es nicht mehr so recht, und dann hat dieses Schwein von einem Feldmeister ihn besonders auf der Latte und schikaniert ihn bis zum Weißbluten. Wenn wir dieser Sau bei Nacht und Nebel begegnen, schlagen wir sie tot wie einen räudigen Hund.«

»Wie viele räudige Hunde habt ihr denn schon erschlagen?« fragt der Erzieher.

»Keinen«, erwidert Rolf grinsend.

»Dann beherrscht euch gefälligst auch weiterhin – der RAD muss euch ja ohnedies bald laufen lassen.«

Am Sonntag wird es feierlich: Hochamt in der Wallfahrtskirche »Maria im Sand« am hohen Mainufer bei Dettelbach, die »Air« von Bach, »Toccata und Fuge D-Moll«, »Passacaglia in C-Moll« und dann, auf besonderen Wunsch der Brautmutter, das »Largo« von Händel. Selbst Gustav Bertram als Brautführer im Cut kann Würde und Weihe nicht mindern.

Sibylle trägt ein weißes, schlichtes Brautkleid und ein zartes Gebinde aus weißen Kalablüten und gelben Rosen. Ihre Mutter weint, Tante Gunda schluchzt, Sibylle schluckt, Claus Benz genießt satt den Lohn seines Geniestreichs, und Dr. Robert Klimm, der Arzt und letzte Junggeselle der unverwüstlichen »Drei Musketiere«, ist zugleich neidisch und schadenfroh.

»Denn die Herrlichkeit Gottes, des Herrn«, spielt am Ende der Organist. Händels ewige Akkorde hallen mächtig durch das Kirchenschiff, schwellen an zu Wucht und Macht, entrücken die Menschen der Zeit, der Not und der Angst. »Denn die Herrlichkeit Gottes, des Herrn«, dröhnt die gewaltige Orgel, als Sibylle am Arm Dr. Fabers, der während der Zeremonie ungewöhnlich ernst wirkt – aber so gehört es sich schließlich auch –, durch das Portal in die Zukunft schreitet. Ein später Sonnenstrahl leuchtet das blasse Gesicht der Braut aus, ihr glückliches Lächeln; die Orgel geleitet sie über den Kirchplatz zum Wagen.

Tante Gunda, die Gastgeberin, verwöhnt die Festrunde mit den irdischen Herrlichkeiten des Mainlandes, mit Spätlesen und hausgemachten Spezialitäten: Leberknödelsuppe, Rindfleisch mit Preißelbeeren, gefüllte Täubchen, gespickter Rehrücken, Schneebällchen in Vanillesauce stehen auf der Speisenkarte. Dann wird in der Küche der Kaffee aufgegossen, und es gibt Krapfen, Schwarzwälderkirschtorte, Plätzchen und geschnittene Hasen, ein Schmalzgebäck mit Zucker.

Nach einem ausgedehnten Verdauungsspaziergang serviert man erneut würzige Würste, warme Braten, kalte Platten, alles ohne Lebensmittelmarken. Die Schlemmerrunde erlebt eine Art Dettelbacher Fürstenhochzeit in Friedensqualität; Küche und Keller hätten Meisterköchen wie Horcher in Berlin oder Waltherspiel in München vor dem Krieg zur Ehre gereicht. Hochzeit, Kindstaufe und Beerdigung – alles gedeiht in diesem erdverbundenen und himmelsnahen Landstrich zu barocker Pracht.

»Mein Gott, Kinder«, sagt die strahlende Tante Gunda, die Hans Faber Vater und Mutter ersetzt hatte. »Haltet euer Glück fest.«

»Das tun wir gewiss«, versichert der Neffe und Erbe, aber er weiß genauso gut wie seine resolute Ersatzmutter und alle anderen, dass es nicht in ihre Hand gegeben ist.

»Sicher haben Sie Hans damals sehr geholfen, Herr Benz«, stellt sie, halb fragend, fest.

»Was heißt geholfen«, erwidert der Bräutigam. »Claus hat mich gerettet. Ohne ihn wäre ich heute im KZ oder im Zuchthaus.«

Die Gastgeberin erschrickt, aber sie ist eine Frau, die sich schnell fasst und zu rechnen versteht. Ihr Gesicht wird zum Spiegel, und der Neffe stellt belustigt fest, dass sie überschlägt, wie viele Spitzengewächse sie aus ihrer Schatztruhe als Gegenleistung anbieten könnte.

»Nein, Tante Gunda«, sagt Faber und nimmt sie in den Arm. »So gut ist nicht einmal dein Wein, dass du Freundschaft bezahlen könntest.«

Sie lachen und trinken. Sie vergessen für Stunden – länger kann man es nicht in dieser Zeit.

Das Übungsgelände liegt in der Nähe der Kreisstadt Prenzlau in Neubrandenburg, aber das ist unerheblich; die Rekruten kommen ohnedies nicht in die Altstadt mit der mittelalterlichen Wehranlage und auch nicht an die Ufer des idyllischen Unterrückersees. Sie liegen im Dreck und suchen die Hülsen der Übungspatronen wie Schweine die Morcheln.

Groß ist der Unterschied zu den RAD-Methoden bei der infanteristischen Grundausbildung nicht. Die Schleifer sind feldgrau statt erdbraun, der Zirkus dauert nur drei statt sechs Monate, und statt eines Spatens ist der Karabiner 98 K ihr wichtigstes Handwerkszeug.

Der kleine Schneiderbang aus Nürnberg hält die Schinderei nicht mehr aus, setzt auf der Toilette die »Braut des Soldaten« an die Schläfe und drückt ab.

Es hindert den dümmsten Ausbilder des Bataillons, den grobschlächtigen Unteroffizier Zubelmaier, nicht, die Achtzehnjährigen weiter zu schikanieren, bis ihnen das Wasser im Arsch kocht. Fünf Abiturienten der früheren 8 c des Bamberger Gymnasiums wurden am 1. März 1940 nach Prenzlau einberufen: Stefan Hartwig, der muntere Müller II, der kleine Parvus, der Pianist, Gernbach, der Generalssohn, und Braubach, der sich sein Abs durch Verrat erkauft hat. Die anderen schneiden ihn deswegen noch immer, aber wenn sie der dicke Zwölfender durchs Gelände scheucht, müssen sie doch mit ihm auf Tuchfühlung gehen.

»Gasmaske auf!« befiehlt die Affenstirn. »Laufschritt! Ein Lied!«

»Es ist so schön, Soldat zu sein«, keucht Stefan Hartwig, der die Schleiferei am leichtesten erträgt – ein RAD-Feldmeister hat ihn schließlich sechs Monate durch die Mangel gedreht.

Sie proben »Häschen, hüpf« und Rolle vorwärts, und jede Bewegung hat im Laufschritt zu erfolgen. Der Ausbilder reißt grundsätzlich dreimal die Betten ein und findet immer Dreck nach dem Reinemachen. Panzeralarm gibt Zubelmaier nur dann, wenn sich die Rekruten in Schlammpfützen wälzen müssen – Kampfwagen greifen offensichtlich nur bei schlechtem Wetter an. Hinterher nimmt der Ausbilder sofort einen Kleiderappell ab und scheißt jeden zusammen, der das Drillichzeug nicht schnell genug ausgewaschen hat.

Als Stefan vom RAD entlassen worden war, hatte er den auf die Kriegsschule bei Berlin versetzten Feldwebel Hans Faber nur um einen Tag verfehlt. Schlimmer für ihn war, dass er auch Claudia nicht antraf. Sie war – offensichtlich von ihren Eltern angestiftet – ausgerechnet in dieser Zeit bei Skilaufen in Tirol, obwohl sie wissen musste, dass er kommen würde.

»Das haben Sie doch absichtlich so arrangiert, Frau Dörner«, hatte der Junge ihre Mutter angefahren.

»Stefan«, erwiderte sie, »sei nicht so widerborstig. Setz dich doch.« Sie bot dem Besucher eine Erfrischung an, er lehnte ab. »Du bist doch ein gescheiter Junge«, fuhr Claudias Mutter fort. »Du warst der Beste in der Klasse. Mein Mann und ich mögen dich wirklich, wir haben doch deinem Umgang mit Claudia nie einen Stein in den Weg gelegt.«

»Aber jetzt«, schnaubte der Junge. »Jetzt verstecken Sie Claudia vor mir.«

»Ihr beiden seid nunmehr in einen Lebensabschnitt eingetreten, in dem die Zeit der Blütenträume vorbei ist«, erklärte die Arztfrau. »Ihr seid beide achtzehneinhalb. Claudia wird in die Fußstapfen ihres Vaters treten und Medizin studieren. Zwar hat die Universität gerade die Ausbildung um zwei Semester verkürzt, aber es dauert doch mindestens fünf Jahre, bis sie zu ihrem Praktikum kommen wird – von diesem dummen weiblichen RAD, der ihr noch zusätzlich zwölf Monate aufbrummen will, ganz abgesehen. Und du, Stefan, was bist du – außer zu jung für Claudia?«

Stefan nahm jetzt doch eine Zigarette und zündete sie an; er rauchte hastig, und Zorn und Erregung waren ihm anzumerken.

»Gewiss, du bist Primus, Abiturient und jetzt bald auch Rekrut.«

»Drei Monate Grundausbildung, drei Monate Waffenschule, drei Monate Frontbewährung, sechs Monate Kriegsschule, das heißt, dass ich in fünfzehn Monaten Leutnant sein werde, verlassen Sie sich darauf, Frau Dörner.«

»Na und?« entgegnete sie. »Leutnant im Krieg mit einem Gehalt von ein paar hundert Mark.« Sie unterbrach sich. »Hast du keinen größeren Ehrgeiz? Ist das alles, was du werden willst?«

»In drei Jahren werde ich Hauptmann sein und in sechs Major, darauf können Sie sich verlassen.«

»Und so lange soll Claudia auf dich warten?«

»Wenn sie mich liebt, wird sie das tun.«

»Sie hat dich wirklich sehr gern, Stefan«, versichert die Mutter. »Aber wenn es nach mir und meinem Mann geht, wird sie nicht so lange auf dich warten. Du, du bist uns immer willkommen, das sollst du wissen, du bleibst ein Freund des Hauses, aber du wirst kein Schwiegersohn.«

Stefan drückte die Zigarette aus, sprang auf und knallte die Türe hinter sich zu. Er hatte genug. Am Anfang fragte er sich noch, wie sie es geschafft haben konnten, seine Freundin so unter Kuratel zu stellen, und dann dehnte er seinen Ärger auch auf Claudia aus, weil sie nicht mehr um ihn gekämpft hatte. So musste es gewesen sein, aus ihren letzten Briefen konnte er auch schon eine leichte Entfremdung herauslesen. Er erfasste, dass die Demütigungen dieses Schweinehundes von Feldmeister ihm viel von seiner Wirkung auf Claudia genommen haben mussten – wer sieht schon gerne den Mann seiner Wahl als einen getretenen Hund.

Halbzeit der Schleiferei in Prenzlau. Am 9. April 1940 überschreiten die deutschen Truppen ohne Kriegserklärung die Grenzen von Dänemark und Norwegen, um einer englischen Landung zuvorzukommen. Am 2. Mai stehen sie bereits in Mittelnorwegen, und eine Woche später beginnt der Krieg im Westen. Wiederum ohne Kriegserklärung werden Holland, Belgien, Luxemburg überfallen und überrannt. Deutsche Panzer rollen in einem unvorstellbaren Tempo durch Nordfrankreich. Das britische Expeditionskorps wird bei Dünkirchen fast ins Meer geworfen, kann sich aber zum größten Teil auf die Insel retten.

Wieder im Einsatz: Hans Faber, jetzt Oberfähnrich, direkt von der Kriegsschule an die Front abgestellt. Schon nach wenigen Einsätzen erreicht ihn die Beförderung zum Leutnant der Reserve. Seine Einheit stürmt weiter. Wenn sie liegen bleibt, kommen die Stukas, pauken die Panzer wieder heraus. Die Kampfwagen haben Benzinfässer aufgeschnallt; werden sie getroffen, bringen die Besatzungen das Material für ihre Feuerbestattung gleich mit. Aber darum kümmert sich keiner. Weiter. Vorwärts. Über alle Widerstände hinweg. Was in Polen als Gewitter begann, wird in Frankreich zum Sturm.

Gebannt verfolgen die Rekruten von Prenzlau den Siegeszug. Stefan Hartwig hofft, dass er nach Ablauf seiner Rekrutenzeit und schon vor der Waffenschule an die Front kommt und der Krieg dann noch nicht zu Ende ist. Aber statt den Feind zu bekämpfen und sich dabei auszuzeichnen, muss er vor diesem blitzdummen Ausbilder in Deckung gehen. Unmittelbar vor Beendigung der Grundausbildung übt man auf dem Kasernenhof zu Prenzlau mit scharfen Waffen, mit geballten Ladungen, Sprengmaterial und Pioniergerät. Unteroffizier Zubelmaier lässt aus der Waffenkammer eine Panzermine heranschaffen. Die Rekruten gehen vorsichtig damit um wie mit Dynamit.

»Ihr Armleuchter!« schreit der Ausbilder. »Schiss, was? Noch ist das Ding nicht scharf gemacht.« Er sieht, wie Schütze Braubach nervös die scharfe Mine absetzt. »Es ist eine Abwehrwaffe für Panzer«, erklärt Zubelmaier. »Sie ist viel zu wertvoll für Infanteristen. Und was bedeutet das, Braubach?«

»Das bedeutet«, antwortet der Rekrut, »dass die Mine erst durch ein entsprechendes Gewicht gezündet wird.«

»Richtig«, bestätigt der Ausbilder; er macht die Panzermine scharf und gräbt sie ein. »Mindestens zweihundert Kilo Belastung«, fährt er fort. »Deshalb können Sie ruhig darüberlaufen, ohne dass das Geringste passiert.«

»Jawohl, Herr Unteroffizier«, erwidert Braubach.

»Auf was warten Sie noch?« fragt der Stiernackige.

Der Rekrut rührt sich nicht von der Stelle.

»Sie Waschlappen!« brüllt der Schinder. »Hartwig, was ist mit Ihnen – sind Sie auch so ein feiges Schwein wie Braubach?«

»Nein, Herr Unteroffizier.« Wohl ist Stefan nicht, aber er stapft über die Panzermine und denkt dabei an Kunigunde, die Stadtheilige von Bamberg, die einst über glühende Pflugscharen schreiten musste, um ihre Unschuld zu beweisen. Er setzt darauf, ebenso heil aus dieser idiotischen Mutprobe hervorzugehen. Es klappt, und Stefan tritt wieder in den Halbkreis.

»Nun zeig' ich's euch, ihr Schlappschwänze«, sagt der Stiernacken; er nimmt einen Anlauf, rennt kurzatmig auf die eingegrabene Panzermine zu, springt mit einem mächtigen Satz darauf; dann ist, wie der Bataillonskommandeur später in der Gedenkrede feststellt, »die Scheiße am Dampfen«.

Die Explosion reißt Zubelmaier in Stücke. Die Rekruten werfen sich, geblendet von der Stichflamme, mit taubem Trommelfell auf die Erde. Erst als sie sich benommen wieder hochrappeln, stellen sie fest, dass vier von ihnen verletzt worden sind, unter ihnen Stefan und Braubach.

Zehn Minuten später erhalten sie im Krankenrevier Erste Hilfe. Braubach ist nicht mehr zu retten. Der Junge, der um jeden Preis das Reifezeugnis haben wollte, stirbt auf dem OP-Tisch. Ausgerechnet er ist der erste Tote der 8 c, dem noch viele folgen werden, Angehörige einer Generation, der Hitler den Heldentod als Pflichtübung auferlegt hat.

Auch Stefan ist erheblich verletzt: Schlagader aufgerissen, Splitter im Arm und im Rücken. Er kommt ins Lazarett, und das erste, was er begreift, ist, dass sein Karrierefahrplan durcheinandergeraten ist. Er verliert wegen eines dummen Ausbilders ein paar Monate, und das während der größten Zeit, die es seiner Meinung nach je in Großdeutschland gegeben hat.

Paris fällt am 14. Juni. Unmittelbar zuvor wird der Panzer III des Zugführers Faber abgeschossen. Der Fahrer verbrennt. Der Leutnant und der Richtschütze können noch aussteigen und geraten für elf Tage in Kriegsgefangenschaft. Am 25. Juni kapituliert Frankreich. Das bringt Faber die Entlassung aus dem Lager und Heimaturlaub.

Jetzt erst erfährt er, dass Sibylle guter Hoffnung ist. »Warum hast du mir das nicht gesagt?«

»Ich wollte dich nicht beunruhigen, Hans«, erwidert die junge Frau.

»Beunruhigen?« schreit er fast. »Beglücken! Wann ist es soweit?«

»Der Doktor sagt, es könnte ein Weihnachtskind werden«, antwortet Sibylle.

Diesmal braucht man in Deutschland die Siegesstimmung nicht mehr anzuheizen, sie wird in Bamberg, wie überall, zur Massenhysterie. Skeptiker werden mitgerissen, Pazifisten geben sich auf einmal militant. Die Kirchenglocken läuten, die Fahnen wehen, selbst das Ausland ist mehr als beeindruckt, und es ist auch nicht daran zu rütteln, dass die Wehrmacht einen der grandiosesten Siege der Militärgeschichte errungen hat.

Generale werden zu Generalfeldmarschällen befördert. Der Führer, der tatsächlich ein paarmal mit Erfolg in die Operationen eingegriffen hat – mitunter haben Hasardeure eben Glück –, avanciert »zum größten Feldherrn aller Zeiten«.

Der Sechs-Wochen-Feldzug hat auf deutscher Seite 27 074 Tote, 18 384 Vermisste und 111 034 Verwundete gekostet. Am Ende der Vierzig-Tage-Schlacht um Frankreich steht Hitler auf dem Höhepunkt seines Erfolges, aber niemand denkt daran, dass von der Spitze aus der Abstieg beginnt.

Die schwarzumrandeten Todesanzeigen ziehen sich weit in die Siegesfeiern hinein, schon weil die Gauleitung dafür sorgt, dass nicht zu viele an einem Tag erscheinen. Das Bamberger Gymnasium hängt zum Gedächtnis der gefallenen Abiturienten ihre Fotos auf dem Gang zum Direktorat aus. Dem zunächst einsamen Friedrich Krause folgen noch zehn weitere. Elf Bilder hängen jetzt in gleicher Höhe nebeneinander. Die Abgelichteten sehen mit lächelnden Gesichtern aus den dunklen Rahmen, die Oberstudiendirektor Dr. Schütz bald beschneiden muss, sei es, dass der Gang zu kurz ist für einen langen Krieg oder dass zu viele Ex-Gymnasiasten den Heldentod erleiden.

Als vorläufig letzter kommt Braubach in die Ehrengalerie. Laut Todesanzeige ist er für »Führer, Volk und Vaterland« gefallen, und dem Wortlaut nach trägt es seine Mutter »in tiefer, aber stolzer Trauer«. Die Nachbarn kennen es anders: Die Witwe ist in minutenlange Schreikrämpfe verfallen und muss vom Hausarzt mit einer Beruhigungsspritze zur Vernunft gebracht werden. Sowie die Wirkung der Injektion nachlässt, geht es wieder los: Kreischend und unfrisiert jagt Mutter Braubach über die Straße, wo ihr die Passanten ausweichen, weil die Frau, die wie eine Megäre aussieht, jedem erzählt, dass ihr diese Verbrecherbande den einzigen Sohn genommen hat. Der Abscheu vor ihr ist in Bamberg mindestens so groß wie das Mitleid.

Natürlich wird in Prenzlau der Vorfall mit der Panzermine untersucht, aber es kommt nicht viel dabei heraus. Der Hauptschuldige ist tot, und ob die explosive Abwehrwaffe bereits vom Waffenbullen scharf ausgehändigt oder beim Transport versehentlich entsichert wurde, lässt sich nicht mehr feststellen. Man lässt es auf sich beruhen, und der die Ausbildung leitende Bataillonskommandeur stellt salopp fest: »Wo gehobelt wird, da fallen Späne.«

Stefan wird in das nächstgelegene Lazarett überführt. »Herr Stabsarzt«, fragt er bei der Visite, »wie lange wird es dauern, bis man mich entlässt?«

»Ziemlich«, erwidert der Militärarzt. »Sie können's wohl nicht erwarten?« Im Weitergehen dreht er sich noch einmal um. »Sie sind doch als erster über die Mine gelaufen?«

»Jawohl, Herr Stabsarzt.«

»Dann denken Sie mal lieber darüber nach, was Sie für ein unheimliches Schwein gehabt haben.«

Im August wird Stefan in ein Würzburger Lazarett verlegt. Kurze Zeit später besucht ihn Claudia mit Blumen und mit Tränen. Sie studiert in Erlangen Medizin, und sie sagt ihm, dass sie ihn nie vergessen werde, aber ihn doch wohl nicht heiraten könne.

»Und ein Zwischending gibt es nicht?« fragt Stefan gereizt.

»Mensch, Stefan, wir sind doch aus Bamberg.«

»Dann geh zum Teufel«, fährt er Claudia an, und sie weint noch mehr und verabschiedet sich schließlich.

Im Dezember erhält der Junge mit der aufgehaltenen Offizierslaufbahn Genesungsurlaub. Im Januar kommt er endlich auf Waffenschule nach Kamenz. Zufällig ist Rolf Bertram auf einem Fliegerhorst in der Nähe stationiert. Er besucht den Freund und muss sehr gegen den Neid auf die Fähnrichsuniform seines früheren Jungzugführers ankämpfen. »Mensch«, klagt er, »durch die Dummheit eines beschissenen Zwölfenders habe ich sechs Monate Zeit verloren. Ich bin jetzt das Schlusslicht von uns allen.«

»Wie ich dich kenne, wirst du uns schon noch einholen«, erwidert Sibylles Bruder.

»Aber du bist in jedem Fall lange vor mir Leutnant.«

»Bei der Luftwaffe geht's auch schneller, zumindest beim fliegenden Personal«, erklärt Rolf. »Unmittelbar nach meiner Ernennung zum Oberfähnrich komme ich als Jagdflieger in den Einsatz.«

Alle sprechen von der Landung in England, und tatsächlich ist der Sprung über den Kanal, unter dem Decknamen »Operation Seelöwe«, längst vorbereitet. Zunächst geraten die Geschwader der Luftwaffe an den Feind. Sie sollen die britische Jägerabwehr zerschlagen, wofür – laut Göring – vierzehn Tage notwendig sind. Aber noch nach Wochen und Monaten ist es nicht so weit. Zwar tönen laufend Sondermeldungen vom »Blitz« auf London oder der Zerstörung von Coventry, aber die Kampfflieger verbluten über dem Kanal und über Südengland. Und die Themse-Schleife, an der sie sich beim Anflug orientieren, wird für sie zur großen Angstkurve.

Der Seelöwe bleibt wasserscheu. Hitler verschiebt die Operation zunächst auf das kommende Jahr und sagt sie schließlich ganz ab. Gleichzeitig proklamiert er vor seinen wieder einmal entsetzten Generälen einen neuen Kriegsschauplatz: Rußland. Jetzt wagt ihm keiner mehr zu widersprechen. Der Generalstab erstellt für die »Operation Barbarossa« die Aufmarschpläne des Überfalls auf die noch verbündete Sowjetunion. Bereits am 31. Januar sind sie fertig, aber durch italienische Rückschläge in Albanien, den drohenden Einmarsch der Engländer in Griechenland und durch einen Putsch in Belgrad sieht sich der Diktator gezwungen, sein »Lebensziel«, die Raumgewinnung im Osten, noch einmal zurückzustellen, zunächst um vier Wochen, die er später verlängern muss.

Am 6. April gibt Hitler den Befehl zum Losschlagen: Blitzkrieg auf dem Balkan. Es klappt wie immer oder womöglich noch besser. Von Bulgarien und Ungarn aus rollen deutsche Panzer gegen Jugoslawien und Griechenland. Bereits einen Tag später erreichen sie den Verkehrsknotenpunkt Skopje, am sechsten Tag Belgrad.

Die Griechen, denen die Engländer zu Hilfe kommen, wehren sich mit Entschlossenheit. Sie sind die ersten Soldaten, die im Zweiten Weltkrieg, verschanzt hinter der Metaxas-Linie, den deutschen Stuka-Angriffen standhalten, während ihre australischen und neuseeländischen Verbündeten aus ihren Stellungen am Olymp geworfen werden und ein Dünkirchen auf dem Balkan erleben.

Sondermeldungen, Siegesfanfaren. Und Stefan Hartwig hat wiederum keine Chance, sich an der Front hervorzutun. Er hadert mit sich und der Kasernenwelt, ist zu den anderen ruppig, läuft von morgens bis abends mit einem Leckt-mich-am-Arsch-Gesicht herum, offensichtlich so niedergeschlagen, dass ihm seine Stubenkameraden bereits aus dem Weg gehen.

Post von zu Hause. Ein Brief seiner Eltern, beigelegt eine Todesanzeige aus der »Bamberger Zeitung«, die wie der Blitz in seine Depressionen wuchtet: Sein Freund Rolf, Sibylles Bruder, ist über dem Isthmus von Korinth im Luftkampf mit englischen Jägern gefallen.

Die Hiobsbotschaft überfährt Stefan wie ein Lastwagen. Allmählich denkt er wieder geordnet, es dämmert dem Verstörten, dass er voraussichtlich nun doch vor dem Oberfähnrich Bertram zum Leutnant befördert werden wird – doch um welchen Preis!

Er denkt an Sibylle, die Frau seines früheren Ordinarius Dr. Faber, die am zweiten Weihnachtstag einen Sohn zur Welt gebracht hat; an Rolfs Mutter, auch an seinen Vater. Der alte Bertram ist zwar ein furchtbarer Nörgler und ein rechter Schreihals, aber Rolf, das war sein Augapfel.

Wie ist einem zumute, dem man den Augapfel ausgestochen hat!

Freilich, Verluste müssen gebracht werden für die große Sache, aber erstmals – und mehr unbewusst – fragt sich Stefan, ob die Verluste nicht doch vielleicht höher sein werden, als es die Sache wert ist.

Am nächsten Wochenende hat er Ausgang. Er sucht eine Kaschemme auf, in der es schwarzgebrannten Fusel gibt. Er säuft und lädt alle Umsitzenden ein, auch das wenig reizvolle Flittchen, laut Soldatensprache ein aufgelegtes LFG, ein leicht fickbares Geschöpf. Stefan säuft sie sich schön, und sie nimmt ihn mit auf ihre Bude. Als er mitten in der Nacht in einem fremden Bett erwacht, das Licht anknipst und die neben ihm Schlafende sieht, wird ihm übel.

Er springt auf, jagt auf die Toilette, kotzt sich aus. Er schlüpft in seine Uniform und geht zu Fuß zum Bahnhof zurück. Für das Taxi hat er kein Geld mehr, die Nutte hat ihm die letzte Mark Wehrsold abgenommen. Seine erste Liebesnacht hat sich Stefan weiß Gott anders vorgestellt. Und zum Kater am Morgen kommt noch ein Brennen in der Harnröhre. Er meldet sich beim Truppenarzt, steht unter anderen Sanierungssündern.

»Haben Sie sich die Gießkanne verbogen?« fragt der Oberarzt. »Weil ihr immer keinen Gummi nehmt, ihr Liederjane«, schimpft er und schüttelt den Kopf. »Barfuß zentnerschwere Weiber vögeln.« Er schiebt die Brille hoch, betrachtet das verdächtige Corpus delicti. »Sehen kann ich nichts«, stellt er fest. »Aber wir machen sicherheitshalber einen Abstrich.«

Es ist eine ziemlich schmerzhafte Prozedur, doch Stefan kneift die Hinterbacken zusammen und sagt sich, dass ihm ganz recht geschehe. An Claudia darf er gar nicht denken – aber Claudia war eine Pennälerliebe gewesen, ohne Hand und ohne Fuß, und vor allem ohne das Entscheidende.

Und jetzt ist er endlich ein Mann, wenn auch ein schweinischer.

Mit der Zeit, als er sich sicher sein kann, seine Lotterpremiere ohne Folgen überstanden zu haben, nehmen seine Selbstvorwürfe wieder rapide ab, und er hört den Schilderungen der anderen von »Tausend und einer Liebesnacht« fasziniert zu. Die meisten Erlebnisse sind wohl erfunden; aber dem Jungen erscheinen sie märchenhaft. Stefan sieht gut aus, die Mädchen lächeln ihm zu, auch wenn er noch keine Offiziersuniform trägt, und es muss doch noch etwas anderes geben zwischen der unberührten Claudia und dieser unappetitlichen Nutte. Eine Frau vielleicht, die sich nicht an die zimperlichen Moralregeln ihrer Umwelt hält und doch keine Gewerbliche ist, ein Mittelding. Er darf gar nicht daran denken; selbst im Dienst bekommt er jetzt manchmal einen Ständer.

Der gesamte Lehrgang wird auf ein Panzerübungsgelände bei Pasewalk verlegt. Von hier ist es nicht weit nach Stettin. Wenn er nicht irrt, hat der Führer hier im Lazarett nach dem Ersten Weltkrieg an einer Gasvergiftung blind gelegen, konnte aber später wieder sehen, und wie, und welch ein Glück!

Stefan wird jetzt zum O.A.-Gefreiten befördert, ist, äußerlich durch die Litzen als Offiziersanwärter kenntlich, längst kein Rekrut mehr. Samstags, sonntags fährt er nach Stettin, um etwas zu erleben. Auf einmal klingelt eine Erinnerung bei ihm: Stettin? War da nicht Lydia, die BDM-Führerin, die er einst in Bambergs Wunderburgschule zu bewachen hatte? Natürlich: Er sieht sie mit ihren Glutaugen und ihrer schwarzen Haarpracht vor sich, ungemein reizvoll, auch wenn sie alles andere als sein Typ ist. Ihre Adresse, die ihm von ihr zugesteckt worden war, hat er weggeworfen, aber er hört sie in diesem Moment wieder sagen: »Besuch mich mal, wenn du zufällig nach Stettin kommst und deine Bewährung vielleicht schon hinter dir hast.«

Das ist schon eine Weile her, über zwei Jahre, und Stefan kennt nicht einmal Lydias Nachnamen. Aber dann hängt er den früheren Fähnleinführer heraus, meldet sich bei der Stettiner Bannführung und bittet, für ihn eine BDM-Führerin mit dem Vornamen Lydia ausfindig zu machen, die beim letzten Reichsparteitag an Bambergs Wimpelweihe teilgenommen hat. Lydia ist längst dem BDM entwachsen, aber man findet ihren Namen noch im Karteikasten.

»Sie wohnt ganz in der Nähe«, sagt ein hauptamtlicher HJ-Führer. »Grüßen Sie sie schön von uns.«

»Wird gemacht. Vielen Dank und Heil Hitler.« Stefan schleicht um den Häuserblock, sucht den Namen Scherz, stellt fest, dass es die Parterrewohnung sein muss. Er wundert sich, dass eine Alleinstehende im Krieg noch ein eigenes Zuhause hat, klingelt mit unsicherem Zeigefinger und sieht Lydia in diesem Moment wieder vor sich, wie sie aus dem Duschraum kommt, im straffgewölbten Trikot. Ob sie noch so aussieht? Ob sie ihn wiedererkennen wird?

»Was wollen Sie?« fragt eine junge adrette Frau mit einer ganz anderen Frisur.

»Stefan Hartwig aus Bamberg«, präsentiert sich der Besucher hastig.

Lydia schüttelt den Kopf. »Ach, du bist das?« sagt sie dann in der Tür. »Na, komm rein. Lass dich mal ansehen.« Sie schließt die Tür, betrachtet den Besucher lange. »Bist ein bisschen männlicher geworden. Hast dich aber sonst kaum verändert.«

»Aber du, Lydia«, erwidert Stefan. »Du bist noch viel hübscher als damals.«

»Schau, schau«, entgegnet sie, »ein Blickloser wird sehend.« Sie lächelt. »Hast du deine Bewährung schon hinter dir?«

»Eben nicht«, stößt Stefan grimmig hervor.

»Wenn du dich bei mir bewähren willst, kommst du zu spät«, versetzt Lydia. »Ich bin inzwischen verheiratet. Darum ist es auch besser, wenn dich hier keiner der Hausbewohner sieht.«

»Und dein Mann?« fragt Stefan betroffen.

»Ist in der Nähe von Hamburg stationiert«, erklärt sie. »Früher war er Ingenieur.«

»Und jetzt ist er Soldat?« fragt Stefan.

»Nein«, entgegnet Lydia, »Oberfeldmeister bei Arbeitsdienst.«

Stefan will sich zurückziehen, aber er muss an den Feldmeister Weinrich denken, den Schleifer. Wenn er schon an dem Krieg gegen die Franzosen, Engländer, Serben, Kroaten und Griechen nicht teilnehmen kann, könnte er es vielleicht wenigstens mit dem Arbeitsdienst aufnehmen. »Wirfst du mich jetzt hinaus?« fragt er.

»Nicht, wenn du dich anständig benimmst«, erwidert sie.

»Und was nennst du anständig?«

Lydia holt eine Flasche Wein und stellt zwei Gläser auf den Tisch. »Setz dich und halt die Klappe«, antwortet sie. »Oder sprich wenigstens etwas leiser – die Nachbarn«, warnt sie.

»Prost, Lydia.« Die Gläser klingen. Sein Herz springt wie ein Gummiball in der Brust. »Du bist wirklich großzügig«, stellt er fest. »Und lieb. Wenn ich wiederkomme, bring' ich dir Blumen mit.«

»Du willst wiederkommen?« fragt sie. »Und was machst du, wenn mein Mann hier ist?«

»Kommt er denn so oft?«

»Ziemlich selten«, versetzt sie lachend. »Aber häufig genug.«

»Warum hast du ihn denn geheiratet, wenn er dir lästig ist?«

»Um durch Schaden klug zu werden«, entgegnet die junge Frau. »Weißt du, Stefan, vorher ist's immer ein Honiglecken, aber dann kommt rasch der Tag, an dem dir das süße Zeug gründlich zum Hals heraushängt.«

»Bist du schon mal – fremdgegangen?«

»Bisher«, versetzt sie mit einer Betonung, die Stefan richtig heraushört, »hab' ich es nicht getan.« Sie prostet ihm zu. »Redest du nicht ein bisschen viel, Stefan?«

»Der Wein«, erklärt er. »Ich stell' mich wohl sehr dumm an.«

»Nicht dumm«, entgegnet Lydia, »unbeholfen.«

Er steht ruckartig auf, beugt sich zu Lydia hinunter, reißt sie an sich, wie der Elektromensch auf dem Rummelplatz, grob, zackig, als müsse er Gewalt anwenden.

Die junge Frau küsst ihn, verhalten zunächst, dann richtig. Sie beißt ihn in die Unterlippe, und es ist, als impfte ihn eine Kanüle mit Sucht. Sie macht sich frei. »Moment«, sagt sie dann, geht an die Wohnungstür, sperrt sie ab. Dann tritt sie an die Fenster und zieht die Vorhänge zu, kommt zurück. »Magst du mich, Stefan?«

»Und ob«, entgegnet er außer Atem.

»Du hast mir damals schon gefallen«, raunt ihm Lydia zu, und Stefan presst sie wieder an sich.

Sie lassen sich auf die Couch fallen. »Nicht hier«, flüstert Lydia und macht sich frei. Sie geht voraus in das Schlafzimmer mit dem Doppelbett, Doppelschrank, doppeltem Nachtkästchen. Stefan streichelt und bedrängt Lydia, es ist mehr Sturm als Zärtlichkeit, aber sein wilder Ungestüm reißt die junge Frau mit: Wildwuchs ist mächtiger als Routine. Er tobt wie ein Berserker, dringt in sie ein wie Attila, der Hunnenkönig.

»Ja«, stöhnt sie. »Stoß, los, komm, ja – ja.«

Das braucht sie ihm nicht zu sagen. Der Junge schafft es dreimal hintereinander, ohne zu ermatten. Unverbrauchte Kraft, angestaute Sehnsucht entladen sich. Es ist, als wolle Stefan auf einmal alles loswerden: die Enttäuschung mit Claudia, den Hass auf den RAD-Feldmeister, den Zorn über seine Offizierslaufbahn, die Trauer um Rolf, den Ekel vor der Nutte.

»Gnade«, sagt Lydia und löst sich von ihm.« Ich glaube, wir haben beide eine Pause und eine Erfrischung nötig – du bist vielleicht einer.«

Sie ist zweiundzwanzig, herrlich gewachsen, und Stefan starrt ihren Körper an, als kenne er ihn nicht. Auf einmal ist Lydia sein Typ mit Haut und Haaren. Er hat noch nie eine so schöne Frau gesehen und noch nie eigentlich auch eine nackte Frau, denn die Nutte hat er mit geschlossenen Augen hinter sich gebracht.

»Was denkst du?« fragt sie ihn und glättet seine Stirnfalten.

»Du bist großartig«, erwidert er. »Weißt du, Lydia, mein Wunschtraum waren eigentlich immer mehr nordische Frauen.«

»Mit Zöpfen und Zicken?« fragt sie belustigt. »Weißt du nicht, dass die Dunklen halten, was die Blondinen versprechen?«

»Woher sollte ich es wissen«, versetzt er. »Ich hab' doch noch nie eine Blondine im –«

»- noch nie im Bett gehabt?« ergänzt die junge Frau lachend und drückt ihm das Weinglas in die Hand.

»War ich sehr ungeschickt?« fragt er.

»Eigentlich war es ganz herrlich, einmal einen Mann ganz ohne Erfahrung zu haben.« Ihr Zeigefinger wandert um seine Mundecken. »Du bist ein Naturtalent.«

»Aber du hast Erfahrungen?« fragt Stefan.

»Mehr schon als du«, erwidert sie. »Du brauchst nicht gleich eifersüchtig zu werden.«

»Du bist also doch schon fremdgegangen?«

»Mitunter«, antwortet sie, »aber nicht sehr oft.« Sie krault Stefans Hals. »Ich hab' dich vorhin doch angelogen, aber da hab' ich dich ja noch nicht so gut wie jetzt gekannt.«

»Ich mag dich unheimlich«, leitet er seine Frage ein. »Es geht mich ja auch nichts an«, setzt er hinzu, »aber hast du da keine, keine –«

»Keine was?«

»– Hemmungen, wenn du deinen Mann betrügst?«

»Erstens betrüge ich ihn nicht«, entgegnet sie. »Betrügen tut man einen, wenn man ihn um Geld begaunert. Ich hintergehe ihn höchstens«, korrigiert sie ihn. »Ich meine, falls ich ihn hintergehe.«

»Du hast eigentlich ganz recht«, erwidert Stefan. »Betrügen ist wirklich falscher Sprachgebrauch, aber er ist üblich, und – ich hab' noch gar nicht darüber –«

»Also«, unterbricht ihn Lydia, »ich mach' mir keine Vorwürfe. Nicht im geringsten, aber die Nachbarn brauchen schließlich nicht zu merken, wenn ich mal Besuch habe. Ich weiß, was Erich in Hamburg alles treibt. Ich hab' ihn vor zwei Monaten besucht, es sollte eine Überraschung sein, und das war's dann auch – aber für mich.«

»Wieso?« fragt Stefan.

»Eine Bude wie ein Freudenhaus. Und der entsprechende Harem dazu. In der Nähe ist ein Lager für RAD-Führerinnen. Verstehst du?«

»Was ist das bloß für eine Ehe?«

»Eine Kriegsehe«, versetzt Lydia.

»Aber das ist doch nicht bei allen so«, entgegnet der Junge betroffen.

»Aber bei vielen. Schau mich nicht so vorwurfsvoll an, Stefan. Die Männer machen sowieso meistens, was sie wollen. Und alle Frauen sind auch nicht so unnahbar, wie sie sich geben. Es gibt solche, die es nötig haben, und andere, die darauf verzichten können. Die kannst du für die Besseren halten, aber vielleicht haben sie von der Natur bloß zu wenig mitbekommen. Das ist dir doch klar«, fährt Lydia mit ihrer Offensive gegen den Wohlanstand fort, »am keuschesten sind immer die, denen es am leichtesten fällt.«

Stefan denkt an seine Mutter, schüttelt den Kopf. »In deinem Fall«, setzt er an und verbessert sich hastig: »Ich meine, in unserem Fall ist es wirklich etwas anderes... Du hast deine Gründe, und dein Erich ist ja nicht im Einsatz«, rettet er sich selbst in eine Ausrede. »Außerdem kennen wir uns ja auch schon länger. Wenn der Mann an der Front steht, dann ist es etwas anderes, dann kann er doch verlangen, dass sich seine Frau zu Hause am Riemen reißt.«

»Du bist vielleicht ein komischer Vogel«, erwidert Lydia. »Zuerst rammelst du, dass die Wände wackeln, und dann predigst du Moral.« Sie wird ärgerlich und lässt es sich auch anmerken. »Entweder ja oder nein. Entweder Befriedigung oder Verzicht. Ich will dir noch was sagen – ich fürchte, du lernst heute eine Menge dazu –: Eine Frau, die es allein nicht mehr aushält und einen netten Mann findet, der die Einsamkeit mit ihr teilt, ist noch lange nicht verhurt. Nicht einmal, wenn sie in seinen Armen wenigstens vorübergehend Geborgenheit findet. Eine Frau hat ihre Sehnsüchte, ihren Anspruch, ihr Verlangen, und wenn das in der langen Trennungszeit übermächtig wird –«

»Entschuldige«, unterbricht sie Stefan. »So hab' ich's doch wirklich nicht gemeint. Und im übrigen kommt es ja wohl auf den Einzelfall an.«

»Natürlich«, versetzt Lydia. »Aber die Einzelfälle werden zu Tausenden, zu Hunderttausenden und bald wahrscheinlich noch mehr.« Sie richtet sich auf, betrachtet ihn. »Weißt du, was es heißt, wenn du dem Briefträger entgegensiehst und nicht weißt, ob er dir einen schnell hingeschriebenen Gruß deines Mannes bringt oder die Todesnachricht?«

»Kann ich mir schon denken«, erwidert Stefan mehr höflich als überzeugt. Aber dann fällt ihm Rolf ein, der mit ihm acht Jahre lang auf der Schulbank gesessen hat, mit dem er mindestens jeden Mittwoch und Samstag in seinem Jungvolkfähnlein zusammen war und der als halbflügger Jagdflieger den Tod ohne Verklärung gefunden hat. Stefan stellt sich vor, wie seine Mutter reagieren würde, falls er fallen sollte. Es sind schlimme Gedanken: Er wischt sie rasch weg, betrachtet Lydia, und was ihn jetzt überkommt, die Sehnsucht nach Leben, ist meilenweit weg vom Heldentod.

Er drängt seine Wildheit zurück, streichelt Lydia mit Händen, die heute auch viel dazugelernt haben. Er wird auf einmal zärtlich. Erfüllt und sehnsüchtig liegen die beiden nebeneinander, doch ihr Körperstillstand ist trügerisch.

»Und was machen wir, wenn du ein Kind bekommst?«

»Das werde ich nicht«, versetzt Lydia.

»Aber ich hab' nicht aufgepasst«, gesteht der Junge.

»Das brauchst du nicht bei mir. Ich bekomm' keine Kinder.«

Stefan bleibt bis zur letzten Minute, auf die Gefahr hin, zu spät nach Pasewalk zurückzukehren.

»Wie lange bleibt deine Einheit in der Gegend?« fragt Lydia beim Abschied.

»Mindestens noch zwei Monate«, antwortet er, »und ich besuche dich, so oft ich kann. Ich hab' 'ne gute Nummer beim Spieß – und so bekomm' ich Ausgang. Ich bin nämlich kein schlechter Panzersoldat.«

»Kann ich mir denken«, entgegnet Lydia.

Stefan hält Wort. Er denkt jetzt mehr an Lydia als an die Frontbewährung. Die junge Frau ist ihm auf einmal wichtiger. Er kommt mit Blumen, er verliebt sich richtig in Lydia. Nicht fürs Leben – so viel hat er schon dazugelernt –, doch heftig. Er ist traurig, als die Zeit abgelaufen ist, obwohl er jetzt bald an die Front kommen wird, denn es gibt einen neuen Kriegsschauplatz, Rußland.

»Wir werden uns schon wiedersehen«, sagt Lydia, auch ziemlich mitgenommen.

»Verlass dich drauf«, verspricht Stefan. »Dann bin ich Offizier, Leutnant mit viel Lametta auf der Brust, und –«

»Und ich lass' mich vielleicht scheiden«, erwidert sie.

So sind die Träume des Jahres 1941.

Noch nehmen sie die Zweiundzwanzigjährige und der Junge ernst.

Am 22. Juni um 3 Uhr 15 beginnt mit dem Ostfeldzug der schnellste Vormarsch in den tiefsten Absturz der Militärgeschichte: Über drei Millionen deutsche Soldaten, aufgeteilt auf hundertzweiundfünfzig Divisionen, drei Viertel des gesamten Feldheeres, greifen ohne Kriegserklärung die Sowjetunion an – für Hitler ist Perfidie gleich Strategie.

Ihrer schlechten Nachrichtenverbindungen wegen brauchen die Russen vierundzwanzig Stunden, bis sie überhaupt wissen, dass sie sich im Krieg befinden. Am ersten Tag verliert die Rote Armee bereits – vorwiegend am Boden – zwölfhundert Flugzeuge. »Wenn ›Barbarossa‹ steigt«, hatte der Diktator bereits am 3. Februar 1941 erklärt, »hält die Welt den Atem an und verhält sich still.«

Am Bahnhof von Brest-Litowsk stehen noch die russischen Lieferungen für Deutschland. Vor einer Woche hat die »Prawda« offiziell dementiert, dass sich das deutsch-russische Verhältnis verschlechtert habe. Nach den ersten Sensationsmeldungen wendet sich das Weltinteresse wieder anderen Schauplätzen zu. Niemand sieht in dem Ostfeldzug einen Wendepunkt des Krieges, eher beurteilt man schadenfroh den brutalen Überfall als den Hauskrach zweier Gangster. Der vormalige Krawattenhändler und spätere US-Präsident Harry S. Truman stellt lapidar fest: »Wenn wir die Deutschen siegen sehen, sollten wir Rußland helfen, und wenn wir Rußland siegen sehen, sollten wir die Deutschen unterstützen, damit sich so viele wie möglich gegenseitig umbringen ...«

Vormarsch auf einer Frontbreite von 3 200 Kilometern zwischen der Arktis und dem Schwarzen Meer. Inmitten des gigantischen Aufmarsches Bambergs Panzerregiment 35. Studienrat Dr. Hans Faber führt als Oberleutnant der Reserve eine mit Kampfwagen IV ausgerüstete Kompanie.

Er hatte an der Sonnenküste von Bordeaux gelegen. Per Bahn waren die Panzer an der Schweizer Grenze entlang nach Straßburg und über den Rhein geschafft worden. Langer Transport auf Umwegen; er ging über das Protektorat Böhmen und Mähren in das österreichische Burgenland. Zwischenspiel auf dem Truppenübungsplatz Warthelager, dann Bereitstellung im Aufmarschgebiet der Heeresgruppe Mitte, 100 Meter hinter dem Bug.

Während der umständlichen Verlegung hatte Faber sechzehn Tage Urlaub erhalten und zum ersten Mal seinen fast fünf Monate alten Sohn Hans, genannt Hänschen, gesehen. Der Urlauber hatte sich als ein zärtlicher, doch unbeholfener Vater erwiesen, der das Kind kaum anzufassen wagte.

»Der Kleine ist robuster, als du annimmst«, sagte sein Freund Robert. Der Mediziner hatte die Einberufung zur Wehrmacht erhalten und war gekommen, um seinem alten Gefährten Lebewohl zu sagen. Die etwas ungeschickte Art, in der der Vater mit seinem Sohn umging, nahm dem Abschied die Schwere. Robert Klimm wurde als Feldunterarzt eingezogen.

Nur Hänschen brachte Leben in ein Haus der Trauer. Die Bertrams litten schwer darunter, dass Rolf abgeschossen worden war. Sein Vater kam jetzt wieder häufiger nach Bamberg, ein Fremder im eigenen Haus. Er polterte nicht mehr; er verfiel sichtlich. Der Verlust des Sohnes hatte ihn schwerer getroffen als seine Entmachtung in der Firma.

Bald hat die Einheit Faber die Beresina überschritten. Es geht stürmisch vorwärts; Hitler hat für den wegen des Balkanfeldzuges um vier Wochen verschobenen Krieg im Osten insgesamt fünf Monate eingeplant, und tatsächlich kommen die Eroberer so rasch voran, dass die Stammtischstrategen zu Hause mit dem Stecken der Fähnchen auf der Landkarte kaum mehr nachkommen.

Die Panzer rollen und rollen, die Motoren verschleißen, der Vormarsch kommt zu Beginn täglich an die 100 Kilometer voran, die Munition ist verschossen. Kampfwagen, die Feuerwehr der Front, bleiben ohne Sprit liegen und warten auf Nachschub, oft nur

Stunden, manchmal Tage. Die Ju 52 brummen träge heran, werfen Benzinbehälter und manchmal auch Feldpost ab. Am Anfang klappt es ganz gut. Die russischen »Ratas« haben keine Chance gegen die deutschen Me 109 und FW 190. »Es ist wie Tontaubenschießen«, stellt ein deutsches Jägeras fest. Der Feind ist zunächst weniger der Gegner als die gewaltige Ausdehnung des russischen Raumes. Die Geschwader verlieren sich förmlich am bleischweren Himmel, und je schneller der Blitzkrieg abrollt, desto überdehnter werden die Nachschubwege.

Am 6. Juli fällt Smolensk, am 15. August ist die ganze Ukraine erobert. Drei Tage später ziehen sich die Russen über den Dnjepr zurück. Am 27. geben sie Dnjepropetrowsk auf, am 19. September Kiew. Am gleichen Tag gerät die Kompanie Faber in einen Hinterhalt der russischen Pak. Per Funk befiehlt der Oberleutnant, die Stellung zu überrennen, und setzt sich mit seinem Kampfwagen an die Spitze. Er gerät in ein Minenfeld und bleibt mit zerschossenen Ketten liegen, eine Zielscheibe auf dem Präsentierteller.

Eine russische Granate schießt den Panzer IV in Brand. Den Fahrer hat es erwischt, die anderen drei booten im Feuer sowjetischer Scharfschützen aus. Sie bleiben ein paar Meter neben dem brennenden Wrack liegen – vielleicht ebenfalls tot, sicher aber verwundet.

Oberfeldwebel Schulz, der den zweiten Zug führt, versucht sie zu retten. Er walzt die Pak nieder, dann sind die Infanteristen heran, um die Scharfschützen zu erledigen und die Überlebenden zu bergen. Maier II, den Richtschützen, müssen sie liegen lassen. Er ist, wie der Oberfeldwebel später meldet, »mause«, aber den Munitionsschützen und den Kommandanten versorgen sie notdürftig an Ort und Stelle und schaffen sie dann zum Hauptverbandsplatz zurück.

Der Arzt, der den Oberleutnant Faber als erster versorgt, stellt Splitter im Rücken, einen Einschuss im linken Oberschenkel und einen Streifschuss an der Schläfe fest. »Glück gehabt«, sagt er zu dem Verwundeten. »Das überleben Sie spielend. Sowie Sie transportfähig sind, lass' ich Sie in Richtung Heimat schaffen.«

Am 8. Oktober nehmen die feldgrauen Stoßkeile als Vorbereitung der anlaufenden Offensive gegen Moskau Orel und Brjansk. Zu diesem Zeitpunkt ist der Verwundete in einem Lazarett in Plauen und erhält die Zusage, demnächst nach Bamberg verlegt zu werden. Als sein Primus Stefan Hartwig als Fahnenjunker-Unteroffizier bei den Fünfunddreißigern zur Frontbewährung eintrifft – die Militärbürokratie hatte sich entschlossen, die Panzerminenverletzung als Verwundung an der Front zu werten und ihn vorher für drei Monate auf die Kriegsschule zu schicken –, ist er bereits im Heimatlazarett.

Der Junge landet zunächst bei den Kradschützen der 4. Panzerdivision. Er rechnet, dass er, wenn alles gut verläuft, zu Weihnachten Fähnrich sein und sicher Heimaturlaub erhalten wird. Noch immer brennt Stefan darauf, sich zu bewähren, stolz darauf, als Soldat einer der neunundfünfzig Divisionen anzugehören, die Moskau nehmen sollen. Obwohl sein Weltbild bereits einige handfeste Beulen hinnehmen musste, ist es für Stefan keine Frage, dass die sowjetische Hauptstadt rasch fallen wird.

Die Feuertaufe liegt hinter ihm, und niemand hat bemerkt, wie Stefan der Arsch bei der ersten Feindberührung auf Grundeis gegangen war. Die verherrlichten Stahlgewitter enttarnen sich als eine Orgie von Blut, Mief und Tod und das Feld der Ehre als ein Schauplatz, der Menschen in Aas verwandelt. Aber es gibt auch bessere Tage, und als besten bewertet der FJ-Unteroffizier Hartwig den 2. Oktober, an dem er das EK II erhält.

Am 8. Juli hatte Hitler bereits seinen Entschluss verkündet, Moskau und Leningrad von der Landkarte zu tilgen. Am 3. Oktober erklärt er bei der Eröffnung des Winterhilfswerks, dass die Sowjetunion geschlagen sei und sich »nie mehr erheben werde«. Selbst ein oppositioneller Skeptiker wie Generaloberst Franz Halder stellte in diesem Stadium des Krieges fest, dass »der Feldzug gegen Rußland innerhalb von vierzehn Tagen gewonnen werden könnte«.

Der »ritterliche« Krieg ist eine Erfindung seiner Propagandisten. Trotz gelegentlicher menschlicher Aufhellungen ist jeder Krieg brutal, gemein und grausam, aber in Rußland ufert die Unmenschlichkeit auf beiden Seiten in die letzte Ungeheuerlichkeit aus: Stalin lässt seine geschlagenen Generale zum Tode verurteilen und hinrichten. Hitler fordert im sogenannten »Kommissarbefehl« die sofortige Erschießung aller gefangenen Politfunktionäre. »Wir müssen«, erläutert er seinen gehorsamen Generalen, »vom Standpunkt des soldatischen Kameradentums abrücken.«

Die Sowjetunion bietet über ihre Schutzmacht Schweden die

Einhaltung der Haager Konvention von 1907 an. Die Bundesgenossen Finnland, Italien, Rumänien und Slowakei antworten zustimmend, Hitler jedoch vermeidet von Anfang an jede völkerrechtliche Zusage. Der militärische Sieg seiner Truppen wird von dem braunen Geschmeiß, das den feldgrauen Kolonnen folgt, in Frage gestellt. Viele Russen waren beim Einmarsch der Deutschen durchaus bereit, die Usurpatoren als Befreier vom Kommunismus zu empfangen, aber die Greuel der Einsatzkommandos, der Gebietskommissare und der Parteisatrapen, die von vorneherein einen Vernichtungskrieg gegen den »ostischen Untermenschen« führen, lassen Stalin-Gegner zu entschlossenen Kämpfern des »großen patriotischen Krieges« werden.

Zu Beginn der vermeintlichen Schlussoffensive von Moskau haben die Sowjets fast drei Millionen Soldaten verloren. Die Kampfmoral der deutschen Truppen ist ausgezeichnet. Auf den Fahrzeugen und Panzern steht: »Nach Moskau.« Nicht nur Stefan Hartwig hofft, Weihnachten in Deutschland zu sein, zumal die jetzt eingesetzten sowjetischen Truppen teilweise aus miserabel ausgebildeten Reservisten bestehen. Kriegsgefangene Offiziere der Roten Armee schimpfen sich bei der Vernehmung über ihre katastrophale Führung aus.

Sie ändert sich schlagartig, als am 10. Oktober mit Marschall Georgij K. Schukow ein energischer und befähigter Stratege den Oberbefehl über den Mittelabschnitt übernimmt. Zu diesem Zeitpunkt haben deutsche Panzer bereits Mohaisk erreicht. Am 14. Oktober fällt Kalinin. Die sowjetische Regierung und das Diplomatische Korps werden nach Kuibyschew evakuiert. Über Moskau verhängt Stalin, der in der Hauptstadt bleibt – vielleicht um mit ihr unterzugehen –, den Belagerungszustand und proklamiert die Verteidigung bis zum Letzten.

Die Funktionäre und die Bevölkerung denken weniger entschieden: Wer kann, versucht aus Moskau herauszukommen. Die Zurückbleibenden decken sich mit deutschen Wörterbüchern ein, um die Eroberer in ihrer Sprache zu empfangen: Ab Mitte Oktober ist in den Buchhandlungen von Moskau kein deutschsprachiges Lexikon mehr erhältlich.

Das Gold der Staatsbank wird zum Ural geschafft. Parteibücher und Dokumente fliegen ins Feuer. Sträflinge durchstreifen die Stadt, Plünderer schlagen Schaufenster ein. Die »Prawda« erscheint bereits aus dem Exil. Es kommt zum Aufruhr, zu Schießereien mit der Polizei, zur Massenflucht von Deserteuren. Aber dann greift Marschall Schukow radikal durch, lässt Deserteure und Plünderer öffentlich erschießen. Er führt – weitgehend unbemerkt von den Angreifern – in tage- und wochenlangen Transporten Elitetruppen aus Sibirien heran.

FJ-Unteroffizier Hartwig wird mit seiner Gruppe in die Etappe geschickt, um neue Fahrzeuge in Empfang zu nehmen, die angeblich am Sammelplatz angekommen sein sollen. Die Belieferung der Hauptkampflinie soll beschleunigt werden. Stefan und seine Männer geraten in einen dramatischen Witterungsumschlag. Marschall Schukow hat mit dem Glück des Tüchtigen von vorneherein einen Verbündeten: das Wetter. Rußlands tiefgrauer Himmel platzt auf einmal. Unvorstellbare Regengüsse brechen die Dämme, reißen Brücken weg, machen aus der Erde Brei. »Im Herbst gibt ein Löffel Wasser einen Eimer voll Schlamm«, so lautet ein russisches Sprichwort, und so verwandeln sich Rinnsale in Ströme, Pfützen in Seen, Wiesen in Morast, E-Häfen in Schlammgruben. Bei Startversuchen sacken die Fahrgestelle der Flugzeuge tief ein.

Den Infanteristen quillt der Dreck in die Knobelbecher; er verschmiert Waffen und Ausrüstung. Der Schlamm ist ihre Stellung, ihre Deckung, ihr Bett. In dieser gallertartigen Masse versinken ihre Verpflegung, ihre Munition, ihre Zelte, die Grüße von zu Hause und die Grabkreuze ihrer Kameraden.

General Guderian lässt Knüppeldämme für seine Panzer bauen, vergeblich. Selbst die Panjefuhrwerke versinken bis zu den Achsen; jeder Schritt wird zur Fußfalle. Die Bahnhöfe liegen bis zu 200 Kilometer hinter der kämpfenden Truppe, die geschlossen hungert, umgeben von den verwesenden Kadavern Tausender von Rindern, die von den Russen niedergemetzelt wurden. Auf der sogenannten Rollbahn nach Moskau brauchen die Laster eineinhalb Tage für 100 Kilometer. Am 20. Oktober bricht auch noch dieser klebrige Kriechverkehr zusammen. Fünftausend LKWs mit dringend benötigter Munition, Sprit und Verpflegung stranden hoffnungslos ineinander verkeilt.

Der Schlammschlamassel lähmt Angriff und Verteidigung, aber die Russen gewinnen Zeit zur Vorbereitung ihrer Gegenoffensive. Die versunkene deutsche Armee wartet fluchend auf das Ende des Dauerregens, und weder General noch Mann wissen, dass es von der Traufe in die Katastrophe gehen wird.

Stefan Hartwig liegt fest und tröstet sich damit, dass sein Regiment bei diesen Verhältnissen Moskau nicht ohne ihn einnehmen kann. Er wartet und wartet; bei der Umstellung der Eisenbahnwagen auf Breitspur kommt es auch ohne Schlamm zu gewaltigen Verspätungen.

Inzwischen ist eine neue Plage entstanden: Partisanen. Weil die Nachschubeinheit zu den Fünfunddreißigern von ihnen niedergemetzelt wurde, muss der FJ-Unteroffizier als Nachschubkutscher einspringen und vertreibt sich jetzt die Zeit mit Kartenspiel und Wodka.

Schüsse fallen. Ganz in der Nähe. Stefan springt hoch, jagt hinaus.

»Nee, nee«, sagt ein sturer Obergefreiter zu ihm. »Das sind unsere. Die erschießen wieder Russen in rauhen Mengen.«

»Warum?« fragt Hartwig.

»Frag den Führer«, entgegnet der Sture. Sein Mund wird zum Triangel. »Jeden Tag legen die Zivilisten um, auch Frauen und Kinder. Ich möcht' wirklich kein Iwan sein.« Er spuckt aus. »Und keiner, der zu diesem miesen Erschießungskommando gehört. Kannst dir's ja ansehen, wenn du's nicht glaubst«, setzt er hinzu und deutet zum Waldrand. »Da, ganz in der Nähe, sind die wieder am Werk.«

Stefan glaubt dem Schwätzer kein Wort. Deutsche werden Frauen und Kinder umbringen. Dummes Gequassel, Feindhetze!

Er watet zum Waldrand. Er ist nicht der einzige, Gaffer gibt es nicht nur bei Verkehrsunfällen, sondern auch bei Massenhinrichtungen. Täglich treibt ein Sonderkommando von SS-Leuten und Polizeireservisten Zivilisten zusammen: Juden, Zigeuner, Funktionäre und Partisanenverdächtige. Die Verzweifelten müssen ihre Gräber selbst ausheben. Genickschuss. Löschkalk. Die nächste Gruppe.

»Das sind doch keine Partisanen«, sagt Stefan entsetzt zu einem Unterscharführer.

»Und die können's auch nicht mehr werden«, erwidert der Mann sarkastisch und entrollt dabei eine Schnapsfahne.

Ohne dass festgestellt würde, wer noch am Leben ist, geht das Morden weiter. Einer der Henker hebt einen Säugling an den Beinen hoch, schießt ihn mit der Pistole in den Kopf und wirft ihn in die Grube. Junge Frauen bieten sich – um das Leben ihrer Kinder zu retten – den Schergen an und enden im Kugelhagel.

Ein vielleicht dreizehnjähriges, nacktes Mädchen reißt sich los, klammert sich an Stefan, wird mit einem Kolbenstoß weggezerrt, auf die Grube zugetrieben. Die Dunkelhaarige wehrt sich schreiend, bis zuletzt. Stefan sieht in ihre Augen, bis sie brechen. Genickschuss. Der nächste. Die nächste. Das nächste.

Der FJ-Unteroffizier dreht sich um und kotzt sich aus. Dann geht er in die nächste Kate und schreibt eine Meldung an den zuständigen Abschnittskommandeur. Er erhält keine Bestätigung und geht der Sache nach. Er landet bei einem betagten Nachschubmajor.

»Eine schreckliche Geschichte«, sagt der Offizier. »Aber ich gebe Ihnen einen Rat: Ziehen Sie Ihre Meldung zurück.«

»Ich denke nicht daran, Herr Major«, erwidert Stefan.

»Sie werden sich in die Brennnesseln setzen, Unteroffizier Hartwig.«

»Das ist mir scheißegal, Herr Major. Sie werden doch nicht behaupten wollen, dass der Führer solcherlei Übergriffe duldet!«

»Sie haben 'ne Ahnung, Sie Einfaltspinsel«, versetzt der Reservist. »Lassen Sie sich nicht aufhalten, wenn Sie ins Verderben rennen wollen, aber tragen Sie dem Hauptsturmführer Ihre Beschwerde gefälligst selber vor.«

Der Chef der Einheit hat seine Befehlsstelle im nächsten Dorf. Hauptsturmführer Schneppke macht einen durchaus jovialen Eindruck, der sofort platzt, als er hört, um was es geht. »Wieso sind Sie eigentlich durch die Absperrung gekommen?« fährt er den FJ-Unteroffizier an.

»Da war keine, Hauptsturmführer.«

Schneppke springt hoch, reißt die Türe auf. »Was ist das für eine Sauerei, Hauptscharführer!« brüllt er seinen Schreibstubenbullen zusammen.

»Uns fehlen einfach die Leute.«

»Quatsch! Dann fordern Sie eben mehr an oder streichen Sie die Freizeit! Ich will das nicht mehr erleben.« Der SS-Offizier knallt die Tür zu, setzt sich an seinen Schreibtisch.

»Und die meisten dieser Burschen waren auch noch betrunken«, stellt Stefan fest.

»Kunststück«, fährt ihn Schneppke an. »Machen Sie mal diese Drecksarbeit.« Er betrachtet den Beschwerdeführer aus kleinen Augen. »Ihr Soldbuch«, verlangt er dann. Er schlägt es auf. »Ach nee«, sagt er. »Aus Bamberg kommen Sie.« Er lächelt hinterhältig. »Na, da wird sich der Sturmbannführer aber freuen.«

Schneppke lässt eine Verbindung zu seinem Vorgesetzten herstellen. »Sturmbannführer«, meldet er, »bei mir beschwert sich gerade ein Unteroffizier über unseren Einsatz, ein Klugscheißer aus Bamberg... Hartwig heißt der Mann«, setzt er hinzu und erhält genau die Antwort, die er erwartet hat. »Gut – wird erledigt, Sturmbannführer.« Er legt auf. »Der Chef will Sie sprechen«, wendet er sich schadenfroh an Stefan. »Sie können ihm Ihre Einwände gleich selbst vortragen.« Er ruft einen SS-Mann. »Schaffen Sie den Mann zum Alten«, sagt er.

Der Befehlsstand liegt in der Nähe, und der Weg dorthin ist mit Holzbohlen ausgelegt. Der FJ-Unteroffizier steigt auf den Soziussitz des Krads. Der Fahrer fährt vorsichtig, das Holz gibt nach, aber der Melder hat Übung und laviert sich geschickt durch.

Der Sturmbannführer erwartet Stefan vor einem niedergebrannten Bauernhaus. »So sieht man sich also wieder, Hartwig«, begrüßt ihn Panofsky, dessen hautiges Gesicht noch mehr Falten aufweist. Lächelnd genießt er die Verblüffung des früheren Fähnleinführers und stapft voraus in die mit Zeltplanen abgedeckte Ruine. »Sind Sie kein Nationalsozialist mehr?« fragt er dann wie beiläufig.

»Natürlich bin ich das noch«, entgegnet der Unteroffizier gereizt.

»Warum sind Sie dann dagegen, dass wir Feinde der Bewegung liquidieren?«

»Feinde der Bewegung«, schnaubt Stefan. »Zivilisten, Frauen –«

»Juden«, erwidert Panofsky.

»Kleine Mädchen, Kinder –«

»Judenkinder sind auch Juden«, versetzt Bambergs früherer SD-Chef. »Hören Sie gut zu, Unteroffizier Hartwig: Wir erfüllen einen Spezialauftrag des Führers. Geheime Reichssache. Bedauerlicherweise hat es eine Panne bei der Absperrung gegeben. Sie sind dadurch Mitwisser geworden, und ich mache Sie darauf aufmerksam, dass Sie jedes absichtliche oder fahrlässige Gerede über die Exekutionen den Kopf kosten wird. Verstanden, Herr?«

»Befehl des Führers?« fragt Stefan mit geschraubter Stimme.

»Ich warne Sie«, erwidert Panofsky. »Und ich hab' heute noch einen langen Arm nach Bamberg.« Er nimmt Stefans Meldung und schlitzt sie durch. »Haun Sie bloß ab, Mann, bevor mich meine Großzügigkeit reut«, verabschiedet ihn der Chef des Vernichtungskommandos. »Sie sind mir ja ein schöner Weichmann geworden.«

Zu Fuß balanciert Stefan über die Bohlen, weil der Kradmelder längst zurückgefahren ist. Er rutscht und fällt in den Schlamm, erhebt sich wieder und merkt gar nicht, dass er ausgeglitten ist. Er ist bestürzt. Er kann noch immer nicht glauben, was er mit eigenen Augen gesehen hat und dass der organisierte Massenmord von ganz oben befohlen worden ist. Erstmals dämmert Stefan ein wenig, warum sein Onkel, der Rechtsanwalt Dr. Wolf Hartwig, die Bewegung so schroff ablehnt.

Der FJ-Unteroffizier ist wieder bei seinen Männern. Er sagt kein Wort. Er spielt auch nicht mehr Karten. Irgendwann wird sich eine Gelegenheit ergeben, an der richtigen Stelle den Panofsky-Exzess zur Sprache zu bringen.

Endlich lässt der Regen nach. Der Boden wird wieder wegsam. Kurze Zeit später trifft auch der Nachschub für die Fünfunddreißiger ein. Stefan hat es eilig, nach vorne zu kommen. Die Nachschubkutscher müssen jetzt in bewaffneten Konvois fahren. Partisanenüberfälle sind nunmehr beinahe schon die Regel. Allein im Aufmarschgebiet der Heeresgruppe Nord gibt es elf zentral gesteuerte und aus der Luft versorgte Guerillaverbände; in den undurchdringlichen Wäldern beherrscht einer von ihnen ein Gebiet von 100 Kilometern Durchmesser.

Die Partisanen jagen Güterzüge in die Luft, sie geben eine blutige Antwort auf die Greuel der Einsatzkommandos. Das Schicksal der Nachzügler und Versprengten, die sie greifen, ist entsetzlich: Die Soldaten werden zu Tode gefoltert, gepfählt. Mann findet sie mit ausgestochenen Augen, zerquetschten Köpfen und abgeschnittenen Geschlechtsteilen im Mund. Der Sadismus ist weniger Emotion als System: Die Drahtzieher des Hinterhalts wissen, dass der Terror wiederum Gegenterror auslösen wird, der Stalins Landsleute auf Vordermann bringen muss und mit Hass munitioniert.

General Schlamm wird von General Frost abgelöst. Am hundertachtundsechzigsten Tag des Ostfeldzugs fällt die Quecksilbersäule unter 50 Grad minus. In den Tanks der Panzer gefriert sogar das Benzin. Die Infanteristen müssen die Gewehrschlösser ausbauen und in der Tasche erwärmen. Verbandspäckchen sind hart wie Stahl. Auch die geringste Verwundung ist jetzt tödlich, weil die Verletzten auf der Stelle erfrieren. Die Regimenter melden Hunderte von Ausfällen durch den Frost.

Am 6. Dezember tritt Sowjetmarschall Schukow mit überlegenen winterfesten Truppen zur Gegenoffensive an. Die deutschen Soldaten, gegen die sibirische Regimenter anstürmen, tragen noch das leichte Drillichzeug des Sommers. Die Panzerketten müssen mit Spitzhacken freigelegt, die Motoren an offenen Feuern erwärmt werden. Wenn die Partisanen den Nachschub nicht hochjagen, fällt er oft aus, weil das plötzlich abkühlende Wasser die Lokomotivkessel zerreißt.

Auf den E-Häfen hängen jeweils fünf Mann an den Propellern der Kampfflugzeuge, weil sich die Luftschrauben nicht einen Zentimeter bewegen. Die Motorwarte pressen Acetylengas aus Schweißflaschen in die Triebwerke, um sie durch das hochexplosive Gemisch anspringen zu lassen.

Der Sieg in Rußland erfriert: Bereits am 1. Dezember 1941 hat die Wehrmacht im Osten 162 314 Gefallene, 571 767 Verwundete und 34 334 Vermisste verloren. Die Feldlazarette melden bis jetzt schon 113 000 Erfrierungsfälle. Die Angreifer sind abgekämpft, ausgezehrt, verlaust, apathisch. Die Pferde fressen das Stroh von den Dächern, die Soldaten die Pferde an den Wagen. Austretende erfrieren sich das Glied, ein Oberst das Gesäß, beidseitig.

Statt über hundertsechzig Kampfwagen verfügt das Panzerregiment 35 noch über vierzig. Die deutschen Flugzeuge verdunsten förmlich in den weiten Lufträumen. Warme Verpflegung gestrichen. Rast unter freiem Himmel, da alle Katen und Dörfer zerstört sind. Eine Einheit bleibt neun Tage ohne Brot; als es endlich durchkommt, muss es mit dem Beil abgehackt werden. Die Munition geht zu Ende. Zwei Züge treffen ein, aber statt der Panzergranaten enthalten die Waggons rote Eisblöcke: Rotwein in Fässern, unbrauchbar zum Schießen wie zum Trinken.

Die Geschützverschlüsse lassen sich nicht mehr öffnen. Die optischen Geräte fallen aus. Die automatischen Waffen sind nicht mehr zu gebrauchen, weil das Fett steinhart gefroren ist. Statt der Handschuhe wickeln die Soldaten Säcke, Lumpen und Wolldecken um die Finger. Der Oberbefehlshaber der Heeresgruppe weist im Führerhauptquartier darauf hin, dass die Offensive gegen Moskau abgebrochen werden muss. Hitler besteht auf die Fortführung, und vermummte Gestalten taumeln weiter vorwärts wie Betrunkene, fallen in die nächste Schneewechte und sind Minuten später schon erfroren. Wenn sie den Stahl ihrer Waffen anfassen, geht die Haut in Fetzen. Westlich von Moskau werden dreiundsiebzig gefallenen

Rotarmisten die Beine abgesägt, um an ihre Filzstiefel heranzukommen.

Und dann greifen die Russen aus dem Schneegestöber an, spezielle Einheiten, auf den Winterkampf trainiert: weiße Landschaft, weiße Uniformen, weiße T 34, die erstmals auftauchenden hervorragenden Sowjetpanzer, weiße Kanonen - weißer Tod.

Die deutsche Wochenschau aber zeigt als Bilder von der Ostfront idyllische Winterszenen wie bei einem Skiurlaub in Oberbayerns Bergen.

Der gesamten Ostfront droht der Einsturz. Zerlumpte Kolonnen taumeln durch den Schneesturm, laufen um das nackte Leben: Fallen sie um, kommen sie nicht mehr hoch, bleiben sie stehen, schnappen sie die Russen. Der Angriff ist direkt in den Rückzug übergegangen - und ergeben kann man sich den Sowjets nicht. Viele, die es nicht mehr durchstehen, legen sich einfach in den Schnee oder jagen sich eine Kugel in den Kopf.

Kein Sprit mehr. Die letzten Fahrzeuge werden gesprengt. Die Orientierung geht zum Teufel. Auf dem Weg nach hinten laufen viele nach vorne. Wenn aus dem Schneesturm Gestalten auftauchen, weiß man nicht, ob es eigene Soldaten oder Russen sind. Die Sowjets setzen sogar noch die Toten ein. Plötzlich prallt Stefan mit einem Iwan zusammen, der das Gewehr im Anschlag hält. Er wirft sich in Deckung, und dann sieht er, dass der Feind drei gefallene Rotarmisten senkrecht in den Schnee gestellt hat, um die Deutschen zu irritieren.

Stefan hält am längsten durch, aber jetzt ist auch er fertig. Aus. Vorbei. Sense. Die vier Türme des altehrwürdigen Bamberger Doms versinken im Schnee wie sein Weihnachtsurlaub, seine Beförderung zum Fähnrich, wie Mutter und Vater. Er denkt nicht mehr an Claudia, die sich inzwischen mit einem Dozenten der Universität Erlangen verlobt hat, und auch nicht mehr an Lydia, nicht an warmes Essen, nicht an Feldpost oder Marketenderware, nicht mehr an den Führer oder an den Sieg. Er lässt sich bei minus 35 Grad in den Schnee fallen und gibt alles auf, hoffend, dass die Iwans nicht dem Gnadentod zuvorkommen werden. Er fällt sofort in Schlaf, den Vorboten des Todes.

Und Stefan träumt den letzten Traum seines Lebens: Er steht auf der Unteren Brücke, der Stadtheiligen gegenüber, die ihren Rücken Klein-Venedig zuwendet. Kunigunde lächelt, wie sie immer lächelt, zeitlos, ein Lächeln, das auch das Tausendjährige Reich überdauern wird. Es begleitet Stefan in die weiße Nacht, an die Endstation seiner Frontbewährung.

»Der lebt doch noch!« brüllt der Mann neben dem Fahrer des ersten Wagens einer verspäteten Rückzugskolonne, die den Erfrierenden beinahe überfahren hätte.

Sie laden den Bewusstlosen auf. In seinem Gesicht spiegelt sich Kunigundes Lächeln, sie nehmen ihn mit zurück. Wenn Stefan Hartwig tatsächlich noch lebt, hat er Glück gehabt wie kaum ein anderer, denn hier ist jeder so mit dem eigenen Überleben beschäftigt, dass für den Nächsten keine Kraft mehr bleibt und auch keine Zeit.

Dieser 11. Dezember 1941 ist der Tag, an dem Hitler den Vereinigten Staaten von Amerika den Krieg erklärt.

Ende März kehrt der Winter noch einmal für ein paar Tage in das Regnitz-Tal zurück und scheucht den Frühling in die Flucht. Schmutziggraue Nebelschwaden wickeln sich um die vier Türme des Kaiserdoms zu Bamberg. Windstöße reißen die Ziegel von den Dächern. Pausenloser Landregen hält die Passanten weitgehend in den Häusern fest. Rheumawetter – es passt gut zu der Stimmung der Stadtbewohner. Die wahnwitzigen Siegeshoffnungen vom Sommer des vorigen Jahres liegen unter Rußlands riesigen Schneewüsten.

Der Angriff auf Moskau war in den Vororten zusammengebrochen. In chaotischer Flucht hatten sich die Angreifer zurückziehen müssen. »Als die Katastrophe des Winters 41/42 hereinbrach, wurde dem Führer klar, dass von diesem Kulminationspunkt an kein Sieg mehr errungen werden konnte«, heißt es im Kriegstagebuch des Wehrmachtsführungsstabes. Hitler entließ den Oberbefehlshaber des Heeres und andere Militärs und setzte sich selbst mit den Worten: »Das bisschen Operationsführung kann ja jeder machen« an die Spitze der Wehrmacht, und das war der Beginn – wie es einer seiner Generäle nennt – der »Korporalsstrategie«.

Die erste Weisung: »Halt! Keinen Schritt mehr zurück! Nicht ein Fußbreit Boden wird mehr preisgegeben.«

Die 2. Panzerarmee und die 2. Armee weichen bei minus 52 Grad zunächst 150 Kilometer weit zurück. Die Front besteht nur noch aus einzelnen Stützpunkten; die Etappe wird zur Hauptkampflinie, verteidigt von Küchenbullen und Bürohengsten. Die

Verluste sind ungeheuerlich; geschwunden ist der Nimbus der Unbesiegbarkeit des deutschen Soldaten, widerlegt die Mär, dass Russen nicht kämpfen könnten. Die Militärexperten in aller Welt sind sich weitgehend darin einig, dass Hitler den Ostfeldzug, wenn nicht überhaupt den Zweiten Weltkrieg, bereits verloren hat.

Frauen und Mütter bangen in den Nächten den grauenden Tagen entgegen: Werden sie wieder keine Feldpost bringen oder die fürchterliche Gewissheit, wie sie gestern die Nachbarin erhielt?

Marie-Luise Hartwig, die Frau des Rechtsanwalts, verlässt wie jeden Morgen zehn Minuten vor 7 Uhr ihre Wohnung in der Dientzenhoferstraße, um die Frühmesse zu besuchen. Ihrem Mann und ihrer zehnjährigen Tochter hat sie ein bescheidenes Frühstück in der Küche bereitgestellt. In längstens einer Stunde wird sie ja wieder zurück sein. Der Rechtsanwalt ist erst seit kurzem wieder Zivilist; ein Freundschaftsdienst hatte ihn zur Wehrmacht eingezogen, den mitunter letzten Naturschutzpark für politisch Gefährdete. Frau Marie-Luise war froh darüber gewesen, denn viele Anzeichen hatten darauf hingedeutet, dass sich das jahrelange Kesseltreiben gegen ihren Mann dem Höhepunkt näherte.

Dr. Hartwig kam als Schreiber zu einem Pionierbataillon und war dadurch aus der Schusslinie, aber schon einige Monate später beendete ein Truppenarzt das feldgraue Refugium: Der Soldat Dr. Wolfgang Hartwig, ein schwerer Diabetiker, leidet an Herz-Kreislauf-Beschwerden sowie an nervösen Erschöpfungszuständen, begleitet von ständiger Schlaflosigkeit. Die Wehrmacht schickte den Juristen als »untauglich« nach Hause, und Dr. Hartwig ist wieder Zivilist.

In seinem Wartezimmer sitzen die Mißliebigen der Partei wie immer dicht gedrängt. Zwar erzwang der Hausarzt noch einen vierzehntägigen Erholungsurlaub im Allgäu, aber seit zweieinhalb Monaten steht der Rechtsanwalt wieder in den Sielen und dadurch in der Frontlinie des braunen Alltags, abgemagert, erschöpft, ein Patriot, dessen einzige Hoffnung der Zusammenbruch an der Front ist – auf Kosten Deutschlands, für das er früher in einem Freikorps gekämpft hat.

Um 7 Uhr schrillt bei den Hartwigs die Klingel an der Wohnungstür. Adele, die kleine Tochter des Rechtsanwalts, öffnet und steht zwei Zivilisten gegenüber.

»Vater schläft noch«, sagt das Kind.

»Wir müssen ihn mitnehmen«, erwidert der Größere, Kriminalobersekretär Glühlein.

Die springlebendige Dackelhündin der Hartwigs verbellt die Besucher wie Wilderer.

»Sei still, Diana«, versucht der Anwalt das Tier zu beruhigen.

»Heil Hitler, Herr Doktor«, begrüßt ihn der Kriminalobersekretär im Gestapodienst.

»Guten Morgen, meine Herren«, erwidert der Jurist. »Was gibt's?«

»Wir müssen Sie leider festnehmen«, wiederholt Glühlein.

»Warum?«

»Weiß ich nicht«, behauptet der Beamte.

»Sie auch nicht, Herr Kobler?« wendet sich der Anwalt an den zweiten Beamten, den er kennt.

»Wir handeln im Auftrag von Kriminaloberinspektor Bruckmann«, antwortet Kobler. »Von ihm erfahren Sie sicher Näheres, Herr Doktor.«

Sie waren zu Fuß gekommen und nehmen den Verhafteten jetzt in die Mitte. Adele sieht dem Vater verstört nach. Diana nutzt es und setzt hinterher, schwanzwedelnd und bellend vor Freude über die Extra-Promenade.

So gehen sie ein paar hundert Meter bis zur Herzog-Max-Straße.

»Ich muss den Vierbeiner zurückbringen«, sagt Dr. Hartwig, und die zögernden Gestapo-Helfer kehren mit ihm um. Der Hausherr liefert den enttäuschten Dackel ab. »Sag Mutti, dass ich bei der Polizei bin«, bittet der Anwalt Adele. »Ich komm' so bald wie möglich wieder zurück.«

Die Kriminalbeamten liefern den Juristen in dem idyllischen Gefängnis im Sand-Viertel der Altstadt ab, das den pittoresken Fischerhäusern gegenüberliegt. Hier ist der Anwalt ständig ein- und ausgegangen; er kennt die Aufseher beim Namen, und sie grüßen ihn freundlich, respektvoll, auch wenn er auf einmal ein Untersuchungsgefangener ist. Bruckmann, der Drahtzieher, hält sich im Hintergrund. Er schickt Glühlein, einen gebürtigen Bamberger, den er sich von der SD-Außenstelle Nürnberg ausgeliehen hat, ins Gefecht.

Um 7 Uhr 30 beginnt die Vernehmung mit lapidaren Fragen zur Person. Dann kommt der Vernehmende auf den Weihnachtsurlaub im Allgäu. »Kirchbach«, sagt er. »Da waren Sie in Ferien –«

»– und zwar vom 22. Dezember bis zum 8. Januar 1942«, unterbricht ihn der Jurist. »In der Privatpension Pregler. Mit meiner Frau und meiner Tochter.«

»Außer Ihnen wohnten auch noch andere Gäste in der Pension?«

»Natürlich, aber wir blieben zurückgezogen. Ich war – und bin eigentlich noch – körperlich ziemlich am Ende.«

Der Kripobeamte mit der kurzen Haarbürste und dem Bärtchen auf der Oberlippe nickt. »Aber beim gemeinsamen Essen sind Sie doch mit anderen Urlaubern in Berührung gekommen.«

»Ja, selbstverständlich.«

»Und gelegentlich auch an der nachmittäglichen Kaffeetafel?«

»Auch das.«

»Zum Beispiel am Dreikönigstag. Erinnern Sie sich? Das Wetter war besonders schön, und Sie haben es an der langen Tafel vor dem Haus genossen.«

Dr. Hartwig nickt. Auf einem Nebentisch liegt ein hoher Berg Akten, jahrelang gesammelt. Zeitungsartikel aus der Kampfzeit, Zwischenfälle, Redensarten, Unterlassungen, Witze. Einen Moment lang spürt der Jurist törichte Erleichterung, dass man ihn nicht gleich in einem KZ verschwinden lässt, sondern ihn offensichtlich der ordentlichen Justiz überantworten will. Ein wenig vom Aberglauben seiner Studentenzeit, von den idealistischen Jahren, ist ihm noch geblieben, aber aus seiner Praxis weiß Dr. Hartwig längst, dass die ordentliche Justiz das Feigenblatt ist, mit dem Hitler seine Mordpraxis oberflächlich tarnt: Justitia als braune Hure, die Hakenkreuzbinde über den Augen.

»Und hier, Herr Hartwig, haben Sie vor etwa fünfzehn Personen festgestellt, dass der Kampf im Osten schon vor dem Kriegseintritt Amerikas verloren war, dass seine Fortsetzung ein Verbrechen ist und dass es für Deutschland nur noch eine Chance gibt: einen schnellen Zusammenbruch. Erinnern Sie sich, Herr Hartwig?«

»Nein.«

»Dafür gibt es Zeugen«, versetzt der Kriminalbeamte und fixiert den U-Häftling.

»Dann stellen Sie mich ihnen gegenüber«, erwidert der Anwalt.

»Das kommt noch«, entgegnet Glühlein drohend. »Was meinen Sie, wie lange wir auf diesen Tag gewartet haben.« Sein Gesicht wirkt gehässig, fanatisiert. »Der Ofen ist für Sie aus, Herr Dr. Hartwig.«

Der Jurist überlegt. Seit Jahren ist er auf der Hut, aber gerade in letzter Zeit musste er feststellen, dass sein Zustand mitunter zu einer Konzentrationsschwäche führt. Es waren nette Leute in der Pension Pregler, meistens ältere, die offen ihre Sorge über die Kriegsentwicklung äußerten. Dazwischen eine muntere Zwanzigjährige, die etwas Leben in den Laden brachte: Lilo Gürtler. Und jetzt erinnert sich Wolf Hartwig auch, dass ihn Marie-Luise angestoßen hatte, als er in den Chor der Sorge einstimmte. »Nun sei doch mal still, Wolf«, hatte seine Frau gesagt. »Du kennst doch Fräulein Gürtler gar nicht.«

»Fräulein Lilo sieht so natürlich aus, sie verkörpert mit ihren roten Backen und ihren weißen Zähnen das Allgäu«, hatte er geantwortet. »Sie versteht mich schon richtig.«

Er geht die Gäste der Kaffeetafel noch einmal durch: An die fünfzehn Personen, aber schon bei den zwölf Aposteln hatte ein Judas mit am Tisch gesessen.

»Dämmert's langsam bei Ihnen ?« fragt Glühlein barsch. »Oder muss ich Ihrem Gedächtnis weiter auf die Sprünge helfen?«

»Ich erinnere mich nicht«, behauptet der Anwalt zum zweiten Mal.

»Also«, kontert der Gestapo-Büttel gereizt, »fangen wir noch einmal von vorne an.«

Die erste Vernehmung dauert acht Stunden. Der Festgenommene ist noch immer nüchtern. Seine Medikamente fehlen ihm, nicht einmal ein Glas Wasser bietet man ihm an.

»Ich habe zwei Tage und zwei Nächte durchgearbeitet«, sagt der Jurist zu dem Gestapo-Beauftragten. »Ich bin nicht mehr in der Lage, der Vernehmung zu folgen.«

»Sie lügen!« brüllt der Kriminalobersekretär und springt auf.

Auf einmal ist der Gefängnisarzt zur Stelle, er untersucht den Festgenommenen nur flüchtig. »Dr. Hartwig ist nicht mehr vernehmungsfähig«, stellt der Mediziner fest.

»Das ist mir wurscht«, erwidert Glühlein. Er will mit dem Verhör weitermachen, aber sein Opfer antwortet nicht mehr. Wie häufig in letzter Zeit sind seine Beine angeschwollen, vermutlich Wasser im Gewebe, weil das Herz nicht mehr mitkommt.

Stefans Onkel wird in eine Einzelzelle abgeführt; sowie Glühlein aus dem Haus ist, wird das Wachpersonal freundlich, hilfsbereit. Der Gefangene erhält zu essen, seine Medikamente, aber Frau Marie-Luise wird nicht vorgelassen. Anweisung von Kriminaloberinspektor Bruckmann. Hinter ihm steht Bambergs SD-Chef Hassler, und über ihm wirkt in Berlin, vorläufig noch in der Ferne, einer, der eine alte Rechnung mit dem Anwalt der Verfolgten zu begleichen hat und Pardon nicht kennt: Rindsfell, Reichsanwalt beim Volksgerichtshof.

Obwohl die Verhaftung Dr. Hartwigs weisungsgemäß ohne Aufsehen durchgeführt wurde, verbreitet sich in Bamberg noch am gleichen Tag die Nachricht wie ein Lauffeuer. Viele Einwohner sind entsetzt oder bestürzt, nicht wenige zeigen offen Schadenfreude und Genugtuung. Und manche sind so auf das eigene Schicksal fixiert, dass sie sich allen Ereignissen gegenüber als abgestumpft erweisen, die nicht sie selbst betreffen.

Marie-Luise Hartwig bestürmt Kriminaloberinspektor Bruckmann wegen einer Besuchserlaubnis.

»Tut mir leid«, behauptet der Chef der Politischen Polizei. »Ich habe strenge Weisung von der Staatsanwaltschaft, niemanden vorzulassen. Auch Sie nicht, Frau Hartwig.« Er zündet sich eine Zigarette an, betrachtet die Besucherin. »Sie waren doch dabei in Kirchbach. Sie müssen doch am besten wissen, was Ihr Mann verbrochen hat. Hat er nicht den Führer einen Dilettanten genannt und den Krieg ein Verbrechen? Hat er nicht die Bewegung als den Hexenwahn unserer Zeit verleumdet?«

»Ich – ich weiß von nichts«, erwidert die Frau des Verhafteten.

Es fällt ihr schwer. Die Äußerungen, die man Wolf zur Last legt, sind aufgebauscht, aber in gemäßigter Form tatsächlich gefallen. Und diese Gürtler, das Mädchen mit den frischen Backen, ist – so hat Frau Hartwig inzwischen erfahren – eine Angestellte der Partei. Auf Anstiftung ihrer Freundin Katja Grell hat sie, Wochen nach dem Kaffeeklatsch, Anzeige erstattet. »Mein Bruder ist im Kampf gefallen«, hatte die Grell gegiftet, »dann soll dieser schwarze Hund auch verrecken.«

Das Heeresreservelazarett im zweckentfremdeten Priesterseminar, wo Oberleutnant Hans Faber auf einer Offiziersstube seine Verwundung ausheilt, ist eine Oase der Ruhe. Am Morgen wird der Rekonvaleszent noch einmal geröntgt und anschließend vom Oberstabsarzt, einem uniformtragenden Zivilisten, gründlich untersucht. »Tja«, sagt der Mediziner, »Sie haben sich da eine recht dumme Verwundung zugezogen. Verstehen Sie? Sie ist schlimm genug, dass man Sie Ihnen vermutlich zeitlebens anmerken wird, aber nicht so schlimm, dass man Sie nicht wieder an die Front schicken wird.« Er nickt grimmig. »Wenn es Ihnen damit nicht so eilig sein sollte, kann ich Ihnen nur raten, noch mehr zu humpeln, als Sie es ohnedies schon tun.«

»Danke gehorsamst, Herr Oberstabsarzt«, erwidert der Oberleutnant.

»Wir werden Sie in der nächsten Woche nach Hause entlassen und weiterhin ambulant behandeln. Das wird sich noch ein paar Wochen hinziehen, aber dann –«, setzt er hinzu und verlässt die Krankenstube, ohne den Satz zu vollenden.

Der Reserveoffizier weiß, dass er spätestens in zwei Monaten wieder zu seinem Regiment hinaus muss. Sein Freund Claus Benz, trotz seines verkürzten Beins inzwischen ebenfalls von der Einberufung bedroht, weil er sich durch eine Bemerkung missliebig gemacht hat, ist bestens über die Frontlage informiert und hat Faber mit schlimmen Nachrichten versorgt: Bald wird sich entscheidend auswirken, dass sich Großdeutschland nunmehr auch mit den USA im Krieg befindet. Der US-Präsident hat seinen Wählern versprochen, täglich ein Schiff zu bauen, in diesem Jahr noch 60 000 Kriegsflugzeuge zu produzieren und im nächsten bereits 125 000. Schon im ersten Kriegsjahr rollen 45 000 US-Panzer von den Fertigungsbändern. Die Kampfstärke der US Army wurde auf 7,5 Millionen GIs erhöht. Jeden Tag wenden die Yankees für die Rüstung 130 Millionen Dollar auf. Im Rahmen der Leih- und Pachtlieferungen beginnen sie über die Nordlandroute die Sowjets großzügig mit Kriegsmaterial zu versorgen. Es ist nur eine Frage der Zeit, bis viermotorige Feindbomber die Heimat in einen Kriegsschauplatz verwandeln und nunmehr Deutschland »coventrisieren«.

Der frühere Ordinarius Dr. Hans Faber hatte das alles kommen sehen und versucht, seinen Schülern die Augen zu öffnen. Nach Braubach und Rolf Bertram sind inzwischen zwei weitere Abiturienten der 8 c gefallen, rasch ausgebildete Soldaten mit dem Reifezeugnis. Auf dem Gang zum Direktorat des Gymnasiums hängen jetzt schon über vierzig Fotos ehemaliger Schüler, die nie mehr zurückkommen werden.

Alle Deutschen müssen den Wahnsinn des Krieges ausbaden, die schuldigen wie die unschuldigen. Es erscheint Hans Faber nur logisch, dass auch er bald wieder an der Front sein wird. Hänschen, sein Sohn, ist jetzt vierzehn Monate alt und kräht schon »Papa« und

»Mama«, und Sibylle gelingt es nicht, die Angst zu verbergen, dass ihr Mann vielleicht ihrem Bruder Rolf in den Heldentod folgt. Obwohl die Todesanzeigen in der »Bamberger Zeitung« von der Gauleitung dosiert werden, damit nicht zu viele auf einmal den Volksgenossen die Siegeszuversicht nehmen, ist jetzt schon schwarz im Straßenbild die zweithäufigste Farbe nach braun.

Unerwartet kommt Sibylle am späten Nachmittag. Sie wirkt abgehetzt, verstört, und Hans sieht auf den ersten Blick, dass etwas Schlimmes geschehen sein muss.

Da der Rekonvaleszent die Krankenstube mit einem jungen Leutnant teilt, fängt er Sibylle mit den Augen ab. »Komm«, begrüßt er sie. »Gehen wir in den Garten. Ich soll mich ja möglichst viel bewegen.« Er geht voraus. »Übrigens, ich werde in der nächsten Woche nach Hause entlassen«, sagt er auf dem Weg nach unten.

»Schon?« fragt Sibylle erschrocken.

»Aber ich stehe dann noch lange in ambulanter Behandlung«, tröstet er sie.

Sibylle ist ein wenig voller geworden, fraulicher und dabei hübsch wie ein junges Mädchen geblieben. Sie ist eine ausgezeichnete Mutter, eine hervorragende Juniorchefin, und sie versucht mit viel Einfühlungsvermögen, trotz eigenen Kummers ihrer Mutter über Rolfs Tod hinwegzuhelfen.

»Stell dir vor, Hans«, sagt Sibylle, noch immer ein wenig außer Atem, »sie haben Dr. Hartwig verhaftet, Heute morgen.«

Die Hiobsbotschaft beendet Fabers stumme Liebeserklärung an die eigene Frau. »Mein Gott«, erwidert er.

»Er hat viele Freunde in Bamberg«, sagt Sibylle. »Sogar bei der Justiz. Sie können ihn doch nicht einfach im Stich lassen.«

»Sie können ihm aber auch nicht helfen«, versetzt der Pädagoge rauh. Der Oberstabsarzt hat ihm empfohlen, sein Humpeln noch zu übertreiben, aber jetzt versucht er es vor Sibylle zu verbergen.

Sie merkt es und schüttelt den Kopf. »Es ist entsetzlich, Hans«, sagt sie, »aber manchmal wäre es mir lieber, sie hätten dir das Bein ganz weggeschossen.«

»Aber Sibylle –«

»Dann wüsste ich wenigstens, dass du den Krieg überstanden hast.«

»Viele werden ihn überstehen«, versucht sie der Reserveoffizier zu beruhigen, aber das gelingt ihm nur noch schwer. Früher war

Sibylle seinen politischen Einwänden gefolgt, ohne sie recht zu begreifen. Inzwischen hat sie begriffen und bezahlt dieses Wissen mit Entmutigung und Furcht.

Mit zwei erfrorenen Ohrläppchen, drei erfrorenen Zehen und erfrorenen Illusionen, mit dem Verwundeten-Abzeichen, dem EK II und der Ostmedaille – von den Soldaten als »Gefrier-Fleisch-Orden« verspottet – kehrt FJ-Unteroffizier Stefan Hartwig, hervorragend von seiner Fronteinheit beurteilt, auf die Kriegsschule zurück, um auch hier gleich wieder der Beste zu werden. Als besondere Auszeichnung darf er bei der Abschiedsfeier beim Oberst am Tisch sitzen. Stefan nutzt die Chance und bittet ihn darum, ganz zum Panzerregiment 35 versetzt zu werden.

»Ich kann das zwar nicht entscheiden«, erwidert der Chef der Kriegsschule, »aber ich denke doch, dass es keine besonderen Schwierigkeiten geben wird.« Er lächelt. »Weiß schon, die Fünfunddreißiger liegen in Bamberg in Garnison.«

Wenige Tage vor der Ankunft des Einundzwanzigjährigen in seiner Heimatstadt wurde sein Onkel Dr. Wolfgang Hartwig nach vierwöchentlicher Haft in die Berliner Strafanstalt Tegel verlegt, da nach vielerlei vergeblichen Versuchen der örtlichen Justiz, eine Haftverschonung für den Rechtsanwalt zu erwirken, der Volksgerichtshof – sprich Reichsanwalt Rindsfell – den Fall an sich gezogen hat.

Bambergs Bahnhof hatte Stefan auch schon vor den bitteren Kriegsabschiedsszenen für eines der hässlichsten Gebäude der Stadt gehalten. Niemand empfängt ihn; seine Eltern wissen nicht, dass er drei Wochen Urlaub erhalten hat, und so entspricht seine Ankunft nicht den Erwartungen von einst. Zwar trägt er als Oberfähnrich bereits eine Offiziersuniform und ist auch schon dekoriert, aber Claudia, sein Mädchen, heiratet demnächst einen anderen Mann, der noch dazu fünfzehn Jahre älter ist als er; sein verhafteter Onkel Wolf wurde in eine Strafanstalt nach Berlin verlegt, und vor Kummer darüber droht seinem Vater ein Nervenzusammenbruch. Noch hat der Urlauber mehr Mitleid mit seinem Vater als mit dessen Bruder. Seiner Meinung nach hätte der Jurist eben vorsichtiger sein müssen. Schließlich ist stadtbekannt, dass er den Braunen niemals grün war. Stefan ist entschlossen, seinen Vater aufzurichten, Claudia aus dem Weg zu gehen und den Bambergern vorzuführen, dass er noch immer der Erste ist und sich beim Zusammenbruch der Front vor Moskau bestens gehalten hat.

Vor dem Gabelmann-Brunnen steigt der Urlauber aus dem Taxi, schnappt sich seinen Koffer, geht über die Straße auf das Haushaltswarengeschäft zu, über dem seine Eltern auch wohnen. Nachbarn erkennen ihn, winken ihm zu, rufen ihn an.

Stefan nickt zerstreut und geht achtlos weiter.

Mutter steht im Hausgang, als hätte sie ihn erwartet. »Ich hab' gewusst, dass du kommen wirst, Bub«, sagt sie und zieht ihn aufgeregt an sich.

»Du hast mit der Kriegsschule telefoniert?«

»Nein«, erwidert die stille Frau mit dem offenen Gesicht, »ich habe es geträumt.«

»Ist Vater im Geschäft?« fragt Stefan.

»Nein, er liegt zu Bett, Lungenentzündung. Aber die Krise ist schon überstanden«, setzt Isolde Hartwig hastig hinzu. »Er ist nicht sehr widerstandsfähig, das hängt alles mit dieser schrecklichen Geschichte zusammen.« Sie betrachtet ihren Einzigen, zugleich stolz und besorgt. »Wie lange darfst du bleiben?«

»Lange genug, um Vater zu reparieren«, entgegnet er.

Isolde Hartwig nickt und lächelt versonnen: Das ist der alte Was-kostet-die-Welt-Stefan, ein optimistischer Herausforderer, unbekümmert, zupackend, stets über den Dingen. Der Junge ist dünn geworden und reif. Schon ein richtiger Mann, aber er hat sich offensichtlich Naturell und Persönlichkeit erhalten.

»Ich schau' mal, wie es unserem Patienten geht«, sagt sie. Entgegen ihrer sonst ein wenig zurückhaltenden Art umarmt die Mutter den Heimkehrer zum zweiten Mal, und er macht sich nicht steif, weil ein deutscher Junge – hart wie Kruppstahl, zäh wie Leder – keine Gefühle zeigen darf, es sei denn Hass. »Mein Gott, bin ich glücklich, dass du da bist«, sagt Isolde Hartwig. »Aber ich hab' der heiligen Kunigunde schon mindestens zwanzig Kerzen geopfert. Ich weiß, du lachst mich aus, aber glaub mir, Bub, unsere Stadtheilige lässt sich nichts schenken.« Sie stellt fest, dass Stefan sie zum ersten Mal nicht verspottet, sondern ernsthaft nickt.

»Ich hab' von ihr geträumt, Mutter«, erwidert er. »Ich war am Erfrieren, aber Kunigunde hat mich warm gehalten.«

Die Mutter öffnet die Schlafzimmertür lautlos einen Spalt und stellt fest, dass der Patient wieder wach ist. »Ich hab' eine Patentmedizin für dich, Friedrich«, sagt sie und lässt den Jungen mit seinem Vater allein.

Stefan setzt sich ans Bett, hält die Hand des Patienten. »Mutter sagt, dass es dir jetzt schon viel besser geht«, beginnt er und betrachtet besorgt das eingefallene Gesicht.

»Der Arzt behauptet es auch«, versetzt der Haushaltswarenhändler. »Aber dieses Verhängnis mit meinem Bruder macht mir sehr zu schaffen. Wir haben alles versucht, um ihn freizubekommen. Hoffnungslos.« Er atmet schwer. »Stell dir vor, sie wollen seinen Kopf.«

»Noch ist es ja nicht so weit«, erwidert der Oberfähnrich und ergänzt mit falscher Zuversicht: »Kommt Zeit, kommt Rat.«

»Vielleicht kannst du als Fähnleinführer etwas für Wolfgang tun.«

»Natürlich«, entgegnet Stefan. »Ich war ja mal eine große Nummer in Bamberg.«

»Du bist es doch wohl noch«, konstatiert der Alte. »Deine Mutter ist übrigens sehr gefasst und tapfer.«

»Find' ich großartig«, versetzt der Primus. »Und wie hältst du dich?«

»Na ja, Wolf ist mein Bruder, und du weißt, wie stolz ich auf ihn bin.«

»Wir werden die Sache schon deichseln«, verspricht der Urlauber. Er möchte den Vater nicht überanstrengen, nickt ihm aufmunternd zu, schiebt sich aus dem Schlafzimmer.

»Wie findest du Vater?« fragt Mutter ängstlich.

»Na ja«, erwidert ihr Einziger. »Es ist ja auch ein Scheißspiel.«

»Und es wird alles noch viel schlimmer kommen«, erklärt Isolde Hartwig. »Onkel Wolfgang hat Freunde und Feinde, aber die Feinde sind viel mächtiger als seine Freunde.« Sie dämpft die Stimme. »Es ist eine richtige Treibjagd, die sie gegen ihn veranstalten. Die haben seit Jahren darauf gewartet. Marie-Luise kämpft zwar wie eine Löwin um ihren Mann.« Sie sieht zum Schlafzimmer hin und dämpft ihre Stimme noch mehr. »Sie ist mit der kleinen Adele nach Berlin gefahren. Du solltest sie nach ihrer Rückkehr aufsuchen.«

»Mach' ich natürlich«, erwidert Stefan betreten.

In den ersten beiden Tagen erweist sich der Urlauber – entgegen seiner Art – als ein richtiger Stubenhocker. Er verlässt kaum die elterliche Wohnung. An einem Ort von der überschaubaren Größe Bambergs weiß man meistens besser, wie es dem Nächsten geht als sich selbst. Und Stefan ist Mitleid genauso zuwider wie Schadenfreude.

Der dritte Urlaubstag ist der 19. April. Die Zeitung bringt die fünfte Todesanzeige eines Mitschülers, des sommersprossigen Heinrichsbauer, der beim entscheidenden Fußball-Match zwischen der 8a und der 8c zwei Tore geschossen hat. Nicht nur die Größe der Anzeige und der Erscheinungstag erden von der Gauleitung vorgeschrieben, sondern auch der Text: »Für Führer, Volk und Vaterland.« Es erscheint dem Oberfähnrich stereotyp, pathetisch und verlogen. Der lange Ottonianer aus der Parallelklasse, den Stefan eigentlich nur auf dem Fußballfeld näher kennengelernt hatte, wollte Geistlicher werden, und die Bewegung und die Kirche sind seit Jahren aneinandergeraten.

Zwar ist erst morgen des Führers dreiundfünfzigster Geburtstag, aber die Pimpfe, BDM-Mädchen und Hitlerjungen üben heute schon die Gratulationsparade. Gegen Mittag wummern die Trommeln, schmettern die Fanfaren, marschieren die Jugendeinheiten der Partei durch die Stadt, proben einen der NS-Feiertage, die Stefan einst mit besonderem Hochgefühl zelebriert hat.

Heute verfehlt der militante Rhythmus seinen Nerv. Der Fronturlauber steht am Fenster und sieht in junge Gesichter, in denen eine Begeisterung schwimmt, wie sie bei 53 Grad unter null erfriert oder von russischen Panzerketten zermalmt wird. Sie können nichts dafür, sie sind so, wie er gewesen ist und sein wollte. Und nach Rußland kommen sie noch früh genug, um den Unterschied zwischen Trommelwirbel und Trommelfeuer zu erfassen.

Die Spitze der Kolonnen, die zum Maxplatz ziehen, passiert den Obstmarkt. Stefan hastet aus dem Hauseingang. Er gesteht es sich nicht ein, aber er flüchtet irgendwohin, wo der Marschtritt gedämpfter und das Fanfarengeschmetter verhaltener ist. Er landet auf der Unteren Brücke und steht unvermittelt der Kunigunde-Statue gegenüber. Er bleibt stehen, sieht zu ihr auf, nickt der Kaiserin mit der Goldkrone und dem goldenen Zepter zu. Vielleicht hat sie ihn wirklich gerettet; wenn nicht, möchte er ihr wenigstens für ihr Lächeln danken und dafür, dass Mutter so fest an sie glaubt und dadurch stark ist. Jetzt stellt Stefan fest, dass ihr vollmundiges Lächeln für eine Heilige eigentlich reichlich irdisch wirkt.

Als früherer Primus des Gymnasiums weiß der Abiturient natürlich, dass Kunigunde mit Kaiser Heinrich in Josefsehe gelebt hat, auch wenn bis zum Jahr 1784 ihr steinerner Gemahl auf der Unteren Brücke nicht von ihrer Seite gewichen ist. Dann war er von dem gewaltigen Hochwasser in die Regnitz gerissen worden. Die Stadtheilige blieb künftig allein, doch nicht einsam inmitten einer Stadt, die ihr der kaiserliche Gemahl einst zur Hochzeit geschenkt hatte.

Stefan kehrt um und schlendert zum Obstmarkt zurück. Unterwegs wird er ein paarmal von Bekannten angeredet. Er spricht mit Leuten, die er nicht bewusst wahrnimmt, über Dinge, die ihn nicht interessieren.

»Hallo, Stefan!« ruft ihn dann eine vertraute Stimme an.

Er fährt herum: Es ist Claudia. Ihre Blondhaare münden nicht mehr in einer Rolle; sie fallen lang auf die Schultern. In ihren Vergissmeinnicht-Augen sind immer noch grüne Sprenkel.

»Warum meldest du dich nicht, wenn du Urlaub hast?« fragt ihn die Medizinstudentin.

»Bist du nicht eine Braut in festen Händen?« kontert er patzig.

»Sind wir nicht Freunde?« entgegnet sie. »Oder zumindest ehemalige Klassenkameraden?«

»Das sind wir«, entgegnet er hölzern, verwirrt. Claudia ist schöner denn je und nicht mehr wie ein biederes Schulmädchen gekleidet; sie ist vorteilhaft angezogen, reizvoll, verführerisch.

Claudia betrachtet ihn ausgiebig und ungeniert. »Nun ja«, stellt sie fest. »Bald Leutnant – die ersten Orden auf der Uniformbrust. Du siehst prächtig aus, Stefan. Wie einer, der alles erreicht hat, was er wollte.«

»Du doch auch«, versetzt Stefan angriffig. »Eine gehorsame Tochter ihrer Eltern. Vom weiblichen RAD verschont, Physikum wahrscheinlich schon in der Tasche.«

»Mit Auszeichnung sogar.«

»– und einen Mann, auf den du nicht mehr zu warten brauchst«, ergänzt er.

»Du grollst mir also«, analysiert Claudia.

»Das nicht«, erwidert Stefan.

»Sondern?«

»Wir haben beide nicht alles erreicht, was wir wollten«, versetzt er und wirkt nachdenklich. »Unsere Blütenträume waren doch ganz anders.«

»Du hast recht«, entgegnet Claudia. »Und vielleicht auch viel schöner.« Sie zitiert: »Die Erinnerung ist ein Paradies, aus dem wir nicht vertrieben werden können.«

»Jean Paul«, stellt der frühere Primus fest.

Der Spielmannszug des Jungvolks zieht an ihnen vorbei. Einige starren neidvoll und sehnsüchtig den Oberfähnrich an, die schicke Uniform, die Auszeichnungen, das hübsche Mädchen neben ihm. Die Trommler hauen auf das Kalbfell ein, dass Stefan schmerzlich das Gesicht verzieht.

»Deine Begeisterung für Aufmärsche hat sich abgekühlt?« fragt Claudia belustigt.

»Nicht, wenn du nach den Veranstaltungen mit mir auf unsere Bank in den Hain gehst«, erwidert der Urlauber.

»Wenn du mich darum bittest –«

»Und dein Verlobter?«

»– ist in Erlangen.«

»Und deine Eltern?«

»– sind verreist«, erwidert die Studentin. »Sturmfrei.«

Stefan betrachtet sie misstrauisch, aus Furcht, dass sie ihn veralbert. Er ist verunsichert, vergleicht Claudia mit Lydia; Claudia schneidet besser ab, aber Lydia wird siegen. Er steht in einem lockeren Briefverkehr mit ihr, aber wenn er am Ende seines Urlaubs mit der jungen Frau aus Stettin zusammenkommt, werden sie sich drei Tage lang auf der Lustwiese ineinander verkeilen wie die Walfische.

»Komm, lad mich zu einer Tasse Kaffee ein«, übernimmt seine erste Liebe die Initiative.

Sie gehen ins »Graupner«, finden einen gemütlichen Eckplatz, und Claudia beginnt mit der Aufzählung von Neuigkeiten. Stefan fürchtet, dass sie auf seinen Onkel zu sprechen kommen wird, aber dazu ist sie zu taktvoll, und dafür ist er dem Mädchen dankbar. Langsam schwindet die Entfremdung, aber an ihre Stelle tritt eine neue Spannung, wie er sie früher nur in bestimmten Momenten fühlte; sie macht es ihm schwer, Claudia anzusehen und dabei das Verlangen zu verbergen.

»Stell dir vor, Stefan, unser früherer Klassenleiter Dr. Faber ist schon seit Wochen in Bamberg und wird im Lazarett im Priesterseminar ambulant behandelt. Er ist Oberleutnant und –«

»Ich weiß«, unterbricht sie der Urlauber. »Und einer der besten Offiziere des ganzen Regiments, und das heißt etwas unter altgedienten Kavalleristen.«

»Er war von jeher etwas Besonderes«, ergänzt Claudia. »Ich hab' ihn immer gemocht.«

»Ich eigentlich auch«, versetzt Stefan, »aber gehasst hab' ich ihn ebenfalls.«

»Du solltest ihn besuchen, er wird sich bestimmt darüber freuen.«

»Ich weiß nicht recht –«, entgegnet Stefan gedehnt. »Ich war Rolfs bester Freund. Mache ich es Sibylle und Frau Bertram nicht noch schwerer?«

»Das Leben muss weitergehen«, erklärt die Ex-Freundin. »Oder meinst du, Rolf würde deine Eltern nicht besuchen, wenn – Gott bewahre – dir etwas zugestoßen wäre?«

Er betrachtet sie verblüfft. »Du hast ja recht«, bestätigt er. »Sind Medizinerinnen so klug? Wann wirst du übrigens deine Abschlussprüfung machen?«

»Wenn alles gut geht, in zwei Jahren.«

»Und wann wirst du heiraten?«

»Nicht vor Weihnachten.«

»Ich weiß nicht – einen übertrieben glücklichen Eindruck machst du eigentlich gar nicht auf mich –«

»Wer in diesen Zeiten übertrieben glücklich ist«, entgegnet Claudia, »muss ein Narr sein.«

»Ich nehm' dich beim Wort«, schüttelt Stefan seine Unschlüssigkeit ab. »Ich lade dich ein – nicht in den Hain, aber zum Essen, ganz groß, ins ›Messerschmitt‹, danach zum Cocktail in die ›Drei-Kronen-Bar‹, und dann spiele ich den Trottel und liefere dich zuverlässig vor deiner Haustür ab.«

»Bist du denn auf einmal so reich?« erwidert Claudia lachend.

»Frontzulage«, erklärt er. »In Rußland war verdammt wenig Gelegenheit, Geld auszugeben.«

Sie kommen überein, dass Stefan die Jugendfreundin morgen Abend um 20 Uhr in der elterlichen Villa abholen wird.

»Freu' mich schon«, verabschiedet sich Claudia.

Stefan freut sich auch, aber er gesteht es sich nicht ein. Er ist auf einmal voller Tatendrang. Er ruft bei den Bertrams an.

Sibylle ist am Telefon. »Du kommst uns immer gelegen, Stefan«, sagt sie. »Komm am besten gleich vorbei.«

Zehn Minuten später stößt er im Vorgarten der Bertram-Villa auf Rolfs Schwester.

Sie stürmt auf ihn zu, begrüßt ihn herzlich, aber Stefan spürt, dass es mehr seinem abgeschossenen Freund gilt. »Mutter ist ein paar Tage bei Tante Gunda in Dettelbach«, sagt sie. »Sie würde sich sehr freuen, dich zu sehen. Du hast ja sicher noch länger Urlaub.«

»Noch neunzehn Tage«, erwidert der Besucher. »Schlimm, für deine Mutter –«

»Schlimm für uns alle«, entgegnet die junge Frau, »aber –«

Jetzt erst sieht der Oberfähnrich den fünfzehn Monate alten Knirps, der auf der Erde auf allen Vieren auf seine Mutter zukriecht und sich jauchzend an ihr emporrankt.

»Der jüngste Faber«, stellt Sibylle vor und nimmt den Kleinen auf den Arm. »Hänschen macht es meiner Mutter leichter, den Verlust zu ertragen.«

Stefan steht verlegen vor dem Kind, er kann nicht viel mit dem Buben, der die Hände nach ihm ausstreckt, anfangen.

»Wem sieht er ähnlich?« fragt Sibylle.

»Bitte frag mich etwas Leichteres«, erwidert der Besucher verlegen.

»Du musst blind sein, Stefan«, entgegnet Sibylle. »Er ist seinem Vater doch wie aus dem Gesicht geschnitten ... komm«, fährt sie fort und geht in das Haus voraus.

Das herzliche Lächeln, mit dem der frühere Ordinarius seinen Primus und Problemschüler empfängt, lässt keinerlei Befangenheit aufkommen. Der Händedruck ist kräftig, der Blick offen. Selbst noch im Hausmantel wäre der Pädagoge und Reserveoffizier der Schwarm seiner Schülerinnen. Dr. Hans Faber spricht nicht viel, er fragt nicht, er zwingt auch nicht zum Erzählen, er drückt dem Besucher ein Glas Cognac in die Hand. »Trinken wir darauf, dass Sie den Schlamassel überstanden haben, Stefan«, sagt er.

»Als ich an die Kriegsschule zurückkommandiert wurde, besaß unsere Panzerabteilung kein einziges Fahrzeug mehr«, berichtet der Urlauber.

»Ich weiß, was sich abgespielt hat«, erwidert der Rekonvaleszent. »Und wenn ich noch mehr erfahren möchte, dann brauche ich nur in Ihr Gesicht zu sehen, Stefan.« Faber legt die Hand auf seine Schulter, sieht ihn voll an. »Sie sind älter geworden, aber es schadet Ihnen nicht.« Mit dem Gespür des Erziehers erfasst der Gastgeber, dass sich Stefan nicht nur äußerlich zu seinem Vorteil verändert hat: Der frühere Fähnleinführer wirkt reifer, kühler, nachdenklicher. Sein Damaskus muss vor Moskau liegen.

»Schlimm, Ihre Verwundung?« fragt der Oberfähnrich und vermeidet, den Mann im Hausmantel mit dem Titel anzusprechen. Lächerlich, soll er jetzt »Herr Oberleutnant« zu ihm sagen und Haltung annehmen oder »Herr Doktor« und sich dabei überlegen, mit welchen Fallstricken der Germanist im Unterricht wieder arbeiten wird?

»Nein«, entgegnet der Reserveoffizier. »So gut wie ausgeheilt, soweit es bei einer solchen Verletzung möglich ist. Der Knochen am linken Bein ist etwas verkürzt worden, so werde ich halt künftig in unreiner Gangart laufen müssen.«

»Das tut mir leid« erwidert Stefan. »Und Sie waren ein so phantastischer Hochspringer.«

»War ich das?« versetzt der Philologe belustigt. Er sieht, dass sein Musterschüler – und Kontrahent – an Worten kaut, die ihm nicht leicht fallen.

»Ich muss Ihnen etwas sagen«, springt Stefan wie mit einem Ruck ins kalte Wasser. »Ich habe inzwischen einiges begriffen. Sie wollten uns nicht wie Betrunkene in den Krieg rennen lassen, Herr Doktor –«

»Das stimmt«, versetzt der Reserveoberleutnant. »Ich war der Meinung, dass diese Politik zum Krieg führt, und wollte euch warnen, so gut oder so schlecht es ging.«

»Ich glaub', ich muss Ihnen danken für Ihren Unterricht. Ich weiß, was Sie riskiert haben. Ich brauche da nur an meinen Onkel zu denken.« Stefan missachtet seinen eigenen Vorsatz, ohne es zu merken. »Ich war ja mal Klassensprecher«, fährt er fort, »und so danke ich Ihnen auch im Namen meiner vier Klassenkameraden, die inzwischen gefallen sind.«

Einen Moment lang wirkt die Stille bedrückend. Der Mann mit der hohen Stirn und den klaren Augen, der immer geradlinig und immer sicher wirkt, ist erstmals verwirrt, fast verstört.

»Natürlich konnten wir Sie nicht verstehen, aber bewundert haben wir Sie immer«, gesteht Stefan. »Und ich muss Ihnen sagen, dass ich mir in vielen Dingen die Bewegung anders vorgestellt habe... Es gibt – es gibt fürchterliche Nationalsozialisten«, ringt er sich ab und denkt an Panofsky und die Szene mit dem kleinen Judenmädchen, dessen Augen ihn verfolgen, noch immer und immer wieder.

»Sie können nicht erfassen, Stefan, was mir Ihre Worte bedeuten«, erwidert Hans Faber. Das Sprechen fällt ihm schwer.

Sibylle kommt aus dem Nebenzimmer und legt den Arm um ihn, sieht ihn an. Sie begreift instinktiv, wie erschüttert ihr Mann sein muss.

»Ich habe mich oft gefragt«, fährt der frühere Ordinarius fort, »ob ich nicht ein Narr bin, ein Amokläufer, ob ich das soll, ob ich das überhaupt darf.« Er sieht einen Moment ins Leere. »Ich musste einfach – ich sah den Krieg kommen, den Wahnsinn ...«

»Bitte missverstehen Sie mich nicht, Herr Doktor«, antwortet Stefan. »Ich bin kein Renegat. Ich habe nur die politische Orientierung verloren. Ich bin heute weder Fleisch noch Fisch. Genau das, was ich früher gehasst habe und auch heute noch nicht ausstehen kann.«

»Sie waren der Intelligenteste der Klasse«, erwidert Faber lächelnd. »Die Klugen begreifen immer zuerst, die Dümmeren später und die ganz Dummen vielleicht nie.« Er schenkt dem Oberfähnrich ein zweites Glas ein.

»Es ist absurd«, sagt der Junge auf einmal. »Ich weiß nicht recht, wie ich Sie jetzt ansprechen soll: Herr Doktor oder Herr Oberleutnant oder Herr Doktor Oberleutnant?«

»Nenn mich einfach Hans, Stefan«, entgegnet der Ordinarius und reicht seinem früheren Primus die Hand.

»Soll ich – darf ich – ich darf du zu Ihnen sagen?« fragt der Junge aufgelöst.

»Wie zu meiner Frau«, erwidert der frühere Klassenleiter und nickt Sibylle zu. »Schließlich sind wir ja auch Regimentskameraden.«

Eine halbe Stunde später geleitet Sibylle den Besucher an die Tür. »Mensch, Stefan, du weißt nicht, was deine Worte für meinen Mann bedeuten. Vielen, vielen Dank!«

»Aber ich bitte dich, Sibylle«, entgegnet Stefan. »Du kannst dir nicht vorstellen, was es mir bedeutet, dass ich zu Dr. Faber du sagen darf, wie zu einem Freund.« Er drückt der jungen Frau die Hand und läuft davon. Er spricht es nicht aus, aber es ist ihm, als wäre ihm das Ritterkreuz verliehen worden.

Claudia hat es nicht nötig, ihr Aussehen zu verbessern, aber heute Abend macht sie sich mit besonderer Sorgfalt zurecht und schlüpft in ein raffiniertes, fast sündiges Kleid, das ihre Figur voll zur Geltung bringt und viel Haut zeigt. Es macht ihr Freude, ihrem Jugendfreund Stefan vorzuführen, dass sie keine züchtige Gymnasiastin mehr ist und auch kein BDM-Mädchen, sondern eine selbstbewusste junge Dame, bereits im sechsten Medizinsemester.

Sie zieht noch einmal die Lippen nach, betrachtet sich im Spiegel, selbstkritisch und doch durchaus mit sich zufrieden. Sie trägt Schuhe mit hohen Absätzen, ihre Beine können sich sehen lassen, und so wird sie sie auch herzeigen. Zuletzt legt sich Claudia die Nerzstola ihrer Mutter um die bloßen Schultern – die Eltern sind verreist, und dem Prunkstück sieht man ja nicht an, dass es ihr nicht gehört. Als Duftnote wählt sie das verwirrende Parfum, das ihr Vetter Fritz, zur Zeit Besatzungssoldat in Frankreich, aus Paris mitgebracht hat. Sie nimmt sich vor, an diesem Abend verspielt, kokett und verführerisch zu sein. Es macht ihr einfach Spaß, sich in dieser uniformen Zeit einmal als kapriziöses Luxusgeschöpf zu geben.

Um 20 Uhr erscheint Stefan. Er klingelt – wie früher – dreimal; es ist das persönliche Erkennungssignal. Er kommt pünktlich auf die Sekunde, er ist verlässlich wie immer, ein großer sportlicher Junge, der geborene Idealist, dem es gut tut, sich die Hörner ein wenig abgestoßen zu haben.

Claudia vergleicht ihn einen Moment lang mit Christian, ihrem Verlobten, aber man kann nicht einen Romantiker einem Realisten gegenüberstellen. Ihr Bräutigam ist älter, besonnener, hintergründiger. Obwohl sie Christian natürlich gern hat, ist er mehr der Kandidat ihrer Mutter als ihr eigener, mehr die Pflicht als die Kür. Für ein Mädchen im Alter Claudias sind Küsse im Mondschein noch reizvoller als Gespräche über die Quantentheorie.

»Komm herein, Stefan«, lädt ihn Claudia ein und genießt, dass er ihren Anblick so umwerfend findet, wie sie es sich vorgestellt hat.

»Du bist ja die reinste Mischung aus Lulu und Cleopatra«, stellt er fest. »Mensch, Mädchen, Claudia – siehst du vielleicht phantastisch aus!« Er betrachtet sie unverwandt. »Schnall mich an«, sagt er, »sonst vergess' ich, dass du zu einem anderen gehörst.«

»Ich vergess' es schon nicht«, entgegnet seine abendliche Begleiterin.

Stefan trägt Uniform, nicht weil er vergessen hätte, Zivilerlaubnis zu beantragen, sondern weil er aus seinen Pennäleranzügen herausgewachsen ist. Die Offiziersmontur kleidet ihn gut, entstellt ihn nicht wie das grobe RAD-Tuch. Sie ziehen los. Die hübsche Blondine hängt sich bei ihm ein. Sie schlendern durch die Hainstraße, Richtung Schönleinsplatz, ganz Romeo und Claudia. Mitunter berühren sich ihre Schultern, dann flutet das Verlangen über Stefans Haut, mächtiger noch als bei dem Skiausflug, als sie von ihrem Ordinarius kurz vor dem Sündenfall in Claudias Zimmer überrumpelt worden waren.

»Weißt du, dass ich gestern Dr. Faber besucht habe?« beginnt Stefan.

»Das freut mich.«

»Wir sagen jetzt du zueinander«, erklärt er und genießt nunmehr Claudias Überraschung. »Wir sind richtige Freunde geworden.«

»Er nimmt dich für voll«, erwidert Claudia.

»Das hat er immer«, versetzt der Urlauber.

Claudia bleibt stehen. »Ich doch auch«, bekennt sie.

»Und warum heiratest du dann einen anderen?«

»Weil wir zu jung füreinander sind«, erwidert sie.

»Die Weisheit der Spießbürger«, entgegnet Stefan verärgert. »Außerdem bin ich dir immerhin fünf Monate voraus«, stellt er fest. »Und der Krieg macht alt.«

Der an Führers Geburtstag übliche Fackelzug fällt wegen der Verdunkelung aus. Auch die Trommeln und Fanfaren der Spielmannszüge sind verstummt. Aus den Lautsprechern aber dröhnen die Geburtstagsgratulationen weiter.

»Da wird sich Oberstudiendirektor Dr. Schütz heute wieder eine Verzierung abgebrochen haben«, sagt Stefan, auf den Rex mit dem Vatermörder und dem Parteiabzeichen anspielend.

»Diesen Pharisäer haben wir ja wohl hinter uns«, bemerkt Claudia.

»Und den Abend vor uns«, erwidert Stefan mit plötzlicher Fröhlichkeit.

Sie haben das Luxusrestaurant »Messerschmitt« erreicht. Die Bamberger besuchen es, wenn sie sich einen großen Tag machen wollen oder wenn sie zur braunen Lokalprominenz gehören. Den Eisendreher Eisenfuß hätte man vor Jahren wohl kaum an die feudale Tafel gelassen, Kreisleiter Eisenfuß und die anderen Goldfasane aber feiern hier die großen Daten der Bewegung: den Tag der Machtergreifung, den 1. Mai, das Erntedankfest, die Siege in Frankreich und Rußland und natürlich auch Führers Geburtstag. Und zwischendurch außerplanmäßige Gelegenheiten, wie die Reichskristallnacht oder die Verhaftung des Rechtsanwalts Dr. Wolfgang Hartwig.

Stefan hätte bei der Platzreservierung im Nobelrestaurant an den 20 April denken müssen. So hat man ihn ausgerechnet im Nebenzimmer der braunen Zechkumpane in eine Zweiernische platziert.

»Vielleicht dachte der Wirt, dass ein ehemaliger Fähnleinführer gut zu den Hoheitsträgern passt«, sagt Claudia lachend.

Sie zieht die Blicke auf sich, so dass Stefan zunächst von den Lärmenden nicht beachtet und nicht erkannt wird.

Von den Gefolgsleuten, die der Führer heute zechfrei hält, kennt der Oberfähnrich nahezu alle persönlich: den Bannführer Greifer, den Politpolizeichef Bruckmann, den Alt-Pg Pfeiffer, den Adjutanten Wimmer, den Rechtsanwalt Vollhals, Drexler, den Milchmann, den Singlehrer Stocker und die anderen Hoheitsträger, deren Bäuche über das Koppelschloss quellen.

»Mein Freund Rolf, Rainer Ramm, der sensible Parvus und der miese Braubach sind hops gegangen, aber die hier halten die Heimatfront«, sagt Stefan halblaut zu Claudia und grinst. »Die kämpfen nicht gegen die Russen und Engländer, sondern gegen den Bluthochdruck und die Leberzirrhose.«

»Nicht so laut«, warnt sie und legt die Hand auf seinen Arm.

Ein feingekleideter Ober kommt an den Tisch, überreicht ihnen die Karte.

»Was trinken denn die Herren von der Kreisleitung?« fragt Stefan.

»Einen mundigen Bocksbeutel«, erwidert der Kellner ohne Zögern. »Würzburger Stein, eine siebenunddreißiger Spätlese.«

»Was für den Parteigenossen Eisenfuß gut genug ist«, spottet Stefan und lächelt seiner Begleiterin zu, »schmeckt vielleicht auch uns. Was meinst du, Claudia?«

» Du bist der Gastgeber.«

»Aber –«, stottert der Ober nun doch verdattert, »aber das ist –«

»Sie meinen, dass es für uns zu teuer ist?« fragt Stefan belustigt. »Für was habe ich mir denn in Rußland die Frontzulage zusammengespart?«

»Gut, mein Herr«, erwidert der Wohlgekleidete. »Und hier wäre die Speisenkarte.«

»Welche Lebensmittelmarken sind erforderlich?« fragt der Oberfähnrich und starrt zum Prominententisch.

»Fünfzig Gramm Fleisch und zehn Gramm Fett«, erwidert der Ober.

»Gut, wir nehmen das Gleiche.«

»Du bist vielleicht ein frecher Hund«, sagt Claudia.

»Ach weißt du, ich meine das gar nicht politisch«, versetzt Stefan, »aber wenn ich an uns arme Schweine in Rußland denke und den Schlamassel mit der Fettlebe hier vergleiche –«

»Eine schlimme Sache«, entgegnet Claudia und wechselt das Thema. »Du erinnerst dich noch an Müller I?«

»Alfred?«

»Ja, den Steuermann des Regattaachters –«

»Auch gefallen?« fragt Stefan hastig.

»Nein. Er hat ein paar Tage Sonderurlaub erhalten. Seine Mutter liegt in der Agonie – Magenkarzinom, zu spät erkannt, inoperabel –«

»Fürchterlich.«

»Und wenn sie nicht rasch genug stirbt, muss Alfred wieder zu seiner Truppe zurück.«

»Armer Hund«, sagt der Oberfähnrich. »Scheußlich.«

Der Ober bringt den Wein.

Stefan kostet ihn, wie auf der Kriegsschule gelernt, und nickt. »Ausgezeichnet«, lobt er. »Die Herren wissen wirklich, was ein guter Tropfen ist.«

Der Kellner, ein Fünfundsechzigjähriger, der wie ein Grandseigneur aussieht, bediente früher andere Herren: die reichen Hopfen-Juden aus der Hainstraße. Auch sie hatten einen guten Geschmack. Die Gäste haben gewechselt und werden sicher auch wieder wechseln, aber die Güte von Küche und Weinkeller stehen in diesem Haus außer Frage.

Stefan prostet Claudia zu, er erspart ihr und sich eine Anspielung auf ihre Hochzeit, die ihm auf der Zunge liegt; er trinkt zügig. Er muss das Elend um Müller I hinunterspülen und sich die mostrichfarbene Gesellschaft an der langen Tafel erträglich saufen. Es gelingt ihm: Auch Claudia wird mit jedem Schluck lockerer. Sie lächelt ihm zu wie Eva im Paradies.

Seine Zähne sind gesund genug, um herzhaft in den Apfel zu beißen. Goethe hatte auch eine Schwäche für gebundene Frauen. Er vergleicht sich nicht mit dem Dichterfürsten, aber verdammt noch mal, Lydia ist mit einem RAD-Heini verheiratet und Claudia mit diesem physikalischen Knilch verlobt, und ihm bleibt nur die Wahl: Verzicht oder verbotene Frucht. Schon in seiner großen Zeit als HJ-Führer hatten Stefan die gestohlenen Äpfel immer am besten gemundet.

In diesem Moment erkennt ihn Greifer, der Bannführer, sagt

etwas zu Eisenfuß, erhebt sich zögernd, geht auf die beiden zu. Mit jedem Schritt wird Greifers Lächeln definierbarer. »Mensch, Stefan, freu' ich mich, dich zu sehen«, begrüßt er ihn. »Schlimm, der Scheiß mit deinem Onkel, aber das hat mit uns beiden nichts zu tun.« Er betrachtet die Auszeichnungen auf Stefans Waffenrock. »Wie ich sehe, hast du dich an der Front auch schon bewährt.«

»Ich schon«, entgegnet der Urlauber grinsend. »Und demnächst im gleichen Theater.«

»Ich hab' mich schon zweimal zum Barras gemeldet«, behauptet der Hauptamtliche und läuft rot an wie ein Mädchen in der ersten Tanzstunde. »Aber die Militärärzte wollen mich nicht nehmen – ich hab' was an der Leber.«

»Kommt vom Saufen«, erwidert Stefan. »Mach dir nichts draus. Mit den Russen werden wir auch ohne dich fertig.«

»Da hab' ich keinen Zweifel«, quittiert Greifer die Ohrfeige pikiert und tritt den Rückzug an.

»Aber ich«, murmelt Stefan und sieht dem Bannführer nach.

Eisenfuß winkt den Oberfähnrich an den Tisch; Stefan macht, ihn missverstehend, eine Ehrenbezeigung im Sitzen. Dann setzt er sich neben Claudia, legt den Arm um ihre Schulter, als wolle er der Tafelrunde vorführen, dass er Wichtigeres zu tun habe.

Claudia hat einen Schwips; auch Stefan ist benebelt und will weitermachen, aber einen dritten Bocksbeutel verweigert ihnen der Ober nun doch, obwohl ihm der Oberfähnrich ein fürstliches Trinkgeld in Aussicht stellt.

Arm in Arm verlassen die beiden das romantische Restaurant und ziehen vom Schönleinsplatz durch die Adolf-Hitler-Straße zum Hotel »Drei Kronen« weiter. Gleichzeitig erblicken sie den ehemaligen Mitschüler, der wie verloren am Eingang der Generalsgasse steht. Stefan weiß, dass Müller I gleich um die Ecke wohnt – sie waren fast Nachbarn. »Komm mit«, sagt er. »Ich lad' dich ein.«

»Wohin?«

»In die ›Drei Kronen‹-Bar. Du brauchst mir nichts zu erklären, Alfred«, kommt er Müller I zuvor. »Ich weiß alles, und es tut mir schrecklich leid – unter Männern nimmt man in solchen Fällen einen Durchhalteschluck.«

»Aber ich zahle selbst«, sagt der Unteroffizier in Zivil, einst der Kleinste der Klasse; hatte wohl auch keine Gelegenheit gehabt, seine Frontzulage auszugeben.

In der kleinen intimen Bar zeigt Stefan nicht ganz die feine Lebensart. Der hausgemachte Cocktail heißt »Schneegestöber«, – ein Gemisch aus Wacholderschnaps, Zitronensaft, Angostura und Zucker –, und den schüttet er entschlossen in sich hinein.

»Pfui Teufel, schmeckt das gut«, sagt Müller I und lächelt zum ersten Mal ein wenig.

»Du musst dich beeilen«, ermuntert ihn Stefan. »Wir sind dir schon weit voraus.«

»Seid ihr beiden wieder zusammen?« fragt der ehemalige Mitschüler.

»Heute Abend schon«, entgegnet Stefan, und Claudia nickt.

»Ihr seid wohl auch füreinander bestimmt«, stellt der ehemalige Steuermann, nun auch schon nach dem dritten »Schneegestöber«, fest.

»Ja, ja«, versetzt der einstige Primus melancholisch, »Bestimmung ist nur ein anderes Wort für Schicksal.«

Sie trinken weiter, bis aus dem »Schneegestöber« ein Schneesturm wird. Schließlich haben sie die Erinnerung an vier gefallene Mitschüler zu begießen, wenn man großzügig auch noch Braubach dazu rechnet. Sie tun es der Reihe nach: Rolf, abgeschossen über Griechenland; Rainer Ramm, tödlich verwundet bei Smolensk. Auch auf Heinrichsbauer nehmen sie einen Schluck, obwohl er in der 8 a war. Der Vierte aus ihren Reihen ist Parvus, der Musensohn, der Konzertpianist werden wollte.

»Gefallen bei Kiew«, sagt Stefan.

»Falsch«, erwidert Alfred Müller, »da wurde ihm nur der rechte Arm von einer Granate weggerissen. Als er am Hauptverbandsplatz wieder zu sich kam, hat er sich eine Kugel in den Kopf gejagt, weil der Traum seines Lebens zu Ende war. Die Todesanzeige wurde dann frisiert –«

»Scheiße«, sagt Stefan, trinkt und sieht, wie Müller I jetzt Wasser und Rotz über das Gesicht laufen. Der Damm ist gebrochen. Er muss sprechen, und die beiden wissen, dass es ihn erleichtert, und lassen es über sich ergehen, bekommen selbst nasse Augen von Schnaps und Mitleid.

Sie gehen erst, als sie hinausgeworfen werden. Sie hängen sich beieinander ein, sie müssen es auch, denn keiner steht mehr auf sicheren Beinen. Die frische Luft haut sie fast um, als sie Müller I nach Hause geleiten. Die falsche Fröhlichkeit fällt von ihnen ab.

Auf einmal erfasst den Unteroffizier ein wilder Zorn. »Ich sag' euch«, beginnt er ganz leise und brüllt auf einmal durch die Nacht, »wenn meine Mutter stirbt, dann soll auch der Führer verrecken – verrecken der Hund, der Hitler.«

»Schrei doch nicht so«, sagt Claudia, und Stefan hält ihm den Mund zu. Doch zum Glück sind die Gratulanten des Führers, die Alfreds unlogischen Ausbruch hören, ebenfalls besoffen. Die beiden setzen den Mitschüler zu Hause ab. Dann gehen sie weiter, stumm, Arm in Arm. Im gleichen Schritt. Im selben Takt. Es ist, als liefen sie zweieinhalb Jahre zurück und aufeinander zu.

»Gehen wir noch in den Hain?« fragt Stefan.

»Gehen wir zu mir«, erwidert Claudia.

»Du meinst –«

Sie bleibt stehen, legt ihren Arm um den Jugendfreund, presst sich gegen ihn. Sie spüren beide eine Stichflamme, die wie eine helle Lohe über ihnen zusammenschlägt. Sie küssen sich wie nie zuvor, außer Atem, überwältigt von Begehren – und auch von Alkohol.

Claudia lässt es darauf ankommen. Die Aufforderung an Stefan ist eine Herausforderung an ihre Mutter, ein Versuch, die Vernunft über Bord zu werfen und doch noch den Romantiker dem Realisten vorzuziehen.

Sie haben die Villa erreicht. Claudia sperrt auf.

»Nein«, sagt Stefan mit gepresster Stimme. »Ich komm' nicht mit, Claudia.«

»Was hast du denn?«

»Vielleicht bin ich nicht frei«, entgegnet er. »Oder meinst du, ich hab' zweieinhalb Jahre in Sack und Asche vertan?« Er handelt in Suff und Trotz, Edelmut und Alkohol, aber vielleicht bricht auch nur seine angeborene Ritterlichkeit durch, will er eine Situation nicht ausnutzen. Er steht noch fünf Minuten vor der Tür, als Claudia längst ins Haus geschlüpft ist.

Dann stapft er durch die Hainstraße zurück, klopft sich für seine Noblesse selbst auf die Schulter und hält sich dabei für den größten Trottel auf Erden.

Am nächsten Morgen ruft ihn Claudia an und bedankt sich bei ihm überschwenglich. »Du bist ein feiner Kerl, Stefan – ich hab' dich immer noch sehr gern«, stellt sie fest. »Eigentlich noch viel mehr.«

»Schon gut«, knurrt er und legt auf.

Er sieht Claudia nicht mehr in diesem Urlaub, der so rasch zusammenschmilzt.

Täglich besucht der Oberfähnrich jetzt die Fabers, führt lange Gespräche mit Mathilde Bertram, die froh ist, sich mit ihm über Rolf unterhalten zu können. Er sucht auch Tante Marie-Luise auf, als sie mit minimaler Hoffnung aus Berlin zurückgekommen ist. Stefan weiß nicht, was er ihr sagen soll. Manche Bamberger verschwinden jetzt auf die andere Straßenseite, wenn sie der Frau mit dem verhärmten Gesicht begegnen, andere drängen sich an sie heran, um sie nicht allein zu lassen. Stets ist Stefans Tante umspült von menschlichem Mut wie menschlichem Versagen, von Selbstlosigkeit und Opportunismus. Und die kleine Adele begreift gar nichts. Die Mutter macht ihr Hoffnung, dass der Vater bald wieder nach Hause kommen wird.

Stefans Vater ist wieder auf den Beinen, aber zu der Angst um seinen Bruder kommt jetzt noch die Sorge um den Sohn, je näher es auf seinen Abschied zugeht.

Stefan umarmt seine Mutter. »Keine Angst, Mama«, sagt er wie ein Verschwörer. »Denk nur an die heilige Kunigunde – und vergiss die Kerzen nicht.«

Dass er die letzten drei Urlaubstage für Lydia reserviert hat, gesteht er den Eltern freilich nicht. Er fährt über Berlin nach Stettin, sitzt endlos im Zug und gesteht sich ein, dass er Claudia liebt, doch gleichzeitig Lydia, wenn auch ganz anders. Der Oberfähnrich wird wieder putzmunter als er am Stettiner Bahnhof ankommt. Es ist ihm piepegal, ob Lydias Mann, der RAD-Heini, da ist oder nicht. Schluss mit dem Edelmut, ab jetzt arbeitet er mit harten Bandagen!

Stefan klingelt. Nichts rührt sich. Er hat sich zwar schon vor einer Woche angesagt, aber nicht auf den Tag genau festgelegt. Er wartet und hofft, dass Lydia nur einkaufen ist.

Sie kommt nicht.

»Auf die brauchen Sie nicht zu warten«, sagt ein Nachbar mit einem hämischen Gesicht. »Die Schlampe wurde abgeholt – von der Polizei.«

»Warum?« fragt Stefan betroffen.

»Die hat's mit einem französischen Kriegsgefangenen getrieben, die Hure«, erklärt der feine Nachbar. »Aber jetzt wird man ihr im Kittchen schon Mores beibringen.«

Stefan geht wie geschoben zum Bahnhof zurück. Er sitzt im

Wartesaal zweiter Klasse und wartet, ohne zu wissen, auf was er wartet. Er ist gleichermaßen zornig auf Lydia wie auf die Nachbarn, die sie denunziert, und auf die Uniformierten, die sie abgeholt haben.

Der Ober stellt ihm einen Schnaps hin, den er Zivilisten verwehrt. Jetzt erst sieht der Oberfähnrich die Brünette am Nebentisch. Sie ähnelt weder Lydia noch Claudia, aber sie ist jung und frisch und eine Frau. Und sie ist allein. Als sie lächelt, glaubt Stefan, es gelte einem anderen.

Er dreht sich um, aber hinter ihm ist nur die Wand. Er steht auf und tritt an die junge Frau am Nebentisch heran.

»Na, ist endlich der Groschen gefallen, Junge?« fragt sie.

Stefan nickt und organisiert der Unbekannten namens Helga auch einen Schnaps. Und dann noch einen. Sie wohnt ganz in der Nähe. Der Abend ist geritzt und damit die Zukunft für die nächsten drei Tage geregelt. Wer wird denn fragen und vergleichen, wenn er wieder hinaus muss? Der verheizten Generation bleibt wenig Zeit zum Leben wie zur Zärtlichkeit, und so ist die Zweisamkeit flüchtig, zielstrebig und gierig.

Die Berliner Strafanstalten werden für den Untersuchungsgefangenen Dr. Wolfgang Hartwig zu den Kreuzwegstationen einer endlosen Straße nach Golgatha. In Tegel muss der herzkranke Diabetiker, der auch an Rheuma leidet, viele Nächte auf dem nackten Zementboden schlafen, weil keine Pritsche mehr für ihn frei ist. Seine Gelenke schwellen an, sein Körper rebelliert. Der Zusammenbruch muss kommen. Tage voller Pein. Nächte voller Qual. Die Zeit schiebt sich bei dem Isolierten ineinander wie die Waggons bei einer Eisenbahnkatastrophe. Jeder muss ihm ansehen, dass er am Ende ist, aber für die Wärter gilt das Vorurteil, dass alle Häftlinge Simulanten sind.

Der gläubige Katholik steht von jeher im täglichen Zwiegespräch mit dem großen Unbekannten. »Dein Wille geschehe«, hat er schon zu einer Zeit gebetet, als er noch nicht wusste, wie schrecklich der Wille Gottes sein kann. Aber ist es der Wille Gottes?

Gedanken schleichen wie Partisanen in das Grenzland zwischen Glauben und Wissen, aber die religiöse Überzeugung des Todeskandidaten aus Bamberg bleibt unerschüttert: Folgten die Menschen den Geboten des Herrn, wären ihre Verirrungen nicht so entsetzlich.

So aber ist die Gemeinheit Umgangston, wird selbst Hafterleichterung zur Schikane. Wenn die Wehrlosen im Hof dreißig Minuten frische Luft schöpfen dürfen, machen die Uniformierten mit den rohen Gesichtern die Freistunde mit Pfiffen, Schreien und Stößen zum »Bärentanz«. Oft wird am Ende von Luftalarmen das Licht nicht mehr eingeschaltet.

Die Sirenen heulen immer häufiger. Mitte Mai greift die Royal Air Force mit tausend Bombern Köln an, zerstört in der lebensfrohen Siebenhunderttausend-Einwohner-Stadt in einer Nacht zwanzigtausend Wohnungen, zweitausendeinhundertfünfunddreißig Gewerbebetriebe und hundertsechs Industrieanlagen. Vierhundertneunundsechzig Menschen verlieren ihr Leben, über fünftausend werden verletzt. Gemessen an späteren Verlusten ist es nur ein erstes Wetterleuchten, das einen furchtbaren Sturm ankündigt.

Dr. Wolfgang Hartwig weiß, dass sich viele Bamberger für ihn energisch einsetzen und dass Marie-Luise alles unternimmt, um ihre Sympathieerklärung an die richtige Adresse zu leiten. Sie reißt Zögernde mit; sie bringt sogar Gegner zum Schweigen und kirchliche Würdenträger zur Fürbitte. Sowie Frau Hartwig eine Besuchserlaubnis erhält, reist sie im überfüllten D-Zug, meist stehend, in einer Dreizehn-Stunden-Fahrt nach Berlin, spricht mit dem Verteidiger ihres Mannes, mit seinen Richtern.

»Ein Todesurteil«, beruhigt sie der Vorsitzende, ein Kammergerichtsrat, »liegt nicht in unserem Interesse.«

Als Marie-Luise auf ein Fünf-Minuten-Gespräch im Beisein eines Wärters zu ihrem Mann vorgelassen wird, nimmt Wolf die freudige Nachricht zu ihrer Enttäuschung ziemlich teilnahmslos auf. Erst auf der Rückfahrt dämmert der Frau des Anwalts, dass er die Worte des Vorsitzenden für eine Lüge oder Finte hält.

Die Richter des Volksgerichtshofes in den blutroten Roben sind die Erfüllungsgehilfen eines Terrorsystems. Selbst wenn sie einmal Milde walten lassen sollten und einen Angeklagten für einen Witz nur zu fünf oder acht Jahren Zuchthaus verurteilen, kann der Oberreichsanwalt noch ein Jahr nach Eintritt der Rechtsgültigkeit den Spruch aufheben und neu festsetzen. Auch wenn der Oberreichsanwalt darauf verzichten sollte, dürfen Beauftragte des Reichssicherheitshauptamtes den Verurteilten ohne Angabe von Gründen in der Strafanstalt abholen und in ein KZ mit oder ohne Hinweis auf »baldige Erledigung« einweisen.

Die Berliner Strafanstalten sind überfüllt. Es gibt keinen Unterschied zwischen Untersuchungshäftlingen und Verurteilten. Das herkömmliche Bewachungspersonal, das oft abgestumpft, aber wenigstens fachlich ausgebildet war, wurde größtenteils zur Wehrmacht eingezogen und durch untaugliche und nicht selten unmenschliche Hilfswachtmeister ersetzt.

Sie unterschlagen gelegentlich den Gefangenen das kärgliche Essen oder verweigern Medikamente mit den Worten: »Dir wird ja sowieso die Rübe abgehackt.« Der geistliche Beistand bei Hinrichtungen ist auf fünf Minuten begrenzt oder wird – wie zum Beispiel bei den Verurteilten der Widerstandsgruppe »Rote Kapelle« – überhaupt verweigert. Zwei Körper müssen aus Ersparnisgründen in einen Sarg, der um ein Viertel verkürzt ist, weil Geköpfte keine normale Körperlänge mehr haben.

Wer sterben muss, erfährt es in der Regel erst zwei Stunden vorher. Die Delinquenten – nur selten Kriminelle – werden dann mit solcher Eile aus den Zellen gerissen, dass einmal ein Verwaltungsoberinspektor in Plötzensee die Namen verwechselt und vier Gefangene versehentlich exekutieren lässt. Ein Dienststrafverfahren bleibt dem Überforderten erspart; es geht für den Beamten mit einer »ernsthaften Verwarnung« ab.

In der Strafanstalt Moabit gerät Rechtsanwalt Hartwig in einen Bombenangriff. Die Gefängnismauern sind zerstört, die Bewacher in Deckung, er könnte im Durcheinander fliehen, aber er zieht es vor, sich um einen Schwerverletzten zu kümmern.

Plötzensee ist eine Vollzugsanstalt. Hier wird die – laut Preußischem Vollstreckungsgesetz vom 1. August 1933 – »ernsteste staatliche Hoheitsbetätigung« wie am Fließband vollzogen. »Großschlachttage« nennt der evangelische Anstaltsgeistliche die Massenexekutionen an Schwarzsehern, Schwarzhörern, Schwarzhändlern und Schwarzschlächtern, an Bibelforschern und Missliebigen aller Art. An einem einzigen Tag standen dreihundert Verurteilte auf der Hinrichtungsliste. Nach der hundertsechsundachtzigsten Vollstreckung machten der abgebrühte Henker und seine Gehilfen schlapp; hundertvierzehn Todeskandidaten mussten einen Tag länger auf die »ernsteste staatliche Hoheitsbetätigung« warten.

Im September besucht Marie-Luise Hartwig ihren Mann zum vierten Mal. Er weiß, welche seelischen wie physischen Strapazen die Reise nach Berlin für sie bedeutet. Er bittet seine Frau, Besuche künftig zu unterlassen, setzt aber im gleichen Moment hinzu, dass sie sein einziger Lichtblick seien. Die Anklageschrift steht vor der Fertigstellung. Alle Bemühungen, eine Einstellung des Verfahrens ohne Verhandlung zu erreichen – sie werden, zumindest inoffiziell, von der Bamberger Gerichtsbehörde unterstützt –, sind gescheitert. Die Vernehmungen, zu denen der Gefangene in schweren Handschellen vorgeführt wird, lassen erkennen, dass es dem Reichsanwalt Rindsfell nicht um die Ahndung eines Deliktes geht, sondern um die Auslöschung einer moralisch-politischen Persönlichkeit.

Ein Jahr vor Hitlers Machtantritt war Dr. Hartwig in einer Wahlversammlung der Bayerischen Volkspartei als Redner aufgetreten. Zufällig hatte der Ortsgeistliche die jungen Burschen gegen die Nazis aufgehetzt, und sie hatten den späteren Nazigauleiter – ohne Zutun des Rechtsanwalts – eine Treppe hinuntergeworfen. Auch das soll jetzt geahndet werden. Die Munition zu dem Verfahren kommt aus Bamberg und wird laufend durch die Kreisleitung und die SD-Außenstelle ergänzt.

Es geht dem Häftling so schlecht, dass er bis zur Verhandlung des Volksgerichtshofes in die Krankenabteilung des Potsdamer Gefängnisses eingeliefert und hier wenigstens ärztlich betreut wird. Trotz seiner miserablen körperlichen Verfassung denkt der Angeschuldigte klar. Als Christ fügt er sich in sein Schicksal. Als Jurist weiß er, dass die Gerichtsverhandlung nur eine Farce sein wird. Als Familienvater zwingt er sich mit unmenschlicher Anstrengung zum Kampf um das Überleben. Im Oktober wird ihm die Anklageschrift zugestellt.

Mit der Verhandlung vor dem Volksgerichtshof ist um die Weihnachtszeit zu rechnen.

Bis zum Herbst 1942 waren aus dem Lehrer ein Hauptmann und aus seinem Schüler ein Leutnant geworden. Stefan kam unmittelbar nach seinem Urlaub wieder an die Ostfront, und zwar in den Mittelabschnitt zur 4. Panzerdivision, zu der auch die Fünfunddreißiger gehören. Aus diesem Panzerregiment ist inzwischen – wie seine Soldaten spotten – ein Panjeregiment geworden. Die versprochenen Kampfwagen versickern irgendwo auf den überdehnten Nachschubwegen, werden von Partisanen in die Luft gejagt oder von anderen Einheiten kassiert.

Meistens werden die Toten auf den Soldatenfriedhof von Orel geschafft. Mzensk ist Frontstadt. Der Divisionsstab liegt in Woin. Der Stellungskrieg hat sich zwischen den Orten Dumtschino, Scheino, Narischkino. Wolkowo, Dworiki festgefressen.

Hauptmann Faber lässt man noch ein paar Monate in der Heimat, aber der hervorragend qualifizierte Leutnant Hartwig muss als Stoßtruppführer Bahnlinien und Stützpunkte im Infanterieeinsatz sichern oder freikämpfen. Obwohl es zu dieser Zeit im Mittelabschnitt der Ostfront relativ ruhig bleibt und die Heimwehwelle schlimmer ist als das Kampfgeschehen, erleidet die im Winter dezimierte und inzwischen wieder halbwegs aufgefüllte 4. Panzerdivision hohe Verluste durch Rotarmisten und Partisanen wie auch durch Malaria, Ruhr, Wolhynienfieber und Flecktyphus.

Die Verteidigungslinie ist ausgedünnt, weil die Wehrmacht ihre ganze Schlagkraft auf den rechten Flügel verlegt hat. Die wenigen Panzer- und Raupenfahrzeuge werden in einer Alarmeinheit zusammengefasst. Das Panzerregiment 35 muss seine II. Abteilung für diese Feuerwehr der Front abgeben, in der Leutnant Hartwig in einem reparierten Panzer IV einen Zug übernimmt.

Die deutsche Sommeroffensive 42 rollt im Süden Rußlands. Noch einmal triumphiert im Osten die Blitzkriegtechnik. Die Sowjets müssen wiederum riesige Verluste an Menschen und Material hinnehmen – aber der nächste Winter kommt bestimmt. Hitlers Korporalstrategie – als Obersten Feldherren kann ihn kein Militär mehr bremsen – wird zum Amoklauf zum Kaukasus, in das Donez-Becken und an die Wolga. Der Hasardeur will gleichzeitig in einer exzentrischen Doppelbewegung die Ölfelder von Baku erobern und die Wolga-Metropole Stalingrad nehmen. Obwohl die Heeresgruppe Süd jeden Mann braucht, zieht Hitler fünf Divisionen und den Generalfeldmarschall Erich von Manstein für die Belagerung Leningrads ab. Als die Anglo-Kanadier einen verunglückten Vorstoß nach Dieppe unternehmen, verlegt der Führer und Oberste Feldherr, eine Invasion am Kanal befürchtend, die SS-Divisionen »Leibstandarte« und »Großdeutschland« nach Westen, zwei dringend benötigte Eliteeinheiten. Die deutschen Panzer aber bleiben wegen Geländeschwierigkeiten und Nachschubmangels 60 Kilometer vor den Ölfeldern am Kaspischen Meer liegen.

Die überdehnte Front stellt die Versorgungseinheiten vor unlösbare Probleme. Die Schienenstränge sind hoffnungslos verstopft. Es kommt zu einen 2000 Kilometer langen Stau, der bis nach Schlesien zurückreicht. Nach der Eroberung von Kalatsch tritt die 6. Armee am 19. August, quer durch die 100 Kilometer lange Kalmückensteppe, zum Angriff auf Stalingrad an. An der Wolga stoßen die deutschen Divisionen auf einen Widerstand, wie sie ihn nicht einmal vor Moskau erlebt haben. Die Sowjets zeigen nicht nur neuen Kampfgeist, sie sind auch großzügig mit amerikanischen Hilfslieferungen ausgestattet. Haus um Haus muss erkämpft werden, aber bei der Traditionsfeier am 9. November stellt Hitler fest, dass er Stalingrad bereits genommen habe. Tatsächlich sind neun Zehntel der Stadt erobert, vorläufig.

Trotz aller Sondermeldungen bangt die Heimat um ihre Soldaten und die Front um die Heimat, denn der Luftkrieg über Deutschland wird immer unerträglicher, seitdem die ersten US-Viermot-Bomber in den Kampf eingreifen.

Die Wende an der Ostfront kündigt sich auch im Mittel- und Nordabschnitt an. Trotz aller Angriffe hält sich Leningrad. Gleichzeitig mit dem Gegenangriff bei Stalingrad am 19. November greifen die Sowjets, deren Kampfstärke auf siebenhundertneunzig Divisionen angewachsen ist, auch die Heeresgruppe Mitte an, schon um ihre Südfront zu entlasten.

Die Alarmeinheit unter Führung des drahtigen Reiteroffiziers Major von Pringsheim steht ununterbrochen im Einsatz. Die Schlammperiode, nicht so bodenlos wie im Vorjahr, gab ihr Gelegenheit, in den Werkstattkompanien die verschlissenen Motoren zu überholen, aber der Winterkampf ist genauso unerbittlich wie 1941. Einige abgeschossene Fahrzeuge kann die Kampfeinheit durch Beutewagen ersetzen. Zugführer Stefan Hartwig fährt vorübergehend mit einem T 34 ins Gefecht. Unter Ausnützung des Überraschungsmoments gelingen ihm einige Gegenstöße. Am 21. November wird er mit dem EK I ausgezeichnet. Einen Tag später fällt der Major mit dem schmalen Kopf und den auffallend hellen Augen. Hauptmann Hans Faber, der vor Tagen an der Front eingetroffen ist, wird sein Nachfolger und übernimmt ein Bataillon, das die Kampfstärke von höchstens einer Kompanie hat. Die Front kann nicht mehr durchgehend besetzt werden. Die Stützpunkte liegen oft 20 Kilometer und weiter auseinander.

Feierabend. Kein Sprit mehr. Hilferufe von allen Seiten, aber die Alarmeinheit liegt fest und muss abwarten, bis der Nachschub endlich durchkommt. Jetzt haben die beiden Offiziere Zeit, über Bamberg zu sprechen. Es beginnt für Stefan mit einer bitteren Neuigkeit: Claudia hat den Privatdozenten Dr. Christian Maurer doch schon vor Weihnachten geheiratet, weil der Physiker überraschend zur Wehrmacht eingezogen wurde.

»Haben deine Eltern dir das nicht geschrieben?« fragt Faber. »Warum sollten sie auch? Erstens wollten sie mich schonen, und dann ist Claudia ein abgeschlossenes Kapitel für mich.«

Sie sitzen in einem fast zerstörten Dorf, 15 Kilometer hinter der Hauptkampflinie, und trinken Wodka. »Hast du noch weitere Hiobsbotschaften?« fragt Stefan. »Über meinen Onkel, zum Beispiel?«

»Die Anklage ist erhoben, und die Verhandlung soll noch vor Weihnachten stattfinden«, erwidert der Hauptmann.

»Und der Ausgang steht fest«, stellt Stefan mit rauher Stimme fest.

»Wenn du die Wahrheit erträgst – ja.«

»Und mein Vater geht bis dahin kaputt«, sagt Stefan. »Wie wir alle. Wir alle werden vor die Hunde gehen.« Er kippt das Glas in einem Zug. »Und ich bin froh, wenn endlich alles überstanden ist.«

»Du solltest nicht so reden, Stefan«, rügt Faber.

»Das hab' ich von dir gelernt, Hans, oder bist du jemals einer Wahrheit ausgewichen?« fragt der Ex-Primus.

»Das nicht«, erwidert der Hauptmann gedehnt. »Aber erst, wenn sie auch feststand.«

»Es wird doch immer unwahrscheinlicher, dass wir Rußland überleben – und wenn, dann fragt es sich, in welchem Zustand.«

Stefan greift nach dem Glas und kippt es. Er wird nicht benebelt von dem scharfen Zeug, er säuft sich in Rußlands weiße Klarheit hinein. »Oder glaubst du ernsthaft, dass wir eine Chance haben, diese Scheiße hier zu überstehen?«

»Eine geringe«, entgegnet Faber. »Und wenn wir die Hoffnung von vorneherein aufgeben, dann können wir uns gleich eine Kugel durch den Kopf jagen.« Er greift nach dem Wodka-Glas, doch auch bei ihm verfehlt der Schnaps seine Wirkung. »Ich denke an Sibylle und den Kleinen. Ihretwegen verbeiße ich mich in den Gedanken, dass ich durchkommen muss, wie auch immer.«

Stefan nickt. »Und wie viele, die sich an das Leben gekrallt haben – und eine Sibylle zu Hause hatten und ein Hänschen –, sind inzwischen vor die Hunde gegangen?«

»Leider hast du recht, Stefan«, versetzt der Hauptmann. »Trotzdem sind Verhängnis und Hoffnung ungleiche Geschwister. Natürlich spüre ich, was mir bevorsteht, und weiß, dass es jeden Tag eintreten kann.« Er atmet schwer. »Aber nicht muss.« Er betrachtet den Jungen, der ihn mit großen Augen ansieht. »Für den Fall, dass wenigstens du den Wahnsinn überlebst – hätte – habe ich eine große Bitte.« Entgegen seiner Art spricht er hastig, mit abgewandtem Gesicht: »Sag Sibylle, dass es ganz schnell gegangen ist, überraschend, dass ich nicht gelitten habe – dass ich sie und Hänschen liebe wie nichts auf der Welt – und dass jeder Gedanke –«

»So darfst du nicht reden, Hans«, unterbricht ihn Stefan und würgt an einem Kloß im Hals.

»Seit wann weichst du denn einer Wahrheit aus, Stefan?« benutzt Hans Faber die Worte des Jungen.

Sie trinken weiter, schweigend und zügig, lange und ungut, bevor Stefan wieder die Vision quält. Zum ersten Mal spricht er über sein Trauma, über die großen dunklen Augen einer Dreizehnjährigen, die von ihren Mördern mit brutalen Kolbenstößen von ihm weggerissen wurde und ihn dabei unverwandt ansah. »Ein Schuss, der Stoß in die Grube. Löschkalk. Der nächste«, sagt der junge Leutnant mit einer Stimme, die von weither kommt. »Wir werden hier verheizt, damit ein Schweinehund wie Panofsky sich in der Etappe austobt.« Er spuckt die Worte aus wie Sandkörner. »Für Führer, Volk und Massenmord.«

Sie trinken weiter, obwohl der Wodka jetzt nach Blut schmeckt. Am nächsten Tag haben sie wilde Kopfschmerzen, aber das ist jedenfalls besser als ausweglose Nachtgespräche. Eine Woche lang warten sie auf Post, auf Proviant, auf Sprit. Dann kommen steinhartes Kommissbrot, Tubenkäse und Kunsthonig durch, aber keiner mault darüber, denn es wird auch Feldpost verteilt, Lebenszeichen von zu Hause, liebe Grüße, gemischt mit Hiobsbotschaften: Namen von Verwandten, Freunden und Bekannten, von Mitschülern der früheren 8 c, die gefallen sind, jetzt auch der blonde Graf Truchseß und Gernbach, der Generalssohn. Gleichzeitig sickern auch Nachrichten über die miserable Frontlage durch. Alle strategischen Fehler des ersten Rußland-Winters wiederholt Hitler im zweiten, und so steht die 6. Armee – mit italienischen, ungarischen und rumänischen Hilfstruppen an die dreihunderttausend Mann – in einem bereits entschiedenen Todeskampf. Die schon anfänglich unzureichende Luftversorgung ist zusammengebrochen. Einen rechtzeitigen Ausfall aus Stalingrad hat der Diktator verboten. Wenn die Ostfront im Mittelabschnitt von den Russen nicht eingedrückt wird wie im Vorjahr, liegt es nur daran, dass auch Stalin den Schwerpunkt des Kampfes in den Süden seines Landes verlegt hat – aber auch noch mit halber Kampfkraft bleiben die Sowjets im Bereich der Heeresgruppe Mitte brandgefährlich.

Die Kampfgruppe Faber sitzt noch weitere zwei Tage untätig herum, dann kommen endlich auf Schlitten Spritfässer durch, und sie kann wieder als Frontfeuerwehr einspringen.

Die ersten drei Einsätze laufen gut. Trotzdem kostet jeder von ihnen Blut und Sprit. Hauptmann Faber erhält noch einmal Nachschub, gerade noch rechtzeitig, denn die Russen sind wieder einmal durch eine breite Frontlücke tief in die deutschen Linien eingedrungen.

Es ist kurz vor Mittag: schnelle Einsatzbesprechung vor dem Alarmstart. Wenn Stefan die Befehle seines Hauptmanns hört, vermeint er, wieder auf der Schulbank zu sitzen, aber nur die Stimme täuscht ihm das vor, nicht die Worte Fabers: »Vormarsch im schmalen Keil, je nach Gelände, aber nicht weiter auseinandergezogen als hundert Meter. Auf Schießereien mit dem Iwan lassen wir uns nicht ein. Wenn Widerstand nicht zu überrollen ist, muss er umgangen werden. Wir müssen Gelände gewinnen – unser Befehl heißt fahren, fahren und wieder fahren und dann dem Feind in die Flanke stoßen. Kapiert?«

Der Himmel wirkt wie eine blasse Daunendecke an diesem Dezembertag. Die Motoren rumpeln los, brüllen auf, spucken, knallen. Alles hat seinen Ritus bei der Panzerei. Mit spitzen Fingern und verschlossenem Gesicht schiebt sich Oberfeldwebel Schulz erst jetzt die Muscheln des Bordfunkgerätes über die Ohren.

»Hier ist Onkel Schulz«, beginnt er seine traditionelle Angriffsrede per Kehlkopfmikrophon an seine Männer. »Ausgeschlafen? Gut gefrühstückt? Jetzt geht's dem Mittagessen entgegen – den Nachtisch serviert euch der Iwan.«

Faber rollt an der Spitze im Führungspanzer. Die anderen Kampfwagen fahren an, graben sich in die kurze, vereiste Böschung zum Waldrand hinauf. Die Geschütze schnüffeln über niedrige Krüppelkiefern, wie Hundenasen, die sich auf die Fährte setzen.

Die Soll-Bruchstelle der russischen Linien ist gut gewählt. Die dünnen Vorposten werden im ersten Anlauf überrollt. Die Kampfgruppe Faber kommt schneller voran als erwartet, stößt in eine russische Nachschubkolonne uns schießt binnen weniger Sekunden drei T 34, die ihr zu Hilfe kommen, ab. Die Frontfeuerwehr markiert ihren Weg ins feindliche Hinterland mit Rauchsäulen.

Leutnant Hartwig folgt mit seinem Zug stur dem Führungspanzer. Der Turm seiner Kanone zeigt auf 12 Uhr. Faber gibt seine Befehle per Sprechfunk so ruhig, als versehe er Schulaufgaben mit Randbemerkungen. Es gibt keine verlässliche Generalstabskarte; er hält die Richtung nach Kompass und Geländebeschaffenheit.

Ringsum Schneefelder, eine Wüste in weiß. Am späten Nachmittag hat die durchgebrochene Kolonne an die 30 Kilometer geschafft. Es ist Zeit, nach Süden abzudrehen und dabei dem Feind in die Flanke zu fahren, um ihn von hinten aufzurollen. Dass die Russen ihn so weit kommen ließen, beunruhigt Faber. Sie müssen längst erfasst haben, was die deutsche Kampfgruppe vorhat.

Er biegt in einem harten 90-Grad-Winkel ab. Die stählernen Ungetüme rollen jetzt in breiter Front, gestaffelt. Leutnant Hartwig übernimmt die Sicherung am rechten Flügel. Da sich die Panzer mit Beutesprit versorgen konnten, haben die Männer wenigstens keine Treibstoffprobleme.

Vorsichtig sichernd schaffen sie die nächsten 3 Kilometer.

Dann passiert es: Pakdirektbeschuss aus kürzester Entfernung. Vielleicht nur 200 Meter. Eine gut getarnte Panzerfalle auf einer Anhöhe. Die Kampfwagen mit dem Balkenkreuz können das Feuer nicht erwidern, weil in der Senke der eigene Neigungswinkel zu groß ist. Sie liegen auf einem Präsentierteller, genau im Schnittpunkt von zwei russischen Pakstellungen. Ein Durchbruchsversuch ist genauso sinnlos wie ein Rückzug.

Die ersten Fahrzeuge drehen Pirouetten in Schnee und Eis. Einschläge links und rechts von ihnen. Die ersten Volltreffer. Wabernde rote Lohe. Schwarzer Qualm quillt vom Boden hoch. Panzerplatten platzen wie Glas. Das Gesicht Hauptmann Fabers wirkt schwarzgrau unter der Pulverbeize: Was ist noch zu retten?

Nicht mehr viel. Die Stahlungeheuer, die den erbarmungslosen Pakgranaten in Zickzackfahrt entkommen wollen, werden erfasst und von Geschossen plattgedrückt, als wären sie aus Pappe. Besatzungen, die herauskommen, versuchen, hinter Schneehaufen Deckung zu finden.

Leutnant Hartwigs Fahrzeug bleibt bewegungslos liegen. Kettentreffer. Dem Fahrer rasselt ein Splitter zwischen die Augen. Das linke spritzt heraus, bleibt am Geschwindigkeitsmesser kleben, verdeckt die Marke 10 Stundenkilometer. Mit diesem Tempo fährt der Panzer im Halbkreis weiter. Der Feind verkürzt das Feuer.

Ringsum spritzen die Detonationen hoch.

»Schicht!« brüllt Stefan, reißt den Turmdeckel auf, steigt aus, lässt sich über das hintere Deck rutschen. Zwei Männer der Besatzung folgen ihm. Der ramponierte Panzer IV wird zum kochenden Teekessel, der unter einer Wolke Wasserdunst verschwindet.

Der junge Zugführer erfasst die Situation: Er muss es riskieren. Zu den zwei Überlebenden seiner Besatzung liest er noch vier andere Ausgebootete auf. Hartwig verfügt über eine MP, die anderen über Handfeuerwaffen, und einige haben sich vor dem Einsatz Eierhandgranaten in die Taschen geschoben, für alle Fälle.

Der Leutnant deutet auf den Hang. »Los!« befiehlt er. »Geschlossener Sprung!«

Im Kampfgetümmel gelangen sie an den Fuß der Anhöhe und keuchen im Halbkreis im toten Blickwinkel hoch. Sie kommen unbemerkt bis auf wenige Meter an die Pakstellung heran, ziehen die Eierhandgranaten. Stefan feuert mit der MP. Neben ihm schießt einer mit der 0,8. Sekunden später ist die Stellung aufgerollt und die rechte Pak zum Schweigen gebracht. Stefan und seine Männer geraten in schweren Beschuss russischer Infanteristen der zweiten Linie und müssen sich wieder zurückziehen.

Die Kanoniere der linken Pak wechseln überstürzt das Ziel. Das nutzt Oberfeldwebel Schulz, rollt auf die Stellung zu, bis er sie endlich anvisieren kann. Schon mit der zweiten Granate erledigt er die Panzerabwehrstellung.

Die dezimierte Kampfgruppe hat die Falle gesprengt, aber die Sowjets werden gleich nachdrängen, um die Lücke wieder zu schließen. Hauptmann Faber zieht sich an den Rand der Mulde zurück. Der Schauplatz des Gemetzels wird zum Niemandsland, in dem bewegungslose Kampfwagen und verwundete wie versprengte Soldaten liegen.

In der Abenddämmerung zieht der Chef der Kampfgruppe Bilanz: Er hat fast die Hälfte seiner Panzer verloren, jeder dritte seiner Männer ist gefallen, versprengt oder verwundet. Dass zu ihnen auch Stefan Hartwig gehört, der durch seinen Handstreich auf die

Pakstellung die Kampfgruppe vermutlich gerettet hat, trifft ihn hart, aber Hans Faber würde auch dann einen selbstmörderischen Rettungsversuch starten, wenn es nur um die anderen ginge. »Wir warten noch ein paar Minuten, bis es ganz dunkel ist«, quetscht er hervor. »Dann gehen wir nach vorne und versuchen, unsere Leute zu bergen.« Er konstatiert bestürzte Zustimmung. »Wir können sie doch da nicht einfach liegen lassen.«

»Sicher«, erwidert Oberfeldwebel Schulz. »Aber genau darauf wartet der Iwan.«

Der Offizier ist gewohnt, mit seinen Schülern zu diskutieren, nicht mit seinen Soldaten. »Schnauze!« knurrt er und sieht auf die Uhr. »Wir starten in zehn Minuten. Zu Fuß. Wir holen die Verwundeten heraus, vielleicht bekommen wir auch Fahrzeuge wieder flott. Dann hauen wir ab durch die Nacht und die Mitte nach hinten.«

»Kinderspiel«, entgegnet Schulz und verzieht das Gesicht, als hätte er in einen faulen Apfel gebissen; aber als Hauptmann Faber fünfzehn Freiwillige für seine Expedition zwischen den Linien sucht, ist er der erste, der sich meldet.

»Ich muss leider auf Sie verzichten, Schulz«, sagt der Offizier, und das bedeutet, dass der Oberfeldwebel den Rest der Kampfgruppe zur Auffangstellung zurückführen soll, falls dem Chef etwas zustößt.

Es mach die Situation des Angeklagten Dr. Wolfgang Hartwig vor dem Volksgerichtshof in Berlin nicht günstiger, dass der lange Schatten von Stalingrad auf sie fällt. Wenn auch die meisten Deutschen eine Woche vor Weihnachten 1942 das volle Ausmaß der Tragödie noch nicht erfasst haben, so merken sie doch, dass die lauten Sondermeldungen verstummen und die Radiohörer auf den Ernst der Situation eingestimmt werden.

Der Vorsitzende, ein Kammergerichtsrat, hat gleich zu Beginn der Verhandlung festgestellt, dass er sich wegen des schicksalsschweren Geschehens dieser Tage forensische Mätzchen verbitte. Neben ihm betätigen sich als Richter ein zweiter Jurist, ein Polizeipräsident und höherer SS-Führer, ein Ministerialrat und ein Parteifunktionär. Die Anklage vertritt Reichsanwalt Rindsfell persönlich. Sein Verhalten lässt vom ersten Moment an erkennen, dass es nicht darum geht, eine Tat abzuwägen, sondern einen Lebenslauf zu verurteilen: die Vita eines Mannes, der sein religiöses Gewissen über die braune Bewegung gestellt hat.

Es ist die Fleißarbeit von Schurken wie dem Zyniker Panofsky, dem Kriecher Bruckmann, dem Schergen Glühlein, dem Fanatiker Eisenfuß sowie von ehrenamtlichen, wenn auch nicht ehrenwerten Gestapo-Spitzeln wie Dr. Fibig, dem sehr praktischen Arzt, dem Postinspektor Reblein und einigen anderen. Das Delikt des Angeklagten besteht im Grunde nur darin, dass er kein Nationalsozialist ist. Daraus versuchen die Parteischranzen von Bamberg ein Kapitalverbrechen zu machen.

Die Verhandlung über Leben und Tod beginnt um 9 Uhr. Am gleichen Vormittag soll noch über zwei weitere Fälle befunden werden. Dem Angeklagten mit dem eingefallenen Gesicht, einem Schwerkranken, der mit unmenschlicher Anstrengung vor seiner Frau zu verbergen sucht, wie schlecht es auch gesundheitlich um ihn steht, haben sich dreiundzwanzig Leumundszeugen zur Verfügung gestellt, aber es besteht kaum eine Chance, dass auch nur einer von ihnen gehört wird.

Die Fragen zur Person sind abgeschlossen.

Dann tritt Lilo Gürtler als Belastungszeugin auf, die Sekretärin, die nach Meinung Dr. Hartwigs mit ihren frischen Wangen und weißen Zähnen so richtig das Allgäu verkörpert. Sie ist blass, und ihre weißen Zähne sieht man nicht, weil sie den Mund kaum öffnet und sich so schwer verständlich ausdrückt, dass ihr der Vorsitzende immer wieder die gleichen Fragen stellen muss.

Die zwanzigjährige Parteiangestellte – bei ihrer Dienststelle so unbeliebt, dass sie sich freiwillig zum Osteinsatz gemeldet hat – hinterlässt keinen guten Eindruck. Sie wirkt unsicher, fahrig, wagt den Angeklagten nicht anzusehen, flüchtet in Erinnerungslücken. Es ist etwas anderes, ob man – noch dazu angestiftet von einer Freundin – die Aussage in das Polizeiprotokoll diktiert oder Aug' in Aug' mit dem Angeklagten und seiner Frau sie ihm ins Gesicht sagen muss, und das weiß selbst die naive Parteiangestellte, die den Betroffenen mit Sicherheit den Kopf kosten wird.

Die Zeugin ist nicht in der Lage, den Wortlaut der inkriminierten Bemerkungen des Angeklagten zu wiederholen. Der Verteidiger hakt ein. Dem Ankläger gleitet das Verfahren zunehmend aus der Hand.

»Fräulein Gürtler«, sagt der Vorsitzende beinahe väterlich, »etwas genauer müssen Sie sich schon erinnern. Stimmt nun, was Sie vor der Polizei ausgesagt haben oder was Sie hier im Gerichtssaal vorbringen?«

»Ich – ich kann es wirklich nicht mehr genau sagen«, stottert Lilo Gürtler.

Die Frau des Angeklagten fährt vom Stuhl hoch. »Aber ich«, sagt Marie-Luise Hartwig. »Ich kann es Ihnen genau sagen, Herr Vorsitzender.«

Sie wird zur Ordnung gerufen, aber es lässt sich nicht vermeiden, dass man sie der Kronzeugin der Anklage gegenüberstellt. Jetzt werden die Aussagen Lilo Gürtlers noch blasser und verworrener. Sie schüttelt den Kopf, sieht hilfesuchend zu dem Reichsanwalt Rindsfell.

Die Kronzeugin ist umgefallen. Es ist die klassische Ausgangsposition für den Freispruch. Tatsächlich unterbricht der Vorsitzende für zehn Minuten die Sitzung.

Rindsfell nimmt Lilo Gürtler im Nebenzimmer ins Gebet. Als die Verhandlung fortgesetzt wird, wirkt sie wie ein aufgezogenes Uhrwerk, kann sich auf einmal so genau entsinnen, dass sie den Widerruf widerruft. Damit ist der Fall gelaufen und der Angeklagte erledigt.

Der Verteidiger hat seine Erfahrungen – er streckt als erster die Waffen. Als er vom Vorsitzenden aufgefordert wird, sich zu einem bestimmten Vorgang zu äußern, erwidert Dr. Schneider: »Sie haben ja die Akten, Herr Kammergerichtsrat.«

An seiner Stelle tritt Marie-Luise Hartwig an den Reichsanwalt heran, in der Hand Dutzende von Briefen, aus denen hervorgeht, wie patriotisch ihr Mann immer eingestellt war.

»Lassen Sie das, lassen Sie das!« wimmelt sie der Ankläger ab. Das Gericht zieht sich zur Beratung zurück. Frau Hartwig wird bei der Urteilsverkündigung ausgeschlossen, sie muss draußen vor der Tür warten.

»... hat der Sechste Senat des Volksgerichtshofs auf Grund der Hauptverhandlung für Recht erkannt«, verliest der Kammergerichtsrat. »Der Angeklagte Hartwig hat im Familienkreis, jedoch im Beisein einer fremden Zeugin, Äußerungen getan, die geeignet waren, den Willen des deutschen Volkes zu wehrhaften Selbstbehauptung zu lähmen. Er wird deshalb wegen Wehrkraftzersetzung zum Tode und zu lebenslangem Ehrverlust verurteilt. Er trägt auch die Kosten des Verfahrens.«

Im Urteil anerkennen die Richter sogar, dass der Angeklagte sich als Soldat bewährt hat und in uneigennütziger Weise für die vom Krieg betroffenen Volksgenossen eingetreten ist: »So hat er sechs zum Wehrdienst einberufene Berufskameraden vertreten und fortgesetzt Angehörige von Soldaten beraten, die ihm zum Teil durch die NSV zugewiesen waren, beides ohne Entschädigung zu verlangen. Da er infolge dieser Überbeanspruchung oft Nächte hindurch arbeiten musste, war er wiederholt einer nervösen Erschöpfung nahe. Von Personen, die den Angeklagten kennen, so unter anderem von dem früheren Landgerichtspräsidenten und dem Präsidenten der Anwaltskammer in Bamberg, wird er als ein jederzeit vaterlandsliebender Mann geschildert...«

Wie wenig Bedeutung der 6. Senat des Volksgerichtshofes diesen entlastenden Aussagen beimisst, wird sofort im nächsten Absatz erkenntlich. »Diese Verdienste und günstigen Umstände konnten jedoch«, so heißt es, »nach der Auffassung des Senats nicht dazu führen, die Tat des Angeklagten als minder schweren Fall zu beurteilen. Die Reden des Angeklagten, insbesondere seine Äußerungen über das Dritte Reich und die Beschimpfung des Führers, wiegen außerordentlich schwer. Zum Schutz der kämpfenden Front und der schwerem Feindterror ausgesetzten Heimat musste daher die ganze Schärfe des Gesetzes gegen den Angeklagten zur Anwendung kommen. Es wurde mithin die Todesstrafe gegen ihn für notwendig und angemessen erachtet.«

Inzwischen hat Marie-Luise Hartwig erfahren, dass ihr Mann zum Tod verurteilt wurde. »Ihr Mörder!« schreit sie am Eingang zum Gerichtssaal. »Ihr Mörder!«

»Mörder! Mörder!« schallt das Echo über den Gang, und die Bediensteten fahren erschrocken auseinander.

Der Verurteilte wird gefesselt abgeführt und in die Vollzugsanstalt Brandenburg an der Havel verlegt. Während er auf den Henker wartet, kämpfen Freunde und Bekannte weiter, um den Verurteilten zu retten, aber sie rennen gegen eine Betonwand der Unbarmherzigkeit. Am Portal von Bambergs Hotel »National« wirft sich die kleine Adele in BDM-Uniform vor dem Kreisleiter Eisenfuß und dem Gauleiter Wächtler auf die Knie und bittet schluchzend: »Herr Gauleiter, bitte geben Sie mir meinen Vati zurück.«

Der dicke Hoheitsträger gibt sich gerührt. »Ja, geh nur nach Hause, Kind, es kommt alles wieder in Ordnung«, vertröstet er Hartwigs kleine Tochter.

Längst haben er und Eisenfuß dem Justizministerium mitgeteilt, dass sich die örtliche Parteileitung einem Gnadenerweis mit allen Mitteln widersetze.

Nebelschwaden hüllen Hauptmann Faber und seine Leute ein, als sie sich durch die Senke tasten. Die Milchsuppe ist gut, weil sie von den Russen nicht gesehen werden, und schlecht, weil sie ihre Verwundeten nur schwer finden können. Auf einmal wächst Unteroffizier Nützel, einer der Versprengten, aus dem Boden. »Gott sei Dank«, sagt er. »Die Russen sind auf der anderen Seite – ich hab' 'nen Streifschuss und völlig die Orientierung verloren.«

»Was ist mit den anderen?« fragt der Hauptmann.

»Die meisten haben die Russen geschnappt«, antwortet Nützel. »Ich glaube nicht, dass von den Verwundeten noch einer lebt.« Er deutet Richtung Abhang. »Vor ein paar Minuten hörte ich da noch schreckliche Schreie, aber dann wurde es plötzlich ganz still. Ich fürchte«, sagt der Unteroffizier mit verschluckter Stimme, »es war Leutnant Hartwig.«

»Wie weit ungefähr?«

»Vielleicht zweihundert, auch dreihundert Meter. Genau kann man das bei diesem Scheißnebel ja nicht sagen.«

Während sich der Hauptmann mit seinen Männern heranpirscht – und zwei weitere Versprengte aufsammelt –, lichtet sich die Waschküche ein wenig.

Der Trupp teilt sich: Der nur leicht verwundete Nützel übernimmt die Führung auf der linken Seite; Faber robbt mit ein paar Männern über das Schneefeld, vorbei an bewegungslosen Kampfwagen, die wie gestrandete Schiffe im Gelände herumliegen. Die Dunkelheit gibt noch genug Deckung. Auf einmal stoßen sie in der Nähe von Hartwigs Panzer IV auf drei weitere Versprengte.

»Klettern Sie mal rein«, befiehlt der Hauptmann dem Obergefreiten Hengst und deutet auf das Wrack.

Der Mann hebt vorsichtig seine genagelten Schuhe über die Panzerplatten, verschwindet im Turm. Sehr schnell erscheint sein Kopf wieder im Luk. Sowie Hengst auf festem Boden steht, taumelt er wie betrunken.

Faber packt ihn am Arm, aber der Obergefreite krampft sich zusammen und übergibt sich, und der Hauptmann weiß, wie es im Innern des Kampfwagens aussehen muss. Er reißt Hengst zu Boden, drückt seinen Kopf in den Schnee. »Reißen Sie sich gefälligst am Riemen, Mann!« staucht er ihn zusammen.

Der Wind bläst die letzten Schwaden weg. Über den Köpfen der Retter ist der Himmel der Sowjetunion zu sehen. Die Sterne glänzen winzig und fern. Sofort zischen Leuchtkugeln mit grellweißem Licht über die Senke. Die Nacht wird zum Tag. Ein Maschinengewehr meckert am anderen Ufer. In den nächsten Sekunden schon wachsen die Erdfontänen aus der Böschung; krachend, fauchend, berstend bricht der Sturm los. Der Luftdruck lässt Faber in den Knien wanken. Diesmal haben er und seine Leute nicht einmal Panzer, in denen sie vor den Splittern geschützt sind.

»Ist doch Wahnsinn, Herr Hauptmann«, stöhnt Hengst.

»Kehren Sie um, wenn Sie schlapp machen«, zischt ihn Faber an und starrt nach vorne.

Plötzlich schweigt die russische Artillerie. Sicher nur für Sekunden.

Faber hört leises Wimmern, schiebt sich näher, erblickt die Umrisse eines Körpers in einer Schneemulde. Es muss Stefan sein.

Der Rettungstrupp gerät ins MG-Feuer.

In den ersten Sekunden spürt der Hauptmann den Schlag nicht. Er beißt die Zähne zusammen. Eine Feuerzange hat ein glühendes Stück Kohle in seine Brust gelegt. Er taumelt weiter. Mit der Hand wischt er sich über den Mund. Er schmeckt den blutigen Schaum. Die Lunge, denkt Faber. Zuerst hatte er den harten, knöchernen Schlag gegen seine Brust für einen Stein gehalten. Dann beugt er sich über die zusammengekrümmte Gestalt.

Eine Leuchtkugel zerplatzt hoch über dem fahlen Gesicht von Stefan Hartwig.

»Los!« sagt Faber zu den Rettern. »Fasst an!«

Als sie den Verwundeten aufheben, setzt die Artillerie wieder ein. Die erste Salve rauscht über ihre Köpfe hinweg. Dann legen die Sowjets eine Sperrwand aus Feuer. Die Samariter müssen sich fallen lassen. Stefan brüllt. Der Schmerz hat ihm das Bewusstsein zurückgebracht, er erkennt seinen Lehrer, seinen Kommandeur und versucht zu lächeln.

In diesem Moment erwischt es Hans Faber zum zweiten Mal. Diesmal spürt er den Schlag, der ihn ummäht, härter. Dann fühlt er keinen Schmerz mehr, nur noch Taubheit. Er versucht sich hochzurappeln, aber er kommt nicht mehr auf die Beine.

»Nicht rühren, Herr Hauptmann, nicht sprechen«, sagt der Obergefreite Hengst. »Wir schaffen das schon.«

Einer fasst Faber an den Händen, der andere an den Füßen, vorsichtig ziehen sie ihn und Stefan zurück. Zum Glück kommt wieder

Nebel auf, und Oberfeldwebel Schulz handelt auf eigene Faust: Er fährt ihnen mit dem Rest der Kampfgruppe zur vorläufigen Rettung entgegen. Die beiden Schwerverwundeten werden auf ein Halbkettenfahrzeug geladen und während des Durchbruchs der Panzerkolonne nach hinten provisorisch versorgt. Abwechseln fallen sie ins Koma und kommen wieder zu sich. Sie liegen so nah beieinander, dass sich ihre Körper wärmen.

Schulz und seine Männer schaffen es, noch vor Tagesanbruch die deutsche Auffangstellung zu erreichen. Von hier aus sind es noch 20 Kilometer zu einem vorgeschobenen Feldlazarett, das vielleicht aber schon nach hinten verlegt hat. Erleichtert stellt der Oberfeldwebel fest, dass die umgebaute Feldscheune noch voll in Betrieb ist.

In seinem durchbluteten Ärztekittel wirkt der operierende Unterarzt – höchstens fünf Semester Medizin, dann ab in die Feldmetzgerlehre – wie ein Lohnschlächter, aber er leistet, ganz auf sich und fünf Sanitäter gestellt, Unmenschliches. Die linke Ecke der Scheune stellt eine Art OP-Raum dar: ein wackeliger Tisch, übereinandergestapelte Kisten, eine verlauste Decke als Sichtblende. Der Unterarzt greift sich den nächsten.

»Morphium gleich alle«, meldet ein Sani-Unteroffizier.

Der Mediziner scheint es nicht zu hören. »Schafft Schnaps her«, sagt er, »und Antineuralgietabletten.«

Leutnant Hartwig erfasst jede Einzelheit ganz klar und auch, dass der Schwerverletzte neben ihm jetzt wieder bei Bewusstsein ist. »Wir haben es geschafft, Hans«, raunt er dem Freund zu.

»Sie sollen nicht reden«, schnauzt ihn der Unterarzt an.

Stefan greift nach Fabers Hand. »Und danke, Hans«, sagt er. »Danke für alles, für –« Er spricht nicht mehr weiter, aber alles, was er sagen will, liegt im Druck seiner Hand, geht von einem Körper auf den anderen über, und Stefan erkennt sogar eine Art Lächeln im Gesicht des verehrten Lehrers, des bewunderten Kommandeurs, des großartigen Freundes. Hans lächelt wie die Tote aus der Seine, denkt Stefan und erschrickt. Aber er lebt doch noch! Hans muss leben, muss am Leben bleiben, schon für Sibylle und den Kleinen, für Tante Gunda, für ihn!

Stefan lässt seine Hand nicht aus – bis sie kalt und starr wird und er weggezerrt wird, hinter den Verschlag, und Schnaps mit Tabletten schlucken muss, jede Menge, und dann mit dem Perkusionshammer k. o. geschlagen wird, Narkose, Rußland, Dezember 1942.

Stefan Hartwig liegt im Koma, weit weg von allem sogar von Hans Faber, den sie hinaustragen und auf den Stapel Toter legen. Sie operieren ein Geschoss aus dem Körper des Verwundeten, das dicht an der Leber sitzt, ziehen ein halbes Dutzend Splitter aus Rücken und Armen. Vor den Russen wurde der Leutnant gerettet, aber noch lange nicht vor der Infektion.

Als Stefan Hartwig zu sich kommt, sind die Russen wieder da. Partisanen. Den Unteroffizier haben sie als ersten erschlagen. Angestauter Hass entlädt sich. Jetzt haben sie den Unterarzt in Arbeit. Der Mediziner brüllt mit verdrehten Augen. Die Russen stecken einen Fuß in die Schlinge und ziehen ihn zum Dachbalken hoch. Das Gesicht des Misshandelten schwillt an, als müsste es platzen, der Mediziner schreit nicht mehr, er stöhnt nur noch.

Ein bärtiger Hinterhaltkämpfer kommt von draußen, ruft den anderen in gutturalen Lauten etwas zu; er treibt sie offensichtlich zur Eile an, und Stefan rechnet sich eine Chance aus, die Schlinge gleich um den Hals zu bekommen und nicht verkehrt herum aufgehängt und weiß Gott wie lange gequält zu werden.

Er stirbt wiederum nicht.

Überfallartig dringt ein deutscher Stoßtrupp in die Scheune ein und erledigt die Partisanen mit einigen Feuerstößen. Es geschieht schnell, rationell, ohne Sadismus, doch mit Überzeugung. Der Anführer des Stoßtrupps, ein Leutnant, der aussieht wie ein bulliges Kraftpaket, schneidet den Mediziner ab, stellt ihn auf die Beine, rüttelt ihn rasch wieder zu Bewusstsein zurück.

Als wäre nichts geschehen, nimmt der Unterarzt sofort seine Arbeit wieder auf, deutet auf Stefan und einige andere. »Die müssen sofort nach hinten geschafft und versorgt werden«, sagt er.

»Wird erledigt«, erwidert der Stoßtruppführer.

Stefan erlebt die erste und wirkungsvollste Begegnung mit Leutnant Kalle Klett, genannt Bongo, und sehr bald wird er feststellen, dass er am gleichen Tag einen Freund verloren und einen anderen gewonnen hat.

Meistens ist es so weit, wenn die Sonne genau über der Havel steht. Der Henker und seine Gehilfen müssen aus Berlin anreisen und in der Garage der Strafanstalt Brandenburg die Hinrichtungsmaschine aufbauen. Der Scharfrichter, steuerlich als freier Unternehmer eingestuft, arbeitet rationell und pünktlich. Seine Humanität ist die

Geschwindigkeit. Er ist ein wohlhabender Mann. Sein blutiges Handwerk hat einen goldenen Boden: Für jede Enthauptung nimmt er eine Kopfprämie von 300 Reichsmark ein, muss aber seine beiden Gehilfen selbst entlohnen. Die Gefängniswärter erhalten pro Hinrichtung eine Sonderzuteilung von acht Zigaretten.

Die hellen Zellen der Todeskandidaten in der Vollzugsanstalt sind ständig überbelegt. Der Neubau ist kalt und seelenlos: Beton, Stahl, Glas und Zwang. Die Gänge hallen. Die Insassen empfinden die mangelhafte Geräuschisolierung besonders grausam an den Exekutionstagen. Sie stehen dann in den Zellen und halten den Atem an. Sowie mit einem knallenden Geräusch die Holzpantinen zu Boden fallen, hat es wieder einer in der Garage überstanden. In dem Moment, in dem das Fallbeil fällt und den Kopf des Delinquenten vom Rumpf trennt, zieht der Hingerichtete noch einmal in einem Reflex krampfhaft die Beine an und streckt sie dann ruckartig aus, wobei die Holzpantinen mit einem Schwung gegen die gegenüberliegende Garagenwand geschleudert werden.

Vom 22. August 1940 bis Kriegsende werden hier zweitausendundzweiundvierzig Menschen hingerichtet, eintausendachthundertsieben als Opfer ihrer politischen oder religiösen Überzeugung. Ein Delinquent ist blind, zwei sind oberschenkelamputiert. Zu den Exekutierten gehören allein in diesem Jahr vierzehn Ehepaare; sie haben keine Erlaubnis erhalten, sich vor dem Vollzug der »ernstesten staatlichen Hoheitsbetätigung« noch einmal zu sehen und sich voneinander zu verabschieden.

Dr. Wolf Hartwig kauert in seiner 8 Quadratmeter großen Zelle. Seit seiner Einlieferung hat er hier dreihundertneunzehn Tage verbracht, ohne Gewissheit, den jeweils nächsten noch zu erleben. Vor drei Wochen hat ihn seine Frau Marie-Luise zum vierzehnten und letzten Mal besucht. Seitdem erhielt sie keine Sprecherlaubnis mehr. Während sich der Verurteilte mit dem Tod abgefunden hat, sich aber immer noch nicht ganz der Hoffnung begibt, es könne noch ein Wunder geschehen, versuchen seine Angehörigen, seine Freunde und sogar einige seiner Gegner, das Schlimmste zu verhindern. Die Familie schaltet einen Philharmoniker ein, der einst den Kindern des früheren Reichsjugendführers und jetzigen Gauleiters von Wien Musikunterricht gegeben hat. Vielleicht zieht sich deshalb für den Einsamen das Warten auf den Tod so grausam in die Länge.

Es ist für den Verurteilten ein bitterer Triumph, dass sich der militärische Niedergang, den er immer vorausgesehen hat, seit der Katastrophe von Stalingrad in einem ungeheuren Tempo beschleunigt hat. Nachrichten über die militärische Lage erreichen die Gefängnisinsassen zwar meistens verspätet, kommen aber doch durch. Sie wissen, dass es nach dem Untergang der 6. Armee an der Wolga schon dreieinhalb Monate später in Nordafrika zur Katastrophe in der Wüste gekommen war: Tunisgrad. Die Operation Zitadelle, die deutsche Sommeroffensive bei Kursk, musste nach bescheidenen Anfangserfolgen abgebrochen werden.

Hamburg erlebte ab dem 24. Juli 1943 die Operation Gomorrha, einen Vernichtungsangriff aus der Luft: Fast fünfzigtausend Menschen, unter ihnen siebentausend Kinder, kamen um, vierzigtausend wurden verletzt, zweihundertachtzigtausend Häuser und neunzehn Fabriken zerstört, die Hafenanlagen beschädigt. Und das war nur das Zeichen an der Ruinenwand für einen Luftterror, der bald apokalyptische Ausmaße annehmen sollte.

Die Anglo-Amerikaner landeten in Sizilien. Der faschistische Großrat setzte in Rom den Diktator Mussolini ab, der Duce wurde verhaftet. Die Sowjets eroberten Charkow, die Anglo-Amerikaner Neapel. Italien erklärte Deutschland den Krieg, die Sowjets nahmen das Donez-Becken und später Kiew. Die Reichshauptstadt lag im Bombenhagel.

Wenn vor den Zellentüren in der Mittagszeit Schritte verharren, wissen die Häftlinge in den Todeszellen nicht, ob das Essen ausgegeben oder ihnen mitgeteilt wird, dass die Hinrichtung heute Nachmittag stattfindet. Einen Moment lang hofft Dr. Hartwig zugleich gefasst wie verzweifelt, dass die Schritte weitergehen. Als die Zelle aufgesperrt und der Direktor mit ernstem Gesicht in der Tür steht, weiß er, dass ein Gnadenerweis abgelehnt worden ist und er bestenfalls noch zwei Stunden zu leben hat.

Er wird gefesselt, mit Stahlschellen an den Handgelenken muss er den Abschiedsbrief an seine Angehörigen schreiben, muss er essen, muss er beten. Die Todeskandidaten werden nicht einzeln in die Garage geführt. Sie haben geschlossen im Gefängnishof anzutreten, sich in einer Reihe aufzustellen und Jacke und Hemd auszuziehen. Mit Kopierstift schreibt ein Gehilfe des Henkers dann die Platzziffer auf die Brust und an die Stirn: zweimal die Vierzehn; dadurch soll ausgeschlossen werden, dass es zu einer Verwechslung von Rumpf und Kopf kommt. Wenn man die Morituri auf das Brett schnallt, erfassen sie noch mit einem letzten Blick die Gefäße, in denen ihr Blut aufgefangen wird.

»Scharfrichter, walten Sie Ihres Amtes!« sagt dann der Vertreter des Staates, einer seiner schrecklichen Juristen.

Der Henker drückt auf den Kopf. »Herr Oberstaatsanwalt«, meldet er darauf stramm, »das Urteil ist vollstreckt.«

Während es der Arzt bestätigt und amtlich die Sterbeminute in den Totenschein einträgt – in Brandenburg herrscht Ordnung –, ist der Geistliche schon beim nächsten und betet mit ihm halblaut: »... und vergib uns unsere Schuld – wie auch wir vergeben unseren Schuldigern.«

Dreizehnmal knallen die Holzpantinen gegen die Wand, dann ist Dr. Hartwig an der Reihe, mit gefesselten wie gefalteten Händen, und es geht bei ihm genauso schnell wie bei den anderen. Die Zahlen werden verglichen, Kopf und Rumpf in den Fichtensarg gebettet, die Blutkonserven verschlossen. Der Witwe, die noch nicht weiß, dass sie Witwe ist, wird später mitgeteilt werden, dass die Urne im Städtischen Friedhof Brandenburg, Quartier HI II, Grabstelle 35, beigesetzt wurde, dass für die Vollstreckung des Todesurteils eine Gebühr von 1300 Reichsmark anfällt, zahlbar sofort, und dass ihr nicht das Recht zusteht, in einer Zeitungsanzeige den Tod ihres Mannes bekanntzugeben.

Acht Tage nach der Hinrichtung Dr. Hartwigs – von der in Bamberg noch niemand weiß – findet im Reservelazarett im Priesterseminar am Heinrichsdamm eine Begegnung statt, die der vor kurzem hierher verlegte Rekonvaleszent Stefan seit langem fürchtet: Sibylle Faber besucht ihn ohne Voranmeldung. Sie bringt ein paar Blumen mit, ist natürlich frisch wie immer, nur das Schwarz, das sie trägt, wirkt fremd, doch zeitgemäß. In Deutschland sind längst die Jahre der jungen Witwen angebrochen.

»Du, Sibylle?« sagt Stefan und richtet sich mühsam im Bett auf, als fiele es ihm noch immer schwer.

»Du bist spitz im Gesicht«, sagt die junge Frau und reicht ihm die Hand. »Und auch noch ziemlich blass.«

»Das wird sich schon wieder ändern«, entgegnet der Patient und setzt mit einem durchsichtigen Lächeln hinzu: »Die russische Artillerie schießt eben doch nicht so schlecht, wie es bei uns in den Zeitungen steht.«

Sibylle hebt den Kopf, sieht ihn voll an: Stefan spricht wie Hans. Einen Moment ist die junge Frau stolz darauf, dass es ihrem Mann gelungen ist, seinen besten Schüler nach seinem Vorbild zu formen. Dann spürt sie wieder schmerzhaft, dass sie Hans verloren hat. Elf Monate Zeit sind zu kurz, um sich daran zu gewöhnen, sie wird es wohl nie fertigbringen, auch wenn der Kleine Sibylle mit den Augen seines Vaters ansieht und schon die gleichen Bewegungen erkennen lässt: Hänschen ist ein Trost, doch kein Ersatz. »Aber es geht dir doch schon besser, Stefan?« fragt sie besorgt.

»Viel besser«, versichert er. »Die Militärärzte wissen ja, wie man einen Blessierten wieder zusammenflickt. Morgen erhalte ich schon meinen ersten Stadtausgang, aber es pressiert mir nicht besonders«, sagt er und sieht an Sibylle vorbei. »Einer wird mir ganz gewaltig in Bamberg fehlen.«

Die junge Frau erfasst sofort, wen er meint. Sie kämpft gegen die Tränen und versucht, ihrer Stimme einen festen Klang zu geben. »Wir müssen damit fertig werden, Stefan. Wir sind die Hinterbliebenen und müssen uns gegenseitig helfen, so gut es geht. Ich hab' meinen Mann verloren und du deinen Freund – und wenn du morgen deinen ersten Stadtausgang hast, Stefan«, sagt sie, »dann kommst du zu uns und siehst dir unseren Jungen an, dann wirst du erfassen, dass Hans – dass er nicht ganz von uns gegangen ist.« Nach einer kurzen Pause fährt sie fort: »Ich danke dir für deinen Brief, Stefan. Er hat mich, als ich nicht mehr ein noch aus wusste, sozusagen bei der Hand genommen, auch wenn –«, ihr Lächeln wirkt wie eine schwache Sonne, die nicht ganz das Gewölk durchdringen kann, »auch wenn du mich bei der Schilderung des Todes von Hans sehr geschont hast.«

Stefan schweigt verbissen.

»So ist es doch?«

Stefan versucht noch immer, Sibylle auszuweichen. Sie tut sich doch nur selbst weh, überlegt er, warum will sie denn Hansens Sterben im einzelnen kennen? Er hat mich doch so gebeten, dass ich es ihr nicht sage, und ich hab' es ihm versprochen.

»Wie ist es nun wirklich passiert?« fragt Sibylle weiter.

»Wir sind mit unseren Panzern in eine Falle gerollt. Fast die Hälfte unserer Kampfgruppe ging dabei drauf. Ich musste aussteigen. Ich hab' dann mit ein paar zusammengerafften Männern im Erdeinsatz eine der beiden Pakstellungen aufgerollt. Später wurde ich verwundet und blieb liegen. Ich wäre verblutet oder von den Russen niedergemacht worden, wenn mich unser Kommandeur nicht herausgeholt hätte.« Stefan zieht den Kopf ein. »Und das war dein Mann.«

Sibylle nickt.

»Vielleicht wäre es besser gewesen, er hätte uns –«

»Ohne Hilfe liegen lassen?« fragt Sibylle. »Hättest du Hans in dieser Lage im Stich gelassen?«

»Nein, das nicht –«

»Ich weiß, dass zu zuerst die anderen gerettet hast und dann selbst gerettet wurdest.«

Stefan betrachtet sie verwirrt.

»Ich weiß auch, dass deine Version vom Kopfschuss nicht stimmt. Das hast du erfunden, nicht?«

»Ja, schon –« erwidert Stefan gedehnt.

»– weil dich Hans gebeten hat, es mir so zu schildern?«

»Woher weißt du das, Sibylle?«

»Ich hab' ihn gekannt«, antwortet sie. »Deshalb hab' ich ihn ja so geliebt. Hans war ein Mann, der sich immer schützend vor die anderen stellen musste. Er wollte auch mich schützen. Er hat dich darum gebeten, dass du mir eine geschönte Darstellung gibst.«

»Es war so«, gesteht Stefan, »aber schon vorher, in einem langen Nachtgespräch. ›Du erzählst Sibylle nichts‹, hat er mich gebeten. ›Du wirst ihr schreiben, dass alles ganz schnell und schmerzlos gegangen ist –‹« Stefans Stimme verliert sich. Tränen laufen ihm über das Gesicht. »›Und das Äußerliche ist ja auch ganz unwichtig‹«, zitiert er weiter und heult dabei. »›Du wirst ihr schildern, dass ich ganz schnell und zufrieden gestorben bin.‹ Zufrieden«, brüllt er plötzlich. »Zufrieden!« schreit er und sieht Sibylle an, weicht ihrem Blick nicht mehr aus und bekommt sich langsam wieder in die Gewalt. »›Und dass ich sie – und den Jungen –‹« Stefan kann nicht mehr weitersprechen.

Sibylle nimmt seine Hand, wie er die Hand des Sterbenden festgehalten hat. »Aber begreife doch, Stefan«, sagt sie eindringlich, »Es – es ist ein Trost für mich, dass du bei ihm warst, als – als er sterben musste. Oberfeldwebel Schulz hat euch doch beide in das Feldlazarett gebracht – ich hab' inzwischen mit ihm gesprochen.« Sibylle bemerkt die Erleichterung, als Stefan begreift, dass er sein Wort nicht gebrochen hat.

»Ja, ich war bei ihm, bis zuletzt. Er konnte nicht mehr sprechen, aber er war noch voll bei Bewusstsein und hat jedes Wort verstanden, das ich ihm sagte. Ich sah es an seinem Gesicht. Und ich glaube nicht, dass er große Schmerzen hatte. Weißt du, Sibylle, da hab' ich meine Erfahrungen, da brüllst du wie ein Tier. Glaub mir, Sibylle, es war wirklich so.« Stefan ist erleichtert, dass er es hinter sich gebracht hat, aber er ist beschämt, weil ihm dabei die Tränen gekommen sind.

Sibylle fährt ihm mit der Hand über die Stirn. »Ich finde es großartig, dass du weich geworden bist. Ich«, setzt sie hinzu und greift, selbst am Ende ihrer Selbstbeherrschung, rasch nach ihrer Handtasche, »ich hab' dich noch nie männlicher erlebt als jetzt, Stefan.« Sie verabschiedet sich, geht nach draußen; er starrt noch lange an die Tür.

Er kann nicht sehen, dass Sibylle sich jetzt an die Wand lehnen muss und hemmungslos weint.

»Kann ich Ihnen helfen, gnä' Frau?« fragt der Stabsarzt, der auf dem Gang vorbeikommt. »Ist Ihnen nicht gut?«

»Danke«, entgegnet Sibylle. »Es – es geht schon wieder.« Sie läuft über den Korridor mit seltsam schweren, harten Schritten, die nicht zu dem schlanken, jugendlichen Körper passen.

Der Arzt betritt das Zimmer, um den Leutnant zusammenzustauchen, der eine junge Frau so durcheinandergebracht haben muss. Dann sieht er in Stefans Gesicht und schließt die Tür behutsam. Er weiß nicht, was vorgefallen ist, aber er hat es begriffen.

Kurz bevor Stefan am nächsten Morgen das Reservelazarett verlässt, um Sibylle zu besuchen, ändert ein bestürzter Anruf seiner Mutter sein Ziel. Isolde Hartwig hat erfahren, dass ihr Schwager entgegen allen Zusicherungen in Berlin hingerichtet worden ist.

»Komm vorbei, Bub«, sagt sie. »Dein Vater braucht dich jetzt.«

Stefan weiß, dass auch seine Mutter ihn brauchen wird. Er geht am Stock, so schnell er kann. Auf der rechten Seite seines Waffenrocks prangt ein neuer Orden: das Deutsche Kreuz in Gold, von den Soldaten nur »Spiegelei« genannt, der vermutlich dümmste, sicher aber hässlichste Orden – dumm, weil ihn die erhalten, bei denen es zum Ritterkreuz nicht reicht, und die Hässlichkeit spricht für sich selbst. Der Kommandeur der Panzerersatzabteilung war persönlich im Würzburger Lazarett erschienen und hatte ihm feierlich die Auszeichnung überreicht und mitgeteilt, dass seine Beförderung zum Oberleutnant bereits in der Mache sei. Früher hätte er für Orden und vorzeitige Beförderung einen Arm oder einen Fuß gegeben, jetzt ließ ihn das Heldenblech kalt. Eisernes Kreuz, Deutsches Kreuz, Birkenkreuz – das wahre Kreuz ist dieser Scheißkrieg, denkt Stefan. Vor ein paar Tagen hatte auf der letzten Seite der Zeitung gestanden, dass der Physiker Dr. Christian Maurer gefallen ist, ein Universitätsdozent und Forscher, als Gefreiter in einem Infanterieregiment verheizt. Claudia ist jetzt eine noch jüngere Witwe als Sibylle, dabei war ihre Mutter immer so sehr auf die Sicherheit ihrer Tochter bedacht gewesen, als wäre so etwas in dieser Zeit möglich.

Isolde Hartwig hat den Hausarzt gerufen, der seinem Vater ein Beruhigungs- und ein Kreislaufmittel verabreicht, bevor man ihm die Hiobsbotschaft aus Brandenburg mitteilt. Entgegen der Erwartung seiner Angehörigen nimmt er sie gefasst, beinahe beruhigt, auf. »Wolf hat ausgelitten«, sagt er. »Ich bin froh. Die Vorstellung, dass er in seiner Zelle wartet und gequält wird – das ist wenigstens jetzt vorbei. Der Herrgott hat ihm jetzt die ewige Ruhe geschenkt.«

»Vater, es ist furchtbar«, erwidert Stefan. »Onkel Wolf hat mit seiner Einstellung zur Partei leider recht behalten.« Er geht in sein Zimmer, wühlt in seinen Papieren.

»Suchst du etwas?« fragt seine Mutter, die auf einmal hinter ihm steht.

»Ja. Das Mitgliedsbuch der NSDAP und das Parteiabzeichen.«

»Wozu brauchst du das jetzt?«

»Bemüh dich nicht, Mama. Ich hab's schon gefunden«, entgegnet Stefan. »Und ich bin auch gleich wieder zurück.«

Es ist nicht weit vom Obstmarkt in das arisierte jüdische Vereinshaus, in dem sich die Partei eingenistet hat. Stefan geht die Treppe hoch, meldet sich auf der Geschäftsstelle. Er wird erkannt und erschrocken betrachtet. Die Anwesenden machen Gesichter, als würden sie sich am liebsten aus dem Zimmer stehlen. In Bamberg hat sich wie ein Lauffeuer herumgesprochen, dass Rechtsanwalt Dr. Hartwig, der Onkel dieses Offiziers, geköpft worden ist.

Wimmer, die rechte Hand des Kreisleiters Eisenfuß, fasst sich als erster. »Freut mich, dich zu sehen, Stefan«, begrüßt er den Besucher mit einem unterschleifigen Lächeln.

»Das wird sich erst herausstellen«, erwidert der Leutnant grimmig.

»Was kann ich für dich tun?« fragt der Goldfasan.

»Ich möchte meinen Austritt aus der Partei erklären«, entgegnet der Offizier.

»Du bist verrückt, Stefan. Sicher nur eine Kurzschlussreaktion – wegen deines Onkels, aber –«

»Kein Aber«, entgegnet Stefan. »Ich habe lange nachgedacht. Es ist endgültig und unwiderruflich.«

»Moment mal, Junge«, erwidert Wimmer. »Mach keine Dummheit. Der Bannführer ist zufällig im Hause, sprich mit ihm, bevor du etwas unternimmst.«

Auch Greifer hat ein verlegen-verlogenes Lächeln im Gesicht, als er den Besucher begrüßt: »Mensch, Stefan, jetzt auch noch das Deutsche Kreuz in Gold. Gratuliere! Du machst uns wirklich alle Ehre.«

»Lass den Quatsch!« versetzt der Zweiundzwanzigjährige. »Hier«, sagt er und legt sein Mitgliedsbuch auf den Tisch. »Ich möchte nicht länger in eurer Partei bleiben«, erklärt er.

Der wegen undefinierbarer Krankheit noch immer uk-gestellte Bannführer zuckt nervös mit seinem verdickten Augenlid. Er ist so erschrocken, dass er nicht antworten kann.

»Hier«, sagt Stefan, langt in die Tasche und wirft das Parteiabzeichen wie eine kleine Münze auf den Tisch. »Von mir aus kannst du dir das Ding zwischen die Arschbacken stecken.« Er sieht noch, dass Greifers Ohren zucken wie die Löffel eines Kaninchens, das geschlachtet wird.

Dann hat Stefan seinen großen Abgang.

Die Tür knallt ins Schloss wie ein Fallbeil.

An diesem Wintertag sind es noch siebzehn Monate und zwölf Tage bis zum Ende des Zweiten Weltkriegs.

III

An diesem 19. Mai 1947, dem Tag meiner Freilassung aus dem Santé-Gefängnis in Paris, spulten sich die Ereignisse so schnell ab, dass sie sich mir auf Magen und Psyche schlagen mussten. Die überraschende Freiheit. Die rasende Fahrt durch die große Stadt. Die Wiederbegegnung mit Peter Steinbeil, dem früheren Mitschüler und Erzrivalen, als dem US Captain Peter Stone. Der Abflug in einer mit höheren US-Offizieren besetzten Kuriermaschine. Der üppige Lunch, den uns eine Ordonnanz servierte. Die unmittelbar bevorstehende Heimkehr nach Bamberg.

»Prost!« sagte Bongo, der Freund und Organisator, und trank mir mit schwerem Bordeaux zu. »Mensch, Stefan, wir haben es geschafft. Auch wenn du davon noch überrumpelt bist, du musst es einfach genießen, dass wir vermutlich die einzigen PoWs sind, die man per Luftfracht nach Hause schafft.«

Ich sah zu Captain Stone, der sich weiter vorne mit einem Drei-Sterne-General zwanglos unterhielt. Er musste innerhalb der US Army eine Position haben, die weit über seinen Dienstrang hinausreichte.

»Der ganz große Zampano«, sagte Bongo, der meiner Blick richtung gefolgt war. »Und ein prima Kerl, er passt zu uns.«

»Wie lange kennst du ihn schon?« fragte ich.

»Ungefähr drei Wochen.«

»Und wie viele Montmartre-Nächte?«

»Montmartre ist falsch«, entgegnete Bongo. »Aber Nächte stimmt schon. Sieben oder acht, zu unserem Vergnügen, doch zu deinen Gunsten.« Er grinste. »Tarzan stellt auch als Mann seinen Mann.«

»Wie ist er auf dich gekommen?« fragte ich.

»Die Initiative ging von Bamberg aus«, erwiderte Kalle. Captain Stone ließ dich suchen, und das war bei Millionen Kriegsgefangenen nicht leicht, es kostete Zeit. Als er auf unsere Dienststelle in Paris stieß, warst du schon Opfer deiner heißen Nächte geworden. Ich hatte die US-Offiziere vom Bois de Boulogne immer wieder angeheizt, dir zu helfen. Ich hatte ja Beziehungen nach Lyon, und dieser Prenelle-Räuberpistole hab' ich nie getraut. Als wir den faulen Zauber aufgeklärt hatten, kam Captain Stone genau im richtigen Moment, um diesen gallischen Hahnrei hochgehen zu lassen. Du hast viel Schwein gehabt, Junge.«

»Und Freunde«, entgegnete ich.

Der US Captain mit der Schweizer Mutter verabschiedete sich von dem General und kam wieder zu uns zurück. Acht Jahre sind eine lange Zeit – und Zeit schafft Distanz. Ich bin nicht zimperlich, aber peinlich war es mir schon, einen Wohltäter zu haben.

»Du bist noch ziemlich mitgenommen, Stefan«, stellte der vierschrötige Captain fest. »Und du bist in einer schlechteren Lage als ich.« Er lächelte ungezwungen, doch hintergründig. »Ich weiß viel mehr über dich als du über mich.«

»Und Wissen ist Macht«, alberte ich.

»Ich hab' nie daran gezweifelt, dass einer wie du selbst in einem miesen System noch eine gute Figur macht«, erklärte der US-Offizier. »Aber ich habe mich auch davon überzeugt. Ich will dir etwas verraten, Stefan: Ich hätte keinen Finger für dich gerührt, wenn es nicht so gewesen wäre.« Der ehemalige Schulfreund klopfte mir salopp auf die Schulter. »Du bist ein feiner Bursche geblieben – auch dein Freund Bongo ist okay.«

»Dann wären wir ja drei prima Kerle«, entgegnete ich.

»Und glaubt nicht, dass ihr mir dadurch imponiert habt, dass ihr Kriegshelden seid«, entgegnete Peter. »Das bin ich schließlich selbst. Take a drink and forget about it!« riet er und lächelte über sich selbst.

»Leicht gesagt, Tarzan«, erwiderte ich und erschrak, weil ich ihn mit seinem früheren Spitznamen angeredet hatte.

»Du machst schon Fortschritte«, quittierte er es und goss mir Bordeaux nach. »Du kannst mich ruhig wieder so nennen – du schon, du und Bongo auch – es erinnert mich an meine Jugendzeit.«

»Passt prima zusammen: Tarzan und Bongo, die Urwaldaffen«, versetzte ich lachend.

Sie fuchtelten beide mit den Fäusten, aber es war nur eine Drohgebärde. Sie waren froh, mich aus der Erstarrung gerissen zu haben.

Wir landeten glatt auf dem Airport Erbenheim. Ein Fahrer holte uns in einem Buick ab. Wir rollten durch das zerstörte Frankfurt in

Richtung Heimat. Die vormals Freie Reichsstadt war zu einer Trümmerstätte geworden, sie teilte das Schicksal aller deutschen Metropolen.

»Was mit deinen Eltern und deinem Onkel passiert ist, ist furchtbar«, wurde Peter auf einmal ernst. »Aber dass du überlebt hast, ist mir eine Genugtuung.«

»Wir haben ja auch einiges dazu beigetragen«, sagte Bongo.

»Aber auch dagegen«, erwiderte der hochgewachsene US-Offizier und holte aus seiner Tasche ein Schriftstück. »Lies das mal durch, alter Freund und Kupferstecher«, forderte er mich auf und überreichte mir das Blatt.

»Aktennotiz der Kreisleitung.

Bamberg, 26. November 1943.

Wiedervorlage nach Kriegsende. Betrifft: Oberleutnant Stefan Hartwig, Panzerregiment 35, Heimatanschrift Bamberg, Obstmarkt.

Der Obengenannte war bei der Hitlerjugend ein fähiger Fähnleinführer, geriet aber später zunehmend unter den Einfluss des hingerichteten Hochverräters Rechtsanwalt Dr. Wolfgang Hartwig, seines Onkels. Er erschien heute auf der Geschäftsstelle der Kreisleitung, um in unflätiger Weise seinen Austritt aus der NSDAP – in die er mit Erreichung des achtzehnten Lebensjahres automatisch aufgenommen worden war – zu erklären.

Versuche des Pg Wimmer, Hartwig zu beruhigen, scheiterten. Ich war zufällig im Parteigebäude anwesend und versuchte meinerseits, den immerhin dekorierten Oberleutnant zur Raison zu bringen. Mein Bemühen quittierte er damit, dass er das Parteiabzeichen mit den Worten auf den Tisch warf: ›Von mir aus kannst du dir das Ding zwischen die Arschbacken stecken.‹

Ich bin mit dem Kreisleiter, Pg Eisenfuß, übereingekommen, dass wir die nötigen Strafmaßnahmen gegen den Abtrünnigen mit Rücksicht auf die Bevölkerung vorläufig, bis zum Endsieg, zurückstellen. Der Mann ist später voll zur Rechenschaft zu ziehen und aus der Volksgemeinschaft auszustoßen!

F. d. R.:

Martin Greifer, HJ-Bannführer.«

»Woher hast du das?«

»Ich habe eine nahezu komplette Aktensammlung über Bamberg angelegt«, versetzte Tarzan. »Das Volksgerichtshofdossier deines Onkels gehört übrigens auch dazu.«

»Kann ich das einsehen?«

»Zu gegebener Zeit.«

»Wann?« fragte ich.

»Wenn du dich einigermaßen erholt hast«, versetzte der Captain. »Es ist keine angenehme Lektüre.«

»Du bist wohl ein hohes Tier bei der Militärregierung.«

»Leider nur in Beraterfunktion, aber da ich Deutschlandspezialist bin, habe ich doch einigen Einfluss.«

»Und was ist aus diesem Schweinehund Greifer geworden?« fragte ich.

»Den halten wir unter Verschluss. Eisenfuß auch. Und Bruckmann. Und Wimmer. Und den SD-Chef Hassler.«

»Seinen Vorgänger auch?«

»Du meinst Panofsky?« fragte der Captain. »Der ist in einem Vernehmungslager.«

»Panofsky hat in Rußland ein bestialisches Mordkommando angeführt.«

Er nickte. »Woher weißt du das?«

»Ich bin zufällig Augenzeuge geworden und, als ich eine Anzeige darüber einreichte, an Panofsky geraten.«

»Augenzeuge?« wiederholte Tarzan interessiert. »Das ist toll. Die fehlen uns nämlich.«

»Dann kannst du mit mir rechnen. Und, soweit sie noch leben, auch noch mit einigen anderen.«

Bongo und ich waren zu einer neuaufgestellten Panzerdivision im Westen versetzt worden, so dass wir nicht wussten, wer bei den Fünfunddreißigern davongekommen war, aber das würden wir schnell in Bamberg erfahren.

»Früher haben wir täglich bis zu siebenhundert Goldfasane und ähnliches Gelichter kassiert. Zur Zeit halten wir siebzigtausend Gestrige unter automatischem Arrest in Internierungslagern. Soweit diese Burschen einander nicht denunzieren, stellen sie sich gegenseitig Persilscheine aus.«

»Was meinst du mit Persilscheinen?« fragte ich.

»Ein Nazi bestätigt einem anderen Nazi, dass er kein Nazi gewesen ist«, erwiderte Captain Stone. »Das ist die Begleitmusik zum Heldensabbat. Was meinst du, wie die Bittsteller auf deine Tante Marie-Luise einstürmen. Ich schätze, dass sie schon ein Kilo Papier für politische Leumundszeugnisse verschrieben hat.«

»Warum das?« fragte ich gereizt.

»Frag sie selbst«, entgegnete der Captain. »Vielleicht kann sie nicht nein sagen. Vielleicht ist sie zu christlich und dadurch zu barmherzig. Barmherzigkeit tut zwar gut in dieser Zeit«, setzte er hinzu, »aber in manchem Fall wird sie zu schierer Unbarmherzigkeit.«

In Bamberg würde einiges auf mich zukommen, aber das wusste ich längst. »Die nutzen die politische Naivität meiner Tante Marie-Luise einfach aus«, erwiderte ich. »Und ihr gutes Herz. Für was brauchen sie eigentlich diese Persilscheine?« fragte ich.

»Für die politische Säuberung. Sie müssen einen Fragebogen ausfüllen, und wenn der nicht blütenweiß ist, kommen sie vor die Spruchkammer«, erläuterte der Captain. »Wenn sie genügend Persilscheine vorlegen, werden sie voraussichtlich als Mitläufer eingestuft, kommen mit einer Bagatellbuße davon und rücken mit der Zeit wieder in ihre alten Stellungen ein. Das ist wie mit schmutzigen Hemden: Du wirfst sie in die Waschmaschine und –«

»Waschmaschinen gibt es bei uns noch nicht«, unterbrach ihn Bongo, der das Thema wechseln wollte. »Alles noch Handarbeit.«

»Mohrenwäsche«, entgegnete der athletische Besatzungsoffizier. »Dich werden sie vermutlich auch noch überlaufen«, spottete er. »Mit jammervollen Beschwörungen, und wenn das nichts hilft, versuchen sie es vielleicht mit Zigaretten, Eiern, Butter und weiß Gott noch was.«

»Keinen Appetit«, erwiderte ich. »Da beißen sie auf Granit.«

»Guter Vorsatz«, entgegnete Tarzan. »Aber das wirst du nicht durchstehen. Es gibt solche und andere. Und ich muss dir leider gleich sagen, dass die Militärregierung viel Mist baut und wenig Ahnung von den Verhältnissen in Deutschland hat. Du und ich, wir wissen ja schließlich, wie es wirklich gewesen ist.«

»Sicher«, entgegnete ich. »Aber es ist nicht meine Sache, Entlastungswische auszustellen.«

»Dann wirst du dir eine Menge Feinde machen«, versetzte Captain Stone.

»Ich zittere vor Angst«, blödelte ich.

»Aber du hast auch Freunde«, tröstete mich Tarzan. »Frag nicht, wie die mich deinetwegen – noch dazu ziemlich unnötig – bedrängt haben.«

»Wer?« fragte ich.

»Eine von ihnen war zum Beispiel Sibylle Faber, die Witwe unseres Ordinarius – eine großartige Frau. Und sie hat ihre Probleme. Ihr Vater ist ein dreiviertel Jahr vor Kriegsende gestorben. Da erst konnte Sibylle ganz übersehen, wie der alte Bertram die Firma durch Arisierungsgewinne und Ausbeutung von Zwangsarbeitern hochgebracht hat. Noch in der Nazizeit begann sie unauffällig den unrechtmäßigen Zuwachs wieder abzustoßen. Aber das änderte nichts daran, dass die ›Bertrag‹ unter Property Control geriet, die Vermögensverwaltung durch Beauftragte des Military Government.«

»Hat Sibylle nicht eine Art tätige Reue geleistet?«

»Fraglos«, bestätigte der Captain.

»Und was hat sie überhaupt mit der Raffgier ihres Vaters zu tun?«

»Sie und ihre Mutter sind die Inhaber der Firma und dadurch zwangsläufig auch ihre Nutznießer.«

»Sippenhaftung?« fragte ich.

»Nonsense«, erwiderte Tarzan. »Ein Provisorium bis zur endgültigen Entflechtung. Danach Wiederaufbau. Phönix aus der Asche. Ich hab' da schon meine Pläne.« Wieder tauschte er einen seiner Verschwörerblicke mit Bongo, und ich begriff, dass die Beziehung zwischen den beiden längst über nächtliche Lotterkumpanei hinausreichen musste.

»Und wie geht es Sibylles Mutter?« fragte ich.

»Recht gut«, erwiderte der US Captain. »Der Kleine beschäftigt Mutter und Großmutter voll. Und ich schirme die beiden ab, soweit es mir möglich ist.«

Der Buick hatte Würzburg erreicht, das heißt, Würzburg war es bis kurz vor Kriegsschluss gewesen, dann hatten zweihundertdreiundzwanzig britische »Lancaster« am 16. März 1945 in siebzehn Minuten das Gesicht der alten Bischofs- und Universitätsstadt bis zur Unkenntlichkeit verwüstet; 20 000 Zentner Spreng- und Brandbomben waren auf das barocke Kleinod herabgefallen und hatten ein historisches Juwel ohnegleichen vernichtet. Das »Tedeum aus Stein«, wie man Bambergs Nachbarstadt wegen ihrer vielen Kirchen und Klöster genannt hat, war nach dem Todesschrei von fünftausend Menschen verstummt.

Leere Fassaden, Schuttberge, Fensterhöhlen wie ausgestochene Augen. Es wurde mir übel, aber ich zwang mich, die Fingerabdrücke des Krieges und der Barbarei anzusehen. Ich konnte nicht glauben, dass diese Stadt je wiedererstehen würde, wenn auch nur als Kopie unersetzlicher Originalwerte – und das, so dachte ich damals, war vielleicht auch ganz gut so, denn hier am Main stand ein unübersehbares Kriegerdenkmal, frei von Kitsch, Kult und Verherrlichung, das Grabmal des Unbekannten Menschen.

Selbst Bongo bedrückten die Ruinen von Würzburg. Am späten Nachmittag fuhren wir weiter. Es war ein Trost, dass alles grünte und blühte. Für die Natur gab es keine Sieger und Besiegte, keine Ankläger und keine Verfemten, keine Denunzianten und keine Opfer. Die Natur setzte sich über alles hinweg, und sie war einsprachig, und aus Bombentrichtern wuchs das üppigste Grün.

Captain Stone, mein problematischer Jugendfreund, hatte mich nicht nur aus der Gefangenschaft befreit, er führte mir auch vor, wie sensibel ein kräftiger Körper- und Verstandesathlet sein kann, denn jetzt trat er auch noch als Arrangeur meiner Genesung auf. Ich erfasste es, als der Buick in Dettelbach vor dem Weingut hielt. »Steig aus«, forderte er mich auf. »Du wirst erwartet.«

Sibylle hatte mich wiederholt zu Hans Fabers mütterlicher Tante Gunda mitgenommen, und ich war von der Winzerin so herzlich empfangen worden wie ihr Neffe. Am Anfang war es mir peinlich gewesen, dann begriff ich, dass sie in mir eine Art Ebenbild des gefallenen Erziehers sah. Und Hans war ja schließlich mein Freund geworden.

Als wir vor dem Weingut landeten, wurde mir endgültig klar, dass ich in ein vorbereitetes Komplott geraten war. Wir wurden erwartet. Mit feiner Intuition wollte Tarzan eine letzte Schleuse zwischen meiner Heimatstadt und mir installieren.

Schon auf dem Gang schlossen sich Sibylles Arme um mich. Vor Freude, dass ich wieder da war, hatte sie nasse Augen. Dann schoss Tante Gunda auf mich zu. Zuletzt stupste mich Hänschen und verlangte volle Aufmerksamkeit.

»Ich hab' euch was hergerichtet«, sagte die Hausherrin geschäftig. Die fränkische Gastfreundschaft hatte den Krieg überlebt und die Vorratskammern dieses gottgesegneten Landstriches die Not. Es war die Heimkehr eines verlorenen Sohnes, der keine Eltern mehr hatte: Das Kalb wurde trotzdem geschlachtet.

Captain Stone musste nach Bamberg weiterfahren. Bongo und ich wurden von Sibylle und ihrer Tante zum Bleiben überredet. Wir saßen lange zusammen, und zur Feier des Tages durfte der Siebenjährige, der seinem Vater aus dem Gesicht geschnitten war, länger aufbleiben. Er hatte die Augen von Hans, die Gesten, seine

Hände, sogar schon seine hohe Stirn. Der Junge war unser aller Entzücken, obwohl er sich schon am ersten Abend als ein kleiner Überläufer erwies, offensichtlich fasziniert von Bongos Charme. Er wich ihm nicht mehr von der Seite, war zutraulich wie ein junger Hund. Der Knirps hatte nur Mutter, Großmutter und Tante um sich. Vielleicht war ihm nach einem Mann zumute, und das war Bongo nun wirklich, ein Kerl, der Zuverlässigkeit ausstrahlte. Ich wunderte mich, wie geschickt er mit dem Kleinen umgehen konnte und Hänschen wohl auch mit der Ankündigung kommender Abenteuer im Wasser, im Wald und auf dem Sportplatz für sich gewann. Wir gönnten es dem Jungen, und wir gönnten es auch Bongo, auch wenn wir ein klein wenig eifersüchtig wurden, vor allem unsere Gastgeberin.

An diesem ersten Abend erfuhr ich, eine knappe Autostunde von Bamberg entfernt, was vor und nach dem Zusammenbruch geschehen war. Das Netz der heiligen Kunigunde, der Trost und Glaube meiner Mutter, hatte tatsächlich sechs Kriegsjahre lang gehalten. Erst in den letzten Monaten waren einige Maschen gerissen. Nach Bombennotwürfen verirrter alliierter Flugzeuge war es am Aschermittwoch, dem 14. Februar 1945, zu einem Luftangriff gekommen. Viele der Kinder, die von Bomben zerrissen wurden, trugen auf der Stirn nach dem Gottesdienst das Aschenkreuz: »Memento, homo, qui es pulvis – Gedenke, o Mensch, dass du Staub bist und wieder zu Staub wirst.« Für vierundneunzig Menschen hatte sich das Bibelwort in Sekunden erfüllt.

Beim nächsten Luftangriff am 22. Februar waren es schon zweihundertsechzehn Opfer. Die Front war nähergerückt. Von morgens bis abends tummelten sich Jabos am Himmel, die sich auf jede Menschenansammlung auf der Erde stürzten. Sie sprengten die Trauergemeinden bei Beerdigungen. Oft standen die Särge tagelang auf den gepflegten Sandwegen, bis die Verstorbenen bestattet werden konnten.

Am 13. April war dann das Ende gekommen. Zuvor hatte man Bamberg zum Eckpfeiler einer fiktiven Jura-Festung erklärt und einen Kampfkommandanten ernannt, der als Scharfmacher auftrat, aber seinen Zivilanzug bereits im Gepäck hatte. Er ließ noch zwei »Feiglinge« erschießen und acht Brücken sprengen, während die Amerikaner schon zu beiden Seiten anrückten. Dann stahl er sich davon und überließ die Stadt ihrem Schicksal – und den

Plünderern, zu denen auch Frauen von Polizisten und Kinder von Richtern gehörten. Im Tietz-Warenhaus, das zuletzt von Feuerwehrleuten zwecklos mit Wasserschläuchen verteidigt wurde, erbeuteten wild gewordene Bürger so viele Anzugstoffe und Seidenballen, dass Bamberg bis weit in die Nachkriegszeit hinein ein Zentrum des Schwarzhandels wurde.

Weniger glücklich endete in der Nähe des Bahnhofs der Ansturm der Habgier: Als Plünderer einem Güterwaggon mit Schweißapparaten zu Leibe rückten, flog er, mit Munition beladen, in die Luft und zerfetzte siebzehn Menschen. Mit dem Proviant der bis zuletzt nicht freigegebenen und dann doch ausgeraubten Wehrmachtsverpflegungsmagazine hätte man die Stadt über ein Jahr versorgen können.

Beim Einrücken der Sieger brannte die Innenstadt drei Tage lang, vom Obstmarkt zog sich eine Flammenwand bis in die Adolf-Hitler-Straße – es war die Feuerbestattung für meine Eltern. Hier brach unser Gespräch ab.

»Hänschen muss jetzt ins Bett«, entschied Sibylle.

Der Junge zeterte und protestierte. Als ihm Bongo versprach, gleich am Morgen für ihn eine Steinschleuder zu basteln, ließ er sich widerstandslos abführen wie ein Musterkind.

»Toll, wie Sie mit Kindern umgehen können, Herr Klett«, sagte Sibylle.

»Nicht nur mit Kindern«, erwiderte ich anzüglich. »Auch mit mir. Oder mit Tarzan.« Ich grinste Bongo schadenfroh ins Gesicht. »Und erst mit dem schönen Geschlecht.«

»Stimmt das?« hieb Sibylle in meine Kerbe.

»Das war in Feindesland«, brummelte Bongo. Es sah aus, als würde der alte Schwerenöter tatsächlich rot. Er wirkte längst nicht mehr so ungeschlacht wie sonst und legte ganz schnell den Soldatenjargon ab. Auf einmal hatte dieser Draufgänger fast etwas Feines an sich.

Blumen standen auf dem hübsch gedeckten Frühstückstisch. Das ganze Haus duftete nach Bohnenkaffee, wohl ein Mitbringsel des Captain Stone. Die Sonne schien schon am frühen Morgen. Der Frühling kam als willkommener Eroberer stürmisch voran.

Sibylle erwartete mich in der stilvollen Ecke, frisch, adrett, die reizvollste Witwe, der ich je begegnet war.

»Warten wir noch auf Bongo?« fragte ich.

»Da kennst du Hänschen schlecht«, erwiderte sie lachend. »Der strapaziert ihn schon seit mindestens einer Stunde. Da hat sich dein Freund auf etwas eingelassen.«

»Wie gefällt er dir?« fragte ich.

»Nicht übel«, entgegnete Sibylle und goss mir Kaffee nach. »Hübsch hier, nicht? Hänschen und ich können noch einige Tage bleiben.«

»Und die ›Bertrag‹ interessiert dich nicht mehr?« fragte ich.

»Doch«, erwiderte sie. »Aber ich bin dort sozusagen nur mehr zu Besuch. Property Control hat einen Treuhänder eingesetzt, einen richtigen Tausendsassa –«

»– der jetzt auf deinem Stuhl sitzt.«

»Ich bin nicht so versessen«, entgegnete Sibylle. »Dr. Fritz Herter ist zur Zeit für die Geschäfte verantwortlich – aber Geschäfte gibt es momentan fast nicht.«

»Und du wirst nicht von dem Treuhänder schikaniert?«

»Keineswegs«, versetzte Sibylle. »Dr. Herter ist eigentlich ganz nett und lässt sich kaum sehen. Er tanzt auf vielen Hochzeiten. Er ist zugleich Zweiter Bürgermeister, Direktor der Dresdner Bank, Präsident des 1. FC Bamberg und auch noch Treuhänder für andere Firmen unter Vermögenskontrolle. Er ist sehr einflussreich und keineswegs ungefällig.«

»Und wo kommt dieser Wunderknabe her?« fragte ich.

»Geboren ist er in Zwickau. Er war jahrelang in einem KZ eingesperrt.« Sie schob mir ein Honigbrötchen zu.

Einen Moment lang stellte ich mir vor, wie es wäre, wenn Hans auf meinem Platz säße. »Ich hab' mich noch gar nicht bei dir bedankt, Sibylle, für deine Verwendung bei Tarzan«, sagte ich hölzern.

»Das sollst du auch nicht«, entgegnete sie. »Außerdem müsstest du es dann auch noch bei einer anderen tun.«

Ich ahnte, wen Sibylle meinte, aber ich ging nicht darauf ein.

»Interessiert dich nicht, Stefan, wer dich baldmöglichst wieder in Bamberg sehen wollte?«

»Ich nehme an, du sprichst von Claudia«, erwiderte ich wie mit vollem Mund. »Wie geht es ihr?«

»Sie hat sich, nachdem Christian Maurer gefallen war, ganz in ihr Studium verbissen und ein glänzendes Staatsexamen hingelegt. Zur Zeit praktiziert sie als Jungärztin im Städtischen Krankenhaus.«

Ich gab mich betont uninteressiert.

»Claudia war doch deine große Liebe«, drängte Sibylle.

»Es war einmal«, versetzte ich. »Aber unsere Zeit ist kein Märchen.«

Sibylle lächelte halb wehmütig und halb spöttisch, ich hatte mich ja auch reichlich geschwollen ausgedrückt.

»Und außerdem«, fuhr ich fort, »ist Claudia bereits mit ihrem Studium fertig, während ich noch überlege, welche Richtung ich einschlagen soll.«

»Die Universitäten sind wieder geöffnet«, entgegnete Sibylle.

»Vielleicht studiere ich doch Jura«, antwortete ich. »Schließlich war mein Onkel ein führender Anwalt in meiner Heimatstadt. Ich könnte versuchen, in seine Fußstapfen zu treten.«

Wir hörten Hänschen und Bongo auf das Haus zukommen.

»Kalle wäre eigentlich der richtige Mann für deine Firma«, erklärte ich. »Er ist überall zu Hause, findet sich in jeder Situation zurecht – und er kann und will nicht in die Sowjetzone zurück.«

Sibylle nickte zerstreut. »Er hat mir mit unheimlichem Gespür und Einsatz in Paris aus dem Gefängnis geholfen.«

»Hat er dir nicht auch damals, in Rußland, im Lazarett –«

»Schon bei unserer ersten Begegnung hat mir Bongo das Leben gerettet«, unterbrach ich sie. »Später konnte ich es wieder wettmachen, aber darüber wollen wir nicht reden«, sagte ich und setzte inkonsequent hinzu: »Jeder Überlebende hat ein paar andere gerettet und vielleicht auch auf dem Gewissen –«

Sibylle hatte mir gestern den Abend nicht verderben wollen, aber jetzt berichtete sie mir, dass in den letzten Monaten des Krieges noch einmal vier ehemalige Mitschüler aus der 8 c ums Leben gekommen waren. Die langhaarige Erika, die immer rot geworden war, wenn Dr. Faber sie angesehen hatte, war als dienstverpflichtete Stabshelferin auf einem E-Hafen von einer Bombe erschlagen worden. Sterzbach, der damals geweint hatte, als Oberstudiendirektor Dr. Schütz das Kruzifix aus dem Klassenzimmer entfernen ließ, hatte es ebenso in Rußland erwischt wie Benno Metzger, meinen Jungzugführer, ihn als Untersturmführer der Waffen-SS. Ferdinand Grubbe war am Niederrhein im Kampf gegen die Anglo-Amerikaner gefallen, und es spielte keine Rolle mehr, dass er in seinem Reifezeugnis als sehr durchschnittlich beurteilt worden war.

Am nächsten Tag kam Captain Stone und holte uns ab. Er betrachtete mich eingehend und nickte zufrieden. »Du hast dich bereits prächtig erholt«, stellte er fest. »Der Gefängnisanstrich ist weg.«

Wir nahmen in seinem Buick Platz, Peter ging noch einmal zurück und plauderte noch ein paar Minuten mit Sibylle, offensichtlich seiner besonderen Vertrauten. »Sorry«, entschuldigte er sich, dann fuhren wir los.

Er lenkte den Wagen gemächlich wie einer, der viel Zeit hat, war zunächst ziemlich wortkarg, dann begann er: »Passt mal auf, Sportsfreunde. Ihr wohnt provisorisch im Gästehaus meiner Dienststelle. Ihr seid pro forma vorübergehend in meinen Diensten, bis alles geregelt ist: Unterkunft, Zuzug, Quartier und so weiter. – Wie ich höre, willst du Jura studieren, Stefan«, wandte sich der Captain an mich. »Sicher eine gute Idee, aber das heißt, dass du schleunigst entnazifiziert werden musst... Das gilt auch für dich, Kalle«, sagte er zu Bongo. »Wenn du willst, setze ich dich dann bei der ›Bertrag‹ als eine Art stellvertretenden Treuhänder ein – übrigens hatte Stefan diese Prachtidee.«

»Sibylle ist ja eine ergiebige Informationsquelle«, erwiderte ich.

»Deine Anregungen sind uns Befehl«, spöttelte Peter.

Wir hatten Bamberg erreicht, passierten das Hohe Kreuz, rollten den Kaulberg hinunter, hinüber auf den Domberg, erreichten das alte Benediktinerkloster Sankt Michael mit der mächtigen Freitreppe, fuhren zum Abtsberg weiter. Unsere Ankunft in Bamberg, die ich so gefürchtet hatte, verlief wie eine Sight-Seeing-Tour in einer noblen Stadt, die ihre Gäste verwöhnt. Aber ich war kein Gast, ich war zu Hause, und ich begann es zu spüren, zu empfinden. Bamberg hatte Schäden erlitten, war aber weitgehend unzerstört geblieben. Kunigunde, die Stadtheilige, hatte ihrem Patronat alle Ehre gemacht.

Der Abtsberg lag im Sperrgebiet, seine hübschen Villen waren von der Besatzungsmacht requiriert worden. Und das war in diesem Fall der Research Service des US Captain Peter Stone. Er sammelte Nachrichten aus Wirtschaft und Politik, erstellte Analysen und tätige Meinungsumfragen. Es wirkte ein wenig geheimnisvoll, aber es war keine Geheimdienstarbeit, eigentlich eine Art zweites Standbein, das sich das Military Government zugelegt hatte, eine Art Gegenkontrolle.

Zuerst erhielten Bongo und ich einen Ausweis, der uns das Betreten des Sperrgeländes erlaubte, dann jeder einen Fragebogen, zu beantworten in dreifacher Ausfertigung. Es war ein Produkt von Neugier und Willkür, Ausgeburt einer größenwahnsinnigen Bürokratie, die den Befragten einer Kanonade notwendiger, indiskreter, doch auch oft indiskutabler Fragen aussetzte: Körpergröße, Gewicht, Farbe der Augen, der Haare, Narben oder andere besondere Kennzeichen, wie sie eigentlich zu einem polizeilichen Steckbrief gehörten; aber das waren wir ja gewohnt. Bereits bei der Frage Nummer 18 griffen sich Bongo und ich an den Kopf: »Aufzählung aller Ihrerseits oder seitens Ihrer Ehefrau oder Ihrer beider Großeltern innegehabten Adelstitel.« Insgesamt waren hunderteinunddreißig Fragen zu beantworten, darunter auch, welche Partei wir 1932 gewählt hätten. Das war schlichtweg idiotisch: Erstens waren wir noch gar nicht wahlberechtigt gewesen, dazu hatte es sich auch noch um geheime Wahlen gehandelt. Wer schließlich konnte nachprüfen, dass die Antwort stimmte?

Wir brauchten zwei Stunden. »Angewandter Schwachsinn«, sagte ich zu unserem Gastgeber.

»Ich hab's nicht erfunden und finde es auch nicht gut«, entgegnete er mürrisch.

»Hast du nicht Heil-Schreier und Denunzianten erlebt, die in keiner einzigen Parteigliederung waren?«

»Natürlich.«

»Sagt die bloße, meistens erzwungene Mitgliedschaft etwas über die Haltung des Betroffenen aus?« versetzte ich.

»Na ja – es ist zumindest ein äußerer Anhaltspunkt«, erwiderte Peter Stone. »Außerdem entlarven wir auf Anhieb eine ganze Menge Lügner.«

Hier hatte er recht. In München waren nahezu alle Unterlagen der Parteigliederungen von den Amerikanern in einer Papiermühle gefunden und sichergestellt worden. Mit einer einzigen Anfrage bei dem daraus entstandenen »Document Center« konnte der Wahrheitsgehalt der Selbstauskunft kontrolliert werden. Bereits in der ersten, besonders kriminellen Nachkriegszeit war Fragebogenfälschung das weitaus häufigste Delikt.

Wer eine Zuzugsgenehmigung brauchte, eine Arbeitsplatzzuweisung, eine Unterkunft, wer Lebensmittelkarten beantragte, musste einen Fragebogen ausfüllen. »Wer hat dich, du schöner Wald«, spotteten die Kabarettisten, »abgeholzt zu Fragebogen?«

Am Nachmittag machte ich meinen ersten Stadtausflug. Allein, zu Fuß. Ich ging auf den Friedhof und fragte bei der Verwaltung nach dem Grab meiner Eltern.

»Hartwig?« sagte ein Bediensteter, und erstmals stellte ich fest, dass mein Name nunmehr in Bamberg wie ein Passepartout wirkte. »Warten Sie, ich komme gleich mit und zeige es Ihnen.«

Wir brauchten nicht weit zu gehen. In einer Ecke, direkt an der Mauer, wo die Patriziergräber liegen, hatten Friedrich und Isolde Hartwig ihre letzte Ruhestätte gefunden; sie war liebevoll gepflegt, und die große Marmorplatte musste Captain Stone mindestens eine Stange Zigaretten gekostet haben. In meiner Abwesenheit waren, wie ich gleich richtig vermutete, Tante Marie-Luise und Sibylle die fürsorglichen Friedhofsgärtnerinnen gewesen. Die Sonne fiel auf die rotblühenden Begonien und den großen Strauß weißer Margeriten. Die Hummeln summten, kletterten an den Stengeln hoch. Ich erlebte einen Dreiklang von Würde, Andacht und Leben, und ich war überrascht, weil aus meinen Gedanken ein Zwiegespräch mit Mutter und Vater geworden war.

Die Begegnung auf dem Friedhof, die ich so gefürchtet hatte, wurde zur Stunde der Besinnung. Aus der Gruft übertrug sich fühlbar eine Kraft, die mich befähigte, mich Problemen zu stellen, denen ich bisher aus dem Weg gegangen war. Die Lösung zeigte sich simpel, beinahe banal: Ich musste mich künftig nur so verhalten, wie meine Eltern das gewünscht hätten. Ich war Abiturient, Ex-Offizier, Heimkehrer, ich würde demnächst sechsundzwanzig Jahre alt werden, doch ich war noch immer nicht mündig.

Die erste Konfrontation von Vergangenheit und Zukunft kam umgehend, als, nur wenige Meter vom elterlichen Grab entfernt, vor mir eine etwa fünfzigjährige Passantin stehen blieb und mich ansprach. »Das ist doch Stefan Hartwig?« sagte sie. »Kennst du mich nicht mehr? Ich bin Frau Ramm.«

»Rainers Mutter«, erwiderte ich und reichte ihr die Hand.

»Gut, dass du durchgekommen bist«, sagte sie, und ohne Punkt und Komma fuhr sie fort: »So ist es halt im Leben, es gibt keine Gerechtigkeit: Du warst Fähnleinführer und hast überlebt. Rainer war gar nichts bei der HJ und liegt in Rußland.«

»Ja«, entgegnete ich. »Es gibt keine Gerechtigkeit. Sie leiden unter dem Tod Ihres Sohnes. Meine Eltern«, ich wies auf das Doppelgrab, »können sich nicht mehr freuen, dass ihr Einziger heil nach Hause gekommen ist.«

Mutter Ramm betrachtete mich erschrocken. »Mein Gott, Stefan«, sagte sie, »entschuldige bitte, ich hab's wirklich nicht so gemeint.« Sie ging weiter, den Kopf zwischen die Schultern gezogen, leicht gebeugt, wie so viele, die eine Last zu tragen hatten, die ihnen keiner abnehmen konnte.

Das nächste Zusammentreffen war unbefangener. Der kleine Müller I winkte mir über die Straße zu. »Prima, dass du auch nach Hause gekommen bist«, begrüßte er mich. »Jetzt sind es schon vier von der 8 c.« Wir gingen in die nächste Kneipe und tranken ein Glas Dünnbier auf das Überleben. Er zog einen Zettel mit vielen Namen aus der Tasche; hinter den meisten standen Kreuze. »Sieh dir das an«, sagte er. »Ich hab' das zusammengestellt. Das war mal die 8 c. Zwei Drittel sind gefallen oder vermisst, vier zu Hause, die anderen noch in Gefangenschaft. Was die mit uns gemacht haben –«

»Was willst du anfangen?« fragte ich.

»Ich hab' keine Lust mehr zum Studium, keine Geduld und auch kein Geld«, erwiderte Müller I. »Ich geh' vielleicht zur Stadtverwaltung. Inspektorlaufbahn. Da kommst du rasch voran, da klaffen zur Zeit gewaltige Lücken.«

Als wir auseinandergingen erfuhr ich, dass von vierhundertfünfundsechzig Kommunalbeamten wegen echter oder formaler Belastung zweihundertfünfundzwanzig, von dreihundertvierundachtzig Angestellten hundertdrei von der Militärregierung gefeuert und durch unbelastete, doch meistens auch untaugliche Kräfte ersetzt worden waren. In allen Städten war die Verwaltung wie ein Wasserkopf angeschwollen. In Passau arbeiteten zwölfhundertzweiunddreißig Angestellte anstelle von sechshundertsiebenundvierzig für das Narrentreiben der Bürokratie. Die Militärregierung machte mit einigem Erfolg Regierungsräte zu Straßenkehrern, aber als sie Straßenkehrer in den Stand von Regierungsräten erhob, musste sie Schiffbruch erleiden.

Die Stunde Null wurde zur Zeit der Nullen. Gas- und Stromversorgung, Gesundheitsfürsorge, Müllabfuhr, nichts funktionierte mehr; man musste Ausnahmeregelungen treffen und Belastete wieder einstellen. Solange alle Ex-Parteigenossen das gleiche Schicksal getroffen hatte, war es ihnen erträglich erschienen, aber die aus der Not geborenen Bevorzugungen einzelner führten zu Explosionen des Selbsterhaltungstriebes, förderten Missgunst, Verleumdung und Selbstgerechtigkeit.

Über die beiden Regnitzarme, zwischen denen die Innenstadt Bambergs liegt, führten Notstege. Ich balancierte hinüber und ging am Ufer entlang zur Dientzenhoferstraße. Marie-Luise Hartwig war gerade dabei, einen Besucher zu verabschieden, als ich auftauchte.

Sie begrüßte mich ergriffen wie einen eigenen Sohn. »Sie kennen doch meinen Neffen Stefan?« sagte sie zu dem etwa sechzigjährigen Mann mit dem verhärmten Gesicht. »Oberinspektor Breuer«, stellte sie vor. Er verneigte sich förmlich. »Also, kommen Sie morgen Nachmittag vorbei«, verabschiedete ihn meine Tante.

Es war mir klar, dass es sich um einen Bittsteller handelte.

Die Witwe meines Onkels war immer eine zurückhaltende, fromme Frau gewesen; ihr Glaube gab ihr jetzt die Kraft, die oft aufdringliche Verehrung vieler Bamberger ebenso zu ertragen wie zuvor ihre Isolierung.

»Stellst du schon wieder mal einen Persilschein aus?« rügte ich sie.

»Kennst du den Mann nicht?« fragte meine Tante. »Einer der Anständigsten und Unauffälligsten in Bamberg. Damals, als Wolf auf den Tod warten musste, hat er versucht, mir beizustehen, zweimal sogar auf der Straße. Dabei war Breuer Parteigenosse und Blockleiter. Er hat wirklich nur die Beiträge einkassiert, und auch das nur, weil die anderen alle eingezogen waren.«

»Aber das wird die Spruchkammer wohl auch ohne deine Beihilfe feststellen können«, entgegnete ich.

»Sei nicht so streng, Stefan«, versetzte sie. »Du kennst doch den Versicherungsjuristen Claus Benz vom Wehrbezirkskommando?«

»Dr. Fabers Freund.«

»Ja, sein Freund, und was für einer! Als der Ordinarius verhaftet werden sollte, hat Claus Benz ihn über Nacht zur Wehrmacht in Sicherheit gebracht. Er hat dabei sein Leben riskiert. Hans Faber wäre es vielleicht ebenso ergangen wie meinem Mann.«

Ich war verblüfft. Meine Tante hatte ja Recht. Hans hatte mir an der Front den Geniestreich seines Freundes geschildert.

»Meinst du, es war falsch, Claus Benz einen Persilschein auszustellen?« fragte mich die streitbare Witwe.

»Nein, sicher nicht«, erwiderte ich.

»Meinst du, es wäre falsch gewesen, deinem Vater einen Persilschein zu geben, falls er ihn noch verwenden könnte?«

Daran hatte ich noch gar nicht gedacht.

»Na also«, erwiderte Marie-Luise Hartwig. »Lass dich nicht zu sehr von Captain Stone beeinflussen, auch wenn er ein fabelhafter Kerl ist – in diesen Dingen freilich noch betriebsblind.«

Diese bescheidene, großartige Frau brachte mich zum Nachdenken. Es gab kein Schwarz-Weiß, noch nicht einmal ein Schuldig oder Unschuldig. Dass das Dritte Reich, dem neunhundertachtundachtzig Jahre an seiner angemaßten Dauer fehlten, doch ziemlich viele versteckte wie auch mehr oder weniger offene Hitler-Feinde überlebt hatten, war letztlich nur durch die Hilfe oder zumindest die Diskretion von Nachbarn, Bekannten oder Kollegen möglich gewesen, von Menschen, die angesichts einer schematischen Entnazifizierung, einer verordneten Revolution auf dem Papier, heute nun vielleicht selbst der Fürsprache bedurften.

»Wo wohnst du, Stefan?« fragte mich Tante Marie-Luise.

»Bei Peter Stone.«

»Du kannst jederzeit zu uns umziehen«, bot sie mir an. »Wir haben ein Zimmer für dich freigehalten.«

»Vielen Dank, ich komm' bestimmt darauf zurück«, antwortete ich.

»Stell dir vor, Bamberg hat Onkel Wolf ein Ehrengrab angeboten. In einer Feierstunde wollen der Oberbürgermeister, der Erzbischof und der Militärgouverneur die Gedenkreden halten – aber die Urne liegt in der Sowjetzone, und die Behörden machen Schwierigkeiten mit der Herausgabe. Captain Stone hilft mir zwar nach besten Kräften, aber ich fürchte, wir müssen die Asche des Geehrten regelrecht herüberschmuggeln.«

»Wir werden es schon schaffen«, sagte ich und verabschiedete mich. »Grüß Adele von mir.«

Ich ging die Dientzenhoferstraße entlang. Die meisten Häuser waren von der Militärregierung beschlagnahmt, auch das Nachbargebäude, das Tarzans Mutter gehörte. Dann ging ich Richtung Innenstadt, passierte den Grünen Markt, stand vor der barocken Martinskirche, hinter der die Zerstörungen begannen. Dann erreichte ich die Untere Brücke.

Hier stand, unübersehbar über Schuttbergen und Ruinenfassaden, St. Kunigunde mit Goldkrone und hocherhobenem Zepter, und sie lächelte genauso über die Torheiten der Besatzer und der Besetzten wie einst über den Aufstand der braunen Spießbürger.

Ich grüßte zur Stadtheiligen hinauf, das war ich meiner Mutter schuldig. Einen Moment lang hatte ich die abstruse Vorstellung,

Kunigunde nicke mir zu. Es war eine Sinnestäuschung, aber ich bin sicher, wir würden uns künftig bestens verstehen.

Ich stieß auf Nachbarn, Bekannte und entfernte Verwandte, beantwortete banale Fragen mit Gemeinplätzen. Über das prächtige Alte Rathaus näherte ich mich dem Obstmarkt und stand vor einer Trümmerstätte. Unfassbar, dass ich in diesem Haus aufgewachsen war, unbegreiflich, dass es in Sekunden vernichtet worden war. Nebenan wurde schon wieder aufgebaut, improvisiert, geflickt. Die Menschen wollten aus den Kellern wieder nach oben – das Leben ging weiter.

Es war sicher besser, sich der Zukunft zu stellen als über die Vergangenheit nachzugrübeln. In der vormaligen Adolf-Hitler-Straße, die jetzt wieder Lange Straße hieß, holte sie mich wieder einmal ein. Einer, den ich am wenigsten zu sehen wünschte, sprach mich an: Oberstudienrat Pfeiffer, der Alt-Pg und Gegenspieler von Hans Faber am Gymnasium.

»Prima, dass du wieder zu Hause bist, Stefan«, sagte er. »Wir kommen schon wieder hoch. Stell dir vor, diese Schweine haben mich sieben Monate in ein KZ gesperrt.«

»Und wie sind Sie aus dem Internierungslager wieder herausgekommen?«

»Kein Platz mehr«, erwiderte er und betrachtete mich abtastend. »Sag mal, Stefan«, fuhr er dann fort, »durch die Sache mit deinem Onkel stehst du ja jetzt unter politischem Denkmalschutz.« Er lachte, als wäre das Schicksal Dr. Wolf Hartwigs ein Witz. »Könntest du mir so einen Wisch für die Spruchkammer ausstellen?«

»Einen Persilschein?«

»Natürlich. Du schreibst einfach, dass ich immer ein aufrechter, national denkender Mann war, der sich allen Auswüchsen des braunen Systems entgegengestellt hat.«

»Haben Sie das denn, Herr Pfeiffer?« fragte ich.

»Quatsch«, versetzte er. »Wenn alle so hinter ihrem Führer gestanden hätten wie du und ich, dann gäb's diesen Saustall hier jetzt nicht, dann wären wir die Sieger.«

»So sind wir nun allerdings die Verlierer«, entgegnete ich. »Vor allem Sie, Herr Pfeiffer. Von der Schule geflogen?«

Er nickte verdrossen.

»Erzieher wie Sie haben an Schulen auch nichts zu suchen«, erwiderte ich. »Sie waren der Auswuchs eines beschissenen Systems.«

Sein Gesicht verzerrte sich; er zitterte vor Hass. »Du hast dich wohl schon umgestellt, du Lump!« Er spuckte vor mir aus.

Meine Hände schossen vor, fassten ihn am Kragen, ich drückte ihn gegen die Wand, schüttelte ihn wie einen Baum. »Wenn Sie nicht ein mieser alter Mann wären, würde ich Sie zusammendreschen«, sagte ich und schleuderte ihn gegen die Wand. Er ging stöhnend zu Boden. »Sagen Sie nie mehr Lump zu mir und spucken Sie nie mehr vor mir aus«, setzte ich hinzu. »Das nächste Mal vergesse ich mich.«

Es bildete sich ein Menschenauflauf wie nach einem Verkehrsunfall. Ein Hilfspolizist mit weißer Armbinde, bewaffnet mit einem Holzknüppel, baute sich drohend vor mir auf. »Sie haben eine Körperverletzung begangen«, sagte er.

»Mit Vergnügen«, erwiderte ich.

»Zeigen Sie mir Ihren Ausweis!« Er wurde etwas freundlicher, als ich ihm Captain Stones Research-Service-Bestätigung zeigte.

»Sie können nur hoffen, dass der Mann keine Anzeige gegen Sie erstattet«, sagte der Hilfspolizist.

»Ganz im Gegenteil«, erwiderte ich und ging lachend weiter.

Für den ersten Tag hatte ich genügend Eindrücke gesammelt. Die Zeit hatte noch immer den Teufel im Leib. Es war die Epoche der deutschen Nachkriegsgeschichte, in der gelogen und gestanden, gehungert und geschlemmt, gebetet und gehängt, geschoben und gehurt, geschwiegen und verraten wurde.

Natürlich fanden sich Kalle und ich in den nächsten Tagen in Bamberg zurecht. Wir hatten beide nicht die Absicht, als Dauergäste des Captain Stone auf dem Abtsberg zu schmarotzen. Ich erfuhr, dass Hans Fabers alter Oberfeldwebel Schulz den Krieg überlebt und eine Bauerntochter aus Bambergs Umland geheiratet hatte. Ich suchte ihn auf. Wir sprachen von alten, schlimmen Zeiten, und ich hatte insofern Glück, als Schulz, der Neulandwirt, inoffiziell eine Regimentskartei führte. Ich konnte mich genau an die Männer erinnern, die mit mir Fahrzeuge in der Etappe abgeholt hatten und dabei in eine der Vernichtungsaktionen des Sturmbannführers Panofsky geraten waren. Zumindest Unteroffizier Boldt lebte noch und wohnte in der Nähe von München.

Am Abend konnte ich Captain Stone berichten, dass er mit einem weiteren Zeugen rechnen könne. Er war offensichtlich nicht ganz bei der Sache. »Die Russen haben einen Auslieferungsantrag gestellt«, erklärte er dann. »Panofsky wurde verlegt und ist zur Zeit unauffindbar.«

»Faule Sache«, erwiderte Bongo. »Das kenn' ich von Frankreich her.«

»Was soll das heißen?« fragte der Jugendfreund scharf.

»Eines Tages meldet die zuständige Dienststelle, dass der Mann aus der Haft entkommen ist, tatsächlich aber hält ihn eine geheime US-Dienststelle als Rußlandexperten unter Verschluss und bewahrt ihn vor Auslieferung und Henker.«

»Das glaubst du doch selbst nicht«, entgegnete Tarzan verärgert.

»Ich hab's erlebt«, behauptete Kalle. »In Lyon, mit einigen ganz üblen Typen, beide Rußlandexperten in US-Diensten. Wie hätte ich denn sonst den Fall Prenelle klären können? Die Politik hat sich gedreht«, fuhr Bongo fort. »Amerika steht jetzt im Kalten Krieg mit seinen ehemaligen Bundesgenossen hinter dem Eisernen Vorhang. Die USA wissen überhaupt nichts über die Russen. Da braucht man nützliche Idioten. Und Geheimdienst ist Dreckarbeit und kennt nur eine Moral: den Erfolg.«

»Auch wenn es sich um Kriegsverbrecher handelt?« entgegnete Peter Stone verärgert. »Ich kann das einfach nicht glauben.« Er stemmte sich dagegen, aber aus seiner Stimme war ein erster Zweifel herauszuhören.

»Das sollst du auch gar nicht«, konterte Bongo. »Du sollst nur die Augen offen halten.«

Der Captain las unsere Fragebogen aufmerksam durch und nahm sie mit, um sie der zuständigen Stelle vorzulegen. Ich wusste, dass er einen ausgezeichneten Ruf hatte, als korrekt und doch hilfsbereit galt, wenn auch Anbiederungsversuche von ihm abprallten. Tarzan musste sich hinter MP-Posten im Sperrgelände verschanzen, denn als deutschsprechender US-Offizier wäre er sonst von Bittstellern überlaufen worden.

Er befand sich in einer heiklen, zwiespältigen Situation: Er gehörte zu den Machthabern der Militärregierung, aber sein Vater war auf dem gleichen Friedhof beerdigt wie meine Eltern. Peter Steinbeil, als Deutscher geboren und in diesem Land aufgewachsen, hatte als Siebzehnjähriger durch eine Absprache seiner Mutter mit meinem Onkel in die Schweiz emigrieren können. Am Vierwaldstätter See noch nicht richtig eingewöhnt, war seine Mutter dann mit ihm nach Übersee ausgewandert. Nun war Tarzan das alles zusammen: Deutscher, Halbschweizer und Amerikaner. Wahrscheinlich kam der Captain nicht dazu, lange darüber nachzudenken; er fuhr ständig zwischen München und Bamberg hin und her und musste zusätzlich noch überall hinreisen, wo's im US-Besatzungsgebiet zu Pannen gekommen war.

Schwierigkeiten gab es ständig, denn viele örtliche Gouverneure benahmen sich wie Duodezfürsten und legten die Weisungen des Military Government nach Gutdünken aus. Man nannte sie »Landkreiskönige«, und manche dieser spätabsolutistischen Herrscher waren besser als ihre Vorschriften, aber nicht wenige von ihnen neigten zu Klüngelwirtschaft und förderten Günstlinge ihrer Wahl. Eine der neugegründeten deutschen Zeitungen in Frankfurt hatte so zum Beispiel acht kommunistische Lizenzträger, und bei einer süddeutschen Stadtverwaltung tummelten sich die Homosexuellen.

Bambergs Gouverneur war ein besonnener, ordentlicher Offizier. Der Oberbürgermeister aus der Vornazizeit lebte noch und konnte sein altes Amt wieder antreten. Und in Peter Stone stand der Militärregierung ein Berater zur Verfügung, der die Vergangenheit der Sieben-Hügel-Stadt selbst miterlebt hatte.

Nach einer Viertagereise kehrte Tarzan in blendender Laune zurück. Er kredenzte uns einen Bocksbeutel aus Tante Gundas unerschöpflichen Beständen. Dann öffnete er seine Postmappe wie eine gütige Fee. »Hier, Bongo«, sagte er und schob dem Freund eine Bescheinigung zu, »dein Spruchkammerbescheid. Gratuliere: Du bist vom Gesetz nicht betroffen.«

»Ich muss dir etwas gestehen, Tarzan«, erwiderte Kalle. »Ich bin ja sieben Jahre älter als ihr beiden. Ich war damals für die HJ schon zu alt, und bevor sich die Frage Partei oder SA stellte, wurde ich zur Wehrmacht eingezogen. Das hier«, setzte er hinzu und wies auf die Bescheinigung, »verdanke ich keiner politischen Entscheidung, sondern einem glücklichen Zufall.«

»Ich muss dir auch etwas gestehen«, versetzte der Captain. »Ich habe deine Angaben vom Document Center überprüfen lassen.«

Einen Moment war Kalle verblüfft. »Dich werde ich nicht mehr unterschätzen, Tarzan«, sagte er dann grimmig.

»Und nun zu dir, Fähnleinführer«, wandte sich der wendige Hüne mir zu. »Ich habe deinen Fragebogen und Greifers Aktennotiz der zuständigen Spruchkammer vorgelegt. Normalerweise hätte man dich in Gruppe III, als Minderbelasteten, eingestuft. Der Vorsitzende und die Beisitzer bewerten jedoch deinen Parteiaustritt, vor allem die Art, wie er geschehen ist, einstimmig als aktiven Widerstand, deshalb wurdest du als Entlasteter in Gruppe V eingestuft.« Er überreichte mir den Spruchkammerbescheid. »Du kannst dich bei deinem Ex-Bannführer Greifer bedanken.« Er lächelte süffisant.

Zunächst einmal bedankten wir uns bei ihm.

»Nein, nein«, wehrte Peter ab. »Ich habe die Entscheidungen wirklich nicht beeinflusst und nur dafür gesorgt, dass sie rasch erfolgt sind. Und nun auf ins Leben, Freunde!« sagte er und hob das Glas.

Er hatte Kalle bei Dr. Herter, dem Stellvertreter des Oberbürgermeisters und Treuhänder der »Bertrag«, angemeldet. Für mich war der Weg zur Universität frei geworden. Ich fuhr am nächsten Tag nach Erlangen und kehrte als Jurastudent nach Bamberg zurück.

Inzwischen war Sibylle Faber aus Dettelbach eingetroffen, offensichtlich nicht mit leeren Händen, denn sie lud uns alle zu einem sonntäglichen Mittagessen ein, neben Kalle und mir auch meine Tante Marie-Luise, meine Kusine Adele und natürlich Captain Stone. Ein wenig hatte ich gehofft und gefürchtet, dass Sibylle auch Claudia zu Tisch bitten würde. Als sie jetzt fehlte, merkte ich, dass meine Enttäuschung größer war als meine Befürchtung.

Ein herrlicher Maitag. Die Sonne verwöhnte uns so, dass wir auf der Terrasse tafeln konnten. Der alte Kastanienbaum im Garten stand in voller Blüte, an seinen mächtigen Stamm hatte Bongo eine selbstgefertigte Zielscheibe geheftet, und Hänschen traf mit Pfeil und Bogen jauchzend ins Schwarze. Nach wie vor waren bei dem Siebenjährigen die anderen mehr oder weniger abgeschrieben, wenn Kalle in seine Nähe kam, aber seine drei Erzieherinnen – Sibylle, Mutter Mathilde und Tante Gunda – waren nicht mehr eifersüchtig, sondern nutzten die Zuneigung des Jungen. Hänschen hatte seinen eigenen Willen, konnte trotzig werden, wenn man ihn brechen wollte. Nunmehr ließen sie Bongo ihre pädagogischen Wünsche wissen; er sprach mit dem Knirps von Mann zu Mann, und der Junge nickte, die Einsicht selbst.

»Dein Freund tut Hänschen richtig gut«, sagte Sibylle.

»Er wird auch deiner Firma gut tun«, stellte ich fest.

»Genug jetzt, Hänschen«, entschied Bongo.

»Aber nach dem Nachtisch machen wir weiter«, bat der Junge.

»Einverstanden«, versprach der Freund. Er tauschte mit Sibylle einen freundlichen Blick – und erstmals kam mir der Gedanke, dass den immer sanfter auftretenden Bogenschnitzer vielleicht Amors Pfeil gestreift haben könnte.

»Wie gefällt dir eigentlich Dr. Herter?« fragte ihn der Captain.

»Ich weiß nicht recht«, erwiderte Kalle zögernd.

»Wieso?«

»Geschmackssache«, erwiderte Bongo. »Der Mann ist so glatt und wendig, liebenswürdig und selbstbewusst. Ein eleganter Bonvivant.«

»Und?«

»Wenn ich nach sechs Jahren Haft aus einem KZ käme, wäre ich anders«, versetzte Kalle.

»Seltsam«, erwiderte Tarzan. »Ich hab' am Anfang genauso gedacht, aber die Menschen sind nun einmal verschieden.«

Wir genossen den Tag und die Stunde, das ausgezeichnete Essen, den herrlichen Wein, das zu dieser Zeit rare Glück, unter Menschen zu sein, die einander mochten und nichts voneinander wollten.

Am nächsten Tag zog ich zu Tante Marie-Luise in die Dientzenhoferstraße um. Kalle nahm die Arbeit bei der »Bertrag« auf und verwandelte das Fabrikgelände in einen Schauplatz seiner Tüchtigkeit. Der Verkauf war kein Problem, aber wer produzieren wollte, musste Rohmaterial haben, und das gab es nicht, zumindest nicht auf den üblichen Wegen. Man musste organisieren und kompensieren, graue Kanäle erschließen und Beziehungen ausnutzen. Und das hieß: Bongo war in seinem Element. Dr. Herter ließ ihn gewähren, und Sibylle, die eigentlich schon bereit gewesen war, die »Bertrag« zu veräußern, und nur aus Rücksicht auf ihre Mutter die großväterliche Gründung weiterführte, fasste wieder Zutrauen und staunte, wie ihr Helfer im Handumdrehen die Produktion wieder ankurbelte und umstellte.

Er holte Aufträge von der Besatzungsmacht herein und lieferte Ersatzteile für das aus einem Reparaturbetrieb entstehende Wolfsburg, aus dem Europas größte Automobilfirma werden sollte. »Das alles«, sagte er zu Sibylle, »ist nur eine Vorübung. Eines Tages kommt eine Währungsreform, und dann müssen wir bereitstehen, Exportaufträge zu ergattern und Devisen hereinzuholen.«

»Hoffentlich lassen Sie mir noch etwas Arbeit übrig«, sagte sie.

»Verlassen Sie sich drauf. Ich bin ja nur ein Praktiker. Und wenn die Wirtschaft wieder läuft, brauchen wir dringend eine diplomierte Volkswirtschaftlerin.«

Im Juni platzte in Bamberg eine Bombe: Der tüchtige Dr. Herter wurde als Hochstapler und krimineller KZ-Häftling entlarvt. Mitgefangene, die ihn erpressen wollten, brachten seine Vergangenheit auf: Er war kein Jurist und kein Doktor, sondern ein zwölfmal vorbestrafter Verbrecher, spezialisiert auf Diebstahl, Unterschlagung und Urkundenfälschung.

Mit grünem Winkel war er im KZ Kapo geworden, und jetzt gab es ein peinliches Erwachen, nicht nur für Herter, sondern auch für die Militärregierung und die Stadtverwaltung und vor allem für die »besseren Kreise«, die sich um ihn gerissen hatten.

Nach Herters Sturz wurde Kalle Klett offiziell als Treuhänder eingesetzt, und es war nur eine Frage der Zeit, bis man die »Bertrag« aus der Property Control entließ. Sibylle und Bongo arbeiteten Hand in Hand, sie traten fast immer zusammen auf, auf dem Fabrikgelände ohnedies, doch bald auch in ihrer Freizeit, dann komplettiert durch Hänschen. Dass die beiden unzertrennlich waren, merkte allmählich jeder, aber ich stellte auch fest, dass mir Sibylle wie schuldbewusst aus dem Weg ging.

Ich stellte sie. »Hör mal zu, Mädchen«, sagte ich. »Du und ich, wir wissen beide, dass es für Hans Faber keinen Ersatz geben kann.«

Sie nickte.

»– höchstens einen Kontrast«, fuhr ich fort. »Seit seinem Tod sind jetzt vier Jahre vergangen, und du bist eine junge, schöne Frau und hast trotz allem das Leben noch vor dir – und auch ein Recht auf Leben. Und du hast einen Sohn, für den ein männlicher Einfluss bei der Erziehung bestimmt nicht falsch wäre.«

»Heißt das, dass du mich mit Kalle verkuppeln willst?« fragte sie.

»Nein, Sibylle«, entgegnete ich. »Es heißt, dass du keinen Grund hättest, dich vor mir zu verstecken – wenn du Kalle möchtest.«

Einen Moment wirkte Sibylle verstört; dann küsste sie mich. »Ich weiß nicht, was wird«, sagte sie, »aber es ist gut, dass es dich gibt.«

»Ihr habt Zeit, viel Zeit«, antwortete ich.

Ich war sicher, dass die beiden sie nutzen und dass der geschäftlichen Zweisamkeit die persönliche folgen würde.

Tatsächlich gelang es einer Schwester meiner Tante Marie-Luise, die Urne mit der Asche im Rucksack schwarz über die grüne Grenze zu schaffen. Das Verhalten der Behörden in der Sowjetzone hatte diesen unwürdigen und gefährlichen Transfer nötig gemacht. Für sie war ein von Nazischergen Hingerichteter wohl noch immer ein Klassenfeind. Die Stadt, die Dr. Wolfgang Hartwig zum Schicksal geworden war, stand zu ihrem Wort und bereitete eine Ehrung in ganz großem Stil vor.

Inzwischen hatte mir Captain Stone auf dem Abtsberg Einsicht in das fünfbändige Dossier des Schwurgerichts gewährt. Er gab die Akte nicht außer Haus, er wollte verhindern, dass Marie-Luise Hartwig sie einsehe, und mit dieser Vorsichtsmaßnahme hatte er – wie ich gleich feststellte – Recht. Die Akte war eine faszinierende Lektüre, ebenso abstoßend wie erschütternd: das Sittengemälde einer ganzen Stadt, ihr Politpsychogramm, ein Sammelsurium der Gemeinheit, doch auch menschlicher Größe.

Das Dritte Reich bezeichnete sich mit Vorliebe als Ordnungsstaat. Was den Strafakt Dr. Hartwig betraf, herrschte tatsächlich penible Ordnung. Jeder Denunziant und Zuträger war festgehalten. Aus dem Dossier ging ebenso hervor, wer Frau Hartwig bei den Kirchenbesuchen bespitzelt hatte, wie auch des Oberstaatsanwalts Rindsfell dringende Mahnungen, endlich einen Verhaftungsgrund zu beschaffen, oder eine Aktennotiz über das »befremdliche Verhalten des Pg Breuer, der sich nicht schämte, als Blockleiter in aller Öffentlichkeit mit der Witwe eines Hingerichteten zu sprechen.«

Auch ich kam in dem Aktenberg vor, als einer, der sich geweigert hatte, den Observierten auszuhorchen. Dann in Panofskys Handschrift der Vermerk, dass auf Intervention des Kreisleiters Pg Eisenfuß davon Abstand genommen werde, den Fähnleinführer Stefan Hartwig weiter einzusetzen.

Nicht schlecht, dachte ich, und in dieser Zeit war ich noch ein Hundertprozentiger gewesen, aber ein anständiger.

Es war das Dilemma, an dem die deutsche Gegenwart des Jahres 1947 litt: Es gab zu viele anständige Nazis, genauer gesagt, es gab überhaupt keine unanständigen. Die schlimmeren saßen ja im Internierungslager und bescheinigten einander ihre Harmlosigkeit. Und den ganz schlimmen, wie zum Beispiel Panofsky, drohten Kriegsverbrecherprozess und womöglich der Galgen.

Bongo, der brutale Realist, hatte wieder einmal Recht behalten: Obersturmführer Panofsky war aus einem der Vernehmungscamps im Taunus geflüchtet und wurde von sämtlichen Fahndungsorganen der Besatzungsmacht gejagt. Das geschah tatsächlich – nur geflohen war der SD-Chef nicht. Vermutlich hielt ihn eine US-Geheimdienstgruppe unter Verschluss, und Panofsky packte als Gegenleistung Informationen über die Sowjetunion aus, an die er nicht ausgeliefert würde.

Peter Stone war außer sich. Aus Protest wollte er seinen Dienst quittieren; ich konnte ihn nicht beruhigen. Wir fuhren zusammen auf das Gelände der »Bertrag«, denn heute sollte die Firma offiziell aus der Property Control entlassen werden. Wir rollten den Abtsberg hinunter, erreichten die Schweinfurter Straße, fuhren stadteinwärts. Wir passierten das Krankenhaus. Ein Ambulanzwagen stand vor dem Eingang, daneben eine junge Frau mit schulterlangen blonden Haaren: Claudia im weißen Arztkittel, der ihre fraulichen Konturen nicht ganz verbergen konnte.

Ich spürte einen Stich. Einen Moment war ich in Versuchung, Peter anhalten zu lassen, aber dann war der Stummfilm schon abgespult, und mein Puls normalisierte sich wieder.

Bei der »Bertrag«-Übergabe wurden nicht viele Worte gesprochen; aber dass auch Tante Gunda zu den Festgästen gehörte, merkte man an dem köstlichen Tropfen, der serviert wurde. Kalle Klett war jetzt kein Treuhänder mehr, sondern der Chefmanager und Vorstandsmitglied. Wir redeten ihn nur noch selten mit Bongo an; bei einem Mann auf dem Weg nach oben wäre es respektlos gewesen.

Captain Stone ließ seinem Grimm über Panofsky freien Lauf. Er hob das Glas. »Prost, Kassandra«, sagte er mit angewidertem Gesicht. »Zum Kotzen.«

»Peter will den ganzen Krempel hinwerfen«, erklärte ich.

»Grundfalsch«, entgegnete Kalle. »Einer wie du, der die Verhältnisse kennt, ist ein Glücksfall, und daraus ergeben sich Verpflichtungen.«

»Aber ein Bluthund wie Panofsky«, empörte sich der Captain, »sitzt auf Nummer Sicher im Gestrüpp einer US-Geheimdienstgruppe, raucht Chesterfield, lacht über seine Verfolger, setzt Speck an und wird geschützt von Leuten, die meine Uniform tragen.«

»Irrtum«, konterte Kalle, »im Untergrund trägt man Zivil – das weiß ich seit Lyon.«

»Unter den US-Offizieren war dort keiner, der sich gegen eine solche Schweinerei gestellt hat?«

»Etliche«, versicherte Kalle. »Und sie haben gehandelt und spielten der französischen Presse Informationen zu. Die übelste Kreatur geriet zwischen die Schlagzeilen. Bevor der Skandal richtig platzte, war der Bursche auf einmal von der CIC wieder eingefangen. Er wurde der War Crime Division zur Aburteilung übergeben.« Er setzte hinzu: »Diese Lösung war zwar ein wenig holperig, aber überzeugend.«

Peter wirkte nachdenklich. Dann klopfte er Kalle auf die Schulter. »Du bist auch ein Glücksfall«, sagte er, »und nicht nur für Sibylle, Hänschen und die Firma ›Bertrag‹.«

»Na also«, alberte der massive Pragmatiker, »nicht verzagen, Bongo fragen.«

Ein paar Tage später lud uns Captain Stone zum Abendessen ein. Er hatte einen Gast: Jim Rafferty, einen bekannten Kolumnisten von der »Washington Post«. Er unternahm einen Europatrip und veröffentlichte seine Eindrücke in Fortsetzungen. Der Journalist sprach ausgezeichnet Deutsch, er war kein Emigrant, sondern der frühere Deutschlandkorrespondent amerikanischer Zeitungen in Berlin. Dieser Umstand erleichterte uns nicht nur die sprachliche Verständigung.

»Ich lasse euch jetzt allein«, sagte unser Gastgeber und zog sich zurück.

Zuerst berichtete Kalle über seine Eindrücke und Erlebnisse in Lyon; dann war ich an der Reihe, und es war, als sähe ich in seinen großen dunklen Augen, die mich immer wieder angesehen hatten, Zustimmung. Ich schilderte dem Amerikaner die schreckliche Mordaktion. Jim Rafferty merkte, wie schwer die Erinnerung an mir hing, und unterbrach mich kein einziges Mal. Ich gab ihm noch die Adresse des Unteroffiziers Boldt, den er als weiteren Zeugen aufsuchen wollte. Der Journalist bedankte und verabschiedete sich; er war in Eile.

Peter Stone kam zurück. Er nickte uns zu. »Ihr habt Jim Rafferty zu denken gegeben«, stellte er fest. »Vielleicht klappt Kalles Patentlösung.«

Zehn Tage später fand die Spruchkammerverhandlung gegen den Rex des Gymnasiums, den Oberstudiendirektor Dr. Schütz, statt, und das wollten wir uns nicht entgehen lassen. Im Justizpalast, dem Sitz einer sogenannten Gerechtigkeit, gab es zur Zeit viele freie Säle. Nach dem Einmarsch der Amerikaner waren zweihunderteinundneunzig Richter und Staatsanwälte und – neben fünfundsiebzig Angestellten – auch fünfhundertsechsundsiebzig Beamte des unteren, mittleren und gehobenen Dienstes entlassen worden, unter ihnen auch solche, die in den Schwurgerichtsakten Hartwigs als Fürsprecher eine rühmliche Rolle gespielt hatten.

Aber die Besatzungsmacht machte keine Unterschiede, und so war bei Zusammenbruch viel mehr zu Bruch gegangen als sämtliche Fensterscheiben des neoklassizistischen Justizpalastes. Hinter dem hässlichen Kunstwort »denazification« verbarg sich ein tölpelhafter und oberflächlicher Säuberungsversuch, der unter der Papierflut einfach ersticken musste.

Alle wurden in einen Topf geworfen: die Erpresser und die Erpressten, die großen Nazis wie die kleinen Fische, die Aktivisten wie die Mitläufer. Im Laufe der Vernehmungen merkten die Besatzungsoffiziere natürlich, dass es zwischen den formal gleichermaßen Belasteten beträchtliche Unterschiede gab und dass ein Berufsverbot für die in die Partei Gepressten zumindest problematisch war – aber Amerika kennt kein Berufsbeamtentum, deshalb begriffen die Säuberungsoffiziere die Verzweiflung vieler nicht. Wenn in den Staaten einer gefeuert wird, ist das keine besondere Tragödie, der Entlassene sucht sich eben den nächsten Job.

Der Saal der Spruchkammer war überfüllt, meistens von Zuschauern, die Erfahrungen für ihren eigenen Auftritt als Beschuldigte sammelten. Dank Captain Stone, der – taktvoll, wie er war – in Zivil erschien, erhielten wir Plätze auf der dem Zuhörerraum vorgelagerten Pressebank.

Die erste Verhandlung hatte sich in die Länge gezogen. Wir interessierten uns für die dritte, gerieten jetzt aber in die zweite öffentliche Anklage gegen den Parteigenossen, Reichsbahnoberinspektor und Blockwart Breuer, den Beamten ohne Makel, der einunddreißig Jahre lang seiner Behörde redlich gedient hatte, im vierundzwanzigsten aber von seinem – inzwischen verstorbenen – Chef mit Nachdruck als letzter zum Parteieintritt gezwungen worden war.

»Ich habe gezögert«, sagte Breuer. »Ich hab' mich sogar ein paar Tage krank gemeldet, zum ersten Mal übrigens, aber das war kein Ausweg. Ich wusste damals schon, dass ich es nicht hätte tun dürfen. Aber ich war Staatsbeamter, und die NSDAP war Staatspartei. Alle anderen Kollegen hatten schon Jahre früher daraus die Konsequenz ziehen müssen.«

»Also Sie betrachten es als einen Fehltritt?« erwiderte der Vorsitzende, der die Prozedur abkürzen wollte.

»Als eine Fehlentscheidung«, korrigierte ihn der Betroffene. »Ich muss auch noch sagen: Eine ganze Woche lang habe ich es vor meiner Familie verheimlicht, so habe ich mich geschämt.«

Es klang echt, selbst wenn man den Mann nicht persönlich gekannt hatte. Zeugen bestätigten, dass sich Breuers Tätigkeit als Blockwart wirklich nur auf das Einsammeln von Beiträgen beschränkt hatte und dass sie von diesem »Hoheitsträger« niemals in ein politisches Gespräch gezogen worden waren. Besonders entlastend aber wirkte der Persilschein meiner Tante Marie-Luise, was im Spruch dann ausdrücklich erwähnt wurde.

Der Oberinspektor, natürlich aus dem Dienst entlassen, schrieb zur Zeit Adressen für eine karitative Gesellschaft, für 2 Pfennig je Umschlag. Einen Moment lang überlegte ich, wie viele Adressen er für eine Buße von 500 Reichsmark mit zwei Fingern auf der Schreibmaschine tippen musste. Breuer nahm den Spruch, als Mitläufer eingestuft zu sein, sofort an und bedankte sich noch bei dem Vorsitzenden. Selbstvorwürfe über seine Nachgiebigkeit hatte er sich nicht erspart, aber jetzt war der Weg zur Wiedereinstellung in den Bahndienst frei geworden.

Mit den Betroffenen litten ihre Familienangehörigen in zwangsläufiger Sippenhaftung. Das »Gesetz zur Befreiung von Nationalsozialismus und Militarismus« sollte Abhilfe schaffen und bot die Möglichkeit, die verschiedenen Schattierungen von Schuld und Verstrickung individuell zu bewerten. Aber Freiwilligkeit und Zwang waren zu einem dicken Gestrüpp verfilzt. Man untersuchte Gesinnung, statt Verbrechen zu verfolgen. Gesinnung aber, selbst eine politisch falsche, ist kein Delikt.

In der Theorie klang die Einstufung in fünf Gruppen – Hauptschuldige, Aktivisten, Minderbelastete, Mitläufer und Entlastete – ganz vernünftig, in der Praxis goss sie Öl ins Feuer. Papierrummel als Schuldbewältigung. Die gleichen Parteien, die das Säuberungsgesetz einstimmig unterschrieben hatten, begannen es zu sabotieren; die Gewinnung von Anhängern war ihnen wichtiger als die Überführung Schuldiger.

Auch in den einst von den Deutschen besetzten Ländern gab es nach 1945 ähnliche Probleme mit den Kollaborateuren. In Frankreich hatte der Heldensabbat zu einer langen, furchtbaren Bartholomäusnacht geführt, die Tausende Unschuldiger mit ins Verderben riss. Nur in Norwegen gelang es, bei der Verfolgung alter

Verbrechen neue zu vermeiden. In dem skandinavischen Land wurden nur Menschen angeklagt, die sich nach geltendem Strafrecht schuldig gemacht hatten.

Dazu freilich brauchte man moralisch wie fachlich einwandfreie Richter. Die Justiz aber war der Hilfsbüttel des Dritten Reiches gewesen und hatte blutige Hände. Der Vorsitzende von Bambergs Sondergericht zog die Konsequenz daraus: Er ging in den Tod. Das war sehr voreilig; der Selbstmörder konnte ja nicht wissen und sich auch nicht vorstellen, dass letztlich nicht ein einziger Richter des Dritten Reiches, einer dieser schrecklichen Juristen, jemals rechtskräftig verurteilt werden würde.

Und dann kam der Auftritt des Dr. Schütz. Er stand da, im altmodischen Anzug mit den Hochwasserhosen, und trug einen Vatermörder und ein ungetrübt gutes Gewissen. Eigentlich benahm sich der Rex so, als müssten sich der Vorsitzende und seine Beisitzer für die Belästigung bei ihm entschuldigen: Kein Wasser war so durchsichtig, keine Vergangenheit so reinlich. »Ich war innerlich ein Gegner des Nationalsozialismus«, behauptete er mit fester Stimme und unsicheren Händen.

»Warum sind Sie dann schon 1933 in die Partei eingetreten?«

»Ich musste mich tarnen. Ich hatte mich vorher politisch stark exponiert.«

»Ihre Tarnung war recht erfolgreich«, fuhr der Vernehmende mit offenem Spott fort. »Immerhin wurden Sie in dieser Zeit dreimal befördert, zuletzt zum Anstaltsleiter. Das ist ein Posten, den nur linientreue Nazis halten konnten.«

Der Vorsitzende dieser Spruchkammer, der 1933 zwangspensionierte Postrat Klein, stand über dem Durchschnitt der politischen Laienrichter. Es war schwer, geeignete Männer für diese Position zu finden und sie auch noch zu überreden, das Amt auszuüben. Viele versagten sich. Zwangsläufig kamen Hauptamtliche der Spruchkammern von auswärts und wurden nicht selten als schlimme Nazis entlarvt. Die Narrenposse »Der Bock als Gärtner« war das meistaufgeführte Stück im Zeitrepertoire. Es erwies sich als persönliches Pech des Dr. Schütz, dass der Vorsitzende als Bamberger die Verhältnisse gut kannte und seine Integrität unantastbar war und dass er sich als Verwaltungsjurist auch nicht von Ausflüchten einwickeln ließ.

»In gewisser Hinsicht muss ich Ihnen sogar Recht geben, Herr

Vorsitzender«, änderte Dr. Schütz seine Taktik. »Aber ich wurde nur Anstaltsleiter, um als Vorgesetzter das Schlimmste von meiner Schule fernzuhalten. Ich darf darauf hinweisen«, fuhr er eilfertig fort, »dass mehrere Angehörige meines Lehrerkollegiums keine Parteigenossen waren.« Er hob Augen und Stimme: »Das ist ausschließlich mein Verdienst, Herr Vorsitzender.«

»So«, erwiderte der Vorsitzende müde, »und Ihre Reden?«

»Auf Befehl des Ministeriums.«

»Und die Aufsätze, die Sie schreiben ließen?«

»Anordnung von oben.«

»Und die Schüler, die Sie drängten, sich als Kriegsfreiwillige zu melden und Offizier zu werden?«

»Ich habe immer sehr national gedacht, Herr Vorsitzender.«

»Dann war also für Sie der Nazismus eine nationale Sache?«

Dr. Schütz wand sich wie eine Blindschleiche. »Nein – ja, ich meine – gewissermaßen. Erster Weltkrieg. Frontoffizier – aber nicht so – das Gute aus jeder Sache. Natürlich verurteile ich die Bewegung heute wie immer schon.«

»Und wie können Sie diese Behauptung beweisen?«

»Bei den Akten befinden sich einundvierzig Zeugnisse von Leuten, die mich gut kennen, darunter eine Bescheinigung von meiner Zugehfrau. Ihr Mann ist sogar eingeschriebener Kommunist...«

Klein wehrte ab. »Das kennen wir«, sagte er angewidert.

»Sie müssen das berücksichtigen, Herr Vorsitzender«, drängte Dr. Schütz. »Die Leute, die meine Vergangenheit kennen, sind sogar Geistliche beider Konfessionen, auch Sozialdemokraten, sogar ein Jude.« Als er das letzte Wort aussprach, zuckte er zusammen, als hätte ihn eine Peitsche getroffen.

»Ich weiß, Karl Simon«, unterbrach ihn Klein. »Leider ist er schon 1936 ausgewandert. Bringen Sie mir greifbare Zeugen, Herr Dr. Schütz, sonst kommen wir nicht weiter.«

»Sie haben ja keine Ahnung, unter welchem Druck man im Dritten Reich stand«, suchte der Rex ein neues Schlupfloch. »Ich war zwar der Chef, aber zu meinem Lehrkörper gehörten zum Beispiel auch ein Altparteigenosse, ein SA-Standartenführer und einige Fanatiker.«

»So kommen wir der Sache schon näher«, erwiderte der Ex-Postrat nicht ohne Witz. »Nennen Sie Namen, dann haben wir auch Zeugen.«

»Ich soll –«

»Sie müssen, Herr Dr. Schütz«, fuhr ihn der Vorsitzende an. Auch die Beisitzer nickten, und der Öffentliche Ankläger saß auf dem Stuhl wie auf einer Sprungfeder. »Also, wer waren denn die schlimmen Nazis am Bamberger Gymnasium?«

»Ich möchte hier niemanden denunzieren.«

»Denunzieren nennen Sie das?« fuhr ihn der mannhafte Ex-Postrat an.

»Ich meine angeben«, korrigierte sich Dr. Schütz.

»Wenn Sie ein innerer Gegner des braunen Systems waren, müsste es für Sie selbstverständlich sein, hier offen über Ihre Schwierigkeiten zu sprechen.«

Dr. Schütz starrte mit hohlem Blick auf den Fußboden. Er kämpfte mit sich; den Kampf gewann wie immer seine Charakterlosigkeit. »Es weiß doch jeder, dass Dr. Pfeiffer als Alt-Pg im Internierungslager war«, würgte er hervor. »Und der Singlehrer Stocker Ortsgruppenleiter und Standartenführer –«

»Das weiß jeder«, bestätigte der Vorsitzende. »Nur die Namen der Fanatiker würde ich von Ihnen gerne noch hören.«

In die Enge getrieben, wechselte der Mann mit dem Vatermörder wieder die Taktik. »Ich habe sogar aktiven Widerstand geleistet«, begab er sich in gefährliches Gewässer. »Einer meiner Assessoren, Dr. Faber, war in eine schlimme politische Sache verwickelt. Ich, ich ganz allein, habe ihm herausgeholfen.«

Dr. Schütz saß in der Falle. Ich witterte es: Eine Ungeheuerlichkeit, einen Toten zum Herzstück einer Lüge zu machen und die Wahrheit einfach umzudrehen.

»Dr. Faber ist leider gefallen«, stellte der Rex fest.

»Leider«, erwiderte der Vorsitzende ohne Nachdruck. »Aber es gibt einen engen Freund des Verstorbenen, den Versicherungsjuristen Claus Benz.«

Der Beschuldigte wurde aschfahl im Gesicht, fuhr sich mit dem Handrücken über die Stirn. Die Spruchkammer hatte einen Belastungszeugen wie einen Joker aus dem Ärmel gezogen, um zu verhindern, dass Dr. Schütz ebenso davonkäme wie zum Beispiel Oberinspektor Breuer.

Ich hatte genug.

Wir verließen den Saal, eine halbe Stunde bevor Dr. Schütz immerhin in die Gruppe III, die der »Minderbelasteten«, eingestuft wurde, womit seiner sofortigen Wiedereinstellung in den Schuldienst ein Riegel vorgeschoben war. Trotzdem brauchte er sich um seine weitere Karriere keine großen Sorgen zu machen. Er war sicher nicht der erste, der die Treppe hinauffallen würde, wenn – wie zu erwarten – die Entnazifizierung endgültig ihren Konkurs erklärte, den noch die nach dem Krieg Geborenen lange und teuer bezahlen müssten.

»So ein Charakterschwein«, sagte Peter, der Dr. Schütz aus seiner Tarzan-Zeit noch persönlich kannte. Unterwegs griff er sich die »Stars and Stripes«, die Zeitung der US Army. Er lachte, als er die Schlagzeile auf der Titelseite las: »Nazi Murderer Caught.«

Der Kriegsverbrecher Panofsky war gefasst, und zwar von der gleichen Dienststelle, die ihn zunächst hatte laufen lassen, aber das stand natürlich nicht im gekürzten Nachdruck der »Washington Post«.

Ich überlegte, ob ich nicht besser von der Juristerei auf den Journalismus umsatteln sollte.

An einem sonnigen Septembertag erwies Bamberg mit einer zwangsläufigen Verspätung von fast vier Jahren seinem verfolgten Mitbürger Dr. Wolfgang Hartwig die letzte Ehre. Die Damen trugen Trauerkleider, die Herren schwarze Krawatten. Das Ehrengrab war in einem weiten Halbrund entstanden. Wie symbolisch fiel der Schatten eines großen Kreuzes auf die Festversammlung und erinnerte daran, wie tapfer und selbstlos der Verfolgte sein Kreuz auf sich genommen hatte.

Keiner fehlte, der in der Stadt noch oder wieder Rang und Namen hatte. Zu den Ehrengästen, die sich um die Angehörigen Marie-Luise und Adele Hartwig und mich scharten, gehörten der Erzbischof, der Militärgouverneur, ein honetter US Colonel, begleitet von Captain Peter Stone, der bei amtlichen Anlässen oft als Dolmetscher und Sprecher des Military Government einspringen musste, und – fast geschlossen – die Stadträte und das Domkapitel.

Die Gedenkrede hielt der Oberbürgermeister, ein politischer wie persönlicher Freund des hingerichteten Rechtsanwalts. Das Stadtoberhaupt fand schlichte, erschütternde Worte. Der Präsident der Anwaltskammer würdigte die fachlichen Qualitäten meines Onkels sowie seine selbstlose Hilfsbereitschaft. Ein Domkapitular ließ die tiefe Religiosität des Verstorbenen wiedererstehen, den einzigen Trost, den der Einsame gehabt habe. Und ein Sprecher der Verfolgten lobte den Mut und die Unerschrockenheit eines aufrechten Deutschen in entsetzlicher Zeit.

Die Redner mussten laut sprechen. Es herrschte ein großer Andrang von Menschen, denen es eine Genugtuung war, dass der Verfolgte an würdiger Stätte ein Ehrengrab erhielt, aber auch von anderen. Neben den unvermeidlichen Gaffern und Zaungästen standen nicht wenige, auf die das Bibelwort nach Matthäus 6,5 zutraf: »Wenn ihr betet, dann tut es nicht wie die Scheinheiligen: Sie stellen sich gerne an den Straßenecken zum Beten auf, damit sie von allen gesehen werden.«

Viele dieser Opportunisten, wie zum Beispiel Dr. Zapf, der »Hydro«, oder Drexler, der Milchmann, der bislang durch die Maschen der politischen Säuberung geschlüpft war, weil seine Tochter mit einem Offizier der Special Branch schlief, oder Rechtsanwalt Vollhals, der vorzeitig entnazifiziert werden musste, um Betroffene vor der Spruchkammer verteidigen zu können, versuchten Nutzen aus der Trauerfeier für meinen Onkel zu ziehen.

Peter Stone und ich hatten damit gerechnet, dass an dem Ehrenbegräbnis auch Unwürdige und Unerwünschte teilnehmen könnten, aber als ich jetzt im Gedränge von über tausend Trauergästen auch Treiber der politischen Hatz auf meinen Onkel erkannte, war ich entschlossen, einen Affront auszulösen. Es war mit Tante Marie-Luise abgesprochen, dass ich als Familiensprecher zuletzt den Dank für die Worte meiner Vorredner formulieren sollte.

Captain Stone sagte: »Im Auftrag des Herrn Gouverneurs und des Military Government möchte ich meine Genugtuung darüber aussprechen, dass es in dieser Stadt auch Menschen wie Dr. Wolfgang Hartwig gegeben hat. Sie haben bewiesen, dass auch Deutsche sich unter großen Opfern gegen die Barbarei gestellt haben. Ich möchte mich auf diese Feststellung beschränken und einem Angehörigen der Familie Hartwig als berufenerem Sprecher die Würdigung des Verstorbenen überlassen.«

Die Zuhörer umstanden mich in einem Oval: neben mir Sibylle, flankiert von Kalle Klett und Claus Benz, dem Freund und Retter Dr. Fabers; Dr. Robert Klimm, der dritte der »Drei Musketiere«, war noch in russischer Kriegsgefangenschaft. Ich bedankte mich für die Ehrung meines Onkels. Es fiel mir nicht schwer, und ich war peinlich darauf bedacht, die Etikette einzuhalten und mich bei der Aufzählung der Namen, Ränge und Titel nicht zu vertun.

»Ich betrachte es als ein Mitverdienst des Verstorbenen, sprich Ermordeten, dass in einer freien Wahl in dieser Stadt die Hitler-Anhänger nie mehr als ein Drittel der Stimmen errungen haben. Viele Bamberger haben Frau Marie-Luise Hartwig vor und nach der Hinrichtung ihres Mannes mit Wort und Tat beigestanden. Ich möchte mich bei jedem einzelnen von ihnen herzlich bedanken.«

Meine Tante nickte mir zu; sie ahnte nicht, was nun kommen würde.

»Alle Worte, die wir hier hörten, waren wichtig und richtig. Ich komme jedoch um die banale Feststellung nicht herum, dass sie weder die Leiden des Gequälten lindern noch den Opfertod Dr. Hartwigs rückgängig machen können. Daraus erwächst uns eine Verpflichtung: die Schuldigen zu suchen und zu stellen. Es geht hier nicht um Rache, sondern um Sühne. Die Frage nach der Gnade mag sich später stellen, aber erst nach der Ahndung eines Verbrechens.«

Ein Ruck lief durch die Trauerversammlung: Zustimmung, Bestürzung, Scham, Angst und Empörung stießen hart aneinander. Ich war aus der Schiene berechtigter, doch auch ein wenig uniformer Kondolenzreden gesprungen. Halblaut übersetzte Peter Stone dem Gouverneur meine Worte.

Der Colonel musterte mich gründlich, dann nickte er mir grimmig zu; ich fuhr fort: »Wir alle leiden unter den Folgen einer Zeit, in die jeder von uns mehr oder weniger verstrickt war. Wir müssen damit fertig werden. Dabei ergibt sich ein seltsames Phänomen: Schuldige beteuern ihre Unschuld, und Unschuldige schweigen beschämt. Erich Kästner, ein Dichter, den meine Generation erst jetzt lesen darf, hat dazu notiert: ›Die Unschuld grassiert wie die Pest.‹«

Der Wasserkopf des Dr. Zapf wurde knallrot. Er stand im Hintergrund, und aus Furcht vor dem, was nun kommen würde, schob er sich weg; er nahm einen Staatsanwalt des Sondergerichts und Drexler, den Milchmann und SA-Sturmführer, gleich mit.

Ich suchte Peters Augen; er signalisierte mir Zustimmung. Mein Blick ging zu Sibylle; ihr Gesicht hatte einen fast andächtigen Ausdruck. Kalle neben ihr stand breitschultrig wie ein Leibwächter in Positur, bereit, uns zu decken.

»Nehmen Sie es mir nicht übel«, fuhr ich fort, »wenn ich am Grabe meines Onkels versuche, zur Klärung beizutragen. Sind wir ihm nicht schuldig, zum Beispiel die beiden Denunziantinnen zu stellen, die ihn dem Volksgericht überantwortet haben? Oder den Reichsanwalt, der ihn schon in Bamberg und dann in Berlin gejagt hat? Vom ersten Tag des Dritten Reiches an hat die örtliche Polizei mit Hilfe der SD-Außenstelle eine erbarmungslose Treibjagd auf meinen Onkel veranstaltet, mit dem Ziel, ihn zu vernichten. Bei dieser Feststellung bin ich nicht auf Vermutungen angewiesen. Ich verfüge über die Akten des Volksgerichtshofs. Fünf Bände, in denen jeder verzeichnet ist, der sich an der Vernichtung eines Aufrechten beteiligt hat, als Spitzel, Hilfsorgan der Gestapo, Zuträger oder Scharfmacher. Vergesslichkeit wäre tödlich, Rücksicht unangebracht. Wieweit wir uns durch unser Verdrängen bereits schuldig gemacht haben, ergibt sich zum Beispiel daraus, dass ein Polizeibeamter, der seinerzeit an der Verhaftung meines Onkels teilgenommen hat, es wagt, hier unter den Trauergästen zu sein.«

Kriminalobersekretär Kobler lief davon, zuerst langsam, dann immer schneller.

»Kann man das noch als Geschmacklosigkeit ansehen, so ist die Handlungsweise eines anderen, der nicht davor zurückschreckt, zu dieser Stunde an diesem Ort zu sein, noch weit verwerflicher und unentschuldbar. Ich spreche von einem Spitzel, der sich als Gesinnungsfreund in Exerzitienheimen und Bibelstunden an den Verfolgten herangemacht hat, um ihn auszuhorchen und der Gestapo ans Messer zu liefern.«

Ich fixierte den praktischen Arzt Dr. Fibig so penetrant, dass sich ihm die Blicke der Anwesenden zuwandten. Er wurde blass, seine Lippen zuckten stumm. Einen Moment sah es aus, als stürzte er zu Boden. Dann drängte er sich aus dem Kreis der Zuhörer nach hinten. Er lief weg wie Judas nach der versuchten Rückgabe der dreißig Silberlinge.

Meine Augen suchten und fanden den Postinspektor Reblein. »Die Akten sind ein Bilderbuch des Dritten Reiches«, fuhr ich fort, ohne den Mann aus den Augen zu lassen. »So leben Menschen unter uns, die nur aus Tarnungsgründen keiner Parteigliederung angehört und oppositionelle Mitbürger bespitzelt haben, oft sogar auf Volksfesten, wenn sie in bierseliger Laune waren.«

Reblein stand es nicht durch. Er wollte seinen Abgang unauffällig wählen, aber die hinter ihm Stehenden, die begriffen hatten, wen ich meinte, schlossen sich eng zusammen. Er musste die Flucht nach vorne antreten; jeder erfasste sein Schuldgeständnis mit den Beinen.

Die Urne wurde in die Gruft gesenkt, das Grab geschlossen. Die Trauergemeinde verlief sich, löste sich in kleine Gruppen auf, die erregt mein Verhalten diskutierten.

»Verzeih mir, Tante Marie-Luise«, wandte ich mich an die Witwe, für die die Prozedur eine Tortur gewesen sein musste, die sie nur ihrem Mann zuliebe durchgestanden hatte.

»Es ist alles in Ordnung, Stefan«, erwidert sie. »Du warst sehr hart, doch nicht ohne Grund.«

»Kommen Sie, Frau Hartwig«, sagte Captain Stone, um sie und Adele mit dem Wagen nach Hause zu fahren. Er drehte sich nach mir um. »Gratuliere Stefan. Du bist ein Mittelstürmer geblieben.«

Claus Benz reichte mir die Hand. »Ich will mich nur darauf beschränken: Ich hab' Hans Faber wiedererkannt – er hat aus deinem Mund gesprochen.«

»Na, Stefan«, sagte Müller I, Mitschüler und Steuermann des Regattaachters, »für dich ist wohl der Krieg noch nicht zu Ende.«

»Die Müllabfuhr des Krieges«, erwiderte ich.

»Du warst prima«, entgegnete er. »Aber so etwas sagt man nicht in Bamberg. Nicht in aller Öffentlichkeit.«

»Warum?« fuhr ich ihn an.

»Reg dich nicht auf. Ich steh' doch auf deiner Seite.«

Endlich herrschte wieder die Ruhe, die sich für einen Friedhof gehört. Ich war jetzt allein mit dem, was von Wolfgang Hartwig geblieben war. Ich kam mit ihm zu einem Zwiegespräch. Auch ich hatte ihm einiges abzubitten.

Eine Hand schob sich behutsam in meinen Arm.

Ich wandte mich um.

Es war Claudia. »Komm, Stefan«, sagte sie.

Wir liefen nebeneinander her.

»Du hast mir schon immer gefallen, aber noch nie so gut wie heute«, sagte sie.

»Ich hab' dir damals nicht geschrieben«, entgegnete ich hastig, »als dein Mann gefallen ist.«

»Du brauchst dich nicht zu entschuldigen. Ich hab' dich schon verstanden«, erwiderte die junge Ärztin.

Vielleicht traf es sich ganz gut, dass sie als Medizinerin arbeitete: Irgendwie war ich noch immer Patient.

Wir verließen den Friedhof, gingen zurück in die Stadt. Das harte Pflaster wurde auf einmal weich wie eine Blumenwiese. Der frühe Herbst überraschte uns mit dem späten Frühling unserer Zweisamkeit. Arm in Arm gingen wir weiter, unsere Schatten hatten sich in der Abendsonne schon zu einem Umriss vereint. Ich spürte, dass noch heute das Spiel Romeo und Claudia enden würde.

Wir waren nicht mehr dieselben wie in der Zeit der Blütenträume, aber vielleicht hatten wir uns verbessert. Wir standen in der Hainstraße, rechts ging es in den paradiesischen Naturpark, links zu Claudias Wohnung, aber es war kein Scheideweg, und vor diesem Hauseingang wollte ich auch nie mehr umkehren.

Wir hielten uns an den Händen und hörten so unsere Herzen schlagen. Endlose Jahre hatten die Sehnsucht aufgetürmt, wir würden lange brauchen, sie abzubauen, und es vielleicht nie ganz schaffen.

Einen Moment lang blieben wir in der Tür stehen, einer überwältigt vom anderen. Wir brauchten nichts zu sagen, nichts zu fragen.

Es musste Liebe sein.

Will Berthold *Foto-Schiller, Hallstadt*

Will Berthold – Vita

1924 in Bamberg geboren wurde Will Berthold als 18jähriger Abiturient zur Wehrmacht eingezogen, war 1945 nacheinander Kriegsgefangener, Hilfsarbeiter, Presse-Volontär und Werkstudent (Zeitungswissenschaften und Literaturgeschichte). Als Mitarbeiter der »Süddeutschen Zeitung« berichtete er als damals jüngster Reporter vor Ort über den Nürnberger Prozess. Danach begann er, Serien und Fortsetzungsromane – unter anderem für Helmut Kindlers Illustrierte »Revue« – zu schreiben. Der rasch einsetzende Erfolg ermöglichte ihm, als freier Schriftsteller in München, Rom, London, Ascona und Bamberg zu leben. Ausgedehnte Reisen führten ihn durch die ganze Welt, mehrmals in die USA, nach Kanada, Israel und nach Fernost.

Berthold, der als einer der vielseitigsten, bekanntesten und auch international erfolgreichsten deutschsprachigen Autoren der 50er bis 80er Jahre angesehen wurde, schrieb über fünfzig Romane und Sachbücher sowie Drehbücher zu Spielfilmen und zeichnete als Autor und/oder Regisseur für mehrere Fernsehdokumentationen verantwortlich. Seine Werke, von denen mehrere im Verlauf der letzten 24 Monate mit Erfolg Neuausgaben erlebten, wurden in sechzehn Sprachen übersetzt.

Zu seinen bekanntesten und erfolgreichsten Romanen zählen »Die wilden Jahre«, »Malmedy – Das Recht des Siegers«, »Spion für Deutschland« (verfilmt mit Martin Held), »Kriegsgericht« (verfilmt mit Karlheinz Böhm), »Nachts, wenn der Teufel kam« (verfilmt mit Mario Adorf, der für diese seine schauspielerische Leistung mit dem Bundesfilmpreis ausgezeichnet wurde), »Operation Führerhauptquartier« und »Ein Kerl wie Samt und Seide«, den er selbst als sein Hauptwerk bezeichnet hat.

Aus seinen Sachbüchern und Dokumentationen ragen hervor: »Der große Treck«, »Parole Heimat« und »Die 42 Attentate auf Adolf Hitler«. Die Weltauflage seines Œuvres überstieg bereits 1987 die 20-Millionen-Marke.

Am 16. Juni 2000 erlag der Schriftsteller nach schwerem Leiden in seiner Heimatstadt den Folgen eines Schlaganfalls.

»... wie in einem Brennglas«

»Meine Vorliebe gehört zeitgeschichtlichen Romanen; sie sind das Thema, das uns die Gegenwart stellt, in der wir leben, träumen, bangen, arbeiten und hoffen. Alles, was uns jetzt bedrängt, geht letztlich noch auf den Zweiten Weltkrieg zurück. Der Terror von damals hat sich in den Horror von heute verwandelt. Mit dieser Feststellung will ich den Leser keineswegs ängstigen, sondern ihn zum Nachdenken anregen. Wenn er nicht aufpasst, ist und bleibt er ein Opfer der Politik, ihrer Fehltritte und Korruption . . . Diesen Roman habe ich mit meinem Herzblut geschrieben, denn er soll auch die Jugend von heute, die vom Damals oft so erschreckend wenig mit auf den Weg bekommen hat, erreichen.«

Das vorstehend zitierte Bekenntnis legte Will Berthold am 23. August 1985 ab, als in seinem Geburtsort die Erstausgabe dieses Romans vorgestellt wurde. Seine darin geäußerte Wunschvorstellung hat sich in den vergangenen sechzehn Jahren erfüllt. »Heldensabbat«, dessen Handlung in den Jahren 1938 bis 1947 angesiedelt ist (und bisher in einem fiktiven »Mainbach« spielte), wurde zur Schullektüre und erreichte darüber hinaus insgesamt eine Verkaufsauflage von rund 100 000 Exemplaren. Dass dieser Roman jetzt – dem Buchverlag des »Fränkischen Tags« sei dafür ausdrücklich Dank gesagt – neu aufgelegt wird, ist sehr zu begrüßen. Denn wir lesen es ja neuerdings wieder öfter, dass rassistische Parolen Zulauf finden und noch immer jüdische Gotteshäuser und/oder Friedhöfe geschändet werden, wobei nicht selten Jugendliche beteiligt sind. Allerdings, das sei der gebotenen Objektivität willen nicht verschwiegen, ist diese bedauerliche Entwicklung keineswegs auf Deutschland beschränkt – was nicht dazu führen sollte, die Übergriffe bei uns zu übersehen oder gar auf die leichte Schulter zu nehmen.

Will Berthold, den ich über zwanzig Jahre lang in meiner literarischen Agentur betreuen und als dessen Freund ich mich bezeichnen durfte, war bei Erscheinen dieses Buches auf dem Höhepunkt seines schriftstellerischen Schaffens. Hinter ihm lagen weltweit beachtete Veröffentlichungen wie »Die wilden Jahre«, »Malmedy – Das Recht des Siegers«, »Nachts, wenn der

Teufel kam«, »Parole Heimat«, »Operation Führerhauptquartier« und sein, wie er sagte, Hauptwerk »Ein Kerl wie Samt und Seide«. Außerdem arbeitete er bereits an der Dokumentation »Die 42 Attentate auf Adolf Hitler«, eine Darstellung, die seinen Ruhm noch mehren sollte. Er hatte inzwischen Wohnungen auch in München und in Ascona. Doch seine Heimatstadt und deren Geschichte ließen ihn keineswegs los: Erste Teile von »Heldensabbat« waren bereits 1955 entstanden, beharrlich recherchierte er weiter und fragte Zeitgenossen aus. So vereint das Buch die liebevolle Genreschilderung des Heimatromans – dies im besten Sinne des Wortes gemeint – mit der ungeschminkten Darstellung des zeitgeschichtlichen Romans und dem enthüllenden Stil des Schlüsselromans. Und in der Erzählweise wechselt der Autor immer wieder vom nüchternen Chronisten zum emotionalen Mitwirkenden, indem er persönliche Erlebnisse einbaut. »Heldensabbat« ist also eigentlich ein Symbiose-Roman (allerdings kennt die Literaturwissenschaft diese Klassifizierung nicht), der sich in seinem Stil von allen übrigen Berthold-Werken abhebt. Schon allein das zeigt, dass der Autor dieser Darstellung eine Ausnahmestellung beigemessen hat.

Original nachgezeichnet ist in diesem Roman lediglich eine Person: der Onkel des Stefan Hartwig, ein Rechtsanwalt. In ihm hat Will Berthold dem Bamberger Juristen Hans Wölfel, der als Vertreter der Katholischen Aktion entschiedener Gegner der Nazis war, ein Denkmal gesetzt. Nach jahrelanger Überwachung und Bespitzelung wurde Wölfel schließlich vom Volksgerichtshof zum Tode verurteilt und hingerichtet.

Die übrigen Figuren – darauf hat Will Berthold immer wieder hingewiesen – hat er erdichtet; sie sind als aus verschiedenen Charakteren zusammengesetzte Akteure zu werten, wie sie ihm während seiner Schulzeit in der konservativen Bischofsstadt, welche die Nazis nie so recht in den Griff bekamen, und im Krieg begegneten.

In der Originalausgabe des Romans, die im Goldmann-Verlag erschien, war der Handlungsort noch mit »Mainbach« angegeben, obwohl der Autor für Kundige an einer Stelle den verhüllenden Schleier lüftete, indem er »vom fränkischen Rom, das auf sieben Hügeln errichtet ist« sprach. Gerade dieser Nebensatz war es, der in der Folgezeit – vor allem in Interviews und in Leserzuschriften – immer wieder zu der Frage führte, welche Notwendigkeit für das Pseudonym denn bestanden hätte. Der Autor wies antwortend stets darauf hin, er habe auf diese Weise deutlich machen wollen, dass die geschilderten Schicksale und Ereignisse über die örtliche Begrenzung hinaus Geltung haben würden. Es sei ihm hier nicht um einen konkreten Fall gegangen, sondern um die Typisierung von Charakteren in einer bestimmten historischen (Ausnahme-)Situation.

Doch selbstkritisch wie er immer war gestand er sich dann doch ein, dass auch die Enthüllung des realen Handlungsortes dieser Allgemeingültigkeit nicht im Wege stehen würde. Er beschloss deshalb, in einer Neuausgabe das Pseudonym »Mainbach« gegen das reale »Bamberg« auszutauschen und auch noch einige Geschehnisse, die ihm später bekannt geworden waren, einzuarbeiten. Kurz danach erlitt er seinen zweiten Schlaganfall und war dadurch nicht mehr in der Lage, die Erweiterung zu realisieren. Doch der Austausch der Städtenamen konnte jetzt im Zuge der Neuausgabe unter Berufung auf seine eigene Entscheidung durchgeführt werden. »Heldensabbat« ist damit, nach dem Willen des Autors, erkennbar ein Roman, der »ein Stück Zeitgeschichte Bambergs wie in einem Brennglas bündelt«.

Der Grundstein für seine fast schon militante, vor allem aber kämpferische Abneigung gegen Rassismus, Totalitarismus und Intoleranz wurde in seinem Elternhaus gelegt: »Ich entstamme einer Familie, in deren weitverzweigter Verwandtschaft es zum Glück keinen schlimmen Nazi gegeben hat. Meine Eltern, bürgerlich und fromm, hatten dem Dritten Reich in schweigendem Entsetzen gegenübergestanden und sich im braunen Alltag nach der Formel ›So wenig wie möglich und so viel wie nötig‹ auf Kompromisse mit dem Hitlerismus eingelassen. Das mögen die Schreihälse von heute für falsch und feige halten, aber sie riskieren ja nicht den Kopf, sondern nur etwas Zeit und heisere Stimmbänder.« Prägend aber wurde für ihn sein Volontariat bei der »Süddeutschen Zeitung«, die ihn 1946 als ihren Reporter zu den Nürnberger Prozessen sandte. Berthold war der jüngste im Pulk der aus allen Ländern angereisten Journalisten. Was er dort im Gerichtssaal beobachtete, hat er in einem Gespräch einmal wie folgt geschildert: »Ich sah aus wenigen Metern Entfernung die Götzen, die zu Wichten geworden waren, hörte ihre erbärmlichen Ausflüchte und witterte die Todesangst, die an ihnen hing wie ein übler Geruch. Was lag für den typischen Angehörigen einer Generation – die außer ein paar lateinischen und griechischen Vokabeln kaum mehr gelernt hatte als zu töten und sich totschießen zu lassen – näher, als sich mit der Zeit zu befassen, die sie um ihre Jugend gebracht hatte?« Dieser Aufgabe, vor allem aber auch der Notwendigkeit, seine Erfahrungen und Erkenntnisse weiterzugeben, fühlte er sich von da an verpflichtet. Bewusst unternahm er auch immer wieder ausgedehnte Reisen, die ihn fast durch die ganze Welt führten, mehrmals jedoch die USA, nach Kanada, Israel und nach Fernost. Das ermöglichte ihm den internationalen Durchblick, verschaffte ihm die notwendigen Anregungen. Nicht zuletzt deshalb konnte er sich, gestützt auf seine Recherchen und die daraus gewonnenen Erkenntnisse, ein Urteil wie dieses erlauben: »Die Stadt Bamberg hat sich in der Nazizeit phantastisch benommen. Hätte man nicht den Mut aufgebracht, Nachbarn und Freunde, die Feinde des Systems waren, nicht zu verraten, dann hätten nach dem Kriege nicht mehr so viele Menschen gelebt.« Darüber hinaus brachte er auch der katholischen Kirche Achtung entgegen, die aus ihrer starken Stellung heraus Widerstand mobilisiert und damit entscheidend zum Überleben beigetragen habe.

Wenn es um Wahrheit ging, wenn es um Geschichte ging, wenn es um Menschen ging, machte Will Berthold nie Kompromisse. Als »Früchte eines Besessenen« hat man einmal sein umfangreiches Œuvre bezeichnet. Und er ist zweifellos der auflagenstärkste und im In- und Ausland bekannteste Schriftsteller, der aus Bamberg stammt und in Bamberg lebte. Doch er ging mit diesem Erfolg zurückhaltend um. Er hätte sich mehr leisten können, als er sich leistete – und das nicht mit finanziellem Blickpunkt formuliert. Wichtig war ihm, nicht abgehoben zu leben, denn er fühlte sich der Gemeinschaft verpflichtet. Das drückte sich auch in einem sozialen Engagement aus, das er lebenslang in aller Stille, jedoch in großzügigster Weise ausübte.

Leider hat er die Neuausgabe des Romans, der ihn weit mehr als seine übrigen Werke mit seiner fränkischen Heimat verband, nicht mehr erleben dürfen. Der Tag des Erscheinens wäre für ihn ein Freudentag gewesen. An uns ist es, ihm für den Anstoß zum

Nach- und Umdenken, auch für die Botschaft zu danken, die er uns und folgenden Generationen mit diesem Roman übermittelt hat. Diesen Dank können wir in seinem Sinne am besten ausdrücken, wenn wir seiner Lebenseinstellung folgen – einer Maxime, die der 1989 ermordete Alfred Herrhausen in diese Worte gefasst hat: »Wir müssen das, was wir denken, auch sagen. Wir müssen das, was wir sagen, auch tun. Wir müssen das was wir tun, auch sein.«

Herrsching, im Juni 2001 *Reinhold G. Stecher*

Will Berthold – Werkverzeichnis

Soweit nicht anders angegeben, handelt es sich um Romane. Die Jahreszahlen nennen das Erscheinungsjahr der Erstausgabe. *(Quellen: Die Deutsche Bibliothek und AVA – Autoren und Verlags-Agentur GmbH)*

1956 »Spion für Deutschland«
1957 »Vom Himmel zur Hölle« (Erzählendes Sachbuch)
1957 »Getreu bis in den Tod – Sieg und Untergang der Bismarck«
1958 »Etappe Paris«
1958 »Mitgefangen – Mitgehangen, Malmedy« (später: »Malmedy – Das Recht des Siegers«)
1958 »Lebensborn« (später: »Lebensborn e.V.«
1959 »Kriegsgericht«
1959 »Madeleine – Tel. 136211
1959 »Nachts, wenn der Teufel kam«
1960 »Division Brandenburg – Die Haustruppe des Admiral Canaris« (später: »Die Männer der Division Brandenburg«)
1961 »Brigade Dirlewanger«
1961 »Die Haut am Markt«
1963 »Die andern schlafen nicht (Sachbuch)
1964 »Prinz-Albrecht-Straße«
1964 »Die wilden Jahre«
1966 »Die mobilen Manager – Glanz und Größe der deutschen Automobilindustrie« (Sachbuch)
1969 »Die Impotenten« (später: »Auf dem Rücken des Tigers«)
1973 »Die Versager«
1974 »Hölle am Himmel«
1978 »Feldpostnummer unbekannt«
1978 »Fünf vor zwölf und kein Erbarmen«
1978 »Iwans Doktor«
1978 »Revolution im weißen Kittel« (Sachbuch)
1979 »Operation Führerhauptquartier« (auch: »Das doppelte Gesicht«)
1979 »Parole Heimat« (Erzählendes Sachbuch)
1980 »Der große Treck – Die Vertreibung aus den deutschen Ostgebieten« (Erzählendes Sachbuch)

1980 »Verbotene Spiele«
1980 »Heißes Geld« (später: »Geld wie Heu«)
1980 »Krisenkommando«
1981 »Die ehrenwerten Diebe«
1981 »Ehesanatorium«
1981 »Der Krieg, der nie zu Ende ging« (auch: »Tödliches Glück«)
1981 »Die 42 Attentate auf Adolf Hitler« (Dokumentation)
1981 »Der Sieg, der vor die Hunde ging – Der Luftkrieg 1939–1945« (überarbeitete Ausgabe: »Der befohlene Untergang«)
1981 »Zärtlichkeit in kleinen Raten«
1982 »Die Nacht der Schakale«
1982 »Inferno I: Die ersten Blitzsiege« (Erzählendes Sachbuch)
1983 »Doppelt oder aus«
1983 »Inferno II: Siege und Niederlagen« (Erzählendes Sachbuch)
1984 »Ein Kerl wie Samt und Seide«
1984 »Inferno III: Finale« (Erzählendes Sachbuch)
1984 »Vollstreckt – Johann Reichhart, der letzte deutsche Henker« (Sachbuch)
1985 »Solang wir leben«
1985 »Überleben ist alles«
1985 »Stadt der Engel«
1985/2001 »Heldensabbat«
1986 »Die Frauen nannten ihn Charlie«
1987 »Hanussen« (später: »Der Prophet des Teufels«; Biografischer Roman)
1987 »Sprung in die Hölle«
1987 »Das letzte Gefecht«
1987 »Pinien sind stumme Zeugen«
1988 »Auf den Straßen des Sieges«
1988 »Die Nackten und die Schönen«
1988 »Adams Letzte« (jetzt: »Adams letzte Eva«)
1990 »Nach mir komm ich«
1990 »Die Haut am Markt«
1990 »Die gelbe Mafia«
1998 »Der befohlene Untergang« (überarbeitete Ausgabe von: »Der Sieg, der vor die Hunde ging – Der Luftkrieg 1939–1945«)

Will Berthold – Verfilmungen und Filme

Von 1956 bis 1960 sind insgesamt acht Spielfilme nach Stoffen bzw. den Romanen von Will Berthold entstanden:

»Spion für Deutschland« mit Martin Held, nach dem gleichnamigen Roman

»Nachts, wenn der Teufel kam« mit Mario Adorf (Bundesfilmpreis für den Hauptdarsteller), nach dem gleichnamigen Roman

»Madeleine, Tel. 136211«, nach dem gleichnamigen Roman (auch Drehbuch)

»Das gab's nur einmal« (Drehbuch-Co-Autor)

»Kriegsgericht« mit Karlheinz Böhm, nach dem gleichnamigen Roman (auch Mitarbeit am Drehbuch)

»Tagebuch eines Frauenarztes«, auch: »Karriere« (Stoff und Drehbuch)

»Die zornigen jungen Männer (Stoff und Drehbuch)

»Division Brandenburg«, nach dem gleichnamigen Tatsachenroman